Lynn Raven • Der Kuss des Kjer

DIE AUTORIN

Lynn Raven lebte in Neuengland, USA, ehe es sie trotz ihrer Liebe zur wildromantischen Felsenküste Maines nach Deutschland verschlug. Nachdem sie zwischenzeitlich in die USA zurückgekehrt war, springt sie derzeit nicht nur zwischen der High und der Dark Fantasy hin und her, sondern auch zwischen den Kontinenten und ist unter den Namen Lynn Raven und Alex Morrin erfolgreich.

Lieferbare Titel bei cbt:

Der Spiegel aus Feuer und Eis (30778)
Der Kuss des Dämons (30554)
Das Herz des Dämons (30690)
Das Blut des Dämons (30765)
Seelenkuss (30997)

Lynn Raven

Der Kuss des Kjer

cbt

Der Verlag weist ausdrücklich darauf hin, dass im Text enthaltene externe Links vom Verlag nur bis zum Zeitpunkt der Buchveröffentlichung eingesehen werden konnten. Auf spätere Veränderungen hat der Verlag keinerlei Einfluss. Eine Haftung des Verlags ist daher ausgeschlossen.

Dieses Buch ist auch als E-Book erhältlich.

MIX
Papier aus verantwortungsvollen Quellen
FSC® C014496

Verlagsgruppe Random House FSC® N001967

8. Auflage
Originalausgabe Juli 2010
Gesetzt nach den Regeln der Rechtschreibreform

Umschlagabbildung: Shutterstock (Raisa Kanareva, smilewithjul, Matty Symons)
Umschlagkonzeption: zeichenpool, München
st · Herstellung: AnG
Satz: Buch-Werkstatt GmbH, Bad Aibling
Druck und Bindung: GGP Media GmbH, Pößneck
ISBN: 978-3-570-30489-1
Printed in Germany

www.cbt-buecher.de

Der Sturm riss heulend an ihrem blutbesudelten Gewand und peitschte ihr Schnee und Hagel entgegen. Im Licht der drei Monde glitzerte Eis auf den Mauern. Sie grub die Finger in die Kälte, zog sich mühsam weiter an den Steinen entlang. Doch schon nach wenigen Schritten brach sie in die Knie – und kroch mit letzter Kraft zu den Zinnen. Ihr Schrei gellte von den hohen Mauern wider: »Gib mir mein Kind zurück!«

1

Der Diener verneigte sich tief, als er den Helm mit dem mächtigen Rosshaarschweif entgegennahm, während zwei andere die Türen zur Halle des Herrschers öffneten. Ohne die Männer weiter zu beachten, trat König Haffrens erster Heerführer zwischen ihnen hindurch. Das Leder von Hose und Stiefeln war mit Straßenschlamm bespritzt, der lange, um die Schultern mit Nachtfeh verbrämte Mantel im Saum eingerissen und beschmutzt. Vom Kriegslager an der südlichen Grenze umgehend vor den König befohlen, hatte er weder sich noch seine Begleiter auf dem Ritt geschont. Fünf Tage und Nächte hatten sie im Sattel verbracht, wobei sie ihren mächtigen Kriegsrössern nur gerade so viel Ruhe gegönnt hatten wie unbedingt nötig. Und obwohl er in diesen Tagen nicht geschlafen hatte, schritt er, ohne auch nur die Spur von Müdigkeit zu zeigen, an den Feuergruben entlang, die in den Boden der Halle eingelassen waren. Er war sich der Krieger bewusst, die an den Wänden postiert waren, in den flackernden Schatten halb verborgen. Sie verfolgten jede seiner Bewegungen, tödliche Hellebarden mit armlangen Klingen an den Enden neben sich. Es war sein Privileg als erster Heerführer, das Schwert auch in Gegenwart des Königs zu tragen, doch sollte er versuchen, es gegen den König zu führen, würden diese Männer keine Gnade kennen.

Als er die wenigen Stufen am Ende der Halle hinaufstieg, schlug er den schwarzen Mantel zurück. Ein leises Klirren verriet das Kettenhemd, das er unter dem dunklen Lederwams trug. Vor dem Thron sank er auf ein Knie und wartete, dass König Haffren zuerst das Wort an ihn richtete. Doch der Herr der Kjer, der seit jener Nacht vor dreiundzwanzig Wintern, als Herrscherin Naísee dem Wahnsinn verfallen war, an ihrer Stelle Telmáhr regierte, schwieg. Mit rotunterlaufenen Augen musterte er den Mann, den viele nur ›Blutwolf‹ nannten – und seit zwei Wintern hinter vorgehaltener

Hand auch die ›Bestie von Sajidarrah‹. Seit dieser Krieger einer seiner Heerführer war, hatte er jeden seiner Befehle unbarmherzig bis zur allerletzten Konsequenz ausgeführt und noch nie versagt.

»Du hast mich warten lassen, Heerführer.« Anstatt dem Mann zu gestatten, sich von den Knien zu erheben, wie er es bei jedem anderen getan hätte, zog Haffren seinen pelzgefütterten Mantel enger um sich. Wie stets in den letzten Wochen fror er trotz der brennenden Feuerbecken. Schon seit mehr als zwanzig Wintern wühlte die Krankheit in seinem Körper, doch inzwischen brachten auch Mohn und Wein nur noch wenig Linderung.

»Vergebt mir, mein Gebieter, ich kam, so schnell ich konnte.«

Unwillig runzelte der König die Stirn. Hatte er da eben Aufsässigkeit im Ton des Kriegers gehört? Er beschloss, es für den Augenblick auf sich beruhen zu lassen, und hob in einer nachlässigen Bewegung die Hand. Von einem mit Fellen reich belegten Stuhl nahe der Wand stemmte sich ein schlanker, dunkelhaariger Mann in die Höhe und kam langsam herüber, die Hände in den weiten Ärmeln seiner kostbaren Robe verborgen. Blauviolette Augen glitzerten unter dünnen Brauen in einem seltsam alterslosen Gesicht, in dem Lippen und Nase beinah ein wenig zu schmal wirkten.

»Dein Herr hat eine Aufgabe für dich, Heerführer.«

Abrupt sah der auf. Seine Haltung drückte plötzlich Widerwillen aus. Trotzdem schwieg er.

Ladakh, Astrologicus und Heiler des Königs, lächelte. Er konnte den Zorn des Kriegers geradezu körperlich spüren. Zorn darüber, dass er noch immer auf den Knien liegen musste wie ein Unfreier und dass er, Ladakh, auf diese herablassende Weise mit ihm sprach.

»Du wirst nach Anschara gehen. Dort lebt eine Heilerin mit Namen Lijanas. Bring sie hierher.« Als wolle er einen Einspruch des Mannes verhindern, nickte Ladakh knapp. »Ich weiß, Heerführer, Anschara ist die Hauptstadt Astrachars, und zwischen den Kjer und den Nivard herrscht Krieg. Wahrscheinlich wird die Frau dich also nicht freiwillig begleiten. Aber es sollte für jemanden wie dich kein Problem sein, mit einem Weib fertigzuwerden. – Was auch immer nötig sein wird, um sie hierher zu bringen: Du wirst es tun. Allerdings … Eine Bedingung muss unbedingt erfüllt werden: Die Frau muss unberührt sein. Dafür stehst du mit deinem Leben ein!«

»Auch eine Heilerin kann einen –«

»Dir wurde nicht erlaubt zu sprechen, Heerführer«, fiel Ladakh ihm scharf ins Wort.

Einen Augenblick herrschte Stille, in den Flammen der Feuergruben knackten Holzscheite, dann: »Vergebt mir, Herr.« Der Krieger schien an den Worten zu ersticken. Mit unverhohlener Befriedigung nahm Ladakh es wahr.

»Die Heilerin lebt unter den Gesegneten der Ketzer-Göttin der Nivard. Bis sie sich selbst einen Gatten erwählen, bleiben diese Frauen unberührt. Damit sollten deine Bedenken ausgeräumt sein, Heerführer. – Doch weiter: Hast du die Frau, wirst du mit ihr in den Nordwesten gehen. In dem Felsmassiv jenseits von Kassens Klamm entspringt hoch oben in den Bergen in einem Rund aus Felsen eine Quelle. Das Wasser, das sie hervorbringt, ist ein Elixier, das man *Die Tränen der weißen Schlange* nennt.« Er nahm ein geschnitztes Holzkästchen von einem Tischchen, öffnete es und zeigte dem Mann seinen Inhalt. Auf tiefblauem Stoff glitzerten die Facetten geschliffenen Glases im Feuerschein. »Du wirst das Elixier in dieser Phiole hierher zurückbringen, zusammen mit der Frau!« Ladakh schloss das Kästchen mit einem deutlichen Schnappen, trat dicht vor den Krieger und beugte sich zu ihm hinunter. »Und nun hör genau zu, Heerführer: Niemand außer dir und der Frau soll den Brückenbogen überqueren, der sich über Kassens Klamm spannt! Und nur die Heilerin darf die Phiole mit dem Elixier berühren! Nur sie! Ansonsten verliert es seine Kräfte und ist nutzlos. Hast du das verstanden?«

»Ja, Herr!« Die Antwort kam durch zusammengebissene Zähne. Der Heerführer verneigte sich steif, als er das Kästchen entgegennahm.

»Sehr gut.« Ladakh richtete sich wieder auf und trat neben den Thron des Königs der Kjer. »Bis spätestens drei Tage nach dem Ährenfest wirst du zurück sein!« Er nahm von dem Tischchen einen Lederbeutel und warf ihn vor dem Krieger auf den Boden. Münzen klirrten. »Das sollte genügen, um jede notwendige Ausgabe zu decken. Den Rest darfst du behalten und mit deinen Männern teilen. – Du kannst gehen.«

Ganz langsam wanderte der Blick des Heerführers von Ladakhs lächelndem Gesicht zum Herrn der Kjer.

»Sind das Eure Befehle, mein Gebieter?«

Die eisige Miene Haffrens war Antwort genug. Der Krieger schlug die Faust gegen die Brust und verneigte sich. »Hören ist gehorchen!« Er nahm den Beutel auf, erhob sich und entfernte sich rückwärts vom Thron, ehe er sich bei der ersten Feuergrube umwandte und mit schnellen Schritten den Saal verließ.

»Hast du seinen aufrührerischen Ton bemerkt, Ladakh? Die Macht als mein erster Heerführer steigt ihm zu Kopf. Er vergisst, wo sein Platz ist.« Haffrens Faust ballte sich in den Pelz seines Mantels.

An seiner Seite beugte Ladakh sich vor. »Diese letzte Aufgabe, mein Herr, dann ist er Euch nicht mehr länger von Nutzen und Ihr könnt Euch seiner entledigen – endgültig.«

Der Wind trug den Geruch von Salz vom Meer herauf in die Straßen von Anschara, während die untergehende Sonne die vom Regen nassen Straßensteine mit einem Spiel aus Feuer und Gold überzog und sich in den Pfützen als flammendes Juwel spiegelte. Kinder sprangen durch die Lachen und haschten nach den aufspritzenden Tropfenfunken.

Ein letztes Mal ließ Lijanas den Blick durch die Kräuterkammer schweifen, ehe sie ihren Arzneikasten schloss und sich den Riemen um die Schulter schlang. Sie war müde nach einem langen Tag, an dem sie noch nicht einmal Zeit gefunden hatte, den Jelil-Kuchen zu kosten, mit dem die alte Idlis für die Behandlung der Gicht in ihren steifen Händen bezahlt hatte. Dabei mochte sie keine Frucht lieber als die süßen, gelben Jelil-Pflaumen, bei denen einem der Saft schon über die Finger rann, wenn man nur hineinbiss. Als wären heute böse Geister am Werk gewesen, war einer nach dem anderen zu ihr gekommen, als gäbe es keine anderen Heiler in der Stadt: Kinder mit verdorbenen Bäuchen; eine junge Frau in Lijanas Alter, die von ihrem Geliebten verlassen worden war, kaum dass er erfahren hatte, dass sie sein Kind trug, und die jemanden brauchte, an dessen Schulter sie sich ausweinen konnte; ein Knecht, der sich mit einer Axt drei Zehen abgetrennt hatte – und die zerstörten Glieder mitgebracht hatte, in der festen Annahme, sie könne sie ihm wieder annähen; zwei Krieger aus Fürst Rusans persönlicher Garde, die ihren Händel um eine Frau mit dem Schwert ausgetragen hatten und sich nun mit ihren Wunden nicht zum Kriegsheiler ihrer Truppe wagten, weil der es ihrem vorgesetzten Offizier gemeldet hätte.

Sie zog den Riemen des Arzneikastens höher auf die Schulter, öffnete die Tür, nahm den Korb mit dem Kuchen und trat hinaus ins goldene Abendlicht. Als sie sah, wie Malk, der jüngste Sohn eines Krämers aus der Nachbarschaft, der für sie zuweilen Botengänge erledigte, aufsprang, musste sie unwillkürlich lächeln.

»Habe ich dich nicht schon vor über einer Stunde nach Hause geschickt, junger Herr?«, rügte sie belustigt, während sie die Tür hinter sich schloss und verriegelte. Das Donnern der Wellen, die sich an den Steilklippen von Anschara brachen, vermischte sich mit dem Gesang der Vögel, die sich nach dem Regen wieder aus ihren Nestern wagten. Zärtlich streiften ihre Finger das gerade handgroße Symbol der Gnädigen Göttin, das in den Türpfosten eingehauen war – zwei kunstvoll aus dem Stein gearbeitete Federn, die sich um das vom häufigen Darüberstreichen polierte Oval eines stilisierten Auges in ihrer Mitte bogen. Ihre Gedanken schweiften zu Ahmeer, wie oft in den letzten Wochen. Er war zu Beginn des Sommers an die südliche Küste geschickt worden, um den Edari-Piraten Einhalt zu gebieten, die dort immer wieder Fischerdörfer überfielen. – Und er hatte sie tatsächlich an seinem letzten Abend in Anschara gefragt, ob sie seine Frau werden wollte.

Sie hatte sich Bedenkzeit bis nach seiner Rückkehr ausgebeten, obwohl ihre Entscheidung eigentlich schon feststand. Das versonnene Lächeln auf ihren Lippen erstarb. Plötzlich war ihr kalt. Die Edari machten gewöhnlich keine Gefangenen und ließen niemals jemanden am Leben – sie hatten auch damals alle getötet, als sie das Dorf überfallen hatten, in dem Lijanas aufgewachsen war. Ein Schaudern rann ihre Glieder hinab. All das war so lange vergangen … Sie war ein kleines Mädchen gewesen, das gerade fünf Winter gesehen hatte. – Entschieden straffte sie die Schultern. Ahmeer würde zurückkommen! Er hatte es versprochen. Und dann würde sie ihm sagen, dass sie seine Frau werden wollte!

Als sie sich zu Malk umwandte, grinste der ihr zahnlückig entgegen. »Kann schon sein, dass Ihr mich nach Hause geschickt habt, Heilerin, aber ich fand den Sonnenuntergang so schön …«

»Schwindler!« Lijanas lächelte. »Du hast gehofft, wenn du hier auf mich wartest, bekommst du noch ein Stück Jelil-Kuchen.« Sie streckte ihm den Korb entgegen. »Da! Nimm!«

So etwas ließ Malk sich nie zweimal sagen. Er brauchte nur einen Bissen, um fast die Hälfte des Kuchenstücks in seinem Mund verschwinden zu lassen. Lijanas strich ihm durch das wirre Haar, als sie die zwei Stufen auf die Straße hinuntertrat. »Du hättest nur fragen brauchen, weißt du.«

Einen Kuchenkrümelkranz um beide Mundwinkel nickte der Junge, dann trollte er sich. Lijanas rückte den Riemen auf ihrer Schulter zurecht und wollte sich auf den Heimweg machen.

»Lijanas! Heilerin! Wartet!«

Erstaunt wandte sie sich zu der Stimme um. Aus einer Seitengasse strebte Udelar, ein Heiler aus der Nordstadt, hastig auf sie zu, gefolgt von einem dunkel gekleideten Fremden.

»Wie gut, dass ich Euch noch antreffe, Heilerin.« Udelar schnaufte wie ein schwindsüchtiger Karrengaul. »Der Begleiter dieses Mannes ist schwer krank. Ich kann mir nicht erklären, was ihm fehlt. Er hat offensichtlich grässliche Schmerzen. Als ich seinen Leib abgetastet habe, brüllte er, als würde ich ihn abstechen. Aber ich konnte weder Knoten noch Schwellungen spüren. Ihr müsst kommen und nach ihm sehen, ich bitte Euch, Heilerin. Es scheint sehr ernst zu stehen, und ich weiß nicht, wie ich ihm helfen könnte.«

Nur ganz kurz dachte Lijanas an das warme Mahl, das in der Halle der Gesegneten der Gnädigen Göttin auf sie wartete, dann nickte sie.

»Führt mich zu ihm!«

Die hellblauen Augen des Fremden betrachteten sie aufmerksam unter einem blonden Schopf heraus, dann verneigte er sich leicht und deutete auf die Gasse, aus der er und der Heiler gerade gekommen waren.

»Hier entlang.« Seine Stimme klang weich, mit einem seltsamen Akzent. Er wandte sich um und ging ihr voraus. Udelar blieb zurück. Erstaunt sah Lijanas ihn an. Der Heiler hob leicht die Schultern.

»Ich wurde zu einem anderen Patienten gerufen. In der Oberstadt – Ihr versteht ...«

O ja, sie verstand. Ein Patient in der Oberstadt bedeutete ein Honorar, das in Gold, mindestens aber in Silber bezahlt wurde. Wer konnte es Udelar verdenken, dass er einen solchen Patienten einem Fremden vorzog, dem er offenbar doch nicht helfen konnte – immerhin hatte er eine anspruchsvolle Frau und drei Kinder zu ernähren. Sie nickte dem Heiler zu und folgte dem Fremden, der am Eingang der Gasse auf sie gewartet hatte.

»Darf ich?« Er wies auf ihren Arzneikasten und nahm ihn, ohne auf eine Antwort zu warten, von ihrer Schulter. Dann ging er weiter. Im ersten Moment musste Lijanas fast rennen, um mitzuhalten, doch dann verkürzte er seine Schritte und wurde langsamer. Neugierig musterte sie ihn von der Seite. Er mochte achtzehn oder neunzehn Winter zählen. Im Nacken und unterhalb der Ohren schimmerte seine Haut golden wie sein Haar, das lang herabhing und nur von einem Lederriemen gebändigt wurde. Um seinen Mund schien ein ständiges, leises Lächeln zu spielen, das sich in den kleinen Fältchen um die hellen blauen Augen wiederfand. Wenn er sprach, schien er darauf bedacht, sie seine Zähne nicht sehen zu lassen. *Vielleicht sind sie faul oder stehen so schief, dass es einen graust, wenn man sie sieht.* Ein schwerer Tuchmantel lag um seine breiten Schultern und verbarg die Gestalt darunter fast vollständig, doch nach dem, was sie erkennen konnte, wenn der Stoff sich für einen Moment öffnete, war er nicht nur groß, sondern auch muskulös. Mühelos trug er ihren Arzneikasten mit der Linken, seine Rechte blieb in den Falten des Mantels verborgen. Obwohl es warm war, trug er lederne Handschuhe.

»Seit wann geht es Eurem Begleiter so schlecht?«

Kurz nur sah er sie an, dann wandte er den Blick wieder ab. »Seit dem späten Mittag.«

»Heiler Udelar sagte, Euer Begleiter habe entsetzliche Schmerzen. Wie äußern sie sich?«

Einen winzigen Augenblick war so etwas wie Verwirrung in seinem Gesicht, dann hob er die Schultern. »Schmerzen eben!«

Äußerst hilfreich. Lijanas presste die Lippen zusammen. »Hatte er so etwas schon einmal?«

»Nein.«

Und nicht sehr gesprächig.

»Hat er irgendetwas Besonderes gegessen?«

»Nichts anderes als wir anderen auch.«

Ha! Beinah ein ganzer Satz!

»Wo ist Euer Begleiter jetzt?«

»Im Schwarzen Lamm.«

Das ›Schwarze Lamm‹ war ein sauberer kleiner Gasthof, der an einer nahen Seitenstraße ein wenig abseits vom Markt lag. Sie hatte gehört, dass Kaufleute, die bei ihren Geschäften nicht gestört werden wollten, gerne dort abstiegen.

»Wer ist bei ihm?«

Er zögerte, räusperte sich. »Herr Ecren.«

»Und der Name des Kranken?«

»Corfar.«

Diese Unterhaltung ist äußerst mühsam. Unmerklich seufzte Lijanas.

»Und Euer Name?«

»Levan. – Wir sind da.« Er stieß eine kleine Pforte auf.

Erstaunt blickte Lijanas auf eine schmale Stiege, die steil nach oben führte.

»Was ist das?«

Verwirrt blinzelte er sie an. »Eine Treppe.«

Das sehe ich auch.

»Ich meinte: Wo sind wir hier?«

»Das ist die Hintertreppe vom Schwarzen Lamm.«

Hintertreppe?

»Und warum nehmen wir nicht wie jeder normale Gast den vorderen Eingang?«

»Weil mein Herr es nicht wünscht, dass man sieht, wie ich Euch zu ihm bringe.«

Unwillkürlich machte Lijanas einen Schritt zurück. Wenn Udelar nicht schon bei dem Kranken gewesen wäre …

Levan bemerkte ihr Zögern. »Es wird Euch nichts geschehen, Heilerin. Es ist nur so, dass mein Herr fürchtet …« Er stockte, machte eine vage Geste. »Bitte versteht! Er fürchtet, dass es seinen Geschäften abträglich ist, wenn seine Krankheit bei den falschen Leuten bekannt wird.«

Es war der Umstand, dass er ihr bei diesen Worten direkt in die Augen blickte, der sie von seiner Aufrichtigkeit überzeugte. Lijanas raffte ihr Gewand und stieg die Stufen hinauf, Levan dicht hinter sich.

Die Treppe endete im zweiten Stockwerk des Gasthauses. Dicke Wachsstöcke erhellten einen weiß getünchten Flur, an dessen anderem Ende eine sehr viel breitere Stiege in den Schankraum führte. Von unten drangen Stimmengewirr und vereinzeltes Gelächter herauf. Levan war an einer der Türen auf der rechten Seite stehen geblieben und hatte sich zu ihr umgedreht. Als Lijanas neben ihn trat, klopfte er kurz an, öffnete und ließ sie vorangehen.

Ein groß gewachsener, breitschultriger Mann mit dunkelbraunem, von ersten grauen Fäden durchzogenem Haar erhob sich von einem Stuhl beim Kamin und wandte sich ihr zu, als sie eintrat. Ein paar Kerzen auf dem Tisch neben ihm tauchten den Raum in schwaches Dämmern. Ein zweiter Mann, etwa ebenso alt wie der erste, lag in einem breiten Bett an der Schmalseite des Raumes und stöhnte leise. Sofort war alles Misstrauen vergessen. Lijanas eilte an die Seite des Kranken und berührte mit der Hand seine Stirn. Sie war zwar feucht, aber weder besonders heiß noch besonders kalt. Sie zog die Decke von der Brust des Mannes. Die Tunika, die er trug, war nass. Am Ausschnitt kräuselte sich dunkles Haar.

»Holt mir heißes Wasser und sorgt dafür, dass die Wirtin trockenes Bettzeug heraufbringt. Und zündet mehr Kerzen an! Hier sieht man ja kaum die Hand vor Augen!« Lijanas wandte sich halb um. Levan, der gerade ihren Arzneikasten auf den Tisch gestellt hatte, warf dem anderen Mann einen fragenden Blick zu. Der nickte leicht und der Jüngere verließ den Raum.

Es war, wie Heiler Udelar es beschrieben hatte. Kaum dass sie die Hand auf den Körper des Mannes legte, begann der zu brüllen, als versenge sie ihn mit glühenden Kohlen – aber da war nichts Krankes in ihm zu fühlen. Lijanas runzelte die Stirn und beugte sich über ihn.

»Könnt Ihr mich verstehen, Herr?«

Haselnussbraune Augen öffneten sich langsam und sahen sie an – erstaunlich klar.

»Könnt Ihr mir sagen, wo genau –« Hinter ihr klackte die Tür. War Levan so schnell zurück? Überrascht richtete sie sich auf.

Er stand tatsächlich in der Tür, jedoch von heißem Wasser keine Spur. Stattdessen waren zwei Männer bei ihm, beide ebenso hochgewachsen wie er selbst. Das Haar des vorderen musste früher einmal blond gewesen sein, doch nun hatte es die graue Farbe von Asche. Helle braune Augen, die sie an einen Raubvogel erinnerten, musterten sie aufmerksam. Doch es war der Anblick des zweiten Neuankömmlings, der Lijanas zurückprallen ließ. Er mochte vier oder fünf Winter älter sein als Levan und trug das tiefschwarze Haar auf die gleiche Art wie der Jüngere. Um seinen Mund lag ein erschreckend harter Zug, ein Auge von der blaugrauen Farbe eines Sturmhimmels starrte sie kalt an – über dem anderen lag eine schwarze Lederklappe.

»Ist sie das?«

Lijanas schrak zusammen und schaute zu dem Mann mit den Raubvogelaugen hin, der seinen dunklen Reitmantel eben Levan übergab. Auch er trug Handschuhe.

»Ja.« Die Antwort kam vom Bett, wo ihr ›Patient‹ gerade die Beine über den Rand schwang und mit einer nachlässigen Bewegung die Hosen auffing, die der Mann am Tisch ihm zuwarf.

Atemzüge lang starrte sie ihn an, dann begriff sie. Entsetzt ging ihr Blick von einem zum anderen – und blieb an Levan hängen. Er lächelte Verzeihung heischend. Für einen winzigen Moment glaubte sie, es zwischen seinen Lippen blitzen zu sehen. Wie hatte sie sich nur von seinen unschuldigen blauen Augen täuschen lassen können.

»War es schwer, sie hierher zu locken?«

Nein, weil sie eine einfältige Gans ist.

»Nein, Herr«, Levan schüttelte den Kopf. »Sie schöpfte keinen Verdacht, so wie Ihr es vorausgesagt hattet.« Auf einen Wink des Grauhaarigen entzündete er mehrere Kerzen, bis der Raum in goldenes Licht getaucht war.

Neben Lijanas stieg der ›Kranke‹ in bis über die Knie reichende Stiefel und zog am Fußende des Bettes einen Waffengurt unter der Decke hervor. Sie brachte rasch einen Schritt Abstand zwischen sich und ihn.

»Weiß außer diesem Heiler jemand, dass sie hier ist?« Langsam kam der Grauhaarige auf sie zu. Lijanas wich zurück, bis sie den Bettpfosten im Rücken spürte.

»Nein, Herr!«

»Corfar wird sich um ihn kümmern!« Die Arme unter dem Mantel verschränkt, stand der Schwarzhaarige noch immer bei der Tür. Die Kälte in seiner Stimme jagte Lijanas einen Schauer über den Rücken. Als ihr die Bedeutung seiner Worte klar wurde, schnappte sie nach Luft.

»Ihr könnt Udelar doch nicht töten wollen?!«

Ein sturmgraues Auge blickte sie in einer Mischung aus Ärger und Verblüffung an. Erstaunte es ihn, dass sie gewagt hatte, ihm zu widersprechen, oder war es der Umstand, dass sie überhaupt reden konnte? Sein Blick kehrte zu dem ›Kranken‹ zurück.

»Corfar! Bis zum Morgengrauen!«

Der nickte. »Ja, Herr.«

»Nein!« Sie wurde nicht beachtet.

Als sich die Hand des Grauhaarigen unter ihr Kinn schob, zuckte sie zusammen. Aus der Nähe wirkten seine Augen noch stärker wie die eines Raubvogels – gelbbraun, kühl und tödlich. Einen Moment betrachtete er ihr Gesicht. »Sie ist schön.«

Lijanas stieß seine Hand weg. »Sie ist anwesend!«

Vom Tisch erscholl ein leises Lachen. »Sie hat Krallen.«

Der Schwarzhaarige überließ Levan seinen Platz an der Tür und kam ebenfalls auf Lijanas zu. Bereitwillig machte ihm der Mann mit den Raubvogelaugen Platz. Seine behandschuhten Finger gingen zu ihrem Gesicht, wobei er ihr unwilliges Zurückweichen gar nicht beachtete. Die Ärmel seines Wamses waren mit Lederriemen eng um seine Unterarme geschnürt und verdeckten noch die Handgelenke. Versonnen strich er mit dem Daumen über ihre Wange, »Augen, blitzend grün wie Emeralde –«, seine Finger glitten durch den Rossschweif, zu dem sie das Haar stets zusammengebunden trug, »– und Haar wie gesponnenes Mitternachtsfeuer. – Sie ist tatsächlich schön.« Er sah Lijanas direkt an. »Seid Ihr noch unberührt?«

Klatsch!

Seine Lippen verzogen sich zu etwas, das man nur mit viel gutem Willen als zynisches Lächeln bezeichnen konnte, während er die Hand auf die Wange legte, auf der sich ihre Finger flammend abzuzeichnen begannen. Übertrieben vorsichtig bewegte er den Kiefer, als wolle er prüfen, ob alles noch heil war.

Heuchler!

»Ich werte das als ein ›Ja!‹.«

»Wertet es als ein ›Das-geht-Euch-überhaupt-nichts-an!‹, unverschämter Mistkerl! – Und wagt es nicht noch einmal, mich anzufassen!« Lijanas machte einen Schritt zur Seite, um sich aus seiner Reichweite zu bringen, und ballte die Fäuste, während sie sich zu dem Grauhaarigen umwandte, der offenbar der Anführer der fünf war.

»Was wollt Ihr von mir? Was soll das?«

Seine Raubvogelaugen wurden schmal, während er den Schwarzhaarigen beiseiteschob und erneut dicht vor sie trat. Über dem Kragen seines Wamses war die Haut des Nackens so grau wie sein Haar.

»Ihr seid Lijanas, die Heilerin.« Keine Frage – eine Feststellung.

»Das wisst Ihr doch schon.« Lijanas wollte ihm ausweichen – und fand sich erneut zwischen ihm und dem Bettpfosten wieder.

»Ihr werdet uns zu einem Kranken begleiten!« Keine Bitte – ein Befehl.

»Zu einem Kranken? Und deshalb all das hier? Hättet Ihr nicht einfach fragen können?« Verblüfft blickte sie von einem zum anderen. Ihr Herz wollte einfach nicht aufhören, wie verrückt zu pochen. Schweigen antwortete ihr. Plötzlich war ein Klumpen in ihrem Magen. »Wo ist dieser Kranke? Wer ist er?«

»Wo: in Turas. Wer: Das werdet Ihr zu gegebener Zeit erfahren.« Es war der Schwarzhaarige, der gesprochen hatte.

Turas? Lijanas schnappte geräuschvoll nach Luft. Das konnte nur bedeuten …

»Ihr – Ihr seid –!« Das Wort wollte nicht über ihre Lippen.

»Kjer?« Unter der Augenklappe zuckte ein Mundwinkel in einem Anflug von Spott. »Ja!« Er streifte die Handschuhe ab, während er sich rücklings an die Tischkante lehnte, dann verschränkte er die Arme wieder vor der Brust und kreuzte lässig die Fußknöchel. Seine Handrücken schimmerten schwarz, die Enden seiner Fingernägel waren spitz und leicht nach unten gebogen. Jetzt bedachte er sie mit einem Lächeln, das ihr seine Reißzähne zeigte.

Der Klumpen saß unvermittelt in ihrer Kehle. Sie würgte ihn hinunter und krallte ihre plötzlich schweißnassen Hände in ihr Gewand, um sie am Zittern zu hindern. Ihr Blick huschte von einem zum anderen. *Sie sind Tiere! Man sagt, sie sind am ganzen Körper gräßlich behaart und essen rohes Fleisch!*

»Nein!« Was entschieden klingen sollte, war nur ein hilfloses

Flüstern. »Nein!« Sie schüttelte den Kopf. »Ich werde nicht mit Euch gehen!«

»So viel zu: ›Hättet Ihr nicht einfach fragen können‹, nicht wahr?«

Warum machte ihr die plötzliche Freundlichkeit in der Stimme des Schwarzhaarigen mehr Angst als die Kälte zuvor?

»Ihr könnt mich nicht zwingen …« Lijanas hob das Kinn und hoffte, entschlossen zu wirken.

»Ach? Tatsächlich?« Der Ausdruck von Spott war wieder um seinen Mund.

»Das reicht!« Die Stimme des Grauhaarigen ließ Lijanas zusammenfahren. Sie sah auch in seinem Mund Reißzähne blitzen. Eine schwarze Braue ging zwar unwillig nach oben, aber der Mann mit dem Sturmauge schwieg.

»Wir wollen Euch nichts Böses, Heilerin. Wir bitten Euch nur, uns nach Turas zu begleiten und Euch eines Kranken anzunehmen. Ein zehrendes Leiden frisst seit vielen Wintern an ihm und nun hat er uns geschickt, Euch zu ihm zu bringen …«

»So sehr ich die Krankheit dieses Mannes bedaure – ich werde Euch nicht begleiten!« In ihrem Magen saß ein Zittern, das ihr Übelkeit verursachte.

»Nun: Eigentlich habt Ihr keine Wahl.« Die Hände des Schwarzhaarigen strichen über den Deckel ihres Arzneikastens, als bewundere er die feinen Schnitzereien, mit denen er verziert war. Dann öffnete er ihn bedächtig.

»Wenn Ihr mich zwingt, werde ich das ganze Gasthaus zusammenschreien.«

Er sah auf, wieder zuckte Spott um seine Lippen. »Meint Ihr, man wird Euch hören? Zwei Stockwerke tiefer?« Scheinbar nachdenklich untersuchte er die sauber beschrifteten Tiegel und Fläschchen.

»Spätestens am Stadttor … – Was tut Ihr da?« Gerade hob er eine Phiole mit einer gelben Flüssigkeit in die Höhe, betrachtete ihren Inhalt. Lijanas holte scharf Luft. *Woher weiß er …?* »Nein!«

»Nein?« Sein Lächeln war pure Gefahr, als er ein kleines Stückchen Leinen aus ihrem Vorrat nahm und etwas von der gelben Flüssigkeit darauf träufelte.

Erneut schüttelte sie den Kopf. »Ich werde nicht mit Euch kommen!«

»Diese Entscheidung liegt nicht mehr bei Euch, Heilerin!«, erklärte er ihr sanft und kam auf sie zu. Ein scharfer Geruch wehte ihr entgegen.

Lijanas warf sich herum und floh – keine zwei Schritt weit, dann legte sein Arm sich um ihre Mitte und seine Hand presste ihr das Tuch auf Mund und Nase. Sie kämpfte zwei verzweifelte Atemzüge, ehe sich zähe Dunkelheit über ihre Sinne legte.

Sie musste vergessen haben, das Fenster ihrer Kammer zu schließen – oder die Vögel sangen heute besonders laut. Ausgerechnet jetzt, da ein dumpfer Schmerz hinter ihrer Stirn saß. Sie schmiegte die Wange tiefer in den weichen Pelz – *könnte bitte jemand diese Vögel zum Schweigen bringen!* – und zerrte die Decke über den Kopf. Eigentlich sollte der Duft von Jaloe-Kraut und Fingerraute sie umgeben, doch sie roch Leder, Pferd, Stahl und … noch etwas anderes. Mit einem Keuchen fuhr sie empor und stieß das Tuch von sich. Sie bereute die heftige Bewegung sofort, denn in ihrem Kopf wirbelte es und ein bitterer Geschmack war unvermittelt auf ihrer Zunge – die ganz normalen Nachwirkungen von Gurin-Destillat. Die Handballen gegen die Schläfen gepresst, schloss sie fest die Augen und lehnte den Kopf gegen die angezogenen Knie. Jetzt erinnerte sie sich auch wieder an alles. Die Kjer und … *Verdammter schwarzhaariger Mistkerl! In den endlosen Labyrinthen soll er verfaulen.*

»Ich entbiete Euch einen guten Morgen, Heilerin.«

Wenn sie sich recht erinnerte, gehörte diese Stimme dem Grauhaarigen mit den Raubvogelaugen. Lijanas ließ ihren Kopf, wo er war. Würde sie ihn auch nur eine Fingerbreite bewegen, gäbe es ein Unglück.

»Ich befürchtete schon, Mordan hätte es mit dem Gurin übertrieben und Ihr würdet ewig schlafen.«

Mordan?! Endlich ein Name, damit ich ihn richtig verfluchen kann! Eine Bewegung zu ihrer Rechten.

»Hier ist etwas zu essen, Heilerin. – Ich hoffe, Ihr mögt …«

Gebratener Speck! – Der Geruch gab ihrem Magen den Rest. Sie schlug die Hand vor den Mund, sprang auf, verfing sich in den Bettfellen, stürzte, raffte sich auf und floh. Als ihr Denken schließlich wieder einsetzte, kniete sie im Schatten mächtiger Bäume vor einem Busch und würgte nur noch trocken.

»Dafür bist du verantwortlich.« Die Stimme des Grauhaarigen wieder, ein kleines Stück hinter ihr. »Also kümmere dich auch darum!« Ein Knurren antwortete, dann näherten sich Schritte.

Lijanas wischte sich mit dem Handrücken den Mund ab, hörte, wie sich jemand hinter sie kauerte. Das leise Gluckern von Wasser, das ausgegossen wurde, erklang.

»Hier! Säubert Euch damit!«

Er!

Das feuchte Tuch, das er ihr hinhielt, riss sie ihm geradezu aus den Fingern.

»Verschwindet!« Sie drückte ihr schweißbedecktes Gesicht gegen den kühlen Stoff.

»Diesen Wunsch werde ich Euch nicht erfüllen, Heilerin.«

War da Belustigung in seiner Stimme? Verdammt sollte er sein.

»Spült Euch den Mund aus.« Über ihrer Schulter erschien ein Wasserschlauch.

Sie griff danach und tat, wie er gesagt hatte. Nachdem der widerliche Geschmack von ihrer Zunge verschwunden war, hörte endlich auch ihr Magen auf, zu rebellieren. Trotzdem blieb sie auf den Knien liegen, die Finger um den Lederbalg geschlossen. Er nahm ihn ihr weg und erhob sich.

»Steht auf!«

Als Lijanas nicht reagierte, fasste er sie am Oberarm und zog sie auf die Füße.

»Da entlang!«

Sie presste die Lippen zusammen und ging, ohne ihn anzusehen, in die Richtung, in die seine Hand wies. Ein Knacken zu ihrer Linken ließ sie überrascht innehalten. Zwei massige Schatten bewegten sich zwischen den Lichtflecken, die durch die Zweige fielen. Ein Schnauben erklang. Waren das Pferde?

»Weiter!« Seine Hand legte sich auf ihre Schulter. Unwillig schüttelte Lijanas sie ab.

Schon nach wenigen Schritten öffneten sich die Bäume zu einer Lichtung, an deren Rand der Grauhaarige gerade dabei war, ein kleines Feuer zu löschen. Eine dünne Rauchsäule stieg auf – er erstickte sie unter Erde. Von den anderen drei Kerlen war nichts zu entdecken. Als er sie herankommen hörte, richtete er sich auf. Seine Raubvogelaugen gingen kurz zu dem Mann hinter ihr, dann sah er Lijanas an.

»Ich hoffe, es geht Euch besser, Heilerin.«

Sie verschränkte die Arme vor der Brust und schaute demonstrativ zur Seite. Er ließ ein bedauerndes Seufzen hören.

»Ich sagte Euch schon im ›Schwarzen Lamm‹, dass wir Euch nichts Böses wollen, Heilerin. Aber …«

»Ihr habt mich betäubt und entführt!«

»Das ist wahr.« Er nickte ruhig.

»Man wird nach mir suchen.«

»Damit rechnen wir.«

Sie runzelte die Stirn. Warum schien ihm das so gar nichts auszumachen? »Prinz Ahmeer wird nach mir suchen«, versuchte sie es noch einmal.

»Was habt Ihr mit Rusans Neffen zu schaffen?« Der Schwarzhaarige packte sie und zerrte sie grob zu sich herum. Das böse Funkeln in seinem Blick erschreckte sie. Mühsam würgte sie ihre Angst hinunter.

»Als Gesegnete der Gnädigen Göttin stehe ich unter dem persönlichen Schutz des Fürsten, deshalb wird er Prinz Ahmeer …«

Unvermittelt war seine Hand in ihrem Haar, hart riss er ihren Kopf in den Nacken. Keuchend vor Schmerz klammerte Lijanas sich an sein Handgelenk, unter ihren Fingern spürte sie Fell. In ihren Augen brannten plötzlich Tränen, ein hilfloses Wimmern drang aus ihrer Kehle.

»Es gibt eine Regel, die man beachten sollte, wenn man versucht, jemanden anzulügen, Weib.« Es klang, als spräche er mit einem begriffsstutzigen Kind. »Man sollte immer wissen, wie viel der andere weiß, ehe man den Mund aufmacht.« Er beugte sich näher zu Lijanas. »Ihr lebt nur unter den Gesegneten Eurer Ketzer-Göttin. Aber Ihr seid keine von ihnen.«

»Mordan!«, mahnte die Stimme des Grauhaarigen neben ihnen.

Scheinbar gehorsam richtete der sich ein wenig auf und lockerte seinen Griff. »Noch einmal, Heilerin: Was habt Ihr mit Rusan und seinem Neffen zu schaffen? – Und diesmal überlegt gut, was Ihr sagt!«

Lijanas presste die Lippen zusammen, zerrte an seinem Handgelenk. Wie zur Antwort schlossen seine Finger sich wieder fester in ihrem Haar.

Schluchzend holte sie Atem. »Ich habe Fürst Rusan schon ein paar Mal behandelt. Ihm einmal auch das Leben gerettet, nachdem er bei einem Kampf mit einem … einem …«

»Kjer?«, schlug er mit einem bösen Lächeln vor, als das Wort auch jetzt nicht über ihre Lippen wollte.

Lijanas schluckte hart. »… mit einem Kjer schwer verletzt wurde«, brachte sie den Satz mit zitternder Stimme zu Ende.

Nur aus dem Augenwinkel nahm sie wahr, wie der Grauhaarige sich plötzlich wachsam umwandte. Gedämpfter Hufschlag erklang, kam rasch näher. Vielleicht waren das schon Rusans Männer. Er sagte etwas in der Sprache der Kjer, die Lijanas nicht verstand. Seine Worte wurden mit einem knappen Nicken quittiert, dann hatte sie wieder die ungeteilte Aufmerksamkeit ihres Peinigers.

»Sprecht nur weiter, Heilerin! Ich höre Euch zu.«

»Er glaubt, in meiner Schuld zu stehen – deshalb –, und hat mich unter seinen persönlichen Schutz gestellt. Ganz gleich, ob ich eine der Gesegneten bin oder nicht – er wird es erfahren, wenn ich einfach verschwinde. Und da er nicht selbst nach mir suchen kann, wird er den Prinzen schicken.«

»Und das soll ich Euch glauben?« Seine Hand löste sich so plötzlich aus ihrem Haar, dass sie das Gleichgewicht verlor und rücklings auf dem Boden landete. »Wir werden sehen!« Er wandte sich um und ging, ohne sie weiter zu beachten, zusammen mit dem Grauhaarigen zu den drei Reitern hinüber, die ihre mächtigen Pferde gerade in der Mitte der Lichtung zum Halten gebracht hatten.

Lijanas Hoffnung zerstob, als sie die Männer erkannte. Langsam stand sie auf. Keiner der fünf Kjer gönnte ihr auch nur den Hauch seiner Aufmerksamkeit. Hastig ging ihr Blick zu den nahen Bäumen. Dort drüben standen Pferde! Noch einmal sah sie zu den Kriegern hin, dann setzte sie sich langsam rückwärts in Bewegung. Keiner schaute zu ihr her. Sie warf sich herum und rannte.

»Ihr kommt spät!« Brachan sah den Reitern ärgerlich entgegen.

»Wir mussten einen Umweg machen.« Ecren, der vordere der Männer, saß ab. Die anderen beiden folgten seinem Beispiel.

Alle drei wichen sie Mordans Blick aus, als der hinzutrat. Seine Miene wurde kalt. »Ist etwas schiefgegangen? – Redet!«

»Ich habe versagt, Herr, der Heiler ist noch am Leben.« Corfar schob sich zwischen seinen Kameraden hindurch.

»Wie das?«

»Ich konnte ihn nicht aufspüren. Bei jenem Patienten in der Oberstadt war er nicht mehr, aber nach Hause war er auch noch nicht zurückgekehrt. Seine Frau nannte mir zwar einige Namen –«

»Sie hat dich gesehen?«

»Nur einen Mann in einem langen Umhang mit tief ins Gesicht gezogener Kapuze.«

Mordan schien nicht wirklich zufrieden, als er Corfar bedeutete, weiterzusprechen.

»Ecren und Levan halfen mir, ihn zu suchen – erfolglos. Wir kehrten kurz vor dem Morgengrauen zum ›Schwarzen Lamm‹ zurück.« Der Krieger zögerte, warf den anderen einen raschen

Blick zu. »Soldaten des Fürsten suchten bereits nach der Heilerin, Herr.«

Mit einem scharfen Zischen holte der Atem. »Ihr wurdet entdeckt?«

»Nein, Herr!« Ecren trat ruhig neben Corfar. »Wir hörten sie im Schankraum, als wir die Reste unserer Ausrüstung aus dem Zimmer holten. Natürlich hatten wir die Hintertreppe benutzt. – Abgesehen von dem Heiler haben wir keine Spuren hinterlassen.«

»Wir sollten dennoch …«, setzte Brachan an, doch Levan fiel ihm ins Wort. »Herr, wo ist die Heilerin?« Er reckte den Hals.

Mordan fuhr herum. Die Lichtung lag verlassen da. Sein lästerlicher Fluch wurde von einem gellenden Kreischen unterbrochen, in das sich ein schriller Schrei mischte.

»Ired!« Wie von Rachegeistern gehetzt, rannte er los.

»Die Heilerin ist tot!« Hastig folgte Brachan ihm, die anderen dicht hinter sich.

Als sie die Bäume erreichte, blickte Lijanas noch einmal rasch auf die Lichtung zurück. Sehr gut, die Krieger hatten ihr Verschwinden noch nicht bemerkt. Arrogante Kerle! Sie duckte sich zwischen tief hängenden Ästen hindurch, umrundete einen Busch und sah sie. Zwei Pferde; größer und massiger als die Schlachtrösser, die Ahmeer ihr in Fürst Rusans Ställen gezeigt hatte. Mehrere Schritt lange Führstricke schleiften durch das Gras, das mit kurzen, harten Rucken abgeweidet wurde. Behutsam ging sie näher heran, erzählte den Tieren mit schmeichelnder Stimme Belanglosigkeiten – und kam keine zwei Schritt weit, ehe das vordere der Pferde plötzlich den Kopf hob. Gelbe Augen starrten sie an, Ohren legten sich flach nach hinten, dann stürzte es mit einem gellenden Kreischen vorwärts. Eisenbeschlagene Hufe wirbelten vor ihrem Gesicht. Erschrocken stolperte sie rückwärts, wie aus weiter Ferne hörte sie ihren eigenen Schrei. Scharfe Zähne schnappten nach ihr, sie taumelte weiter zurück, entsetzt die Hände erhoben, in dem sinnlosen Versuch, sich vor dem tobenden Tier zu schützen. Sie duckte sich ungeschickt, schrie erneut, ein Laut, der neben dem wütenden Gellen des Pferdes beinah unterging. Der Stoß kam so unvermittelt, dass sie auf Händen und Knien landete. Die Hufe peitschten dort die Luft, wo gerade eben noch ihr Kopf gewesen war. Eine Hand packte sie, zog sie in den Schutz eines Baumes – der grauhaarige Krieger. Gegen ihren Willen klammerten ihre Hände sich an ihn. Jetzt erst wagte sie einen Blick über die Schulter. Ihr stockte der Atem.

Mordan stand vor dem wütenden Pferd, den Führstrick um die Faust geschlungen, und versuchte es von den Hinterbeinen herunterzuzerren. Nur knapp konnte er einem Huf ausweichen. Kaum stand das Tier mit allen vier Beinen auf dem Boden, fuhr es auch schon mit gefletschten Zähnen auf den Krieger los – und warf wiehernd den Kopf zurück, als der ihm die Faust mit voller Wucht auf die empfindlichen Nüstern drosch. Einen Moment stand es still, die Flanken bebend, ohne den Mann vor sich aus den Augen zu lassen. Der ruckte hart an dem Führstrick, knurrte einen Befehl – und das Pferd wich Schritt für Schritt zurück, die Ohren noch immer gefährlich angelegt, die gelben Augen jedoch unverwandt auf die drohend erhobene Faust gerichtet. Schließlich senkte es den Kopf und der schwarzhaarige Krieger winkte Levan heran, warf ihm den Strick zu.

Dann wandte er sich um. Lijanas schluckte unbehaglich. Seine Miene war eine Maske nur mühsam beherrschten Zorns.

»Seid Ihr wahnsinnig, Weib, oder wolltet Ihr Euch nur selbst umbringen?« Er packte sie am Arm und zerrte sie vorwärts, in Richtung des Pferdes, das bei ihrem Anblick schnaubend den Kopf aufwarf. »Das ist ein Ashentai, ein Schlangenpferd! Sie sind darauf abgerichtet, jeden Fremden zu töten, der sich ihnen nähert. Ein Tritt von ihm hätte genügt, um Euch den Schädel zu zerschmettern.« Er zog sie zu sich herum, damit sie ihn ansah. »Ihr werdet Euch nie wieder einem dieser Tiere nähern, es sei denn, einer von uns ist dabei! – Habt Ihr das verstanden, Weib?« Er schüttelte sie so heftig, dass ihre Zähne aufeinanderschlugen und sie das »Ja!« nur hervorkeuchen konnte.

»Gut!« Unvermittelt ließ er sie los – um ein Haar wäre sie gestürzt, hätte er nicht schnell wieder zugefasst. »Und nun reden wir davon, was Ihr hier zu suchen hattet.« Unsanft schleppte er sie unter den Bäumen heraus auf die Lichtung zurück. Lijanas musste rennen, um mit seinen langen Schritten mitzuhalten. Neben dem gelöschten Lagerfeuer stieß er sie ins Gras. Sein Ärger war noch immer nicht verraucht.

»Ich gestehe jedem einen Versuch zu, davonzulaufen. – Auch wenn das hier eben unüberlegt und dumm von Euch war, Heilerin.«

»Ach, Ihr hättet es natürlich viel geschickter angestellt, was?«, schnappte Lijanas dagegen und verfluchte im gleichen Herzschlag ihre vorlaute Zunge, da er sich bedrohlich über sie beugte.

»Zumindest hätte ich gewartet, bis es dunkel gewesen wäre.«

Danke für den Rat! Sie blickte zur Seite – und schreckte zurück, als er sich unvermittelt neben ihr auf die Fersen niederkauerte, sie am Kinn packte und grob zwang, ihn anzusehen.

»Ich will Euer Wort, dass das eben Euer erster und letzter Fluchtversuch war, Heilerin!«, verlangte er in erschreckend ruhigem Ton.

Mit einem Ruck befreite Lijanas sich aus seinem Griff und rutschte ein Stückchen von ihm weg.

»Wenn Ihr eine fügsame Gefangene wollt, die allein bei Eurem Anblick auf die Knie fällt und um Erbarmen … – He! Was macht …« Einen fassungslosen Moment beobachtete sie, wie er ein Stück ihres Gewandsaumes abriss, doch als sie ihn daran hindern wollte, noch mehr Schaden anzurichten, hatte er den Streifen blitzschnell um ihre Handgelenke geschlungen und festgezogen. Mit einem empörten Schrei versuchte sie loszukommen, biss, kratzte und trat nach ihm – kaum mehr als zwei oder drei Herzschläge später lag sie dennoch hilflos am Boden, die Hände an ihre Knöchel gefesselt. Wütend funkelte sie ihn von unten herauf an. »Macht mich los! Sofort!«

Ungerührt richtete er sich auf. Mit einer gewissen Genugtuung stellte Lijanas fest, dass er einen blutenden Kratzer auf der Wange hatte.

»Ihr könnt mich hier nicht liegen lassen wie irgendein – Bündel.« *Gnädige, hab Erbarmen. Ich keife wie ein Waschweib. – Warum schaut er mich so seltsam an?*

Als sie den Kopf hob und seinem Auge folgte, schoss ihr die Röte ins Gesicht. Bei all ihrem Gezappel war ihr Gewand bis über die Knie emporgerutscht. Sie sah zu ihm hoch – unter einer gehobenen schwarzen Braue erwiderte er ihren Blick. Dann kauerte er sich erneut langsam neben ihr nieder und streckte die Hand nach ihren Beinen aus.

Plötzlich war ihre Kehle eng.

Nein, Gnädige, bitte! Nicht so! Nicht er!

Ängstlich folgte sie seiner Bewegung – seine Finger streiften sie nur kurz, als er ihr Gewand wieder sittsam bis zu ihren Knöcheln hinabzog. Noch immer in der Hocke, sah er sie an. Lijanas schluckte trocken.

Die Ewigkeit endete, als er abrupt aufstand. »Bis ich Euch holen komme, will ich keinen Laut von Euch hören, Heilerin!« Damit wandte er sich ab und ging zu den Pferden hinüber.

Lijanas legte den Kopf in den Nacken und schrie.

Grobian! Mistkerl! Bastard! Ekel! Rohling! Flegel! Hurensohn!

Er hatte es tatsächlich getan. Er war zurückgekommen, hatte einen weiteren Fetzen Stoff aus ihrem Gewand gerissen und ihr in den Mund gestopft. Dann war er wieder gegangen. Einige Zeit hatte sie noch gegen ihren Knebel angebrüllt, mit dem Erfolg, dass ihr nun der Hals schmerzte. Irgendwann hatte sie sich darauf verlegt, ihn stumm mit allen Schimpfnamen zu bedenken, die sie kannte. Sie hatte feststellen müssen, dass es nicht allzu viele waren.

Mit einem leisen Stöhnen bewegte sie die Handgelenke in ihren Fesseln. Ihr Rücken tat weh.

Widerling!

Sie ballte die Fäuste, als das leise Klirren von Sattelzeug und gedämpfter Hufschlag seine Rückkehr ankündigten. Sollte er nur nicht glauben, dass sie von jetzt an fügsam seinen Befehlen gehorchte.

Wie lange es her war, dass er mit Brachan gestritten hatte, wusste er nicht mehr. Wie lange es her war, dass er mit Brachan gestritten und den Kürzeren gezogen hatte – daran konnte er sich noch weniger erinnern.

Warum kann dieses Weib sich nicht wie jedes andere benehmen und tun, was man ihm sagt? Eine schöne Frau soll man sehen und nicht hören! Zankhexe, verdammte!

›Es wäre nicht nötig gewesen, die Heilerin zu fesseln und zu knebeln‹, war der Empfang des grauhaarigen Kriegers gewesen, als er die Bäume erreicht hatte. ›Du hättest sie ebenso gut von Levan oder einem der anderen bewachen lassen können.‹ Die Gesichter von Corfar und Ecren hatten ihm gesagt, dass sie Brachans Meinung teilten. Er hatte sich einen Vortag über das Verhalten gegenüber Frauen anhören müssen. – Er! – Und dann war er auch noch von Levan belehrt worden, dass man eine Frau wie die Heilerin nicht wie eine Trosshure behandeln konnte. Bei allen Rachegeistern, hätte er das getan, hätte er ihr Gewand bestimmt nicht wieder bis zu ihren Knöcheln heruntergezogen. – Doch der Ausdruck in ihren Augen wollte ihm nicht aus dem Sinn. Für ein paar Atemzüge hatte er in ihnen blanke Angst gesehen.

Unbewusst hob er die Hand zum Gesicht. Er hatte vieles getan, weshalb man ihn fürchtete und verfluchte. Aber einer Frau hatte er sich nie gegen ihren Willen genähert. Er ballte die Faust. Wenn er eine Frau wollte, bezahlte er für ihre Dienste, so einfach war das. Mit einem Knurren bleckte er die Zähne. *Sie ist eine Nivard – und für sie sind wir reißende Tiere …*

Mit einem Ruck an den Zügeln brachte er Ired zum Stehen. Da

lag sie, sein flammenhaariger Fluch, noch immer wohlverschnürt. Es hätte ihn auch sehr erstaunt, wenn sie sich hätte befreien können.

Ihre angespannten Schultern verrieten ihm, dass sie ihn herankommen gehört hatte. *Sie trotzt also noch immer.*

Er unterdrückte ein Seufzen, ließ Ired stehen, trat vor die Heilerin und ging in die Hocke. Ihre emeraldfarbenen Augen blitzten ihn böse an.

»Werdet Ihr schreien, wenn ich Euch den Knebel abnehme?« Brachan hatte ihm geraten, höflich zu sein. Er konnte es ja versuchen.

Ihr Blick sagte ihm, wohin er sich scheren konnte, dann wandte sie den Kopf ab.

Er fasste sie unterm Kinn und drehte ihren Kopf zurück.

Sanft, Mordan, sanft! Du sollst sie behandeln wie eine empfindliche Blume, sagt Levan. – Empfindliche Blume? Pah! Sie ist eine verfluchte Distel!

»Wir werden jetzt weiterreiten, Heilerin.« Er sprach, ohne dass sie seine Reißzähne sah, und versuchte, möglichst freundlich zu klingen. »Es gibt zwei Möglichkeiten, wie Ihr das tun könnt. – Aufrecht, vor mir im Sattel – oder auf dem Bauch, vor mir über dem Sattel. Ersteres werde ich Euch erlauben, wenn Ihr versprecht, nicht zu schreien oder Euch auch sonst nicht wie eine Furie aufzuführen. Solltet Ihr dies nicht tun, bleibt Euch nur die zweite Art – und glaubt mir, auf Dauer ist das äußerst unbequem. Also? Was soll es sein?«

Ihre Augen wurden schmal, hinter dem Knebel kamen unverständliche Laute hervor. Als er sie einfach nur weiter anblickte, stieß sie mit dem Kinn nach ihm. Offenbar wollte sie ihm klarmachen, dass er sie von dem Stoff befreien sollte.

Mordan bemühte sich um ein freundliches Lächeln mit geschlossenen Lippen, während er das Tuch aus ihrem Mund zupfte.

»Ich höre.«

»Glaubt nur nicht, dass Ihr gewonnen habt, Kjer.«

Er betrachtete den Knebel.

Elender Rohling! »Schon gut. Ich werde nicht schreien.«

Eine schwarze Braue hob sich fragend.

»Und ich werde mich auch nicht wie eine Furie aufführen.«

Die zweite Braue hob sich.

Lijanas verdrehte die Augen. »Ich verspreche es.«

In seinem Sturmauge blitzte es für einen winzigen Moment zufrieden, dann beugte er sich vor, löste ihre Fesseln und zog sie vom Boden empor. Sie machte sich mit einem Ruck aus seinem Griff frei.

Auf seiner Stirn erschien eine scharfe Falte. »Steigt auf!«

Lijanas starrte das mächtige Kriegsross an, dessen gelbe Augen jetzt unter einem Band aus dünnen, ledernen Fransen verborgen waren.

Ihr erster Gedanke war: *Wie wollte ich eigentlich da hinaufkommen? Der Rücken ist mindestens zwei Schritt über dem Boden.*

Und der zweite: *Die Bestie, die mir schier den Schädel eingetreten hätte! Das ist sein Pferd? Oh Gnädige!*

»Ich will nicht mit Euch reiten!«

»Steigt auf!«

»Seid Ihr taub? Ich sagte ...«

»*Ich* sagte: Steigt auf!« Seine Stimme war mit einem Mal ein gefährliches Schnurren. »Und nein, ich bin nicht taub.«

»Aber Ihr hört nur das, was Ihr hören wollt«, brummte sie leise und gönnte ihm einen kurzen Blick über die Schulter. Den Daumen unter den silberbeschlagenen Gürtel gehakt, stand er keine Armlänge hinter ihr und sah sie eisig an. *Mistkerl!* Sie blickte wieder zu dem Pferdeungeheuer hin.

Es hatte ein seltsam ölig glänzendes Fell, das aus der Nähe aussah, als hätte jemand – ja, was? Asche? – hineingerieben. Sie runzelte die Stirn. Ein breiter, mit eingebrannten Verzierungen geschmückter Ledergurt reichte über seine Brust, während ganz ähnliche, mindestens handbreite Riemen Kruppe und Hinterhand zierten. Auf seinem Rücken lag ein Sattel aus dunklem Leder mit halbhohem Hinterzwiesel und einem nur wenig höheren Sattelhorn, das nach oben hin schmaler wurde und dessen Ende kunstvoll vornübergebogen war. ›Kriegssattel‹ hatte Ahmeer diese Art Sattel genannt, als er ihr einmal ein ganz ähnliches Exemplar in den Stallungen seines Onkels gezeigt hatte. Nur war über diesen hier ein dichtes schwarzes Schaffell geworfen. Lijanas lächelte süßlich und blickte erneut über die Schulter, ehe sie ihre Musterung fortsetzte. Hinter dem Sattel war über wohlverschnürten Satteltaschen eine Deckenrolle festgezurrt und dahinter – sie schluckte unwillkürlich – war ein runder, schwarzer Schild von ungefähr einem Schritt Durchmesser festgemacht, in dessen Mitte ein fingerlanger Dorn gefährlich im Sonnenlicht glänzte. Unter dem Rand des Schildes ragte der doppelte Bogen einer Armbrust zusammen mit einem ledernen Köcher heraus, der wohl die dazugehörigen Bolzen enthielt.

»Auf der anderen Seite findet Ihr eine Garichan-Kriegsaxt und ein Kereshtai-Schwert.« Sie konnte den Spott in seiner Stimme hören.

Trägt der Kerl denn immer eine ganze Waffenkammer mit sich herum?

»Und jetzt steigt auf!« Der Spott war aus seinem Ton verschwunden.

Noch einmal ließ Lijanas den Blick über das riesige Pferd gleiten, über die Waffen, die Satteltaschen und mehrere Beutel, die dazwischen befestigt waren.

»Und wo soll ich sitzen?«

»Hier!« Er tätschelte eine Decke, die vor dem Sattel über Hals und Schulter des Tieres geworfen worden war.

Sie schloss die Augen und seufzte leise. *Es hilft alles nichts.*

Vorsichtig näherte sie sich dem Pferd, packte das Sattelhorn so gut sie konnte und angelte mit dem Fuß nach dem Steigbügel – ohne ihn erreichen zu können. Sie trat noch näher an das Tier heran – ein mächtiger Huf stampfte gefährlich dicht neben ihr den Boden. Hinter ihr zischte der Krieger der schwarzen Bestie einen Befehl in der Sprache der Kjer zu, packte Lijanas zu ihrem Erschrecken ohne Vorwarnung um die Mitte und hob sie auf den Pferderücken, als hätte sie nicht mehr Gewicht als ein Kätzchen.

Da ihr Gewand zu eng war, um sich rittlings vor dem Sattel niederzulassen – sie hatte nicht vor, ihm noch mehr von ihren Beinen zu zeigen, als er ohnehin schon gesehen hatte –, blieb ihr nur, sich seitlich zu setzen. Er wartete, bis sie sich zurechtgerückt hatte, dann schwang er sich hinter ihr auf das Pferd, zog sie näher zu sich heran, stopfte einen Teil seines Mantels zwischen das Sattelhorn und sie, legte einen Arm um ihre Taille und fasste mit der anderen Hand die Zügel.

Lijanas Versuch, sich aus seinem Griff zu befreien, misslang. Im Gegenteil hielt er sie jetzt noch enger gegen seine Brust gelehnt. Ebenso gut hätte sie sich gegen eine Eisenfessel wehren können. Ein kurzes Schnalzen, eine Gewichtsverlagerung und das mächtige Kriegsross setzte sich gemessenen Schrittes in Bewegung.

2

Kaum mehr als eine Handbreit bedeckte das Wasser den Boden und verwandelte ihn dennoch in diamantenes Glitzern und funkelndes Licht, das in hellen Schatten über die schlanken Säulen huschte, die die filigrane Decke trugen. Dort, wo Mauern hätten sein sollen, blickte man auf drei Seiten über die Unendlichkeit des Meeres, das sich donnernd an den steilen Klippen brach, auf denen die Silberne Halle von Anschara erbaut war. In der Ferne ließ ein Flimmern über der See die Hitze erahnen, die von den Gipfeln der Brennenden Inseln aufstieg und die dafür sorgte, dass die Hauptstadt Astrachars keinen Winter kannte. Auf der vierten Seite erfreute das Gold reifer Felder und das Grün wildreicher Wälder das Auge des Betrachters. Doch für all diese Schönheit hatte er heute keinen Blick. Den Ellbogen gegen eine der Säulen gestützt, die den äußeren Umgang der Halle trugen, die Knöchel der zur Faust geballten Hand an die Lippen gepresst, starrte er über das Meer hinaus und wartete. Der Seewind spielte mit der Fehan-Seide seiner weit fallenden Beinkleider und der ärmellosen, mit winzigen Silberperlen bestickten Weste, strich kühl über seine Stirn und kräuselte die glatte Wasseroberfläche des von weißem Stein eingefassten Beckens hinter ihm, in dessen Mitte sich der Thron des Fürsten von Astrachar auf einem Rund aus silbergeädertem Marmor erhob.

In ein paar Schritt Entfernung saß eine zierliche Frau auf einem Schemel aus Elfenbein zwischen den Säulen, gekleidet in das Blau, Schwarz und Silber ihres Standes, stumm das Gesicht in seine Richtung gewandt. Und obwohl Niégra, die Erste Gesegnete der Rabin, schon seit vielen Wintern blind war, schien ihr Blick ihn zu verbrennen. Mit einem Knurren stieß er sich von der Säule ab und nahm seine ungeduldige Wanderung von zuvor wieder auf.

Es war falsch, sich solche Sorgen zu machen. Sie sollte ohne Bedeutung für ihn sein, immerhin war sie kein Mitglied des Hofes, sondern nur eine junge Heilerin, die unter den Gesegneten der Rabin lebte; die noch nicht einmal zur Schwesternschaft der Gesegneten gehörte. Aber verdammt, der Gabe dieses Mädchens hatte er es zu verdanken, dass er noch am Leben war, nachdem man ihn vor drei Wintern mehr tot als lebend nach Anschara gebracht hatte.

Unwillkürlich ballte Rusan, Fürst der Nivard, die Fäuste, als er sich an den Augenblick im eisigen Wind bei Iserochs Pass erinnerte. Mit einer kleinen Truppe seiner besten Männer hatte er hinter einer Felskehre plötzlich zwei Dutzend Kjer-Kriegern gegenübergestanden, die das Banner des zweiköpfigen Wolfes führten. Im ersten Moment waren die Kjer scheinbar nicht weniger überrascht gewesen wie die Nivard selbst, jemanden in diesen verschneiten Höhen anzutreffen. Doch ihr Anführer hatte sich schnell von seiner Verblüffung erholt und dann war es zu spät gewesen – sie waren über Rusans Männer hergefallen – und er hatte sich dem Blutwolf persönlich gegenübergesehen.

Unbewusst tastete er nach seiner linken Schulter. Das Schwert des Kriegers war ein beißender Blitz in der frostklirrenden Luft gewesen, als es immer wieder auf ihn niedergefahren war und sich ihm schließlich mit mörderischer Wucht knapp neben dem Hals in die Schulter gebohrt und dort die Knochen zertrümmert hatte. Die Welt um Rusan war in Rot ertrunken. Das Letzte, was er für lange Zeit gehört hatte, war das wutentbrannte Heulen des Blutwolfs gewesen, als es seiner Leibwache endlich gelang, ihn von ihrem gestürzten Fürsten zurückzudrängen, denn dieser eine Hieb hatte ihn an den Rand des Grabes gebracht. Seit jenem Tag war sein Arm ohne Kraft.

Er rieb über die wulstige Narbe, den Mund zu einem bitteren Strich verzogen. Es ging das Gerücht, dass Haffrens erster Heerführer ein Kessanan war. Eine jener Bestien, die in blindem Gehorsam jeden Befehl ihres Herrn ausführten – wie auch immer er lauten mochte.

Der bittere Zug machte Spott Platz. Es gab aber auch Stimmen, die behaupteten, der Blutwolf sei kein Mann, sondern ein fleischgewordener Rachegeist.

Der Seewind wehte ihm schwarze, schon mit dem ersten Silber des Alters durchzogene Haarsträhnen ins Gesicht. Unbewusst strich er sie zurück. Was auch immer dieser Kjer-Krieger war – Mann oder Rachegeist –, wer Rusan seinen Kopf brachte, wurde mit Gold belohnt.

Er blieb zwischen zwei Säulen stehen und blickte aufs Meer hinaus, während er versuchte, die Kjer aus seinen Gedanken zu vertreiben und den Hass in seinem Herzen zum Schweigen zu bringen. Im Augenblick war das Mädchen wichtig und kein weit entfernter Feind.

Als ein Hauptmann seiner Garde sich mit schnellen Schritten näherte, wandte Rusan sich um.

»Und?« Seine Stimme war scharf. Geduld hatte noch nie zu seinen Tugenden gehört.

Der Mann verneigte sich. »Nichts, mein Fürst!«

»Wart Ihr auch in der Unterstadt?« Die junge Närrin war arglos genug, allein in die engen Gassen nördlich des Hafens zu gehen, wenn ein Kranker dort ihre Hilfe brauchte.

»Ja, mein Fürst. Dort war sie nicht! – Heiler Udelar war der Letzte, der sie sah. Er sagt, sie habe einen Fremden zum ›Schwarzen Lamm‹ begleitet, um sich dort um einen Gefährten des Mannes zu kümmern, dem Heiler Udelar selbst nicht helfen konnte. – Niemand im ›Schwarzen Lamm‹ hat sie gesehen. Wie es scheint, ist sie nie dort angekommen.«

»Wurden diese Fremden befragt?«

»Sie haben noch vor dem Morgengrauen das ›Lamm‹ verlassen, mein Fürst.«

»Wie sahen sie aus?«

»Der Wirt beschrieb sie als groß und beeindruckend. Sie behaupteten zwar, Händler zu sein, aber er hielt sie eher für Krieger, mein Fürst.«

»Hat er Waffen gesehen?«

»Nein, mein Fürst. Einer der drei schien vor Schmerz kaum stehen zu können, als sie ankamen. Die anderen beiden waren offenbar sehr besorgt. Sie bezahlten mit Gold, damit der Wirt ihnen überhaupt ein Zimmer gab.«

»Und dennoch waren sie noch vor dem Morgengrauen wieder fort.« Auf Rusans Stirn erschien eine Unheil verkündende Falte. »Findet diese Männer und bringt sie zu mir, gleichgültig, wo sie sich aufhalten und ob sie Euch begleiten wollen oder nicht. Eilt Euch!«

Der Krieger verneigte sich und hastete davon.

Rusan presste die Faust gegen den kühlen Stein einer Säule. Bei den Augen der Rabin, das Mädchen war noch nicht einmal eine Anverwandte – es sollte ihm gleichgültig sein. Warum nur zog sich dann bei dem Gedanken, dass ihr jemand ein Leid angetan haben könnte, sein Herz zusammen? Er schüttelte leicht den Kopf. Es gab noch jemanden, der von ihrem Verschwinden erfahren musste.

»Schickt nach Prinz Ahmeer!«

Obwohl sie noch gefährlich nahe an Anschara waren, hatten sie beschlossen, die Pferde vorerst nur im Schritt gehen zu lassen. So würden sie bei Reisenden, die ihnen selbst hier auf den Nebenstraßen begegnen mochten, keine Aufmerksamkeit erregen und zugleich den Tieren ein wenig Ruhe gönnen. In den letzten Tagen hatten sie die mächtigen Kriegsrösser erbarmungslos vorangetrieben, um möglichst viel Zeit für den Rückweg zu gewinnen. Ein Tag in einer ruhigen Gangart würde den Pferden die Möglichkeit geben, sich etwas von den vorangegangenen Strapazen zu erholen.

Gemächlich lenkte Brachan seinen Wallach neben Mordans Stute und blickte mit einem amüsierten Zucken in den Mundwinkeln auf die Heilerin. Ihr Kopf ruhte an der Schulter des schwarzhaarigen Kriegers, eine Hand lag an seiner Brust, die andere entspannt in ihrem Schoß. Ihr langes Haar hatte sich beinah gänzlich gelöst und floss wie ein glänzender Wasserfall an Ireds Seite hinab.

Mordan folgte dem Blick der Raubvogelaugen und hob andeutungsweise die Schultern.

»Wenn sie schläft, macht sie keinen Ärger.«

»Zutraulich wie ein kleines Kätzchen.« Der belustigte Zug um Brachans Mund vertiefte sich.

Ein scharfes Schnauben antwortete ihm. »Ein Kätzchen mit Krallen wie eine Eiskatze.« Der Jüngere musste hastig fester zufassen, da die Heilerin sich mit einem unwilligen Murmeln in seinem Arm regte – nur um gleich darauf ruhig weiterzuschlummern.

»Nachwirkungen des Gurin?«

»Anzunehmen. Oder glaubst du, sie würde sonst freiwillig in *meinem* Arm schlafen?«

»Wie viel Vorsprung werden wir haben, was schätzt du?« Brachan unterdrückte ein Grinsen, während er sich in seinem Sattel zurechtsetzte.

»Wenn es stimmt, was Corfar sagt, weniger als uns lieb sein kann. Wahrscheinlich werden sie zuerst die Stadt nach ihr absuchen. – Einen Tag und einen halben vielleicht. Weniger, wenn sie den Heiler aufgespürt haben. – Ich hätte ihn selbst übernehmen sollen.«

»Die Sonne steht schon hoch. Wir werden heute keine Rast

mehr machen und bis in die Dunkelheit hinein reiten, dann gewinnen wir noch ein paar Stunden. Aber morgen werden wir schneller vorankommen müssen!«

»Morgen werden die Pferde ausgeruhter sein.« Mit einem scharfen Ruck am Zügel verhinderte Mordan, dass seine Stute Brachans Wallach biss. Die Heilerin seufzte in seinem Arm und rührte sich leicht. Nachdenklich blickte er auf sie hinab.

»Ich habe noch nie eine Nivard mit solchen Haaren gesehen. Mitternachtsfeuer und dazwischen feine Strähnen in der Farbe von Elfenbein.«

»Deine Mutter hatte solche Haare.«

Der Jüngere wurde im Sattel starr. Von einem Lidschlag zum anderen war sein Gesicht eine Maske.

»Ach ja?« Er zog Ireds Zügel an. »Reite voraus, Brachan! Unser Gerede weckt die Heilerin.«

Mit einem Seufzen trieb der alte Krieger sein Ashentai zu einem schnelleren Trott. Es war kein Geheimnis, dass Mordans Mutter Thiéla – eine unfreie Magd, die zur Hälfte Edari-Blut in den Adern hatte – ihren Sohn vom Tag seiner Geburt an gehasst und sich nur so weit um ihn gekümmert hatte, wie es unbedingt nötig war. Sie hatte noch nicht einmal für ihn eingestanden, als man ihn dem Kriegerbann übereignet, kaum dass er vier Winter gesehen hatte.

Es war ungerecht dem Grashalm gegenüber, aber sie konnte nicht anders. Mit dem Fingernagel zerknipste sie ihn in kleine Stücke.

Wie viel lieber würde ich das mit diesem … diesem Kerl tun.

Mit zusammengepressten Lippen sah sie zu dem arroganten Bastard hin, der ihr vor Kurzem mitgeteilt hatte, dass sie sich die Bettfelle heute Nacht mit ihm würde teilen müssen. Oh, natürlich nicht auf *diese* Weise.

Nein! Natürlich nicht!

Wenn es sie beruhigte, so hatte er ihr gönnerhaft angeboten, würde er sein Schwert blank zwischen sie legen. – Aber neben ihr schlafen würde er, daran hatte er keinen Zweifel gelassen.

Lijanas schnippte den Rest des Grashalms in die Dunkelheit, zog die Beine enger an den Leib, schlang die Arme darum und stützte das Kinn auf die Knie. Vermutlich war ihr Rücken, dort wo sich das Sattelhorn den ganzen Tag in ihn gebohrt hatte, grün und blau. So zumindest fühlte es sich an. Wie hatte sie auch nur in seinem Arm einschlafen können. Verfluchtes Gurin! Und diese bleierne Müdigkeit saß noch immer in ihren Knochen. Nichts war verlockender, als sich auf den weichen Bettfellen, auf denen sie saß, zusammenzurollen und zu schlafen. Sie krallte die Finger in das schwarze Wolfsfell. Nur der Gedanke, dass es *seine* Bettfelle waren, hinderte sie daran.

Die Sonne hatte schon tief gestanden, als sie mit dem Gefühl zu fallen aus dem Schlaf aufgeschreckt war – und sich vor ihm im Sattel, an seinen Arm geklammert, wiedergefunden hatte. Ungerührt hatte er sie wieder zurechtgesetzt, ohne sein Pferd auch nur für einen kurzen Augenblick zum Stehen zu bringen. Als ihr Magen einige Zeit später zu knurren begonnen hatte, war er mit ein paar erstaunlich wohlschmeckenden Haferkeksen aus seiner Satteltasche und einigen Schluck Wasser zum Schweigen gebracht worden; wieder ohne Halt.

Erst als die Dämmerung hereingebrochen war, hatten die Krieger ihre Pferde von der schmalen Nebenstraße herunter und zu einer kleinen Senke gelenkt, die Levan aufgespürt hatte: Sie lag zwischen dichten Bäumen verborgen, auf zwei Seiten von steilen Abhängen geschützt. Lijanas war neben einem schmalen Steinblock abgesetzt worden und hatte zusehen dürfen, wie die Männer den Tieren Gepäck und Sattelzeug abgenommen und sie rasch gefüttert und getränkt hatten, um sie schließlich mit langen Führstricken zwischen den Bäumen anzubinden. Erst dann hatten sie ihre Bettfelle im Schutz der Felsen ausgerollt und ein kleines Lager errichtet. Corfar und Levan hatten sich auf die Suche nach trockenem Holz begeben, während Ecren eine kleine Feuerstelle vorbereitet und aus irgendwelchen Packtaschen Kochgeschirr hervorgeholt hatte.

Mordan hatte Lijanas befohlen, sich auf seinen Bettfellen niederzulassen, dann war er mit der Armbrust und einer Handvoll Bolzen zwischen den Bäumen verschwunden. Brachan hatte sich auf einen umgestürzten Stamm gesetzt, der schräg zwischen zwei Steinbrocken klemmte, und sich eine langstielige Pfeife gestopft. – Zufrieden sog er nun daran, ohne sie aus den Augen zu lassen.

Inzwischen war es schon seit einiger Zeit dunkel, die Sichel des ersten Mondes schimmerte matt durch die Baumwipfel hindurch. Umgeben von den Steinen der Feuergrube tanzten Flammen und schickten jedes Mal, wenn ein Scheit barst, Funken in den Nachthimmel. Lijanas legte den Kopf in den Nacken und blickte zu den Sternen hinauf. Fröstelnd rieb sie sich die Arme, dann schmiegte sie die Wange gegen ein Knie. Gewöhnlich saß sie um diese Zeit mit den Gesegneten der Gnädigen Göttin im großen Saal, vertieft in eines ihrer Kräuterbücher oder mit einer Handarbeit beschäftigt. Plötzlich brannten ihre Augen.

Nein, Lijanas! Du wirst nicht anfangen zu heulen wie eine törichte Gans! Sie presste die Handflächen gegeneinander. *Ahmeer wird kommen und mich holen! Bestimmt!*

Mit einer knappen Bewegung riss sie den nächsten Grashalm aus und begann, das arme Ding zu foltern. Sie sah auf, als sie Ecrens verzücktes Stöhnen hörte, und konnte sich ein Lächeln nicht ganz verbeißen, während sie beobachtete, wie er erneut an der Sudkelle nippte. *So viel zu: Sie essen rohes Fleisch!* Als Mordan zurückgekehrt war, hatte er drei rotbraune Haselhühner und zwei fette Hasen mitgebracht – und ein paar schmutzigbraune Knollen. Um ein Haar hätte Ecren ihm die Hände geküsst, als er Letztere mit einer an Ehrfurcht grenzenden Geste entgegengenommen hatte. Der verzückte Ausdruck auf dem Gesicht des Kriegers, als er seinen Kameraden ein fürstliches Mahl versprach, hatte sie fast zum Lachen gebracht. Nun schmorten die Haselhühner in einem Topf neben dem Feuer, während die Hasen am Spieß brieten. Zuweilen zischten die Flammen leise, wenn etwas von dem Sud heruntertropfte, mit dem Ecren die beiden Tiere immer wieder begoss. Der Duft, der zu ihr herüberwehte, ließ ihren Magen erwartungsvoll knurren. Verstohlen sah sie auf, ob einer der Männer das Geräusch gehört hatte. Offenbar nicht, denn keiner schenkte ihr mehr Beachtung als zuvor.

Gerade legte Ecren die Sudkelle in die Schüssel mit der Tunke zurück, die er zusammen mit goldenem Öl, Kräutern und jenen geheimnisvollen Knollen – von denen Lijanas mittlerweile wusste, dass es besonders seltene und äußerst wohlschmeckende Pilze waren – angesetzt hatte, nahm einen langen Dolch zur Hand und bearbeitete die Klinge mit einem Tuch.

Zu seiner Rechten hatte Levan sich ganz nah ans Feuer gesetzt, den blonden Kopf tief über eine Schriftrolle gebeugt. Seine Lippen bewegten sich lautlos, während er mit dem Finger den Zeilen folgte.

Als sie über die Flammen hinwegschaute, begegnete sie unvermittelt Brachans gelbem Raubvogelblick. In dem Lederbecher in seiner Hand klapperte es. Als er dann die Würfel auf dem viereckigen Spielbrett ausrollen ließ, das zwischen ihm und Corfar auf seinen Fellen stand, zischte der andere Krieger einen Fluch. Ein kurzes Nicken in ihre Richtung, dann wandte er sich wieder dem Spiel zu. Scheinbar war Corfar gerade dabei, hoch zu verlieren – und Brachan wusste das. Lijanas rieb sich mit beiden Händen übers Gesicht. Offenkundig war der alte Krieger der Anführer der Männer. Er erteilte die Befehle, die stets sofort und ohne Murren ausgeführt wurden, und er war auch der Einzige, von dem Mordan sich etwas sagen ließ.

Abermals musterte sie die Kjer heimlich.

Kjer! Wie oft hatte sie – auch von Ahmeer – gehört, sie seien Tiere, die auf zwei Beinen gingen, von Kopf bis Fuß ekelhaft behaart, mit Krallen anstelle von Fingernägeln und entsetzlichen Reißzähnen. Gut, ihre Eckzähne waren deutlich länger als die eines Menschen und wirkten auch ungleich schärfer, aber es war nicht so, dass sie besonders über die Lippen hinausragten oder ständig zu sehen gewesen wären – im Gegenteil: Wenn sie es darauf anlegten, konnten sie sprechen, ohne dass sie auffielen. Mit ihren Fingernägeln verhielt es sich ähnlich. Keine Spur von Krallen! Sie schienen von selbst an den Enden spitz zulaufend zu wachsen, waren etwas länger als bei einem gewöhnlichen Menschen und bogen sich leicht nach unten, über die Fingerkuppen. Aber abgesehen davon und dass sie die Farbe von hellem Elfenbein hatten und vollkommen undurchsichtig waren, unterschieden sie sich nicht weiter von den Fingernägeln der Menschen. Nur ihre Körperbehaarung konnte man vielleicht als etwas auffällig bezeichnen – aber abstoßend? Nicht abstoßender als die eines normalen Mannes, dem ein dichter Pelz auf Armen, Beinen, Brust und Rücken wuchs. Verstohlen sah sie zu Levan hin, der dem Feuer am nächsten war und direkt von ihm beleuchtet wurde. Nein! Da war überhaupt nichts Abstoßendes! Wo bei einem Menschen einzelne, längere Härchen zu sehen gewesen wären, hatten sie feines, kurzes Fell. Bei Levan war es ebenso hell wie sein Haar und bei Brachan bereits ebenso grau. Außer einer Linie von den Schläfen, an den Ohren vorbei, hinunter zum Kiefergelenk und dann weiter schräg an der Seite des Halses entlang, nach hinten zu den Schultern, waren ihre Gesichter nicht anders behaart als bei gewöhnlichen Männern. Auf Levans Wangen zeichneten sich Bartstoppeln als goldener Flaum ab, Corfar sah nach einem Tag schon aus, als hätte er sich zwei Tage nicht rasiert.

Das gleiche feine Fell war auf ihren Handrücken und lief sacht über den Knöcheln aus. Nach der anderen Seite schien es sich über das Handgelenk und auf der Außenseite der Arme hinauf zu erstrecken. Da es auch ihren Nacken bedeckte und unter den Krägen ihrer Kleidung verschwand, musste es wohl ebenfalls ihre Schultern und den Rücken überziehen. *Es sieht herrlich weich aus. – Ich würde es gerne einmal anfassen.* Sie schüttelte über sich selbst erstaunt den Kopf. Am vergangenen Abend war ihr der Angstschweiß ausgebrochen bei dem Gedanken, sich in der Gewalt eines Rudels Kjer zu befinden – und jetzt? Sie waren Krieger – sie ihre Gefangene! Die Kjer behandelten sie nicht anders, als Menschen es vermutlich auch getan hätten. Sie waren sogar erstaunlich höflich – abgesehen von Mordan, der dieses Wort überhaupt nicht zu kennen schien. Eigentlich war er der Einzige, der ihr wirklich Angst machte. Der Umstand, dass nur er ganz in Schwarz gekleidet war; der kalte Blick, mit dem er sie zuweilen musterte – und dass das Zähnefletschen, das bei den anderen ein Lächeln war, bei ihm tatsächlich eine Drohung darstellte, machten es nicht gerade besser.

Nachdenklich stützte sie den Kopf in die Hand, zupfte an den Grashalmen und betrachtete die Kjer ein weiteres Mal.

Alle waren sie von Kopf bis Fuß in dunkles Leder gekleidet: hohe Stiefel, eng anliegende Hosen, bis fast in die Hälfte der Oberschenkel reichende Wämser, unter denen sie Kettenhemden und langärmlige Tuniken trugen. Zusätzlich zu einem Gürtel um die Mitte, an dem neben einer Gürteltasche ein einfacher Dolch hing, hatte jeder von ihnen noch ein Waffengehänge mit einem knapp armlangen Kurzschwert umgeschnallt. Eine zweite, nur halb so lange Klinge, die ihrem größeren Zwilling ansonsten aber zu gleichen schien, war auf dessen Scheide befestigt. Daneben trug jeder der Krieger zusätzlich zu dieser Waffe noch eine, die seinen persönlichen Vorlieben offenbar besonders entsprach. Ecren hatte ein Großschwert umgegürtet, während Corfar und Brachan beide Kriegsäxte am Gürtel trugen. An Levans Seite hatte sie einen Krummsäbel gesehen, dessen Spitze breiter war als die eigentliche Klinge. Lijanas runzelte die Stirn, als sie versuchte, sich daran zu erinnern, welche Waffe Mordan außer dem Kurzschwert getragen hatte. Nein, sie hatte bei ihm keine anderen Waffen gesehen – abgesehen von denen bei seinem Gepäck.

Sie drehte einem weiteren Grashalm den nicht vorhandenen Hals um und versuchte, den schwarzhaarigen Krieger in der Dunkelheit jenseits des Feuerscheins auszumachen, in der er vor einiger Zeit verschwunden war. Es dauerte mehrere Lidschläge, bis sie ihn auf einem Felsen oberhalb des Abhangs schräg hinter Levan entdeckte. Er kauerte dort oben wie ein Raubtier – dunkel und tödlich.

Wie im Namen der Gnädigen ist der Kerl da hinaufgekommen, ohne ein Geräusch zu machen?

Wahrscheinlich hätte sie ihn noch nicht einmal gesehen, wenn er sich nicht in eben dem Augenblick bewegt hätte, als sie zu der

Stelle hinschaute, denn als sie ein weiteres Mal hinsah, war er wieder Teil der Finsternis. Sie glättete den Grashalm und zerriss ihn dann der Länge nach.

Bastard!

Seine einzige Aufgabe schien es zu sein, auf sie, Lijanas, aufzupassen. Inzwischen hatte sie fast das Gefühl, dass sie seine persönliche Gefangene war. Er machte ihr Angst – und brachte sie dazu, sich ihm jedes Mal trotzig zu widersetzen.

Beim Feuer kam Bewegung in die Männer. Ecren hatte begonnen, den Hasen mit seinem Messer zu Leibe zu rücken, und verteilte großzügige Portionen in Schüsseln. Lijanas richtete sich ein bisschen mehr auf. Ihr Magen erinnerte sie nachdrücklich daran, dass er heute nur Haferkekse und Wasser bekommen hatte. Mit einem seltsamen Gefühl der Erleichterung ließ sie sich auf die Felle zurücksinken, als sie sah, dass Levan mit einer Schale und Brot in den Händen zu ihr herüberkam. Der Feuerschein ließ sein Haar golden glänzen, als er vor ihr in die Hocke ging.

»Ecren hat Euch die besten Stücke herausgeschnitten, Heilerin!« Er balancierte die flache Holzschale mit ihrem duftenden Inhalt in der Linken und hielt sie ihr zusammen mit dem Brot entgegen. Wie es schien, hatten die Krieger aus Höflichkeit ihr gegenüber vereinbart, in ihrer Gegenwart Nivard zu sprechen. Überraschenderweise beherrschten alle fünf ihre Sprache fließend, auch wenn Mordan der Einzige war, der sie völlig akzentfrei sprach. »Und wir haben Euren Kräuterkasten aus der Stadt mitgebracht.«

Lijanas Hände verharrten bei dieser Offenbarung auf halbem Wege in der Luft. »Das ist wunderbar. Ich danke –« Sie griff nach Brot und Fleisch – und schaute bestürzt auf. An seiner Rechten fehlten die äußeren beiden Finger. Hastig zog er die Hand zurück, das Brot fiel auf die Felle.

»Ich …« Er senkte den Kopf, wollte aufstehen.

»Du hast mir geschworen, dich niemals dafür zu schämen.«

Lijanas schrie erschrocken auf und fuhr halb herum.

Er!

Ihr Herz weigerte sich, wieder langsamer zu schlagen.

»Herr!« Levan richtete sich zögernd auf. »Ich dachte, die Heilerin … Vielleicht …«

»… fühlt sie sich davon abgestoßen? – Wenn sie gut ist, hat sie so etwas schon gesehen.«

»Ja, Herr!«

»Geh und hol dir selbst etwas zu essen, ehe Corfar sich einen halben Hasen einverleibt hat!«

»Ja, Herr!« Zu Lijanas Erstaunen legte Levan mit einem kurzen Nicken die Faust auf die Brust und ging hinüber zum Feuer.

Mordan kniete sich hinter sie und kramte in einer seiner Satteltaschen.

»Wie ist das passiert?« Bedächtig nahm sie das Stück Brot von den Fellen auf.

»Was?«

Was? – Ochse!

»Das mit Levans Fingern.«

»Sie haben sie ihm abgeschnitten – Glied für Glied.«

Sie starrte auf das in der Schale dampfende Fleisch und stellte es beiseite. »Warum? Ich meine: Wer tut so etwas?«

»Warum? Weil sie dachten, er sei mein Gespiele und ich würde ihnen sagen, was sie wissen wollen, wenn sie ihn an meiner statt weiter foltern.«

Foltern?

»Und wer …?«

»Nivard.«

»Nein! Das kann nicht sein!« Entschieden schüttelte Lijanas den Kopf. »Kein Nivard würde so grausam sein. Ihr müsst Euch geirrt haben.«

»Ja, wahrscheinlich!« Er kam näher und hielt ihr einen kleinen Gegenstand hin, der im Feuerschein glänzte. »Wahrscheinlich habe ich mich geirrt, als ich sah, wie Levans Blut auf das Banner des Seedrachen spritzte. Wahrscheinlich habe ich mich auch geirrt, als Astrachars Heermeisterin – wie heißt sie doch gleich … Eliazanar? – ihr persönliches Siegel in mein Fleisch brannte; zum Andenken an sie. – Hier, nehmt das!«

Rusans Heermeisterin würde niemanden foltern, um ihm sein Wissen abzupressen. Oder?

Seltsam benommen starrte sie auf das Ding, das er ihr in die Finger drückte – und sah ihn überrascht an.

»Ihr gebt mir einen Dolch? Habt Ihr keine Angst, dass ich ihn vielleicht gegen Euch benutzen könnte?« Sie bereute die Worte, kaum, dass sie heraus waren.

Mit einem verächtlichen Schnauben stand er auf.

»Solltet Ihr es tatsächlich schaffen, mir mit dem Spielzeug auch nur einen Kratzer zuzufügen, habe ich es nicht besser verdient. – Esst und dann legt Euch schlafen. Ihr werdet Eure Kräfte morgen brauchen.«

Noch ehe Lijanas etwas sagen konnte, war er schon wieder in der Dunkelheit zwischen den Bäumen verschwunden.

Wie oft hatte er in den letzten Wintern diesen Kriegsheiler verflucht, der ihm an jenem Tag nur wegen einer Pfeilwunde im Oberschenkel gegen seinen Willen Mohn verabreicht und ihn in die Hilflosigkeit des Drogenschlafs gezwungen hatte. Dann der Augenblick, als er unter dem Spott der Nivard an ein Folterkreuz gefesselt wieder zu sich gekommen war, der Körper schon von Schlägen geschunden, an die er sich nicht einmal erinnern konnte. Mordan ballte die Fäuste. Jeder Herzschlag war in seine Erinnerung eingebrannt. Das grelle Licht einer Fackel – so nah an seinem verletzten Auge, dass der Schmerz sich wie giftige Säure in seinen Schädel fraß und ihn beinah blendete. Die Feuer, die hinter und neben ihm loderten und deren Hitze ihm den Schweiß beißend über die Haut rinnen ließ und seine Kehle verdorrte, dass selbst das Atmen eine Qual war. Das Hohngelächter der Nivard, wenn er sich unter ihren Händen vor Schmerz aufbäumte.

Und schließlich der Moment, als sie Levan in den Feuerschein zerrten. Damals hatte er nicht verstanden, warum sie auf den verrückten Gedanken verfallen waren, der junge Krieger wäre sein

Bettgespiele und sein Wohlergehen würde ihm genug am Herzen liegen, damit er ihnen verriet, was sie wissen wollten. Erst Tage später hatte er erfahren, dass Levan ihn bis zuletzt gegen eine Nivard-Übermacht verteidigt hatte.

Sie hatten den Jungen ihm gegenüber an ein zweites Folterkreuz gebunden. Und als Levan nach schieren Ewigkeiten schon blutüberströmt in seinen Fesseln hing, hatte keine Geringere als Eliazanar, Astrachars Heermeisterin, lächelnd vorgeschlagen, diesem tapferen Kjer-Krieger die Finger Glied für Glied abzuschneiden – und mit der rechten Hand anzufangen. Levan hatte der Nivard-Hexe ins Gesicht gespuckt, aber Mordan hatte das Grauen in seinen Augen gesehen. Zuerst hatten sie dem Jungen nur ein qualvolles Stöhnen entlocken können, doch dann …

Mordan zwang sich, langsam und tief zu atmen, um die Erinnerung zu verdrängen. Zuweilen hörte er Levans gellende Schreie noch immer in seinen Träumen.

Für lange Zeit hatte dann die Welt für ihn aufgehört zu existieren. Es hatte einzig Levan und ihn gegeben – und Qual. Er hatte versucht, dem Jungen nur mit seinem Blick die Kraft zu geben, durchzuhalten – das Band zwischen ihnen war erst in dem Moment zerrissen, als Brachan und Corfar ihn von seinem Folterkreuz losgeschnitten hatten.

Die Kjer hatten das Lager von Astrachars Heermeisterin überrannt, Eliazanar war geflohen, das Seedrachenbanner lag zerfetzt und blutbesudelt im Staub. Der Angriff war so plötzlich gekommen, dass die Nivard noch nicht einmal Zeit gefunden hatten, ihre Gefangenen zu töten, geschweige denn, sie mit sich zu nehmen.

Er lehnte sich mit der Schulter an einen Baum und blickte zu der Heilerin hin, die sich gerade auf seinen Bettfellen zusammenrollte. Als er gesehen hatte, dass Levan ihr Fleisch und Brot brachte, hatte er ihr eigentlich nur den kleinen Dolch als Essbesteck geben wollen, damit sie nicht gezwungen war, mit den Fingern zu essen wie eine Unfreie. Doch als er in der Dunkelheit herangekommen war, hatte er mit ansehen müssen, wie sie Levans verkrüppelte Hand berührte und zurückzuckte. Langsam schüttelte er den Kopf. Er hätte etwas anderes erwartet, nach allem, was er in Anschara über sie gehört hatte.

Schon eine ganze Weile beobachtete Lijanas, wie die beinah volle Scheibe des zweiten Mondes über den Sternen besäten Nachthimmel wanderte – und lauschte dabei auf die Atemzüge des Kriegers hinter ihr.

Erst als die anderen sich schon zum Schlafen niedergelegt hatten, war er wieder aus der Dunkelheit erschienen. Er hatte ein paar kurze Worte mit Corfar gewechselt, der die erste Wache übernommen hatte, und war dann zu ihr herübergekommen. Die Augen fest geschlossen, hatte sie sich schlafend gestellt, während er seine Waffen ablegte, sich hinter ihr auf den Fellen niederließ und sich auch noch seiner Stiefel entledigte. Dann hatte er sich in seinen Mantel gewickelt und war scheinbar sofort eingeschlafen.

Sie hielt unbewusst den Atem an, als Corfar auf der anderen Seite des Feuers gemächlich aufstand und nach einem letzten Blick in die Runde zwischen den Bäumen verschwand. Verstohlen sah sie zu den anderen Kriegern hin. Sie rührten sich nicht.

Darauf bedacht, keinen Laut zu verursachen, setzte Lijanas sich auf und streifte vorsichtig die Decken von den Schultern, ohne die Schatten auf der anderen Seite des Feuers aus den Augen zu lassen. Nichts bewegte sich dort. Ganz langsam stand sie auf – und erstarrte noch halb in der Hocke, als Mordan sich unvermittelt neben ihr regte. Doch er drehte ihr nur mit einem Brummen den Rücken zu und schlief ruhig weiter.

Erneut ein kurzer Blick über die Schulter, dann richtete sie sich endgültig auf, raffte ihr Gewand bis über die Knie und stieg wachsam über den schwarzhaarigen Krieger hinweg. Beinah wäre sie auf das Schwert getreten, das blank neben ihm lag. Sie rettete sich mit einem großen Schritt. Seine Finger schlossen sich so plötzlich um ihren Knöchel, dass sie auf den Händen und einem Knie landete.

Nein!

»Wohin, Heilerin?«, erkundigte er sich leise, während er sich auf einen Ellbogen stützte, ohne seinen Griff zu lösen.

Als ob du das nicht genau wüsstest, Mistkerl.

Mühsam drehte sie sich aus dieser unwürdigen Position zu ihm um, gestikulierte hilflos. »Ich wollte … Ich meine … Ich …«

»Aha!« Er setzte sich endgültig auf.

Aha? Lijanas bemühte sich, ihre Verwirrung nicht zu zeigen.

»Ich werde Euch begleiten!« Endlich ließ er ihr Bein los und griff nach seinen Stiefeln.

»Begleiten?« Erst als es schon zu spät war, wurde ihr klar, dass sie das Wort laut ausgesprochen hatte.

»Natürlich!« Ungerührt stand er auf, nahm das Schwert von den Fellen, schob es in seine Doppelscheide und gürtete sie um die Hüften. »Auch wenn Ihr nur Eure Notdurft verrichten wollt, wäre es unverzeihlich von mir, Euch allein gehen zu lassen.«

Notdurft? Wieso … Oh!

»Es ist nicht nötig, dass Ihr mich begleitet. Ich gehe nur ein paar Schritte zwischen die Bäume …« Hastig erhob sie sich.

»Nein, Heilerin!«

Lijanas wich zurück, als er direkt vor sie trat, stolperte über seine Satteltaschen. Seine Hand schob sich in ihren Nacken. Sie stemmte die Hände gegen seine Brust – *der Kerl trägt sogar im Schlaf noch sein Kettenhemd* – und versuchte, ihn von sich zu schieben. Vergebens.

»Ich kann Euch nicht allein gehen lassen, Heilerin. Man weiß nie, welche Gefahren schon hinter den nächsten Bäumen lauern.« Sein Griff verstärkte sich, wurde grob. »Und am Ende geht Ihr schon auf diesen paar Schritten in die Irre – und findet durch Zufall den Weg zurück nach Anschara.« Im schwachen Mondlicht glitzerte sein Auge.

Gnädige, er weiß, dass ich davonlaufen wollte!

Mühsam schluckte sie. »Dann ist es vielleicht doch besser, wenn Ihr mich begleitet.«

»Schön, dass Ihr vernünftig seid.« Mit einem Nicken wies er in die Finsternis jenseits des Feuerscheins. »Nach Euch, Heilerin!«

Ergeben tappte Lijanas los, den schwarzhaarigen Krieger wie einen Schatten hinter sich.

Zwischen den Bäumen herrschte tiefe Dunkelheit. Das silbrige Licht der beiden Monde reichte kaum zwischen dem dichten Blätterdach hindurch. Schon nach ein paar Schritten hatte ihr Gewand sich an Zweigen verhakt, und als sie es lösen wollte, musste sie feststellen, dass es an Dornen festhing. Bei dem scharfen Ratschen, mit dem sie den Stoff endlich freibekam, zuckte sie zusammen. Wie zur Antwort knackte es nur ein kurzes Stück entfernt im Gebüsch, dann war es wieder still. Lijanas wandte sich halb zu Mordan um. Der bedeutete ihr schweigend, weiterzugehen. Gehorsam setzte sie sich wieder in Bewegung. Unter ihrem Fuß barst krachend ein trockener Ast. Hinter sich hörte sie ihren zweibeinigen Wachhund erbost zischen. Wie kam es nur, dass er sich selbst in dieser Finsternis beinah lautlos bewegte?

Sie hatte kaum zehn Schritte getan, als er sie am Arm zurückhielt.

»Wie weit wollt Ihr denn noch, Heilerin?«

»Ich … Ich weiß nicht!« Warum nur musste ihre Stimme ausgerechnet jetzt so dünn klingen?

Er knurrte leise. »Ihr solltet es besser bald wissen, ehe ich auf den Gedanken komme, dass Ihr vielleicht gar nicht vorhattet, Eure Notdurft zu verrichten, als Ihr Euch davonstehlen wolltet.«

»Noch ein kleines Stück. Bitte!« *Was tue ich eigentlich hier? Ich habe nicht vor, in seiner Gegenwart …* »Und bleibt etwas zurück!«

Wieder war seine Antwort ein Grollen. »Der Busch da drüben! Ich zähle bis fünfzig! Dann komme ich Euch holen!«

»Aber …!«

»Eins!«

Er weiß, dass ich gelogen habe, und jetzt genießt er es, mich zu demütigen. Elender Widerling! Die Lippen zu einem schmalen Strich zusammengepresst, wandte sie sich um und tastete sich zu dem Busch vor.

Wieder ließ ein Knacken Mordan unwillkürlich zusammenzucken.

Bei allen Rachegeistern, die Frau macht mehr Lärm als eine ganze Zenturie in der Schlacht. Kann sie nicht darauf achten, wohin sie ihre Füße setzt? So groß sind sie ja nun wirklich nicht.

Er sah ihr in der Dunkelheit nach, beobachtete, wie sie hinter dem Busch verschwand, und lauschte auf weiteres verräterisches Knacken, einen weiteren törichten Fluchtversuch.

Wie hatte sie auch nur einen Augenblick annehmen können, er würde wahrhaftig fest schlafen – und seine Gefangene unbewacht lassen?

Vielleicht sollte ich sie wieder an Händen und Füßen fesseln und ihr einen Knebel verpassen. Dann wäre wenigstens Ruhe für den Rest der Nacht. Ein paar Stunden Schlaf wären nicht schlecht. – Ja, und Brachan und Levan halten mir wieder Vorträge darüber, wie man mit einer Frau wie der Heilerin umgehen sollte.

Hinter dem Busch war es erstaunlich ruhig. Unwillig runzelte er die Stirn. Hatte sie es am Ende geschafft, sich lautlos davonzuschleichen? Mit einem gemurmelten Fluch setzte er sich in Bewegung – und verharrte nach kaum zwei Schritten erneut, lauschend.

Da! Er hatte sich nicht geirrt. Wieder dieses Geräusch, halb Schnüffeln, halb Gurgeln. Zu seiner Linken. Angestrengt versuchte er, etwas in den Schatten zu erkennen. Der Geruch von verwesenden Kadavern hing plötzlich mit einer Intensität in der Luft, dass seine Eingeweide sich zusammenzogen. Eine Bewegung zwischen den Bäumen, in vielleicht vier oder fünf Schritt Entfernung. Nur ein Huschen, zu rasch, um mehr erkennen zu können als einen Schemen – etwa in der Größe eines ausgewachsenen Hatzhundes. Jetzt waren die Geräusche auch rechts von ihm.

Lautlos hastete er zu dem Busch, hinter dem die Heilerin verschwunden war. Sie kauerte reglos am Boden, blickte angstvoll in die Dunkelheit vor sich. Offenbar hatte auch sie diese Wesen bemerkt.

Zuerst war es der Geruch gewesen, dann huschende Bewegungen in der Dunkelheit – und dann hatte sich plötzlich von hinten eine Hand auf ihren Mund gelegt, die ihren Schrei erstickte. Seine Stimme, die an ihrem Ohr »Still!« zischte, war für sie in diesem Augenblick seltsam tröstlich. Der Schrecken, der sie noch Lidschläge zuvor gelähmt hatte, wich, während Mordan sich langsam mit ihr zusammen aufrichtete – und machte Ärger Platz, als er seinen Arm direkt unter ihrer Brust um sie schlang, sie an sich und in die Höhe zog, sodass sie keinen Boden mehr unter den Füßen hatte. Seine Hand auf ihrem Mund verhinderte ihren Protest. Sie stemmte sich mit beiden Händen gegen seinen Griff, mit dem Erfolg, dass er sie noch enger gegen seine Brust quetschte, ihr endgültig den Atem nahm und jegliche Gegenwehr unmöglich machte. Sein »Still!« war in Lijanas Ohren höhnisch. Wie sollte sie auch nur einen Ton von sich geben, wenn er ihr so gründlich die Luft abschnürte. Spanne um Spanne bewegte er sich rückwärts auf einen Baum zu, tauchte in das absolute Schwarz im Schatten seines Stammes – und ließ Lijanas ganz langsam an seiner Brust entlang wieder zu Boden gleiten.

Dieser Mistkerl tut das mit Absicht!

Sie erstarrte, als sie zu ihrer Rechten auf einer kleinen Anhöhe zwischen den Bäumen mehrere Schatten gewahrte. Mordan gab ihren Mund frei, schob sie hinter seinen Rücken, direkt gegen den Baumstamm. Sie glaubte zu hören, wie er mehrmals angespannt Atem holte, dann das leise Wispern, mit dem ein Schwert aus seiner Scheide gezogen wird. Einer der Schatten wandte sich langsam um, hob mit einem schnüffelnden Gurgeln den seltsam dürren Schädel in ihre Richtung. Lijanas sah blassgrün lodernde Augen – die sich direkt in ihre bohrten. Würgendes Grauen kroch wie dürre Spinnenbeine ihren Nacken hinauf, hinterließ klebrigen Schweiß zwischen ihren Schultern. Ihr Mund war plötzlich trocken, ihr Magen ein Klumpen reiner Angst, die ihre Atemzüge lähmte. Da war ein Flüstern, wispernde Stimmen – ein reißender

Schmerz in ihrem Geist, ein gieriges Zerren, als würde etwas versuchen, ihr ihre Seele zu entreißen. Sie wollte die Hände gegen die Schläfen pressen, die Stimmen zum Schweigen bringen, der Qual entgehen. Nichts davon konnte sie. Vor ihr gefror Mordan mitten in der Bewegung.

Ein zweiter Schatten wandte sich in ihre Richtung, schnüffelte. Der Verwesungsgestank wurde schier unerträglich. Lijanas' Knie gaben unter ihr nach. Der Schmerz in ihrem Geist wurde zu unerträglicher Qual. Plötzlich waren da drei weitere Schatten. Röchelndes Hecheln erklang, Knurren und das Schnappen von Kiefern. Mordan duckte sich fast unmerklich ein wenig mehr. Lijanas' Hände waren schweißnass, ihr war übel und schwindlig. Sosehr sie sich bemühte – sie konnte nicht atmen. Das Wispern – konnte Mordan es denn nicht hören? Suchend bewegten die Kreaturen sich hin und her. Von irgendwoher erklang ein Heulen – und sie verschwanden auf der anderen Seite der Anhöhe zwischen den Bäumen.

Sie spürte die raue Rinde des Baumstammes, als sie langsam daran entlang zu Boden rutschte. Die Qual kroch endlich als Schrei in ihrer Kehle empor, aber kein Laut kam heraus. Ihre Glieder, ihr Körper – nichts davon gehorchte ihr. Sie fiel auf die Erde. Kleine Äste und Steine bohrten sich schmerzhaft in ihre Wange. Sie konnte noch nicht einmal wimmern – und noch immer nicht atmen.

Hände packten sie, drehten sie um, sie hörte Mordan über sich unterdrückt knurren. Seine Finger pressten sich gegen ihren Hals, dort, wo man das Pochen der großen Herzader fühlen konnte. Dann waren seine Lippen unvermittelt auf ihrem Mund, grob. Er zwang seinen Atem in ihre Brust. Wieder, wieder, wieder – bis sie sich hustend krümmte. Ein wenig unsanft wurde sie vom Boden hochgezogen, spürte, wie er sie gegen seine Schulter lehnte und fest im Arm hielt – während sie nichts anderes tun konnte, als röchelnd nach Luft zu ringen. Wie gegen ihren Willen bewegten ihre Finger sich über seine Brust, suchten etwas, woran sie sich festhalten konnten, und fanden nur das kalte Metall seines Kettenhemdes. Seine Hand hielt sie auf, schloss sich um sie. Leise murmelte er etwas über ihr. Sie versuchte, den Kloß in ihrer Kehle hinunterzuwürgen, doch als Mordan dann auch noch seltsam ungeschickt über ihr Haar strich, brach sich ein helles Schluchzen Bahn. Der schwarzhaarige Krieger erstarrte, sein Murmeln brach ab. Er hielt sie von sich weg, musterte sie eingehend. Dann schob er einen Arm unter ihre Beine, fasste sie fester um die Schultern, hob sie hoch, stand auf und strebte mit langen Schritten dem Lager zu. Tränen tropften von ihrem Kinn.

Als er mit ihr auf dem Arm zwischen den Bäumen hervortrat, richtete Corfar sich auf der anderen Seite des Lagerfeuers auf.

Mit der ihm so eigenen Unsanftheit setzte Mordan Lijanas auf den Bettfellen ab.

»Legt Euch hin und schlaft.« Wahrscheinlich hatte sie ihn völlig entsetzt angesehen, denn er drückte sie rücklings auf das Lager und stopfte die Decken um sie herum. »Ihr könnt ganz beruhigt sein. Was auch immer das für Kreaturen waren – hier beim Feuer kann Euch nichts geschehen! Schlaft!« Er stand auf und ging zu Corfar hinüber.

Viel zu warm eingewickelt in die Decken drehte Lijanas sich auf die Seite und beobachtete, wie die Männer halblaut miteinander sprachen. Ein paar Mal sahen sie zu ihr her. Plötzlich war das Schluchzen wieder da. Sie presste die Fäuste gegen den Mund, um es zu ersticken.

3

Blassgrün lodernde Augen in der Dunkelheit. Die Kreaturen bewegten sich um sie herum. Sie hörte ihr Murmeln. Eine hatte nur ein Auge. Sie kam auf Lijanas zu, streckte die Klaue nach ihr aus, berührte sie an der Schulter …

Sie fuhr schreiend auf, ihr Kopf stieß mit einem deutlich hörbaren Knirschen gegen etwas Hartes, ein scharfes Zischen erklang – die Hand gegen die schmerzende Stirn gepresst, fiel Lijanas mit einem Stöhnen auf die Bettfelle zurück und blinzelte verwirrt gegen die Morgensonne. Nur allmählich begriff ihr müder Verstand, dass Mordan neben ihr kniete – und mit fest geschlossenem Auge sichtlich um Fassung rang, während seine Finger seine misshandelte Nase massierten.

Von links erklang verhaltenes Gelächter. Der schwarzhaarige Krieger sah auf und bedachte den Lacher mit einem Blick, der Schlimmeres als den Tod verhieß.

Sehr viel langsamer als zuvor setzte Lijanas sich auf, rutschte ein Stück von ihm weg. Sein Sturmauge wandte sich ihr zu. Er nahm die Hand herunter, riss ihr mit der gleichen Bewegung die Decke weg und erhob sich.

»Aufstehen!«, befahl er knapp.

Hastig zog Lijanas ihr Gewand über die Knie herunter, ehe sie sich ein paar wirre Haarsträhnen aus dem Gesicht strich – und mit den Fingern in unzähligen Knoten hängen blieb. Im nächsten Augenblick ergriff er sie auch schon hart am Arm, stellte sie unwirsch auf die Füße und begann, seine Bettfelle zusammenzurollen.

Noch ein paar Tage in Gesellschaft dieses Grobians und ich bestehe nur noch aus blauen Flecken.

Lijanas verzog das Gesicht, während sie die schmerzende Stelle rieb, an der er sie Herzschläge zuvor gepackt hatte, und sah sich um. Die Morgensonne hatte es noch nicht geschafft, den Tau gänzlich von den Blättern zu trinken. Zwischen den Bäumen hing feiner Dunst, der den Wald zusammen mit den glitzernden Wasserdiamanten in eine Zauberwelt verwandelte. Sie schlang die Arme um sich. Eher eine Hexenwelt, in der Ungeheuer mit grün lodernden Augen umherstreiften – und obwohl es heller Tag war, wirkten die Krieger noch immer seltsam angespannt. Ein Frösteln kroch ihren Rücken hinauf. Wussten die Männer mehr über diese Kreaturen?

In der Nacht hatte Mordan das Feuer geschürt, bis es hell loderte, dann hatte er Brachan geweckt. Die beiden hatten lange miteinander gesprochen, ehe der schwarzhaarige Krieger zu ihr zurückgekommen war und sich, den Rücken den Flammen zugewandt, neben sie gesetzt hatte, ein schlankes Schwert mit einer leicht gekrümmten Schneide auf den Knien. Brachan und Corfar hatten sich den Rest der Wache geteilt, die Waffen ebenfalls blank in den Händen, bis sie dann von Ecren und Levan abgelöst worden waren. Irgendwann musste sie wohl eingeschlafen sein, denn sie erinnerte sich daran, mehrmals halb aufgeschreckt zu sein und jedes Mal Mordan leise: »Es ist gut, schlaft!«, murmeln gehört zu haben.

Lijanas sah zu ihm hinüber; gerade zurrte er die Deckenrolle hinter seinem Sattel fest.

Ob er die ganze Nacht neben mir gesessen hat?

Sie verzichtete darauf, ihn danach zu fragen, als er sich zu ihr umdrehte. Seine Miene kündete nach wie vor von schlechter Laune.

Er winkte sie heran. »Wir reiten weiter.« Ungeduld sprach aus seinem Ton.

»Aber ... Kann ich mich nicht wenigstens waschen?«

Lijanas hatte nicht erwartet, dass er ihren Protest beachten würde, doch seine Brauen zogen sich unheildrohend zusammen, dann wandte er sich um und zerrte an seinem Gepäck. Einen Lidschlag später traf ein Wasserschlauch sie hart vor die Brust.

»Macht hin! Wir können nicht den ganzen Tag auf Euch warten.«

Etwas hilflos starrte sie auf den Lederbalg in ihren Armen, bevor sie sich hastig hinkniete, nach einem letzten Zögern ein Stück von ihrem Untergewand abriss, den Riemen, der als Verschluss diente, öffnete, Wasser auf den Stoff goss und den Schlauch gegen ihr Bein lehnte. Mit einem leisen Seufzen drückte sie das feuchte Tuch gegen ihr Gesicht.

Herrlich!

»Verdammt, Weib, könnt Ihr nicht aufpassen!«

Erschrocken nahm Lijanas das Tuch herunter. Aufgebracht blickte Mordan auf sie hinab, den Wasserschlauch in der Hand.

Was habe ich denn jetzt wieder getan?

Sie spürte die Nässe an ihrem Bein im gleichen Augenblick, in dem der schwarzhaarige Krieger sich zu ihr beugte. Erschrocken sah sie auf den Boden. Sie kniete in einer Wasserlache, die langsam zu versickern begann. Der Lederbalg musste umgefallen und zum Teil ausgelaufen sein.

»Ich … Es war keine Absicht …«

»Keine Absicht, bah!« Er schüttelte den Wasserschlauch vor ihrer Nase. »Als ich ihn Euch gab, war er voll! Und jetzt? Halb leer! Wärt Ihr ein Mann, würde ich Euch für Eure Gedankenlosigkeit die Wasserration kürzen.«

»Und warum tut Ihr es dann nicht?« Wütend stand Lijanas auf und funkelte ihn an, die Hände zu Fäusten geballt.

»Weil Ihr eine Frau seid!«

»Was hat das eine mit dem anderen zu tun?«

»Frauen sind schwächer als Männer.«

»Das ist nicht wahr!« Lijanas schnaubte. »Ich kann all das tun, was ein Mann auch kann.«

»Ach?« Der Hohn war in seiner Stimme nicht zu überhören.

Aufgeblasener Gockel!

»Natürlich! Wenn ich wollte, könnte ich … könnte ich … – könnte ich auch Euer verdammtes Pferd reiten!«

»Natürlich!«

Ich bring ihn um, wenn er noch ein Mal so herablassend mit mir spricht!

»Wetten?« Sie reckte das Kinn.

»Was?«

»Wetten, dass ich Euer Pferd reiten kann!«

»Heilerin …« Wahrscheinlich wollte er drohend klingen, schaffte es aber nicht ganz.

Ha, erwischt, arroganter Esel.

»Ihr kommt ja noch nicht einmal ohne fremde Hilfe in den Sattel.« Beiläufig verschloss er den Wasserschlauch.

»Ich suche mir einen Baumstamm oder etwas Ähnliches!«

»Ired schlägt Euch den Schädel ein, ehe Ihr auch nur ihren Namen ausgesprochen habt.« Er befestigte den Lederbalg am Sattel, dann wandte er sich ihr wieder zu.

»Ausreden, Kjer! Ihr habt nur Angst, dass ich es schaffe und Ihr die Wette verliert.«

Einen Augenblick musterte er sie stumm, dann hob sich sein Mundwinkel in der Andeutung eines höhnischen Lächelns. »Wenn Ihr meint. – Gut, wetten wir. Legt den Einsatz fest, Heilerin.«

»Den Einsatz? Ihr wisst, dass ich kein Geld habe …«

»Ich würde auch kein Geld von Euch nehmen, Frau. Aber irgendetwas muss mir die Sache doch einbringen, oder?«

»Euch? Was macht Euch so sicher, dass Ihr gewinnt?«

Wortlos sah er von ihr zu seinem Pferd und zurück. Sein Lächeln wurde verächtlich.

Wütend zog Lijanas die Unterlippe zwischen die Zähne.

»Also gut. Ich … – Ich werde Eure Kleider waschen und flicken, was zu flicken ist, falls ich verliere.«

»Dieser Einsatz ist den Atem nicht wert, den es braucht, ihn auszusprechen«, abfällig schüttelte er den Kopf. »Macht einen besseren Vorschlag!«

»Warum macht Ihr keinen, Kjer?«

Sein Auge wurde schmal und Lijanas beschlich plötzlich ein sehr ungutes Gefühl.

»Gut, Heilerin, wie wäre es damit: Ihr werdet einen Tag den Mund halten und jeden meiner Befehle ohne Murren befolgen!«

Einen Herzschlag sah sie ihn scharf an, dann nickte sie. »Und was werdet Ihr tun, wenn Ihr verliert? Euer Einsatz wird wohl kaum der Gleiche sein, da ich nur Eure Gefangene bin und Ihr von mir bestimmt keine Befehle entgegennehmen werdet.«

»Was würde Euch denn gefallen, Heilerin?« Sein herablassendes Lächeln sagte ihr, dass er nicht einen Moment damit rechnete zu verlieren.

Es würde mir gefallen, dieses verdammte Lächeln aus deinem Gesicht zu – ha!

»Ihr dient mir einen Tag lang!« Lijanas verschränkte die Arme vor der Brust.

»Was?«

»Ihr seid mein gehorsamer Diener für einen Tag. Freundlich, ergeben, immer darauf bedacht, mir jeden Wunsch von den Augen abzulesen …« Als sie seinen Blick bemerkte, verstummte sie.

»Ich bin ein Krieger!« An seiner Wange zuckte ein Muskel.

»Habt Ihr plötzlich doch Angst, dass Ihr verlieren könntet, Kjer?«

Wenn er die Zähne noch fester zusammenbeißt, hört man es knirschen.

Scharf stieß er den Atem aus. »Natürlich nicht! – Gut! Es gilt!« Er hielt ihr die Rechte hin. »Schlagt ein!«

»Sollten wir nicht vorher die genauen Bedingungen festlegen?« Lijanas beäugte seine Hand.

»Bei allen Rachegeistern, Weib, Ihr seid schlimmer als ein Seidenhändler. – Ich gestatte Euch drei Versuche, mein Pferd zu reiten.«

»Fünf!«

»Vier!«

»Gut! – Aber als Versuch gilt nur, wenn ich auch auf seinem Rücken sitze.«

»Es sei denn, Ihr schafft es nicht, in einer angemessenen Zeit aufzusteigen.«

»Wer legt fest, was eine angemessene Zeit ist?«

»Einer der anderen.«

»Brachan!«

»Meinetwegen Brachan. Aber da Ihr behauptet habt, mein Pferd reiten zu können, genügt oben sitzen allein nicht. Ihr müsst Ired auch dazu bringen, sich zu bewegen. Eine Runde im Schritt und eine im Trab.«

Einen Augenblick nagte Lijanas an ihrer Unterlippe, dann nickte sie und ergriff seine Hand. Unter ihrem Daumen fühlte sie das Fell auf seinem Handrücken – weich. »Abgemacht!«

Das herablassende Lächeln kehrte auf seine Züge zurück. »Ich freue mich auf einen Tag Ruhe und Frieden. – Und jetzt sitzt auf, damit wir weiterkönnen. Die anderen warten.«

»Aber … Was ist mit etwas zu essen? Ich habe Hunger!«

»Ihr bekommt später etwas. Hinauf mit Euch!«

Wie am Vortag musste Lijanas es zulassen, dass er sie auf den Pferderücken hob. Sie presste die Lippen zu einem schmalen Strich zusammen, als er sich hinter sie in den Sattel schwang, ohne die Steigbügel zu benutzen.

Und wie am Tag zuvor stopfte er ein Stück seines Mantels zwischen ihren Rücken und das Sattelhorn, ehe er den Arm um ihre Mitte legte und sie näher zu sich zog. Überrascht blickte sie nach unten, als sich etwas unangenehm gegen ihren Oberschenkel drückte – und entdeckte den Griff jenes schlanken Schwertes, das er in der Nacht auf den Knien gehalten hatte. Es war so am Sattel festgemacht, dass Mordan es, wenn nötig, mit einer Bewegung aus der Scheide ziehen konnte. Gestern war es noch nicht da gewesen.

Lijanas schluckte und sah zu den anderen Kriegern. Jeder von ihnen hatte eine Waffe so an seinem Sattel hängen, dass sie ohne Mühe zu erreichen war.

Das Entsetzen stand den Toten noch in die erstarrten Gesichter geschrieben. Die kleine Bauernkate bot den Anblick unglaublichen Grauens. Ein Mann, kaum älter als er selbst, seine hochschwangere Frau und drei Kinder, das älteste hatte wohl noch keine neun Winter gesehen, das jüngste konnte nicht älter als zehn oder elf Mondläufe gewesen sein – alle geschlachtet. Er hörte, wie einer seiner Männer würgend hinter ein nahes Gebüsch wankte. Auch er schmeckte Galle auf der Zunge. Sie waren ausgeschickt worden, die Fremden zu suchen, die vor drei Nächten im ›Schwarzen Lamm‹ gesehen worden waren. Gefunden hatten sie das hier. Was auch immer hier gewütet hatte: Seine Opfer hatten keine Chance gehabt. Ihre Kehlen waren herausgerissen, die Körper verstümmelt – und dennoch war erstaunlich wenig Blut zu sehen. Der Gestank nach Verwesung hing mit Übelkeit erregender Schwere über den Leichen. Im Stall muhte eine Kuh nach Händen, die sie von ihrem vollen Euter erlösen sollten. An ihr und der mageren Ziege, die neben ihr angebunden war, hatten die Mörder kein Interesse gehabt.

»Begrabt die Leichen, ehe wir weiterreiten!« Der Verwesungsgestank füllte seinen Mund. Er floh hinter den Stall und würgte.

Der dichte Regenschleier ließ die Welt seltsam dunkel und unwirklich erscheinen, die Uferböschungen zu beiden Seiten des Flusses wirkten grau und unscharf. Schief gewachsene Bäume, deren Äste weit über das kleine Flussbett hinausragten, gruben ihre Wurzeln auf der Suche nach Halt in den von Geröll durchzogenen, schlammigen Boden. Büsche duckten sich über Erdkuhlen, Zweige ragten ins Wasser und wurden vom Regen noch tiefer hineingedrückt. Im Schutz eines großen Steines kauerte eine braunrote Haselhuhnmutter mit ihren Jungen. Die schwarzen Perlaugen spähten immer wieder zu den Reitern hin, während schwere Regentropfen das Wasser des Flusses zum Brodeln brachte. Blasen stiegen auf und zerplatzten, zuweilen zerriss ein Blitz die Trübe, dicht gefolgt von ohrenbetäubendem Donner.

Schon vor dem Mittag hatten dunkle Wolken, die sich in der Ferne auftürmten, das Unwetter angekündigt. Zuerst war es nur ein weit entferntes Grollen zusammen mit einem schwachen Nieseln gewesen, doch dann waren Regen und Blitz mit einer Gewalt über sie hereingebrochen, dass selbst die Kjer es nicht mehr ignorieren konnten. Sie hatten darauf verzichtet, im Wald Schutz zu suchen, und waren in mörderischem Galopp vorwärtsgeprescht, so als könnten sie den Naturgewalten davonreiten – bis sie diesen Unterschlupf gefunden hatten: den steinernen Bogen einer Brücke. Eine Sandbank, die vom Ufer ins Wasser hineinreichte, bot den fünf Reitern nach einem schlitternden Abstieg über Schlamm und Geröll der Uferböschung ausreichend Platz, um das Unwetter abzuwarten – wie es Lijanas schien schon seit Stunden.

Zu ihrer Rechten, der Böschung und damit dem Ufer am nächsten, döste Levan auf dem Pferderücken vor sich hin. Links von ihr hatte Ecren ein Bein um das Sattelhorn geschlungen und kürzte mit einem kleinen Dolch seine gebogenen Fingernägel.

Daneben verfluchte Corfar immer wieder das heimtückische astrascharische Wetter, während Brachan gelassen an seiner Pfeife sog und schweigend in den Regen hinaussah. Der Tabakduft wehte bis zu Lijanas herüber. Unter ihr bewegte das Pferd sich unruhig und stampfte mit vernehmlichem Platschen misslaunig in dem inzwischen bis zu seinen Knien reichenden Wasser. Doch auch jetzt rührte Mordan sich nicht. Lijanas runzelte die Stirn. Er saß schon eine ganze Zeit völlig regungslos. Ob er wie Levan im Sattel döste? Vorsichtig rückte sie ein Stückchen mehr von seiner harten Brust ab, gegen die er sie den ganzen Ritt hindurch gepresst hatte. Sein Arm blieb locker um ihre Mitte liegen, er unternahm keinen Versuch, sie wieder näher zu sich heranzuziehen. Sie riskierte einen verstohlenen Blick über die Schulter – und begegnete seinem Sturmauge. Hastig wandte sie sich wieder nach vorne.

Als sein Pferd das nächste Mal ungehalten aufstampfte und schnaubend den Kopf schüttelte, wagte sie es, sich ein wenig vorzubeugen und ihm den Hals zu tätscheln. Der Krieger hinter ihr reagierte nicht, doch die Ohren der schwarzen Stute zuckten nach hinten, wedelten einen Moment vor und zurück, dann drehte das Tier den Kopf, soweit die Zügel es ihm erlaubten, und starrte sie an. In seinen Augen war keine Bösartigkeit, soweit Lijanas das beurteilen konnte. Ermutigt durch ihren Erfolg, beugte sie sich erneut vor und kraulte das Tier diesmal unter seiner langen schwarzen Mähne. Wieder schüttelte das Pferd schnaubend den Kopf, dass sein Zaumzeug klirrte – und wurde von einem scharfen Ruck an den Zügeln gezwungen, wieder geradeaus zu schauen.

»Sitzt still!« Die Worte waren nur ein Knurren, begleitet von einem warnenden Druck gegen ihre Mitte, doch Lijanas zog die Hand zurück und richtete sich wieder auf – und sah verwirrt auf ihre Finger. Sie waren mit einer fettigen schwarzen Schmiere überzogen, die sich kaum an ihrem Gewand abwischen ließ.

Hinter ihr hob Mordan unvermittelt den Kopf. Beinah gleichzeitig steckte Ecren seinen Dolch in die Scheide und schob den Fuß in den Steigbügel zurück.

»Reiter!« Corfars Murmeln wurde von Brachan mit einem Nicken beantwortet.

»Beschlagene Pferde.« Der grauhaarige Krieger schob die Pfeife in den anderen Mundwinkel.

Lijanas' Herz klopfte plötzlich in ihrem Hals. Normalerweise ritten nur Rusans Soldaten beschlagene Pferde. Jetzt konnte sie es auch hören. Das Geräusch von Hufeisen auf Stein. Die Reiter hatten die Brücke erreicht. Im gleichen Augenblick legte sich Mordans Hand über ihrem Mund. Verzweiflung schnürte ihre Kehle zu und trieb ihr Tränen in die Augen. Laut hallte das Klappern der beschlagenen Hufe unter dem Brückenbogen wider. Eine solche Chance würde sie vielleicht nie wieder haben … Sie schloss die Lider – nahm all ihren Mut zusammen und riss den Kopf nach hinten. Pein barst in ihrem Schädel und ließ sie keuchen. Für den Bruchteil eines Herzschlags lockerte Mordans Griff sich. Sie glaubte zu hören, wie er ein Zischen ausstieß, in dem sich Überraschung mit Schmerz mischte – und Wut. Doch ehe er wieder fester zufassen konnte, rutschte Lijanas an der Seite des Pferdes herunter, raffte ihr Gewand und floh aus voller Kehle schreiend die glitschige Uferböschung hinauf. Über ihr verloren die Hufschläge das Gleichmaß und stockten.

Als sie atemlos und schlammbesudelt auf die Brücke stolperte, wendeten die Reiter gerade ihre Pferde. Auf den Schilden der Männer prangte Astrachars Seedrache.

»Helft mir! Ich wurde entführt! Es sind Kjer!« Lijanas stieß die Worte mit einem Schluchzen hervor, taumelte den Kriegern noch einige mühsame Schritte entgegen – im gleichen Moment brachen die Kjer wie Rachegeister zu beiden Seiten der Brücke hervor und warfen sich auf die völlig überraschten Nivard. Unter dem ersten Aufprall wurde einer von Rusans Soldaten über die Brückenmauer geschleudert, das Pferd eines anderen stieg erschrocken auf die Hinterhand, glitt aus, stürzte und begrub seinen Reiter unter sich. Hilflos starrte Lijanas auf das Knäuel aus Männern und Tieren. Wiehern, Schreie, die Laute, wenn Stahl auf Fleisch und Knochen traf, ein Pferd galoppierte panisch an ihr vorbei, das dumpfe Aufschlagen von schweren Körpern auf Stein, Stöhnen – und dann war es mit einem Mal still. Gelähmt vor Entsetzen blickte Lijanas in den prasselnden Regen. Einige Zeit hörte sie nichts außer ihrem Herzschlag, dann waren da plötzlich Schritte. Eine dunkle Gestalt schälte sich aus den Regenschleiern, kam langsam auf sie zu. Ein Windstoß zerrte an einem schwarzen Mantel, verwandelte ihn in die finsteren Schwingen eines Rachegeistes. Er näherte sich ihr ohne Hast.

Ein gellender Schrei erklang und riss Lijanas aus dem Grauen. Jetzt erst erkannte sie die Kreatur, die auf sie zukam. Mordan! Rote Tropfen perlten über die leicht gebogene Klinge seines Schwertes. Unter seinem eisigen Blick wäre Feuer gefroren. Unverwandt sah er sie an. Blut klebte unter seiner Nase.

Sie wollte sich umdrehen und fliehen – sie konnte es ebenso wenig, wie ein Kaninchen vor der Schlange fliehen konnte.

»Bitte ...« Das Wort brach als hilfloses Wimmern aus ihrer Kehle, als er sie erreichte. Nur aus dem Augenwinkel sah sie, wie er die Hand hob, beinah zärtlich schob er die Finger in ihren Nacken, zog sie näher zu sich.

»Zum Betteln ist es zu spät.« In seiner Stimme splitterte Eis, sie konnte die Spitzen seiner Reißzähne blitzen sehen. Grob griff er in ihr Haar und zerrte sie dann ohne ein weiteres Wort zur anderen Seite der Brücke.

Ihr Fuß stieß gegen einen mit Bändern in den Farben Astrachars geschmückten Säbel, er rutschte klirrend ein Stück davon. Blut glänzte auf den regennassen Brückensteinen, sammelte sich in dunklen Lachen unter den Leichen von Rusans Soldaten. Voller Entsetzen starrte Lijanas auf die am Boden liegenden, reglosen Körper.

Unvermittelt versetzte Mordan ihr einen Stoß, sie stürzte halb über einen der Toten, ihre Hände fanden auf seiner leblosen Brust Halt, tauchten in sein Blut. Der Kjer verhinderte, dass sie sich wieder aufrichtete, drückte sie nur noch tiefer hinab. Gebrochen schauten die dunklen Augen des jungen Nivard-Kriegers sie an. Eine Klinge war knapp neben seinem Hals in seine Schulter gefahren und fast bis zur Mitte in seinen Körper gedrungen, sein Waffenrock war rot durchtränkt. Sie schmeckte Galle. Mühsam würgte sie sie hinunter. Wie aus weiter Ferne hörte sie Brachan einen Befehl erteilen.

Mordan stützte sein Schwert senkrecht auf den Boden, beugte sich zu ihr.

»Ein halbes Kind ist er noch. Und weil er Euch gesehen hat, musste er sterben; mussten sie alle sterben. – Nur weil Ihr Brachan nicht geglaubt habt und davongelaufen seid.« Er versetzte ihr einen weiteren Stoß, stand auf und schob mit einer knappen Bewegung seine Waffe in die Scheide. »Bisher habe ich Euch mit Nachsicht behandelt. Damit ist es ab sofort vorbei!«

Langsam hob Lijanas das Gesicht, strich sich das Haar zurück, sah ihn den Kopf schütteln und hörte, wie er: »Ich hasse es, unnötig zu töten!«, murmelte. Dann wandte er sich ab.

Wie versteinert starrte sie ihm einen Herzschlag nach, dann brach all die Angst und Verzweiflung, die in ihr war, in einem schrillen Schrei aus ihr heraus.

»Ihr hasst es, unnötig zu töten?« Wankend mühte sie sich auf die Beine, die blutverschmierten Hände zu Fäusten geballt. »Heuchler! Verfluchter Mörder! Ihr hasst es nicht, zu töten – Ihr liebt es! Ihr seid ein Ungeheuer! Kein Mann, ein Tier seid Ihr! Eine Bestie! Eine abscheuliche Bestie!« Durch einen Schleier aus Tränen sah sie, wie er bei ihren Worten erstarrte, wie er sich umwandte, das Gesicht eine Fratze unermesslicher Wut, die Zähne gefletscht – und langsam auf sie zukam, die Finger zu Klauen gekrümmt.

Es war Brachan, der es wagte, sich dem schwarzhaarigen Krieger in den Weg zu stellen. Er packte den Jüngeren bei den Schultern …, sagte etwas … Mordan stieß ihn zur Seite – und stockte. Sie waren nicht allein.

Lange, schmale Schnauzen hoben sich mit einem gurgelnden Schnüffeln, geifertriefende Fänge wurden entblößt, als die Kreaturen ihre Klauen auf die Brücke setzten, knurrend ihre gelben Zähne fletschten und näher kamen. Es waren sieben Bestien, jede groß wie ein Hatzhund. Kurzes, von schwärenden Wunden zerfressenes Fell spannte sich über Knochen, an denen kein Fleisch war. Mit ekelerregender Intensität hing der Gestank nach Verwesung an ihnen. In den seltsam dürren Schädeln loderten blassgrüne Augen, die unablässig umherhuschten.

Ein gemurmeltes Wort ging von Mund zu Mund, und auch wenn sie es nicht verstand, hörte Lijanas doch das Schaudern darin, als die Kjer mit tödlichem Gleichmaß zu ihren Waffen griffen.

Mordan hatte wie die anderen sein Schwert gezogen, doch seine ausgestreckte Hand und ein knapper Befehl hielten die Krieger zurück. Was er sagte, wusste Lijanas nicht, da er Kjer sprach, aber seine Stimme klang vollkommen ruhig.

Eine Hand legte sich um ihren Arm, zog Lijanas zu einem Pferd. »Keine hastigen Bewegungen, Mädchen!«, warnte Brachan neben ihr. Sie wagte einen Blick über die Schulter. Noch immer stand Mordan in der Mitte der Brücke, den Kreaturen direkt im Weg – und keine zwei Schritt hinter ihm Levan. Der junge Krieger sah unschlüssig von den Bestien zu seinem Pferd. Sie hörte Mordan mit gebleckten Zähnen etwas zischen, Levan zuckte zusammen, wandte sich dann langsam um – und die erste der Kreaturen sprang. Wie ein glänzender Blitz zuckte die schmale Klinge des schwarzhaarigen Kriegers der Bestie entgegen, Knochen barsten, ein geifernder Schädel rollte davon, während der Körper schwer zu seinen Füßen aufschlug.

Brachan fasste sie um die Mitte und hob sie auf den Rücken seines Pferdes, dann schwang er sich hinter ihr in den Sattel. Sie konnte den Blick nicht von Mordan und den Kreaturen abwenden. Zwei näherten sich ihm geduckt, eine dritte schnüffelte an dem abgetrennten Schädel ihres Kameraden – und schlug krachend die Fänge hinein.

Mordan rief einen Befehl, ein einziges Wort, das wie ein wildes Bellen klang, und als sei es das Signal zum Angriff gewesen, warfen sich die beiden Bestien auf ihn, während eine dritte Kreatur sich von der Brückenmauer auf Levan stürzte. Die Krallen ihrer Klauen gruben sich in seinen Rücken, ihr Gewicht zwang ihn zu Boden, gelbe Fänge blitzten. Lijanas schrie, der dürre Schädel der Bestie zuckte hoch, blassgrüne Augen fanden ihre. Wie in der Nacht zuvor nahm der Blick ihr den Atem, war das Zerren wieder da, das Wispern, lauter dieses Mal, beinah hätte sie die Worte verstehen können – sie wollte den Kopf in den Händen vergraben, konnte es nicht. Heulend riss die Kreatur den Kopf herum, als Mordans Schwert sich in ihren Rücken grub, die Hinterbeine brachen ihr weg, dann drang die mit fahlem Blut überzogene Klinge in ihre Brust, wurde zurückgerissen und fuhr mit der gleichen Bewegung tief zwischen die Rippen einer weiteren Bestie, schleuderte sie jaulend zur Seite. Die Stimmen verebbten. Brachans Wallach stieg mit einem Schnauben halb auf die Hinterhand, als der grauhaarige Krieger ihm die Sporen in die Weichen hieb, ehe er mit donnernden Hufen losgaloppierte. Ecren und Corfar folgten dicht auf. Noch einmal beugte Lijanas sich vor, lugte an Brachans Schulter vorbei – eine der Bestien sprang im gleichen Augenblick auf Mordan los, als der schwarzhaarige Krieger sich neben Levan auf ein Knie fallen ließ. Dann preschten sie um eine Wegbiegung und die Brücke wurde von Bäumen verborgen.

»Ihr lasst sie zurück?!« In Lijanas Stimme mischte sich Entsetzen mit Unglauben.

»Wir haben unsere Befehle!« Brachan fasste sie fester um die Mitte. »Seid unbesorgt, sie werden uns folgen, sobald die Biester keine Gefahr mehr für uns sind!«

»Aber Levan ist verletzt!«

»Mordan ist bei ihm.« Die Worte klangen, als sei Levan damit so sicher wie ein ungeborenes Kind im Bauch seiner Mutter.

»Aber …«

»Genug!« Sein Knurren ähnelte Mordans. Sie biss sich auf die Lippe und schwieg.

Meile um Meile preschten die mächtigen Kriegsrösser mit unverminderter Geschwindigkeit über die aufgeweichte Straße, scheinbar ohne zu ermüden. Erst an einer Wegkreuzung hielten die Kjer an und lenkten die Tiere zwischen die Bäume, wo sie absaßen. Als Lijanas sich anschickte, ebenfalls abzusteigen, bedeutete Brachan ihr, auf dem Pferd zu bleiben. Corfar ließ sein Ross in Ecrens Obhut und ging zur Straße zurück, um dort nach Levan und Mordan Ausschau zu halten. Stille senkte sich über die Wartenden, nur durchbrochen von dem immer schwächer werdenden Grollen des Gewitters und dem leisen Prasseln des allmählich nachlassenden Regens.

Lijanas schlang die Arme um sich. Sie fror – nicht nur, weil sie völlig durchnässt war. Offenbar hatte Brachan ihr Zittern bemerkt, denn er löste seinen Mantel und reichte ihn ihr in den Sattel hinauf. »Nehmt den, Heilerin. Ich werde dafür sorgen, dass wir einen Platz für die Nacht suchen, sobald Mordan und Levan zu uns gestoßen sind. Niemandem ist gedient, wenn wir trotz allem weiterreiten und Ihr krank werdet.«

Dankbar wickelte Lijanas sich in den warmen Stoff. »Was waren das für Kreaturen?«

Der grauhaarige Krieger legte die Hand auf die Pferdeschulter und sah zu ihr auf. »Ashk'nodaj. – Ihr würdet sie Seelenfresser nennen.« Er schüttelte den Kopf. »Es sind Kreaturen aus Legenden und Albträumen. Man erschreckt mit ihnen ungehorsame Kinder und Feiglinge. – Ich hätte nicht gedacht, dass es sie tatsächlich gibt.« Beschwichtigend tätschelte er seinem Wallach den Hals, als der unruhig aufstampfte. »Manche Legenden sagen, nach einer Schlacht schleichen sie des Nachts über das Schlachtfeld auf der Suche nach Sterbenden. Sie saufen ihr Blut, während der Schatten der weißen Kriegerin auf die Unglücklichen fällt, und trinken mit ihrem verlöschenden Leben ihre Angst vor dem Tod und das Grauen in ihren Erinnerungen – und sie stehlen ihnen die Seele, sodass die Toten in der nie endenden Qual der schwarzen Ebene zwischen dem Diesseits und dem Jenseits gefangen sind, dazu verdammt, ruhelos umherzustreifen, ohne jemals Frieden zu finden.« Er strich sich das graue Haar zurück. »Andere sagen, sie seien die Diener eines längst vergessenen Dämonengottes und dass sie ihren Herrn mit den Seelen ihrer Opfer füttern, damit er zu seiner alten Macht erstarkt; dass diese Seelen für immer an ihn gekettet sind und ihm in seinem Heer aus Toten als fürchterliche Krieger dienen müssen. Dann wird wieder behauptet, dass jene, deren Seelen sie stehlen, ebenfalls zu Seelenfressern werden.« Er hob die Schultern. »Es ist immer die gleiche Geschichte, aber jeder erzählt sie anders. Allerdings habe ich noch nie gehört, dass sie sich bei Tag zeigen, geschweige denn, dass sie es wagen, Lebende anzugreifen.«

»Und dann habt Ihr Levan und Mordan einfach zurückgelassen?«

»Als wir losritten, waren nur noch vier am Leben. Mordan wird mit ihnen ebenso fertiggeworden sein wie mit den anderen.«

»Wie könnt Ihr da nur so sicher sein.«

Wieder hob Brachan die Schultern. »Mit der Klinge ist Mordan ein Hexer – und mit dem Kereshtai ohnehin. Es gibt im ganzen Heer keinen, der ihm ebenbürtig wäre, und selbst unter den Hohen Meistern der Kessanan sucht er seinesgleichen. – Ihr könnt unbesorgt sein: Sie werden kommen!«

Lijanas vergrub die Nase tiefer in dem Mantel. Sie hatte von den Kessanan gehört – grausame Krieger, die bedingungslos loyal zu ihrem Herrscher standen und jeden seiner Befehle ohne Gnade bis zur letzten Konsequenz ausführten. Gleichzeitig sagte man, sie seien hochgebildet, könnten lesen und schreiben, verstünden sich auf das Rechnen und sprächen mehrere Sprachen fließend. Aber es hieß, sie folgten einem verdrehten Ehrenkodex, der sie dazu zwang, sich selbst das Leben zu nehmen, wenn sie einen Fehler begingen. Sie zog die Füße höher unter den Stoff. Brachan war als der Älteste ganz offensichtlich der Anführer der Krieger und dennoch schien es manchmal, als würde Mordan die Befehle geben. Außer Brachan nannten ihn alle anderen Kjer ›Herr‹ … Ob der schwarzhaarige Krieger einer dieser Kessanan war?

Obwohl Brachan so zuversichtlich gesprochen hatte, schien er sich doch sichtlich zu entspannen, als Hufschlag schließlich Reiter ankündigte und wenig später Corfar zwischen den Bäumen hervorkam, dicht gefolgt von Mordan und Levan. Der junge Krieger saß mit hängenden Schultern auf seinem Pferd und machte den Eindruck eines geprügelten Hundes. Seine Kleider waren blutbesudelt. Immer wieder ging sein Blick unsicher zu Mordan, der ihn jedoch gänzlich ignorierte.

Lijanas beugte sich im Sattel vor. »Seid Ihr verletzt?«

Wie ertappt zuckte Levan zusammen, schüttelte dann aber den Kopf. »Es geht mir gut, Heilerin!«, versicherte er leise und schaute einmal mehr zu Mordan hin.

»Hattet ihr Schwierigkeiten?« Brachan hatte die Zügel der schwarzen Stute ergriffen und sah zu, wie der dunkle Krieger vom Pferd stieg.

»Nein! Die letzten beiden Bestien haben sich davongemacht!« Mit eisiger Miene zerrte Mordan etwas aus seiner Satteltasche, ging an dem Älteren vorbei und auf Lijanas zu. »Aber wir konnten die Leichen nicht mehr beseitigen. Ein Wagentross kam die Straße herauf. Rusan wird sehr bald erfahren, dass seine Männer in einen Kampf verwickelt waren und dabei getötet wurden.« Er hatte Brachans Pferd erreicht und blickte zu Lijanas auf. »Absteigen!«, befahl er barsch. Als sie nicht schnell genug gehorchte, packte er sie am Bein und zog sie grob aus dem Sattel. Ungeschickt kam sie auf dem Boden auf, fiel gegen seine Brust und stieß sich hastig wieder von ihm ab. Sie wurde bleich, als sie erkannte, was er aus seiner Satteltasche geholt hatte. *Nein!*

»Ab sofort werde ich Euch als das behandeln, was Ihr seid: eine Gefangene! – Streckt die Hände vor!«

Voll Entsetzen schüttelte Lijanas den Kopf. Sie konnte den Blick kaum von dem gespannten Lederriemen losreißen. Hilfe suchend sah sie zu Brachan. Der schwieg, auch wenn er den Mund missbilligend verzogen hatte. Ihre Augen kehrten zu Mordan zurück.

»Das könnt Ihr nicht tun!«

»Die Hände vor!«

Lijanas rührte sich nicht.

»Muss ich nachhelfen?« Die Kälte war aus Mordans Ton gewichen, jetzt war da nur noch Drohung.

Unbewusst war sie zurückgeschreckt. Noch einmal sah sie von einem zum anderen. Levan hatte beschämt das Gesicht abgewandt, Ecren und Corfar wirkten unangenehm berührt. Aber keiner würde sich für sie gegen Mordan stellen. Seine Hand schloss sich grob um ihr Handgelenk, zerrte sie näher heran.

»Nein! Lasst mich los, verdammter Rohling! Wagt es nicht, mich anzufassen!« Ohne auf ihre Gegenwehr zu achten, packte er auch ihre andere Hand, schlang den Riemen um ihre Gelenke und zurrte den Knoten fest. Dann ließ er sie abrupt los. Lijanas taumelte zurück. »Verfluchter Bastard! Macht mich los! Ich will …« Jäh traf seine Hand ihre Wange, riss ihren Kopf zur Seite. Sie wankte, starrte Mordan fassungslos an, hob zögernd die gefesselten Hände zu ihrem brennenden Gesicht. Ohne auf das unwillige Murmeln der anderen Krieger zu achten, packte er den Riemen zwischen ihren Handgelenken und schleppte sie zu seinem Pferd hinüber. Lijanas stolperte neben ihm her wie eine Schlafwandlerin. In ihren Augen brannten Tränen. – *Bitte Gnädige, lass nicht zu, dass ich vor ihm anfange zu weinen!* – Sie bemühte sich, sie fortzublinzeln. Der Mantel wurde von ihren Schultern gezerrt und seinem Besitzer zurückgegeben, dann hob Mordan sie auf seine Stute und saß selbst auf. Ein kurzer Befehl in der Sprache der Kjer, während auch Brachan und Corfar wieder aufstiegen – er wendete sein Pferd zur Straße zurück und trabte los. Das Ende ihrer Fesseln hielt er zusammen mit den Zügeln in der Hand.

Seine Wange lag auf hartem Gestein. Wasser bewegte seine Glieder in einem trägen Tanz, schwappte zuweilen über sein Gesicht. In seinem Schädel hämmerte es, Schmerz bohrte in seiner Schulter. Mühsam öffnete er die Augen und versuchte sich aufzurichten. Mit einem Stöhnen fiel er zurück.

Noch immer sah er die atemlose Gestalt der Heilerin vor sich. Dann waren die Kjer-Bestien so unvermittelt über sie hergefallen, dass er es kaum geschafft hatte, sein Schwert zu ziehen. Nur dem Umstand, dass er schon beim ersten Zusammenprall mit den Kriegern über die Brückenmauer geschleudert worden war, verdankte er wohl sein Leben. Bis zu diesem Moment hatte er die Männer noch nie gesehen, dennoch wusste er, wer sie waren ... Der grauhaarige Krieger mit dem raubvogelgelben Blick und dann der andere, der mit dem schwarzen Haar und der Lederklappe über dem Auge ... – Wie oft hatten Soldaten, die aus Kämpfen mit den Kjer zurückgekommen waren, von ihnen gesprochen.

Die beiden dunkelhaarigen Männer und der Blonde waren wohl jene Fremden, die in der Nacht im ›Schwarzen Lamm‹ gewesen waren. Die, die er mit seinen Soldaten suchen und nach Anschara hatte bringen sollen.

Er schauderte und mühte sich zuerst auf Hände und Knie, kämpfte sich schließlich endgültig auf die Füße und wankte vorwärts. Sein Fürst musste es erfahren! Sofort!

Die ersten beiden Monde hatten ihren Zenit bereits überschritten, als die Kjer ihre Kriegsrösser wieder von der Straße herunter und auf der Suche nach einem Lagerplatz für die Nacht in den Wald hinein lenkten. Lijanas kauerte zusammengesunken vor Mordan auf dem Pferderücken. Den ganzen Rest des Tages hatte er sie nicht beachtet; ihr Magen rumorte lautstark und sie fror erbärmlich. – Zitternd zog sie die Arme enger an den Leib und wischte sich gleichzeitig einige Tränen ab. Furcht hing wie ein unnachgiebiger Knoten in ihrer Kehle, seit ihr Mordans Ohrfeige klargemacht hatte, dass er auch nicht davor zurückschreckte, sie zu schlagen.

Endlich verhielten die Krieger ihre Tiere am Rand einer kleinen Senke zwischen den Bäumen. Der Boden war mit Blättern und Geröll bedeckt, das feucht im schwachen Mondlicht glänzte. Zu ihrer Linken wucherte ein Dornengestrüpp fast mannshoch.

Ecren ließ den Blick über den Platz gleiten, brummte etwas in missmutigem Ton und verlagerte sein Gewicht im Sattel. Keiner der Krieger sprach mehr Nivard.

Mordans Antwort war barsch und entschieden. Er ließ sein Pferd ein paar Schritt weitergehen, dann versetzte er Lijanas unvermittelt einen Stoß. Mit einem erschrockenen Schrei rutschte sie von

Ireds Rücken, landete unbeholfen auf Händen und Knien und schürfte sich die Handflächen auf. Dann war auch er abgestiegen, packte sie am Arm und zog sie grob wieder auf die Füße. Suchend sah er sich um, ehe er sie zu einem nahen Baum zerrte. Einen Moment beobachtete Lijanas verständnislos, wie er das Ende ihrer Fessel etwa einen Schritt vom Stamm entfernt über einen knorrigen Ast warf, doch erst als der Riemen sich straffte und ihre Hände über ihren Kopf zwang, wurde ihr klar, was Mordan da tat.

»Bitte! Nein!« Sie versuchte, sich gegen das Leder zu stemmen, mit dem Erfolg, dass es sich schmerzhaft in ihre Gelenke grub. Ungerührt band der schwarzhaarige Krieger den Riemen fest, wandte sich ab und schickte sich an, zu seinem Pferd zurückzugehen. »Das könnt Ihr nicht tun! Bitte nicht!« Entsetzen würgte Lijanas. Wortlos drehte er sich zu ihr um, blickte sie eisig an. Hinter ihm hielten die anderen Krieger beim Absatteln inne und sahen zu ihnen her. »Bitte! Ich werde nicht noch einmal versuchen zu fliehen! Ich werde von jetzt an tun, was Ihr sagt! Nur macht mich wieder los! Bitte!« Er musterte sie in verächtlichem Schweigen, rührte sich aber nicht. »Bitte, ich bin müde und hungrig, mir ist kalt! Ich ...« Sie verstummte, als er zu ihr zurückkam und so dicht vor ihr stehen blieb, dass sein Atem ihr Gesicht streifte.

»Schlaf, etwas zu essen und ein warmer Platz am Feuer sind Vergünstigungen, die man sich verdienen muss. Ihr habt Euch heute nichts davon verdient.« Ein böses Lächeln zuckte über seine Lippen, hinter denen seine Reißzähne fahl schimmerten. »Nutzt die Stunden bis zum Morgengrauen und denkt darüber nach, wie Ihr Euch von nun an verhalten wollt. – Ich wünsche Euch eine angenehme Nacht, Heilerin.« Damit ließ er sie endgültig stehen und ging zu den anderen Kriegern hinüber.

»›Schlaf, etwas zu essen und ein warmer Platz am Feuer sind Vergünstigungen, die man sich verdienen muss‹«, höhnte Brachan und trat neben ihn. Mordan fuhr ungerührt fort, Ired abzusatteln. Unvermittelt lag die Hand des alten Kriegers über der Gurtschnalle. »Das sind Kessanan-Methoden!« Sein Ton war scharf.

»Die Heilerin geht dich nichts an! Kümmere dich um deine Angelegenheiten!« Mordan schob den anderen unwillig beiseite, zerrte den Sattel vom Pferderücken und trug ihn an seinen Platz beim Feuer. Brachan folgte ihm. »Das Mädchen ist erschöpft und völlig durchnässt! Deine Ohrfeige hat ihr auch noch den letzten Rest Widerspenstigkeit genommen. Sie wird keine Dummheiten mehr machen! Was bezweckst du also damit? Willst du ihren Willen brechen?«

»Ich will, dass sie aufhört, gegen mich zu kämpfen, und gehorcht.«

»Sie ist kein Krieger!«

»Sie ist eine Gefangene! Als solche wird sie von jetzt an auch behandelt! – Lass mich zufrieden, Brachan!«

Einen Moment musterten die Raubvogelaugen Mordan abschätzig, dann spuckte Brachan verächtlich aus. »Arkell wäre stolz auf seinen Schüler!«

Er wandte sich ab und stapfte zu seinen Fellen hinüber. Mordan starrte ihm nach, dann versetzte er seinem Sattel einen wütenden Tritt und ging zu seinem Pferd zurück, um es für die Nacht zu versorgen.

4

»Töte ihn!«

»Warum?«

»Weil ich es dir befehle!«

»Es ist nur ein blinder alter Hund. Er tut niemandem etwas. Ich sehe nicht ein, warum ich ihn töten soll.«

»Töte das Vieh endlich!«

»Nein!«

»Gehorche!«

»Nein!«

»Nein?«

»Nein!«

»Ich werde dich lehren zu gehorchen!«

Eisiger Wind, der in die nackte Haut beißt und sie blau werden lässt. Die Glieder zittern in der Kälte. Schnee fällt vom Nachthimmel und legt sich um die schon gefühllosen, bloßen Füße, hüllt sie bis über die Knöchel ein, bestäubt die Schultern weiß. Ein rauer Strick fesselt die Hände, schnürt das Blut ab, zerrt sie brutal ausgestreckt über den Kopf bis fast zu dem Balken hinauf. Das Winseln des Hundes, der ebenfalls daran gebunden war, ist verstummt. Er ist tot. Verblutet oder erfroren. Es ist so entsetzlich kalt. Ein Rascheln zwischen den stinkenden Abfällen ringsumher, huschende Schatten, Schnüffeln, leises Quieken. Eine spitze Schnauze zeigt sich im Weiß des Schnees, dann noch eine. Es werden immer mehr. Ratten! Sie kommen heran. Wittern nach dem Kadaver des Hundes. Sein Fleisch wird ein Festmahl für sie sein. Der Winter ist hart und dauert schon viel zu lange. Sie scheinen zu wissen, dass es hier nichts gibt, was ihnen gefährlich werden kann. Die erste stellt sich auf, beginnt an den Beinen hinaufzuklettern, bohrt ihre scharfen Krallen in die ungeschützte Haut. Eine andere folgt. Der Versuch, sie abzuschütteln, wird mit Bissen beantwortet. Die Ratten sind hungrig! Fleisch ist Fleisch. Es kommen immer mehr. Die ersten haben jetzt Arme und Schultern erreicht, lecken das Blut ab – und beißen zu. Der Körper schüttelt sich vor Ekel und Schmerz. Den ersten folgen weitere, hangeln sich die Arme hinauf, schlagen ihre Zähne in das empfindliche Fleisch der vom Strick blutig gerissenen Handgelenke, verschonen auch die Hände nicht, die vor Schmerz ins Leere greifen. Andere hocken auf dem Kadaver des Hundes, zerreißen ihn. Rote Brocken fallen herab in den Schnee. Die Tiere am Boden stürzen sich darauf, kämpfen quiekend darum. Grauen würgt tief in der Kehle. Höhnisches Gelächter, das in der Erinnerung widerhallt und in den Ohren klingt. ›Ich werde dich lehren zu gehorchen.‹ Ungewollte Tränen gefrieren auf den Wangen. Plötzlich kriecht ein Wimmern über die Lippen. »Bitte!« Niemand hört es.

Keuchend fuhr er aus dem Schlaf auf, ohne zu wissen, warum. Brachans Raubvogelblick beobachtete ihn über das Feuer hinweg. Knurrend wandte er ihm den Rücken zu und zog die Decken enger um die Schultern. Eine seltsame Kälte schien in seinen Knochen zu nisten.

›*Arkell wäre stolz auf seinen Schüler!*‹ Verdammt! Er bekam die Worte des alten Kriegers einfach nicht aus seinem Verstand. Hinter ihm brach ein Ast knackend im Feuer. Er sah zu der Heilerin hin. Ihr heller, schmaler Leib zeichnete sich geisterhaft vor der Dunkelheit des nächtlichen Waldes ab.

›*Das sind Kessanan-Methoden.*‹ Mit einem neuerlichen Knurren schleuderte er die Decken von sich, stand auf und ging zu der jungen Frau hinüber. Kraftlos hing sie in ihren Fesseln. Das Haar war ihr halb ins Gesicht gefallen. Sie zitterte. Einen winzigen Moment konnte er im Mondlicht ihr Gesicht sehen, ehe sie sich von ihm abwandte. Tränenspuren glänzten auf ihren Wangen.

»Geht weg!« Das Schluchzen erstickte ihre Worte.

›*Arkell wäre stolz auf seinen Schüler!*‹

Ach, verdammt!

Ein Griff genügte, um den Knoten zu lösen, mit dem das Ende ihrer Fesseln am Baum festgezurrt war. Sie wankte und wäre gestürzt, hätte er nicht rasch zugegriffen. Ihr Körper war eisig. Kraftlos versuchte sie, ihn mit ihren gebundenen Händen von sich zu schieben. Unbeeindruckt hob er sie auf die Arme und trug sie zum Feuer hinüber, wo er sie auf seinen Bettfellen absetzte. Sie starrte ihn mit den erschrockenen Augen eines weidwunden Rehs an. Rau drängte er sie auf die Felle zurück, legte sich neben sie und zerrte die Decken über sie beide. Ein leises Wimmern drang aus ihrer Kehle, als er sie an sich zog. Sie wand sich, wollte fort von ihm. Mit einem Zischen legte er ein Bein über ihre – unvermittelt wurde sie starr.

»Bitte ….«

»Still! Schlaft!«

Sie gab keinen Laut mehr von sich. Eine ganze Zeit lauschte er auf ihre gepressten Atemzüge. Es dauerte lange, bis sie ruhiger wurden. Es dauerte noch länger, bis sie sich entspannte und ihr zarter Leib in seinem Arm weich wurde, als sie endlich einschlief. Mordan starrte ins Leere. Heute Nacht würde er keine Ruhe mehr finden.

Das Murmeln drang nur langsam in ihren erschöpften Schlaf. Noch immer vor Müdigkeit benommen, glaubte sie, einen leisen, qualvollen Laut zu hören, dann ein Fluchen. Atemlos lag sie still, ehe sie es wagte, sich vorsichtig zu bewegen. In den Decken hing noch die Wärme seines Körpers, aber Mordan selbst war fort. Erst jetzt traute sie sich, tiefer zu atmen, und öffnete langsam die Augen. Trübe hing Nebel zwischen den Bäumen, die Senke selbst schien darin zu ertrinken. Noch nicht einmal ein Hauch von Röte am Himmel kündigte den Sonnenaufgang an. Die Morgenluft strich ihr kalt und feucht über Wangen und Stirn. Bei dem Gedanken daran, was Mordan ihr an diesem Tag vielleicht antun mochte, schauderte sie. Ob er ihr wenigstens heute etwas zu essen geben würde? Ihr war beinah übel vor Hunger. Die Fesseln würde er ihr bestimmt nicht abnehmen. Sie konnte nur hoffen, dass er sie am Abend nicht wieder so brutal an einen Baum band. – *Ahmeer, bitte! Beeil dich! Ich ertrage es nicht länger!*

Unvermittelt näherten sich Schritte, hastig schloss Lijanas die Lider und stellte sich schlafend. Eine Hand legte sich auf ihre Schulter, schüttelte sie leicht.

»Wacht auf, Heilerin!« Das war Brachans Stimme. »Wir brauchen Eure Hilfe!«

Überrascht öffnete sie die Augen. Der grauhaarige Krieger hockte auf den Fersen vor ihr, den Arm noch immer halb ausgestreckt, wie um sie ein zweites Mal wach zu rütteln, falls nötig. In seinem Gesicht stand eindeutig Sorge. Hinter ihm war Corfar damit beschäftigt, das Feuer neu anzufachen. Der träge aufsteigende Rauch wurde vom Nebel verschluckt.

»Was ist passiert?« Steif ließ sie sich von ihm aufhelfen.

»Levan ist krank!« Er wies zu dem Schlafplatz des jungen Kriegers, bedeutete ihr, ihm zu folgen. Ihre Hoffnung, er würde ihr die Fesseln abnehmen, wurde enttäuscht. Lijanas Schritt stockte, als sie sah, dass Mordan am oberen Ende von Levans Lager kniete und seine Hände festhielt. Ecren kauerte in einer ganz ähnlichen Haltung über den Beinen des jungen Mannes. Der lag auf dem Bauch, sein Kopf war auf einige Decken gebettet, seine Felle eng um ihn geschlungen. Unruhig versuchte er, sich hin- und herzuwerfen. Als sie sich ebenfalls neben ihn kniete, lehnte der schwarzhaarige Krieger sich vor und sagte leise etwas auf Kjer zu Levan. Der hörte auf, gegen die Hände der Männer anzukämpfen, seine Lider hoben sich flatternd, sein fieberglänzender Blick fand Lijanas, ein schwaches Lächeln huschte über seine Lippen, aus seiner Kehle kam ein leises Seufzen, dann waren seine Augen wieder geschlossen.

»Was habt Ihr zu ihm gesagt?« Sie berührte Levans Stirn – glühend heiß!

»Dass Ihr Euch um ihn kümmern werdet.«

Lijanas nahm die Worte schweigend zur Kenntnis, während sie mühsam ihre Handgelenke gegeneinander verdrehte, um die Finger auf den Hals des jungen Kriegers legen zu können, dort, wo man das Pochen des Blutes spüren konnte. *Ja, um Levan werde ich mich kümmern. Aber wenn du hier liegen würdest …*

Sie schauderte bei dem Gedanken. Könnte sie wirklich so hartherzig sein? Hinter ihr sagte Brachan etwas in scharfem Ton in seiner Sprache. Mordan sah auf und antwortete ihm mit einigen scheinbar nicht minder heftigen Worten, dann: »Gebt mir Eure Hände, Heilerin!«

Ein wenig überrascht sah Lijanas von einem zum anderen, gehorchte aber und der dunkle Krieger löste die Fessel von ihren Gelenken. Sie schnappte nach Luft, als das Blut schmerzhaft in ihre Finger zurückfloss. Wie weh es tun würde, wenn er ihr die Riemen später wieder anlegte, mochte sie sich gar nicht vorstellen.

Sie verdrängte den Gedanken und legte die Finger erneut auf Levans Hals, lauschte mit den Fingerspitzen auf das Klopfen unter der brennenden Haut. Es war viel zu schnell! »Seit wann geht es ihm so schlecht?«

»Ecren konnte ihn nicht zu seiner Wache wecken. Da haben wir bemerkt, dass er fiebert. Wann es ausgebrochen ist …?« Mordan hob die Schultern und lehte sich erneut vor, da Levan keuchend etwas hervorstieß. Als er antwortete, klang seine Stimme beruhigend. Was er sagte, konnte Lijanas wieder nicht verstehen. Die Stirn in Falten gelegt, setzte sie sich zurück.

»Wisst Ihr, ob er irgendwo verletzt ist?«

Anstelle einer Antwort hob der schwarzhaarige Krieger behutsam die Felle von Levans Schultern und bis zu seiner Hüfte hinunter. Das goldene Fell auf dessen Rücken war dunkel von Schweiß, deutlich konnte sie mehrere Wunden sehen, die nicht größer als Kupfermünzen waren und in wütendem Rot leuchteten. Eiter glänzte in ihnen.

»Die Krallen der Seelenfresser haben die Eisenringe zerbrochen und sind durch sein Kettenhemd hindurchgegangen.«

Lijanas unterdrückte ein erschrockenes Luftholen, beugte sich über den jungen Krieger und betrachtete die Verletzungen eingehend. Schwacher Verwesungsgeruch ging von ihnen aus.

»Levan sagte, Ihr hättet meinen Arzneikasten aus der Stadt mitgebracht …?«

Mordan nickte, knurrte einen Befehl, woraufhin Ecren seinen Platz über den Beinen des Kranken verließ und einen Moment später mit ihrem Arzneikasten zurückkam.

Sie dankte ihm mit einem raschen Lächeln, dann öffnete sie den Kasten und suchte hastig jene Kräuter heraus, die gegen Wundfieber halfen. Wenn sie nur gewusst hätte, wie sie die Verletzungen selbst behandeln sollte … Kein Wundbrand konnte sich so schnell ausbreiten, und der Verwesungsgeruch … Etwas war seltsam – beinah, als würde das Fleisch zu einem schon seit Tagen verrottenden Leichnam gehören. Nein! Allein der Gedanke war verrückt! Dennoch hatte sie solche Wunden noch nie gesehen.

»Benötigt Ihr ein Messer?« Mordans Stimme riss sie aus ihren Überlegungen.

»Ein Messer? Wozu?«

»Um die Wunden auszubrennen.« Beinah schien es, als habe er ihre Gedanken gelesen.

Entsetzt sah sie ihn an – ein so barbarischer Vorschlag konnte nur von ihm kommen. Sie schüttelte den Kopf, nahm ein Stückchen Leinen aus dem Vorrat ihres Kastens und machte sich behutsam daran, die Verletzungen zu säubern. Unter ihren Berührungen regte Levan sich schwach, krümmte sich mit einem Stöhnen, erschlaffte jäh. Seine Atemzüge waren nur noch ein Hauch. Lijanas zog die Lippe zwischen die Zähne, sah hastig von einem zum anderen. – *Wenn sie es merken … Nein! Wie sollten sie … Was jetzt zählt, ist Levan!*

»Könnt Ihr ihn ein wenig auf die Seite drehen?«

Mordan sah sie zwar überrascht an, tat aber, worum sie gebeten hatte. Das Gesicht des jungen Mannes war grau, ein fahles Dreieck lag um Mund und Nase. Behutsam legte sie ihm die Hand auf die vollkommen unbehaarte Brust, spürte seinen harten, schnellen Herzschlag, während sie gleichzeitig sacht seine glühende Stirn berührte – erschrocken schnappte sie nach Luft und riss die Hände zurück, als sie unvermittelt den Schatten sah, der beinah schon undurchdringlich über dem Leben des jungen Kriegers lag. Finger schlossen sich hart um ihr Handgelenk, sie schrie leise auf, versuchte sich loszureißen. Dann erst begriff sie, dass es Mordan war, der sie gepackt hatte und sich mit schmalem Blick zu ihr beugte.

»Was habt Ihr, Heilerin?« Die Schärfe in seinem Ton verstärkte das Zittern ihrer Hände noch.

»Nichts!« Sie vermied es, ihn anzusehen, versuchte sich aus seinem Griff freizuwinden. Erfolglos.

»Nichts?! – Ihr seid weiß wie Kalk! Weshalb?« Grob zog er sie näher zu sich heran. »Und wagt nicht, mich anzulügen!«

»Ich … Ich bin nur erschrocken, weil es Levan so schlecht geht.« Wie entsetzlich dünn ihre Stimme klang.

»Das allein ist nicht der Grund! Das wusstet Ihr schon vorher!« Sein Griff wurde härter. »Ihr habt meine Geduld schon genug strapaziert! Macht den Mund auf, Weib, oder ich bringe Euch zum Sprechen!«

Ein leises Stöhnen war in ihrer Kehle. *Wie konnte ich nur so dumm sein? Natürlich musste er es merken. Ich hätte es nicht tun sollen; aber Levan … – Ich habe es noch nie jemandem gesagt. Noch nicht einmal Ahmeer oder Niégra. Wie kann ich es da ihm sagen? Er bringt mich um.*

Erneut ein Ruck an ihrem Handgelenk. »Redet!«

Elend ließ sie den Kopf hängen, die Worte wollten nur stockend aus ihrer Kehle. »Manchmal, wenn ich einen Kranken berühre, dem … es besonders schlecht geht, kann ich einen … Schatten sehen, der über seinem Leben liegt. – Je undurchdringlicher er ist, umso … sicherer stirbt der Kranke. Und bei Levan …«

Mordan ließ ihre Hand los und setzte sich zurück, ohne den Blick von ihr zu wenden. Er holte einmal tief Atem und stieß die Luft dann langsam aus. »Ihr könnt den Schatten der weißen Kriegerin sehen.« Seine Stimme war vollkommen ruhig.

Verwirrt sah Lijanas ihn an. Sie hatte eine ganz andere Reaktion erwartet. Nur allmählich wurde ihr die Stille in ihrem Rücken bewusst. Erneut grub sie die Zähne in ihre Lippe. Auch die anderen Krieger mussten ihre Worte gehört haben. Ein Schatten fiel auf sie und sie schaute hastig auf. Neben ihr stand Corfar, die Faust am Schwert. Als er sprach, war seine Stimme hart, jedes Wort eine Anklage, auch wenn Lijanas nicht verstehen konnte, was er sagte.

Mordan stieß ein abfälliges Schnauben aus, seine Antwort klang höhnisch. Doch als Corfar erneut zu sprechen ansetzte, brachte eine knappe Handbewegung und ein kurzes, beißend hervorgezischtes Wort des schwarzhaarigen Kjer den Mann zum Schweigen. Einen Herzschlag, zwei, drei, maßen die Krieger sich mit Blicken – dann senkte Corfar die Augen und ging mit einem Knurren zum Feuer zurück.

»Was … was hat er gesagt?« Lijanas brachte nicht mehr zustande als ein hilfloses Flüstern.

Undeutbar sah Mordan sie an. »Dass nur die Seelenhexen der Edari den Tod sehen können und dass ich Euch die Kehle durchschneiden soll, ehe Ihr Eure verderbte Macht gegen uns einsetzt und unsere Seelen an Euch kettet.«

»Ich bin keine ...«

»Was Ihr seid, ist mir gleich! Meine Befehle bezüglich Eurer Person sind eindeutig!« Er blickte auf Levan hinab. Mit einem Mal war seine Stimme seltsam weich. »Tut für ihn, was Ihr könnt – und wenn Ihr irgendetwas braucht, dann sagt es und ich werde versuchen, es Euch zu beschaffen.« Einen Moment lang war sie verblüfft – nichts, was er hätte tun können, hätte sie mehr überraschen können als diese Worte –, dann nickte sie und machte sich an die Arbeit.

Die ganze Zeit blieb der dunkle Krieger schweigend an ihrer Seite. Er stützte Levans Kopf, damit sie ihm Medizin einflößen konnte, hielt ihn auf sein Lager nieder, während sie die Wunden auf seinem Rücken reinigte, und sprach immer wieder leise und beschwichtigend auf den jungen Mann ein. Beinah schien es ihr, als würde das Wissen um seine Anwesenheit Levan beruhigen – und sie war sich der Tatsache bewusst, dass Mordan jede ihrer Bewegungen aufmerksam verfolgte.

Schließlich war es geschafft und Lijanas setzte sich zurück. Ihre Hände waren mit dem Blut des jungen Kriegers beschmiert, einmal mehr strich sie sich mit dem Handrücken das Haar aus der Stirn. Als sie aufsah, begegnete sie Mordans Blick.

»Mehr kann ich nicht tun. – Betet, dass die Rabin ...«

»Eure Ketzer-Göttin wird kaum meine Gebete erhören.« Den Mund zu einem harten Strich verzogen, stand er auf, hakte den Daumen unter den Gürtel. »Wann können wir weiter?«

»Weiter? Aber ... Levan ist schrecklich schwach, er glüht vor Fieber, die Wunden ...« Sie gestikulierte hilflos. »Er kann nicht weiter!«

»Er muss! Wenn er sich nicht auf seinem Pferd halten kann, werden wir eine Bahre für ihn bauen, aber hierbleiben werden wir nicht!«

»Aber ...«

»Kein ›Aber‹, Heilerin! Wenn die Sonne aufgegangen ist, brechen wir auf. Tut für ihn, was nötig ist, damit er den Transport übersteht!«

»Ihr bringt ihn um! – Auch mit einer Bahre!«

»Ihr seid dafür da, das zu verhindern!« Er drehte sich halb zu den anderen Kriegern um, die beim Feuer kauerten, und gab einen scharfen Befehl, der von den Männern mit einem Nicken beantwortet wurde.

Als er sich abwandte und zu seinen Bettfellen hinüberging, glaubte Mordan den Blick der Heilerin im Rücken zu spüren.

Bei seinen Satteltaschen kniete er nieder, zog die lederne Pergamenthülle hervor und breitete die darin enthaltenen Landkarten auf seinen Fellen aus. Flüsse, Ebenen, Berge und Städte waren sorgfältig mit farbiger Tinte eingezeichnet – zusammen mit anderen Einzelheiten, die mehr als einmal in einer Schlacht den entscheidenden Vorteil mit sich gebracht hatten. Soweit er wusste, waren diese Karten mit die genauesten, die es in Telmáhr, Astrachar und sogar den Steppenreichen gab. Einige der Angaben hatte er selbst noch unter Jarats Befehl gestohlen, andere stammten von seinen eigenen Spionen, waren mit Gold gekauft oder Gefangenen abgepresst. Weder Jerdt noch Corden hatten diese Karten jemals gesehen; selbst König Haffren kannte sie nicht. Nachdenklich beugte er sich über die Blätter. Hätte er die Heilerin direkt nach Turas bringen sollen, hätte er die Salzzinnen im Osten passiert, wäre an Sajidarrah und Tejidannar vorbeigegangen und wäre auf Telmáhrs Boden gewesen, sobald sie den Corn überschritten hätten. Auf eigenem Territorium zu sein, hätte den Weg weniger gefährlich und vor allem bequemer gemacht. Doch Kassens Klamm lag weit im Nordwesten, noch jenseits der Inneren See und der Silberberge. Er presste Daumen und Mittelfinger gegen die Nasenwurzel und schloss für einen kurzen Moment sein Auge. Eigentlich hatte er die Salzwüste durchqueren wollen. Obwohl sie unberechenbar war und gerade zu dieser Zeit, zum Ende des Sommers, als besonders gefährlich galt, wäre das Risiko mit ausgeruhten Männern gering gewesen. Aber jetzt, mit einem Verletzten … Bei dem Gedanken an Levans fahlgraue Züge zerbiss Mordan einen Fluch zwischen den Zähnen. So schlecht hatte der junge Krieger selbst nach jener Nacht am Folterkreuz der Nivard nicht ausgesehen. Unwillkürlich ballte seine Hand sich zur Faust. Es war ein Fehler gewesen, sich von Levan überreden zu lassen, ihn im Heer zu behalten! Er hätte ihn mit Gold für seine Treue belohnen und nach Hause schicken sollen! *Verdammt! Warum musstest du die Treueschuld ausgerechnet auf diese Art von mir einfordern, Kleiner! – Du hättest etwas Besseres verdient!*

Er rieb sich mit den Fingerspitzen über die Stirn. Bedauern war ebenso sinnlos wie Hoffnung. Nur Narren und Träumer verschwendeten damit ihre Zeit. Mit einem Kopfschütteln verdrängte er die Gedanken und sah wieder auf die Karten. Der Weg durch die Salzzinnen, ein zerklüftetes Gebirge, das sich im Osten an die Wüste anschloss, würde sie mehr als sieben Tage kosten – und es war mit einem fiebernden Mann auf einer Bahre unmöglich zu passieren. Blieb nur der Weg am Fuß der Salzzinnen, am äußersten Rand der Salzwüste entlang – auch mit einer Bahre sollte es möglich sein, die Wüste auf diesem Weg zu umgehen. Aber sie würden mindestens vier Tage mehr brauchen. Er fuhr sich durchs Haar. Wenn sie nicht zu viel Zeit verloren, konnten sie bis zum Nachmittag die Mondtürme erreichen. Unzählige Legenden rankten sich um die steil in den Himmel wachsenden, silberweiß glänzenden Felsklippen, die zu beiden Seiten von Darachnars Tal aufragten; die eine der höchste Punkt der Weißen Sichel, die andere ihr Spiegelbild in den Salzzinnen. In vergangenen Zeiten sollten sie Orte uralter Macht gewesen sein – heute waren sie Teil der Grenzmarken von Astrachar. Darachnars Tal selbst war gezeichnet von der Wüste, die mit jedem Winter ein Stück mehr des fruchtbaren Bodens stahl und ihn unter Salz begrub. Sie mussten hier noch einmal ihre Wasserschläuche füllen, ehe sie in die Salzwüste aufbrachen. Müde rieb er sich den Nacken. Inzwischen bekam er zu spüren, dass er die letzten Nächte kaum oder gar nicht geschlafen hatte. Und wenn er daran dachte, was sie in der Salzwüste erwartete …

Damit der Weg für Levan und die Heilerin nicht zu anstrengend wurde, mussten sie nachts reisen. Doch nur solange die Monde am Himmel standen und für genügend Licht sorgten, dass man die tückischen Risse in der Salzkruste sah, die zu tödlichen Fallen werden konnten, war es möglich, die kalte Wüstennacht und die noch verhältnismäßig kühlen Morgenstunden zu nutzen. Erst wenn die Sonne im Zenit stand und die weiße Fläche in grausames Gleißen und unerträgliche Hitze verwandelte, würden sie rasten.

Auf halbem Weg zur Sandgrassteppe lag Cavallin, die Stadt im Berg, hier würden sie noch einmal ihre Vorräte ergänzen können. Vielleicht wäre es sinnvoll, dort noch ein Packtier zu kaufen, denn das, was sie von der Stadt an Wasser und Proviant mitnehmen konnten, musste für den Rest des Weges reichen. Zwischen Cavallin und der Sandgrassteppe gab es nichts als Salz. Als sich ihm Schritte näherten, wandte er sich um. Corfar blieb vor ihm stehen, die Heilerin, die er grob am Arm gepackt hielt, neben sich.

»Was gibt es?« Mit einer entschiedenen Bewegung rollte er die Karten zusammen und schob sie in die Pergamenthülle zurück.

»Sie sagt, es gäbe vielleicht noch eine Möglichkeit, Levan zu helfen.« Die Stimme des Kriegers war voller Kälte, während er die junge Frau einen halben Schritt zu ihm hin schubste, ohne sie loszulassen. Wie Mordan es am Tag zuvor befohlen hatte, sprach er noch immer Kjer. Einen langen Moment musterte er sie schweigend. Ihre Hände waren mit getrocknetem Blut beschmiert, auf ihrer Stirn prangten mehrere dunkle Streifen – und das Haar hing ihr wie eingelegtes Kraut um den Kopf. *Sie braucht ein Bad! Und einen Kamm!* Ungewollt wanderte Mordans Blick weiter. – *Und ein neues Gewand!* Er stand auf und bedeutete Corfar, die junge Frau loszulassen, dann verschränkte er die Arme vor der Brust und hob eine Braue.

»Also? Was ist das für eine Möglichkeit, Levan zu helfen, Heilerin?«

»Es ist ein bisschen kompliziert …«

»Dann erklärt es mir!«

»Es gibt eine Raupenart, die helfen könnte, Levans Wunden zu heilen.« Sie musste den Zweifel in seinem Blick bemerkt haben, denn sie sprach hastig weiter. »Wenn man den richtigen Moment in der Entwicklung der Raupen abpasst und sie in eine entzündete Wunde legt, dann lindert das Sekret, das die Fäden überzieht, mit denen sie ihren Kokon spinnen, die Entzündung und die Wunde kann heilen. Aber …« Sie verstummte unsicher.

»Aber?«

»Normalerweise ist es schon zu spät für diese Raupen. Es wäre großes Glück, wenn es noch welche gäbe, die sich noch nicht eingesponnen haben.«

»Kann man die Tiere in dieser Gegend finden?«

»Sie leben normalerweise vergraben unter einer Moosart, die gerne an schattigen Bachläufen wächst.«

Corfar räusperte sich. »Etwa eine halbe Stunde westlich von hier ist ein kleiner Bachlauf. Dort wächst unter anderem auch Moos und solches Zeug.«

»Gut! – Ihr werdet mich begleiten, Heilerin. Immerhin wisst Ihr am besten, wie diese Tiere aussehen, und ich könnte mir vorstellen, dass sich noch andere Raupenarten unter diesem Moos heimisch fühlen. Kommt!«

Als er die Hand nach ihr ausstreckte, schien sie für den Bruchteil eines Herzschlags vor ihm zurückweichen zu wollen. Ihre Augen zuckten zu dem Lederriemen, den er nachlässig unter den Gürtel geschoben hatte, hoben sich dann zu seinem Gesicht. Sie grub die Zähne tiefer in die Lippe, offenbar darum bemüht, seinem Blick nicht auszuweichen, während sie es dann doch zuließ, dass er sie am Handgelenk ergriff. Wortlos wandte er sich um und zog sie mit sich.

Die Arme ins Wasser getaucht, kniete Lijanas am Rand des kleinen Bachlaufs und genoss die wohltuende Kühle an ihren von den Fesseln aufgeschürften Handgelenken. Ihre Suche nach den Raupen war erfolglos verlaufen. Oh, sie hatten einige dieser Tiere gefunden – doch bereits seit einigen Tagen in ihren Kokon eingesponnen. Mordan hatte es mit unbewegter Miene zur Kenntnis genommen und ihr dann befohlen, sich im Bach Levans Blut von Händen und Gesicht zu waschen. Sie schloss die Lider und versuchte den schwarzhaarigen Kjer, der vielleicht einen Schritt hinter ihr stand und sie beobachtete, wenigstens für den Augenblick zu vergessen. Über ihr in den Baumwipfeln plusterten sich Vögel im dunstigen Morgenlicht in ihren Nestern, begrüßten tschilpend den neuen Tag, ehe sie davonflogen, um sich ein Frühstück aus Maden und Käfern zu suchen. Auf der ganzen Wegstrecke von dem kleinen Lager bis hierher hatte er kein Wort mit ihr gesprochen. Auch ihr Handgelenk hatte er erst losgelassen, als sie den kleinen Bachlauf erreicht hatten. Nun wartete er schweigend und dunkel wie ein Schatten, damit er sie zurückschleppen und sie ihren Weg fortsetzen konnten.

Sie setzte sich auf die Fersen, strich sich das Haar aus der Stirn und machte sich eben daran, mit ihren nassen Fingern die schlimmsten Knoten zu entwirren, als sich unvermittelt Mordans Hand über ihren Mund legte. Ein kaum hörbares Zischen direkt neben ihrem Ohr verhinderte ihren Protest, während er sie, eng an seine Brust gepresst, langsam auf die Füße zog.

»Da! Seht!«

Im ersten Moment wusste Lijanas nicht, was er meinte. Doch dann … Nur wenige Schritt von ihnen entfernt, beinah gänzlich von den weit ausladenden Ästen eines halb im Wasser stehenden Baumes und undurchdringlichem Dornengestrüpp verborgen, wallte eine kleine Quelle in einem Bett aus glänzenden Kieselsteinen munter vor sich hin. Eben duckte eine Kreatur von der Größe einer Katze sich langsam aus einem dichten Gebüsch am Rand des Kieselsteinbeckens hervor und schlich – durch die tief hängenden Zweige kaum zu sehen – auf kleinen, krallenbewehrten Klauen wachsam zum Wasser hin. Ihr Körper war bis hinunter zu der Spitze des schmalen, fast Schritt langen Schwanzes mit grünblau schimmerndem, seidigem Fell bedeckt, das glatt über den feinen Muskeln spielte. Ohren in der Farbe eines Sonnenuntergangs und so zart, dass sie Lijanas nicht nur in ihrer Form an die Schwingen eines Schmetterlings erinnerten, bewegten sich unablässig. Schnuppernd hob sich eine schmale Drachenschnauze in die Luft und die junge Frau hielt unwillkürlich den Atem an.

»Wir haben den Wind gegen uns.« Mordans Wispern klang seltsam heiser. »Sie kann uns nicht wittern.«

Das Wesen wandte den schlanken Kopf noch einmal wachsam hierhin und dorthin, eine glänzende Mähne fiel die ganze Länge des eleganten Halses bis weit über den Rücken hinab und schimmerte in jedem Ton von Gelb bis Orange, den man sich nur vorstellen konnte. Dann beugte sich die Kreatur zum Trinken vor – und spreizte hauchdünne Schwingen in allen Farben des Regenbogens.

Lijanas spürte einen Kloß in ihrer Kehle. Nie hätte sie auch nur zu träumen gewagt, dass etwas so Schönes leben könnte. An ihrer Seite beugte Mordan sich trotz Kettenhemd und Waffen lautlos vor, tauchte die hohle Hand ins Wasser und erstarrte. Nacheinander kamen zwei, drei, vier dieser Wesen aus dem Gebüsch getrippelt, keines größer als eine Männerfaust. Ein leises Zirpen und Trällern war um die Quelle herum, während die Kleinen sich neben ihrer Mutter aufreihten, um zu trinken. Ein besonders vorwitziges sprang auf einen Stein, balancierte einen Augenblick wagemutig mit ausgebreiteten Regenbogenflügelchen, drohte abzurutschen, wurde von der Mutter behutsam im Nacken gepackt und auf dem sicheren Boden zwischen ihren Vorderkrallen abgesetzt. Ein winziges Zünglein schnellte hervor und leckte die mit zartem Flaum bedeckte Schnauze des Jungen, die sich zu ihr emporreckte.

Mordan schien aus einer Trance zu erwachen. Er hob die Hand aus dem Wasser und trank ehrfürchtig zwei Schluck, ehe er den Rest langsam wieder in den Bach zurücktropfen ließ. Erstaunt beobachtete Lijanas ihn dabei.

»Das gleiche Wasser zu trinken wie eine Sinshalei bringt Glück«, erklärte er noch immer in jenem heiseren Ton.

Lijanas konnte sich ein Lächeln nicht verbeißen, als sie sich unter seinem verblüfften Blick vorbeugte, um wie er von dem Wasser zu trinken. Es war nur ein leises Knirschen unter ihren Füßen, als sie das Gewicht verlagerte – doch plötzlich war der Rand der Quelle verlassen.

Brüsk fasste Mordan sie am Arm und zog sie vom Ufer fort, strebte mit langen Schritten zum Lager zurück.

»Es tut mir leid, dass ich sie verscheucht habe.«

»Wir können nur hoffen, dass sie ihr Nest nicht aufgibt. Das wäre der Tod der Jungen – und es gibt ohnehin nur noch wenige ihrer Art.«

»Warum? Wenn sie so scheu sind …«

»Warum?« Abrupt wandte er sich zu ihr um. »Weil es Männer und Frauen gibt, die ein Vermögen für ihr Fell und ihre Schwingen zahlen.«

Fassungslos blieb Lijanas ebenfalls stehen. »Woher wisst Ihr das?«

»Weil man mir auch schon einmal ein solches Fell angeboten hat.« Er ging weiter, zog sie dabei mit.

»Und was habt Ihr getan?«

»Ich habe dem Händler sein eigenes Fell abgezogen.«

Lijanas kam aus dem Schritt. Ja, er war zu so einer Gräueltat fähig.

5

Soweit sie konnte, beugte Lijanas sich über Mordans Arm zur Seite und blickte besorgt in Levans bleiches Gesicht. Er hatte tatsächlich den Befehl zum Aufbruch gegeben, kaum, dass sie das Lager wieder erreicht hatten und die Sonne aufgegangen war. Alles Erklären und Betteln war bei ihm auf taube Ohren gestoßen. Die Krieger hatten den immer noch besinnungslosen jungen Mann behutsam auf die von Corfar und Ecren vorbereitete Bahre gehoben, diese zwischen zwei Pferden festgemacht und waren dann aufgebrochen. Die Handfesseln waren ihr erspart geblieben – vorerst, wie der dunkle Krieger betont hatte –, damit sie sich besser um Levan kümmern konnte. Doch der Lederriemen steckte nach wie vor zu lockeren Schlaufen geschlungen unter seinem Gürtel. Sie ignorierte sein unwilliges Knurren und streckte sich ein Stückchen mehr, um Levans Stirn berühren zu können. Zumindest hielt er Ired gewöhnlich dicht neben der Bahre, sodass sie ihren Patienten stets im Auge hatte – und er befahl den anderen zu halten, wann immer Lijanas es verlangte. Inzwischen war es beinah schon wieder Mittag. Mordans Armmuskeln spannten sich auf beeindruckende Weise, als er sie vor sich wieder in eine aufrechte Position zog.

»Es geht ihm nicht besser«, erklärte sie mit einem Blick über die Schulter. »Aber ich kann mir nicht erklären warum. Ich habe die Wunden gesäubert, es kam nur noch helles, gesundes Blut … Sein Zustand müsste sich bessern! Er müsste zumindest zu sich kommen.« Sie schüttelte den Kopf.

Seine Antwort war ein schweigendes Nicken, während er seinerseits zu Levan hinübersah. Lijanas glaubte zu spüren, wie seine Brust sich unter einem lautlosen Seufzen dehnte. Wenn es um den jungen Krieger ging, benahm Mordan sich seltsam, beinah … fürsorglich. So, als fühle er sich aus irgendeinem Grund Levan gegenüber schuldig. Ein verrückter Gedanke, aber sie konnte nicht leugnen, dass jedes Mal, wenn sie sich zu dem Kranken hinüberreckte, deutlich Sorge in seinem Gesicht stand.

Ein leiser Laut ließ die Heilerin aufschrecken. Sie beugte sich so schnell vor, dass sie Mordan einen überraschten Fluch entlockte. Ihr verblüfftes »Levan ist wach!« ließ ihn die scharfe Rüge runterschlucken und stattdessen einen Halt befehlen. Eilig rutschte sie vom Pferderücken und hastete an die Bahre, wo Levan gerade versuchte, sich auf die Ellbogen hochzustemmen.

»Liegen bleiben!« Mühelos konnte sie ihn auf das Gebilde aus Decken und Fellen zurückdrücken.

Er wollte schwach widersprechen, schwieg aber, als Mordan mit einem erstaunlich sanften »Gehorche!« neben Lijanas trat.

»Herr!« Das Wort war nur ein Hauch.

»Ich bin hier!« Er half dem jungen Krieger, den Kopf zu heben, und setzte ihm einen Wasserschlauch an die Lippen.

»Was ist geschehen?« Schon nach wenigen Schlucken sank Levan auf sein Lager zurück.

»Die Krallenwunden, die dir der Seelenfresser gerissen hat, haben sich entzündet. Warum hast du nicht schon gestern etwas von ihnen gesagt?« Die Sanftheit war aus dem Ton des dunklen Kriegers verschwunden.

»Es war doch nur ein Kratzer!« Noch nie hatte Lijanas so viel Elend in der Stimme eines Kranken gehört.

»Ein Kratzer!« Mordan schnaubte. »Ein Kratzer, der uns jetzt unnötig Zeit kostet! Junger Narr!«

»Es tut mir leid, dass ich Euch aufhalte, Herr! Ich …«, erschöpft schloss Levan die Augen und holte ein paar Mal tief Atem, ehe er dann weitersprach. »Lasst mich zurück! Ich werde …«

»Dich zurücklassen? Hat das Fieber dir den Verstand gestohlen?« Bedrohlich beugte der Ältere sich über den Verletzten. »Ich habe noch nie einen Mann zurückgelassen – und deinetwegen werde ich mit dieser Gewohnheit nicht brechen! Die Peitsche hättest du dir für deine Dummheit verdient! Aber zurücklassen … Nein! Kommt nicht in Frage! Verstanden?«

»Ja, Herr!« Die Antwort war nur ein Wispern. »Aber wie … bis zum Ährenfest ist es gerade noch ein Mondlauf …« Seine Stimme versagte.

»Lass das meine Sorge sein!«

Levan nickte kraftlos. Behutsam strich Mordan ihm einige schweißverklebte Strähnen aus der fahlen Stirn und drückte kurz seine Schulter. »In drei Stunden haben wir Darachnars Tal erreicht. Dort kannst du ausruhen.« Von dem Kranken kam keine Reaktion mehr. Mordans Hand schloss sich zur Faust. »Halt durch, Kleiner!« Als er aufsah, begegnete er Lijanas Blick. »Wie geht es ihm?« Die Kälte war in seinen Ton zurückgekehrt.

Behutsam zog sie die Decke wieder über Levans Schultern zurecht. »Zumindest nicht schlechter. Dass er wach war, ist ein gutes Zeichen. Aber er muss unbedingt Ruhe haben! Die Wunden eitern nach wie vor und der Verwesungsgeruch wird immer stärker – ich habe solche Wunden noch nie gesehen. Es scheint beinah, als …«, hilflos schüttelte sie den Kopf.

»Ihr hättet sie ausbrennen sollen, wie ich Euch sagte!«

Sie presste die Lippen zu einem schmalen Strich zusammen. »Das ist barbarisch und unnötig, aber das sagte *ich* Euch schon!«

»Sind die Wunden nicht besser, wenn wir Darachnars Tal erreichen, brenne ich sie ihm aus, falls Ihr Euch immer noch weigert.«

Mit vorgerecktem Kinn machte sie einen Schritt auf ihn zu. »Wer ist hier der Heiler, Ihr oder ich?« Unwillkürlich zuckte ihr Blick zu dem Lederriemen unter seinem Gürtel. *Ich muss verrückt sein, so mit ihm zu reden.* Als sie die Augen wieder hob, sah er sie erstaunlich ruhig an, dann neigte er leicht den Kopf.

»Ihr seid die Heilerin! Aber ich werde tun, was nötig ist, wenn ich denke, *dass* es nötig ist. – Und jetzt sitzt wieder auf, damit wir weiterkönnen.«

Mit einem lächelnden »Willkommen zu Hause, mein Prinz!« und einer tiefen Verbeugung nahm der Diener den federgeschmückten Helm und den mit kostbarer Seide gefütterten Mantel aus den Händen des hochgewachsenen jungen Kriegers entgegen.

»Ich danke dir.« Gnädig neigte sich der glänzend schwarze Schopf, dann schritt Prinz Ahmeer durch die goldverzierten Türflügel, die zwei weitere Diener für ihn öffneten, und betrat das sonnendurchflutete Gemach seines Onkels. Die Türen hatten sich noch nicht hinter ihm geschlossen, als er stehen blieb und sich ehrerbietig verneigte, während er gleichzeitig in der uralten Geste des Respekts mit der Hand zuerst seine Brust und dann die Stirn berührte. Doch kaum hatte er sich wieder aufgerichtet, da schloss ihn sein Oheim schon in die Arme.

»Sei mir willkommen, Sohn meiner Schwester. Gut, dass du endlich da bist. Hoffentlich war deine Reise nicht zu beschwerlich.«

»Ich danke für die Begrüßung, Onkel. Und ich bringe gute Nachrichten: Wir haben den Überfällen der Edari an der südlichen Küste ein Ende gesetzt und konnten zwei ihrer Schiffe beinah unbeschädigt erobern. Als ich aufbrach, ließ Eliazanar gerade vier Dutzend gefangener Piraten zur Abschreckung ihrer Kameraden entlang der Küste kreuzigen. Sie wollte nachkommen, sobald der letzte der Hunde einen Balken unter den Armen hat.« Mit einem dankbaren Nicken nahm er den Becher mit Wein entgegen, den ein Diener ihm anbot, folgte der Geste seines Onkels und ließ sich auf einigen Polstern nieder. »Aber nur um meinen Bericht zu hören, hast du sicher nicht nach mir geschickt. – Was ist geschehen, dass du mir einen Mann aus deiner persönlichen Garde als Boten sendest, um mich von der südlichen Küste zurückzurufen?« Er blickte zu seinem Oheim auf, während der sich ihm gegenüber setzte. »Überfallen die Kjer wieder die Städte im Norden?«

Der Fürst der Nivard schwieg, während er sich von dem Diener Wein nachschenken ließ, dann befahl er den Mann mit einem knappen Wink hinaus.

Erst als er mit seinem Neffen allein war, sprach Rusan. »Nein, Überfälle der Kjer sind nicht der Grund, warum ich dich nach Anschara zurückrufen ließ. Es geht um Lijanas!«

»Lijanas?« Ahmeer ließ den Becher sinken und richtete sich alarmiert auf. »Was ist mit ihr?«

»Sie wurde entführt!«

»Entführt? Was … Wann?«

»Vor drei Nächten! – Der Letzte, der sie sah, ist ein Heiler aus der Nordstadt. Er hat berichtet, dass sie zu einem Kranken im ›Schwarzen Lamm‹ gerufen wurde …«

»Wurde der Kranke befragt?« Ahmeer stellte den Wein beiseite und stand auf. Unruhig fuhr er sich mit beiden Händen durchs Haar, blickte auf seinen Oheim hinab. Der schüttelte den Kopf.

»Er verließ das ›Lamm‹ in der gleichen Nacht, in der das Mädchen verschwand. Meine Wachen suchten nach ihm und seinen Begleitern.«

»Suchten? Das heißt, man hat ihn gefunden?«

»Ja!«

»Was hat er gesagt? War Lijanas bei ihm?«

Rusan erhob sich ebenfalls von den Polstern und schritt ans

Fenster. Die Sonne verwandelte die See in eine goldene Ebene. Ahmeer trat neben ihn. »Onkel, bitte!«

»Ein Trupp Krieger traf mit den Männern nördlich von hier, in der Nähe von Messaladijar, zusammen. Von zehn meiner Soldaten kam nur einer zurück – und auch er hat nur durch einen glücklichen Zufall überlebt.« Seine erhobene Hand verhinderte die Frage seines Neffen. »Er hat Lijanas gesehen. Nach seinem Bericht war sie unverletzt, wenn auch schmutzig und erschöpft. – Aber er hat die Männer erkannt, die bei ihr sind. Es sind Kjer-Krieger! – Ahmeer, Lijanas befindet sich in der Hand des Blutwolfs!«

»Was?« Der junge Krieger fuhr zurück, als hätte man ihn geschlagen. »Aber … Warum?«

»Eine Frage, die ich nicht beantworten kann. Warum schickt Haffren seinen ersten Heerführer, um eine Heilerin zu entführen?« Rusan hob kurz die Schultern. »Und warum bringt der sie nicht auf direktem Wege nach Turas? Offenbar will er in den Nordwesten mit ihr – quer durch Astrachar. Warum nimmt er diesen Umweg und damit die Gefahr, dass man ihn auf fremdem Boden stellt, in Kauf?«

In einer verzweifelten Geste presste Ahmeer die Hand gegen die Stirn. »Ich weiß es nicht, Onkel. Es ergibt auch für mich keinen Sinn! Aber ich bitte darum, sie mit einigen Kriegern verfolgen zu dürfen.«

»Nein! Ich verbiete es!«

»Onkel …«

»Du weißt nicht, mit wem du dich anlegst. Der Blutwolf hat seinen persönlichen Kreis bei sich. Jeder dieser fünf Kjer sucht seinesgleichen.«

»Ich habe von ihnen gehört – aber auch diese Bestien kann man töten. Lass mich gehen, Onkel! Bitte!« Mit einem beredten Blick sah Ahmeer auf den kraftlos herabhängenden Arm seines Oheims. »Lass mich Lijanas zurückholen – und ich bringe dir den Blutwolf in Ketten als Dreingabe!«

»Ahmeer …«

»Onkel, bitte! Ich werde auf jeden Fall gehen! Aber ich würde es ungern gegen deinen Willen tun.«

Schweigend musterte Rusan den jungen Krieger einen Moment, dann nickte er langsam. »Da ich dich von deinem Entschluss nicht abbringen kann … Zwanzig Männer aus meiner persönlichen Garde werden dich begleiten.« Plötzlich zuckte ein eisiges Lächeln um die Lippen des Fürsten der Nivard. »Hol deine Braut zurück, Junge, und bring mir den Blutwolf! Lebend! Er soll seine gerechte Strafe für all das erhalten, was er unserem Volk angetan hat!«

»Danke, Onkel!« Ahmeer verneigte sich knapp, dann verließ er hastig den Raum.

Einen Augenblick sah Rusan ihm nach, die Finger so fest um den Weinpokal geschlossen, dass sich dessen Schmuckornamente tief in seine Handfläche gruben. Es war richtig, Ahmeer nach dem Mädchen suchen zu lassen! Sie war seine Braut! Er konnte es nicht verbieten! Rusan schüttelte den Kopf und blickte zur Decke. Dass er den Jungen gehen ließ, bedeutete noch lange nicht, dass er es gern tat. Ahmeer war der einzige männliche Verwandte, der ihm geblieben war – sein Erbe.

Was bei den Qualen des endlosen Labyrinths bezweckte Haffren damit, dass er Lijanas entführen ließ – ausgerechnet von seinem ersten Heerführer, einem Mann, der seit Sajidarrah als vollkommen skrupellos galt? Oder war das Mädchen am Ende nur der Köder in einer wohldurchdachten Falle? Rusan stellte den Pokal so heftig beiseite, dass der Wein sich in einer roten Lache über den goldgeäderten, weißen Marmor des Fußbodens ergoss, und begann unruhig auf- und abzugehen. Aber wem galt die Falle? Ihm selbst? Ahmeer? Scharf sog er den Atem ein. Bedurfte es wahrhaftig der Anwesenheit seines Neffen, um ihm die Augen zu öffnen? Verdammter Narr, der er war! – Auf seinen Ruf hin erschien ein Diener und verneigte sich.

»Schickt Heermeisterin Eliazanar zu mir, sobald sie eingetroffen ist! Außerdem darf Prinz Ahmeer den Palast nicht verlassen, bis ich noch einmal mit ihm gesprochen habe!«

Der Mann verneigte sich erneut und hastete davon.

Die Hand zur Faust geschlossen, trat Rusan ans Fenster zurück und blickte auf den glänzenden Spiegel der See hinaus. War das der Plan der Kjer? Sollte sich wiederholen, was vor inzwischen fast fünfundzwanzig Wintern geschehen war? Sollte sich wiederholen, was die Kjer seinem Bruder Kédar angetan hatten?!

Steil ragten die Felswände um den engen Talkessel, in dem die Krieger ihr Lager errichtet hatten, in den Himmel. Sie hatten Darachnars Tal nach drei Stunden erreicht, wie Mordan vorhergesagt hatte. Zerklüftetes, sich senkrecht aufreckendes Gestein, das bis in die Sonne zu reichen schien, begrenzte zu beiden Seiten eine Talsenke, die von sattem Grün und den Farbflecken unzähliger Blumenfelder, Büschen und kleinen Baumgruppen leuchtete. – An ihrem Ende jedoch wartete zwischen den Felswänden ein schmerzhaft grelles, flimmerndes Gleißen. Die gepflasterte Handelsstraße, die mitten durch das Tal führte, schien in ständigem Kampf mit Gras und Gesträuch zu liegen, die immerfort versuchten, den ihnen gestohlenen Boden zurückzuerobern – was ihnen offenbar nur deshalb nicht gelang, weil die Straße häufig von Fuhrwerken benutzt wurde.

Mit der Sicherheit eines Bluthundes hatte Brachan den kleinen Seitentalkessel aufgespürt, der von der Handelsstraße her nicht einzusehen war. Levans Bahre war hier in den Schatten eines Überhangs gebracht worden. Dann hatten die Kjer die Pferde abgesattelt und zum Saufen an den Bach geführt, der zwischen den zerspaltenen Felsen hervorsprudelte und nach wenigen Schritten einen kleinen Teich speiste, dessen flaches Becken von Schilf umstanden war. Saftiges Gras bedeckte den Boden mehr als knöchelhoch, immer wieder durchbrochen von dem Gelb und Orange der Wildblumen, die überall in kleinen Büscheln wuchsen und unter den Streifen hellen Sonnenscheins leuchteten, die zwischen den Bergspitzen hindurch in den Talkessel herabfielen.

Sorgfältig wrang Lijanas das feuchte Tuch über der flachen, wassergefüllten Schale aus und legte es Levan sacht wieder auf die glühende Stirn. Sie hatte gehofft, es würde ihm besser gehen, nachdem er auf dem Weg hierher ein paar Mal kurz die Augen geöffnet hatte, doch inzwischen ... Sein Fieber wollte nicht fallen und die Wunden rochen immer stärker nach Verwesung – etwas, was sie auch bei schwärendem Wundbrand noch nie erlebt hatte. Sie sahen von Stunde zu Stunde mehr aus, als ... als seien sie Teil eines verfaulenden Leichnams. Sie hatte die Verletzungen noch einmal mit heißem Wasser und einer reinigenden Kräuterpaste behandelt, ehe Mordan seinen Plan in die Tat umsetzen konnte und sie ausbrannte.

Behutsam hob sie den Becher mit Eiswurzsud an die Lippen des Kranken und versuchte, ihm mühsam einige Schluck einzuflößen. Das meiste der Fiebermedizin rann über sein Kinn, benetzte seine Brust und versickerte in den ohnehin schweißdurchtränkten Decken. Verzweifelt setzte Lijanas sich auf die Fersen zurück und betrachtete Levans fahles Gesicht.

Warum kommt die Entzündung immer wieder? Warum lässt dieser Verwesungsgeruch nicht nach, sondern wird immer stärker? Wo kommt er her? Die Wunden können es nicht sein! Sie sind sauber! – Gnädige Göttin! Es müsste ihm besser gehen! – Und wenn es gar nicht die Wunden sind? – Aber was dann? – Wenn auch die Kräuter nicht ... – Dann bleibt wirklich nur das Ausbrennen. – Verdammt! Ich hasse es, hilflos daneben sitzen zu müssen und nicht zu wissen, wie ich Levan helfen kann. Warum ist ausgerechnet er der Erste, bei dem ich nicht mehr weiterweiß?!

Verdrossen rieb sie ihren Knöchel unter einem der schmalen eisernen Ringe, die ihre Gelenke aneinanderbanden. Mordan hatte ihr die Hände ungefesselt gelassen, ihr dafür aber diese Kette angelegt, die ihr zwar kleine Schritte erlaubte, aber ein schnelles Davonlaufen unmöglich machte. An den Augenblick zu denken, als er die Fußeisen aus seiner Satteltasche geholt hatte und auf sie zugekommen war, ließ ihre Kehle immer noch eng werden.

Sie sah zu dem dunklen Krieger hinüber, der gerade seine Stute in das flache Teichbecken zu führen versuchte. Doch Ired scheute, tänzelte und stieg auf die Hinterhand, als wolle er sie in eine Feuersbrunst zerren und nicht in kühles, klares Wasser. Warum gab er sich mit diesem Tier ab, wenn es ihn so offensichtlich hasste? Oder war es Kjer-Kriegern nicht möglich, ihre Pferde – vor allem, wenn es sich um ein Kriegsross handelte – gegen ein anderes einzutauschen oder schlicht zu verkaufen?

Endlich hatte er die Stute ins Wasser gezwungen und begann nun, eine Flüssigkeit aus einer irdenen Flasche auf ihrem glanzlosen Fell zu verteilen. Lijanas runzelte die Stirn, als sie sah, dass auch Brachan und Corfar ihre Pferde in den Teich führten und das Gleiche taten. Welchen Grund hatten die Krieger, ihre Tiere ausgerechnet jetzt zu baden? Ired schnappte nach ihrem Herrn und bekam einen Schlag auf die Nüstern. Und warum rasteten sie schon einige Stunden nach Mittag, während sie die letzten Tage jedes Mal bis in die Nacht hinein geritten waren? Lijanas nahm das Tuch von Levans Stirn, wrang es erneut in der Schüssel aus, wischte ihm sanft das Gesicht ab und legte es auf seine Stirn zurück.

»Wir reiten weiter, wenn die Sonne untergeht! Ruht Euch aus!«, waren Mordans Worte gewesen. Es ergab keinen Sinn!

Mit Wiehern und Schnauben brach Ired gerade durch den Schilfgürtel, der Führstrick schleifte lose hinter ihr durchs Gras. Offenbar war sie der Meinung, sie sei nass genug – Mordan war es auf jeden Fall. Lijanas musste trotz allem bei seinem Anblick grinsen, als er hinter der Stute zwischen den Schilfstengeln hervorkam. Die Kleider klebten an seinem muskulösen Leib und er wirkte alles andere als gut gelaunt. Von seinem Pferd genarrt zu werden – und das auch noch vor ihren Augen –, war wohl mehr, als sein Stolz ertragen konnte. Völlig unbeeindruckt davon schüttelte Ired sich kurz, dass Wasserdiamanten nach allen Seiten sprühten, dann schritt sie majestätisch zwischen den Bäumen durchs Gras und begann ruhig zu weiden, immer darauf bedacht, ihren Herrn nicht zu nahe an sich heranzulassen. Schließlich trat sie aus dem Schatten des Blätterdaches heraus, direkt in einen der zwischen den Felsen herabfallenden Sonnenstreifen – und ihr Fell flammte wie Feuer.

Unbewusst richtete Lijanas sich auf, ohne den Blick von der Stute wenden zu können. Ashentai, Schlangenpferde – jetzt wusste sie, warum man die Tiere so nannte. In ihrem Fell glänzten winzige Schuppen, die im Sonnenlicht schimmerten wie die Haut einer Schlange. Bei Ired waren sie von einem tiefen Rot, so dunkel, dass es beinah schwarz wirkte, nur die Ränder der Schuppen waren heller, flammten in jedem denkbaren Ton zwischen dunklem Gelb und Kupfer. Dann trat die Stute aus dem Sonnenstreifen heraus und ihr Fell war wieder von poliertem Schwarz. Plötzlich begriff sie: Die seltsame Schmiere, die an ihren Händen gehangen hatte, als sie Ireds Hals gestreichelt hatte – die Kjer hatten ihre Pferde mit dem Zeug eingerieben, um die Andersartigkeit der Tiere zu verbergen. Aber warum gaben sie ihre Maskierung jetzt auf? Durch die Ketten ein bisschen unbeholfen, schlurfte sie langsam auf die Stute zu. Die hob den Kopf, blickte ihr mit aufmerksam aufgestellten Ohren entgegen. Doch als sie die Hand nach dem Tier ausstreckte, stand plötzlich Mordan dazwischen und packte den Führstrick. Sofort fletschte Ired die Zähne. Der schwarzhaarige Krieger wich ihr aus, fasste das Seil kürzer und hob drohend die Faust. Schnaubend trat die Stute zurück.

»Ich möchte sie reiten!« Erst als Mordan sie verblüfft ansah, wurde Lijanas klar, was sie gerade gesagt hatte. Sie schob das Kinn vor. »Habt Ihr unsere Wette vergessen, Kjer? Ich will versuchen, Ired zu reiten! Jetzt!«

»Was ist mit Levan?«

Für einen Augenblick schaute Lijanas zu dem Kranken hin, dann schüttelte sie den Kopf. »Er ist noch immer bewusstlos. Ich kann im Moment nicht mehr für ihn tun.«

Kühl musterte er sie. Dann: »Sie ist nass!«

»Das ist mir egal! – Oder habt Ihr vielleicht doch Angst, ich könnte es schaffen?«

Sein Auge wurde schmal. »Ich werde sie trocken reiben und für Euch satteln. – Und jetzt geht zu Levan!« Ein Ruck am Führstrick und er ließ Lijanas stehen.

Sie blickte ihm nach. *Ich muss verrückt sein.* Mit einem Seufzen schlurfte sie zu Levan hinüber, befeuchtete das Tuch erneut und legte es auf seine Stirn. Dann schlang sie die Arme um die angezogenen Beine, stützte das Kinn auf die Knie und beobachtete schweigend, wie Brachan und Corfar ihre Pferde ebenfalls aus dem Teich führten. Brachans Wallach hatte in der Sonne ein goldglänzendes Fell, während Corfars Tier von der dunklen Farbe frisch gepflügter Erde war. Dann brachte Ecren sein Kriegsross ins Wasser, gefolgt von Corfar mit Levans Stute. Als Mordan ihr mit Ired die Sicht nahm, hob sie den Kopf von den Knien.

»Wollt Ihr sie immer noch reiten?«

Wortlos stand Lijanas auf.

»Wie Ihr meint!« Er kniete nieder, öffnete die Fußeisen und hielt ihr die Zügel entgegen. »Wenn die Steigbügel für Euch zu lang sind, stellt Euch in die Schlaufen der Bügelriemen – oder soll ich sie Euch jetzt gleich kürzer schnallen?«

Tu nicht so fürsorglich. Du würdest dich doch freuen, wenn ich herunterfiele. Was geschieht eigentlich mit dir, falls ich mir den Hals breche? Bekommst du Ärger?

Sie lächelte ihn süß an. »Danke, aber ich komme ohne Eure Hilfe zurecht.«

»Wie Ihr meint, Heilerin! – Sie gehört ganz Euch!« Spöttisch verneigte er sich, dann ließ er sie mit Ired allein.

Einen Moment lang sah Lijanas die Stute an, die Unterlippe zwischen die Zähne gezogen, ehe sie es wagte, die Hand nach ihrem Hals auszustrecken und sie zu streicheln. Das Fell fühlte sich glatt und weich an, beinah wie fein gesponnene Fehan-Seide. Ired schüttelte schnaubend ihre lange, schwarz glänzende Mähne und stieß ihr die Nüstern gegen die Schultern. Die gelben Schlangenaugen schienen ihr zuzublinzeln. Lijanas tätschelte noch einmal den seidigen Hals und führte sie in die Mitte der Wiese. Dann holte sie tief Luft und griff entschlossen nach dem Sattelhorn, um aufzusitzen – zumindest versuchte sie es.

Mit gerunzelten Brauen trat Brachan neben Mordan, der an einem Baum nahe dem Eingang des Talkessels lehnte, und beobachtete mehrere Augenblicke lang, wie die Heilerin sich vergeblich abmühte, auf Ireds Rücken zu gelangen. »Kannst du mir erklären, was das soll?«

Der schwarzhaarige Krieger stemmte einen Fuß gegen den Stamm und sah weiter zu der Frau und seinem Pferd hin. »Sie wollte sie unbedingt reiten. – Sie ist ungewöhnlich friedfertig, findest du nicht auch?«

»Wer? Die Heilerin?«

»Nein, Ired. Bei mir hatte sie damals schon beinah ihre Zähne in meine Schulter geschlagen.«

Brachan ließ ein Grunzen hören. Das Damals lag inzwischen drei Winter zurück. Ired war ein Geschenk König Haffrens, das er Mordan ins Kriegslager geschickt hatte, als Anerkennung für seinen Sieg über die Edari-Piraten in den Sümpfen um die Mündung des Corn. Doch als er an jenem Tag zum ersten Mal versucht hatte, sie zu reiten, hatte das Tier sich wie toll gebärdet und sich sogar nach hinten geworfen, in dem Versuch, seinen Herrn zu töten. Mordan war aus der Auseinandersetzung mit einem gebrochenen Arm, einer ausgekugelten Schulter und unzähligen Prellungen und Schrammen hervorgegangen. Zu guter Letzt hatte er die Stute geritten – mit Sporen, Peitsche und Kandare. Seitdem verging kein Tag, an dem Ired nicht versuchte, ihm das Leben auf jede nur erdenkliche Art sauer zu machen.

»Seit wann interessiert dich, was die Heilerin will? Da steckt doch etwas anderes dahinter.«

Einen Augenblick zögerte der schwarzhaarige Krieger, dann: »Wir haben gewettet, die Heilerin und ich.«

»Gewettet? Worum?«

»Sie war der Meinung, alles tun zu können, was ein Mann tun kann – also auch Ired reiten.« Mordan verschränkte die Arme vor der Brust, während er mit sichtlicher Befriedigung verfolgte, wie die junge Frau versuchte, mit dem Fuß den Steigbügel zu erreichen, und dabei ungeschickt neben Ired herhüpfte, da die Stute immer wieder zur Seite auswich.

Verständnislos schüttelte Brachan den Kopf. »Dir ist bewusst, dass Haffren dich schinden lässt, wenn dieses Monster von einem Ashentai die Heilerin abwirft und sie sich dabei den Hals bricht?«

Mordan ließ ein belustigtes Schnauben hören. »Abwerfen? Bei

allen Rachegeistern, Brachan, schau doch hin. Sie kommt ja noch nicht einmal in den Steigbügel, geschweige denn auf Ireds Rücken. Sie wird die Wette verlieren!« Kurz nur sah er den grauhaarigen Krieger an. »Ach ja, das hätte ich beinah vergessen: Sie will, dass du entscheidest, wie viel Zeit sie hat, um auf Ired hinaufzukommen, ehe dieses Gehopse als Versuch zählt.«

»Wie viele Versuche hat sie?«

»Vier!«

»Und um welchen Einsatz geht die Wette?«

»Wenn sie verliert, wird sie einen Tag jeden meiner Befehle befolgen – ohne Murren!« Mordan lehnte sich mit der Schulter bequemer an den Baumstamm. Am Rand des Teiches standen Corfar und Ecren und verfolgten verwundert das Schauspiel.

»Und was wirst du tun, falls du doch verlierst?«

Schweigen antwortete ihm. Brachan runzelte die Stirn. »Mordan?«

»Ich werde nicht verlieren!«

»Was ist dein Einsatz?«, beharrte er auf einer Antwort.

»Ich muss ihr dienen, einen Tag lang!« Allein der Tonfall reichte aus, um ihm zu sagen, was Mordan davon hielt.

Der grauhaarige Krieger verbiss sich die Frage, was den Jüngeren dazu veranlasst hatte, diesen Einsatz zu bieten.

»Versuch Nummer eins!« Mordans Ruf ließ ihn zu der Heilerin hinüberschauen, die stehen geblieben war und sich nun zu ihm umdrehte. Anscheinend hatte sie Ired zu einem Felsblock führen wollen, der in einiger Entfernung aus dem Gras ragte. In ihrem Gesicht stand Enttäuschung. Brachan schüttelte den Kopf, wobei er den erbosten Blick ignorierte, der ihn von der Seite traf. »Macht weiter!« Er wurde mit einem strahlenden Lächeln belohnt.

»Du bist parteiisch, alter Mann!«

»Wenn ich zwischen dir und einer schönen Frau richten muss, bin ich immer parteiisch, Jungchen!« Sein Grinsen wurde mit einem Knurren beantwortet.

Eben kletterte die Heilerin auf den Felsen und zog Ired daneben. Sie musste sich gefährlich weit vorbeugen, um das Sattelhorn fassen zu können. Gerade als sie den Fuß in den Steigbügel setzen wollte, wich die Stute zur Seite aus. Einen Moment lang hing sie zwischen Pferdesattel und Felsblock, dann machte Ired noch einen Schritt – und die junge Frau lag der Länge nach im Gras. Neben sich hörte er Mordan verhalten lachen, während er beobachtete, wie die Heilerin sich aufsetzte, ihre Hände an ihrem Gewand abwischte und dann aufstand. Offenbar hatte sie sich nicht verletzt, denn sie ging sofort wieder auf Ired zu, eine Hand vorgestreckt und scheinbar schmeichelnd auf das Pferd einredend.

»Das war Euer erster Versuch, Heilerin!« Beim Klang seiner Stimme sah sie über die Schulter und nickte zum Zeichen, dass sie verstanden hatte. Dann hatte sie die Zügel der Stute erneut in der Hand und führte sie zum Felsblock zurück. Dieses Mal platzierte sie das Kriegsross zuerst dicht neben dem Stein, ehe sie selbst hinaufstieg. Und anstatt sich zuerst in den Steigbügel zu stellen und dann aufzusitzen, schwang sie sofort ihr Bein über den Sattel und schob erst anschließend die Füße in die Bügelriemen. Einen kurzen Moment stand Ired wie eine Statue, so, als sei sie verblüfft über so viel Dreistigkeit. Doch dann drückte die junge Frau ihr die Fersen gegen die Flanken – wiehernd steckte die Stute den Kopf zwischen die Vorderbeine und keilte nach hinten aus. Unsanft wurde die Heilerin nach vorne geschleudert, sichtlich erschrocken klammerte sie sich an Sattelhorn und Mähne fest, versuchte mit den Beinen Halt zu finden, während das Kriegsross zwei wütende Bocksprünge vollführte, um die eigene Achse wirbelte und noch einmal auskeilte, nur um anschließend auf die Hinterhand zu steigen und sich gleichzeitig zur Seite zu werfen. Mit einem dumpfen Laut landete die junge Frau auf dem Boden und blieb reglos liegen. Alarmiert stieß Mordan sich vom Baumstamm ab, hielt aber inne, als er sah, wie die Heilerin sich mühsam regte und dann langsam aufsetzte. Schließlich kam sie ein wenig schwankend auf die Beine und humpelte nach einem weiteren kurzen Moment des Zögerns zu der Stute hin, die ihr entgegenschnaubte, als sei nichts geschehen. Sie klopfte dem Kriegsross den seidigen Hals, strich ihm über Schultern und Rumpf bis hin zu den Flanken, wo ihre Hände innehielten und sie sich vorbeugte. Nach einem Moment richtete sie sich kopfschüttelnd auf und wandte sich zu Mordan um.

»Sie ist ganz wund an den Flanken!«, rief sie herüber.

»Und weiter?«, schrie er zurück. Die Heilerin schien irgendetwas zu murmeln und warf dem schwarzhaarigen Krieger einen bösen Blick zu, ehe sie sich abwandte und hinkend zu den Felsen hinüber marschierte, bei denen Levan lag.

»Ich dachte, Ihr wolltet mir beweisen, dass Ihr alles könnt, was auch ein Mann kann. War das schon alles?«, höhnte Mordan mit einem spöttischen Lachen hinter ihr her. Die junge Frau drehte sich um. »Nein! Das war noch nicht alles – aber ehe ich wieder auf Ireds Rücken steige, werde ich ihre Flanken behandeln. Ihr und Eure verdammten Sporen! Das arme Ding!«

»Solange das *arme Ding* sich gebärdet wie tollwütig, setze ich die Sporen ein, damit sie gehorcht! Ganz einfach! Sie hat es in der Hand!«

Die Antwort, die herüberwehte, klang wie »Herzloser Schinder!«.

Mit einem kleinen Tiegel in der Hand humpelte sie wenig später zu der Stute zurück, ließ sie an dem Inhalt schnuppern, streichelte ihren Hals, kraulte sie hinter den Ohren und zwischen den Kinnbacken, ehe sie sich ihren verletzten Flanken näherte. Schnaubend wich Ired zur Seite aus, einmal, zweimal, ehe sie schließlich doch still stand, den Kopf nach hinten gewandt, um zu beobachten, was die junge Frau da tat – und nach einem kurzen Moment entspannte sie sich sogar so weit, dass sie einen Hinterhuf auf die Spitze setzte, während Lijanas die Salbe behutsam einrieb.

Als sie fertig war, führte sie das Kriegsross wieder zu dem Felsblock, stellte den Salbentiegel darauf, stieg selbst hinauf – und schwang sich mühelos in den Sattel. Ired drehte den Kopf, als wollte sie nachschauen, *wer* da auf ihrem Rücken saß, dann beugte sie den Hals und schüttelte ihre Mähne. Eine Hand fest am Sattelhorn rückte die Heilerin sich im Sattel zurecht, klopfte noch einmal die Schulter der Stute und trieb sie sacht voran, darauf bedacht, nicht ihre Flanken zu berühren. Gehorsam setzte Ired sich in Bewegung. Brachan sog scharf den Atem ein und sah zu Mordan hin. Der hatte sich mit zusammengebissenen Zähnen, die Oberlippe gefährlich gekräuselt, halb vom Baumstamm gelöst. Sein Auge wurde schmal, als Ired aus dem Schritt in einen weichen Trab wechselte und schließlich auf ein Zeichen der jungen Frau in den Galopp sprang. Jegliche Selbstzufriedenheit war aus seinen Zügen gewichen – unverhohlene Wut stand in seinem Gesicht. Als er sich endgültig vom Baum abstieß, wollte Brachan ihn zurückhalten, doch seine Hand wurde mit einem unwilligen Knurren abgeschüttelt.

Als sie sah, dass Mordan auf sie zu marschiert kam, brachte Lijanas das Kriegsross zum Stehen.

»Ich kann sie reiten! Seht Ihr! Ihr habt die Wette verloren, Kjer!«, lachte sie ihm entgegen.

»Absteigen!« Seine Stimme war ein einziges Grollen.

»Wann werdet Ihr Eure Wettschuld einlösen und mir einen Tag lang dienen?« Sie gab vor, seinen Ärger nicht zu bemerken, und klopfte der Stute den Hals.

»Nicht ehe wir die Salzwüste hinter uns gelassen haben. – Herunter mit Euch!«

»Was? Ihr könnt mit Levan nicht ...« Ihre Empörung endete in einem Schrei, als er sie von Ireds Rücken zerrte und sie höchst unelegant in seinen Armen landete. Heftig stieß sie sich von seiner Brust ab und wich zurück. »Ihr könnt mit Levan nicht die Salzwüste durchqueren. Er ist viel zu schwach! Ihr bringt ihn um!«

»Wir werden die Salzwüste nicht durchqueren, sondern sie am Fuß der Salzzinnen umgehen.«

»Auch das wird er nicht überleben!« In seiner Miene konnte sie deutlich lesen, dass er sich nicht von seinem Entschluss würde abbringen lassen. »Bitte! Gebt ihm nur einen Tag zum Ausruhen. Hier ...«

»Nein!«

»Aber Ihr könnt ihn nicht ...«

»Ich sagte Nein, Heilerin! – Wir brechen auf, sobald die Sonne sinkt. Und jetzt geht und kümmert Euch wieder um Euren Patienten!«

»Ich denke gar nicht daran!«

»Was war das?«

»Ich denke gar nicht daran!«

»Ihr tut, was ich Euch sage ...«

»... sonst was?« Sie streckte ihm anklagend die Hände entgegen. »Meine Handgelenke sind noch wund von Euren Fesseln, Ihr habt mich geschlagen. – Was könntet Ihr mir wohl noch antun?«

»Noch ein Wort und Ihr schmeckt die Peitsche!«

»Brutales Schwein!« Sie sah, wie er die Faust hob, schloss unwillkürlich die Augen und duckte sich vor dem Schlag – der nicht kam. Stattdessen fühlte sie sich rüde am Arm gepackt und vorwärtsgezerrt. In seinem Gesicht stand nur mühsam beherrschter Zorn. Neben Levan stieß er sie in den Schatten des Überhangs und kniete sich hin, um ihr die Fußeisen wieder anzulegen. »Nein!« Ihr Tritt traf ihn an der Schulter, ließ ihn wanken, dann lag seine Hand unvermittelt an ihrer Kehle. Voll Entsetzen klammerte sie sich an seinen Arm, versuchte seine Finger zu öffnen – er drückte fester zu, bis sie nach Atem ringend aufgab.

»Ich bin Eure ständigen Widerworte leid!« Er beugte sich bedrohlich vor, zeigte ihr beim Sprechen seine Eckzähne. »Von jetzt an gibt es nur noch eine Regel und eine Strafe! Die Regel: Ihr werdet jedem meiner Befehle gehorchen, ohne auch nur einen Laut von Euch zu geben! Verstoßt Ihr gegen diese Regel, spürt Ihr zur Strafe die Peitsche! Ist das klar?« Als Lijanas nicht sofort antwortete, schlossen seine Finger sich enger um ihre Kehle. »Ist das klar, Heilerin?« Sie konnte nur benommen nicken. »Sehr gut!« Er stieß sie rücklings ins Gras und ließ die eisernen Ringe um ihre Knöchel zuschnappen. »Ihr bleibt hier bei Levan! Sorgt dafür, dass er möglichst viel trinkt – was Ihr auch tun solltet. Ich bringe Euch später noch mehr Wasser. Wenn Ihr etwas braucht, ruft, aber wagt es nicht, Euch vom Fleck zu rühren! Verstanden?« Wieder konnte Lijanas nur nicken. Mordan stand auf und ging.

Als die Sonne sank, wurde Levans Bahre wieder zwischen den Pferden festgemacht, Mordan half Lijanas auf Ireds Rücken und sie brachen auf. Beinah hatte man den Eindruck, als seien die Ashentai-Rösser froh, ihre schmierige Maskerade los zu sein. Selbst Brachans ruhiger Wallach tänzelte mit unverkennbarem Übermut, schüttelte seine goldfarbene Mähne und setzte die Hufe, als befände er sich in einer Parade. Nur Ired wurde wie stets mit Kandare, kurzen Zügeln und Sporen zur Ruhe gezwungen.

Am Ende von Darachnars Tal erwartete sie noch immer das weiße Gleißen – die Salzwüste. Je näher sie ihr kamen, umso mehr wurde ihr Einfluss auch auf den fruchtbaren Boden des Tals sichtbar. Das Grün wurde spärlicher, die Farben der Blumen leuchteten weniger kraftvoll, die Erde war an manchen Stellen schon weiß bedeckt und starb. Die wenigen Bäume, die dem Salz noch trotzten, trugen auf der Wüstenseite eine glitzernde Kruste, Blütenblätter und Grashalme waren wie mit salzigem Reif überzogen. Als sie schließlich die Mondtürme passierten, hatte sich der Boden unter den Hufen der Pferde endgültig in gleißendes Salz verwandelt.

Obwohl die Sonne schon tief stand und alles mit kupfernem Feuer überzog, trieb die Hitze ihnen immer noch binnen kürzester Zeit den Schweiß aus allen Poren und ließ Schaum vom Fell der Ashentai flocken. Dennoch legten die Kjer die langen Reitmäntel nicht ab, sondern zogen im Gegenteil die Kapuzen tief in die Gesichter. Mordan hatte Lijanas seinen Umhang überlassen und sich stattdessen ein Tuch um den Kopf geschlungen und dessen freies Ende so festgesteckt, dass es Mund und Nase verbarg. Auch Levans Decken waren so weit über ihn gezogen, dass sie sein Gesicht vor den brennenden Strahlen schützten.

Auf ihrer rechten Seite erhoben sich in einigen Hundert Schritt Entfernung drohend graue, schroff aufragende Felsen, von weiß funkelnden Adern durchzogen, gegen den Himmel – die Salzzinnen. Hinter ihnen war der Eingang zu Darachnars Tal in dem Flimmern, das über allem lag, kaum noch auszumachen. Daneben glänzten die Hänge der Weißen Sichel. Nicht der kleinste Luftzug regte sich, trotzdem schmeckte Lijanas schon nach kurzer

Zeit Salz auf der Zunge. Sie wusste, dass es sinnlos war, Mordan um Wasser zu bitten. Als sie aufgebrochen waren, hatte er ihr erklärt, dass sie es einteilen mussten. Jedem der Krieger standen alle zwei Stunden zwei Schluck Wasser zu; sie und Levan würden vier bekommen. Sollte es dem jungen Mann unterwegs irgendwann schlechter gehen und er mehr Wasser brauchen, wollte Mordan das sofort erfahren.

Als sie das erste Mal haltmachten, versank die Sonne gerade hinter dem weißen Horizont und tauchte das Salz in ein Farbenspiel aus Feuer und Gold. Unter Mordans wachsamem Blick trank Lijanas langsam ihren Anteil. Dann gab sie ihm den Wasserschlauch zurück, damit er selbst trinken konnte. Doch er ging zuerst hinüber zu Levan und gab ihm Wasser, ehe er die ihm zustehenden zwei Schlucke nahm. Danach tränkte er Ired, verschloss den Lederbalg, hängte ihn an den Sattel und saß wieder hinter Lijanas auf.

Als die Sonne endgültig verschwunden war, kroch nach und nach die Kälte über den Boden. Zuerst fiel es Lijanas nicht auf, doch dann bemerkte sie die weißen Dampfwolken, die von den Nüstern der Pferde aufstiegen und die bei jedem ihrer eigenen Atemzüge auch vor ihren Lippen erschienen. In einem Anflug von schlechtem Gewissen blickte sie kurz über die Schulter. Hinter dem Tuch verborgen lagen Mordans Züge in tiefem Schatten. Er beachtete sie gar nicht. Gut! Lijanas zog den Umhang enger um sich und schmiegte sich in die Wärme. Wenn er fror, sollte er sie um den Mantel bitten.

Seit es dunkel war, führte immer einer der Krieger sein Pferd am Zügel und ging voraus, um die anderen rechtzeitig vor Spalten und Rissen im Boden zu warnen. Unter dem Licht der beiden bereits aufgegangenen Monde hatte die Salzwüste sich in eine perlenglänzende Ebene verwandelt, die sich vor ihnen bis in die Unendlichkeit zu erstrecken schien. Sterne blitzten wie Myriaden zersplitterter Diamanten auf dem blauschwarzen Himmelsbogen. Nur manchmal wurde ihr Glitzern von dem Schleier einer Wolke verdeckt, die hoch über ihnen hinwegzog. Abgesehen von den

Schritten der Pferde und ihrem gelegentlichen Schnauben war es so still, dass man das Salz in der Kälte flüstern hören konnte.

Lijanas bemerkte erst, dass sie an Mordan gelehnt vor sich hin döste, als er auf einen Ruf hin Ired zügelte und abstieg. Auch Corfar und Brachan saßen ab und traten zu Ecren, der vorausgegangen war. Einen Moment schienen sie zu beraten, dann schwang Corfar sich auf sein Pferd und ritt in Richtung Salzzinnen davon – nur um kurze Zeit später zurückzukehren. Die fragenden Blicke der anderen Krieger beantwortete er mit einem Kopfschütteln und glitt aus dem Sattel. Ecren und Brachan begannen lautstark in der Sprache der Kjer zu diskutieren, kaum dass Corfar sich wieder zu ihnen gesellt hatte, während Mordan schweigend zuhörte. Schließlich war es der schwarzhaarige Krieger, der mit einem scharfen Wort Ruhe gebot. Anscheinend stellte er Corfar noch einige Fragen, ehe er knapp nickte und mit beherrschter Stimme Anweisungen gab, denen die anderen sich ohne Murren beugten und wieder auf ihre Pferde stiegen. Unruhig wandte Lijanas sich zu ihm um, als er sich hinter ihr auf Ireds Rücken schwang.

»Was ist denn?«

»Ein Riss in der Salzkruste. Auch in Richtung der Salzzinnen gibt es keine Möglichkeit, ihn zu überqueren. Wir müssen tiefer in die Wüste hinein. Und da sich nicht voraussagen lässt, wie weit der Riss uns von den Bergen wegführt, müssen wir die Wasserrationen noch einmal kürzen. Ab sofort gibt es für Euch und Levan nur noch drei Schluck Wasser alle drei Stunden.«

»Das geht nicht! Levan braucht seine vier Schluck alle zwei Stunden. Wenn die Sonne aufgeht, vielleicht sogar mehr … – Können wir diesen Riss denn nicht irgendwie durchqueren?«

Verblüfft sah Mordan sie an. »Durchqueren? Wie soll das …« Dann zeigte sich Begreifen in seinen Zügen. »Ihr wisst nicht, dass wir uns auf einem riesigen Salzsee befinden, oder? – Nein, wie auch. – Der Boden unter unseren Füßen ist eine Salzkruste, die mehrere Schritt dick ist – an manchen Stellen aber auch nur einen Finger. Darunter ist reine Salzlake, ungefähr so zäh wie Schlicksand. Bricht man irgendwo ein, zieht die Lake einen in die Tiefe.

Aber auch wer es schafft, an der Oberfläche zu bleiben, den tötet das Salz binnen kurzer Zeit. – Und ohne fremde Hilfe kommt man nicht mehr heraus.

Deshalb ist es so wichtig, auf Risse und Spalten in der Kruste zu achten. Sie verraten, wo diese dünnen Stellen, diese Salzfallen, sind. Aber je tiefer man in die Wüste hineingeht, umso tückischer wird der Boden. Aus diesem Grund wird ab sofort auch bei Tag immer einer von uns zu Fuß vorausgehen.«

»Und können wir nicht irgendwie in den Bergen ...«

»Nein! Corfar hat nachgesehen. Wir können nur an der Spalte entlang und sie an ihrem Ende überqueren.«

»Und wenn wir umkehren?« – *Und du mich nach Hause bringst und wir das alles hier vergessen?*

»Was würden wir damit gewinnen?« Er gab den anderen ein Zeichen und sie ritten los, die Salzspalte in wohl zwei Dutzend Schritt Abstand zu ihrer Rechten.

»Was ist mit Levan ...«

»Ich werde dafür sorgen, dass er so viel Wasser bekommt, wie er braucht.« Sein Arm zog sie enger an seine Brust. »Versucht, Euch noch etwas auszuruhen. Ich wecke Euch, wenn es Zeit ist für Eure Ration.«

Tatsächlich war sie wenig später wieder eingeschlafen, den Kopf an seine Schulter gelehnt.

Die Sonne ging gerade als flammende Scheibe am Horizont auf und das Salz brannte in allen Tönen von Rot, Ocker und Gold, als Mordan sie weckte. Dunkle Purpurschatten flossen vor ihnen über den Boden, während vor dem klarblauen Horizont die Luft schon wieder zu flimmern begonnen hatte. Ein sanfter Wind trieb feine Salzschleier vor sich her, ließ sie aufsteigen und in wildem Tanz umeinanderwirbeln, ehe sie wieder im Weiß der Wüste ertranken.

Wie versprochen hatte er sie in der Nacht mehrmals geweckt und sie trinken lassen, auch wenn er sich damit begnügt hatte, ihr im Halbschlaf den Wasserschlauch an die Lippen zu setzen. Doch dieses Mal bestand er darauf, dass sie wach und bei Sinnen war, ehe er den Lederbalg ihren Händen überließ. Während sie trank, stieg er aus dem Sattel, dann gab er Levan Wasser, versorgte Ired, hängte den Wasserschlauch an den Sattel zurück, packte die Zügel und marschierte los. Er war an der Reihe, die Spitze zu übernehmen und nach Rissen im Boden Ausschau zu halten.

Mit der Sonne kamen Hitze und Durst und binnen kurzer Zeit waren ihre Lippen ausgetrocknet und rau. Bei der letzten Rast hatte Lijanas sich rittlings in den Sattel gesetzt, auch wenn dabei ihr Gewand bis über ihre Knie hochgeschoben wurde. Ihre bloßen Beine waren unter dem langen Mantel verborgen, das Sattelleder klebte an ihrer Haut, Salz und Schweiß juckten quälend. Mit beiden Händen hielt sie sich müde am Sattelhorn fest, während die Sonne ihre Kräfte langsam aufzehrte. Das gleichmäßige Wippen von Ireds Ohren wirkte einschläfernd. Die Augen im grellen Licht halb geschlossen, hing ihr Blick an Mordans Rücken, der seit dem Morgen neben der Stute herging, die Zügel locker um die Hand geschlungen, und sich in unregelmäßigen Abständen umwandte, als wolle er sich vergewissern, dass sie noch immer aufrecht auf dem Pferderücken saß. Irgendwann hatte er sein Lederwams hinter dem Sattel festgezurrt und trug nun nur noch sein Kettenhemd über der Tunika, nach wie vor das Tuch um den Kopf geschlungen. Für einen kurzen Moment sah Lijanas ein Glänzen, als er sich mit der Hand über den Nacken fuhr.

Als er zum zweiten Mal an diesem Tag haltmachte, damit sie trinken und die Pferde einen Augenblick ausruhen konnten, stand die Sonne als gleißender Ball am westlichen Himmel. Wie beim ersten Mal gab er zuerst ihr und Levan Wasser, dann tränkte er Ired, verschloss den Wasserschlauch sorgfältig und hängte ihn an den Sattel zurück. Lijanas blinzelte. Sie hatte ihn nicht trinken sehen. Rasch schaute sie zu den anderen Kriegern hin. Ob sie wussten, was er tat? Die Stirn gerunzelt blickte sie auf seinen Rücken. Unter dem Kettenhemd konnte sie Schweißflecken auf der schwarzen Tunika ausmachen. Wie lange glaubte er, in dieser Hitze ohne Wasser durchhalten zu können? In einer unbewussten Bewegung schob er die Ärmel an den Unterarmen empor, entblößte hässliche Narben an den Handgelenken, die sich deutlich zwischen seinem feinen schwarzen Fell abzeichneten, wandte sich einmal mehr zu ihr um und musterte sie auf diese seltsam prüfende Art. Ihre Augen weiteten sich verblüfft. Ob er seine Wasserration für Levan aufsparte – und für sie?

Lijanas schrak auf, als Ired stehen blieb und Mordan neben sie trat. Die Sonne stand noch nicht im Mittag und doch hatte sie die Wüste schon in einen Feuerofen verwandelt.

»Für den Rest des Tages bleiben wir hier. Könnt Ihr alleine absteigen, Heilerin?« Er zog das Tuch von Mund und Nase, seine Lippen waren ausgetrocknet und rissig, sein Gesicht dort, wo es nicht unter dem Stoff verborgen gewesen war, von Salz und Sonne gerötet.

Müde nickte sie, doch ihre Beine straften sie Lügen. Sie gaben unter ihr nach, kaum dass sie den Boden berührten. Mühsam musste sie sich an Ireds Steigbügel hochziehen und benötigte dann noch einige erschöpfte Atemzüge, ehe sie sich aufrecht halten konnte. Langsam sah sie sich um. Die Felle der Pferde hatten unter einer fahlen Schicht aus Salzstaub ihren seidigen Schimmer verloren. Schweiß machte sie dunkel und flockte weiß an ihren erschöpft gebogenen Hälsen. Zu ihrer Rechten waren die Krieger damit beschäftigt, aus mitgebrachten Stangen und ihren Decken einen notdürftigen Sonnenschutz zu bauen. Lijanas stieß sich von Ireds Seite ab und tappte hinüber zu Levans Bahre. Seit dem Morgen hatte sie vier Mal nach ihm gesehen – mit jedem Mal schien es ihm schlechter zu gehen. Das Fieber verbrannte ihn von innen heraus und die Hitze tat ein Übriges. Er war nicht mehr aus der Bewusstlosigkeit erwacht, seit er am vergangenen Tag auf dem Weg zu Darachnars Tal kurz zu sich gekommen war. Behutsam hob sie die Decken an, die so über ihn gebreitet waren, dass sie ihn gänzlich vor der Sonne schützten. Sein Gesicht war fahl, die Wangen unnatürlich gerötet und die Lippen geschwollen und mit nässendem Grind überzogen. Sie wandte sich um, als hinter ihr Schritte erklangen. Schweigend lösten die Kjer Levans

Bahre von den Sätteln der Pferde und trugen sie in den Schatten des einfachen Sonnenschutzes hinüber. Lijanas wollte ihnen folgen, fand sich aber unvermittelt auf den Knien wieder. Sie mühte sich noch hochzukommen, als Mordan zu ihr zurückkehrte, sie vom Boden aufhob und ebenfalls in den Schatten des Unterstandes trug, wo er sie auf den dort ausgebreiteten Fellen absetzte. Er öffnete einen Wasserschlauch und hielt ihn ihr entgegen. »Drei Schluck!«, mahnte er. Seine Stimme klang heiser.

»Ich muss mich um Levan kümmern!« Sie trank zwei Schluck und wollte den Lederbalg zurückgeben. Auf Mordans Stirn erschien eine gefährliche Falte. »Noch einer!« Er schob ihr den Wasserschlauch wieder zu, behielt sie im Auge, bis sie gehorchte, erst dann nahm er den Lederschlauch zurück und verschloss ihn.

»Wann habt Ihr zum letzen Mal getrunken?«

»Ruht Euch aus und schlaft!« Als hätte er ihre Frage nicht gehört, richtete er sich auf.

»Ihr müsst …«

Die Brauen unwillig zusammengezogen, sah er auf sie hinab. »Sagt mir nicht, was ich muss, Frau! Ruht Euch aus! Ich kümmere mich um Levan!«

»Aber …«

»Gehorcht!« Damit wandte er ihr den Rücken zu und ging zu dem jungen Krieger hinüber. Lijanas beobachtete ihn schweigend. Über kurz oder lang würde der Körper sein Recht fordern und er würde zusammenbrechen. Sie sah zu den anderen Kjer hin. Die Krieger wirkten völlig ruhig, als würden sie jeden Tag eine sengende Wüste durchqueren – dabei stammte ihr Volk doch aus dem kalten Norden. Erschöpft ließ Lijanas sich auf die Seite sinken, bettete den Kopf auf die Arme und sah zu, wie Mordan sich mühte, Levan Wasser einzuflößen. Es dauerte nur ein paar Atemzüge, dann war sie eingeschlafen.

Als sie die Lider wieder aufschlug, saß der schwarzhaarige Krieger mit gekreuzten Beinen und geradem Rücken, die Handgelenke locker auf den Knien und die Handflächen entspannt nach oben geöffnet, neben ihr, das Gesicht mit geschlossenem Auge der brennenden Wüste zugewandt. Quer vor ihm lag sein Kereshtai auf den Fellen.

»Schlaft weiter, Heilerin!« Seine Stimme ging fast in Corfars und Brachans Schnarchen unter.

»Wie geht es Levan?« Sie spürte, wie ihre Lippen aufrissen, und stöhnte leise. Ihre Zunge fühlte sich wie ein pelziger Wurm an.

»Unverändert.« Er griff neben sich und hielt ihr einen Wasserschlauch hin, ohne seine Haltung zu ändern oder sie anzusehen. »Trinkt und dann legt Euch wieder hin und schlaft!«

Müde setzte sie sich auf. »Wie spät ist es?« Dankbar nahm sie zwei Schluck und gab den Lederbalg zurück.

»In zwei Stunden geht die Sonne unter.« Mit einem Grunzen drehte Ecren sich neben ihr auf die andere Seite. Mordans Hand legte sich auf ihre Schulter und drückte sie auf die Decken zurück. »Schlaft!« Sie hätte nicht geglaubt, dass sie ihm einmal gern gehorchen würde.

Wie lange schon an ihrer Schulter gerüttelt wurde, bis sie sich dazu durchringen konnte, die Augen zu öffnen, wusste sie nicht. Corfar kniete vor ihr, erhob sich aber, als er sah, dass sie wach war. Neben ihr lagen auf einem Tuch kaltes Fleisch und einige Haferkekse. Ein Becher mit Wasser stand dabei. »Esst! Und trinkt das Wasser langsam.« Er ging in Richtung der Pferde davon.

Müde rieb sie sich übers Gesicht und setzte sich endgültig auf. Gerade ging die Sonne hinter dem Horizont unter und verwandelte die Salzebene in einen goldglänzenden See, über dem die Luft schimmerte. Lijanas griff nach dem Becher und nahm vorsichtig einen Schluck Wasser, schaute aber überrascht auf, als unvermittelt Brachans Stimme schneidend zu ihr herüberwehte. Er stand zusammen mit Mordan bei den Pferden, scheinbar stritten die beiden miteinander. Mit einer heftigen Bewegung stieß der grauhaarige Krieger dem Jüngeren eben einen Wasserschlauch vor die Brust, doch seine Hand wurde zurückgedrängt. Erneut hielt er ihm den Lederbalg entgegen, dieses Mal wurden seine Worte von einer Geste zu Corfar und Ecren hin begleitet. Mordan sah ihn einen

Moment mit zusammengekniffenem Auge an, dann nahm er ihm mürrisch den Wasserschlauch aus der Hand und trank. Das Wort, mit dem er den Lederbalg anschließend zurückgab, klang beißend. Brachan ignorierte seinen Ton, wiederholte scheinbar ungerührt, was er zuvor gesagt hatte, ebenso wie seine Geste in Corfars und Ecrens Richung und wandte sich ab. Sichtlich wütend starrte Mordan ihm nach.

Obwohl sie keinen Hunger verspürte, aß Lijanas Fleisch und Kekse, ehe sie hinüber zu Levan kroch und sich über ihn beugte. Als sie seine mühsamen Atemzüge hörte, sank ihre Hoffnung, dass die wenigen Stunden Ruhe im Schatten etwas an seinem Zustand geändert hätten – es ging ihm unverändert schlecht. Mordan trat neben sie und Lijanas sah auf. Bartstoppeln zeigten sich als schwarzer Schatten an Kinn und Wangen. Ein Blick in ihr Gesicht genügte und er kannte die Antwort auf seine unausgesprochene Frage.

»Wir reiten weiter!« Er zog sie vom Boden hoch, dann hob er zusammen mit den anderen Kriegern die Bahre auf und sie trugen sie zu den Pferden hinüber, wo sie wieder zwischen zwei der Tiere festgemacht wurde. Anschließend half er Lijanas auf Ireds Rücken und saß selbst auf. Schweigend setzte der kleine Zug sich in Bewegung, weiter an der Salzspalte entlang, tiefer in die Wüste hinein.

Wie in der Nacht zuvor kam mit dem Sonnenuntergang die Kälte. Lijanas döste an Mordans Brust gelehnt vor sich hin, wurde immer wieder von ihm geweckt, um ihren Anteil Wasser zu trinken – jedes Mal hatte sie das Gefühl, als würde Brachan den schwarzhaarigen Krieger während dieser kurzen Pausen scharf im Auge behalten.

Ein schier unmenschliches Heulen schreckte sie irgendwann aus dem Halbschlaf auf. Als sie sich umwandte, sah sie gerade noch, wie Levan sich auf der Bahre aufrichtete. Das Gebilde schwankte bedrohlich, kippte, der junge Krieger stürzte zu Boden, nur um sofort wieder auf die Beine zu kommen und noch immer heulend und knurrend wie ein Tier in die nächtliche Wüste hineinzutaumeln. Ehe sie auch nur einen Laut von sich geben konnte, war Mordan schon aus dem Sattel und rannte hinter Levan her. Doch kaum hatte er ihn erreicht, drehte der sich um und stürzte sich mit gefletschten Zähnen auf ihn. Nur knapp konnte der schwarzhaarige Krieger einem Biss entgehen, der seiner Kehle gegolten hatte. Ein wohlgezielter Faustschlag verhinderte jeden weiteren Angriffsversuch. Besinnungslos sackte Levan zusammen. Mordan fing ihn auf und trug ihn dann zusammen mit Corfar und Brachan zurück zu seiner Bahre. Hastig rutschte Lijanas aus dem Sattel und eilte an seine Seite. Leichenbleich lag er schwer atmend auf den Decken, die Finger noch immer zu Klauen gekrümmt, unter den halb geschlossenen Lidern stierten seine Augen sie blutunterlaufen an. Und obwohl Mordan bestimmt nicht behutsam zugeschlagen hatte, regte er sich bereits wieder.

»Was ist los mit ihm?« Der dunkle Krieger packte Levans Handgelenke und hielt sie auf den Decken fest, als der Jüngere versuchte, um sich zu schlagen, und sich heulend hin- und herwandt.

»Ich weiß es nicht.« Sie beugte sich tiefer über ihn – sein Atem roch wie der eines Tieres, das Aas gefressen hatte – und fuhr zurück, als er nach ihr schnappte.

»Hat es etwas mit den Wunden zu tun? Macht der Schmerz ihn toll? Ist es das Fieber? – Verdammt, Kleiner, wenn du mich noch mal kratzt, brech' ich dir die Hand!«

»Ich weiß es nicht!«

»Was wisst Ihr überhaupt? – Gebt ihm endlich etwas, damit er sich beruhigt! Wir können ihn ja kaum bändigen!«

»Ich habe nur Gurin – und das ist für jemanden in seinem geschwächten Zustand zu stark. Wir können nur hoffen, dass er …«

»Geschwächt?! – Bei allen … – Brachan! Komm her und halt ihn fest!« Mordan überließ dem grauhaarigen Krieger seinen Platz und eilte zu seinem Pferd hinüber, wühlte einen Moment in den Satteltaschen und kam dann mit einem kleinen Lederbeutel, einem Becher und einem Wasserschlauch in den Händen zurück. Hastig zerrte er den Beutel auf, gab eine kleine Menge feiner, in allen Regenbogenfarben glitzernder Kristalle in den Becher und goss Wasser dazu.

»Was ist das?«

»Weißer Cujan. – So, Kleiner! Du wirst das jetzt schlucken!«

Sprachlos schaute Lijanas ihn an. In kleinen Mengen brachte weißer Cujan einen tiefen, traumlosen Schlaf, in dem man weder Schmerz noch Kälte oder Durst spürte; doch in einer nur wenig höheren Dosis, oder zusammen mit Wein genossen, war es eine Droge, die berauschte und zugleich den Geist betäubte – und binnen kürzester Zeit süchtig machte. Auf dem Markt von Anschara zahlte man für ein Skrupel reinen weißen Cujans nicht weniger als einen Gold-Karesh. Das hier waren mindestens zwei Unzen.

»Woher .... Ich meine – wieso ...?« Sie beobachtete, wie Mordan den wild hin- und herschlagenden Kopf des Kranken mit Gewalt ruhig hielt und ihm den Becher an die Lippen setzte. *Ist er ...? Nein! Kein Cujan-Süchtiger würde einem anderen freiwillig seine Droge überlassen.* Levan spie und hustete, eine weitere Dosis wurde in seinen Schlund geschüttet, dieses Mal drückte der dunkle Krieger ihm die Hand auf den Mund, damit er die Flüssigkeit nicht wieder ausspuckte. Doch schon einen Moment später riss er sie mit einem Fluch zurück, starrte auf das Blut, das vermischt mit Cujan-Wasser über seine Finger rann – als er die Wunde an die Lippen heben wollte, schloss sich Brachans Hand um seinen Arm. Ein warnendes Kopfschütteln, Mordans Auge weitete sich, dann nickte er, wischte das Blut an seiner Hose ab, als der alte Krieger ihn losließ. Schweigend sah Lijanas von einem zum anderen. Brachan teilte entschieden mehr Geheimnisse mit Mordan als einer der anderen.

Endlich wurden Levans keuchende Atemzüge ruhiger, verstummte das Heulen, er hörte auf, sich unter den Händen der anderen Krieger zu winden, lag schließlich schwer atmend still, sodass sie ihn nach einem letzten Zögern losließen. Vorsichtig beugte Lijanas sich über ihn. Die zähnefletschende Grimasse, zu der sein Gesicht verzerrt gewesen war, verschwand, seine Züge entspannten sich in einem tiefen Drogenschlaf. Nach wie vor war sein Körper glühend heiß, an seiner Kehle pochte das Blut in gefährlicher Hast, während sein Atem viel zu langsam war. Behutsam drehte sie ihn mit Mordans Hilfe um, damit sie die Wunden untersuchen konnte. Zu ihrer Verblüffung waren sie geschlossen – auch wenn der Gestank nach Verwesung noch immer von ihnen ausging. Sie hob den Blick. »Ich werde sie aufschneiden und ausbrennen. – Ob das aber etwas an seinem Zustand ändern wird, kann ich nicht sagen.« Zögernd schüttelte sie den Kopf. »Ich habe noch nie gesehen, dass eine Krallenwunde solche Folgen hat oder dass eine derart tiefe und schwärende Verletzung sich so schnell geschlossen hätte«, gestand sie leise.

Mordan nahm ihre Worte mit einem Nicken zur Kenntnis. »Was braucht Ihr außer einem Feuer und einem Messer?«

»Heißes Wasser?«

Ein bitteres Lächeln zuckte in einem Mundwinkel. »Ich werde sehen, was ich tun kann.«

Wenig später flackerte neben ihr ein kleines Feuer, ein Dolch steckte in den Flammen – und in einem Topf brodelte sogar ein halber Becher Wasser.

Unter der Wirkung des Cujan spürte Levan nicht, wie sie tief in die Krallenwunden schnitt, wie sie zersetztes Blut und Eiter abwischte und noch tiefer schnitt, bis nur noch gesundes rotes Blut kam; er spürte nicht, wie sie die glühende Messerklinge in die Wunden presste und sie anschließend sorgsam mit Wundbalsam bestrich. Schließlich setzte Lijanas sich auf die Fersen zurück und fuhr sich mit dem Handrücken über die Stirn. Obwohl es so kalt war, dass ihr Atem in weißen Dampfwolken vor ihren Lippen davontrieb, war sie schweißgebadet. Mordan, der auf der anderen Seite des jungen Kriegers kniete, sah sie überrascht an, als sie aufstand, zu ihm hinüberging, seine Hand ergriff, auf der sich die Spuren von Levans Zähnen deutlich abzeichneten, und die Wunde im Feuerschein betrachtete. »Ich werde sie auch ausbrennen«, teilte sie ihm entschieden mit.

»Ich denke nicht, dass es nötig ist …«, setzte er an, doch Lijanas fiel ihm ins Wort.

»Ich aber! – Was ist, wenn es gar nicht die Wunden sind, die Levan so verrückt gemacht haben, sondern eine Krankheit, die diese Kreaturen übertragen? Was, wenn sein Biss auch Euch damit angesteckt hat? Könntet Eure Freunde Euch bändigen, wenn der Wahnsinn Euch packt?«

Einen Moment blickte er sie vollkommen reglos an, dann nickte er ruhig. »Tut es!«

Langsam stieß sie den Atem aus. »Wollt Ihr Cujan?«

»Nein!« Mordan setzte sich mit überkreuzten Beinen neben sie; den Rücken gerade, legte er die Handgelenke entspannt auf die Knie.

»Ich werde Brachan bitten, dass er Eure Hand festhält.«

»Das ist nicht nötig, Heilerin.«

Zweifelnd musterte Lijanas ihn.

»Ich werde die Hand nicht bewegen, wenn Ihr die Klinge in die Wunde haltet. Glaubt mir!«

Erstaunlicherweise tat sie das. Schweigend säuberte sie das Messer, dann steckte sie die Klinge in das langsam herunterbrennende Feuer zurück, bis sie von Neuem heiß genug war. Behutsam schob sie ihre Hand unter seinen fellweichen Handrücken. *Seine Finger sind für einen Mann erstaunlich langgliedrig und elegant. Warum ist mir das nicht schon vorher aufgefallen? Sein Fell ist wunderbar zart. Er hat Schwielen auf den Handflächen.*

»Seid Ihr bereit?«

Ein Nicken antwortete ihr und Lijanas presste die glühende Klinge in die Wunde. Der Gestank nach verbranntem Fleisch erfüllte abermals die Luft. Nur aus dem Augenwinkel registrierte sie, wie die Finger seiner anderen Hand kurz zuckten, als wollten sie sich zur Faust schließen, sich dann aber wieder entspannten. Die Hand in ihrer jedoch blieb völlig reglos.

Als sie die Klinge fortnahm, atmete er lange aus, ehe er sie wieder ansah. »Ruht Euch aus, bis wir weiterreiten. Ich werde das Feuer löschen und …«

»Nein! Ihr werdet die Hand ruhig halten!«, beschied sie ihm in ihrem besten Heiler-Befehlston, beachtete die steile Falte nicht, die auf seiner Stirn erschien, als sie seine Finger festhielt und behutsam Wundbalsam auf die Wunde strich. Dann schlang sie einen Leinenstreifen darum und verknotete ihn am Handgelenk.

Ohne ihn noch einmal anzusehen, machte sie sich daran, das Messer zu säubern, das Leinen und die Salbe wegzuräumen und dann das Feuer zu löschen. Die ganze Zeit war sie sich des unergründlichen Ausdrucks bewusst, mit dem er sie beobachtete. Schließlich stand er auf und ließ sie nach einem letzten Blick auf Levan allein. Lijanas Hände hielten in ihrem Tun inne, ihre Augen schauten ins Leere.

Ich bin es hundert Mal durchgegangen. – Jede Krankheit, die ich kenne und die über offene Wunden übertragen wird. – Ich kann jede ausschließen. Es passt nicht! – Denk nach, Lijanas! Es muss doch irgendetwas geben … – Irgendeine Krankheit, bei der … – Warte! Wie hieß …? Leichenwahn? Ja, genau! – Nein! Nein, unmöglich! Leichenwahn ist eine Krankheit aus Legenden. – Aber hat Brachan nicht gesagt, dass er bisher immer glaubte, diese Seelenfresser seien Kreaturen aus Legenden? – Soll man am Leichenwahn nicht durch den Kontakt mit verwesenden Körpern erkranken? Und diese Kreaturen sahen aus, als wären sie schon einige Zeit tot …

Nachdenklich sah sie zu Levan hin. Noch immer lag er still und bleich unter den Decken. Zögernd streckte sie die Hände nach ihm aus, berührte ihn behutsam an Brust und Stirn – wie jedes Mal in den letzten beiden Tagen war der Schatten da, undurchdringlich und dunkel; aber da war noch etwas anderes … Es war schwarz, bewegte sich träge und sich windend wie unzählige dünne Würmer. Schaudernd zog sie die Finger zurück. So etwas hatte sie noch nie zuvor bei einem Sterbenden gesehen. Sanft strich sie Levan einige blonde Strähnen aus der fieberheißen Stirn. Leichenwahn war nicht sofort tödlich – der Körper verweste bei lebendigem Leibe. Aber der Kranke war gefährlich für jeden, der in seine Nähe kam, da die Krankheit ihn zu einem reißenden Tier machte. Sie blickte zu Mordan hin, der als einsamer Schatten in der Nähe der Salzspalte stand und ihr den Rücken zugekehrt hatte. *Genügt das Ausbrennen einer Wunde, um die Ansteckung zu verhindern? – Levan ist eigentlich sanft und gutmütig; Mordan von Natur aus gefährlich und unberechenbar. – Und wenn die Krankheit aus Levan schon ein Tier macht …* Sie schauderte. *Was berichten die Legenden über ein*

Heilmittel, Lijanas? Denk nach, verdammt! – Ja, natürlich! Mit einem Keuchen schlug sie sich die Hand vor die Stirn. *Ebenso eine Legende wie Seelenfresser und Leichenwahn. – Ich sollte es Mordan sagen.*

Als sie neben den dunklen Krieger trat, zeigte er durch keine Regung, dass er sie bemerkt hatte, sondern blickte weiter schweigend in die Wüste hinaus. Unter dem Licht der drei Monde hatte das Salz den Schimmer von Perlmutt angenommen. Keinen Schritt vor ihnen klaffte die Spalte, die sie immer weiter in die Wüste zwang. Ab und an bewegte sich die zähe Masse, die sie an eine Mischung aus Honig und Lehmmörtel erinnerte, aus dem arme Leute in Anschara ihre Häuser bauten, als gäbe es so etwas wie eine schwache Strömung. Mit einem leisen Geräusch zerplatzte eine Luftblase an der Oberfläche. So nah war sie der Spalte noch nie gewesen. Lijanas räusperte sich. »Ich muss mit Euch reden, Kjer.«

Im ersten Moment glaubte sie, er habe sie nicht gehört, doch dann drehte er sich langsam zu ihr um – und plötzlich verstand sie, warum die anderen Krieger ihn immer nur von rechts ansprachen, niemals von links, seiner blinden Seite. Er musste ihr das Gesicht ganz zuwenden, um sie ansehen zu können. Unbehaglich schluckte sie. *Wie kann ein Krieger mit einer solchen Behinderung in einem Kampf überleben?*

»Redet!«

Freundlich wie immer.

»Eine Krankheit wie die, die Levan befallen hat, ist mir noch nie untergekommen – aber in alten Legenden wird von einer Krankheit gesprochen, die man Leichenwahn nennt.« Um einem Einwand seinerseits zuvorzukommen, hob sie beschwichtigend die Hände. »Ich weiß, es klingt verrückt, aber …«

»… warum sollte eine Kreatur, die man bisher nur aus Legenden kannte, nicht auch eine Krankheit übertragen, von der nur Legenden berichten. Nein, Heilerin, für mich klingt das nicht verrückt. Viel wichtiger ist doch: Sprechen diese Legenden auch von einem Heilmittel?«

»Ja.«

»Und?« In seiner Stimme war weder Ungeduld noch Schärfe.

Warum ist er so seltsam … sanftmütig.

»Kennt Ihr einen grünen Edelstein, der sich schmelzen lässt?«

»Nein! – Wartet! Doch! Murandonit wird in äußerst heißem Feuer zähflüssig wie Honig – aber er ist rot.«

Lijanas schüttelte den Kopf. »Die Legende erzählt von einem grünen Stein. Zusammen mit bestimmten Kräutern soll er einem von Leichenwahn Befallenen ›das Leben wiedergeben‹.«

»Und was ist mit diesen Kräutern? Sind sie besonders selten?«

»Nein, man bekommt sie überall – aber ohne den Stein sind sie wirkungslos.«

In einer langsamen Bewegung strich er einige schwarze Strähnen zurück, die sich aus seinem Rossschweif gelöst hatten. »Es gibt nichts, was die Steinschneider von Cavallin nicht über Edelsteine wissen. Vielleicht können sie uns helfen.«

»Cavallin? Die Stadt im Berg?«

»Ja. Hätte dieser Spalt uns nicht tiefer in die Wüste gezwungen, wären wir gestern dort angekommen. – Dieses Heilmittel, wie sicher wirkt es?«

»Nach der Legende ist der Kranke nach einem Tag wieder genesen – aber es ist nur eine Legende. Wie viel davon wahr ist …« Sie ließ den Satz unvollendet.

Sein Nicken sagte ihr, dass er verstand. »Nachdem ich leibhaftige Seelenfresser gesehen habe, bin ich geneigt, den Legenden zu glauben. – Wie lange kann Levan noch durchhalten?«

»Zwei Tage, drei, vier – vielleicht auch nur einen. Ich kann es Euch nicht sagen. – Warum fragt Ihr?«

»Wenn Ihr mir gesagt hättet, dass zwischen ihm und den Armen der weißen Kriegerin nur noch Stunden oder höchstens ein Tag stehen und er auf gar keinen Fall wieder gesund wird, hätte ich ihm heute Nacht einen schnellen Tod gegeben.«

Bestürzt starrte Lijanas ihn an. »Ihr hättet ihn … ermordet?«, brach es dann aus ihr heraus. »Wie könnt Ihr an so etwas auch nur denken?«

»Ich verschwende Wasser an einen Mann, der vielleicht stirbt, und riskiere damit das Überleben der anderen. – Ich kenne Männer, die ihm schon in Darachnars Tal die Kehle durchgeschnitten hätten.«

»Und warum habt Ihr es dann nicht schon dort getan?« Ihre Stimme war ein scharfes Zischen. »Warum habt Ihr es nicht getan, bevor ich ihm den Rücken aufgeschnitten und die Wunden ausgebrannt habe?«

»Weil Ihr mir bisher nichts von dieser Krankheit gesagt habt. – Und weil Levan Euch und Euren Fähigkeiten vertraut!«

»Und Ihr tut das nicht?«

»Noch habt Ihr mir keinen Beweis Eurer *Fähigkeiten* geliefert – und auch wenn man Euch in Anschara über die Maßen lobt, ich gebe nichts auf bloßes Hörensagen.«

Na, zumindest ist er ehrlich.

»Ganz egal, ob Ihr meinen *Fähigkeiten* vertraut oder nicht – ich lasse nicht zu, dass Ihr Levan ermordet!«

»Darüber zu entscheiden liegt nicht bei Euch, Heilerin!« Inzwischen war sein Tonfall ärgerlich.

»Aber bei Euch, Kjer?«

»Wenn es um Levan geht – ja!«

Wer glaubst du eigentlich, dass du bist? Ein Todesgeist?

»Ihr seid eine herzlose Bestie!«

Seine Hand schloss sich rascher um ihre Kehle, als Lijanas blinzeln konnte. »Hütet Eure Zunge, Heilerin! Ich habe Männer schon wegen Geringerem getötet.« Er versetzte ihr einen Stoß, der sie zurücktaumeln ließ. »Und jetzt packt Eure Sachen zusammen. Wir haben noch ein ganzes Wegstück vor uns, ehe wir wieder in der Hitze lagern.«

»Da ist noch etwas, Kjer!«

»Was?« Noch immer war sein Zorn deutlich zu hören.

»Wenn Levan tatsächlich vom Leichenwahn befallen ist, dann weiß ich nicht, ob das Ausbrennen einer Wunde vor einer Ansteckung schützt.«

Einen langen Augenblick sah er sie an, ehe er nickte. »Ich verstehe! – Geht jetzt!«

Schweigend gehorchte Lijanas. Kurz darauf brachen sie in die Nacht hinein auf. Mordan übernahm zu Fuß die Spitze. Unter dem Einfluss der Droge schlief Levan noch immer friedlich.

6

Einmal mehr kroch die Sonne über den Horizont, tauchte das Salz wie an den vergangenen Morgen in ein gleißendes Flammenspiel – und brachte die Hitze mit sich. Irgendwann befahl Mordan schließlich den ersten Halt, trat neben Ired und reichte Lijanas den Wasserschlauch. »Ein Schluck!« Verwirrt blickte sie ihn an, in seinem Gesicht waren die Bartschatten dunkler geworden. »Wir haben nur noch für einen Tag Wasser«, erklärte er ihr so gelassen, als spräche er vom Sattelzeug seines Pferdes.

»Aber ich dachte …«

»Trinkt, damit wir weiterkönnen!«

Lijanas gehorchte, gab ihm den Wasserschlauch zurück. Still beobachtete sie, wie Mordan ein wenig Wasser in einen Becher goss, Cujan dazugab und damit zu Levan hinüberging. *Nur noch für einen Tag Wasser? Gnädige Göttin, steh uns bei! Wie sollen wir das schaffen? Wir gehen doch schon drei Tage tiefer in die Wüste hinein …* Ihre Hände umklammerten das Sattelhorn. *Er darf Levan nicht die ganze Zeit mit Cujan betäuben, sonst wird er süchtig. – Aber was soll er sonst tun? Hinnehmen, dass er sich wie ein wildes Tier gebärdet?*

Wenig später zogen sie weiter. Die Krieger führten die müden Pferde an den Zügeln – immer tiefer in das gleißende Salz hinein.

Es mochte vielleicht eine Stunde vergangen sein, als Mordan Ired unvermittelt zum Stehen brachte und an den Rand der Spalte eilte. Die anderen Krieger verließen ihre Pferde und folgten ihm. Lijanas sah, wie sie anscheinend irgendetwas in der Salzlake begutachteten, dann begannen sie, in ihrer Sprache zu diskutieren. Schließlich kniete Mordan nieder und ritzte etwas mit der Spitze seines Dolches in das Salz, während er immer wieder deutete und erklärte. Zuerst nickte Brachan seine Zustimmung, dann Corfar. Ecren war am schwersten zu überzeugen, erklärte sich letztlich jedoch auch mit dem Plan des schwarzhaarigen Kriegers einverstanden.

Lijanas Erstaunen wuchs noch mehr, als die Kjer ihre Pferde ein paar Schritte beiseiteführten und sich dann daranmachten, das Mittagslager aufzuschlagen.

Gehorsam rutschte sie aus dem Sattel, als Mordan ihr befahl abzusteigen, und hielt sich mit weichen Knien an Ireds Steigbügel fest, während die Krieger eilig den notdürftigen Sonnenschutz aus Stangen und Decken errichteten.

»Warum machen wir jetzt schon Rast?« Nur widerwillig gab sie ihren Halt auf und trat beiseite, als er kam, um die Stute abzusatteln. Gerade trugen Brachan und Corfar Levans Bahre in den Schatten des Unterstandes.

»Wir werden versuchen, die Spalte hier zu überqueren.«

Verblüfft riss Lijanas die Augen auf. »Wie?«

»Der Riss in der Kruste ist hier nicht mehr als zehn, höchstens fünfzehn Schritt breit. Mehrere große Salzschollen treiben auf der Lake – wir werden sie zu einer Brücke verbinden und hinübergehen.«

»Glaubt Ihr wirklich, dass …« Sie gestikulierte zweifelnd in Richtung der Salzspalte.

Ireds Sattel und Packtaschen auf den Armen hielt er inne und schaute sie an. »Wir müssen auf die andere Seite der Spalte – mit jeder Wegstunde entfernen wir uns mehr von den Salzzinnen und unser Wasser reicht gerade noch für einen Tag.« Entschieden schüttelte er den Kopf. »Dies ist die schmalste Stelle bisher. Wenn wir es hier nicht versuchen, dann nirgendwo mehr!«

Einen kurzen Moment sah Lijanas ihm nach, dann hastete sie hinter ihm her. »Ich möchte helfen.«

Er legte seine Last zum Rest seines Gepäcks, richtete sich auf und maß sie mit einem abschätzenden Blick. »Nein!«, beschied er ihr dann und zog das Kettenhemd über den Kopf. Unter dem

Kragen seiner Tunika rutschte ein einfaches Lederband hervor. Daneben schimmerte für einen kurzen Augenblick eine Reihe schwarzer Perlen an seinem Hals, ehe sie wieder unter dem Stoff verschwand, als er aus seiner Satteltasche ein paar schwarze Lederhandschuhe hervorzog.

»Aber was …«

»Ich sagte ›Nein‹! Ihr bleibt hier und kümmert Euch um Levan! Alles andere ist zu gefährlich für Euch!« Er ließ sie stehen und ging mit den anderen Kriegern zu der Spalte hinüber. Lijanas blieb nichts anderes übrig, als sich in den dürftigen Schatten des Sonnenschutzes neben Levan zu kauern, zu warten und die Kjer zu beobachten.

Nur noch in ihre Tuniken, Hosen und Stiefel gekleidet, arbeiteten die Männer – abgesehen von kurzen Rufen oder vereinzeltem Fluchen – schweigend in der Hitze. Und dennoch schien jeder stets genau zu wissen, was der andere zu tun beabsichtigte.

Es war Mordans Aufgabe, die Salzschollen einzufangen. Mit verblüffender Gewandtheit sprang er von Scholle zu Scholle – doch je länger Lijanas ihm dabei zusah, umso klarer wurde ihr, was er mit ›gefährlich‹ gemeint hatte. Immer wieder gab eine vermeintlich stabile Kruste unter ihm nach und er konnte nur durch einen gewagten Schritt oder gar einen Hechtsprung verhindern, dass er im Salz einbrach. Inzwischen waren seine Stiefel und Hosen bis über die Knie weiß verkrustet. In die einzelnen Salzschollen trieb er eines der Kurzschwerter oder einen der Langdolche so tief hinein, wie er es wagen konnte – einmal brach eine Scholle glatt in zwei Hälften, als er die Waffe zu tief hineinzwang, was ihm beinah ein unfreiwilliges Bad in der Salzlake verschafft hätte –, dann schlang er ein Stück Leder oder Stoff um die Klinge und befestigte darüber das Seil, dessen Ende einer der anderen Krieger am Spaltenrand festhielt. Und während er schon die nächste Scholle auf diese Art vorbereitete, bemühten sich Corfar, Ecren und Brachan, das Stück Salz heranzuziehen. Ein mühsames Unterfangen, denn die Schollen bewegten sich in der Salzlake nur widerwillig und langsam.

In unregelmäßigen Abständen ruhte sich einer der Männer im

Schatten des Sonnenschutzes für eine kurze Weile aus und trank seine Ration Wasser, ehe er mit seiner Arbeit fortfuhr. Stunde um Stunde zog sich auf diese Weise dahin. Erst als die Sonne beinah schon im Zenit stand, unterbrachen die Kjer ihr Tun und suchten Zuflucht im Schatten der Decken. Lijanas betrachtete die Männer mitleidig, während sie mühsam die ledernen Reithandschuhe abstreiften, die sie trotz der Hitze trugen, um sich vor dem Salz zu schützen. Ihre Züge waren sonnenverbrannt, Schweiß rann ihnen in Strömen herab, ihre Lippen waren geschwollen und aufgeplatzt, sie atmeten schwer vor Erschöpfung – und kaum mehr als die Hälfte der behelfsmäßigen Brücke war fertig.

Noch einmal wanderte ihr Blick über die müden Krieger. Wenn sie ihnen nicht beim Bau helfen konnte, so konnte sie doch vielleicht etwas anderes für sie tun. Unbedacht zog sie die Lippe zwischen die Zähne und bereute es sofort, während sie zu ihrem Arzneikasten hinkroch, einen kleinen Tiegel hervorholte und ihn vorsichtig öffnete. Corfar sah sie argwöhnisch an, als sie ihm das Gefäß entgegenstreckte.

»Was ist das?« Misstrauisch beäugte er die helle, weiche Paste im Inneren des Tiegels.

Lijanas, du Gans, ausgerechnet dem Krieger, der dich für eine Seelenhexe hält und dir deshalb am liebsten gleich die Kehle durchschneiden würde, bietest du die Salbe zuerst an. Gut gemacht!

»Leinstengelsalbe – sie lindert Verbrennungen!«, erklärte sie, darum bemüht, ihre Stimme ruhig klingen zu lassen. Als seine Brauen sich überrascht hoben, spürte sie eine gewisse Befriedigung. Fragend wandte er sich Mordan zu und als der nickte, ergriff er nach einem letzten Zögern den Tiegel, tauchte die Finger in die Paste, schnupperte noch einmal prüfend daran und verteilte sie dann vorsichtig auf Stirn und Wangen, ehe er sie an den nächsten weiterreichte. Still setzte Lijanas sich auf die Fersen zurück und verschränkte die Hände in ihrem Schoß – wieder fühlte sie den seltsamen Blick, mit dem Mordan ihren Bewegungen folgte. Er war es schließlich auch, der ihr den Tiegel zurückgab. Sein Nicken war Dank und Anerkennung zugleich.

Dann senkte sich Schweigen über sie. Die Männer kauerten sich im Schatten zusammen, um sich von den Strapazen der letzten Stunden zu erholen, während die Hitze sie zur Untätigkeit zwang. Mordan saß, wie sie es schon so oft gesehen hatte, mit überkreuzten Beinen, die Hände auf den Knien, neben ihr. Offenbar war das seine Art, sich auszuruhen. Lijanas bettete den Kopf auf die Arme und blickte in das Gleißen der Wüste hinaus. Sie merkte erst, dass sie eingeschlafen war, als die Kjer sich wieder an die Arbeit machten und ihr leises Reden sie weckte.

Die Sonne stand schon tief, als die Brücke endlich fertig war.

Mordan kam herüber und kniete sich neben sie. Schweigend reichte Lijanas ihm einen Wasserschlauch. Mit einem knappen Nicken nahm er ihn entgegen, schüttelte ihn mit einem Stirnrunzeln, dann nahm er einen Schluck, behielt ihn aber einige Momente im Mund, bevor er das Wasser schließlich die Kehle hinunterrinnen ließ.

»Wann habt Ihr Levan zuletzt Cujan gegeben?« Er verschloss den Wasserschlauch wieder.

»Vor etwas mehr als einer Stunde. Warum fragt Ihr?«

»Ich werde Levan über diese Brücke hinübertragen, und ich möchte nicht, dass er dabei aufwacht. – Wie lange glaubt Ihr, wird er noch bewusstlos sein?«

»Noch etwa zwei Stunden. Vielleicht etwas mehr oder weniger.« Lijanas hob die Schultern, beobachtete verwundert, wie er ein Stück vom Saum seines Mantels abriss. »Das sollte genügen. – Hört zu: Es ist eine ziemlich wackelige Angelegenheit, deshalb werden niemals zwei zur gleichen Zeit auf den Schollen sein. Ich werde Levan zuerst über die Brücke bringen. Dann komme ich zurück und hole Euch. Anschließend werden die anderen und ich nach und nach die Pferde, die Waffen und das Allernötigste von unserem Gepäck hinüberschaffen. Glaubt Ihr, Ihr könnt es eine Zeit ohne Sonnenschutz aushalten?«

Lijanas nickte schweigend.

»Gut!« Er beugte sich über Levan und fesselte ihm die Hände mit dem Stoffstreifen.

»Warum tut Ihr das? Ich sagte Euch doch, dass er noch eine ganze Zeit schlafen wird.«

»Eben. Er kann sich nicht festhalten. Aber vielleicht brauche ich irgendwann die Hände frei.« Sorgsam zog er den Knoten fest, hievte den jungen Krieger in die Höhe und legte ihn sich über die Schulter. »Ihr bleibt hier im Schatten und wartet, bis ich Euch holen komme! Verstanden?«

Wieder nickte sie stumm. Mordan stapfte durch das Salz davon, drehte sich noch zwei Mal zu ihr um, als würde er den Blick spüren, mit dem sie ihm folgte.

Atemlos beobachtete sie dann, wie er sich am Rand der Spalte mit Corfars Hilfe Levans Arme von hinten um den Hals legte, ihn unter den Knien fasste und auf die erste der Schollen hinaustrat. Er bewegte sich geradezu quälend langsam. Manchmal verharrte er für schiere Ewigkeiten völlig bewegungslos und wartete ab, bis das Salzstück, auf dem er gerade stand, nicht mehr wankte, ehe er den nächsten Schritt tat. Zuweilen übersprang er eine Spalte auch mit einem schnellen Satz, nur um dann rasch auf Hände und Knie zu sinken, um ein Kippen der Scholle zu verhindern. Als er sich auf der anderen Seite schließlich aufrichtete, konnte sie kaum glauben, dass er es tatsächlich geschafft hatte. Doch als er Levan dann zu Boden gleiten ließ und sich anschickte zurückzukommen, wurde ihre Kehle eng. Nun war sie an der Reihe. Zögernd stand sie auf, und obwohl er ihr befohlen hatte, unter dem Sonnenschutz auf ihn zu warten, ging sie zum Rand der Spalte, ihm entgegen. Die anderen Krieger begrüßten ihn mit Schulterklopfen und anerkennendem Nicken, als er die Brücke wieder hinter sich gelassen hatte. Schweiß rann in trüben Tropfen über seine Stirn, suchte sich an den Bögen der Brauen entlang und durch die schwarzen Bartstoppeln hindurch seinen Weg bis zum Hals und weiter in den Stoff seiner Tunika. Langsam wandte er sich ihr zu. »Bereit?«

»Ja.«

Für einen kurzen Moment huschte ein Lächeln über seine angespannten Züge. »Dann kommt!« Er wandte ihr den Rücken zu. Lijanas schluckte. Offenbar wollte er sie genauso hinübertragen wie Levan. Gehorsam trat sie hinter ihn, schlang die Arme um seinen Hals, dann spürte sie auch schon Hände, die sie in die Höhe hoben. Sie legte die Beine um seine Mitte, drückte das Gesicht in das weiche Fell, das die Kuhle zwischen seinem Hals und der Schulter bedeckte, und klammerte sich an ihn. Er stieß ein Krächzen aus. »Ihr erwürgt mich, Heilerin!« Seine Hand fasste ihre Arme und zog sie von seiner Kehle fort. »Nicht so verkrampft! Lasst locker! Je nachgiebiger Ihr auf meinem Rücken seid, umso leichter macht Ihr es mir, das Schwanken auszugleichen.« Sie versuchte zu nicken, nahm aber nicht das Gesicht von seinem Hals. Kurz glaubte sie ein leises Seufzen zu hören, dann setzte er sich in Bewegung. Von diesem Moment gab es für sie nichts anderes mehr als das Spiel seiner Muskeln unter ihrem Körper und den Geruch seines schweißnassen Fells an ihrem Gesicht. Bereits nach kürzester Zeit kam sein Atem in harten Stößen. Ein paar Mal schüttelte er den Kopf, um die Schweißtropfen daran zu hindern, ihm ins Auge zu rinnen. Sein Haar klebte an ihrer Wange. Sie schrie, als er einmal unvermittelt auf Hände und Knie fiel, und klammerte sich fester an ihn. Er musste ihre Arme beinah mit Gewalt von seiner Kehle lösen. In scharfem Ton befahl er ihr, sich zu entspannen – sosehr sie sich auch bemühte, es wollte ihr nicht gelingen. Vorsichtig tat er einen Schritt nach dem anderen – und dann hörte das Wanken unvermittelt auf. Nur langsam wagte sie es, die Augen zu öffnen, fühlte, wie er sie auf dem Boden absetzte, und sah ihn an. Schwer atmend kniete er neben ihr im Salz. Ihr Gewand war nass von seinem Schweiß. Er wischte sich mit der Hand übers Gesicht und stand auf. »War doch gar nicht schlimm, oder?«

Nicht schlimm? Geräuschvoll schnappte Lijanas nach Luft. Als habe er es nicht gehört, nickte er ihr knapp zu und machte sich daran, die Schollen-Brücke ein weiteres Mal zu überqueren. Einen Moment schaute Lijanas ihm nach, dann kroch sie zu Levan hin und beugte sich über ihn. Er lag noch immer in tiefem Drogenschlaf. Sein Zustand hatte sich nicht geändert. Sie kauerte sich zusammen und wartete.

Nach und nach brachten die Kjer das Nötigste an Gepäck herüber. Aus zwei schräg in den Boden gerammten Stangen und einer Decke war erneut ein Sonnenschutz für sie und Levan errichtet worden. Irgendwann hatte der junge Krieger sich stöhnend zu regen begonnen und sie hatte wieder Cujan in ein paar Schluck Wasser aufgelöst und ihm eingeflößt. Nun schlief er friedlich.

Von der anderen Seite der Spalte drang ein Wiehern herüber. Sie sah, wie Corfars Pferd sich aufbäumte, als er es an die Brücke aus Schollen heranführen wollte. Salzstaub wirbelte auf, als es um ihn herumtänzelte und immer wieder mit dem Kopf schlug. Schließlich zog er das Tier beiseite und ließ Ecren mit seinem Kriegsross den Vortritt. Anschließend führte Mordan Levans Ashentai über die wankende Brücke und ging noch einmal zurück, um Ired zu holen. Während er seiner Stute dann den Sattel auflegte, versuchte Corfar es erneut, sein Pferd auf die andere Seite zu bringen. Als habe der Umstand es beruhigt, dass die anderen beiden Kriegsrösser die Schollen wohlbehalten überquert hatten, ließ es sich dieses Mal ruhig hinüberführen. Sie hatten es beinah geschafft, als ein Unheil verkündendes Knacken erklang. Das Kriegsross stieß ein Schnauben aus und wich zurück. Ein Stück Salz brach am Schollenrand unter einem Huf weg – es wieherte und im nächsten Augenblick klatschte Corfars Hand auf seine Hinterbacke, es machte einen erschrockenen Sprung, dann einen zweiten und dritten und hatte sicheren Boden erreicht. Auf der Salzlake tanzten die Schollen unruhig. Die Lederriemen knarrten, bis zum Zerreißen gespannt. Die beiden Krieger auf der anderen Seite warteten mit ihren Pferden schweigend in der Hitze. Dann war es Brachan, der seinen Wallach ans andere Ufer brachte. Das Knacken des Salzes wurde lauter, in einer der Schollen löste sich das in sie getriebene Schwert und glitt ein Stück heraus. Ein letzter Schritt und auch der grauhaarige Krieger hatte die Spalte mit seinem Ashentai hinter sich gelassen. Als wäre nichts geschehen, packte Mordan Ireds Zügel und führte sie auf die erste Scholle. Die Stute setzte ihre Hufe so bedächtig, als wisse sie, in welcher Gefahr sie sich befand. Die nächste Scholle, wieder bewegte Ired sich ruhig und scheinbar vollkommen gelassen. Corfar und Ecren tauschten mit Brachan Blicke und nickten. Sie würden es schaffen. Jetzt hatten sie die Mitte erreicht. Das Ashentai ließ sich durch das Knarren und Knacken unter sich nicht aus der Ruhe bringen. Als auf der anderen Seite der Spalte plötzlich mit einem Knall der Riemen riss, der die Brücke an das Ufer band, ging ein Ruck durch das ganze Gebilde. Ired machte einen Schritt nach hinten, trat ins Leere, unter ihren Hufen krachte das Salz, sie kämpfte um ihr Gleichgewicht, die Salzscholle wankte, drohte zu kippen. Mordan warf sich zurück, zerrte mit seinem ganzen Gewicht an den Zügeln. Die Vorderläufe der Stute fanden Halt, sie sprang vorwärts, prallte mit der Schulter gegen ihren Herrn. Der ließ die Zügel fahren, rettete sich mit einem Sprung auf die nächste Scholle und beinah im gleichen Augenblick donnerte Ired über ihn hinweg, war mit vier mächtigen Sätzen am sicheren Ufer. Hinter ihr schwappte träge Salzlake, ergoss sich über die Schollen. Mordan hatte sich auf die Knie aufgerichtet, mühte sich jetzt auf die Füße. Die zähe Flüssigkeit machte alles glitschig. Einen schier endlosen Augenblick tat er nichts anderes, als das Wanken des Salzbrockens unter seinen Füßen auszugleichen und zu warten, bis alles wieder zur Ruhe gekommen war. Dann folgte er seinem Pferd – um einiges langsamer als die Stute – und sank auf die Knie, kaum dass er festen Boden erreicht hatte. Er nahm den Wasserschlauch dankbar entgegen, den Corfar ihm reichte, während Brachan und Ecren Ired einfingen und sich davon überzeugten, dass sie unverletzt war. Sichtlich erschöpft ließ Mordan sich neben Lijanas unter dem Sonnenschutz nieder. Unterdessen machten die anderen Krieger sich daran, ihre Schwerter und Dolche einen nach dem anderen aus den Salzschollen herauszuziehen und so ihre wankende Brücke Stück für Stück einzureißen. Als sie fertig waren, versank die Sonne gerade hinter dem Horizont.

Zu Lijanas Entsetzen luden die Kjer ihren Kriegsrössern das verbliebene Gepäck auf und wenig später saß sie erneut auf Ireds Rücken, Levans Bahre hing zwischen zwei Pferden und sie gingen von Neuem in das Salz hineien – dieses Mal in die andere Richtung, auf die Berge zu. Und obwohl die Krieger ausnahmslos so erschöpft waren, dass sie kaum einen Fuß vor den anderen setzen konnten, marschierten sie die ganze Nacht hindurch und bis weit in den Morgen.

Nur auf merkwürdig vage Art war Lijanas sich der Tatsache bewusst, dass sie nicht mehr schlief. Alles um sie herum erschien ihr seltsam undeutlich, wie unter einem hauchfeinen Schleier. Keiner der Männer auf den Fellen regte sich. Selbst Mordan war letztendlich Hitze und Erschöpfung erlegen. Die Hand auch jetzt noch halb nach ihr ausgestreckt, lag er auf der Seite, die sonst so harten Züge im Schlaf erstaunlich weich. Corfar, der eigentlich Wache halten sollte, war der Kopf auf die Brust gesackt. Ohne zu wissen warum, stand Lijanas auf und trat unter dem Sonnenschutz hervor. Der grelle Salzglanz blendete sie, wie eine zähe Fessel legte sich die Hitze enger um ihre Glieder, ließ sie keuchend nach Luft schnappen und versengte ihre Lungen, während sie mit der Hand ihre Augen vor der flirrenden Helligkeit zu schützen suchte. Herzschläge lang stand sie völlig still, dann tappte sie mit der Sicherheit eines Träumenden los – hinein in das Flimmern aus Sonne und Sand und Endlosigkeit. Sie spürte die scharfe Salzkruste unter den Füßen nicht. Sie spürte den Wind nicht, der aufkam und sacht über den Boden strich – und ihre Spuren verwischte.

Endlich war sie eingetroffen! Die letzten Tage hatte er sich wie ein Gefangener gefühlt. Ein Diener hatte ihm vor einer Stunde berichtet, dass Heermeisterin Eliazanar nach ihrer Ankunft umgehend zu einer Unterredung mit Fürst Rusan befohlen worden war. Er hatte ihr bestellen lassen, dass er sie anschließend hier erwartete. Seither ging er ungeduldig im Innenhof der Gardeunterkünfte auf und ab.

»Ihr solltet Euch in Langmut üben, Ahmeer! Sonst wird Eure

Unbeherrschtheit Euch einmal zum Verhängnis!« Heermeisterin Eliazanar trat aus dem Schatten des Tores, das den sandbestreuten Hof mit dem Palast verband, und kam gemessenen Schrittes auf ihn zu. Unter ihrer golddurchwirkten Schärpe steckte neben einem gebogenen Säbel ein Krummdolch. Wie immer war sie in bauschige Hosen, hohe Stiefel, ein weit fallendes Hemd und eine kurze Weste gekleidet, alles aus kostbarer Fehan-Seide in blutdunklem Rot. Er hatte sie einmal gefragt, warum sie ausgerechnet diese Farbe für sich gewählt hatte; mit einem gefährlichen Grinsen hatte sie ihm erklärt, dass so das Blut ihrer Feinde nicht zu sehr auf ihrer Kleidung zu sehen sei.

»Eliazanar! Was hat Euch so lange an der Küste aufgehalten?«

»Die Edari, Ahmeer, was sonst. Ihr wart kaum fort, als sie versuchten, ihre gefangenen Brüder zu befreien. – Ich gab jedem, der überlebte, ein eigenes Kreuz.« Ihre braunen Augen blitzten, während sie sich eine dunkle Haarsträhne zurückstrich. »Euer Onkel hat mir berichtet, was geschehen ist und dass er Euch erlaubt hat, selbst nach Eurer Braut zu suchen. – Was ich für äußerst unvernünftig halte, Ahmeer, angesichts der Männer, in deren Händen sich das Mädchen befindet.«

»Mein Onkel hat auch schon versucht, mich davon abzubringen ...«

»Er sorgt sich um Euch! Ihr seid sein einziger noch lebender männlicher Anverwandter und damit sein Erbe. Ihr müsst ihn verstehen!«

»Ich verstehe ihn, Eliazanar – aber ich werde nicht hier herumsitzen wie ein wimmernder Feigling und tatenlos zusehen, wie eine Kjer-Bestie meine Braut entführt!«

Rusans Heermeisterin schüttelte mit einem feinen Lächeln den Kopf. »Stolz und wild. Ihr seid noch immer der Heißsporn, den ich in den Waffen ausgebildet habe. – Euer Onkel wird die Erlaubnis, die er Euch gegeben hat, nicht zurückziehen. Aber er hat mir befohlen, dafür zu sorgen, dass Ihr die besten und verlässlichsten Männer mitnehmt, die es in seiner Garde gibt.«

»Und er traut mir nicht zu, sie selbst auszuwählen?«

»Ich kenne die Männer länger als Ihr, Ahmeer! Ihr werdet Euch meinem Urteil beugen!«

Um sie zu besänftigen, neigte der Prinz den Kopf. Eliazanar war ihrem Geschlecht nach eine Frau – aber sie war auch einer der gefährlichsten Krieger, die er kannte.

Sie bedeutete ihm, ihr zu den Unterkünften der Gardisten zu folgen, und sprach ruhig weiter. »Außerdem hat Euer Onkel mich angewiesen, Euch alles über den Blutwolf und seinen Kreis zu erzählen, was ich weiß.«

Ungehalten fuhr Ahmeer auf. »Was gibt es da zu erzählen? Er ist ein Kjer-Krieger, skrupellos, roh, gut mit dem Schwert; seine Männer stehen ihm nur wenig nach! Aber er ist immer noch sterblich – oder glaubt Ihr am Ende auch, er sei ein fleischgewordener Rachegeist?«

Eliazanar blieb abrupt stehen. Verwundert wandte er sich zu ihr um. Ihre Brauen hatten sich zornig zusammengezogen. »Ihr seid ein Narr, Ahmeer! ›Skrupellos, roh, gut mit dem Schwert‹ – das trifft es nicht annähernd.«

»Oh, ich vergaß …«, spöttisch grinsend verneigte Ahmeer sich. »Ihr hattet ja das Vergnügen, eine Nacht in seiner Gesellschaft zu verbringen.«

Die Ohrfeige traf ihn vollkommen unvorbereitet. Einen Atemzug starrte er Eliazanar an – dann würgte er seinen Zorn mühsam hinunter.

»Ja, ich hatte dieses Vergnügen. Und in dieser Nacht habe ich mehr über ihn erfahren, als ihm lieb war. – Außerdem habe ich ihn mehr als einmal auf dem Schlachtfeld kämpfen sehen. Ihr solltet dankbar sein, dass ich Euch so viel über ihn sagen kann, Ahmeer, denn je mehr man über seinen Gegner weiß, umso eher findet man seinen Schwachpunkt oder kann ihn sogar dazu bringen, Fehler zu begehen.«

»Ihr redet, als wäre ich noch Euer Schüler!«

»Und Ihr trotzt, als wärt Ihr noch der unvernünftige Bengel von damals.«

In einer beschwichtigenden Geste breitete Ahmeer die Hände

aus. »Vergebt mir, Eliazanar, ich bin in Sorge wegen Lijanas. Wer weiß, was dieses Tier ihr in diesem Moment Entsetzliches antut. – Sagt mir, was ich über ihn und seine Männer wissen muss.«

»Endlich kommt Ihr zur Vernunft! – Hört zu: Ihr habt sicher von dem Gerücht gehört, er sei ein Kessanan. Ich bin geneigt, dem zuzustimmen. Er ist ein Meister in den Waffen. Jede seiner Bewegungen ist knapp und präzise, er vergeudet seine Kraft nicht durch unnötiges Geplänkel. Und er kennt seine Fähigkeiten genau. Gewöhnlich tötet er mit dem ersten Schlag – auch wenn ich es ihm zutrauen würde, mit einem einzelnen Gegner über längere Zeit zu spielen, falls ihm der Sinn danach steht. Im Kampf ist er vollkommen beherrscht, zeigt keine Gefühle und lässt sich durch nichts reizen.«

»Ihr klingt, als sprächet Ihr von einem unbezwingbaren Krieger aus irgendeiner alten Legende. Trotzdem war er Euer Gefangener.«

»In jener Nacht hatte ich Glück, mehr nicht. – Und ich wage zu bezweifeln, dass Euch das gleiche Glück zuteilwird. Nehmt meinen Rat, Ahmeer! Versucht nicht, ihn Mann gegen Mann zu stellen. Ihr seid ihm nicht gewachsen. – Nein, schnaubt nicht so abfällig! – Wenn Ihr seiner habhaft werden könnt, dann nur, indem Ihr ihn entweder durch einen gut gezielten Armbrustbolzen aus der Entfernung ausschaltet, oder durch die Übermacht Eurer Männer. Beides ist nicht sehr ehrenhaft, ich weiß, aber die einzigen Möglichkeiten, denn dass ihn einer seiner eigenen Leute verrät, darauf könnt Ihr nicht hoffen.«

»Jeder ist käuflich!« Ahmeers Geste war abfällig.

»Die Männer seines Kreises nicht! – Und auch bei seinen eigenen Truppen müsstet Ihr Euch sehr anstrengen, um einen Verräter zu finden.«

»Das kann ich nicht glauben!«

»Glaubt es ruhig, Ahmeer. Ich kann Euch auch den Grund nennen: Er ist gegenüber seinen Männern absolut loyal! Und sie vergelten es ihm mit ihrer Ergebenheit.«

»Das habt Ihr wohl in jener Nacht über ihn herausgefunden?«

»Unter anderem, ja. – Hört auf zu grinsen, Ahmeer! – Wenn ein

Mann sich vor Schmerz unter euren Händen windet, erfahrt ihr sehr viel über ihn. – Der Blutwolf ist ein stolzer und starrsinniger Mann. Meinen Folterknechten ist es kaum gelungen, ihm mehr als ein Stöhnen zu entlocken oder ihn dazu zu bringen, irgendetwas preiszugeben, was er nicht preisgeben wollte.

Außerdem ist er unberechenbar. Das macht ihn im Kampf so gefährlich – und seine Truppen auf dem Schlachtfeld. Man kann nie vorhersehen, wie er auf etwas reagiert oder was er als Nächstes tun wird. Versucht also nicht weiter zu planen, als Ihr könnt, Ahmeer.

Trotz all dem, was über ihn gesagt wird, trotz seiner Skrupellosigkeit und Brutalität wirkt er nicht wie ein roher Schlächter – obwohl er ein Kjer ist, hat er eine Ausstrahlung, mit der er jeden in seinen Bann zieht, wenn er will.« Ein feines Lächeln erschien für einen Moment auf Eliazanars Lippen. »Auch wenn ich fast den Eindruck hatte, dass er von dieser Begabung gar nichts weiß. – Zudem ist er ein Krieger, dem Ehre sehr viel gilt.«

»Wenn man Euch so hört, könnte man meinen, der Blutwolf sei ein Mann, den Ihr unter anderen Vorzeichen in Euer Bett nehmen würdet.« Ahmeer bemühte sich, den Spott nicht in seinem Ton mitklingen zu lassen.

Zur Antwort erhielt er einen undeutbaren Blick unter einer gehobenen Braue heraus, während Eliazanar die Tür zu den Unterkünften der Gardisten öffnete. »Kommen wir zu den Männern seines Kreises: Jeder von ihnen ist innerhalb der Heere der Kjer ein gefeierter Krieger, der seinesgleichen sucht, auch wenn sie ihrem Herrn selbst nicht das Wasser reichen können. Es sind alles Veteranen. Der Einzige, der nicht zu ihnen passt, ist ein junger Tribun, sein Name ist Levan. Ihm fehlen zwei Finger an der rechten Hand – etwas, was der Blutwolf geschworen hat, an mir persönlich zu rächen. Solange diese Männer bei ihm sind, ist an ihren Herrn kein Herankommen. Ihr müsst ihn von ihnen trennen, erst dann habt Ihr eine Chance, Euch seiner zu bemächtigen, Ahmeer.

Und glaubt nicht, dass er es Euch leicht machen wird – er wird kämpfen bis zum Letzten und wahrscheinlich sogar sein Möglichstes tun, um Euch nicht lebend in die Hände zu fallen, wenn es keine Hoffnung mehr gibt. Er weiß, dass er von den Nivard nichts anderes zu erwarten hat als den Tod – einen grausamen Tod, nach Sajidarrah und Tejidannar.«

»Ich habe meinem Onkel versprochen, ihm den Blutwolf in Ketten zu bringen. – Ich gedenke, dieses Versprechen zu halten!«

»Dann kann ich Euch nur Glück wünschen, Ahmeer.« Sie stieß eine weitere Tür auf und duckte sich in den dahinterliegenden Raum. Mehrere Augenpaare wandten sich ihr zu. »– Und dafür sorgen, dass Ihr Männer mit Euch nehmt, mit denen Ihr dieses Ziel auch erreichen könnt.«

Es war das Flüstern des Windes, das Mordan weckte. Im ersten Moment seltsam orientierungslos setzte er sich auf, ohne zu wissen, was nicht stimmte. Doch schon mit dem nächsten Lidschlag war ihm klar: Die Heilerin war fort. Mit einem Ruck hob er den Kopf. Ihm gegenüber schlief Corfar, obwohl er Wache hatte. Fluchend sprang Mordan auf, versetzte dem Krieger einen Faustschlag gegen die Schulter und griff nach seinem Kereshtai. Sichtlich verschlafen stemmte Corfar sich auf einen Ellbogen hoch. Als er seinen Herrn über sich sah, wurde er bleich. Mordans »Darüber sprechen wir noch!« war nur ein zähnefletschendes Knurren, dann duckte der schwarzhaarige Krieger sich unter dem Sonnenschutz hervor. Sofort versenkte die Hitze wie ein ausgehungertes Raubtier ihre Klauen in ihn. Der Wind strich über den Boden, wirbelte kaum sichtbaren Salzstaub auf, der sich ihm blendend ins Auge setzte, sich mit dem Schweiß vermischte und auf der Haut brannte. Ein paar Mal blinzelte er, drückte das Gesicht in den Ärmel, um die salzige Schmiere fortzuwischen, die ihm die Sicht nahm. Doch auch als er endlich wieder klar sehen konnte, war da nur die gleißende Salzwüste. Sein Atem stockte, als er sich umwandte. Im Westen türmte sich eine weiße Wand, verdunkelte den Himmel und war dabei, die Sonne zu verschlingen. Eine scharfe Böe peitschte ihm ins Gesicht, riss an seinen Kleidern, seinen Haaren und stahl den Warnschrei von seinen Lippen.

Hastig bückte er sich zurück unter den Sonnenschutz, schob dabei das Kereshtai unter seinen Gürtel. Die anderen waren bereits damit beschäftigt, eilig Wasser und Proviant an den Sätteln der Pferde zu befestigen. Eben zogen Brachan und Ecren Levan auf die Beine. Er griff sich einen der Wasserschläuche, warf seinen Mantel über den Sattel und schwang sich auf Ireds Rücken. »Reitet voraus nach Cavallin! Ich suche die Heilerin!«

Brachan packte die Zügel. »Wir warten, solange wir können!«

»Nein! Ich werde euch schon einholen – irgendwie. Und wenn nicht …« Er riss sich das Lederband vom Hals und ließ den schweren goldenen Ring, der daran hing, in Brachans Hand fallen, dann hieb er Ired die Sporen in die Flanken und preschte in das Salz hinaus.

7

Sie kommen aus dem Flimmern der Hitze und sind unvermittelt um sie herum. Sie hört Wehklagen, das hungrige Weinen von Kindern, das Betteln ihrer Mütter um ein Stück Brot und einen Schluck Wasser, das höhnische Gelächter von Männern zusammen mit dem Klirren von Waffen und dem Klatschen von Peitschen auf Fleisch – und doch ist es vollkommen still. Sie steht mitten in einem Zug von schattenhaften Gestalten, die sich mit müden Schritten an ihr vorbei bewegen, ohne sie zu sehen. Krieger in zerrissenen Waffenröcken, mit schweren Ketten an Händen und Füßen gefesselt, schleppen sich zwischen Frauen, die ihre erschöpften Kinder auf den Armen tragen, dahin; ein nur wenige Tage alter Säugling ist in ein Wappentuch gewickelt, auf dem eine weiße, mit schwarzen Flecken gezeichnete Raubkatze zum Sprung ansetzt; Mädchen und junge Burschen stützen jene, die alleine nicht mehr weiterkönnen. In den ausgezehrten Gesichtern steht Hunger und Verzweiflung.

Sie wurden aus ihrer Heimat fortgeschleppt, durch verschneite Berge hat man sie getrieben, ihnen verboten, jenen, die kraftlos am Weg zurückgeblieben sind, ein gnädiges Ende zu bereiten, ihre Leichen würdig zu bestatten. Einst waren sie Krieger und Gelehrte, frei und stolz. – Nun sind sie ein besiegtes Volk, der Willkür ihrer neuen Herren ausgeliefert, jenen Männern und Frauen, in deren seltsam alterslosen Gesichtern blauviolette Augen glitzern und deren Peitschen erbarmungslos seit Wochen auf sie niederzucken.

Ein Krieger wankt an ihr vorbei, gefesselt wie alle anderen erwachsenen Männer, doch direkt neben ihm reitet einer der Sieger, führt ihn an der Kette wie einen Hund – für einen winzigen Moment begegnet sie seinem blaugrauen Blick, unter der Hoffnungslosigkeit sieht sie Zorn brennen. Doch als sie ihm nachschauen will, sind er und sein Volk im Flimmern der Hitze vergangen.

Als sie sich wieder umwendet, wütet um sie her eine blutige Schlacht. Waffen klirren gegeneinander, Männer brüllen, Pferde wiehern, zu ihren Füßen liegen tote und sterbende Krieger – dennoch ist es grabesstill. Und dazwischen streifen Seelenfresser wie Schatten umher, laben sich an den Körpern, in denen das Leben gerade erlischt. Sie sieht das Wappen der schwarz gefleckten Raubkatze, die zum Sprung ansetzt, auf der Brust eines Kriegers, der auf einem mächtigen Kriegsross mit gelben Augen sitzt und der eben einem Mann das Schwert in die Brust stößt. Der hält das Banner eines blau gefiederten Reihers auch dann noch umklammert, als er schon sterbend zu Boden sinkt. Sein blaugrauer Blick findet ihren – Augen, die sie kennt, sehen sie an –, die höhnische Kälte darin lässt sie schaudern. Und über allem liegt ein dunkler Schatten, der die Seelen der Krieger vergiftet und sie zum Hassen zwingt.

Einmal mehr stieg Ired mit einem zornigen Wiehern auf die Hinterhand, schritt rückwärts und schnaubte. Einmal mehr nutzten weder Sporen noch Kandare etwas. Mordan fluchte. Schon seit einiger Zeit ging das so, und nur wenn er der Stute ihren Willen ließ, war sie von der Stelle zu bewegen. Aber damit musste jetzt endgültig Schluss sein. Ired stemmte sich gegen den Zügel, als er sie nach rechts wenden wollte, stieg erneut halb auf die Hinterhand, kam mit einem Buckeln wieder auf alle Viere. Mordan trieb ihr die Sporen in die Seiten und riss grob an der Kandare. Die Stute keilte aus, stieg noch einmal mit einem wütenden Wiehern hoch, nur um sich dann schnaubend im Kreis zu drehen. *Verdammter Gaul! Wenn das hier vorbei ist, freut sich der Abdecker über dein Fell!* Zum wiederholten Mal wischte er sich mit dem Ärmel übers Gesicht und zog das Tuch um Mund und Nase zurecht. Wenn er die Heilerin nicht bald fand … Er brüllte ihren Namen und erhielt wie schon zuvor nur das höhnische Heulen des Windes zur Antwort. Unter ihm tanzte Ired wie ein Sandgeist, verbiss sich unvermittelt auf die Kandare, nahm ihm so die Gewalt über die Zügel und galoppierte aus dem Stand los.

Seelenverfluchtes Mistvieh! Ich weiß, dass Haffren dich mir nur deshalb geschenkt hat, damit du mich umbringst, aber musst du das ausgerechnet jetzt tun?

Er duckte sich über den Hals der Stute, schlang die Zügel um die Hände und hoffte, dass Ired irgendwann einsehen würde, dass sie ihn so nicht loswurde – und das, bevor der Sturm endgültig losbrach.

Um sie her verblasst alles und sie steht allein auf einer gleißend weißen Ebene. Salzig schmeckender Wind streicht durch ihr Haar, streichelt ihre Arme und schmiegt ihr Gewand an ihren Körper. In der Hitze kommen aus dem Süden und dem Norden schweigend Gestalten aus der Ferne auf sie zu. Die einen führen das Banner des Reihers, die anderen das der weißen Raubkatze. Von Osten nähert sich die einsame Silhouette einer Frau. Augen in der Farbe alten Goldes glänzen in einem schlanken Gesicht, eine Böe spielt mit eisbleichem Haar, die Haut ihrer bloßen Arme schimmert in allen Tönen von Weiß und Silber – und dann geht die Frau durch sie hindurch, und sie ist sie: Aslajin, die Verstoßene, Tochter einer Seelenhexe; sie spürt ihren Schmerz, ihre Angst, ihre Hoffnung. Die Geister von Wind und Salz flüstern zu ihr, sprechen von dem, was war, und dem, was vielleicht sein wird. Sie weiß, warum die Männer und Frauen gekommen sind. Sie bringen ihr, was sie gefordert hat: einen Krieger aus jedem Volk, geboren in den

Herrscherclans, jeder der Stolz seines Blutes. Sie bringen sie ihr, damit sie Cogén werden. Und dann ist die Frau durch sie hindurchgegangen und sie steht schwankend da, während Aslajin einige Schritte vor ihr verharrt. Die Sonne fängt sich auf dem Griff des silbernen Dolches an ihrem Gürtel und lässt Gold auf Perlmutt glänzen. Furcht liegt über den Männern und Frauen, als sie langsam näher kommen. Sie bringen ihr die Krieger, gefesselt wie Opfertiere, zwingen sie vor ihr auf die Knie und entfernen sich hastig wieder. Keiner der beiden ist aus freiem Willen hier. Sie haben sich der Entscheidung ihrer Clans zum Wohl ihrer Völker gebeugt, doch sie verabscheuen die Seelenhexe, die ihr Leben gefordert hat; sie fürchten, was sie werden sollen. Kurz nur begegnet sie ihren Blicken. Der eine Augen wie Eis, die Augen des anderen dunkel wie der Sturmhimmel.

Und plötzlich steht sie zwischen zerklüfteten Felsen gefangen. Das wütende Heulen der Seelenfresser schmerzt in ihrem Kopf, das Klirren von Stahl auf Stahl hallt von den schroffen Steilwänden wider und dennoch ist kein Laut zu hören. Rücken an Rücken sieht sie die Krieger vor der Seelenhexe stehen, sie mit ihrem Leben schützen vor denen, die gekommen sind, um ihren verderbten Gott zu rächen. Dort, wo Abscheu und Furcht waren, brennt jetzt etwas anderes. Es offenbart sich in einem Blick, einer Geste, einem Lächeln und einer Berührung. Ihr Wehklagen mischt sich mit Aslajins, als ihre Cogén fallen, sie weint ihre Tränen. Dann bohren sich die goldenen Augen mit zwingender Macht in ihre, während die Häscher schon über die Leichen der Krieger steigen und ihr eisbleiches Haar packen. In der Hand des Anführers schimmert ein Strang schwarzer Perlen, blutbeschmiert, vom Hals eines Toten gerissen. Glänzend fällt etwas unbemerkt zu Boden. Als das Schwert den Kopf von den schlanken Schultern trennt, ist die Seele schon geflohen.

Der Salzwind flüstert zu ihr, während sie einsam auf der Ebene kauert, die Wangen nass von Tränen, die nicht ihre sind. Er erzählt von dem Grauen, das von Neuem im Norden genährt wird, spricht von Hoffnung, wispert von dem, was das Schicksal ihr bestimmt hat – sie kann ihn nicht verstehen. Zwei Ströme roten Blutes fließen durch das gleißende Weiß auf sie zu, jeder reißend und tödlich, auf immer von-

einander durch fluchbeladenen Hass getrennt – bis sie sich zu einem Strom vereinen, nicht minder gewaltig und todbringend als die, aus denen er geboren ist – und doch auf sonderbare Art anders. Dann fällt der Schatten auf sie und sie schreit.

Er hatte mit vielem gerechnet, aber nicht damit! Ired war wie toll geworden über das Salz gedonnert, hatte Risse und Spalten im Boden in gestrecktem Galopp übersprungen und war schließlich so abrupt stehen geblieben, dass sich das Sattelhorn schmerzhaft in seinen Leib gebohrt hatte. Nun tänzelte die Stute mit steil aufgerichteten Ohren auf gefährlich knirschendem Boden, der gänzlich unter kniehoch wallendem Salzstaub verborgen war. Dazwischen kauerte die Heilerin auf einer vollkommen ebenen Fläche reinsten Salzes, scheinbar ohne sich des aufkommenden Sturmes bewusst zu sein. Von dem mörderischen Ritt noch ein wenig benommen, richtete Mordan sich im Sattel auf. Es gab Männer, die behaupteten, dass die Ashentai intelligenter waren als normale Pferde – bisher hatte er darüber gelacht, jetzt war er bereit, es zu glauben. Erst als er die Zügel losließ, stellte er fest, dass das Leder sich in seine Haut gegraben hatte. Seine Hand stahl sich zum Hals der Stute, klopfte ihn. »Ich nehme alles zurück, was ich jemals über dich gedacht habe! Aber ich hoffe, du weißt noch, wo wir sind!« Ireds Ohren spielten beredt vor und zurück, sie schnaubte, während Mordan absaß, Mantel und Wasserschlauch vom Sattel nahm und durch den Salznebel auf die Heilerin zueilte.

Sie hockte vollkommen reglos am Boden, die Arme um sich geschlungen, und starrte mit weit aufgerissenen Augen ins Leere. Als sein Schatten auf sie fiel, begann sie zu schreien.

»Heilerin! Hört auf! Wir müssen hier weg!« Er warf den Mantel über ihre Schultern. Unerklärlicherweise war ihre Haut trotz der Hitze und des beißenden Salzstaubes unversehrt. Das Schreien dauerte an. Sie schien gar nicht zu begreifen, dass er es war, der sich über sie beugte. Immer noch saß sie völlig reglos. Er hatte erwartet, dass sie um sich schlagen würde, sich irgendwie gegen ihn wehren würde – nichts. Auf ihren Wangen sah er Tränen glänzen.

Sie schrie weiter. Ein Laut voller Grauen und Verzweiflung – und voller Schmerz.

Zwei klatschende Ohrfeigen trafen ihr Gesicht. Der Schrei verstummte, sie riss die Augen weiter auf, blinzelte zweimal, dreimal, starrte ihn an, wie jemand, der gerade aus einem Traum erwacht, und schnappte nach Luft. Sie hatte ihn erkannt. Dann sah sie sich verwirrt um. Ihr Blick kehrte zu ihm zurück, sie wehrte sich nicht, als er ihr den Wasserschlauch an die Lippen setzte und sie zum Trinken nötigte. Schließlich zog er sie vom Boden hoch – sie wirkte noch immer wie betäubt.

»Ich wollte nicht fortlaufen!« Die Worte waren nur ein Stammeln. Ihre Stimme war heiser vom Schreien.

Mordan zog die Kapuze des Umhangs tief in ihr Gesicht. »Ausnahmsweise glaube ich Euch, Heilerin. – Rasch! Kommt! Ein Salzsturm zieht auf. Wir müssen Cavallin erreichen, ehe es zu spät ist.«

Er schob sie vorwärts, das Salz knackte unheildrohend unter ihnen, unvermittelt blieb Lijanas mit dem Fuß an etwas hängen, wäre gestürzt, hätte sein Arm um ihre Schultern es nicht verhindert. Ein Windstoß peitschte über die Ebene, riss an dem Mantel, vertrieb den Salznebel und offenbarte, was unter ihm verborgen gewesen war. Verkrümmt am Boden liegende Körper, Hunderte – Männer, Pferde. Erstarrte Hände umklammerten noch, was das Salz von Schwertern und Schilden übrig gelassen hatte. Das weiß verkrustete Leder von Harnischen bedeckte eingetrocknete Rippen, unter den Überresten von altertümlichen Helmen grinsten vom Salz mumifizierte Gesichter. Voller Entsetzen drängte Lijanas sich enger an Mordan, der selbst überrascht keuchte und zurückwich. Das Salz krachte unter seinem Fuß, gab nach. Kaum zwei Schritt von ihnen bewegte sich der Boden, mit knirschendem Bersten brach ein weiterer Körper durch die Kruste. Die Heilerin stieß einen erschrockenen Schrei aus, klammerte sich an ihn. Fest packte er sie bei den Schultern, schob sie ein Stück von sich weg, ehe ihr gemeinsames Gewicht zu viel für das Salz werden konnte.

»Ruhig! Das sind Salzleichen! Sie tun Euch nichts!« Er konnte nicht verhindern, dass seine Stimme gepresst klang. *Salzleichen, ja!*

Aber so viele? Hat hier irgendwann einmal eine Schlacht stattgefunden? Was ist geschehen? Hat man die Toten zurückgelassen oder hat sich das Salz unter den noch lebenden Kriegern aufgetan und sie einfach verschlungen? Ein Schaudern kroch zwischen seinen Schultern entlang. *Und warum gibt das Salz sie ausgerechnet jetzt frei?* Er spürte die Bewegung direkt neben seinem Fuß und wich weiter zurück. Ein Schädel bohrte sich durch das Weiß, Reißzähne schimmerten, eingesunkene Augenhöhlen glotzten zu ihm empor. Mit einem Zischen griff er die Hand der Heilerin, zog sie hinter sich her, zwischen den Körpern hindurch, zu Ired hin, die ihnen unruhig wiehernd entgegensah. Risse fraßen sich vor ihren Füßen durch das Salz, unvermittelt ragte hier eine Hand daraus hervor, dort eine Schulter, da ein Kopf …

Dann hatten sie das Kriegsross erreicht. Die gelben Augen rollten vor Entsetzen, dass man das Weiße erkennen konnte. Hastig bot Mordan der Heilerin die verschränkten Hände als Tritt. »Steigt auf. Beeilt Euch! Wir müssen hier weg!«

»Wo sind die anderen?«

»Vorausgeritten – hoffe ich!« Er saß auf und im gleichen Augenblick brach das Salz unter ihnen. Ireds Hufe gruben sich in den knirschenden Boden, Mordan warf sich nach vorne, drückte die Heilerin über den Hals der Stute, ein verzweifelter Sprung, ein schmerzerfülltes Wiehern, dann fand das Ashentai Halt und galoppierte davon. Hinter ihnen barst das Salz mit ohrenbetäubendem Krachen und verschlang erneut die Mumien der Krieger, die es eben erst freigegeben hatte.

Sonnenlicht flutete in den Raum, ließ die Muster der kostbaren Wandteppiche leuchten und strich über Regale, angefüllt mit glänzenden Phiolen, wohlverkorkten Flaschen und wachsversiegelten Tiegeln, deren geheimnisvolle Inhalte Tod und Leben bedeuten mochten. In einem gläsernen Gefängnis hockte eine haarige Spinne, die ein paar Beine zu viel zu haben schien, daneben zischte ein schwarzer Skorpion drohend und hob den Stachel. Achtlos warf der hochgewachsene Krieger seinen mit Schneefell gefütterten Mantel über einen Stuhl, nahm gelangweilt einen Menschenschädel von einem Bord und drehte ihn im Licht. Er hasste es, zu warten.

»Lasst das alte Ding! Seht Euch lieber meine neuste Errungenschaft an.« Der Sprecher trat aus einer Tür, die sich in den Schatten zwischen einigen an der Wand lehnenden Absonderlichkeiten befand, und wies auf einen schlanken Schädel, der in einer schmalen Drachenschnauze endete.

»Was ist das? Das Tier kann kaum größer als eine Katze gewesen sein.« Interessiert folgte der Krieger der Handbewegung.

»Der Schädel einer Sinshalei. Ich würde Euch ihr Fell und ihre Schwingen gerne zum Geschenk machen, mein hoher Fürst.«

»Eine Anrede, die mir nicht zusteht.«

»Und dennoch seid Ihr der Sohn eines Königs.«

»Was außer dir, meinem Vater und mir niemand weiß.« Der Krieger fuhr mit dem Daumen über das Elfenbein der Knochen, dann wandte er sich mit einem Lächeln zu dem anderen um. »Noch nicht!«

Sein Gegenüber schob die Hände in die Ärmel seiner weiten Robe und nickte. »Wie Ihr so richtig sagt: noch nicht! Wenn die Monde nach dem Ährenfest voll sind und sich gegenseitig verdunkeln, werdet Ihr den Platz einnehmen, der Euch seit Eurer Geburt zusteht.«

»Aber du hast mich nicht rufen lassen, um mit mir Dinge zu besprechen, die schon lange besprochen sind.« Mit einer nachlässigen Bewegung setzte der Krieger sich seitlich auf die Tischkante. »Also: Was gibt es?«

»Meine Spione im Palast von Anschara haben mir berichtet, dass der Fürst nach einer jungen Heilerin suchen lässt …«

»Hast du jemals daran gezweifelt, dass er die Frau findet und herbringt?« Die hellen Brauen des Kriegers hoben sich in einem Anflug von Überraschung. »Er hat noch nie versagt, ganz egal, welchen Auftrag Haffren ihm erteilt hat.«

»Nein, natürlich nicht! Aber wartet, was ich Euch noch zu berichten habe. – Offenbar steht die Frau in einer ganz besonderen Verbindung zum Haus des Fürsten. Sie ist die Braut von Prinz Ahmeer.«

Der Krieger stieß einen leisen Pfiff aus.

»Ja! Doch hört weiter! Rusan hat dem Prinzen erlaubt, selbst nach seiner Braut zu suchen.«

»Und was hat das mit uns zu tun?«

»Prinz Ahmeer hat nur zwanzig Mann aus der persönlichen Garde seines Oheims bei sich. Es wird Euch ein Leichtes sein, ihn in Eure Gewalt zu bekommen.«

»Warum sollte ich das tun? – Sag endlich, was du willst!«

»Ich will, dass Ihr mir Prinz Ahmeer bringt! Gelingt Euch das, überlasse ich Euch den Blutwolf.«

»Aber ich dachte …«

»Reines Blut ist besser als gemischtes. Habe ich Ahmeer, brauche ich den Heerführer nicht mehr.«

Ein grausames Lächeln erschien auf den Lippen des Kriegers. »Was wird Haffren dazu sagen?«

»Nichts. Denn hat der Blutwolf diesen Auftrag ausgeführt, wird Haffren sich seiner entledigen. Und es ist für mich nicht schwer, dafür zu sorgen, dass er ihn Euch überlässt. – Vielleicht als Geschenk? Mit einem eisernen Ring um den Hals?«

»Zurück an den Platz, an den er gehört! Noch nie zuvor wäre ein Heerführer so tief gefallen.« Das Lächeln auf den Lippen des Kriegers vertiefte sich, dann nickte er und stand auf. »Du hast Prinz Ahmeer zum Ährenfest!« Er nahm seinen Mantel und verließ mit schnellen Schritten den Raum.

Der Mann in der Robe sah ihm nach, in seinen blauvioletten Augen lag ein kaltes Glitzern. »Narr!«

Ired donnerte über den glitzernden Boden. Schweiß flockte von ihren Schultern, färbte das Zügelleder dunkel. Ihre Mähne wehte Lijanas wie eine schwarze Flamme ins Gesicht, sie klammerte sich an den weichen Strähnen fest, der Mund trocken vor Angst und Durst. Die Atemzüge der Stute kamen keuchend, lange würde sie diese mörderische Hetzjagd nicht mehr durchhalten. Im vollen Galopp übersprang sie einen Riss im Salz, wieherte im nächsten Augenblick schrill auf und das Weiß der rauen Kruste schlug Lijanas entgegen, während Mordans Arm sich jäh von ihrer Mitte löste. Sie hörte ihren eigenen Entsetzensschrei, spürte einen grausamen Schmerz am Kopf, dann war da nur noch gleißendes Sonnenlicht, das von Schwärze ausgelöscht wurde.

Der bittere Geschmack von Salz war in seinem Mund, grelle Hitze machte ihn blind und nahm ihm die Luft zum Atmen. Schmerz in jedem Knochen sagte ihm, dass er noch am Leben war. In seinem rechten Arm lohte helle Pein. Mühsam hob Mordan den Kopf, die Zähne zusammengebissen, um nicht zu stöhnen. Der Ärmel seiner Tunika war zerfetzt, von den Fingerknöcheln über den Handrücken bis zum Ellbogen seines Schwertarms hinauf waren Fell und Haut wie abgehobelt und Salz und Blut auf dem rohen Fleisch zu einer glänzenden Kruste verbacken. Sein Versuch, die Finger zu bewegen, wurde mit blanker Qual quittiert – und das, obwohl er sie kaum krümmen konnte.

Alles, woran er sich erinnerte, war Ireds Schmerzensschrei, dann war die Stute gestürzt, die Wucht des Aufpralls hatte ihm den zierlichen Körper der Heilerin aus dem Arm gerissen und es war dunkel um ihn geworden. Schwerfällig richtete er sich auf, blinzelte angestrengt gegen den beißenden Wind, der das Salz wie fahler Nebel vor sich her über den Boden trieb, sodass es alles mit einem dünnen, glitzernden Leichentuch überzog. Er entdeckte die schlanke Gestalt der jungen Frau gut zwei Armlängen neben sich, ein feiner weißer Schleier hatte sich bereits über ihre Glieder gelegt. Der Mantel war verschwunden, vermutlich fortgeweht. Nur wenig entfernt stand Ired – auf drei Beinen. Vor ihrem Vorderlauf versickerte ein dünnes Rinnsal Blut im Boden. Er stieß mit einem Zischen die Luft aus, mühte sich steif auf Hände und Knie und kroch zu der Heilerin hin. Sie lag halb auf der Seite, die Wange auf das Salz geschmiegt, die ungeschützte Haut schon von der Sonne gerötet. Unter ihrer Stirn waren die weißen Kristalle rot gefärbt. Behutsam drehte er ihren Kopf. Ihre Schläfe war aufgeschürft, darüber klaffte, halb verborgen von ihrem Haar, eine Platzwunde – und über allem lag ein glitzernder Schorf aus Blut und Salz. Besorgt hielt er ihr die Finger vor Mund und Nase, sie atmete noch.

Den Rachegeistern sei Dank! – Sie braucht Wasser!

Unbeholfen kämpfte er sich endgültig auf die Füße, wankte zu Ired hinüber. Ein Fluch entrang sich ihm, als er den Wasserschlauch an ihrer Seite sah. Er spürte, wie die Kruste auf seinen Lippen aufplatzte und nässte. Der raue Boden hatte das Leder bei ihrem Sturz regelrecht aufgeschlitzt.

Ohne dass er es merkte, gaben seine Beine unter ihm nach.

Mit einem Knarren, auf das ein dumpfes Krachen folgte, schlossen sich die mächtigen Tore von Cavallin hinter den Reitern. Sofort klang das wütende Heulen des Sturms gedämpfter, auch wenn das uralte Holz unter seinem zornigen Angriff in den Angeln ächzte. Ein Raunen ging durch die Reihen der Wächter, als sie erkannten, wen sie da im letzten Moment eingelassen hatten – Kjer-Krieger, deren mächtige Ashentai-Kriegsrösser unruhig auf dem Lehmboden der Torhalle Cavallins tänzelten.

»Ihr könnt den Ahnenseelen danken, dass wir Euch bei den Salzwirbeln noch bemerkt haben, Fremde. Hätten wir Euch nicht mehr gesehen und die Tore geschlossen, hätte das Salz Euch das Fleisch zerfetzt und nach dem Sturm hätten wir kaum mehr als Eure blanken Knochen gefunden – vielleicht noch nicht einmal das.« Einer der Männer stützte sich auf seine Hellebarde und schaute zu den Reitern auf.

Der älteste der Kjer, ein grauhaariger Krieger mit hellen braunen Augen, nickte ihm zu. »Wir schulden Euch Dank dafür, dass Ihr uns noch eingelassen habt. Mit dem Schließen der Tore zu warten, bis auch wir sie passiert hatten, war nicht ungefährlich für

Euch.« Er beugte sich im Sattel vor. Von seinem Mantel rieselten Salzkristalle als weiße Bäche zu Boden. »Könnt Ihr mir sagen, ob zwei Freunde von uns es noch vor dem Sturm hierher geschafft haben? Ein Mann und eine Frau. Er ist ein Krieger wie wir, schwarzes Haar, eine Lederklappe über dem linken Auge. Er reitet ein schwarz flammendes Ashentai. Die Frau ist eine Nivard, schlank, ein Stück kleiner als er. Sie hat grüne Augen und ihr Haar hat die Farbe von Mitternachtsfeuer.«

Die Wächter tauschten Blicke, schüttelten den Kopf. »Nicht, seit wir hier Dienst tun – und das ist schon seit der dritten Stunde nach Mittag.«

»Dann werden sie noch kommen.«

»Eure Zuversicht ehrt Euch, Krieger, aber ich fürchte, ich muss Euch die Hoffnung nehmen. Was jetzt noch jenseits dieser Tore lebt, gehört der Salzwüste – und die gibt nicht mehr her, was sie einmal in ihren Fängen hat. Zudem werden die Tore erst dann wieder geöffnet, wenn der Sturm vorbeigezogen ist.«

Die Kjer sahen einander an. »Ihr verurteilt unsere Freunde zum Tod.« Der grauhaarige Krieger zog eine Geldkatze unter seinem Mantel hervor. »Was wollt Ihr dafür, dass Ihr die Tore für sie noch einmal öffnet?«

Langsam schüttelte der Wächter den Kopf. »Sosehr ich das Schicksal Eurer Freunde bedaure: Diese Tore werden erst dann wieder geöffnet, wenn der Sturm vorbeigezogen ist! – Und daran wird auch Euer Geld nichts ändern. Sie würden selbst dann geschlossen bleiben, wenn die weiße Hexe persönlich davorstünde.«

»Und was ist mit der kleinen Ausfallpforte hier?« Die Hand des älteren Kriegers wies auf eine schmale, niedrige Tür, die in einen der mächtigen Torflügel eingelassen war.

»Auch die bleibt geschlossen! – Ihr könnt die Hand vom Schwert nehmen, Krieger. Auch mit Gewalt werdet Ihr nichts erreichen. – Sucht Euch ein Quartier und ehrt den Tod Eurer Freunde, wie Ihr es nach Euren Bräuchen tut. Etwas anderes bleibt Euch nicht!«

»Zu stur, um unter der Peitsche zu krepieren, Unfreienhund?!« Ein seltsames Wispern war in der Luft, es klang so ganz anders als das Hohngelächter der Soldaten, das in seinen Ohren gehallt hatte, als sie ihn an die Schrägbalken fesselten. *Er hatte nicht die Kraft, die Augen zu öffnen. Jerdts Finger gruben sich in seine Kehle, zwangen seinen Kopf in den Nacken. »Immer noch zu stolz, um um deinen Tod zu betteln?«* Nur mühsam gelang es ihm, sich aus dem Strudel aus Hitze und Durst freizukämpfen. Da war tatsächlich eine Berührung an seinem Hals, in seinem Haar. Endlich schaffte er es, das Auge zu öffnen. Der Wind wirbelte das Salz auf und verwandelte die Luft um ihn herum in nebliges Weiß. Er wandte den Kopf – Ireds Nüstern waren direkt vor seinem Gesicht, sie schnaubte ihn an. Ein Zittern lief über seine Glieder, als er begriff, dass er nicht vor Jarats Heerführerzelt an ein Strafkreuz gefesselt fiebernd in der sengenden Mittagshitze hing, Jerdt mit der Peitsche neben sich, sondern dass er sich in der Salzwüste befand. Allein mit der Heilerin Lijanas! Ohne Wasser!

Salz brannte ihm in Auge, Mund und Nase. Sein Blick ging zum Vorderbein der Stute, das sie vorsichtig erhoben hielt. Zwischen Fessel und Knie war ein tiefer Schnitt, der schwach blutete. Wo auch immer sie sich die Verletzung zugezogen hatte – gerade eben bei ihrem Sturz oder schon, als das Salz unter ihnen eingebrochen war –, reiten konnte man sie im Moment nicht mehr. Hölzern zog er sich am Steigbügel in die Höhe – auch an ihrer Schulter war die Haut abgeschürft und das Fleisch zu sehen. Er löste den Gurt, zerrte den Sattel von Ireds Rücken und ließ ihn achtlos zu Boden fallen. Dann nahm er ihr das Zaumzeug ab – ein mühseliges Unterfangen, da er die rechte Hand noch immer nicht gebrauchen konnte – und versetzte ihr einen Schlag gegen den Hals. Allein kam sie vermutlich besser zurecht. »Lauf! Verschwinde!«

Ireds Ohren zuckten, sie stieß den Kopf gegen seine Schulter – was ihn fast das Gleichgewicht gekostet hätte – und rieb die Stirn an seiner Brust. Verblüfft starrte er sein Kriegsross an. Noch nie zuvor war die Stute ihm so nah gekommen, ohne dass sie dabei versucht hätte, ihn zu beißen oder zu treten. Mit einem Gefühl des Bedauerns trat er einen Schritt zurück, versuchte das Tier mit einer scheuchenden Geste zu verjagen. Ired schnaubte nur und stand weiter ruhig da.

Kopfschüttelnd wandte Mordan sich ab und kniete neben der Heilerin nieder. Sie atmete langsam und keuchend, doch abgesehen von der Kopfwunde und ein paar Schrammen schien sie unverletzt – dennoch war sie noch nicht wieder bei Bewusstsein. Er musste kein Heiler sein, um zu wissen, dass das kein gutes Zeichen war. Einen Augenblick drückte er sein Gesicht in den Ärmel seiner Tunika, dann sah er auf und in das Gleißen hinaus. Zwischen den Schleiern aus Salznebel und flimmernder Hitze war ein dunkler Schatten in der Ferne auszumachen – die Salzzinnen. Und irgendwo in dieser Richtung lag auch Cavallin. *›Zu stur, um unter der Peitsche zu krepieren‹*, hatte Jerdt damals gehöhnt. Mordans unverletzte Hand schloss sich zur Faust. *Ich habe nicht mehr als hundert Peitschenhiebe und drei Tage am Kreuz, geschweige denn Arkells Schindereien überlebt, um in dieser seelenverfluchten Wüste zu sterben!* In einer aufsässigen Bewegung hob er den Kopf, schob das Kereshtai unter dem Gürtel zurecht, hievte mühsam den schlaffen Körper der Heilerin auf seinen Rücken und marschierte los. Ired folgte ihm hinkend.

Wann die Ashentai-Stute die Führung übernommen hatte, wusste Mordan nicht mehr. Schon seit einiger Zeit machte das vom Wind aufgewirbelte Salz ihn blind. Ihre Mähne um die verletzte Hand geschlungen, wankte er neben Ired her, während er mit der anderen die schmalen Handgelenke der Heilerin umklammerte und ihren zierlichen Körper auf seinem Rücken festhielt. Inzwischen jedoch drückte ihr Gewicht ihn immer öfter in die Knie. Zu allem Überfluss hatte er die Orientierung und jegliches Zeitgefühl verloren. Ein paar Mal hatte er geglaubt, in den wehenden Schleiern die Marksteine der Handelsstraße nach Cavallin zu sehen, doch dann hatte das Salz ihm wieder vollständig die Sicht genommen und er war sich nicht mehr sicher gewesen, ob ihm sein Verstand nicht nur etwas vorgegaukelt hatte – so hatte er Ired weiter die Richtung bestimmen lassen.

Das Salz hatte seine Lider verklebt. Er sah nur noch fahle Schlieren. Seine Zunge fühlte sich wie ein schimmeliger Stofffetzen an. Durst brannte in seinen Sinnen, verwirrte sein Denken, dass er Jerdts Hohngelächter hörte, Arkells Stimme, die ihm befahl, für einen Schluck Wasser wie ein Hund zu kriechen, und immer wieder Jarats Worte: *»Blut verbindet sich mit Blut! Von heute an ist dieser hier mein Sohn!«* Beim nächsten Schritt stolperte er über eine Unebenheit, taumelte gegen die Pferdeschulter, fing sich wieder und fasste hastig fester zu, als die Handgelenke der Heilerin ihm zu entgleiten drohten. Er hatte ihre Arme über seine Schultern nach vorne gezogen, ihr Kopf lag an seinem Hals und ihr mühsamer Atem streifte seine versengte Haut, während ihre Beine schlaff herabhingen und zuweilen gegen seine Stiefel schlugen. Noch immer war sie nicht zu sich gekommen.

Eine Böe erfasste ihn und trieb ihn einige wankende Schritte weiter, bis er unvermittelt mit dem Knie an einen Felsen stieß, stolperte und sein Ellbogen über Stein schrammte, als er stürzte. Einen Moment hockte er im Salz, die Hand gegen die raue Felswand gepresst, den leblosen Körper der Heilerin neben sich und konnte nicht glauben, was seine tastenden Finger ihm sagten – sie hatten die Salzzinnen erreicht. Doch zum Aufatmen war es zu früh. Sie mussten die Tore von Cavallin finden, sonst würde der Sturm sie noch immer binnen weniger Stunden töten. Er wischte über sein salzverkrustetes Lid, blinzelte gegen den peitschenden Wind – ebenso gut hätte er mit seinem verletzten Auge in helles Licht schauen können; es war, als gieße ihm jemand giftige Säure zwischen die Lider. Mit einem gequälten Zischen verbarg er einen Herzschlag lang sein Gesicht zum unzähligsten Mal im Ärmel seiner Tunika und kämpfte mit dem Schmerz, ehe er die Heilerin wieder auf seinen Rücken zog, sich auf die Füße mühte und vorwärtswankte, eine Hand an den rauen Felsen der Salzzinnen.

Als aus dem scharfkantigen Stein unter seinen Fingern dann endlich Holz wurde, hatte er die Hoffnung bereits aufgegeben. Inzwischen wütete der Sturm mit mörderischer Gewalt und nahm ihm die Luft zum Atmen. Das Salz hatte die Sonne endgültig verschlungen, alles in trübe Dämmerung getaucht. Es war pure Sturheit, die ihn auf den Beinen hielt und noch immer einen Fuß vor den anderen setzen ließ. Und dann war da plötzlich glatt geschliffenes Holz unter seiner Hand! Die Tore von Cavallin! Endlich! Er sank auf die Knie und ließ die Heilerin neben sich auf den Boden gleiten. Mit der Erleichterung kam der Wunsch, sich der Erschöpfung zu ergeben, während er mit einer letzten Kraftanstrengung gegen die Tore schlug. Bis auf das Heulen des Windes blieb es still. Unbeholfen zog er den Dolch aus seinem Gürtel, hieb mit dem Knauf gegen das Holz – wieder – wieder – wieder – wieder. Nichts rührte sich. Erneut schlug er gegen die Tore – keine Antwort. Seine Finger öffneten sich gegen seinen Willen, die Waffe fiel zu Boden, seine Hand rutschte am Holz entlang abwärts, ein letzter, kraftloser Schlag. – Nichts! In seinem Schrei mischte sich Wut mit Verzweiflung, der Sturm verschluckte ihn mit höhnischem Gelächter. Schließlich ließ er sich mit der Schulter gegen das Tor sinken, zog die Heilerin in seine Arme und barg ihren Kopf an seiner Brust.

Ifea hob ihren quengelnden Sohn höher auf ihre Hüfte und mühte sich weiter ab, den schweren Eimer aus der Tiefe des Brunnenhauses heraufzuziehen. Das Seil entglitt ihr, als ihr ungeborenes Kind sich heftig strampelnd regte. Der Eimer fiel mit einem Klatschen ins Wasser zurück und Ifea schloss für einen kurzen Moment die Augen.

»Soll ich dir helfen, Schwesterlein?« Sie konnte das Grinsen ihres Bruders geradezu sehen. Ihr Sohn patschte krähend seine Händchen zusammen und wollte auf den Arm seines Onkels. Sie fasste fester zu und hob die Lider. »Ich wäre dir ewig dankbar, Ismar.« Ein Lächeln erschien auf ihren Lippen. Wie schneidig er doch in der Uniform der Torwachen von Cavallin aussah, als er da im Türbogen des Brunnenhauses lehnte, mit dem kurzen Mantel über der Schulter und dem Schwert an der Seite. Wie stolz war sie auf ihren Zwillingsbruder, der in die Reihen der Wachen aufgenommen worden war; eine Ehre, die nicht jedem jungen Mann diesen Alters zuteilwurde. Sie trat beiseite und überließ ihm das Seil. Scheinbar mühelos wuchtete er den Eimer herauf und stellte ihn neben den Brunnen, hakte den zweiten fest und warf ihn über den Rand in die Tiefe. Unten rauschte und gurgelte der Fluss. Ein massives Gitter verhinderte, dass die Eimer von der Strömung von den Seilen gerissen und zum nächsten oder gar übernächsten Brunnenhaus gespült wurden.

»Wann beginnt dein Dienst?« Sie schaukelte ihren Sohn hin und her, der unbedingt zu seinem Onkel wollte und empört heulte, weil seine Mutter ihm nicht nachgab.

»In einer halben Stunde. – Ich trage dir das Wasser dann noch schnell nach Hause. – Nein, sei unbesorgt, keiner der Alten wird etwas sagen, wenn ich einen Moment später komme. Jetzt, während der Sturm da draußen tobt, werden die Tore ohnehin nicht mehr geöffnet. Eigentlich sind wir Wachen völlig überflüssig, bis es vorbei ist. – So, das hätten wir.« Er stellte den zweiten Eimer auf den Brunnenrand und wedelte mit dem Finger vor der Nase seines darüber vor Vergnügen quietschenden Neffen. »Du musst schnell groß werden, Docin, damit du deiner Mutter das Wasser aus dem Brunnen holen kannst. – Was riecht hier so widerlich?« Ihr Bruder sah sich um. In der Luft hing plötzlich ein Gestank, der an verwesendes Fleisch erinnerte. »Wauwau«, machte der kleine Docin auf ihrem Arm und krähte ausgelassen. Sie drehte sich in die Richtung, in die seine Händchen grapschten, und schnappte entsetzt nach Luft. Eine Kreatur mit grün glimmenden Augen stand im Türbogen des Brunnenhauses, das geifernde Maul in einem gurgelnden Hecheln aufgerissen. Eine weitere Kreatur schlich an der rund gemauerten Wand entlang, ohne sie aus den Augen zu lassen, während eine dritte sich an der ersten vorbei in den Raum drängte. Sie wich zurück, bis sie gegen den Brunnenrand stieß. »Wauwau«, jubelte ihr Sohn noch einmal vergnügt. Neben sich hörte sie, wie ihr Bruder sein Schwert aus der Scheide zog. Unerträglicher Verwesungsgestank erfüllte das Brunnenhaus. Unvermittelt sprangen die Bestien vor. Ismars Waffe zuckte der einen entgegen, während er sich gleichzeitig zur Seite bewegte. Die Klinge schlitzte ihre Flanke auf, die Kreatur verfehlte ihr Ziel, segelte stattdessen von ihrem eigenen Schwung getragen über den Rand des Brunnens, prallte gegen die gegenüberliegende Seite, ihre Krallen scharten für einen kurzen Augenblick auf der Suche nach Halt über den Stein, dann verschwand sie mit einem markerschütternden Heulen in der Tiefe. Ifea presste ihren inzwischen schreienden Sohn fester an sich, packte den Griff des Eimers und schleuderte ihn der anderen Bestie entgegen. Wasser ergoss sich über die Steinplatten des Fußbodens. Die Kreatur schüttelte sich, eine andere fiel Ismar von der Seite an, riss ihn zu Boden, sie hörte das dumpfe Knacken, als sein Genick brach. Voll Entsetzen wich sie weiter zurück, an der Wand des Brunnenhauses entlang, die glimmenden Augen zweier Bestien unverwandt auf sich und ihrem Kind. Beinah gleichzeitig stürzten die Ungeheuer auf sie zu. Ifea duckte sich zur Seite, die Krallen der einen Kreatur zerfetzten die Mauersteine dort, wo eben noch ihr Kopf gewesen war …

Schweigend betrachtete Legatin Feniar das Pergament in ihren Händen, dann sah sie den Boten durchdringend an. »Das ist weder die Handschrift meines Heerführers noch sein Siegel. Ich unterstehe alleine dem Blutwolf. Und dessen Befehle lauten, dass wir hier an der südlichen Grenze bleiben, bis er andere Order gibt. – Was bringt Heerführer Jerdt auf den Gedanken, dass ich von ihm irgendwelche Anweisungen entgegennehme? Sagt ihm: Die Zenturien unter dem Banner des zweiköpfigen Wolfes bleiben, wo sie sind, bis *mein* Heerführer mir etwas anderes befiehlt!«

Mit einem feinen Lächeln zog der Bote ein weiteres Schriftstück aus seiner Tasche. »Vielleicht solltet Ihr dies lesen, ehe Ihr mir Nachrichten für Heerführer Jerdt auftragt.«

»Was ist das?« Feniar nahm das Pergament entgegen und dankte im Stillen den Rachegeistern dafür, dass der Blutwolf darauf bestanden hatte, dass sie lesen lernte. Ihre Kehle wurde eng. Allerdings hätte sie das Siegel der zum Sprung ansetzenden Eiskatze – das Siegel des Königsclans – in jedem Fall erkannt.

»Ein Schreiben König Haffrens, das die Zenturien unter dem Banner des zweiköpfigen Wolfes während der Abwesenheit seines ersten Heerführers dem Befehl von Heerführer Jerdt unterstellt.«

»Und das gebt Ihr mir erst jetzt, Mann?« Ihre braungrauen Augen wurden schmal. »Was sollte das? Wolltet Ihr meine Loyalität auf die Probe stellen?« Sie reichte dem Boten das Pergament über den Tisch zurück. »Sagt Heerführer Jerdt, dass ich seinen Anweisungen entsprechen und das Lager abbrechen werde. Die Zenturien meines Heerführers werden sich umgehend am befohlenen Treffpunkt einfinden.«

Das Lächeln des Boten war herablassend, als er das Schreiben des Königs unter sein Wams schob und das Zelt der Legatin verließ. Kaum war sie allein, erhob sie sich von ihrem Stuhl und ging unruhig auf und ab. Dass König Haffren die Truppen ihres Herrn dem Befehl von Heerführer Jerdt unterstellte und der sie sofort von der Grenze wegbeorderte, konnte nichts Gutes bedeuten. Verdammt! Der Blutwolf musste umgehend davon erfahren! – Allerdings wusste sie nicht, wie sie ihm eine Nachricht zukommen lassen sollte. Seit er nach Turas befohlen worden war, hatte sie – abgesehen von der schriftlichen Order, mit seinen dreißig Zenturien bis auf Weiteres hier an der Grenze zu bleiben und möglichst jeden Feindkontakt zu vermeiden – nichts von ihm gehört.

8

Die Krieger trugen schweigend eine Bahre in den Raum. Er wusste, was sich unter dem schwarzen Tuch verbarg, und zog es dennoch beiseite. Der Körper war von Schwerthieben nahezu in Stücke gehackt, doch das Gesicht war unversehrt geblieben. Seine Finger streckten sich zitternd nach den so vertrauten Zügen aus – den Zügen seines Bruders Kédar, die unter seiner Hand zu denen seines Neffen wurden. Es war Ahmeers grauer Blick, der ihn gebrochen anstarrte. Ein qualvolles Stöhnen entrang sich seiner Kehle … und schreckte ihn aus dem Schlaf auf. Darum bemüht, wieder ruhiger zu atmen, setzte Rusan sich noch immer wie benommen auf. Seit Ahmeer aufgebrochen war, um seine Braut aus den Händen des Blutwolfs zu befreien, quälte ihn jede Nacht der gleiche Albtraum, erlebte er wieder und wieder den Tag, an dem man die Leiche seines Bruders nach Anschara gebracht hatte. Nur langsam wurde ihm bewusst, dass er die Finger um seine Hälfte des Amuletts gekrallt hatte; das Amulett, dessen andere Hälfte Kédar besessen hatte und die seit seiner Ermordung verschwunden war. Vermutlich hatte sie irgendeine Kjer-Bestie gestohlen, als sein toter Körper noch nicht einmal kalt war. Für einen kurzen Moment schlossen sich seine Finger noch einmal fester darum, dann öffneten sie sich langsam wieder. Das Licht der drei Monde fing sich im Saphir des Schmuckstücks und ließ ihn glänzen. Nachdenklich fuhr er mit dem Daumen darüber. Seit mehreren Hundert Wintern befand es sich im Besitz seines Geschlechts. Das Gold war vom Alter dunkel geworden, die verschlungenen Gravuren darin vom häufigen Darüberstreichen nur noch schwer zu erkennen. Ursprünglich hatte das Amulett die Größe einer Goldmünze gehabt – ein runder, flach geschliffener Saphir, eingefasst in einen etwa fingerbreiten Rand aus Gold. Die Bedeutung der ineinander verflochtenen Schriftzeichen, die ihn schmückten, war längst vergessen. Eigentlich wurde das Kleinod vom Vater an den ältesten Sohn und Thronfolger weitergegeben. Doch Kédar hatte es in zwei Hälften zerteilen lassen, als ihr Vater ihn, Rusan, zum Heermeister ernannt und auf seinen ersten Kriegszug gegen die Kjer geschickt hatte. Es sollte ihn beschützen und ihm Glück bringen. Ein bitterer Zug legte sich um seine Lippen. An jenem Tag hatte Kédar ihn ein Stück begleitet, hinaus aus der Stadt. Er erinnerte sich noch an das Lachen, mit dem sein Bruder ihm gedroht hatte, er würde ihm in die endlosen Labyrinthe folgen und ihn wieder daraus hervorzerren, sollte er es wagen, sich von den Kjer töten zu lassen, ehe er zusammen mit seinen Leibwächtern in die Stadt zurückgaloppiert war – er war nie dort angekommen. Kjer hatten seine Begleiter ermordet und ihn entführt. Kaum dass er das Heerlager erreicht hatte, hatte sein Vater ihm, Rusan, befohlen, sofort nach Anschara zurückzukehren.

Erneut schlossen seine Finger sich um das Amulett. Er war zum Krieger erzogen worden, zu einem Schild für den Rücken seines Bruders, der einmal der Fürst der Nivard sein sollte – und hatte versagt. Wenn Kédar damals nicht die Stadt verlassen hätte, um ihm in aller Ruhe Lebwohl zu sagen … Langsam schüttelte er den Kopf. Auf sein Drängen hatte ihr Vater versucht, die Brüder gegeneinander auszutauschen, jedoch ohne Erfolg. Kédar war als Geisel in Turas geblieben.

In der ersten Zeit hatten sie nur gelegentlich etwas von ihm gehört. Meist Berichte von Händlern, die ihn – scharf bewacht – auf den Zinnen der Felsenburg gesehen haben wollten. Doch dann, nachdem König Rayon gestorben und dessen Tochter Naísee den Thron bestiegen hatte, waren ihnen immer öfter Briefe von Kédar überbracht worden. Was sein Bruder ihrem Vater schrieb, wusste Rusan nicht, doch aus den Zeilen, die an ihn selbst gerichtet waren, klang deutlich Hoffnung. Man hatte ihm die Ketten abgenommen und erlaubte ihm nun, sich innerhalb der Mauern von Turas frei zu bewegen – wenn auch nach wie vor unter Bewachung. Zuweilen forderte Königin Naísee ihn sogar auf, sie auf einen Ausritt oder Spaziergang zu begleiten. Kédar beschrieb die junge Herrscherin der Kjer als eine Frau, die das Töten beenden wollte und die stark genug war, um sich auch gegen ihre Berater durchzusetzen.

Sie hatten sich immer häufiger geschrieben – Kédar war begierig auf Neuigkeiten aus Anschara – und der Bote, der die Briefe überbrachte, berichtete schließlich sogar, dass man ihn zum Prinzen vorgelassen habe, der inzwischen ein karges, zugiges Turmverließ gegen ein Gemach eingetauscht hatte, das seinem Stand entsprach. Doch je weiter der dritte Winter seiner Gefangenschaft voranschritt, umso mehr änderte sich der Ton in Kédars Briefen. Rusan hatte immer öfter das Gefühl, dass sein Bruder ihm etwas mitteilen wollte, aber nicht wagte, es niederzuschreiben, aus Angst, ein anderer könnte es lesen. Wovon er aber nach wie vor sprach, war die Absicht Königin Naísees, endlich Frieden zwischen ihren beiden Völkern zu schließen. Dann kam jener Brief, in dem Kédar verkündete, dass dieser Frieden zum Greifen nah sei und dass es vielleicht sogar bis zum Winter ein Unterpfand für ihn geben würde. Das war das letzte Mal, dass er etwas von seinem Bruder gehört hatte. In diesem Herbst war ihr Vater gestorben und Rusan hatte Kédar, der nun der Fürst der Nivard war, die traurige Nachricht geschickt – zusammen mit einer Eskorte der besten Krieger, die ihn nach Anschara begleiten sollten. Von fünfzig Männern waren drei zurückgekommen. Sie hatten die Leiche seines Bruders nach Hause gebracht. Auf dem Rückweg nach Anschara waren sie in einen Hinterhalt der Kjer geraten, die ihn und all die anderen abgeschlachtet hatten. An Kédars Totenbahre hatte er Königin Naísee und ihrem Clan Blutrache geschworen. Niemals würde es Frieden zwischen Kjer und Nivard geben!

Es hatte ihm eine bittere Genugtuung verschafft, als er einige Wochen später erfahren hatte, dass die Herrscherin der Kjer kurz nach der Ermordung seines Bruders dem Wahnsinn verfallen war. Seit jenem Tag herrschte ihr Gemahl Haffren an ihrer Stelle.

Rusan stand auf und trat ans Fenster. In der Ferne überzogen die brennenden Inseln den Nachthimmel mit rotem Glühen. Die Angst, dass man ihm auch Ahmeer unter einem Leichentuch nach Hause bringen könnte, verfolgte ihn jede Stunde.

Das Heulen war verstummt. Stille! *Wo bin ich?* Ihre Lider waren schwer und ließen sich kaum heben. Die Augen brannten und begannen, sofort zu tränen. Graue, behauene Felsen wölbten sich als Zimmerdecke über ihr. Unter sich spürte sie kühles Leinen und weiche Polster. Mit dem Bewusstsein kam der Schmerz zurück. Ihre Haut brannte und juckte. Das Schlucken tat in ihrer rauen Kehle weh. Ein dumpfes Hämmern war in ihrem Kopf. *Was ist passiert? Wie komme ich hierher?* Mühsam setzte sie sich auf. Das Pochen verstärkte sich für einen kurzen Moment, sank dann aber wieder auf ein erträgliches Maß. Noch immer ein wenig benommen sah sie an sich herab, ließ sie den Blick durch den Raum wandern. Sie trug ein langes Hemd aus hellbraunem Leinen, das ihr – zumindest nach dem Sitz der Ärmel zu urteilen – um einiges zu groß war. Eine weiche Wolldecke war bis zu ihrer Mitte herabgerutscht und hing auf der einen Seite von den Bettkissen herunter. Das Zimmer schien gänzlich aus den Felsen gehauen zu sein; Boden, Decke, Wände – alles bestand aus grauem Stein, der nur leicht geglättet worden war und durch den man die hellen Adern anderen Gesteins fließen sehen konnte. In schmalen, in den Felsen getriebenen Nischen standen flache, mit Öl gefüllte Kupferschalen, die wohl Kerzen ersetzten. In zwei davon brannten kleine Feuer und tauchten alles in mildes Dämmerlicht. In der Wand zu ihrer Rechten hob sich das helle Holz einer Tür von dem Grau des Steines ab und direkt gegenüber war ein Bogenfenster aus dem Felsen gehauen, das den Blick in eine Art Innenhof freigab. Von draußen drangen gedämpft Stimmen und das Schnauben und Stampfen von Pferden herein. Auf der dritten Seite des Raumes war eine große, halbrunde Kaminstelle in das massive Gestein geschlagen, eine große Kupferschale war in den Boden eingelassen und eine hohe Amphore stand an der Wand daneben – und an ihrem Fuß lagen Satteltaschen und Beutel, eine barbarisch aussehende Kriegsaxt war dagegengestellt, das lang gebogene Axtblatt zur Wand hin weisend, während eine Armbrust und ein lederner Bolzenköcher gegenüber lehnten. Hastig ließ sie den Blick noch einmal durch den Raum huschen. Eine achtlos über einen dreibeinigen Hocker geworfene Tunika, ein zusammengeknülltes Handtuch neben der Waschschüssel und dem Wasserkrug aus poliertem Messing auf dem kleinen Tisch beim Fenster und ein benutzter Becher verrieten, dass noch jemand diesen Raum für sich beanspruchte. *Wer?* Durst kratzte in ihrem Hals. Ihr Blick ging zu dem Wasserkrug hin, dann, nach einem letzten Zögern, schwang sie die Beine von den Bettkissen, spürte, wie ihre nackten Zehen in einem dicken Wollteppich versanken, und hielt mit einem leisen Stöhnen inne, als ihr unvermittelt schwindlig wurde. Ihre Finger tasteten nach ihrer pochenden Stirn – und fühlten das Leinen eines Verbandes. *Wenn ich mich nur daran erinnern könnte, was geschehen ist?!* Aber da waren nur noch verschwommene Bildfetzen in ihrem Kopf. Gleißendes Weiß, das ihr entgegenschlug und von Dunkelheit verschlungen wurde. Hände, die sie packten und emporzerrten. Schwärze, immer wieder durchdrungen von greller Helligkeit. Durst. Arme, die sie fest an eine Brust zogen, und das Gefühl von Geborgenheit. Dunkelheit, in der wieder Hände nach ihr griffen, sie glaubte zu schweben. Stille. Und dann dieses Zimmer.

Als das Taumeln hinter ihrer Stirn endlich nachließ, stand sie unsicher auf und tappte hinüber zum Tisch. Der Wasserkrug war leer. Enttäuscht sah sie sich um, dann wankte sie zur Tür. An der Wand musste sie stehen bleiben und sich mehrere Augenblicke lang festhalten, ehe sie es wagte, die Klinke herabzudrücken und den Raum zu verlassen. Sie trat in einen schmalen Korridor. Auch hier: grauer Stein. In Wandnischen brannten Ölschalen und verbreiteten angenehme Helligkeit, der Boden unter ihren Füßen war kalt. Noch immer ziemlich wackelig auf den Beinen bewegte sie sich an der Wand entlang zur Treppe am Ende des Flurs. Felsstufen führten nach unten, wo sie das Klappern von Geschirr hörte. Das Hämmern in ihrem Kopf war zu einem wütenden Dröhnen angeschwollen. Hilflos wandte sie sich um – die Tür zu ihrem Zimmer schien unendlich weit entfernt, der Boden schlug vor ihren Augen Wellen. Der Durst verhinderte, dass sie sich zurück ins Bett schleppte. Sie drehte sich wieder zur Treppe und tastete sich Tritt um Tritt nach unten, beide Hände Halt suchend an der Wand, ängstlich darauf bedacht, nicht zu stolpern oder zu fallen.

Als sie endlich das Ende der Stufen erreicht hatte, war ihr übel und schwindlig. Mit einem leisen Stöhnen ließ sie sich an dem Felsen entlang zu Boden rutschen und setzte sich auf den untersten Tritt. Alles um sie herum wankte. *Nur einen kurzen Moment die Augen schließen! Nur, damit es aufhört!* Sie zog das Hemd über die Knie bis zu den Knöcheln herunter und legte die Stirn auf die verschränkten Arme.

»Bei allen gütigen Ahnenseelen, was macht Ihr denn hier unten? Wenn Euer Gemahl Euch hier findet, wird er uns beide schelten!«

Die Worte rissen sie aus ihrer Benommenheit und ließen sie den Kopf heben. »Ich habe Durst!« Ihre Stimme war nur ein heiseres Krächzen.

»Ach, Ihr armes Ding, Ihr klingt genau wie Euer Mann, als der zum ersten Mal den Mund aufgemacht hat. – Der Heiler sagte, dass Ihr nicht vor heute Abend aufwachen würdet. Ich wollte Euch später frisches Wasser hinaufbringen. Aber jetzt kommt erst einmal mit in die Küche! Wir setzen Euch neben den warmen Herd, geben Euch einen Becher Quellwasser und dann bekommt Ihr noch einen Teller nahrhafter Brühe. Wir wollen doch, dass Ihr schnell wieder zu Kräften kommt, nicht wahr!«

Die Frau, die ihr behutsam aufhalf und sie dann durch eine Tür neben der Treppe in eine geräumige Felsenküche führte, hatte das Gebaren einer Glucke und den Körper einer Zaunlatte. Sie wurde auf eine steinerne Ofenbank bugsiert, ein Tuch wurde um ihre nackten Füße geschlungen und eine Decke um ihre Schultern gelegt, dann bekam sie einen Holzbecher in die erschöpften Hände gedrückt. Das Wasser darin schmeckte frisch und kühl. Sie trank in so gierigen Schlucken, dass ihr feine Rinnsale übers Kinn liefen, und streckte der Frau den Becher wieder entgegen, kaum, dass er leer war. »Mehr! Bitte!« Sie wischte sich mit dem Handrücken über die Lippen und bereute es sofort, weil die Berührung wehtat. Mit einem leisen Kopfschütteln goss die Frau ihr noch einmal Wasser ein. »Trinkt langsam!«, mahnte sie freundlich und zupfte die Decke zurecht. »Wir wollen doch nicht, dass Euch übel wird und Ihr Euch übergeben müsst.« Als der Becher dieses Mal geleert war, wurde er durch eine Holzschale ersetzt, die mit dampfender, köstlich duftender Brühe gefüllt war. Ohne darauf zu warten, dass die Frau ihr einen Löffel gab, hob sie die Schale an die Lippen, pustete darüber und kostete vorsichtig. Die Brühe schmeckte noch besser, als sie roch, und weckte ihren Hunger. Binnen Kurzem war sie verzehrt.

»Wie lange war ich krank?«, wagte sie zu fragen, als die Frau die Holzschale aus ihrer Hand nahm und zum Herd ging, um sie erneut zu füllen.

»Fast drei Tage.« Die Sudkelle verharrte über dem Topf, als die Frau sie ansah. »Und Ihr könnt froh sein, dass Ihr noch am Leben seid, denn normalerweise öffnen die Wachen die Tore nicht mehr, nachdem ein Salzsturm losgebrochen ist. – Ich habe gehört, die Freunde Eures Gemahls hätten die Wächter mit gezogenen Waffen dazu gezwungen, sie zu öffnen, und seien dann hinaus in den Sturm, um ihn, Euch und das Pferd hereinzuholen. – Die arme Kreatur. Das Salz hat den einen Vorderlauf schwer verletzt. Sie hat kaum den Weg von den Toren bis hierherauf geschafft.«

Da war ein Gedanke in ihrem Kopf, ein Widerspruch – aber ihr schmerzender Verstand konnte ihn nicht festhalten. Dankbar nahm sie die Schale aus den Händen der Frau entgegen und pustete erneut über die Brühe. Diesmal benutzte sie den Löffel.

»Wie auch immer. – Sie haben Euch und Euren Mann hierher in mein Haus gebracht, da in den anderen Wirtshäusern kein Platz mehr war oder sie keine Kjer aufnehmen wollten.« Eine Stimme meldete sich in ihrem Kopf – sie konnte sie nicht verstehen. »Seine Freunde haben dann einen Heiler geholt, der sich um Euch beide gekümmert hat. Ihr habt einen bösen Schlag gegen den Kopf bekommen und sie waren sehr in Sorge um Euch. Niemand hat damit gerechnet, dass Ihr vor heute Abend überhaupt die Augen aufmachen würdet …«, die Frau bedachte sie mit einem Lächeln und wischte sich die Hände an einem Tuch ab, »geschweige denn schon das Bett verlassen könntet. – So. Und nun gehe ich hinaus und sage Eurem Gemahl, dass Ihr wach seid. Er ist schon seit vorgestern Abend wieder auf den Beinen. Es geht ihm sogar schon so weit ganz gut … Wenn man bedenkt, dass er ein paar üble Salzverbrennungen im Gesicht hat und die Wunde an seiner Hand und dem Arm«, sie schüttelte sich, »– scheußlich. Zumindest kann er die Finger inzwischen wieder bewegen. Er wird sich freuen …«

»Ich habe keinen Gemahl!« Die Gewissheit war plötzlich da. Ihre Worte brachten den Redefluss der Frau abrupt zum Versiegen. Deren Blick wurde mitleidig.

»Ach, Ihr armes Ding! Der Heiler hat gesagt, dass das passieren könnte, nach dem Schlag gegen den Kopf. – Und man könnte ja auch meinen, dass da irgendetwas nicht stimmt … Ein Kjer-Krieger und eine junge Nivard.« Die Frau schüttelte den Kopf. »Aber wenn man sieht, wie besorgt er um Euch ist. Den ganzen Weg durch die Salzwüste hat er Euch auf seinem Rücken getragen. Und stellt Euch vor, er kam mit Eurem Namen auf den Lippen wieder zu sich. – Also wenn man da nicht von Liebe reden kann.«

»Ich habe keinen Gemahl!«, beharrte sie und drückte die Hand gegen den schmerzenden Schädel. *Oder?* Ein Arm legte sich mütterlich um ihre Schultern. »Wisst Ihr, was wir jetzt tun? Ich gehe hinaus und hole Euren Mann herein! Wartet's nur ab. Wenn Ihr ihn seht, werdet Ihr Euch gleich an alles erinnern.«

»Nein, ich …« Ein beruhigendes Tätscheln auf ihrem Arm.

»Nur keine Angst! Alles wird gut. – Wartet hier! Ich bin gleich wieder da!« Mit raschen Schritten verließ die Frau die Küche.

Sie zog die Beine an den Leib und schlang die Arme darum. *Ich bin nicht verheiratet! Oder? – Nein! Denn wenn ich es wäre, müsste ich mich doch daran erinnern! – Ich bin verliebt, ja, aber nicht in einen Kjer! – Warum will mir sein Name nicht einfallen? – Und wenn doch der Schlag auf meinen Kopf daran schuld ist, dass ich mich nicht mehr erinnern kann? – Nein! Nein! Was geht hier vor? Ich bin nicht verheiratet! – Oder?* Mit einem Stöhnen presste sie die Stirn auf die angewinkelten Knie. Ihr Kopf schien platzen zu wollen. Der Schmerz trieb ihr die Tränen in die Augen. Sie saß völlig reglos, vermied es zu denken – bis sich Stimmen und Schritte näherten, dann berührte eine Hand ihren Knöchel.

»Lijanas?«

Als sie ihren Namen hörte, war mit einem Mal alles wieder da. Zusammen mit Erleichterung stieg ein anderes Gefühl in ihr auf …

Langsam hob sie den Kopf und blickte den Mann an, der neben der Ofenbank kniete und mit einem sturmgrauen Auge zu ihr aufsah – und schlug ihm mit aller Kraft ins Gesicht! So verblüfft er im ersten Moment gewesen sein mochte, zu einem zweiten Schlag kam sie nicht. Ihre Hände waren gefangen in seinem Griff.

»Ihr dreckiger Lügner! Fasst mich nicht an!« Sie kreischte die Worte hervor, während sie sich von ihm loszureißen versuchte. Nur am Rande registrierte sie das Weiß eines Verbandes an seiner Hand und dass sich die Haut in seinem Gesicht in Fetzen schälte. »Ich bin nicht Eure Frau! Was fällt Euch ein, das zu behaupten? Verfluchter Bastard! Lasst mich los! Wisst Ihr eigentlich, was Ihr mir angetan habt? Ich dachte, ich sei verrückt! Loslassen, verdammter Mistkerl!« Er stand auf und zog sie ebenfalls auf die Beine, von ihrem Gezappel völlig unbeeindruckt. »Ihr habt mich aus Anschara entführt! Ich bin Eure Gefangene, nicht Eure Frau! Loslassen sollt Ihr mich, Kjer! Ich will, dass …«

Seine Hände öffneten sich so abrupt, dass sie das Gleichgewicht verlor und mit einem Schrei zu Boden stürzte. Er beugte sich über sie, nahm der erschrocken an der Tür stehenden Frau die Sicht. Der Zorn in seinem Gesicht ließ sie den Atem anhalten.

»Noch ein Wort, Heilerin, und Ihr werdet es bereuen!«, zischte er kaum hörbar, ehe er sich wieder aufrichtete und sehr viel lauter fortfuhr: »Ihr seid immer noch verwirrt von den Strapazen und dem Sturz. Ich bringe Euch nach oben, damit Ihr Euch hinlegen und ausruhen könnt. Dann reden wir noch einmal. Ich bin sicher, Ihr werdet Euch wieder erinnern.« Er schob die Arme unter sie und hob sie hoch.

»Nein! Lasst mich! Ich will nicht! Lasst mich los!« Mit aller Kraft stemmte sie sich gegen seine Brust, strampelte, um freizukommen. Sein Griff wurde fester.

»Ruhig!« Abermals war das Wort nur ein Zischen. Für einen Lidschlag glänzten die Reißzähne hinter seiner Lippe. Er durchquerte die Küche, schob sich an der noch immer wie versteinert an der Tür stehenden Frau mit einem um Verständnis bittenden Lächeln vorbei und stieg die Treppe hinauf – die sich windende und schreiende Heilerin mehr unter als auf dem Arm. Erst am Ende der Stufen setzte er sie ab, packte sie grob im Genick, schob sie den Flur entlang und durch die Tür ihres Zimmers, schloss diese dann energisch hinter sich und sah sie im warmen Flammenschein der Öllichter in eisigem Schweigen an, einen Augenblick, zwei, drei – er dehnte sich zu einer Ewigkeit.

»Ich will hier raus!« Lijanas' Versuch, an ihm vorbeizukommen, scheiterte kläglich, denn er stemmte die Hand gegen die Tür, versperrte ihr den Weg. »Lasst mich vorbei! Ich muss nach Levan sehen!«

»Levan geht es gut. Ganz offensichtlich hat das Ausbrennen gewirkt. Als ich zu mir kam, war er bereits wieder auf den Beinen.« Er stieß sich von der Tür ab, näherte sich ihr drohend. »Ihr verlasst diesen Raum erst, nachdem wir beide einiges klargestellt haben, Heilerin.« Lijanas wollte zurückweichen, seine Hand legte sich um ihre Kehle. »So etwas wie eben in der Küche will ich kein zweites Mal erleben. Ihr werdet nicht noch einmal versuchen, mich von Euch zu stoßen, wenn ich Euch berühre. Wehe Euch, wenn Ihr wieder abstreitet, meine Frau zu sein. Wir gelten hier als verheiratet, und genau so werden wir uns benehmen.«

»Nein!« Mit einer heftigen Bewegung riss sie sich los, seine Fingernägel kratzten über ihre Haut. »Ich werde Euer Spiel nicht mitspielen! Wenn Ihr mich noch einmal anfasst, werde ich schreien – und ich schwöre Euch …« Im nächsten Lidschlag hatte er sie gepackt und aufs Bett geschleudert; dann war er über ihr, presste ihre Hände zu beiden Seiten ihres Kopfes in die Bettkissen. Sein Gewicht auf ihrem Körper machte jede Gegenwehr unmöglich. Keuchend vor Entsetzen lag sie da, unfähig, auch nur einen Laut von sich zu geben.

»Ihr werdet mein Spiel mitspielen, denn tut Ihr es nicht, werdet Ihr es bedauern. – Ihr werdet es zulassen, dass ich Euch anfasse, Euch küsse; dass ich außerhalb dieses Zimmers alles mit Euch tue, was ein Mann mit seiner Frau außerhalb dieses Zimmers tun würde. Ihr werdet mich bei meinem Namen nennen, mich mit einem verliebten Lächeln ansehen und mir gehorchen!«

»Niemals! Ihr könnt mich nicht dazu zwingen, Eure Frau zu spielen!«

»O doch, dass kann ich!« Er beugte sich tiefer zu ihr herab. Sie spürte seinen lederumspannten Oberschenkel an ihrer nackten Haut und erstarrte. Sein Atem streifte ihr Gesicht, hinter seinen Lippen konnte sie seine Reißzähne glänzen sehen. »Denn tut Ihr nicht, was ich sage, werde ich Euch grün und blau schlagen und Ihr werdet Eure Tage in Cavallin mit Händen und Füßen an dieses Bett gefesselt zubringen, einen Knebel zwischen Euren hübschen Lippen – zu meiner uneingeschränkten Verfügung!«

»Die Frau dort unten wird dieses Zimmer betreten, und wenn sie sieht, was Ihr mit mir macht, wird sie Fragen stellen«, zischte Lijanas dagegen und versuchte, den Kopf aus den Kissen zu heben.

»Das würde sie sicherlich. – Wisst Ihr, sie hat eine Tochter … Und ich würde die Kleine ungern endgültig zur Waise machen, nachdem sie erst im letzten Sommer ihren Vater verloren hat. Aber wenn Ihr mich dazu zwingt …«

Entsetzt schnappte sie nach Luft. »Das wagt Ihr nicht!«

»Lasst es darauf ankommen, wenn Ihr so sicher seid!«

Schaudernd wandte Lijanas das Gesicht ab. Er würde es tun – zweifellos.

»Nun, Heilerin, wie lautet Eure Entscheidung? Wollt Ihr Eure Zeit in Cavallin als die verwöhnte Frau eines Kriegers verbringen oder weiterhin als meine Gefangene?«

»Ihr ekelt mich an, Kjer! In Eurer Nähe bekomme ich die Krätze! Eure Berührungen sind mir unerträglich …«, stieß sie gegen die Wand hervor.

Er fasste ihre Handgelenke mit einer Hand, packte sie am Kinn und zwang sie, ihn anzusehen.

»Vielleicht sollten wir ein wenig üben, dass meine Berührungen leichter für Euch zu ertragen sind ...« Seine Stimme verebbte, während seine freie Hand langsam von ihrem Kinn über ihre Kehle abwärtsstrich. Lijanas bäumte sich unter ihm auf, wollte schreien, da verschlossen seine Lippen auch schon hart ihren Mund, raubten ihr die Luft. Sie wand sich, strampelte, er hielt sie nieder. Unvermittelt gab er ihre Hände frei, versenkte die Finger grob in ihrem Haar. Vergeblich trommelte sie mit den Fäusten gegen seine Brust. Sein Kuss war brutal und rücksichtslos – bis er sich mit einem Mal veränderte und seine Lippen weich wurden. Noch immer war sein Mund fordernd, doch nun auf seltsame Art zugleich sanft. Verzweifelt grub sie die Fingernägel in seinen Nacken, schlug die Zähne in seine Lippe. Jäh ließ er von ihr ab und stand hastig auf. Voller Ekel fuhr Lijanas sich über den Mund, starrte wütend zu ihm empor und rutschte ans obere Ende des Bettes, während er sich mit der Hand durchs Haar strich und seltsam atemlos einen Schritt zurücktrat. Er tastete mit den Fingern nach seiner Lippe, betrachtete einen kurzen Moment das Blut, das an den Spitzen hing, und wischte es dann achtlos weg.

»Das war nicht besonders nett, liebste Gemahlin. Dafür sollte ich Euch die Peitsche zu kosten geben, findet Ihr nicht auch?« Lijanas presste sich gegen die Wand in ihrem Rücken, zog das Hemd so weit wie möglich über ihre Beine. Dann lag plötzlich wieder jener höhnische Zug um seinen Mund, den sie schon so gut kannte. »Ausnahmsweise will ich Gnade vor Recht ergehen lassen, da Ihr Euch ja erst an unsere Ehe gewöhnen müsst.« Er beugte sich über sie, stützte sich zu beiden Seiten ihres Kopfes an der Mauer ab. »Aber tut Ihr so etwas noch einmal, spürt Ihr die Peitsche. – Haben wir uns verstanden?« Ohne ihre Antwort abzuwarten, richtete er sich wieder auf. »Und nun, geliebte Gemahlin, werde ich Euch allein lassen, damit Ihr noch ein wenig ausruht. Immerhin habt Ihr eine schwere Kopfverletzung. Ihr bleibt hier in diesem Zimmer, bis ich Euch holen komme, und beruhigt Euch, damit Ihr der Herrin dieses Hauses – ihr Name ist übrigens Fadera – beim Abendessen erzählen könnt, dass alles ein fürchterliches Missverständnis ist und Ihr Euch wieder an mich und unsere Ehe erinnert. – Ach ja, solltet Ihr Euch mit dem Gedanken tragen, davonzulaufen … Vergesst nicht, jenseits der Tore wütet immer noch ein Salzsturm …« Mit einer spöttischen Verbeugung verließ er den Raum.

Lijanas konnte nicht anders, als ihm in ihrer Wut und Verzweiflung ein Kissen hinterherzuwerfen. Es prallte harmlos gegen die Tür.

Die Tränen waren plötzlich auf ihren Wangen, aufschluchzend vergrub sie das Gesicht in den Armen und rollte sich zwischen den zerwühlten Decken zusammen. Ein Gefühl der Hilflosigkeit saß als riesiger Klumpen in ihrem Bauch und eine gehässige Stimme kicherte, dass sie dem Kjer doch ohnehin ausgeliefert war – warum sich also weiter wehren. Sie klammerte sich an ein Kissen und weinte leise.

Ein Klopfen schreckte sie einige Zeit später auf.

»Wer ist da?« Die Worte klangen schwach.

»Ich bin es, Fadera. Ich möchte mit Euch sprechen.«

Hastig setzte sie sich auf und wischte sich über die Wangen, um verräterische Tränenspuren zu tilgen. »Kommt herein!«

Die Tür wurde langsam aufgestoßen und eine kleine Gestalt schob sich herein, einen Wasserkrug in den Armen. Direkt dahinter kam Fadera, eine Hand auf der zierlichen Schulter des Mädchens vor sich, über dem anderen Arm ein schlichtes braunes Gewand. »Das ist meine Tochter, Alejna. – Alejna, stell den Krug auf den Tisch und dann sag Guten Tag zu unserem Gast.« Das Kind gehorchte schweigend, die großen dunklen Augen auf Lijanas gerichtet. Die lächelte ihm zu. »Alejna, das ist ein schöner Name. Ich hoffe, das hier ist nicht dein Zimmer?« Das Gesicht des Kindes blieb völlig ausdruckslos. Verwirrt sah sie Fadera an.

»Seid ihr nicht böse, weil sie nicht antwortet.« Zärtlich strich die Frau über den dunkelblonden Schopf ihrer Tochter. »Sie spricht nicht.« Ein leises Seufzen entschlüpfte ihr. »Seit ihr Vater im vergangenen Sommer bei einem Feuer umgekommen ist, hat sie kein Wort mehr gesagt. – Geh und such Fywusch, Alejna. Nicht dass er unter die Hufe der Pferde gerät.« Die Kleine schlüpfte beinah lautlos zur Tür hinaus.

»Ihr habt geweint!« Fadera legte das Gewand aufs Bett und setzte sich, ohne zu fragen, neben Lijanas. »Ist es so schlimm?« Sie zog die junge Frau in den Arm, musterte sie eindringlich. »Hat er Euch etwas getan? – Wir sind allein. Was auch immer Ihr mir erzählt, er wird es nicht erfahren. Ich verspreche es Euch.«

Oh doch, er würde es erfahren, irgendwie. Und dann würde er Euch töten. Mühsam drängte Lijanas die Tränen zurück, die hinter ihren Augen brannten, und schüttelte den Kopf. »Nein, er hat mir nichts getan.« Sie lächelte kläglich. »Es ist nur … Das alles … Es ist ein bisschen viel auf einmal.«

»Seid Ihr sicher?« Wieder wurde sie eindringlich gemustert, wieder schüttelte sie den Kopf. Erleichterung malte sich auf Faderas Zügen. »Dann ist es gut. Als Ihr in der Küche geschrien und um Euch geschlagen habt – ich habe tatsächlich geglaubt … Nun es ist ja nicht so.« Sie zog Lijanas noch einmal eng an sich, dann stand sie auf. »So, und jetzt wollen wir Euch mal ein bisschen fürs Abendessen herrichten. Ihr könnt Euch ja nicht nur im Hemd mit fünf Kjer-Kerlen an einen Tisch setzen, auch wenn einer von ihnen Euer Mann ist.« Sie nahm das Gewand vom Bett auf und zeigte es ihr. »Das habe ich für Euch von einer Nachbarin geliehen. Deren Älteste hat ungefähr Eure Figur. – Warum das Mädel aber immer nur Braun trägt …«

»Und was ist mit meinen eigenen Sachen?« Langsam erhob auch Lijanas sich. Ihr war immer noch schwindlig.

»Die habe ich in die Lumpenkiste getan. Es waren ja nur noch Fetzen. Ich hoffe, es war nicht ausgerechnet Euer Lieblingsgewand.« Fadera nahm sie beim Arm und führte sie behutsam zu dem Hocker hinüber. – *Doch, war es. Und außerdem ein Geschenk.* – »Nun, seht Euch das an! Männer! Überall lassen sie ihre Sachen herumfahren.« Ärgerlich schnalzte sie mit der Zunge, nahm die schwarze Tunika von dem Sitz herunter und legte sie kopfschüttelnd beiseite. »Ich weiß, Ihr seid noch nicht lange verheiratet, aber je eher Ihr damit anfangt, Euren Mann zu ein bisschen Ordnung zu erziehen, umso besser. – So, hier! Setzt Euch und lasst Euch aus diesem Sack helfen.« Das Hemd wurde Lijanas über den

Kopf gezogen, dann goss Fadera Wasser in die Waschschüssel, prüfte die Temperatur und nickte zufrieden. »Sehr gut, es ist noch warm. – Könnt Ihr Euch allein waschen? – Ja? – Schön, aber lasst mich Euch zuerst mit diesem Verband zur Hand gehen.« Ganz behutsam löste die Frau den Leinenstreifen von Lijanas Kopf und beugte sich vor, um die Wunde zu begutachten. »Nun ja, es könnte schlimmer sein«, meinte sie mit einem mitleidigen Seufzen. Dann holte sie einen kleinen Handspiegel aus der Tasche. »Hier. Seht selbst.« Sie hielt ihr die polierte Silberplatte hin. Mit zitternden Fingern nahm Lijanas ihr den Spiegel ab, betrachtete sich darin – und presste die Lippen aufeinander, um nicht zu stöhnen. Ein glänzender Schorf zog sich über ihre Schläfe abwärts bis fast zum Wangenknochen – es würde eine Narbe bleiben. Sie spürte Faderas Hand tröstend auf ihrer Schulter. »Jetzt wascht Euch erst einmal, und wenn Ihr angezogen seid, frisiere ich Euch das Haar. Wollen wir doch mal sehen, ob wir es nicht schaffen, dass den Kerlen nachher der Mund offen stehen bleibt, wenn sie Euch beim Abendessen sehen.« Wie in einem bösen Traum gefangen, tat Lijanas, wie die Frau gesagt hatte. Das Kleid erwies sich als zu weit, was Fadera mit einigen geschickten Handgriffen fast gänzlich zu verbergen wusste. Dann saß sie still auf dem Hocker, während ihr Haar gekämmt wurde. In ihrem Kopf waren nur zwei Gedanken: *Es wird eine hässliche Narbe bleiben! – Was wird Ahmeer sagen, wenn er mich sieht?*

Sie zuckte zusammen, als Fadera ihr den Spiegel erneut hinhielt. Nur sehr zögernd wagte sie es, sich in dem polierten Silber zu betrachten. Auf der verletzten Seite war ihr Haar über der Schläfe nach vorne gekämmt, dass es die Wunde weitestgehend verbarg. Dennoch schimmerte der Schorf zwischen den Strähnen hindurch. *Ich sehe schrecklich aus.* Plötzlich waren wieder Tränen in ihren Augen. Mit einem tadelnden Laut drehte Fadera sie zu sich um und fasste sie sanft beim Kinn. »Nun, nun! So schlimm ist es doch gar nicht! Wartet, bis der Schorf sich abgelöst hat, dann sieht man unter dem Haar nichts mehr davon. Ihr seid noch immer ein hübsches Ding, glaubt mir! Macht Euch …« Sie verstummte, als die Tür geöffnet wurde. Mordan stand im Rahmen und blickte wachsam von einer zur anderen.

»Stimmt irgendetwas nicht?«

»Nein, es ist alles in Ordnung, Krieger. Ich habe Eurer Frau nur beim Ankleiden geholfen.« Lijanas spürte, wie ihre Schulter noch einmal aufmunternd gedrückt wurde, dann zog Fadera sie vom Hocker hoch und schob sie in die Mitte des Raumes. »Nun, was sagt Ihr?« Sie wagte nicht, ihn anzusehen.

Mordan schwieg. Es war Fadera, die sich schließlich unbehaglich räusperte. »Wir haben versucht, die Wunde an ihrer Schläfe unter dem Haar zu verbergen. – Sie hat Angst, dass Ihr sie jetzt hässlich findet, Krieger.« Das Schweigen kehrte zurück. Sie schloss die Augen.

»Ein Mann, der eine Klinge nur nach ihrer äußeren Schönheit beurteilt, ist ein Narr. Einzig der Stahl, aus dem sie gemacht ist, entscheidet über ihre Qualität.« Bei seinen Worten hob Lijanas langsam den Kopf, blickte ihn erstaunt an, als sie begriff, dass er ihr gerade auf seine Art ein Kompliment gemacht hatte. *Ja! – Und wahrscheinlich hat er es nur getan, weil Fadera hier ist.* Bitter presste sie die Lippen zu einem Strich zusammen.

Die Frau belohnte Mordan mit einem strahlenden Lächeln und schob sie ihm ein Stück weiter entgegen. »Ihr könnt sie schon einmal hinunterführen, Krieger. Das Abendessen steht gleich auf dem Tisch.« Damit ging sie an ihm vorbei, raunte ihm noch »Seid sanft zu Ihr!« zu und verschwand im Korridor. Schweigend bot er Lijanas seinen Arm. Ein letztes Zögern, dann hakte sie sich bei ihm ein und ließ sich aus dem Raum führen.

Es wäre ja auch zu einfach gewesen, wenn sie sich tatsächlich nicht mehr hätte erinnern können. Dieser Gedanke hatte Mordan nicht mehr losgelassen, seit Fadera ihn am Nachmittag mit den Worten »Eure Frau ist aufgewacht! Sie sitzt bei mir in der Küche, aber sie sagt, sie sei nicht mit Euch verheiratet« aus dem Stall geholt hatte. Er konnte von Glück sagen, dass sie den Worten des Heilers, dass ein Schlag auf den Kopf jemandem die Erinnerung an nicht allzu weit zurückliegende Geschehnisse nehmen konnte, glaubte. Ansonsten hätte sie nach dem Auftritt vorhin vermutlich sofort nach den Stadtwachen geschickt, um ihn und die anderen festnehmen zu lassen. Und nach allem, was Brachan, Corfar und Ecren an den Toren von Cavallin veranstaltet hatten, waren die vermutlich sowieso nicht besonders gut auf sie zu sprechen. Von drei erschöpften Kjer-Kriegern dazu gezwungen zu werden, die kleine Ausfallpforte zu öffnen, musste ein schwerer Schlag für ihren Stolz gewesen sein. Das Lächeln, das sich ungefragt auf seine Lippen gestohlen hatte, erlosch wieder. Das Letzte, woran er selbst sich erinnerte, war Hitze, beißendes Salz, das glatte Holz der mächtigen Tore unter der Schulter und der Kopf der Heilerin an seiner Brust. Danach kam Dunkelheit, aus der er von rasenden Schmerzen in Hand und Arm gerissen wurde. Ein Fremder hatte sich an ihm zu schaffen gemacht, und hätten Ecren und Brachan ihn nicht daran gehindert, wäre er dem Mann noch halb bewusstlos an die Kehle gefahren. Der Heiler war zu Tode erschrocken und hatte sich erst wieder an ihn herangewagt, als er sicher war, dass sein Patient gänzlich bei Sinnen war. Was dann folgte, war pure Qual, die sich wieder in Schwärze aufgelöst hatte. Als er das nächste Mal zu sich gekommen war, hatte er hier in Faderas Haus in einem Bett gelegen, die bewusstlose Heilerin neben sich. – Er sah kurz auf die junge Frau hinunter. Sie hatte die Finger in seinen Arm gekrallt und klammerte sich Halt suchend an ihn, während sie langsam die Stufen hinunterstiegen. Seine Brauen zogen sich beim Anblick ihres bleichen Gesichts zusammen. Vielleicht wäre es besser gewesen, wenn sie heute noch im Bett geblieben wäre. Er schüttelte leicht den Kopf. – Um die Anwesenheit der jungen Frau bei ihnen zu erklären, hatte Brachan vorgegeben, die Heilerin wäre mit ihm verheiratet. Eine Nivard die Gemahlin eines Kjer – der Gedanke war so verrückt, dass man ihn schon wieder glauben konnte. Eigentlich hatte er bei ihr sein wollen, wenn sie aus der Bewusstlosigkeit erwachte, um ihr die Situation zu erklären, in der – zugegeben unsinnigen – Hoffnung, sie dazu überreden zu können, das Spiel mitzuspielen. Dummerweise war es anders gekommen.

Mit einem leisen Seufzer atmete Lijanas auf, als sie die Treppe endlich hinter sich hatten, und ließ vorsichtig Mordans Arm los. Der Blick, mit dem er sie bedachte, sagte sehr deutlich, dass er damit rechnete, ihre Beine würden unter ihr nachgeben. Als das nicht geschah, führte er sie zu dem Tisch, der an der Schmalseite des Raumes aufgestellt war, und schob sie auf den Platz, der dem halbrunden Kamin am nächsten war. Brachan, Ecren, Corfar und Levan, die sich erhoben hatten, als sie den Raum betreten hatte, setzten sich schweigend wieder und musterten sie aufmerksam. Es war, als würden sie auf etwas warten. Mordan ließ sich neben ihr auf der hölzernen Sitzbank nieder. Lijanas wäre so weit wie möglich von ihm weggerutscht, hätte er nicht den Arm um sie gelegt und sie an sich gezogen. *Mistkerl!* Gerne hätte sie ihn unter dem Tisch gekniffen, aber durch das Leder von Hose und Wams hätte er es ohnehin nicht gespürt – und wenn, hätte es ihr nur Ärger eingebracht. Im Augenblick wollte sie allerdings nur eins: von ihm in Ruhe gelassen werden. Deshalb ließ sie ihn gewähren und strafte ihn mit Nichtachtung, während sie sich im Raum umschaute. Wie im oberen Stock war auch hier alles aus den Felsen gehauen, in Wandnischen brannten Ölschalen und in der Kaminstelle loderten wärmende Flammen in der großen, im Boden eingelassenen Kupferschale. Schräg gegenüber gingen zwei Stufen zu einer schweren Holztür hinauf, die vermutlich in den Hof führte. Lijanas blickte auf, als Fadera neben ihr erschien, ein Speisebrett beladen mit Gemüse, duftendem Braten, Tonschalen mit verschiedenen Soßen und noch warmem Brot auf den Armen, das sie mitten auf dem Tisch platzierte. Sofort lief ihr das Wasser im Mund zusammen und ihr Magen teilte ihr mit, dass ihm die zwei Schalen Brühe bei Weitem nicht gereicht hatten. Zwischen Brachan und Ecren, die ihr und Mordan gegenübersaßen, tauchte der dunkelblonde Schopf von Alejna auf. Das Mädchen stellte einen Stapel Holzteller auf den Tisch, die die Krieger mit ruhiger Selbstverständlichkeit von Hand zu Hand weiterreichten. Als Fadera dann zwei schwere Krüge brachte, trug Alejna die Holzbecher hinter ihr her und stellte sie ebenfalls auf den Tisch – wieder zwischen

Brachan und Ecren. Als der dunkelhaarige Krieger ihr über den Kopf strich, hob sie kurz ihr ausdruckloses Gesicht zu ihm empor, drehte sich um und lief aus dem Raum. Mit einem leisen Seufzen sah ihre Mutter ihr nach. Dann wünschte sie ihren Gästen einen guten Appetit, erinnerte sie daran, dass in der Küche noch mehr darauf wartete, verzehrt zu werden, und sie nur zu rufen bräuchten, und folgte dem Kind.

Einen Moment herrschte mitleidiges Schweigen, dann begann Corfar, der zu ihrer Linken an der Schmalseite des Tisches saß, großzügige Scheiben Braten abzuschneiden und jedem, der ihm den Teller hinhielt, so viel aufzutun, wie er wollte. Ihr gegenüber verteilte Ecren Gemüse, während Mordan die Schalen mit Soße in die Mitte des Tisches rückte, Brachan die Becher mit schäumendem dunklen Bier füllte und weiterreichte und Levan, der Corfar gegenübersaß, das Brot in Stücke brach. Dem jungen Krieger schien es tatsächlich wieder gut zu gehen. Sein Gesicht hatte eine gesunde rosige Farbe und er bewegte sich so kraftvoll, als habe nicht noch vor ein paar Tagen der Tod die Klauen nach ihm ausgestreckt. Doch plötzlich brach das leise Murmeln der Männer ab. Verwirrt sah Lijanas auf. Erst mehrere Augenblicke später begriff sie: Jeder der Krieger hatte einen kleinen Dolch als Essbesteck neben seinem Teller liegen – nur sie nicht. Das Schweigen dauerte an, wurde peinlich. Auf eine Berührung an ihrem Ellbogen wandte sie sich Mordan zu. Er hatte seinen Speisedolch am Übergang zwischen Klinge und Heft gefasst und hielt ihr mit einem auffordernden Nicken den Griff hin. Ein schockiertes Japsen von Corfar und Levan, als sie ihm das zierliche Messer aus der Hand nahm, unterbrach das Schweigen. Doch es kehrte zurück, hing selbst dann noch im Raum, als Mordan sich seinem Teller zuwandte und zu essen begann – mit den Fingern. Erst als auch Brachan es sich schmecken ließ, entspannten die anderen sich und widmeten sich ihrerseits ihren Portionen. Es verging jedoch noch eine ganze Zeit, ehe das leise Murmeln wieder einsetzte.

Nachdenklich schaute sie Mordan von der Seite an und griff nach ihrem Becher. *Was ist so schlimm daran, mit den Fingern zu essen?* Sie nahm einen Schluck und spuckte ihn hustend zurück. Verwirrt blickten die Männer sie an.

»Was ist das?« Angeekelt verzog sie das Gesicht.

Die Stirn in Falten gelegt, nahm Mordan ihr den Becher aus der Hand, roch an seinem Inhalt und kostete davon. »Das ist ganz normales Bockbier!«, verkündete er dann.

»Es ist widerlich!« Sie wischte sich den Mund ab. »Ich gehe in die Küche und …«

Seine Hand auf ihrer Schulter verhinderte, dass sie aufstand. »*Ich* gehe und hole Euch etwas anderes. Was wollt Ihr? Wein? Wasser?«

»Alles ist mir recht, solange es nur nicht so ekelhaft schmeckt wie dieses Zeug.« Zu spät wurde ihr bewusst, dass die Männer eben dieses ekelhaft schmeckende Zeug mit deutlichem Behagen tranken. Sie spürte, wie Hitze ihre Wangen hinaufkroch. Mit einem knappen Nicken stand Mordan auf und verschwand durch die Küchentür. Wenig später stellte er einen Zinnkrug vor sie auf den Tisch. »Wasser! Frisch aus der kleinen Quelle im Hof. Ich hoffe, es wird meiner Gemahlin munden!«

»Danke!« Ein wenig unbehaglich spähte sie in ihren Becher. »Und was mache ich damit?«

Mordans Braue hob sich. »Gebt her!« Er trank den Rest ihres Bieres in wenigen Zügen, füllte den Becher mit Wasser und platzierte ihn direkt zwischen ihren Händen. »Bitte sehr!«

»Danke sehr, mein Gemahl!« Sie bemühte sich um einen sanften Ton. Wenn nur endlich ihre Kopfschmerzen nachlassen würden. Während er sich wieder neben sie setzte, warf er Brachan einen undeutbaren Blick zu. Dann widmete er sich seinem Teller.

Schweigend aß sie weiter, lauschte den Männern, die darüber spekulierten, wie lange der Sturm wohl noch dauern mochte; Ecren berichtete von einem Sattler, den er nahe beim unteren Markt der Stadt ausfindig gemacht hatte und der bereit war, Mordan innerhalb von drei Tagen einen neuen Sattel zu machen, und schon bald diskutierten sie darüber, ob er gleich einen Kriegssattel in Auftrag geben sollte oder doch besser einen einfachen Botensattel nahm, den er dann später durch einen Kriegssattel der Kjer von einem Sattler des Heeres ersetzen könnte. Die Entscheidung wurde vertagt, da Mordan beschloss, am nächsten Tag den Mann selbst aufzusuchen und sich anzusehen, was er an Sätteln zu bieten hatte.

»Ich würde gerne mitkommen!«

Der Bissen Brot, mit dem der dunkle Krieger gerade seinen Teller auswischte, verharrte und er schaute Lijanas an.

»Warum?«

»Warum was?«

»Warum wollt Ihr mitkommen?«

»Ich würde mir gerne die Stadt ansehen.«

Er schob sich das Brot in den Mund und kaute nachdenklich, schluckte und musterte sie. »Seid Ihr dazu schon wieder stark genug? Wir sind hier im alten Bezirk von Cavallin. Bis zum unteren Markt ist es zu Fuß ungefähr eine halbe Stunde.«

Sie presste die Hände auf die Tischplatte, um sie am Zittern zu hindern. *Will er meine Kopfverletzung als Ausrede benutzen, um mich hier im Haus festzuhalten?* »Ich werde es schon schaffen!« Sie konnte deutlich sehen, dass sie seine Zweifel noch lange nicht zerstreut hatte. Doch ehe er etwas sagen konnte, mischte Brachan sich ein. »Ich habe gehört, am unteren Markt soll es ein paar gute Schneider geben. – Nimm deine Frau mit und sorg dafür, dass sie etwas Anständiges zum Anziehen bekommt. Du kannst nicht zulassen, dass sie in geborgten Sachen einhergeht, die ihr obendrein noch Spannen zu groß sind. Damit würdest du uns allen Schande machen.«

Mordan bedachte den grauhaarigen Krieger mit einem bösen Blick, und Lijanas beeilte sich, das dankbare Lächeln von ihren Lippen verschwinden zu lassen, als er sich dann wieder ihr zuwandte. »Brachan hat recht. Ihr braucht etwas Ordentliches zum Anziehen. Gut, ich nehme Euch mit, aber nur wenn Ihr –«

»Ja, ich weiß, ich muss Euch ohne Widerworte gehorchen. – Ich verspreche es.«

»Sehr schön. Jeder Mann mag es, wenn seine Frau gehorsam ist.« Für einen kurzen Moment schien es in seinem Mundwinkel zu zucken. »Aber das meinte ich nicht. Ich will, dass Ihr nach dem Essen sofort zu Bett geht und schlaft, damit Ihr für morgen ausgeruht seid.«

Lijanas nickte hastig ihre Zustimmung, während sie sich gleichzeitig für ihr vorschnelles Mundwerk verfluchte.

»Gut! Dann gehen wir morgen früh zum unteren Markt! – Und wenn Ihr Euch wohl genug fühlt, sehen wir uns anschließend ein wenig in Cavallin um.«

Ungläubig starrte sie ihn Herzschläge lang an, ehe sie ein mühsames »Danke!« stammelte. Sie ignorierte die gehässige Stimme in ihrem Kopf, die raunte, dass sie sich wie ein Kind, dem man erlaubt hatte, während der Nacht der Göttin mit den Erwachsenen zusammen aufzubleiben, über etwas freute, was eigentlich nichts Besonderes war.

Als sie wenig später ihr Mahl beendet hatte, erhob sie sich und ging hinauf in ihr Zimmer, nachdem sie den Kriegern eine gute Nacht gewünscht hatte. Hier ließ sie sich mit einem Seufzen auf die Bettkissen fallen. Auch wenn die Kopfschmerzen nachgelassen hatten, so fühlte sie sich noch immer müde und schlaff. Langsam entkleidete sie sich, wusch sich mit dem inzwischen kalten Wasser, zog das braune Hemd wieder über und kuschelte sich auf den Bettkissen unter die weiche Wolldecke, nachdem sie die Ölschalen gelöscht hatte. Noch beim Einschlafen stellte sie fest, dass vor dem Fenster ein mildes Halbdunkel wie von Mondschein herrschte – und das, obwohl Cavallin doch scheinbar vollständig von einem Berg umschlossen war.

Warum sie eine ganze Zeit später aufschreckte, wusste sie zuerst nicht. Doch dann verrieten leise Schritte, dass sie nicht mehr allein war, und beim Kamin flammte eine Ölschale auf. Einen Moment blinzelte sie verwirrt, bis sie Mordan erkannte, der gerade einen glimmenden Kienspan löschte.

»Was wollt Ihr hier?«

Zu ihrem Entsetzen setzte er sich auf die andere Seite der Bettkissen und zog die Stiefel aus. »Schlafen.«

»Was? Das geht nicht!«

»Und warum nicht? Immerhin sind wir verheiratet!« Er löste den Gürtel und streifte die Tunika über den Kopf.

»Das sind wir eben nicht!« Lijanas zog feindselig die Decke zu sich heran. Mit sichtlicher Ungeduld drehte er sich zu ihr um. Auf seiner nackten Brust glänzte das Gold eines schweren Siegelrings im Halblicht.

»Und wo meint Ihr, soll ich schlafen?« Die schwarzen Perlen an seinem Hals schimmerten wie geronnene Dunkelheit.

»Zumindest nicht hier!«

»Ach? – Und wie erkläre ich Fadera, dass ich die Nacht nicht bei meiner Frau im Zimmer verbringe?«

Lijanas zog die Lippe zwischen die Zähne. »Sagt ihr … Sagt ihr, dass ich mich noch nicht so gut an Euch erinnere, dass –«

»Nein!«

Sie rutschte ein Stück weiter von ihm weg. »Dann … Dann schlaft meinetwegen auf dem Boden. Aber hier im Bett ist kein Platz für Euch!«

»Vergesst es!« Er stand auf und blickte auf sie hinab. Dort, wo der Arm in die Schulter überging, war ein dunkler Fleck auf seiner Haut. »In diesem Bett ist mehr als genug Platz für uns beide!«

»Nein!«

»Doch! – Und jetzt hört auf zu zetern und legt Euch wieder hin.« Achtlos warf er Tunika und Gürtel über den Hocker und trat an den Tisch.

»Ich denke gar nicht daran! Ich werde …«

»Wollt Ihr mich morgen begleiten oder nicht?«

»Das ist Erpressung!« Sie hörte ihn unterdrückt fluchen, als er entdeckte, dass der Krug leer war und ihm nur das – bereits von ihr benutzte – Wasser in der Schüssel zum Waschen blieb.

»Ja, so nennt man das, glaube ich! – Entweder Ihr gebt jetzt Ruhe, legt Euch hin und schlaft oder Ihr bleibt morgen hier!«

Einen Moment starrte sie ihn wütend an, dann kroch sie mit einem gezischten »Mistkerl!« wieder tiefer unter die Decken und zog sie fest um sich. Auf sein zufriedenes »Brav!« reagierte sie nicht, beobachtete ihn nur böse über die Wollfalten hinweg, während er sich wusch. Das einsame Ölfeuer verlieh seiner Haut die Farbe von dunklem Gold, ließ die kleinen Wassertropfen auf Schultern und Brust glänzen und verwandelte jede Bewegung seines muskulösen Körpers in ein Spiel aus Schatten und Licht. Schwarzes Fell bedeckte die Außenseite seiner Arme, die Schultern und den Rücken, wo es von unzähligen fahlen Linien wie zerfressen schien, verschwand schließlich unter dem Bund seiner Hose. An seinem Arm leuchtete das Weiß eines Verbandes bis zum Ellbogen hinauf. Als er begann, sich aus der Hose zu schälen, schloss Lijanas hastig die Augen. Wenig später hörte sie das Zischen eines gelöschten Ölfeuers, auf das das leise Tappen nackter Sohlen folgte, dann senkten sich die Bettkissen neben ihr und sie merkte, wie er ihr einen Teil der Decke wegzog. Den Rest der Nacht verbrachte sie am äußeren Rand des Bettes, zusammengekauert wie ein Igel.

Als sie am Morgen erwachte, war Mordan fort und ihr Rücken tat weh.

Die hastige Bewegung, mit der sie sich aufsetzte, bereute sie sofort, da es in ihrem Kopf wieder heftig zu pochen begann. Sehr viel langsamer stand sie endgültig auf und schlurfte hinüber zum Tisch beim Fenster, wo ein Blick in den Messingkrug ihr zu ihrer Überraschung zeigte, dass jemand am Morgen frisches Waschwasser heraufgebracht hatte – Wasser, das sogar noch warm war. Nachdem sie sich gewaschen hatte, trocknete sie sich mit den bereitgelegten, frischen Handtüchern ab und kleidete sich rasch an. Das Gewand umschmeichelte ihren Körper wie ein Sack und es wollte ihr nicht gelingen, etwas an diesem Umstand zu ändern. Bei dem Gedanken daran, dass Mordan ihr heute etwas Passendes zum Anziehen kaufen würde, stahl sich ein Lächeln auf ihre Lippen. Sie konnte nur hoffen, dass er ihre Auseinandersetzung gestern Abend nicht zum Anlass genommen hatte, ohne sie zu gehen. Nach einem Kamm hielt sie vergebens Ausschau, und die Satteltaschen des dunklen Kriegers zu durchsuchen, wagte sie nicht. So fuhr sie sich nur mehrmals mit den Fingern durchs Haar und ging dann hinunter in die Küche.

Hier erwartete Fadera sie schon mit einem Frühstück aus Beerenpfannkuchen, warmem Brot, Butter, Honig und sahniger Milch. Und während Lijanas sich die Köstlichkeiten schmecken ließ, trat die Frau hinter sie, zog aus ihrer Rocktasche einen Kamm hervor und machte sich daran, ihr das Haar zu frisieren.

»Ihr müsst das nicht für mich tun ...« Ihr Protest wurde mit einem Lächeln abgetan.

»Esst Ihr nur, meine Liebe, und lasst mich machen. Ich tue es gern. Und wenn Ihr fertig seid, werde ich Euch das Kleid noch ein wenig richten. – Ich bin gespannt darauf, was für ein Gewand Euch Euer Gemahl auf dem Markt kaufen wird. Am besten geht ihr zu Tranan. Er arbeitet gut und ist nicht zu teuer. – Aber jetzt esst! Männer werden schnell mürrisch, wenn man sie zu lange warten lässt.«

»Wartet mein ...«, sie schluckte mühsam, das Wort wollte nur schwer über ihre Lippen »... Gemahl denn?«

»Aber ja. Er ist draußen im Stall bei seinem Pferd. Und wenn Ihr gefrühstückt habt, soll ich Euch hinausschicken. – So, fertig. – Ah, Alejna, da bist du ja. Warum bist du heute Morgen vom Tisch weggelaufen, ohne aufzuessen? Komm her, du bekommst noch ein Brot mit Honig!« Die schmale Gestalt ihrer Tochter war in der Tür zum Hof aufgetaucht, ein kleines, felliges Tier von der Größe einer Ratte im Arm. Jetzt kam sie heran und blieb neben dem Tisch stehen.

»Guten Morgen, Alejna«, begrüßte Lijanas das Kind ihrerseits. Die dunklen Augen des Mädchens waren auf die Beerenpfannkuchen gerichtet. Sie rollte einen zusammen und hielt ihn der Kleinen hin. »Möchtest du?«

Alejna setzte das Tier auf den Tisch, griff nach dem Pfannkuchen und biss hinein.

»Und wer ist das? – Willst du mir nicht seinen Namen verraten?« Die Kleine nahm einen zweiten Bissen Pfannkuchen und sah sie weiterhin stumm an. »Er sieht niedlich aus. Ist er dein Freund?« Lijanas tat so, als wäre das Schweigen des Kindes etwas ganz Normales. »Hat er auch Hunger?« Ein dritter Happen

Beerenpfannkuchen verschwand im Mund des Mädchens, dann wies sie mit einem schmalen Finger auf das Brot. »Oh, du meinst, er möchte Brot! Na dann …« Sie brach ein Stückchen Brot ab und hielt es dem Tier hin. Die kleine spitze Schnauze begann zu zucken, die feinen Barthaare vibrierten, dann kam es herangetrippelt, nahm das Brot aus Lijanas Fingern, setzte sich auf die Hinterbeine zurück und machte sich daran, seinen Leckerbissen zu verzehren, wobei es ihn manierlich zwischen den zierlichen Vorderpfoten hielt, die wie winzige Hände aussahen. Ein Geräusch draußen ließ es mitten im Kauen aufhören und sich wachsam aufsetzen, die kleinen, durchscheinenden Trichterohren aufmerksam aufgerichtet. Doch als es sicher war, dass keine Gefahr drohte, futterte es zufrieden weiter. Sehr schnell war der Krumen verzehrt und das Tier schnupperte nach mehr. Lijanas sah das Mädchen an. »Meinst du, es lässt sich von mir anfassen, wenn ich ihm noch ein Stückchen Brot gebe? Ich würde es gerne einmal streicheln.« Wieder war im Gesicht des Kindes keinerlei Regung, als es die Hand ausstreckte und das Tier behutsam ein wenig näher zu ihr hinschob. Lijanas brach ein weiteres Fitzelchen Brot ab, hielt es vor die begeistert bebende Schnauze, ließ es sich wieder abnehmen und strich dann ganz vorsichtig über den Rücken des Tieres. Einen kurzen Moment hörte es zu kauen auf und blinzelte Lijanas mit seinen schwarz glänzenden Knopfaugen an, dann setzte es sich bequemer zurecht und fraß weiter. Mit einem lächelnden Blick zu Alejna hin, streichelte sie das kleine Wesen erneut. Das weiß-grau melierte Fell war wunderbar zart. Ein langer, nackter Schwanz, der dem einer Ratte geähnelt hätte, wäre an seinem Ende nicht ein dicker Puschel des gleichen weichen Fells gewesen, bewegte sich zufrieden auf dem Tisch hin und her. Beinah meinte sie etwas wie ein wohliges, leises Zähneknirschen zu hören.

Fadera hatte die einseitige Unterhaltung still beobachtet, jetzt räusperte sie sich leise und nickte Lijanas zu. »Meine Kleine mag Euch. Sie erlaubt es nicht jedem, Fywusch zu füttern, geschweige denn ihn zu streicheln. – Allerdings könnt Ihr sicher sein, dass er Euch jetzt bei jeder Gelegenheit anbetteln wird. Rattlinge sind entsetzlich verfressen.« Als wolle Fywusch diese Aussage bestätigen, schob er den restlichen Bissen Brot in eine Backentasche, huschte über den Tisch und sprang auf Lijanas Schoß, wo er sich wieder auf die Hinterbeine setzte und sie erwartungsvoll ansah. »Oh nein, mein Freund!« Lächelnd nahm sie den Rattling in die hohlen Hände und hielt ihn Alejna hin. »Das war eine Ausnahme. Futter gibt es bei deiner Herrin.« Das Mädchen schob das letzte Stück Pfannkuchen in den Mund, nahm ihr das Tier ab und rannte hinaus. Fadera seufzte leise. »Sie wird wiederkommen, wenn sie Hunger hat. – Was ist das? Schon fertig mit dem Frühstück? Nun gut, dann lasst mich Euch das Kleid richten.« Wieder brauchte es nur wenige Handgriffe, und es fiel nicht mehr sofort ins Auge, dass das Gewand Lijanas zu groß war. Als sie mit ihrem Werk zufrieden war, wies Fadera ihr den Weg in den Stall und wünschte ihr einen schönen Tag auf dem Markt.

Der kleine Innenhof war mit Erde bedeckt und wurde von einer Bruchsteinmauer zusammen mit einem doppelflügeligen, mindestens zwei Schritt hohen Holztor zur Gasse hin begrenzt, während Haus und Stall ihn auf beiden Seiten einfassten und auf der hinteren Seite der Felsen, der Cavallin umschloss, senkrecht emporragte.

Im Stall empfing sie angenehmes Dämmerlicht und das Schnauben der Kriegsrösser – keiner der Krieger war zu sehen. Enttäuscht, dass Mordan offensichtlich doch nicht auf sie gewartet hatte, wollte sie schon wieder gehen, als aus einem der hinteren Pferdestände, die sich zu beiden Seiten des Stallganges aneinanderreihten, ein leises Summen zu ihr drang. Sie folgte dem befremdlichen Klang, der jedoch in einem Fluch endete, als Ired den Kopf über den Barren streckte und ihr zuwieherte. Als sie an den Stand trat, richtete Mordan, der im Stroh gekniet und sich am Vorderlauf der Stute zu schaffen gemacht hatte, sich auf – erstaunlicherweise duldete Ired ihn in ihrer Nähe, ohne ihn umbringen zu wollen.

»Ich hätte nicht gedacht, dass Ihr tatsächlich auf mich wartet.«

Lijanas steckte die Arme über den Balken und rieb dem Kriegsross die neugierig aufgerichteten Ohren.

»Ich hatte es Euch versprochen.« Ohne Hast kam er an den Barren und schob die Hand unter die lange Mähne des Ashentai.

Zu ihrer Verblüffung ließ die Stute sich auch das gefallen. Irgendetwas musste geschehen sein … Sie räusperte sich, als ihr das Schweigen bewusst wurde. »Was ist mit ihrem Bein?«

»Ein tiefer Schnitt. Sie muss ihn sich an der Salzkruste geholt haben.«

»Darf ich es mir einmal ansehen?«

»Nur zu!« Er trat von der Stute zurück, und Lijanas duckte sich unter dem Balken hindurch und kniete sich neben sie ins Stroh. Einen Moment untersuchte sie die Wunde schweigend, während sie Ireds weiche Nüstern zuerst in ihrem Haar und dann auf ihrem Rücken spürte, wo die Stute an ihrem Gewand knabberte. Schließlich erhob sie sich wieder und klopfte das Stroh von ihrem Kleid.

»Die Wunde sieht gut aus. Sauber und nicht entzündet. Wenn das Bein geschont wird, müsste sie ohne Probleme heilen. – Womit habt Ihr den Schnitt behandelt?« Sie legte die Hand auf die Schulter des Kriegsrosses und streichelte das weiche Fell. Im Licht der Stalllampen schimmerten die Schuppen flammenfarben und schwarz.

»Mit Wundsalbe – aus Eurem Arzneikasten.« Er sagte das ohne eine Spur von schlechtem Gewissen und wies auf ein Bord an der gegenüberliegenden Stallwand, wo der geschnitzte Holzkasten stand.

»Wenn Ihr ihn nicht mehr braucht, bringt ihn mir in mein Zimmer.«

»Unser Zimmer«, korrigierte er ungerührt, ehe er nickte und sie mit einem schlichten »Lasst uns gehen!« aus dem Stall, über den Hof und durch das Tor hinaus führte. Lijanas bedachte ihn mit einem erstaunten Seitenblick und fragte sich, ob Fadera ihm irgendetwas unter sein Frühstück gemischt haben mochte, dass er in so sanftmütiger Stimmung war.

Auf dem Weg durch die schmalen Gassen und Straßen beantwortete er jede ihrer Fragen über Cavallin mit schier endloser Geduld. Sie erfuhr, dass die Stadt im Berg eine der ältesten Städte Ahvaranes war, dass sie Nivard-Rebellen während der Hathenan-Kriege vor vielen Hundert Wintern als Zuflucht gedient hatte und dass sie bisher nur einmal für kurze Zeit erobert worden war – und auch das war nur durch Verrat gelungen. Sie mochte zwar, was Lebensmittel anging, nicht unabhängig sein, aber ihre Bewohner konnten mit ihren Vorräten länger standhalten als mögliche Belagerer vor den Toren. Die Salzwüste und die undurchdringlichen Felsen schützten Cavallin vor jeder noch so mächtigen Armee – solange kein Verräter dem Feind die Tore öffnete.

Er zeigte ihr die sogenannten Brunnenhäuser, in deren Tiefe ein reißender Fluss dahinströmte, der die Stadt mit Trinkwasser versorgte, und erklärte, dass es nur im alten Bezirk Cavallins noch einige Häuser wie Faderas gab, die über eine eigene Quelle verfügten. Doch als sie ihn fragte, woher das Licht kam, dass die mächtige Höhle bei Tag erhellte und sie bei Nacht in einen sanften Schimmer tauchte, hob er die Schultern. Er wusste nur, dass es zwölf Flammentürme gab. Natürliche Felszinnen, die sich über der Stadt erhoben, in deren Inneres Stufen gehauen waren und auf deren Dachplattformen mächtige Ölfeuer brannten. Manche davon brannten Tag und Nacht, andere nur bei Tag. Einige Männer und Frauen in Cavallin hatten einzig eine Aufgabe: über diese Feuer zu wachen.

Je weiter sie den steil abfallenden Gassen folgten und in den neueren Teil Cavallins gelangten, umso mehr veränderte sich das Aussehen der Gebäude auf ihrem Weg. Sah man den Häusern im alten Bezirk an, dass sie beinah zur Gänze aus den Felsen herausgehauen waren, so wurde der graue Stein hier zumeist unter Putz und Kalk verborgen. Als sie sich dem Markt näherten, wich die Stille, in der ihre Schritte zuweilen das einzige Geräusch gewesen waren, einem Summen, das Lijanas an einen Bienenstock erinnerte. Dann bogen sie um eine Ecke und fanden sich in einem Gewimmel aus Menschen und Marktständen wieder. Der Geruch von gebackenem Zuckerwerk hing ebenso in der Luft wie der von Räucherhölzern.

Während Mordan sich nach der Werkstatt des Sattlers, den Ecren ihm genannt hatte, und einem Schneider erkundigte, sah Lijanas sich um. Im ersten Moment glaubte sie, all die Männer, Frauen und Kinder um sie her seien Bewohner Cavallins, doch dann bemerkte sie den Unterschied. Der überwiegende Teil der Menschen, die sich auf dem Markt aufhielten, hatte eine hellere Haut als sie oder Mordan – das mussten die Bürger der Stadt sein.

Den Rest des Vormittags verbrachten sie in dem Geschäft eines Schneiders, wo Lijanas ein Gewand nach dem anderen anprobieren musste, das dann wiederum ihrem ›Gemahl‹ vorgeführt wurde, der es sich auf einigen Kissen bequem gemacht hatte. Ein Lehrjunge wurde zu einem Schuster geschickt, damit der kam, um für ein Paar neue Schuhe für die Gattin des Kjer-Kriegers – der vom ersten Augenblick an klargemacht hatte, dass er gute Ware für gutes Geld erwartete – Maß zu nehmen. Schon halb schwindlig von all dem An- und Auskleiden, bemerkte Lijanas irgendwann, mit welchen Blicken die beiden jungen Mädchen, die ihr dabei halfen, Mordan ansahen, der die Arme über Lehne und Kissen gelegt hatte und die langen Beine von sich streckte. Was mochten sie an ihm finden, dass sie ihn geradezu anschmachteten? Was würden sie sagen, wenn sie erführen, dass dieser herrliche Krieger aus dem Volk der Kjer stammte? Bemerkten sie denn nicht das glänzend schwarze Fell an den Seiten von Gesicht und Hals, im Nacken, auf den Handrücken und den Armen? Fielen ihnen nicht die gebogenen Spitzen der Fingernägel auf oder die fahl schimmernden Spitzen seiner Reißzähne, die beim Sprechen hinter seinen Lippen zuweilen aufglänzten – oder war es ihnen gleichgültig? Als sie sicher war, dass er nicht zu ihr hersah, musterte sie ihn verstohlen. Unwillkürlich erinnerte sie sich an den Anblick, den sein nackter Oberkörper am vergangenen Abend im Lampenschein geboten hatte: die zu dunklem Gold gebräunte Haut, die sich über lange, elegante Muskeln spannte, die breiten Schultern und der flache Bauch … Sie schüttelte den Kopf, um das Bild zu verscheuchen. Doch der Anblick, der sich ihr jetzt bot, machte es auch nicht besser. Das glänzend schwarze Haar, das nur von einem schmalen Riemen im Nacken gebändigt wurde und lang den Rücken hinunterfloss, sein sturmdunkles Auge, das ihm zusammen mit der Lederklappe über dem anderen eine Aura von dunklem Geheimnis verlieh ... Ein leiser Schauder rann über ihren Rücken. Das Schwertgehänge betonte seine schmalen Hüften und die langen, muskulösen Beine, um die sich das Leder der Hose wie eine zweite Haut spannte. *Gnädige Göttin, was soll das? Der Kerl hat mich entführt, geschlagen und an einen Baum gefesselt. – Aber mal abgesehen davon, kannst du nicht leugnen, dass er gut aussieht. – Mag sein, aber bei Weitem nicht so gut wie Ahmeër!* Als hätte er ihren Blick gespürt, sah er zu ihr her – und Lijanas merkte, wie Hitze in ihren Wangen flammte. *Was ist mit dir los, du dummes Stück? Er ist ein Kjer – und du die Braut des Prinzen der Nivard!* Hastig wandte sie die Augen ab und konzentrierte sich auf das Geplapper der beiden Mädchen, die sie hinter den Vorhang zogen und ihr in das nächste Gewand halfen.

Als sie kurz vor Mittag das Geschäft des Schneiders verließen, war Lijanas in ein bis zur Hüfte reichendes, sandfarbenes Hemd mit weiten Ärmeln und ein paar bauschige Hosen in einem dunklen Zimtton gekleidet. Darüber trug sie ein ärmelloses, knöchellanges Gewand, das eine Nuance dunkler als ihr Beinkleid und zu beiden Seiten bis zur Hüfte geschlitzt war. Um ihre Mitte lag ein ebenfalls sandfarbener Gürtel, verziert mit ockerfarbenen Stickereien, und ihre Füße steckten in ein paar weich gefütterten, zierlichen Halbstiefeln. In einem wohlverschnürten Bündel trug sie das geliehene Kleid zusammen mit einem Hemd aus feinem Leinen für die Nacht. Ein blaues Gewand in einem ganz ähnlichen Stil wie jenes, das sie trug, sollte bis zum Abend zu Fadera geliefert werden. Als der Schneider seinen Preis genannt hatte, war sie kurz davor gewesen, alles wieder zurückzugeben, doch Mordan hatte noch nicht einmal ansatzweise versucht, zu handeln, sondern anstandslos bezahlt. Auf ihr verlegenes »Danke!« hatte er nur genickt, als wäre es etwas ganz Alltägliches, dass er schweres Silber ausgab, um eine Gefangene einzukleiden. Und als wären die Gewänder nicht genug gewesen, hatte er sie geheißen, sich bei einem Händler Kamm, Bürste und Spiegel auszusuchen, und dann bei einem Seifenmacher ein Stück herrlich duftende Seife für sie erstanden. Anschließend war ein Kürschner damit beauftragt worden, Felle für einen warmen Umhang zu besorgen und sie zur Begutachtung am nächsten Tag zu Fadera zu bringen.

Danach waren sie noch eine Weile über den Markt geschlendert, hatten sich zum Mittag glasiertes Hühnchenfleisch in Tellern aus halb ausgehöhlten, dunklen Brotkanten gekauft, das sie zusammen mit einem kleinen Krug leichten Weines auf einem steinernen Straßenabsatz sitzend verzehrt hatten.

Gesättigt hatten sie ihre Erkundung fortgesetzt und waren am Fuß eines der Flammentürme auf eine Schar Kinder gestoßen, die bereit waren, ihnen für ein paar Kupfermünzen zu erklären, wie das Licht über die Stadt gebracht wurde. Und während drei Jungen dem Krieger und seiner Gemahlin höchst ernsthaft das komplizierte System aus Silberspiegeln erläuterten, die dafür sorgten, dass Cavallin bei Tag in helles Licht und bei Nacht in jenen anderen sanften Schein getaucht war, standen die beiden Mädchen der Gruppe kichernd und sich gegenseitig schubsend daneben und schwärmten Mordan an. *Noch zwei weibliche Wesen, deren Herz er bricht, ohne es zu ahnen.* Innerlich schüttelte sie mit einem Grinsen den Kopf. Danach kaufte Mordan ihr süße Nüsse und Honigfrüchte und bediente sich selbst schamlos von den Naschereien, während sie ein paar jungen Gaukelburschen zuschauten, die auf den Händen liefen und mit brennenden Fackeln jonglierten. Inmitten der Menge bemerkte Lijanas zwei Männer, die mit einer Mischung aus Entsetzen und Wut zu ihnen herübersahen. Doch als sie Mordan auf sie aufmerksam machen wollte, waren sie verschwunden. – Vielleicht hatte sie sich ja geirrt und die Blicke der beiden hatten jemand anderem gegolten.

Je weiter der Tag fortschritt, umso staunender beobachtete Lijanas den Mann an ihrer Seite. Sie konnte nicht fassen, dass sie sich noch nicht einmal mit ihm gestritten hatte.

Es war schon Nachmittag, als sie den Sattler aufsuchten, von dem Ecren gesprochen hatte. Das kleine Geschäft befand sich an der Ecke einer schmalen Gasse, die vom Markt zu den Toren von Cavallin hinunterführte, und Lijanas war dankbar dafür, dass Mordan sie auf einer Bank vor dem Laden warten ließ, da ihr Kopf inzwischen immer stärker schmerzte und sie spürte, wie ihre Kräfte langsam, aber unaufhaltsam nachließen. Entspannt an die Mauer gelehnt, beobachtete sie das rege Treiben zwischen den Marktständen, während sie genüsslich die letzten süßen Nüsse verzehrte und auf Mordans Stimme lauschte, der mit dem Sattler gerade die Vorzüge verschiedener Sättel diskutierte. Plötzlich entdeckte sie die zwei Männer von zuvor wieder. Sie standen schräg gegenüber im Schatten eines Torbogens und dieses Mal war sie sich sicher, dass sie zu ihr herüberschauten. Eben setzte einer der beiden sich in Bewegung und kam auf sie zu, da öffnete sich hinter ihr die Tür des Ladens und Mordan trat heraus. Der Mann erstarrte, als sähe er sich einem leibhaftigen Rachegeist gegenüber, und war im nächsten Moment zwischen den Marktständen verschwunden. Der schwarzhaarige Krieger lauschte ihr schweigend und ließ den Blick wachsam über die Menge schweifen, während sie von den Männern berichtete, doch dann schüttelte er den Kopf. Auch er konnte sich das Verhalten der Unbekannten nicht erklären – behauptete er zumindest. Lijanas wurde dennoch das Gefühl nicht los, dass er sehr wohl einen Verdacht hatte, wer diese beiden Männer waren und was sie von ihm wollten.

Sie machten sich gerade auf den Rückweg zu Faderas Haus, als ein paar Schritte von ihnen entfernt ein Mann aus einer Ladentür taumelte und noch auf der Schwelle zusammenbrach. Doch anstatt ihm zu helfen, wichen die Menschen erschrocken zurück und ein entsetztes Murmeln ging von Mund zu Mund, während ein junger Bursche quer über den Platz davonrannte. Mordans Hand an ihrem Arm verhinderte, dass Lijanas sich dem stöhnend am Boden liegenden Mann näherte – beinah grob zog er sie mit sich fort.

Regungslos beobachtete Ahmeer vom Rücken seines Schimmels, wie die Fährtensucher das Blut und die Kerben an den Brückensteinen untersuchten und sich aufmerksam nach weiteren Spuren umsahen. Hier also hatten die Kjer die Soldaten seines Onkels niedergemetzelt.

Seine Männer hatten etwas abseits der Straße die Gräber gefunden, in die irgendjemand ihre toten Körper gelegt hatte. Er schnaubte bitter. Die Kjer waren es bestimmt nicht gewesen! Die hätten die Leichen einfach ins Gebüsch gezerrt.

Einer der Fährtensucher trat neben seinen Hengst und Ahmeer beugte sich vor. »Nun?«

»Der Regen hat ihre Spuren weggewaschen, mein Prinz. Aber wenn Ihr mich fragt, sind sie auf dieser Straße weitergeritten.«

»Ein paar Meilen weiter ist eine Wegkreuzung. Glaubst du, ihr werdet die Spur dort wiederfinden können?«

»Vermutlich nicht, mein Prinz!«

Ahmeer fluchte ungehalten. »So werden wir sie niemals zu fassen bekommen. – Was hat dieses Tier vor? Wo will er hin?«

Der Mann klopfte dem Schimmel beruhigend den Hals, als er unter seinem Herrn unruhig hin- und herzutreten begann. »Nun, bis hierher hat er sich im Großen und Ganzen in nordwestliche Richtung bewegt, mein Prinz, die Vermutung liegt nahe, dass er das auch weiterhin tun wird.«

»Wenn du recht hast, dann hat er inzwischen die Mondtürme passiert und die Grenze Astrachars überschritten. – Was meinst du, geht er durch die Salzwüste oder über die Berge?«

»Ich weiß es nicht, mein Prinz. – Die Salzwüste ist gefährlich, aber wenn er die Berge überquert, braucht er mehr Zeit. – Vielleicht finden wir doch noch eine Spur oder einen Hinweis, der uns verrät, welchen Weg er genommen hat.«

Ahmeer nickte und befahl weiterzureiten. Von Tag zu Tag sorgte er sich mehr um Lijanas. Die Angst vor dem, was der Blutwolf ihr antun mochte, verfolgte ihn bis in seine Träume.

9

Ruhelos streifte er schon seit Stunden im nächtlichen Schein der Feuer durch die Gassen Cavallins, ohne dass ihm jemand begegnet wäre. Beinah wollte es scheinen, als hätte die Seuche bereits jede lebende Seele innerhalb der Stadt verschlungen. Er bog um eine Ecke und stand unvermutet am Fuß eines der mächtigen Flammentürme. Den Kopf in den Nacken gelegt, sah er zur dunklen Spitze hinauf, dann stieß er kurz entschlossen die schwere Bohlentür auf und stieg die unzähligen Stufen empor.

Oben auf der Plattform empfing ihn überraschend Wärme. Die Steine mussten den ganzen Tag über die Hitze der Flammen in sich aufgenommen haben und gaben sie nun wieder ab. Er streifte den Umhang von den Schultern, ließ ihn achtlos zu Boden fallen und trat an den Zinnenkranz. Tief unter ihm lag Cavallin. War ihm die Stadt von ihren Straßen aus wie tot erschienen, so wirkte sie von hier aus wie ein Meer aus warmen Lichtern. Er setzte sich auf die fast Schritt breite Mauer zwischen zwei Zinnen, stemmte die Stiefel gegen die eine und lehnte den Rücken gegen die andere. Über ihm war nichts als Dunkelheit, hinter der man die Felsdecke und die Tonnen massiven Gesteins, die sich darüber auftürmten, nur erahnen konnte. Schon vom ersten Tag an hatte er sich in Cavallin eingeengt gefühlt – nun fühlte er sich wie ein Gefangener. Die Nachricht, dass in der Stadt eine Seuche wütete und dass die großen Tore erst wieder geöffnet werden würden, wenn die Krankheit besiegt war, hatte ihn – und auch die anderen – getroffen wie ein Schlag in den Magen. Dass der Salzsturm sie gezwungen hatte, für einige Tage in Cavallin Schutz zu suchen, war eine ärgerliche Verzögerung, aber gerade noch vertretbar. Aber eine Seuche … Das konnte sich über Wochen hinziehen. Er bleckte die Zähne. Und das große Tor war sicher verschlossen und wurde gut bewacht. Natürlich, es wäre kein Problem, es aufzubrechen – aber es würde zu lange dauern, und bis die beiden mächtigen Torflügel sich in Bewegung setzen würden, hätten sie schon die Wachen am Hals. Es gäbe ein sinnloses Blutbad, bei dem sie mit dem Rücken zur Wand kämpfen würden und zahlenmäßig um das Fünffache unterlegen wären. Zwecklos! Wütend rammte er den Stiefelabsatz fester gegen den Stein. – Sie waren in dieser verdammten Stadt gefangen, während ihm die Zeit davonlief. – Seine Finger schlossen sich zur Faust. *Erst Levans Verletzung, dann dieser verfluchte Salzsturm und jetzt das! Haben sich irgendwelche dunklen Götter gegen mich verschworen? – Es ist kaum mehr ein Mondlauf bis zum Ährenfest! Wenn nichts geschieht … Ich hasse es, untätig abwarten zu müssen und nichts tun zu können! Einen sichtbaren Feind kann man bekämpfen, aber eine Krankheit …?* Nachdenklich strich er mit der Hand über den Schorf an seinem Arm. *Kann ich wirklich nichts tun? – Jedes Übel hat irgendwo seinen Ursprung, auch eine Krankheit. Man muss ihn nur finden! – Und ich weiß auch, wer mir dabei behilflich sein kann!*

Kaum hatte Fadera ihnen von der Seuche berichtet, hatte die Heilerin verkündet, dass sie den Kranken helfen wollte – er hatte es ihr mit scharfen Worten verboten. Natürlich hatte sie wieder gegen ihn aufbegehrt. *Morgen werde ich ihr erlauben, den Heilern der Stadt ihre Unterstützung anzubieten. Und wenn sie wirklich so gut ist, wie man in Anschara behauptet hat, wird sie sich nicht damit zufriedengeben, die Krankheit nur zu bekämpfen.* Ein kaltes Lächeln zuckte über seine Lippen. *Sie muss ja nicht wissen, dass sie damit genau das tut, was ich will!* Das Lächeln erlosch. *Aber ich kann sie nicht allein gehen lassen, die Gefahr, dass sie jemandem die Wahrheit sagt, ist zu groß – genauso wenig kann ich von einem der anderen erwarten, dass er sie in das Seuchenhaus begleitet.* Er ließ den schwarzen Schopf gegen die Zinne in seinem Rücken fallen. *Es bleibt mir nichts anderes, als selbst mit ihr zu gehen. – Die Wahrscheinlichkeit, dass sie oder ich uns bei den Kranken anstecken, ist vermutlich kaum größer, als dass wir uns die Seuche irgendwo auf der Straße holen. – Und wenn wir Turas nicht bis drei Tage nach dem Ährenfest erreicht haben, ist mein Leben ohnehin verwirkt.*

Wieder richtete er den Blick zur im Dunkeln verborgenen Höhlendecke. *Und wenn es doch einen Weg aus dieser Falle gibt?* Nach dem, was er über Cavallin wusste, durchzogen uralte Stollen und Belüftungsschächte den Berg um die Stadt herum. Vielleicht gelang es ihnen, hier einen anderen Ausweg zu finden, einen Felsspalt, der an die Oberfläche führte. – Auch wenn es eigentlich unverantwortlich war, Cavallin zu verlassen, solange sie nicht ausschließen konnten, dass sie die Krankheit damit vielleicht aus der Stadt herausschleppten.

Tief unter ihm erklang ein gellender Schrei. Lauschend hob er den Kopf und sah hinunter. Nach einem kurzen Moment tanzten in einer der Gassen ganz in der Nähe von Faderas Haus mehrere Lichter. Ein Frösteln rann über seine Glieder. *Fühlt sich so eine Maus in der Falle?*

Dampfspiralen stiegen träge über dem heißen Wasser auf. Mit einem leisen Seufzer glitt Lijanas tiefer in die wohlige Wärme und schloss die Augen. Ihr erster schöner Tag seit fast einer Woche hatte ein jähes Ende gefunden, kaum, dass sie am frühen Abend in die Herberge zurückgekommen waren. In ihrer Kehle saß immer noch der Kloß, der sich dort eingenistet hatte, als Fadera ihnen die Nachricht verkündet hatte: Eine schreckliche Seuche grassiere in den Mauern von Cavallin und die Tore würden geschlossen bleiben, bis die Krankheit besiegt und die Gefahr gebannt war.

Trotz des heißen Wassers überlief sie ein Schaudern und sie ließ sich bis zum Kinn hineinsinken. Sie hatte so etwas schon einmal erlebt. Es war in ihrem letzten Winter als Lehrling gewesen, als in einer Stadt westlich von Anschara das graue Fieber gewütet hatte. Sie hatte ihren Meister zusammen mit einem anderen Lehrling dorthin begleitet und das Patientenbuch geführt, in dem jeder Krankheitsfall und seine Behandlung peinlich genau verzeichnet worden war. *Ich weiß, was zu tun ist, und könnte Cavallins Heiler unterstützen, aber nein – dieser herzlose Mistkerl verbietet mir, zu helfen!* Sie zog den Waschfleck unter Wasser, knüllte ihn grausam zusammen und glättete ihn wieder. *Vielleicht ist er zugänglicher, wenn er zurückkommt. Er war so wütend, weil er jetzt hier festsitzt ... Ich werde ihn noch einmal fragen, wenn er wieder da ist. – Und wenn er es immer noch nicht erlaubt?* Sie kniff die Augen zusammen. *Dann werde ich Mittel und Wege finden, ihn dazu zu zwingen!*

Entschlossen tauchte sie unter, griff anschließend nach der bereitgelegten Seife und schnupperte daran. *Herrlich, dieser feine Duft nach Früchten und Gewürzen. – Ob er so etwas häufiger tut, für eine Frau einkaufen? Vielleicht hat er ja eine Geliebte – oder ist am Ende sogar verheiratet. – Warum erschreckt mich der Gedanke so? – Die Ärmste kann einem leidtun, wenn er sich bei ihr genauso aufführt, wie er es mir gegenüber tut.* Sie rieb die Seife über den Waschfleck und verteilte den cremig weichen Schaum auf ihrem Körper. Als sie sich abspülte, entdeckte sie die weiße Stelle auf der Haut. Sie befand sich auf der Innenseite ihres Unterarms und war nicht größer als eine Silbermünze – und sie war sich sicher, dass sie gestern noch nicht dagewesen war. Lijanas strich die feinen Wassertropfen weg und hob den Arm ins Licht. Die Haut schimmerte an dieser Stelle silbrig weiß, beinah wie winzige Schuppen. – Was auch immer es war, selbst heftigstes Schrubben ließ es nicht wieder verschwinden. Ein entsetzlicher Gedanke ließ ihre Kehle trocken werden: War das ein Anzeichen der Seuche? Hatte sie sich bereits angesteckt? War es in der Stadt geschehen? – Nein! Unmöglich! Keine Krankheit, wie bösartig sie auch sein mochte, konnte sich innerhalb so kurzer Zeit in einem Körper ausbreiten. – Und hatte Fadera nicht gesagt, dass die Kranken hohes Fieber hätten und nichts mehr bei sich behalten konnten, noch nicht einmal mehr Wasser? – Langsam stieß sie die angehaltene Luft aus. Sie hatte weder Fieber noch musste sie sich übergeben.

Erleichtert seifte sie ihr Haar ein und tauchte erneut unter, um den Schaum auszuspülen. Der Schmerz kam völlig überraschend. Ihre Lippen öffneten sich gegen ihren Willen zu einem qualvollen Schrei, Seifenwasser füllte ihren Mund und drang in ihre Kehle.

Das leise Murmeln der Umstehenden wollte auch dann nicht verstummen, als der herbeigerufene Heiler verkündete: »Es ist nicht die Seuche!« Langsam umrundete Mordan die Menge und schob sich dann zwischen einigen Männern nach vorne, um einen Blick auf den Körper werfen zu können, der seltsam verkrümmt auf dem Gassenboden lag. Es war die Leiche einer jungen Frau. Ihr geschwollener Leib verkündete deutlich, dass es nicht mehr lange gedauert hätte – vielleicht nur noch ein paar Tage oder wenige Stunden –, bis sie Mutter geworden wäre. Irgendjemand hatte ihr die Kehle zerfetzt und die Eingeweide herausgerissen, beinah so, als sei das ungeborene Kind in ihrem Bauch das Ziel des Angriffs gewesen. Verwesungsgeruch hing in der Luft. Eine der Stadtwachen hob die Fackel höher. Nein! Nicht irgendjemand war hierfür verantwortlich, sondern irgendetwas. Eine Klinge hätte andere Wunden hinterlassen. Das hier war entweder die Tat eines Wahnsinnigen, der mit bloßen Händen gemordet hatte, oder die eines tollwütigen, sehr großen Hundes.

Einer der Wächter hastete aus dem Kreis der Umstehenden heraus, übergab sich an einer Häuserecke. Hinter sich hörte Mordan leises Flüstern, und als er sich umdrehte, schauten mehrere Männer schnell beiseite. Natürlich. Es war hier wie überall: Nur zu gern suchte man den Schuldigen für eine solche Tat unter denen, die fremd in einer Stadt waren, wenn man den wahren Verantwortlichen nicht finden konnte. Langsam zählte er in Gedanken bis fünfzig und bewegte sich dann zwischen den Männern hindurch, aus der Menge heraus, ohne den Blicken auszuweichen, mit denen sie ihn bedachten.

»Krieger! Wartet!« Der Ruf erklang hinter ihm, kaum dass er zehn Schritte weit gekommen war. Mordan blieb stehen und wandte sich um. Eine der Stadtwachen drängte sich zwischen den Schaulustigen hindurch und kam mit langen Schritten auf ihn zu.

»Ich bin Hauptmann Uladh!«, stellte der Mann sich vor. Die Fackel in seiner Hand knisterte in einem plötzlichen Luftzug. Mordan sah in ihrem Licht rasch auf die Rangabzeichen, die auf den Schulterstücken seines Lederharnischs eingebrannt waren. »Würdet Ihr mir ein paar Fragen beantworten, Krieger?«

»Was wollt Ihr wissen?« Über die Schulter des Hauptmanns hinweg behielt er jene Männer im Auge, die er zuvor hinter sich hatte flüstern hören. Sie starrten angestrengt zu ihnen herüber. Uladh folgte seinem Blick und nickte.

»Gehe ich recht in der Annahme, dass Ihr auf dem Heimweg seid, Krieger? – Wenn es Euch nichts ausmacht, begleite ich Euch ein Stück und wir reden unterwegs?«

Mit einer knappen Geste bekundete Mordan sein Einverständnis und sie gingen nebeneinander die Gasse entlang.

»Ihr seid einer der Kjer, die bei Fadera Quartier genommen haben? Wenn ich mich nicht täusche, wart Ihr derjenige, den sie zusammen mit seiner Frau während des Sturms durch die kleine Pforte hereingeholt haben.«

»Ihr täuscht Euch nicht, Hauptmann.«

»Ihr scheint Euch schon wieder recht gut erholt zu haben, Krieger. Wie geht es Eurer Gemahlin?«

»Sie ist seit gestern wieder auf den Beinen. Ein böser Schlag auf den Kopf hat ihr Gedächtnis ein wenig getrübt, aber sie war heute schon wieder in der Lage, mich auf den Markt zu begleiten.«

»Es freut mich, das zu hören. Bestellt ihr meine Grüße, Krieger.«

Mordan neigte leicht den Kopf. »Wollt Ihr mir nun sagen, was Ihr wissen wollt, Hauptmann?«

»Nun, zuallererst Euren Namen, Krieger.«

»Mordan.«

»Und weiter?«

»Mordan rûn Jarat.«

»Was führt Euch nach Cavallin?«

»Wir waren auf dem Weg nach Hause, als der Salzsturm uns überraschte und zwang, hier Zuflucht zu suchen.«

»Darf ich fragen, wo Ihr zu Hause seid?«

»Ein gutes Stück westlich von Turas. – Und ehe Ihr nach dem Grund der Reise fragt: Ich habe meine Gemahlin zu mir geholt. Sie ist eine Nivard.«

Erstaunt sah der Hauptmann ihn an. »Was hat ihre Familie zu Euch als Tochtergatten gesagt?«

»Findet Ihr nicht, dass das etwas zu weit geht?«

»Verzeiht, Krieger, Ihr habt recht.« Uladh wechselte die Fackel in die andere Hand. Das Licht schien Mordan jetzt direkt ins Gesicht. »Was wisst Ihr über diesen Mord?«

»Nichts!«

»Warum wart Ihr dann am Tatort?«

»Bedauerlicherweise lag er direkt auf meinem Weg zu Faderas Herberge.«

»Wo wart Ihr, als der Mord geschah, Krieger?«

Er blieb stehen und blickte den Hauptmann direkt an. »Dort oben!« Sein ausgestreckter Arm wies auf die Spitze des Flammenturms. Leicht überrascht hob Uladh die rotbraunen Brauen.

»Was habt Ihr dort oben gemacht?«

»Muss ich Euch diese Frage beantworten, Hauptmann?«

»Nein, Krieger, das müsst Ihr nicht. – Konntet Ihr von dort oben irgendetwas beobachten?«

»Ich hörte einen Schrei, kurz darauf sah ich die Fackeln. Das ist alles.«

»Ihr müsst den Turm nach dem Schrei recht schnell verlassen haben, warum?«

»Ich wusste nicht, was geschehen war, nur dass es in der Nähe von Faderas Haus war. Deshalb war ich in Sorge um meine Frau. – Wir sind da.«

Mordan blieb stehen und legte die Hand gegen einen der beiden Torflügel zu Faderas Herberge.

»Ich verstehe, Krieger!« In einer kurzen Geste zuckte Hauptmann Uladh die Schultern. »Und ich hoffe, Ihr versteht, dass ich Euch diese Fragen stellen musste.«

»Natürlich, Hauptmann. Ihr tut, was Eure Pflicht ist. – Darf ich Euch auch etwas fragen?«

»Bitte, Krieger, fragt!«

»Verdächtigt Ihr mich, die Frau getötet zu haben?«

»Im Augenblick: nein! – Und sollte es doch irgendwann Hinweise geben, dass Ihr etwas mit der Sache zu tun habt, weiß ich ja, wo ich Euch finden kann.« Uladh deutete eine Verbeugung an. »Ich wünsche Euch eine angenehme Nacht, Mordan rûn Jarat!«

Einen Moment schaute Mordan ihm schweigend nach, wie er

die Gasse hinunterging. Der Schein seiner Fackel verscheuchte die Schatten aus Winkeln und Nischen. Er stieß den Torflügel auf, doch dann zögerte er.

»Hauptmann Uladh!«

Überrascht wandte der sich um. »Krieger?«

»Ihr müsst nach jemandem suchen, der genug Kraft hat, um mit bloßen Händen eine Kehle herauszureißen – oder nach einem großen Hund.«

»Wie kommt Ihr darauf, Krieger?«

»Ich kenne keine Waffe, die solche Wunden hinterlassen würde. Meiner Meinung nach waren das die Finger eines Menschen oder die Fänge und Klauen eines Tieres.«

Uladh nickte verstehend. »Warum sagt Ihr mir das, Krieger?«

»Meine Frau ist in dieser Stadt. – Ich habe kein Interesse daran, sie so auf der Straße zu finden.«

»Ist das der einzige Grund?«

»Nein! – Ich schätze es nicht, wenn man mich scheel ansieht, wegen etwas, das ich nicht getan habe.«

»Ich verstehe, was Ihr meint, Krieger! – Gute Nacht!«

Nach einem Augenblick war der Schein seiner Fackel in der Gasse verschwunden. Mordan schloss den Torflügel hinter sich, überquerte den Hof. Eine Bewegung in den Schatten ließ seinen Schritt stocken. Seine Hand legte sich auf den Griff des Kereshtai. Er ließ sie sinken, als er erkannte, wen er vor sich hatte.

»Levan! – Was tust du hier?«

Der junge Krieger blinzelte ihn im schwachen Licht an. »Die Pferde, Herr …« Er fuhr sich mit einer verkrampften Bewegung durchs wirre Haar. »Sie waren unruhig. Ich wollte sehen, ob alles in Ordnung ist.«

Mordan nickte, musterte ihn aber noch immer eingehend. »Du bist blass. Geht es dir gut?«

»Ja, Herr. Macht Euch um mich keine Sorgen. Ich bin nicht krank! Nur etwas müde. – Ich schaue nach den Pferden und gehe dann zu Bett.« Er schob sich an ihm vorbei, mied seinen Blick. »Gute Nacht, Herr!«

»Gute Nacht, Levan.« Die Stirn leicht gerunzelt, sah er ihm nach, wie er mit hängenden Schultern zum Stall hinschlurfte. Erst als er wieder in den Schatten verschwunden war, drehte Mordan sich um und betrat das Haus. Er hatte die Hand noch auf der Tür, als er die Geräusche aus dem oberen Stock hörte. Ein ungutes Gefühl war plötzlich da! Immer zwei Stufen auf einmal rannte er die Treppe hinauf.

Schon im Korridor kam Fadera ihm entgegen, händeringend. »Bei den guten Ahnenseelen, endlich! Eurer Gemahlin geht es nicht gut! Sie hat plötzlich ganz fürchterliche Kopfschmerzen bekommen …« Er drängte sich an ihr vorbei. »… und wäre beinah im Badezuber ertrunken.«

»Sie wäre was?« Mitten im Schritt hielt er inne, blickte Fadera einen kurzen Moment an, dann eilte er in das Zimmer.

Die Heilerin lag auf den Bettkissen zusammengerollt, den Kopf in den Armen vergraben, und wimmerte leise. Ihr Haar war nass und sie trug nichts anderes am Leib als ein Leinentuch, das Fadera offenbar hastig um sie gewickelt hatte. Brachan und Corfar beugten sich besorgt über sie. Er schickte die beiden hinaus, kniete vor ihr nieder und versuchte, ihr ins Gesicht zu sehen. Es gelang ihm erst, als er ihre Arme beiseitezog.

»Heilerin, sagt mir, was passiert ist! – Könnt Ihr mich hören? – Redet mit mir! – Was ist mit Euch?«

Das Wimmern wurde zu einem Schluchzen. An ihren Wimpern glänzten Tränenperlen. Sie presste die Lider zusammen und versuchte, sich vom Licht wegzudrehen. Mordan verstand. Als er den Kopf hob, entdeckte er Fadera in der Tür. »Löscht die Lampen! Lasst nur eine brennen!«, befahl er knapp.

Die Frau gehorchte hastig. »Was fehlt ihr?«

Seine Handbewegung hieß sie schweigen. Erneut beugte er sich über die Heilerin. »Besser so?« Ein schwaches Nicken antwortete ihm. Dann ein geschluchztes »Es tut so weh!«.

Behutsam legte er ihr die Hand auf die Stirn. Kühl! Zumindest hatte sie kein Fieber. »Hattet Ihr so etwas schon einmal?«

Das »Nein!« war nur ein Wispern.

»Habt Ihr in Eurem Arzneikasten Fuchsmilchkraut-Öl?« Wieder ein schwaches Nicken. Doch als er aufstehen wollte, klammerte sie sich an seine Hand. »Nicht weggehen!«

»Keine Angst! Ich bleibe bei Euch!« Langsam ließ er sich auf den Boden zurücksinken und schaute zu Fadera hin. »Auf dem Bord im Stall steht ein Holzkasten mit Schnitzereien – einer meiner Männer soll ihn holen! Und dann kommt zurück und erzählt mir, was passiert ist! Eilt Euch!« Sie hastete davon. Die Finger der Heilerin schlossen sich fester um seine, ihre bloßen Arme waren mit einer Gänsehaut überzogen. Ohne ihre Hand loszulassen, breitete er die Wolldecke über sie. Noch immer stand Schmerz in ihrem Gesicht. Vielleicht würde das Fuchsmilchkraut-Öl helfen.

Er blickte auf, als Fadera wieder im Raum erschien, und lauschte aufmerksam ihrem Bericht: Sie war durch einen gellenden Schrei aufgeschreckt worden, von dem sie nicht hatte sagen können, ob er von draußen kam oder aus einem der Zimmer im ersten Stock. Sie war nach oben gelaufen, um zuerst hier nach dem Rechten zu sehen – und hatte die Heilerin im Badezuber gefunden, unter Wasser, reglos. Eiligst hatte sie sie aus dem Zuber gezogen und hinüber zum Bett geschleppt, wo sie sie mit viel Mühe wieder zu sich gebracht hatte. Dann hatte sie sie in das Leintuch gewickelt, um ihren zitternden Körper vor den Blicken der anderen Kjer-Krieger zu verbergen, die inzwischen auch hinzugekommen waren. Alle Versuche, sie zu beruhigen, waren fehlgeschlagen – und dann hatte sie ihn an der Tür gehört.

Fadera trat beiseite, um Brachan in den Raum zu lassen. Mit einem besorgten Blick auf die junge Frau stellte er den Arzneikasten neben dem Bett auf den Boden. Dann winkte er Corfar und Ecren herein, damit sie ihm halfen, den Badezuber aus dem Zimmer zu schaffen. Schließlich schloss er die Tür und Mordan war mit der leise stöhnenden Heilerin allein. Er musste nicht lange suchen, bis er die Phiole gefunden hatte, die das Fuchsmilchkraut-Öl enthielt. Behutsam schob er sich unter die Heilerin, sodass ihr Kopf auf seinem Oberschenkel lag, und entkorkte das Fläschchen mit dem herb riechenden Öl. Er goss einige Tropfen der grünlich schillernden Flüssigkeit auf seine Finger und massierte ihr damit sacht Schläfen und Stirn. Nur langsam schwand der Schmerz aus ihren Zügen, doch dann entspannte sie sich mit einem leisen Seufzen. Zuletzt war sie eingeschlafen.

Am Morgen war es Fadera, die ihn weckte. Sie stand mit einem Speisebrett in der Tür und blickte ihm besorgt entgegen. Neben ihr tauchte der Schopf ihrer Tochter auf. Das Mädchen hielt einen Wasserkrug in den Armen.

»Wie geht es ihr?«, erkundigte sie sich flüsternd.

»Besser! Sie hat die ganze Nacht ruhig geschlafen.« Auch Mordan sprach gedämpft.

»Das ist gut!« Sie hob das Speisebrett. »Ich bringe warme Milch und honiggesüßten Haferbrei für Eure Gemahlin und frisches Brot mit kaltem Braten, Käse und Bier für Euch.«

»Stellt es auf den Tisch. Ich will sie noch etwas schlafen lassen.«

»Wie Ihr wünscht.« Ihre Hand wies auf ihre Tochter. »Wir haben auch warmes Wasser zum Waschen gebracht.« Das Mädchen platzierte den Krug neben dem Speisebrett auf dem Tisch beim Fenster, sah ihn mit seinen ausdruckslosen Augen an und lief aus dem Zimmer. Ein letztes Nicken, dann verließ auch Fadera den Raum und schloss leise die Tür hinter sich.

Vorsichtig schob Mordan sich ein wenig höher an der Wand hinauf. Er hatte schon entschieden unbequemer geschlafen – allerdings noch nie vollständig angezogen mit dem Kopf einer Frau auf dem Schoß.

Mit einem leisen Seufzen regte sich die Heilerin, schmiegte ihre Wange fester an seinen Oberschenkel. *Bei allen Rachegeistern* … Er erstarrte.

Wenig später spürte er, wie sich ihr Körper anspannte, hörte, wie ihre bis eben gleichmäßigen Atemzüge für einen winzigen Moment stockten. Sie war aufgewacht. Doch erst nach mehreren Herzschlägen wagte sie es, sich zu bewegen. Langsam hob sie den Kopf, sah ihn an.

»Guten Morgen, Heilerin.«

Mühsam schluckte sie. »Ich … Habe ich die ganze Nacht … Ich meine … So?« Sie gestikulierte hilflos.

»Ja.«

»Oh …« Ihre Wangen färbten sich mit Hitze. »Ich … Es … Es tut mir leid.«

Er zog die Beine unter ihr hervor und stand auf. »Das muss es nicht.« Betont gleichmütig goss er Wasser in die Waschschüssel, nachdem er Rasiermesser und Seife bereitgelegt hatte. »Geht es Euch wieder besser?« Er streifte die Tunika über den Kopf und wandte ihr den Rücken zu, während er die Lederklappe abnahm und sich daranmachte, sich zu rasieren und zu waschen.

»Ich denke schon.«

Nachdem er sich abgetrocknet hatte, legte er die Augenklappe wieder an, dann erst drehte er sich um. Sie starrte noch immer auf ihre Hände. »Könnt Ihr mir sagen, was gestern mit Euch passiert ist?« Aus seiner Satteltasche zerrte er eine saubere Tunika hervor und streifte sie über.

Die Heilerin hob nach einem Zögern die Schultern. »Ich weiß es nicht. Ich habe ein Bad genommen und war gerade dabei, mir die Seife aus dem Haar zu waschen, als ich plötzlich das Gefühl hatte, als wolle mein Kopf zerspringen und würde gleichzeitig von einer riesigen Faust zusammengequetscht. – Ich muss bewusstlos geworden sein, denn das Nächste, woran ich mich erinnern kann, ist, dass ich auf dem Bett lag, Fadera sich über mich beugte und ich immer noch entsetzliche Kopfschmerzen hatte.« Sie hob die Hand an die Stirn, als würde sie sich an etwas erinnern. »Woher wisst Ihr, dass Fuchsmilchkraut-Öl bei Kopfschmerzen hilft?«

Ich habe bei den Kessanan nicht nur das Töten gelernt. »Mein Vater hatte in seinem letzten Winter sehr oft solche Kopfschmerzen. Das Einzige, was ihm dann ein wenig Linderung verschaffte, war Fuchsmilchkraut-Öl. Allerdings hat es bei ihm nie so schnell gewirkt wie bei Euch.«

»Euer Vater ist tot?«

»Ja.«

»Das tut mir leid. – Woran ist er gestorben?«

»An einem Schwert zwischen den Rippen.« Ihr Mund blieb offen stehen. Er nahm das Speisebrett auf, trug es zum Bett und platzierte es zwischen ihnen. »Fadera hat für Euch honiggesüßten Haferbrei und Milch heraufgebracht. Esst!«

Gehorsam nahm sie die Schale auf ihren Schoß und tauchte den Löffel hinein. Doch anstatt zu essen, malte sie Kreise in den Haferbrei und beobachtete ihn dabei, wie er sich ein Stück Brot mit Fleisch belegte.

»Was ist?« Er goss Bier in einen Becher und schaute dann auf.

Sie malte Spiralen. »Ich weiß, Ihr habt es mir schon gestern Abend verboten, aber ich möchte noch immer den Heilern von Cavallin helfen. Bitte …«

»Auch noch nach Eurem Anfall von gestern Abend? Seid Ihr sicher?« *Ich hätte nicht gedacht, dass sie es so schnell wieder anspricht.* Mordan nahm einen Schluck Bier, um sein Lächeln zu verbergen.

»Ja!« Die Heilerin nickte eifrig. »Ich weiß nicht, was gestern mit mir los war, aber heute geht es mir wieder gut. Ich versichere es Euch!«

Einen langen Moment sah er sie an, ließ sie zappeln. Dann neigte er den Kopf. »Also gut! Aber nur unter einer Bedingung!«

»Welche?« Sie zog die Unterlippe zwischen die Zähne. Ihre Finger verkrampften sich um den Löffel.

»Ich werde Euch begleiten!«

Sprachlos starrte sie ihn an, dann: »Das geht nicht!«

»Gut, dann werdet Ihr nicht gehen!«

»Aber ich meine …« Hilflos schüttelte sie den Kopf. »Was wollt Ihr in einem Seuchenhaus? Ihr könntet Euch mit der Krankheit anstecken …«

»Die Gefahr besteht auch für Euch!«

»Ja. Aber ich bin Heilerin … Jemand wie Ihr wird dort nicht gebraucht …«

»Das wage ich zu bezweifeln, Heilerin. – Im Gegenteil denke ich, wäre man dort für ein paar willige Hände mehr und ein weiteres Paar starke Arme dankbar. Aber wie Ihr wollt. Wir werden nicht …«

»Nein! Ihr habt recht! Ihr könntet den Pflegern und Lehrlingen helfen. – Ich akzeptiere Eure Bedingung! Ihr könnt mich begleiten!«

Wieder verbarg Mordan sein Lächeln hinter dem Becher.

10

Das Seuchenhaus war ein zweckentfremdeter zweistöckiger Speicherhof. Vor der Tür standen bewaffnete Wachen, die ihnen sichtlich überrascht entgegensahen und den Eintritt verwehrten. Auch ihrer Bitte, einen der diensthabenden Heiler zu sprechen, wurde erst nachgegeben, als Lijanas den Männern klarmachte, dass sie selbst Heilerin war und ihre Dienste anbieten wollte.

Der Mann, der wenig später vor die Türen trat und umständlich den Mundschutz vom Gesicht zog, ehe er sie begrüßte, mochte kaum mehr als zwanzig Winter gesehen haben und machte keinen Hehl daraus, dass er eine einfache Kräuterfrau erwartete, die sich den Rang einer Heilerin nur anmaßte. In herablassendem Ton fragte er Lijanas, wer ihr Lehrmeister gewesen sei, wo sie praktiziere und wie lange und ob sie schon einmal eine Seuche miterlebt habe. Bei jeder ihrer Antworten hellte sich sein Gesicht weiter auf und schließlich hieß er sie geradezu überschwänglich willkommen. Der Grund war einfach: Seit gestern war er der einzige Heiler Cavallins, der nicht selbst an der Seuche erkrankt war und der bereit war, hier Dienst zu tun. Und für jemanden mit Lijanas Kenntnissen war er mehr als dankbar; lag doch damit die ganze Verantwortung nicht mehr allein auf seinen Schultern.

Doch er war sichtlich verwirrt, dass Mordan sich anschickte, ihnen in das Haus zu folgen. Erst nach einer heftigen Debatte und der Versicherung des dunklen Kriegers, dass er sich der Gefahr durchaus bewusst war und sie auf eigene Verantwortung trug, erlaubte der Heiler ihm, den wenigen Pflegern, die im Seuchenhaus arbeiteten – alles Soldaten, die sich freiwillig gemeldet hatten, weil sich unter den Kranken Mitglieder ihrer Familien befanden –, zu helfen. Er händigte jedem ein essiggetränktes Tuch als Mundschutz und eine grobe Leinenschürze aus, dann brachte er sie in den ersten der beiden Krankensäle.

Der Gestank nach Erbrochenem, menschlichen Exkrementen, Fieber und ungewaschenen Körpern hing zusammen mit dem Geruch nach Verwesung in der Luft und war selbst durch den Essig der Tücher wahrzunehmen. Die Kranken lagen auf Strohsäcken oder einfachen Deckenlagern. Der Raum war erfüllt mit Stöhnen und Schluchzen, zuweilen erklangen auch gellende Schreie. Der Heiler – sein Name war Terodh – führte sie durch den Saal und erläuterte Lijanas den Verlauf der Krankheit. Es begann mit Bauchkrämpfen, denen Erbrechen und Durchfall folgten, beides sehr schnell auch mit Blut durchsetzt. Dann kam das Fieber, das binnen kürzester Zeit mörderisch hoch war und das die Erkrankten noch zusätzlich schwächte und austrocknete, da sie noch nicht einmal mehr Wasser bei sich behalten konnten. Manche waren zu diesem Zeitpunkt schon so entkräftet, dass sie das Bewusstsein verloren und bis zu ihrem Ende nicht mehr zu sich kamen – was Terodhs Meinung nach eine Gnade für die Betroffenen war. Im letzten Stadium rann den Kranken Blut aus Nase und Mund – zuweilen auch aus anderen Körperöffnungen –, die Haut riss auf und es entstanden schwärende Wunden, die schnell größer wurden, nässten und leicht bluteten, während die Kranken sich vor Schmerz herumwälzten. Einige begannen zu toben, als wären sie vom Wahn befallen, sodass sie in ihren letzten Stunden gefesselt werden mussten, andere versanken im Halbbewusstsein von Delirium und Fieber und starben still. Vom Ausbruch der Krankheit bis zu ihrem Ende vergingen selten mehr als zwei Tage. Keiner überlebte! Die Leichen wurden in einer Grube verbrannt, die in dem kleinen Hof hinter dem Gebäude ausgehoben worden war, die Asche in Urnen gesammelt und in den alten Stollen, die von den Erbauern Cavallins in den Berg getrieben worden waren, in Nischen eingemauert.

Seit die Krankheit vor vier Tagen ausgebrochen war, waren

schon viel zu viele gestorben. Wodurch sie ausgelöst und wie sie übertragen wurde, wusste Terodh nicht. Fest stand nur, dass sie ohne Unterschied jeden befallen konnte, egal ob arm oder reich, Mann oder Frau, jung oder alt – nur Säuglinge waren bisher verschont geblieben. Und bis gestern hatten die Stadtvögte es totschweigen wollen.

Lijanas machte sich entschlossen an die Arbeit. Sie weigerte sich zu glauben, dass sie tatsächlich nichts anderes tun konnte, als den Kranken ihre letzten Stunden zu erleichtern. Immer wieder unternahm sie den Versuch, sich mit Terodh zu beraten, fragte, welche Mittel er schon ohne Erfolg angewandt hatte, machte Vorschläge, was sie noch ausprobieren könnten – und musste sehr schnell erkennen, dass der junge Heiler bereits aufgegeben hatte. Er ließ es sogar widerspruchslos zu, dass Lijanas bis zum Nachmittag mehr und mehr die Führung übernahm; ja, er wirkte geradezu erleichtert darüber.

Wie sie es gelernt hatte, machte sie sich zu jedem Kranken sorgfältig Notizen und führte die Krankenlisten, die es später ermöglichten, die Toten zu identifizieren. Stunde um Stunde verbrachte sie bei ihren Patienten, flößte Fiebermittel ein, wechselte kalte Umschläge, wusch nässende Wunden mit heilenden Kräutersuden und hielt die Hand von Kranken, nur um ihnen dann doch das Laken übers Gesicht ziehen zu müssen. Als die ersten Flammentürme gelöscht wurden, hatte sie eingesehen, dass es für die, die erkrankt waren, keine Hoffnung gab. Dennoch war sie nicht bereit, dies wie Terodh einfach hinzunehmen.

Die ganze Zeit über war sie sich Mordans Anwesenheit bewusst. Er war den Soldaten zugeteilt worden, die freiwillig als Pfleger im Seuchenhaus arbeiteten, schleppte mit ihnen Leichen in den Hof hinaus, half im Wahn um sich schlagende Kranke zu bändigen oder trug neu eingelieferte Fälle zu einem freien Lager – und schaffte es dennoch, dass sie jedes Mal, wenn sie aufsah, seinem Blick begegnete. Während der Tag verstrich, wuchs ihre Verwunderung. Sie hätte niemals angenommen, dass dieser stolze Mann sich dazu durchringen könnte, einen sterbenden, nach Eiter stinkenden Körper zu waschen, besudelte Laken zu wechseln oder sogar Exkremente und Erbrochenes aufzuwischen. Aber er tat es – ohne jemals zu murren.

Bis zum späten Nachmittag befanden vier der sechs Pfleger sich in einem Stadium zufriedener Trunkenheit. Sie hatten sich begeistert an Lijanas' Anweisung gehalten, während ihres Diensts bei den Kranken nur Wein anstelle von Wasser zu sich zu nehmen, da Alkohol nach der allgemeinen Lehrmeinung die Gefahr der Ansteckung verringerte. Nicht dass sie davor Wasser getrunken hätte – doch nun konnten sie dem Wein offen zusprechen. Nur Mordan und ein junger Soldat mit Namen Peider, dessen Eltern beide an der Seuche gestorben waren und der mit seiner schwangeren Frau im alten Bezirk wohnte, waren nicht betrunken und versahen ihren Dienst weiter.

Die Ölschalen waren in den Nischen schon angezündet und tauchten das Elend in den gekalkten Mauern in gnädiges Halblicht, als Lijanas unvermittelt eine Hand auf ihrer Schulter spürte.

Mordan stand hinter ihr. »Es ist genug!«, war alles, was er sagte, und sie verstand. Ein wenig steif erhob sie sich von den Knien und schenkte der jungen Frau, die vor einer Stunde gebracht worden war, noch ein ermunterndes Lächeln. Sie hatte sich angewöhnt, jeden der Kranken, an dessen Lager sie trat, zu berühren – bei jedem sah sie den Schatten, schwarz und undurchdringlich – und auch diese Patientin würde bis zum nächsten Abend tot sein. Müdigkeit und Erschöpfung ließen sie wanken und sie war dankbar, dass der dunkle Krieger den Arm um sie legte und sie festhielt. Sie konnte sich nicht erinnern, wann sie während des Tages auch nur einen Augenblick Zeit gefunden hätte, um auszuruhen. Selbst ihr Mittagsmahl aus Brot und Käse hatte sie im Stehen verzehrt und hastig einen Becher Wein dazu getrunken.

Den Weg zu Faderas Herberge legten sie schweigend zurück. Mordan brachte sie bis zur Tür, verabschiedete sich dann mit einem gemurmelten »Ich brauche noch etwas Bewegung!« von ihr und ging davon. Verwirrt blickte Lijanas ihm nach, bis er im Halbdunkel der Gasse verschwunden war. Im Speiseraum erwartete sie

Schweigen. Weder Fadera noch einer der Kjer war zu sehen, doch auf dem Tisch stand ein Speisebrett, beladen mit Brot, Fleisch und Käse, und neben der Kaminstelle war ein Topf mit dickem Eintopf warm gestellt. Sie füllte sich einen Teller damit und nahm sich von den anderen Köstlichkeiten zusammen mit einem Krug frischen Quellwassers mit hinauf in ihr Zimmer. Sie schlief tief und fest, als Mordan sich schließlich neben sie legte.

Die nächsten Tage vergingen in quälendem Gleichmaß. Mordan weckte sie, kaum, dass die Flammentürme entzündet worden waren, sie frühstückten und gingen gemeinsam ins Seuchenhaus, wo dann jeder seiner Arbeit nachging. Ihr Tag endete immer erst spätabends und Lijanas fiel nach einem raschen Mahl und einem heißen Bad ins Bett, wo sie einschlief, kaum, dass sie die Decke über sich gezogen hatte. Mordan jedoch verschwand jeden Abend in den nächtlichen Gassen und kam erst dann in die Herberge zurück, wenn sie schon lange schlief. Doch während der Tage war er immer dann zur Stelle, wenn sie ihn brauchte. Sein Arm stützte sie, wenn sie vor Erschöpfung schwankte, ein paar Mal führte er sie, ohne auf ihren Einspruch zu achten, zu einem Stuhl und nötigte sie, sich zu setzen und auszuruhen. Zuweilen stand er unvermittelt hinter ihr und reichte ihr einen Becher Wein, als habe er genau gewusst, dass sie sich just nach einem Trunk sehnte. Einmal zwang er sie sogar, sich in einer Ecke des Krankensaales auf einem frisch gestopften Strohsack, der mit gerade ausgekochtem Leinen bezogen war, niederzulegen und einige Stunden zu schlafen, während er darüber wachte, dass sie von niemandem gestört wurde. Und immer wieder begegnete sie seinem Blick. Es war beinah, als hätte sie einen ganz anderen Mann vor sich. Nur als sie ihn fragte, wo er jede Nacht hinging, war sein Ton wieder von jener vertrauten Schärfe, während er ihr beschied, dass sie das nichts anginge.

Es war am Nachmittag des vierten Tages, als man den Jungen ins Seuchenhaus brachte. Sein Körper glühte, er litt bereits unter Nasenbluten und dennoch lächelte er Lijanas tapfer an, während er ihr versicherte, er sei ein Krieger wie sein Bruder und er werde diese dumme Krankheit in seinem Körper schon besiegen, sie bräuchte sich also keine Sorgen um ihn zu machen. Doch Lijanas hatte den Schatten auf seinem Leben gesehen – dunkel und undurchdringlich. Als sie ihm erzählte, sie sei die Frau eines Kjer-Kriegers, riss er die Augen weit auf und zeigte sich beeindruckt. Seiner Meinung nach gab es keine größeren Krieger als die Kjer. Sie waren unbesiegbar und kannten keine Furcht.

Einige Zeit später wollte sie ihm eine Medizin gegen die Schmerzen einflößen, doch er wehrte sich schwach. Er war ein Krieger, er brauchte keine Medizin! Lijanas kannte den wahren Grund, warum er sich weigerte. In seinem geschwächten Leib wüteten Krämpfe; Durchfälle und Erbrechen quälten ihn und laugten ihn zusätzlich aus. Sein Kissen war rotfleckig von dem Blut, das ihm als stetiges Rinnsal aus der Nase floss.

Sie hatte gelernt, ihr Herz vor dem Leid ihrer Patienten zu verschließen, doch seine Tapferkeit trieb ihr die Tränen in die Augen. Als sie den Blick hob, um sich die Nässe von den Lidern zu wischen, entdeckte sie Mordan, der gerade dabei war, einen Strohsack frisch zu stopfen – und plötzlich hatte sie eine Idee. Sie winkte ihn heran, erzählte ihm hastig von dem Jungen und bat ihn um Hilfe dabei, dem Kind seine Medizin einzuflößen. Mit ruhigem Ernst nahm der dunkle Krieger ihr den Becher aus der Hand und kniete sich neben den Kleinen. Seine knappe Handbewegung sagte ihr, dass sie gehen konnte. Sie lächelte dem Jungen noch einmal zu und eilte dann quer durch den Saal, wo Peider sie gerade voller Entsetzen zu sich rief. Als sie sah, weshalb, wurde ihr kalt. Terodh war von Krämpfen geschüttelt zusammengebrochen und spuckte Blut. Sie war von nun an allein für die Kranken verantwortlich. Ihre Hände zitterten, als ihr mit einem Mal erschreckend klar wurde, dass auch sie nicht vor der Krankheit geschützt war – weder sie noch Mordan.

Müde ließ sie den Blick durch den Raum schweifen und entdeckte ihn noch immer an der Seite des Jungen. War es ihm bisher nicht gelungen, dem Kleinen die Medizin einzuflößen? Sie schritt hinüber, blieb aber stehen, als sie sah, dass Mordan den Becher locker in den Händen hielt – leer. Die fiebrigen Augen des Jungen hingen an den Lippen des dunklen Kriegers, während er gebannt lauschte, ein leises Lächeln auf dem schweißbedeckten Gesicht. Mordan erzählte dem Kind eine Geschichte, lenkte es so von den Schmerzen ab. Und erleichterte ihm den Übergang in die nächste Welt. Still zog sie sich zurück und überließ den Kjer-Krieger und den Jungen sich selbst.

Wann immer sie in der folgenden Stunde in der Nähe der beiden vorbeikam, hörte sie Mordans dunkle Stimme. Ein paar Mal glaubte sie, Worte wie Schwert, Kampf, Held und Ungeheuer zu verstehen, einmal hörte sie das Kind sogar lachen. Doch schließlich bemerkte sie, dass der Junge sich nicht mehr regte. Behutsam trat sie hinter den schwarzhaarigen Krieger und legte ihm die Hand auf die Schulter. Die Augen des Kindes waren geschlossen, das Blut aus seinem fahlen Gesicht gewischt – dennoch sprach Mordan weiter.

»Er ist tot, Kjer!« Sie sagte es leise und sanft. Ihre Hand wurde brüsk abgeschüttelt, während er weitererzählte, wie sich der heldenhafte Krieger auf seinem goldfarbenen Ashentai-Kriegsross dem abgrundtief bösen Kriegsmeister des Dämonengottes entgegenstellte, um dessen Macht über sein Volk zu brechen und ihm die Freiheit und den Frieden zurückzubringen. Und erst als sich das sagenumwobene Schwert des Kriegers in den Leib des Finsteren gebohrt und der sein Leben verröchelt hatte, schwieg er.

»Ich weiß, dass er tot ist!«, hörte Lijanas ihn schließlich sagen, während er ruhig die Decke über das Gesicht des Jungen zog. »Aber ich hatte ihm mein Wort gegeben, ihm die Legende von Bojahal und dem Dämonengott der Hathenan auf jeden Fall zu Ende zu erzählen.« Langsam stand er auf und schaute sie an. »Ich halte mein Wort!«

Die Tränen kamen so plötzlich, dass Lijanas sie nicht aufhalten konnte. Mordan hob die Hand, um sie ihr abzuwischen, hielt aber inne, als er sah, dass seine Finger mit dem Blut des Jungen verschmiert waren. »Was ist passiert, Heilerin?«

»Terodh ist auch krank! Er wird sterben!«

Ihre Worte wurden mit einem Nicken zur Kenntnis genommen. »Ich trage die Leiche des Jungen ins Feuer. Dann komme ich wieder und Ihr erklärt mir, wie ich Euch helfen kann.«

Mit einem seltsamen Gefühl der Benommenheit blickte sie ihm nach, während er den schmächtigen Körper in den nur noch vom Leichenfeuer erhellten Hof hinaustrug. Hatte sie eben tatsächlich Schmerz in seiner Stimme gehört? *Wie kann es sein, dass dieser Mann um ein Kind trauert, das er gar nicht kennt?*

Als er wenig später zurückkehrte, stand Lijanas noch immer an der gleichen Stelle. Seine Hände waren sauber.

»Nun, Heilerin, wie wird es weitergehen?« Er sprach kalt wie immer.

»Ich kann nicht mehr abends mit Euch zurück zu Faderas Herberge gehen. Bisher hat Terodh hier im Seuchenhaus geschlafen. Jetzt muss ich seinen Platz einnehmen.«

»Nein!«

»Nein?« Fassungslos sah sie ihn an. »Was meint Ihr damit? Ich muss …«

»Ich verbiete Euch, nachts hierzubleiben. Das meine ich damit.«

»Aber das geht nicht. Ein Heiler muss hier sein, falls …«

»Falls was?« Seine Hand schob sich in ihren Nacken und zog sie ein Stück näher. Plötzlich war er wieder der hartherzige Krieger. »Falls Eure Ketzer-Göttin sich Eurer erbarmt und ein Wunder geschehen lässt? Falls Ihr ein Heilmittel entdeckt? Falls Ihr herausfindet, was der Grund für diese Krankheit ist? Nichts davon klingt für mich sehr wahrscheinlich.« Sein Griff wurde weicher und seine Stimme verlor die Härte. »Alles, was geschehen wird, ist, dass Ihr Tag und Nacht bei den Kranken sein werdet.« Sacht massierten seine Finger ihren Nacken, fanden die angespannten Muskeln, während er leise weitersprach. »Zuerst kommt die Müdigkeit, dann die Erschöpfung, schließlich die Schwäche – und dann hat Euer Körper keine Kraft mehr, um sich gegen die Krankheit zu wehren.« Er drehte sie um und wies zu Terodhs Lager hin. »Ihr würdet ebenso enden wie er!«

»Aber ich …«

»Nein, Heilerin, kein ›Aber‹! Die Nachtwache hier können andere übernehmen! Das lasst meine Sorge sein! Ihr werdet die Nächte in unserem Bett in Faderas Haus verbringen und schlafen!«

Ganz langsam sanken Lijanas Schultern herab, dann nickte sie. Er hatte recht. Einen Augenblick war seine Hand noch auf ihrer Schulter, dann sagte er ihr, sie solle wieder an ihre Arbeit gehen. Sie gehorchte.

Als er sie einige Zeit später holen kam, um mit ihr zur Herberge zurückzukehren, schaute sie ihm fragend entgegen.

»Peider, Galedh, Zonas und ich werden uns mit der Nachtwache abwechseln, solange es nötig ist. Galedh übernimmt heute Nacht, morgen Peider, übermorgen Zonas, dann ich. Peider wohnt auch im alten Bezirk. Wenn ich an der Reihe bin, wird er Euch bei der Herberge abholen und hierher begleiten. – Lasst uns gehen! Der Tag war lang und hart. Ihr seid müde.«

Mit einem Nicken ergriff Lijanas seine ausgestreckte Hand, ließ sich vom Boden aufhelfen und aus dem Seuchenhaus führen. Sie war mehr als müde.

Cavallins Straßen waren leer, wie stets um diese Zeit, doch inzwischen wusste Lijanas, dass sie auch tagsüber verlassen waren. Die Menschen hatten sich aus Angst vor der Krankheit in ihren Häusern verkrochen.

Mordan brachte sie bis zum Tor von Faderas Herberge, wünschte ihr eine gute Nacht und verschwand in den Schatten der Gasse. Während sie den Hof überquerte, fragte Lijanas sich einmal mehr, wohin er Nacht für Nacht ging.

Wärme in seinem Rücken und Kühle auf seiner Brust – die gegensätzlichen Empfindungen halfen ihm, sich zu entspannen. Inzwischen kam er jede Nacht hierherauf, genoss die Stille in der Gewissheit, dass ihn niemand stören würde. Er atmete tief und langsam, spürte dem Weg des Atems in seinem Körper nach, versank darin. Wie immer saß er mit gekreuzten Beinen auf dem Boden,

den Rücken gerade, die Handgelenke entspannt auf den Knien, die Hände locker geöffnet, und genoss Wärme und Kühle auf seinem nackten Oberkörper.

Es gab nicht viel, wofür er den Kessanan dankbar war, doch das Ma-Raltai, das Versinken im eigenen Selbst, gehörte ebenso dazu wie der Ashk-Keshtani. Die alten Rituale hatten sich schon vor all den Wintern richtig angefühlt – auf eine seltsame Weise, so, als wären sie ihm schon vertraut gewesen, noch ehe Arkell sie ihn gelehrt hatte. In den letzten Nächten waren sie das Einzige, was ihm half, seine Gedanken zur Ruhe zu bringen. Doch heute wollte es ihm einfach nicht gelingen. Selbst während er sich auf seinen Atem konzentrierte, blickten ihn emeraldfarbene Augen an, in denen Tränen glänzten. Seine Hände schlossen sich zu Fäusten, er stieß ein Knurren aus, stand auf und trat an den Zinnenkranz. Von Nacht zu Nacht brannten weniger Lichter in den Häusern Cavallins. *Die Stadt ist eine Todesfalle! Und wir sitzen mittendrin!* Seit Tagen suchten Brachan und die anderen nach einem Weg hinaus – ohne Erfolg. Zwar hatten sie eine offenbar vergessene, mächtige Kaverne gefunden, von der uralte Stollen tiefer in den Berg hineinführten, und einige von ihnen stiegen tatsächlich nach oben, doch sie endeten alle vor massivem Fels. Er stützte den Ellbogen gegen die Zinnenkannte und presste den Fingerknöchel gegen die Zähne. Es war nur eine Frage der Zeit, bis die Seuche auch sie heimsuchen würde. Und dann? – Er konnte die Frage nicht beantworten.

Zu Anfang war er überzeugt gewesen, die Heilerin würde sich als Schlüssel zu seinem Problem erweisen. Dass sie ein Heilmittel gegen die Krankheit finden könnte oder wenigstens die Ursache, damit man die Seuche bekämpfen könnte und die Tore wieder geöffnet würden. Sie hatte keinen Erfolg gehabt. Er hatte schließlich selbst die Krankenlisten durchgesehen und die Kranken, die vom Fieber und den Schmerzen noch nicht zu benommen waren, befragt – es schien keine Gemeinsamkeiten zu geben. Bitter verzog er den Mund. Außer der Gemeinsamkeit, dass offenbar jeder der Seuche zum Opfer fallen konnte. Das Einzige, was sie mit ziemlicher Sicherheit wussten, war, dass die Krankheit nicht von den Kranken selbst übertragen wurde – allerdings waren die Bürger Cavallins zu verängstigt, um das zu glauben.

Bei allen Rachegeistern, zehn Tage sitzen wir hier schon fest und es ist nicht abzusehen, wie lange es noch dauern wird! – Verdammt! Es kann doch nicht sein, dass das Tor tatsächlich der einzige Weg hinaus ist! – Und mit jedem Tag wird es unwahrscheinlicher, dass es der Heilerin gelingt, den Grund für die Seuche zu finden – oder ein Heilmittel.

Mit einer müden Bewegung fuhr er sich durchs Haar. Bisher hatte die Heilerin sich geweigert aufzugeben. Selbst als Terodh ihr gesagt hatte, es sei hoffnungslos und dass jeder Erkrankte auch starb. Wann immer sie ein wenig Zeit gefunden hatte, hatte er sie über Folianten und Schriftrollen gebeugt gesehen, auf der Suche nach einem Heilmittel oder wenigstens einem Ansatz, wie man die Krankheit möglicherweise bekämpfen konnte. Doch heute Abend hatten Verzweiflung in ihren Augen gestanden – und die Angst. Seit Tagen rang sie um das Leben der Kranken, obwohl sie wusste, dass sie keinen Erfolg haben würde. Er hatte beobachtet, wie sie jeden ihrer Patienten auf jene Art berührte, auf die sie damals auch Levan berührt hatte; jedes Mal sagte ihm der Ausdruck in ihrem Gesicht, dass sie den Tod gesehen hatte. Und dennoch würde sie morgen weitermachen. Er setzte sich seitlich auf die Mauer zwischen zwei Zinnen, strich gedankenverloren über seinen Arm. Der Schorf hatte sich nach und nach gelöst, zurückgeblieben war eine Narbe, die sich als seltsam weiß glänzendes Geflecht aus feinen Linien von den Fingerknöcheln bis zum Ellbogen hinaufzog. Eine Stelle mehr auf seiner Haut, die von nun an kahl bleiben würde. – Die Narbe an der Schläfe der Heilerin sah genauso aus, auch wenn sie unter den Mitternachtsfeuersträhnen ihres Haares kaum zu sehen war.

Eine Frau wie die Heilerin war ihm noch nie begegnet. Er schnaubte bitter. *Frauen sind schwach, töricht und eigensüchtig! Sie haben weder Respekt noch Vertrauen verdient.* Ein paar Mal holte er tief Atem, während er mit der Hand über die Steine der Zinnen rieb. *Die Heilerin ist anders! Nicht dumm und geistlos wie diese hirn-*

losen Schönheiten an Haffrens Hof oder intrigant und verschlagen, wie es Kyrisa war. Bei dem Gedanken an seine ehemalige Braut verkrampften sich seine Finger für einen Herzschlag zu Klauen. *Sie ist intelligent und auf ihre Art stark; voll Feuer, zugleich auch sanftmütig und ruhig – wenn sie mich nicht gerade anzetert … Warum versucht sie nicht, um meine Gunst zu buhlen, wie Vajna es jedes Mal tut, wenn ich sie in mein Zelt befehle? Sie sollte darauf bedacht sein, sich bei mir einzuschmeicheln, damit ich sie gut behandle, immerhin ist sie eine Gefangene. – Doch anstatt sich meinem Willen zu beugen und sich in ihr Schicksal zu fügen, reckt sie starrsinnig das Kinn, faucht mich mit funkelnden Augen an und zeigt mir die Krallen.* Kurz kräuselte sich ein Lächeln in seinem Mundwinkel. *Vermutlich hat sie den Gedanken an Flucht noch immer nicht aufgegeben. – Nein! Sie wird nicht davonlaufen. Nicht jetzt. Sie würde die Kranken nicht alleinlassen.* Langsam schüttelte er den Kopf. *Selbst wenn die Tore von Cavallin weit offen stünden, würde sie bleiben. Aber was sein wird, wenn das hier vorbei ist …?* Der Gedanke, sie wieder wie eine Gefangene behandeln zu müssen, widerstrebte ihm erstaunlicherweise. Ihr unbeugsamer Wille, der sie trotz aller Hoffnungslosigkeit weitermachen, der sie nach wie vor um die Kranken kämpfen ließ, nötigte ihm Respekt ab. *Wer hätte gedacht, dass ich jemals so von einer Frau denken könnte – vielleicht, weil sie auf ihre Art eine Kriegerin ist?* Heftig stieß er sich von der Mauer ab und stand auf. Was waren das für verrückte Gedanken?! Er trat an die mächtige Feuerschale, die auf schweren Steinfüßen in etwa einem Schritt Höhe über der Turmplattform ruhte, und legte die Handflächen gegen das warme Metall. *Empfinde ich für diese Frau etwas? Finde ich deshalb keine Ruhe mehr, wenn ich neben ihr liege?* Die Kiefer so fest zusammengepresst, dass es schmerzte, spannte er die Armmuskeln an, bis sie zitterten. *Das ist Wahnsinn! Sie ist eine Nivard! Bei allen Rachegeistern! Sie ist meine Gefangene! Wahrscheinlich würde sie mir ins Gesicht spucken, wenn ich … – Nein! Es ist Wahnsinn!*

Die Kopfschmerzen kamen einige Stunden vor dem Morgen. Und obwohl sie nicht so schlimm waren wie bei dem Anfall vor ein paar Tagen, mühte Lijanas sich aus dem Bett und zu ihrem Arzneikasten hinüber. Die Phiole mit dem Fuchsmilchkraut-Öl lag noch immer ganz zuoberst. Mit zitternden Fingern strich sie sich einige Tropfen der schillernden Flüssigkeit auf Stirn und Schläfen, wankte zum Bett zurück und kroch schwach unter die Decke. Mordan war noch nicht zurück.

Wie jeden Morgen war Mordan schon rasiert und gewaschen, als er sie weckte. Ganz offensichtlich vermied er es, die Lederklappe vor ihren Augen abzunehmen. Inzwischen fragte sie sich, was für einen grausigen Anblick er wohl darunter verbergen mochte. Die Kopfschmerzen der vergangenen Nacht waren nur noch eine böse Erinnerung.

Je weiter der Tag voranschritt, umso dankbarer war sie, dass es den dunklen Krieger gab. Ohne sie um ihr Einverständnis zu bitten, hatte er das Kommando über die Männer übernommen, die im Seuchenhaus als Pfleger arbeiteten. Wo immer er konnte, nahm er ihr Arbeiten ab, die zuvor zu Terodhs Aufgaben gehört hatten. Schließlich erklärte sie ihm, wie die Krankenlisten zu führen waren, und zeigte ihm, wie die schmerzlindernde Medizin zubereitet wurde, die den Kranken die letzten Stunden erleichterte.

Es war noch nicht Mittag, als Peider den dunklen Krieger zum Tor des Speicherhofes rief. Kurze Zeit später kam er bleich im Gesicht zu Lijanas gehastet. »Sie verhaften Euren Gemahl!«, stieß er atemlos hervor, kaum, dass er vor ihr stand. In einer Mischung aus Unglauben und Entsetzen blickte sie ihn an, dann eilte sie selbst zum Tor. Als sie auf die Treppe hinaustrat, waren die Wachen gerade dabei, Mordans Hände zu fesseln.

»Was geht hier vor?« Es erstaunte sie selbst, wie fest ihre Stimme klang.

Ein Mann mittleren Alters, dessen rotbraunes Haar sich an der Stirn schon lichtete, wandte sich ihr zu.

»Wer seid Ihr, Frau?«

»Ich bin Lijanas, die verantwortliche Heilerin! Und wer seid Ihr?«

»Hauptmann Uladh!« Er deutete eine höfliche Verbeugung an. »Wir nehmen diesen Mann in Haft, Heilerin«, erklärte er dann.

»Weshalb? Was wird ihm vorgeworfen?«

»Er wird des Mordes in zwei Fällen verdächtigt!«

»Mord?« Sie stand wie erfroren. Mordan sah sie über die Köpfe der Soldaten hinweg an. Er schien vor mühsam unterdrücktem Zorn beinah zu platzen.

»Ja, Heilerin, Mord.«

»Das kann nicht sein, Hauptmann.« Lijanas schüttelte entschieden den Kopf. »Er war den ganzen Tag hier. Jeder im Seuchenhaus kann das bezeugen!«

»Der Mord geschah heute Nacht, zwischen der zweiten und vierten Stunde vor dem Morgen.«

Es schien ihr, als würde der Boden unter ihr wanken. *Zu dieser Zeit bin ich aufgewacht. Er war nicht in der Herberge! – Es wäre möglich! – Nein! Er ist kein Mörder! – Nein?*

Mit einer knappen Geste befahl Hauptmann Uladh, Mordan abzuführen.

»Wartet!« Ihr Ruf ließ sie innehalten. »Was geschieht jetzt mit ihm?«

»Er wird die Tage bis zu seiner Anhörung vor den Stadtvögten im Gefängnis verbringen.«

»Ihr wollt ihn mitnehmen, Hauptmann?«

»Ja, Heilerin!«

»Das könnt Ihr nicht tun!«

Der Hauptmann runzelte die Stirn. »Wie meint Ihr das?«

»Ich … Ich meine … Ich brauche ihn!« Als die Worte heraus waren, wurde ihr bewusst, wie sehr sie der Wahrheit entsprachen. Sie brauchte ihn tatsächlich – nicht nur, um ihr bei den Kranken zu helfen. Sie brauchte ihn an ihrer Seite. Sie brauchte seine Ruhe, seine Stärke und seine Entschlossenheit. *Bin ich von Sinnen? Er hat mich entführt! Ich bin seine Gefangene! – Ich muss diesen Männern nur davon erzählen und alles ist zu Ende!* Die Hände krampfhaft ineinander verschlungen schaute sie auf und begegnete Mordans Blick. Sein Auge wurde schmal und er straffte sich. *Ahnt er, was ich vorhabe? – Er wird doch nicht so wahnsinnig sein, gegen die Wachen kämpfen zu wollen! Seine Hände sind gefesselt! Sie werden ihn töten!* Ein Schauder durchrann sie. *Doch, er wird es tun! Er wird kämpfen! – Nein! Nicht noch mehr Tod! Nicht meinetwegen! – Es wird mir schon irgendwie gelingen zu fliehen. Vielleicht steht Ahmeer in diesem Augenblick vor den Toren Cavallins und wartet darauf, eingelassen zu werden.*

»Ihr könnt meinen Gemahl nicht ins Gefängnis werfen! Ich kann auf seine Hilfe hier im Seuchenhaus nicht verzichten – vor allem, da inzwischen auch Heiler Terodh erkrankt ist.«

Der Blick des Kriegers ging zwischen ihr und Mordan hin und her, dann nickte er. »Ich verstehe, Heilerin. – Dennoch muss ich ihn mitnehmen, da es niemanden gibt, der bezeugen könnte, wo er sich aufhielt, während der Mord geschah. – Oder wart Ihr bei ihm?«

Sie sah zu Mordan hin, zögerte … *Es wäre so einfach. Ich müsste nur ›Ja‹ sagen und behaupten, er sei bei mir gewesen. – Und was ist, wenn er es tatsächlich war? Ich weiß, wie brutal er sein kann! Vielleicht hat er es ja doch getan? Ich würde einen Mörder decken. Ich wäre seine Komplizin* … und schüttelte den Kopf.

»Dann tut es mir leid!«

»Gibt es denn keine Möglichkeit …« Sie machte eine vage Geste.

»Nein, Heilerin! – Es sei denn, Ihr könntet das Bürgegeld für ihn bezahlen. Dann könnte ich ihn bis zur Anhörung unter Bewachung stellen und das Gefängnis bliebe ihm erspart.«

Unbehaglich schluckte Lijanas. »Wie hoch ist es?«

»Vierhundert Gold-Karesh!«

Sie schnappte hörbar nach Luft und schaute hilflos erneut zu Mordan hin. Langsam schüttelte der den Kopf.

»So viel Geld besitzen wir nicht, Hauptmann!«

Als habe er nichts anderes erwartet, nickte Hauptmann Uladh und hob die Hand, um Mordan wegbringen zu lassen.

»Wartet!« Noch war Lijanas nicht bereit aufzugeben. »Warum könnt Ihr ihn nicht einfach auf sein Ehrenwort hin unter Bewachung stellen? Die Tore von Cavallin sind geschlossen. Er kann die Stadt nicht verlassen – und er würde es auch nicht tun, wenn er Euch sein Wort darauf gibt.« Der Blick, mit dem sie den schwarzhaarigen Krieger diesmal ansah, fragte deutlich: *»Oder?«*

Zu ihrem Erstaunen nickte Mordan. »Meine Gemahlin hat recht, Hauptmann. – Aber all das ist unnötig! Ich sage es Euch noch einmal: Ich habe mit der ganzen Sache nichts zu tun! Ich bin unschuldig!«

Hauptmann Uladh musterte ihn mit schmalen Augen, dann neigte er schließlich den Kopf. »Gut! Auf Euer Ehrenwort will ich Euch erlauben, weiter bei Eurer Gemahlin zu bleiben. Aber Ihr steht ab sofort unter Arrest! Es ist Euch gestattet, Eure Frau hierher zu begleiten, ansonsten aber ist es Euch verboten, Faderas Herberge zu verlassen. Zwei meiner Männer werden Euch Tag und Nacht bewachen. Versucht Ihr, Euch ihnen zu entziehen, oder widersetzt Ihr Euch ihren Anweisungen, findet Ihr Euch schneller im Gefängnis wieder, als Ihr Euren Namen sagen könnt. – Und dann werde ich Euch persönlich in Eisen legen. – Ist das angekommen, Krieger?«

»Es ist angekommen, Hauptmann. Und ich gebe Euch mein Wort, dass ich bis zu der Anhörung vor den Stadtvögten nicht versuchen werde, zu fliehen.« Mordans Stimme klang ruhig, dennoch glaubte Lijanas, die nur mühsam unterdrückte Wut darin zu hören.

Auf ein kurzes Zeichen des Hauptmanns wurden seine Handfesseln gelöst. Zwei der Wachen wurden mit einem Wink zu beiden Seiten des Tores des Speicherhofes postiert, dann befahl Uladh seinen übrigen Männern abzurücken. Mit langsamen Schritten stieg Mordan die Treppen hinauf und sah den Soldaten nach. Schließlich wandte er sich ab und blickte Lijanas an. »Danke!« Er wollte an ihr vorbei, doch ihre Hand an seinem Arm hinderte ihn daran.

»Seht mir in die Augen und sagt mir, dass Ihr nicht getan habt, was auch immer man Euch vorwirft!« Sie spürte, wie seine Muskeln sich unter ihren Fingern anspannten. Der Blick, mit dem er sie maß, war kälter als alles, was sie kannte. »So viel also zu Eurem Vertrauen in mich«, zischte er bitter. Dann erschien ein böses

Lächeln auf seinen Lippen. »Glaubt Ihr wirklich, ich würde es Euch sagen, wenn ich die beiden Frauen tatsächlich getötet hätte?« Er schüttelte brüsk ihre Hand ab und drängte sich an ihr vorbei. Lijanas starrte ihm nach.

Der Rest des Tages war unerträglich. Mordan ging ihr aus dem Weg. Wann immer er sie ansah, war sein Auge kalt und zornig, und wenn er tatsächlich ein Wort mit ihr wechseln musste, beschränkte er sich auf das Nötigste. Dass der Kjer-Gemahl der Heilerin unter Mordverdacht stand, verbreitete sich wie ein Sommerfeuer. Sie bemerkte die Blicke, mit denen Pfleger und auch Kranke ihn verfolgten. Einer der Männer meinte sie beiseitenehmen und ihr in jeder grauenvollen Einzelheit beschreiben zu müssen, wie der Mörder die beiden hochschwangeren jungen Frauen zugerichtet hatte. Dabei sah er immer wieder bedeutungsvoll zu Mordan hinüber. Sie ließ ihn stehen und ging ihrer Arbeit nach. Doch die Frage, ob der schwarzhaarige Krieger tatsächlich ein brutaler Mörder sein könnte, ließ sie nicht mehr los.

Das Schweigen hing auch am Abend zwischen ihnen, als sie in Begleitung der beiden Wachen zu Faderas Herberge zurückgingen. Mit einer entschiedenen Bewegung knallte er den Männern das Hoftor vor der Nase zu, dann stapfte er grimmig an Lijanas vorbei ins Haus.

Doch schon wenig später kam er ihr auf der Treppe wieder entgegen – sein Kereshtai in der Hand. Ihr erschrockener Blick entlockte ihm ein gefährliches Zähnefletschen, das keine Ähnlichkeit mehr mit einem Grinsen hatte. »Keine Sorge, meine liebe Gemahlin.« Seine Faust schloss sich in ihrem Haar, grob zog er sie an seine Brust. Sie wagte nicht, sich dagegen zu wehren. »Ich habe nicht vor, heute Nacht wieder eine schwangere Frau zu töten. Sollte es mich heute nach Blut gelüsten, werde ich mich an Euch halten! – Ich wünsche eine gute Nacht!« Hart stieß er sie von sich und verließ mit langen Schritten das Haus. Lijanas stieg mit seltsam weichen Knien die restlichen Stufen hinauf. In ihrem Zimmer setzte sie sich stumm aufs Bett und starrte die Wand an. *Er hat angenommen, ich hätte mich deshalb für ihn eingesetzt, weil ich ihm glaube, dass er unschuldig ist. Aber wie kann ich sicher sein, dass er die Wahrheit sagt?* Ihre Finger spielten unruhig mit der Bettdecke. *Er ist hartherzig und brutal – aber ist er deshalb auch ein Mörder? Warum sollte er die beiden Frauen getötet haben? Warum tut er es ausgerechnet jetzt, wo er genau weiß, dass er nicht entkommen kann, wenn man ihm auf die Schliche kommt.* Sie trat ans Fenster und schaute eine Weile schweigend in den Innenhof hinunter. Ein paar Mal glaubte sie in den Schatten zwischen Haus und Stall eine Bewegung zu sehen, doch erst als sie ein kurzes Aufglänzen wahrnahm, beugte sie sich schließlich vor und sah genauer hin. Tatsächlich, da unten war jemand. War das Mordan? Was tat er dort unten? Wieder dieses Glänzen. Mit einer energischen Bewegung stieß sie sich vom Fensterbrett ab, fest entschlossen, hinunterzugehen und den dunklen Krieger erneut zur Rede zu stellen. Ihre Hand lag schon auf der Türklinke, als sie noch einmal innehielt. Er war in einer Stimmung, in der sie wohl kaum mehr als bösartigen Hohn von ihm erwarten konnte. Nein! Sie musste mit ihm sprechen! Ein Tag wie dieser durfte sich nicht wiederholen – und deshalb musste sie versuchen, die Wahrheit herauszufinden.

Darauf bedacht, niemanden zu wecken, tappte sie die Treppe hinunter, tastete sich mit vorgestreckten Händen durch die dunkle Küche und hinaus in den Innenhof. Noch im Türbogen blieb sie stehen, als sie das Schimmern der Klinge im sanften Nachtschein der Feuertürme gewahrte und den Mann, der sie gerade in einem weiten Bogen auf einen unsichtbaren Gegner herabzucken ließ. Sie hatte Mordan schon einmal mit dem Kereshtai kämpfen sehen und ihn auch schon bei Übungskämpfen mit den anderen Kriegern beobachtet, doch dies war etwas ganz anderes. Es war ein Tanz mit den Schatten, lautlos wie die Dunkelheit selbst – ein Tanz aus gebändigter Kraft und tödlicher Eleganz, von einer geheimnisvollen Schönheit, die sie den Atem anhalten ließ. Und er endete unvermittelt, als Mordan plötzlich wie von den Schatten verschluckt verschwunden war. Verblüfft machte sie einen Schritt nach vorne und spürte mit dem nächsten Herzschlag einen feinen Schmerz an ihrer Kehle.

»Ihr?« Mit einer knappen Bewegung nahm er das Kereshtai von ihrem Hals und schob es in seine Scheide zurück. »Bei allen Rachegeistern, seid Ihr von Sinnen? Was tut Ihr hier? – Ich hätte Euch um ein Haar die Kehle durchgeschnitten!«

Langsam tastete sie mit bebenden Fingern über ihren Hals. Zu ihrer Verblüffung fühlte sie tatsächlich warmes Blut, dabei hatte die Klinge nur ganz leicht auf ihrer Haut gelegen. Sie nahm die Hand herunter. »Was war das eben, dieser … Tanz? Es war«, sie gestikulierte hilflos, »unbeschreiblich.«

Er trat vor sie und blickte auf sie hinab – und Lijanas wurde plötzlich bewusst, dass er außer seiner Hose nichts am Leib trug.

»Man nennt ihn Ashk-Keshtani.« Die Gefahr war aus seiner Stimme verschwunden, auch wenn er noch immer angespannt klang. Offenbar hatte er ihre erschrockene Miene bemerkt und richtig gedeutet, denn er nahm seine Tunika von einem Mauervorsprung, streifte sie über und legte den Gürtel um.

»Ashk-Keshtani. – Was bedeutet das?«

»Einige übersetzen es mit ›Tanz der Schatten‹, in alten Schriften wird es ›Tanz der Seelen‹ genannt. – Lasst uns hineingehen! Es ist spät! Ihr solltet zu Bett gehen und auch ich muss ein paar Stunden schlafen!« Er drehte sie um und schob sie vor sich her in die Küche.

»Ist es ein besonderer Kampfstil?« Lijanas nahm einen Kienspan vom Bord über dem Herd, entzündete ihn an den Glutsteinen und hielt ihn in eine kleine Lampenschale. Sofort flammte das Öl auf und tauchte alles in warmes Halblicht.

Mit leicht gerunzelter Stirn drehte er sich zu ihr um, nachdem er die Tür zum Hof geschlossen hatte. »Ich wüsste nicht, was Euch das anginge, Heilerin! – Sagt Ihr mir jetzt, was Ihr mitten in der Nacht im Hof zu suchen hattet?«

Euch! »Ich … Ich habe vom Fenster aus eine Bewegung im Hof gesehen und da dachte ich …«

»Erstaunlich, dass Ihr bei so viel Unvernunft gedacht habt. Was hättet Ihr getan, wenn ein anderer im Hof gewesen wäre?«

Gnädige Göttin! Er hat recht. Hitze kroch in ihre Wangen, während er sie schweigend anblickte. Zu ihrer Verblüffung nickte er nach einem weiteren Moment. »Das nächste Mal werde ich vorsichtiger sein.«

»Vorsichtiger?« Sie sah ihn mit schief gelegtem Kopf an.

»Der Ashk-Keshtani ist ein Ritual, das keine Zuschauer erlaubt. – Aber genug jetzt! Nehmt die Lampe und lasst uns hinaufgehen!«

Lijanas wollte eben nach der Öllampe greifen, froh darüber, dass er nicht mehr länger in dieser mörderischen Stimmung war, als an der Tür ein Poltern erklang. Dann wurde sie aufgestoßen und Corfar wankte herein. Unwillig runzelte Mordan die Stirn. »Du kommst spät, Freund? – Und du bist betrunken!« Der Vorwurf war unüberhörbar. Langsam hob der Krieger den Kopf und Lijanas schlug die Hände vor den Mund, während Mordan vorsprang, um den anderen aufzufangen, als der mit einem Ächzen zusammenbrach. Sie schauten einander an – Corfar hatte die Krankheit.

»Geht hinauf und weckt Brachan, Levan und Ecren, Heilerin! Sie sollen herunterkommen. Dann geht zu Fadera. Auch sie muss wissen, dass einer von uns krank ist – aber erklärt ihr, dass sie sich bei Corfar nicht mit der Seuche anstecken kann! Sie muss sich nicht unnötig ängstigen.« Sein Ton war so ruhig, als würde er jeden Tag Befehle geben, während ein Mann in seinen Armen lag, der dem Tod geweiht war.

Sie nickte und hastete die Treppe hinauf. Auf ihr heftiges Pochen öffnete Brachan, hinter dem ein verschlafener Levan auftauchte, der puterrot anlief, als er Lijanas gewahrte, da er nur eine Lendenhose am Leib trug. In der anderen Tür erschien Ecren, die Augen von dunklen Ringen umzeichnet. Schweigend hörten sie ihr zu, tauschten betroffene Blicke, als sie geendet hatte, und verschwanden wieder in den Zimmern, um sich anzukleiden.

Fadera wurde totenfahl, als Lijanas auch ihr berichtete, was vorgefallen war. Die Nachricht, dass die Seuche den Weg in ihr Haus gefunden hatte, erschreckte sie sichtlich. Dennoch schlang sie ein Wolltuch um die Schultern, deckte Alejna, die bei ihr im Bett schlief, noch einmal sorgfältig zu und folgte der jungen Heilerin in den Speiseraum hinunter.

Noch auf der Treppe hörten sie Mordans Stimme, der offenbar mehrere Anweisungen gab. Als sie den Raum betraten, schlugen Levan und Ecren gerade die Faust an die Brust und verschwanden mit einem Murmeln in den Hof hinaus. Fadera wurde von ihm losgeschickt, um zusätzliche Decken für den im Fieber zitternden Corfar zu holen. Der schwarzhaarige Krieger sprach mit so viel ruhiger Bestimmtheit, dass die erschrockene Frau gar nicht anders konnte, als zu tun, was er sagte.

Nach Levans und Ecrens Rückkehr betteten sie Corfar auf eine Decke und trugen ihn in den Hof hinaus. Doch als Mordan die Flügel des Hoftores öffnete und zusammen mit Ecren die Pferde hinausführen wollte, versperrten ihm zwei Männer der Stadtwache den Weg. Sichtlich nervös gingen ihre Blicke immer wieder zu der Bahre mit dem stöhnenden Kranken hin, dennoch schienen sie fest entschlossen, ihre Befehle auszuführen.

»Ihr wisst, dass Ihr unter Arrest steht, Krieger!« Der Jüngere der beiden legte bei diesen Worten seine Hand in einer unmissverständlichen Geste auf das Heft seines Schwertes. Ehe Mordan etwas sagen konnte, schob Brachan sich an ihm vorbei. Der Umstand, dass er außer einem Dolch keine Waffe trug, ließ ihn nicht weniger bedrohlich erscheinen.

»Was soll das?«, verlangte er in einem so scharfen Ton zu wissen, dass der andere einen halben Schritt zurückwich.

»Dieser Mann …«, setzte er an, doch der dunkle Krieger fiel ihm ins Wort.

»Ich werde des Mordes verdächtigt!«

Sehr langsam drehte Brachan sich zu ihm um. »Was war das?«

Mordan nickte. »Du hast richtig gehört. Ich soll zwei schwangere Frauen ermordet haben.«

»Das ist das Absurdeste, was ich jemals gehört habe!« Abfällig schnaubend wandte der grauhaarige Krieger seine Aufmerksamkeit wieder den beiden Wachen zu. »Ihr werdet beiseitetreten und diesen Mann passieren lassen!«

»Wir haben unsere Befehle, Krieger!« Die Finger des Jüngeren schlossen sich Halt suchend um den Schwertgriff, während er beinah trotzig das Kinn vorschob. Brachan bedachte ihn mit einem Blick, der jeden Mann unter dem Rang eines Heerführers zum Zittern brachte.

»Das ist doch lächerlich!« Entschlossen drängte Lijanas sich zwischen die Krieger. »Hauptmann Uladh sagte heute Mittag, mein Gemahl dürfe mich unter Eurer Bewachung ins Seuchenhaus begleiten. Genau dorthin wollen wir diesen Mann bringen! Es gibt also keinen Grund, dass Ihr uns den Weg verstellt!« Sie fasste die Zügel des vorderen Pferdes und führte es mit einem entschiedenen »Aus dem Weg!« durch das Hoftor. Der jüngere der beiden Wächter öffnete den Mund zum Protest, wurde aber von seinem Kameraden beiseitegezogen.

Brachan und Mordan wechselten einen Blick. In den Raubvogelaugen des Älteren glitzerte Belustigung.

Lijanas war mehr als erleichtert, als ihr ›Gemahl‹ ihr dann nach einigen Schritten die Zügel aus der Hand nahm. Die Art, wie er sie ansah, ließ sich nicht deuten, doch schließlich nickte er ihr schweigend zu. Als sie sich umdrehte, entdeckte sie Ecren, der das zweite Pferd führte – und ein kurzes Stück hinter ihnen die beiden Männer der Stadtwache.

Im Seuchenhaus kam Peider ihnen sichtlich verblüfft entgegen. Als er dann aber Corfar entdeckte, verstand er und zog sich respektvoll zurück. Der Kranke wurde in einer ruhigen Ecke auf einen Strohsack gebettet, und Mordan trieb von irgendwoher zusätzliche Decken auf, in die er den fieberzitternden Krieger hüllte.

»Ich bleibe bei ihm!«, teilte er Lijanas mit, als er dann aufstand. »Ecren wird Euch zu Faderas Herberge zurückbringen.« Sein Ton duldete keinen Widerspruch. Die Hand an ihrem Arm, als er sie zur Tür führte, war ebenso wenig misszuverstehen. Still ließ Lijanas sich von ihm auf eines der Pferde heben, während Ecren sich nach einem deutlichen Zögern auf das zweite Kriegsross schwang. Im Eingang des Seuchenhauses stand Peider und starrte die Ashentai an, hin- und hergerissen zwischen Betroffenheit und Bewunderung. Lijanas streichelte den Hals ihres Pferdes. Dabei leuchteten die Felle der Tiere im Fackelschein noch nicht einmal in ihrer eigentlichen Pracht. Als Ecren die Zügel ihres Rosses ergriff und es mitzog, protestierte sie nicht. Sie drehte sich im Sattel um und sah gerade noch, wie Mordan die Türen des Seuchenhauses schloss.

In Faderas Herberge erwartete sie Schweigen. Und obwohl keiner sprach, waren die Blicke der Krieger mehr als beredt.

Am nächsten Morgen empfing Peider sie mit der Nachricht, dass Terodh in der Nacht gestorben war. Sie nahm es mit einem Nicken hin, während sie an Corfars Lager niederkniete und dem Krieger die Hand auf die glühende Stirn legte. Als sie dann aufschaute, stand Mordan neben ihr. Er sprach vollkommen tonlos, während er ihr Bericht erstattete. Außer Terodh gab es in dieser Nacht noch fünfzehn weitere Tote zu beklagen. Sie hatten die Namen auf den Krankenlisten gekennzeichnet und die Leichen sofort verbrannt. Kurz vor dem Morgen war Galedhs kleine Tochter gebracht worden; sie war schon zu dieser Zeit nicht mehr bei Bewusstsein gewesen. Corfar hatte sich bis vor etwa einer Stunde ununterbrochen übergeben, zuletzt hatte er nur noch Blut gespuckt, doch dann war er in einen tiefen Schlaf gefallen. Gerne hätte Lijanas das als gutes Zeichen genommen, aber sie wusste es besser.

Kurze Zeit später erschien Ecren im Seuchenhaus, um an Corfars Lager Wache zu halten. Mordan jagte ihn mit groben Worten davon; Brachan und Levan erging es einige Stunden später nicht besser. Obwohl sie versuchte, ihre Arbeit wie jeden Tag zu verrichten, ertappte Lijanas sich mehrfach dabei, wie ihre Schritte sie zu seinem Lager führten und dass sie sich anstrengte, sein Stöhnen unter dem der anderen Kranken herauszuhören. Mittag war vorbei, als sein Fieber überraschenderweise fiel und sie gegen alle Vernunft hoffen ließ. Bis zum Abend hatte er das Bewusstsein wiedererlangt. Doch keine Stunde, nachdem die ersten Flammentürme gelöscht worden waren, kam das Fieber mit entsetzlicher Wucht zurück und raubte ihm die Sinne.

Diesmal war es Lijanas, die Mordan daran erinnerte, dass es Zeit war, zur Herberge zurückzugehen. Sie war nicht überrascht, dass er ihr mitteilte, er werde die Nacht hier verbringen.

Am nächsten Morgen ging es Corfar nicht besser, aber erstaunlicherweise auch nicht schlechter. Mordan lehnte mit der Schulter an der Mauer neben dem Lager des Kriegers, als Lijanas das Seuchenhaus betrat. Im ersten Moment glaubte sie, die Krankheit hätte auch ihn befallen, doch kaum wandte sie sich in seine Richtung, hob er den Kopf. Er wirkte erschöpft, unter seinem Auge lag ein dunkler Ring, Wangen und Kinn trugen schwarze Bartstoppeln, aber er zeigte keine Krankheitszeichen. Ihre Versuche, ihn dazu zu überreden, sich irgendwo eine ruhige Ecke zu suchen und einige Stunden zu schlafen, ignorierte er und ging stattdessen wie jeden Tag seiner Arbeit nach.

Als Corfar am Abend noch immer am Leben war und sich bisher weder nässende Wunden auf seinem Körper gezeigt hatten noch ihm Blut aus der Nase rann, begann die junge Heilerin tatsächlich zu hoffen. Vielleicht unterschied sich das Volk der Kjer genug von den Bürgern Cavallins und den Nivard, um die Seuche überleben zu können.

Ihre Zuversicht wurde zwei Stunden später zunichtegemacht, denn Corfar wand sich plötzlich in Krämpfen und schlug um sich. Es gelang Mordan kaum, ihn zu bändigen – bis der Krieger sich jäh krümmte, als hätte man ihm einen Dolch in den Bauch gerammt, und dann nach einem schier endlosen Ausatmen endgültig still lag.

»Ich werde Peider sagen, dass er und Galedh seine Leiche ins Feuer hinaustragen sollen«, murmelte Lijanas nach einer kurzen Zeit, in der sie stumm neben Mordan und dem Toten gestanden hatte.

»Nein!« Der dunkle Krieger hatte Corfar eben die Augen geschlossen, nun blickte er heftig auf. »Er wird bestattet, wie es einem Krieger der Kjer zusteht!«

»Das kann ich nicht erlauben! Ihr wisst …«

Er schoss mit gebleckten Zähnen vom Boden hoch. »*Ihr* könnt es nicht erlauben? – Was glaubt Ihr, wer Ihr seid? – Ich brauche *Eure* Erlaubnis nicht, wenn es darum geht, wie einer *meiner* Legaten bestattet wird!« Erschrocken wankte Lijanas vor ihm zurück. Seine Wut stand beinah greifbar zwischen ihnen. »Kommt Ihr ihm zu nahe, Heilerin, oder einer der anderen, werdet Ihr den Tag verfluchen, an dem wir uns begegnet sind!«

Keine Sorge, das tue ich bereits, Kjer!

Sie straffte die Schultern und sah ihn fest an. »Ihr wisst, dass seine Leiche verbrannt werden muss! Alles andere wäre verantwortungslos jenen gegenüber, die die Krankheit nicht haben!«

Mit gefährlicher Langsamkeit beugte er sich zu ihr vor. »Seid unbesorgt, Heilerin! Seine Leiche wird verbrannt. Aber nicht in einer Grube zusammen mit verweichlichten Bürgern und Krämerseelen. Ein Mann wie Corfar hat Besseres verdient!«

»Ihr messt mit zweierlei Maß, Kjer! Wenn die Familien der anderen Toten hätten entscheiden dürfen, wären ihre Anverwandten auch anders bestattet worden.«

»Ich messe mit zweierlei Maß? – Es ist mir gleichgültig! Was scheren mich die Bürger Cavallins oder irgendwelche dahergelaufenen Nivard! – Corfar wird so bestattet, wie es den Bräuchen meines Volkes entspricht und wie es einem Krieger wie ihm zukommt.« Er bückte sich und zog die Decke über das Gesicht des Toten. »Ihr werdet morgen auf meine Hilfe verzichten müssen, Heilerin. Ich muss einen Freund bestatten«, beschied er ihr, als er sich dann wieder aufrichtete. Damit ließ er sie stehen und ging hinüber zu Peider. Einen Augenblick sprachen sie miteinander, wobei der junge Soldat immer wieder zu Lijanas herüberschaute. Schließlich nickte er, und wenig später verließ er das Seuchenhaus, während Mordan sich wieder seiner Arbeit zuwandte.

Etwa eine Stunde später stand Brachan in der Tür – die junge Heilerin hatte schon fast geglaubt, Mordan wolle die Nacht wieder bei den Kranken verbringen – und nickte ihm schweigend zu. Gemeinsam trugen sie Corfars Leiche hinaus und legten sie auf die Bahre, die wieder zwischen zwei Pferden hing. Als der dunkle Krieger dann noch einmal zurückkam und sie abwartend ansah, begriff sie. Hastig verabschiedete sie sich von Zonas, der die heutige Nachtwache hatte, und folgte ihm hinaus, wo sie ohne große Umstände auf den Rücken eines der Pferde gehoben wurde. In bedrückendem Schweigen ging es zu Faderas Herberge. Die Soldaten der Stadtwache folgten ihnen.

Zu Lijanas Verblüffung war der Innenhof von Ölschalen hell erleuchtet. In der Mitte stand ein Tisch, mehrere Bahnen Leinen lagen daneben und einige Krüge standen bereit. Levan und Ecren waren nicht zu sehen. Corfars Leiche wurde behutsam auf den Tisch gelegt, dann machte Mordans unfreundlicher Blick ihr klar, dass sie hier nicht erwünscht war. Sie floh in ihr Zimmer. An die Wand neben dem Fenster gelehnt, blickte sie in den Hof. Die beiden Krieger arbeiteten schweigend, jeder schien zu wissen, welchen Handgriff der andere als Nächstes ausführen würde. Der Tote wurde respektvoll gewaschen und dann fest in die Leintücher gehüllt, die immer wieder mit Öl getränkt wurden. Schließlich wurde Corfars Furcht einflößende Axt auf seine Mumie gelegt und die Öllichter bis auf eines gelöscht. Dann traten Brachan und Mordan an Kopf- und Fußende der Totenbahre und verharrten in reglosem Schweigen, die eigenen Waffen blank in den Händen.

Am Morgen wurde sie von Mordans Schritten im Zimmer geweckt. Müde und zerzaust setzte sie sich auf und stellte fest, dass sie in ihren Kleidern geschlafen hatte. Schweigend beobachtete sie, wie der dunkle Krieger einen silberbeschlagenen Gürtel über der glänzend schwarzen Tunika schloss, unter der die eisernen Ringe eines Kettenhemds schimmerten. Dann trat er an den Tisch, auf dem zwei lange Bänder lagen, eines in einem dunklen, beinah blutfarbenen Rot, das andere von einem ebenso dunklen Braun, in das feine rote Fäden eingewoben waren, und flocht auf der linken Seite, direkt hinter seinem Ohr, drei, kaum halbfingerdicke Zöpfe in sein Haar. In den zweiten und dritten wurden die beiden Bänder mit hineingeschlungen, nur der erste blieb ungeschmückt. Ansonsten fiel seine Mähne in glänzend schwarzen Wellen bis über die Schulterblätter hinab. Als er sich umdrehte und sie ansah, musste Lijanas zugeben, dass ihr Entführer ein schöner Mann war. Daran änderte auch die Lederklappe über dem linken Auge nichts. Im Gegenteil! Beinah wollte es ihr scheinen, als sei es gerade dieser Makel, der seiner Erscheinung etwas Besonderes verlieh. Sie zog die Unterlippe zwischen die Zähne, während er den Schwertgurt mit dem Kurzschwert und seinem kleineren Zwilling umlegte, das Kereshtai unter den Gürtel schob und sich dann nach dem mächtigen schwarzen Schild bückte, der an der Wand gelehnt hatte.

»Wohin geht Ihr?« Sie richtete sich ein wenig mehr auf, als er zur Tür schritt.

»Wir werden Corfar bestatten, wie es ihm zusteht.« Ohne sie eines Blickes zu würdigen, rückte er den Schild an seinem Arm zurecht. Der eiserne Dorn in der Mitte glänzte gefährlich.

»Ich möchte mitkommen!«

Sein Auge musterte sie kalt. »Weshalb? Um ihn zu ehren oder um zu überwachen, dass seine Leiche auch wirklich verbrannt wird?«

Anstelle einer Antwort schaute sie ihn erbost an, schob sich von den Bettkissen herunter und trat vor ihn. »Ich möchte mitkommen!«, wiederholte sie betont ruhig.

Die Kälte wich nicht aus seinem Blick, als er sie erneut prüfend musterte. »Aber nicht, wenn Ihr ausseht wie eine Vogelschrecke. – Wascht Euch, kleidet Euch in ein sauberes Gewand und richtet Euer Haar! – Und beeilt Euch! Wir werden nicht auf Euch warten.« Die Tür schloss sich hinter ihm und Lijanas war allein. Sie beeilte sich zu tun, was er verlangt hatte.

Als sie schließlich in den Hof hinunterkam, war alles schon bereit. Die Felle der Ashentai-Rösser schimmerten, ihr Sattelzeug war poliert und auch die Kjer waren beeindruckend in ihren Kettenhemden und Tuniken, über denen silber- und kupferbeschlagene Gürtel lagen. Ihre Waffengehänge glänzten und waren mit fein gearbeiteten Zierketten versehen. – Die Krieger hatten sich in ihre besten Gewänder gekleidet, um Corfar auf seinem letzten Weg zu ehren. Und wie Mordan hatten auch die anderen sich Zöpfe ins

Haar geflochten, doch ihre Bänder wiesen andere Farben auf. Zudem trugen sie jeder nur zwei Zöpfe.

Zu ihrem Erstaunen bedachte Brachan sie mit einem abweisenden Blick, kaum dass er sie bemerkte. Seine Stimme klang scharf durch den Hof und Mordan, der gerade mit Fadera gesprochen hatte, wandte sich um. Einen Moment lang schaute er sie an, dann antwortete er dem alten Krieger in beschwichtigendem Ton. Was auch immer er gesagt haben mochte, Brachan nickte ihr daraufhin zu, als erkläre er sich damit einverstanden, dass sie die Kjer begleitete. Lijanas sah zu Mordan hinüber. Die Worte, die er ihr gestern im Seuchenhaus voll Wut entgegengeschleudert hatte, kamen ihr wieder in den Sinn. ›*Ich brauche* Eure *Erlaubnis nicht, wenn es darum geht, wie einer* meiner *Legaten bestattet wird!*‹ – *Wer bist du? Warum tut selbst Brachan, was du willst?*

Sein Ruf riss sie aus ihren Gedanken. Ecren und Brachan hatten sich auf ihre Pferde geschwungen und auch er saß schon auf Ireds Rücken, die Hand ausgestreckt, um sie zu sich heraufzuziehen. Als sie dann hinter ihm saß – zum ersten Mal –, reichte Levan ihm den Schild herauf und öffnete das Tor des Hofes, ehe er die Zügel des vorderen der Pferde ergriff, die die Totenbahre zwischen sich trugen. Draußen rissen die Männer der Stadtwache beim Anblick der Krieger auf ihren mächtigen Rössern verblüfft die Augen auf, doch kaum hatten sie sich von ihrer Überraschung erholt, zogen sie ihre Schwerter. Lijanas hielt erschrocken den Atem an. Mordan durfte die Herberge nur verlassen, um sie ins Seuchenhaus zu begleiten – und dies hier sah nun wirklich nicht danach aus. Ihre Finger klammerten sich fester an seinen Gürtel, während sie verfolgte, wie Brachan seinen Wallach auf die beiden Soldaten zutrieb und von ihnen verlangte, sie passieren zu lassen und sie nicht weiter zu behelligen, da sie ihren toten Gefährten bestatten wollten. Sie hörte, wie der jüngere der Männer erwiderte, er und die beiden anderen dürften mit dem Toten vorbei, doch der Mörder müsste bleiben. – Mordans Zorn war beinah zu spüren. – Im nächsten Herzschlag stieg Brachans Ashentai mit einem gefährlichen Schnauben auf die Hinterhand und der junge

Soldat sprang mit einem erschrockenen Schrei vor den eisenbeschlagenen Hufen zurück. Wie Lijanas hatte er vergessen, dass diese Pferde nicht nur herrliche Reittiere waren. Sie waren dazu abgerichtet, auf einen Befehl ihres Herrn zu töten. Das eben war nur eine Warnung gewesen.

Die Stadtwachen mussten tatenlos zusehen, wie die Kjer an ihnen vorbeiritten, während Brachan sie mit seinem Kriegsross in Schach hielt. Die junge Heilerin war sich ziemlich sicher, dass sie diese Schmach nicht so einfach hinnehmen würden. Es war gut möglich, dass Mordan schon diese Nacht in Ketten zubrachte – im Gefängnis von Cavallin. Wortlos schloss Brachan wenig später zu ihnen auf. Doch der Blick, den er mit Mordan tauschte, war mehr als deutlich.

Die wenigen Bürger der Stadt, die sich noch auf die Straßen wagten, wurden Zeuge eines düsteren Leichenzugs, der sich durch die schmalen Gassen des alten Bezirks bewegte – weiter in den Berg hinein. Vorneweg kam die Bahre, geführt von Levan, der zu Fuß nebenherschritt, und die von Brachan und Ecren flankiert wurde, wo immer die Straßenbreite es erlaubte. Den Abschluss bildete Mordan auf Ired. Abgesehen von dem hallenden Klappern der Pferdehufe herrschte absolutes Schweigen.

Schließlich erreichten sie die Stollen, in denen die Bürger Cavallins seit Hunderten von Wintern ihre Toten bestatteten. Verwundert runzelte Lijanas die Stirn, als die Kjer ihre Pferde zum Stehen brachten und absaßen. Mordan half ihr noch von Ireds Rücken, dann trugen die Krieger die Totenbahre in den Stollen hinein, jeder eine brennende Fackel in der Schildhand. Ein wenig beklommen folgte Lijanas ihnen immer tiefer in den Berg hinein, vorbei an in den Nischen aufgeschichteten Gebeinen unzähliger Toten. Das Licht der vier Fackeln huschte über grinsende Schädel, fing sich in leeren Augenhöhlen und strich über Mauern aus fahlen Knochen. Zuweilen fuhr ein kalter Lufthauch durch ihr Haar und sie glaubte ein leises Flüstern zu hören – als würden unzählige Stimmen um sie her wispern und raunen.

Der Stollen endete jäh vor einem Absatz. Zu ihrer Verblüffung kletterten Ecren und Levan hinauf, dann stemmten Brachan und Mordan die Totenbahre zu ihnen empor und reichten die Fackeln hinterher, ehe sie sich selbst hinaufzogen. Lijanas blieb allein zurück. Ein erschrockener Laut entfuhr ihr, als nach einem Augenblick der Fackelschein jäh erlosch, der eben noch schwach zu ihr herabgefallen war. Dumpf drang ein seltsames Scharren an ihr Ohr, ihr eigener Herzschlag dröhnte. Die vollkommene Schwärze schien sie zu ersticken. Keuchend riss sie den Mund auf, wollte schreien, als das Licht übergangslos wieder da war. Oben auf dem Absatz kauerte Mordan und streckte ihr die Hand entgegen. Lijanas wischte sich verstohlen ihre schweißnassen Finger an ihrem Gewand ab, ehe sie zufasste. Er zog sie neben sich, als würde sie nicht mehr wiegen als sein Schild, nur um sie auf der anderen Seite des Absatzes – der eigentlich mehr eine zwei Schritt breite, natürliche Mauer war – wieder in die Tiefe hinunterzulassen. Sie musste sich in einen schmalen Spalt, der direkt am Boden waagerecht unter einer von Rissen durchzogenen Felswand verlief, hineinducken und ein kurzes Stück in der Hocke gehen, ehe sie sich aufrichten konnte. Erneut stand sie vor einer Felswand. Hier machte der Stollen einen scharfen Knick nach rechts und endete vor einer Wand aus weißen Flechten und Spinnweben – an deren Seite Mordan sich, ohne zu zögern, vorbeischob. Lijanas folgte ihm vorsichtig und begriff, warum das Licht zuvor so plötzlich erloschen war. Dahinter führte der Stollen weiter. Und hier erwarteten sie auch die anderen Krieger schweigend. Vor ihnen stieg eine in den Felsen geschlagene Treppe sacht in die Höhe. Das Gestein zu beiden Seiten war geglättet, als seien einmal zahllose Hände darübergestrichen. Sie folgten den Stufen, doch je höher sie kamen, umso stärker wurde die seltsame Beklommenheit, die von Lijanas Besitz ergriffen hatte. Schließlich öffnete sich die Treppe zu einer mächtigen Kaverne und im Schein der Fackeln *starrten Lijanas unzählige Gesichter voller Angst entgegen* – erschrocken blinzelte sie und blickte in eine leere Höhle, in deren Mitte ein Scheiterhaufen errichtet worden war. Sie stolperte am obersten Tritt, fand im letzten Moment Halt an den Felsen und ließ den Blick hastig über die von glänzenden Salzadern durchzogenen Wände gleiten. Schatten flohen vor dem Fackellicht, sammelten sich zitternd in den Winkeln und hinter Felsen, die vereinzelt auf dem salzweißen Boden lagen – aber außer ihr und den Kriegern war niemand hier. Sie stieß sich von dem Stein ab und folgte den Kjer, die gerade die Totenbahre auf den Stämmen des Scheiterhaufens absetzten. Jetzt wusste sie auch, wohin Levan und Ecren am vergangenen Abend verschwunden waren. Für einen kurzen Moment fragte sie sich, wo die Männer das Holz aufgetrieben hatten, in einer Stadt, in der es keine Bäume gab. Es musste sie ein Vermögen gekostet haben.

Als sie sich langsam näherte, drehte Mordan sich zu ihr um und bedeutete ihr schweigend, sich auf einen flachen Felsen einige Schritt hinter ihm zu setzen. Erst jetzt wurde Lijanas bewusst, dass keiner der Krieger auch nur ein Wort gesprochen hatte, seit sie die Herberge verlassen hatten.

Gehorsam ließ sie sich auf der geglätteten Oberfläche des Steines nieder und beobachtete, wie sich die Kjer auf den vier Seiten des Scheiterhaufens aufstellten. Für eine lange Zeit senkte sich Stille über die Kaverne, nur zuweilen durchbrochen von dem Zischen der Fackeln. Schließlich war es Levan, der das Schweigen brach und ruhig zu sprechen begann. Was er sagte, konnte Lijanas nicht verstehen, da er in der Sprache der Kjer redete, doch als er schließlich geendet hatte, trat er vor und sie sah das Blitzen einer kupfernen Münze, die er auf die Brust der Mumie legte. Zurück an seinem Platz hob er die Fackel in einem stummen Gruß und die Stille kehrte zurück. Nach einiger Zeit begann Ecren zu sprechen, auch er trat vor und legte eine Münze auf Corfars Brust. Dieses Mal hatte Lijanas Silber blitzen sehen. Und wie bei Levan kehrte nach dem Gruß mit der Fackel die Stille zurück. Der Nächste war Brachan, er legte eine goldene Münze zu den beiden anderen. Zuletzt ergriff Mordan das Wort, und als er vortrat, brach sich die Fackelflamme in einem roten Edelstein. Auch er hob die Fackel in einem stummen Gruß – und stieß sie in den Scheiterhaufen. Und während Brachan, Ecren und Levan es ihm nachtaten, fraßen die Flammen sich durch das ölgetränkte Holz und schlugen immer weiter empor. Mit tödlichem Gleichmaß zogen die Kjer dann ihre Waffen und verharrten erneut in reglosem Schweigen, derweil das Feuer prasselnd Holz und Leichnam verschlang.

Der Wind verirrte sich in den Rauchfang ihrer Hütte, tanzte mit dem Kräuterrauch, der in trägen Wirbeln gegen den sternenbesäten Himmel stieg, und erzählte von denen, die kommen würden. Sie fing ihn in ihren Händen, lauschte auf sein Wispern; hörte von dem Krieger, der geschickt worden war, die Tränen der weißen Schlange zu stehlen; dem Diener des Hathenan, von dem man sagte, er kenne weder Gnade noch Liebe.

Sie hörte von den Kreaturen, die durch die Finsternis schlichen und jene verfolgten, die vom Blut der Schlange war; die die Seelen jener tranken, die diese Welt noch nicht gesehen hatten und doch schon in ihr waren; die Leid und Angst brachten, sich daran labten und so jenen nährten, der einst gewesen war und nicht wieder sein durfte.

Als sie genug vernommen hatte, warf sie ihn den Sternen entgegen und gab ihm seine Freiheit zurück. Die weißen Augen geschlossen, rief sie mit ihrem Geist jene, die vor Langem waren, hörte ihr Raunen, lauschte ihrem Gesang.

Was einst geschehen war, durfte nicht wieder sein!

Der Krieger musste sterben, damit die Schlange lebte!

Sie stand auf und rief die Männer ihres Stammes zusammen.

11

Mit gezogenen Schwertern stürmen die Krieger die Kaverne. Die Frauen, Kinder, Jungen und Mädchen werden in einer Ecke zusammengetrieben, und obwohl ihre Angstschreie zwischen den Felswänden widerhallen, ist es vollkommen still. Brutal bahnen die Männer sich ihren Weg durch die verschreckten Gefangenen, auf der Suche nach dem einen. An der Kehle ihres Anführers glänzt ein Strang schwarzer Perlen. Jeder Knabe, der mehr als vierzehn Winter gesehen haben mochte, wird hervorgezerrt, die Kittel rücksichtslos über der Schulter herabgerissen – und zurück in die Reihen der Gefangenen gestoßen. Bis sie den gefunden haben, auf dessen Haut das weinfarbene Mal ist. Stille senkt sich herab. Ein Mann tritt aus den Schatten, in einem Gesicht ohne Alter glitzern blauviolette Augen. Der Anführer der Krieger verneigt sich tief vor ihm, den zitternden Knaben hält er im Genick gepackt, zeigt die gezeichnete Schulter. Die dünnen Finger des Mannes fahren durch das schwarze Haar des Knaben, ein Nicken, eine Geste, der Anführer der Krieger verneigt sich erneut, schlägt die Faust gegen die Brust. Der Knabe wird auf einen flachen Felsen gestoßen, blitzend fährt die Klinge des Kereshtai-Schwertes herab, trennt den Kopf von den Schultern, gräbt eine Kerbe in den Stein. Ein Schrei dringt aus vielen Kehlen, doch kein Laut ist zu hören. Unter den Gefangenen duckt sich einer, der gerade vierzehn Winter gesehen hat. Schmerz wütet dort, wo der Arm in die Schulter übergeht und wo jetzt eine Brandwunde ist. Augen hell wie Eis weichen denen des Anführers aus, in denen ein Sturm zu wirbeln scheint. Ein angsterfülltes Wimmern sitzt in der Kehle, erzwingt sich seinen Weg zu den Lippen und dringt als Ächzen hervor, als der Krieger mit den grauenvollen Reißzähnen die Hand nach ihm ausstreckt …

Eine Hand schloss sich um ihre Schulter und Lijanas fuhr mit einem erschrockenen Laut zurück. Einen Augenblick kämpfte sie, um loszukommen, ihre Finger fuhren über eine schmale Kerbe im Stein, dann gelang es ihr endlich, die Augen zu öffnen. Der Griff wurde härter, sie glaubte, in die Sturmaugen eines fremden Kriegers zu blicken, doch dann erkannte sie Mordan, der sich über sie beugte. Sie blinzelte, fragte sich, warum ihre Hände bebten – da war nur noch zäher Nebel in ihrem Kopf. Sie konnte sich nicht daran erinnern, eingeschlafen zu sein.

»Brachan und Levan kehren in die Herberge zurück. Sie werden Euch mitnehmen!« Nur langsam drang die Bedeutung seiner Worte in ihren trüben Verstand.

»Und Ihr?« Sie klang heiser, als hätte sie lange Zeit geschrien.

»Ecren und ich bleiben, bis das Feuer vollständig heruntergebrannt ist, dann sammeln wir die Asche ein.« Er zog sie von dem flachen Felsen hoch und hielt sie fest, als sie einen Herzschlag lang schwankte. »Geht es Euch gut?«

»Ja! – Können Brachan und Levan mich ins Seuchenhaus bringen? Ich muss sehen, ob sie mich dort brauchen!« Mit beiden Händen rieb sie sich durchs Gesicht und strich glättend über ihr Haar. Mordan sagte etwas in seiner Sprache zu Brachan. Der grauhaarige Krieger zögerte. Als er antwortete, war seine Stimme scharf.

»Sie werden Euch hinbringen, Heilerin. Aber sie werden nicht bei Euch bleiben. Bittet Peider, Euch nach Hause zu begleiten. – Und macht keine Dummheiten!« Die Drohung in seinen Worten war nicht zu überhören. Lijanas nickte nur schweigend, dann folgte sie Brachan und Levan aus der Kaverne. Auf der ersten Stufe der Treppe drehte sie sich noch einmal um – da war nichts außer dem Scheiterhaufen und den beiden Kjer, die wieder an seinen Enden standen.

Wie Mordan versprochen hatte, lieferten die Krieger sie am Seuchenhaus ab. Während der Stunden in der Kaverne hatte sie jedes Zeitgefühl verloren, deshalb war sie erstaunt, dass es erst später Nachmittag war. Ihrem Eindruck nach hätte ebenso gut ein ganzer Tag vergangen sein können.

Peider begrüßte sie voller Erleichterung. Er war in Sorge gewesen, nachdem sie nicht wie gewöhnlich am Morgen erschienen war. Er wusste zwar, dass Mordan seinen toten Freund bestatten wollte, und hatte sich zusammengereimt, dass seine Gemahlin sicher dabei sein würde, doch da war dennoch die ganze Zeit über die Angst gewesen, dass Lijanas Abwesenheit einen ganz anderen Grund haben könnte; dass auch sie von der Krankheit befallen sein könnte.

Soweit es ihm möglich gewesen war, hatte er sich zusammen mit Zonas um die Kranken gekümmert. Galedhs kleine Tochter war am frühen Morgen in den Armen ihres Vaters gestorben, und nachdem der kleine Leichnam verbrannt worden war, hatte Galedh einen Becher Wein nach dem anderen geleert – jetzt kauerte er mit stierem Blick in einer Ecke und verfluchte jeden, der ihm zu nahe kam. Abgesehen von dem Mädchen hatte die Seuche in der Nacht zwanzig weitere Opfer gefordert und seit dem Morgen waren elf Männer und Frauen gestorben.

Lijanas machte sich niedergeschlagen an die Arbeit. Am Morgen war es ihr richtig erschienen, die Kjer zu begleiten und bei Corfars Bestattung dabei zu sein, doch angesichts der Hoffnungslosigkeit um sie herum bekam sie mehr und mehr ein schlechtes Gewissen. Sie hätte hier sein müssen!

Die Flammentürme waren schon mehr als eine Stunde gelöscht, als sie erfolglos versuchte, Galedh nach Hause zu schicken. Sie musste einsehen, dass er inzwischen zu betrunken war, um einen Fuß vor den anderen setzen zu können, selbst wenn er gewollt hätte.

Als einige Zeit später Hauptmann Uladh im Seuchenhaus erschien und sie zu sprechen wünschte, war sie einerseits zwar von seinem Mut beeindruckt, den alten Speicherhof zu betreten, andererseits waren ihre Hände schweißfeucht, weil sie wusste, weshalb er kam.

Da sie ihm nur sagen konnte, dass ihr Gemahl einen seiner Freunde zusammen mit den anderen Kriegern nach der Sitte der Kjer bestattet hatte, sie aber nicht wusste, wo er sich im Augenblick aufhielt, ließ Uladh ihm durch sie ausrichten, dass er Mordan am nächsten Morgen im Gebäude der Stadtwache erwartete. Warum sagte er nicht, doch Lijanas zweifelte nicht daran, dass Mordans Quartier nach dem Morgen das Gefängnis sein würde und nicht mehr Faderas Haus. Sie versprach, ihrem Gemahl die Nachricht zu bestellen, und Uladh ging.

Es war wohl noch eine Stunde bis Mitternacht, als sie sich zusammen mit Peider auf den Weg in den alten Bezirk Cavallins machte. Während sie zusammen durch die verlassenen Gassen schritten, erfuhr Lijanas, dass seine Frau jeden Tag mit der Geburt ihres Kindes rechnete. Sie war klein und von zierlicher Gestalt und ihr Bauch inzwischen so unförmig geschwollen, dass sie sich kaum bewegen konnte. Deshalb war Peider froh, dass sie in ihrem Haus eine eigene kleine Quelle hatten, sodass sie nicht zu einem der Brunnenhäuser gehen musste, um Wasser zu holen. Eine ältere Nachbarin, selbst schon nicht mehr so sicher auf den Beinen, kam jeden Tag, leistete ihr Gesellschaft und kochte ihr die Mahlzeiten. Er gab freimütig zu, dass er im Augenblick mehr Angst davor hatte, dass bei der Geburt des Kindes ein Unglück geschehen könnte, als dass er oder seine Frau sich mit der Krankheit ansteckten. Schließlich hatten sie das Tor von Faderas Herberge erreicht und Peider hatte ihr bereits eine angenehme Nacht gewünscht, da drehte er sich noch einmal um und fragte Lijanas schüchtern, ob sie vielleicht bei der Geburt seines Kindes dabei sein könnte. Nur zur Sicherheit … Ein Strahlen erhellte sein müdes Gesicht, als sie ihm versicherte, dass es ihr ein Vergnügen sei und dass er sie nur zu rufen brauche. Sichtlich erleichtert ging er nach Hause.

Zu Lijanas Erstaunen brannte in der Kupferschale der Kaminstelle im Speiseraum noch ein Feuer. Sie war noch verblüffter, als sie entdeckte, dass Mordan allein am Tisch saß, einen Becher, vermutlich mit Bier gefüllt, vor sich, und ins Leere blickte.

Ob er seine Trauer ebenso in Alkohol ertränkte wie Galedh? »Kjer?« Sie trat hinter ihn. Langsam hob er den Kopf und sie stellte erfreut fest, dass er noch nüchtern war. »Ich soll Euch von Hauptmann Uladh bestellen, dass Ihr Euch morgen früh bei ihm melden sollt, im Gebäude der Stadtwache.«

»Er war bei Euch im Seuchenhaus?«

»Ja! Heute Abend. Er kam allein. Ich vermute, dass er nicht mehr allzu viele Männer hat. Fünf liegen im Seuchenhaus. Zwei davon werden die Nacht wahrscheinlich nicht überstehen.«

»Aha! Ich hatte mich schon gewundert, warum er mich hier

nicht erwartet hat, als Ecren und ich zurückkamen.« Er verschränkte die Finger um den Becher und die Stille kehrte zurück. Lijanas stand neben ihm und wusste nicht, was sie tun sollte. Schließlich wagte sie es, ihm die Hand auf die Schulter zu legen. »Es tut mir leid, dass ich für Corfar nichts tun konnte.«

Die Antwort war ein schweigendes Nicken.

Woher sie den Mut nahm, wusste sie nicht, doch sie ließ sich neben ihn auf den Stuhl sinken. »Wenn ich wenigstens wüsste, was die Krankheit auslöst …«

Müde sah er auf. »Es muss etwas sein, mit dem wir alle in Kontakt kommen.« Sein Blick ging erneut ins Leere »Dafür zumindest spricht, dass die Krankheit scheinbar wahllos jeden befällt.«

»Aber warum sind wir dann noch nicht krank?«

»Ich weiß es nicht! Zumindest können wir mit ziemlicher Sicherheit sagen, dass man sich nicht direkt bei den Kranken anstecken kann.«

»Aber Terodh …«

»Wie lange sind wir jetzt schon jeden Tag im Seuchenhaus? Zwölf Tage? – Wenn man sich bei den Kranken anstecken könnte, hätten wir das schon getan. Nein! Er muss es sich anders geholt haben.«

»Aber wie?«

Mordan hob andeutungsweise die Schultern. »Keiner der Kranken hat etwas Außergewöhnliches gegessen oder getrunken oder irgendetwas getan, was er normalerweise nicht tut. Es gibt nichts Auffälliges!«

»Woher wisst Ihr das?« Verblüfft blickte Lijanas ihn an.

»Ich habe gefragt.«

»Aber es muss etwas geben … – Darf ich?« Sie wies auf den Becher.

»Das sage ich mir auch die ganze Zeit! – Das ist Bockbier! Ihr mögt es nicht.« Dennoch nahm er die Hände beiseite.

»Ich werd's überleben.« Sie trank einen kleinen Schluck, verzog das Gesicht und wischte sich mit dem Handrücken über den Mund. »Wie kann man so etwas nur mögen?«

»Gewohnheit vermutlich. – Gibt es denn keine Krankheit, die dieser ähnelt …?«

Lijanas schüttelte den Kopf und schob ihm den Becher wieder zu. »Nein! Das hatte ich mir auch schon überlegt.«

Einen Moment drehte er ihn in den Händen, ehe er den Becher zum Mund hob, setzte ihn jedoch wieder ab, ohne getrunken zu haben. »Also gut!« Unvermittelt stand er auf und ging im Speiseraum auf und ab. »Wir wissen, dass man sich nicht bei den Kranken anstecken kann. Keines der Opfer hat etwas Besonderes gegessen oder getrunken. Es gibt keine Auffälligkeiten. – Warum sind dann da noch immer Menschen, die nicht krank sind?«

»Gibt es Stadtviertel, die nicht betroffen sind?« Lijanas nippte noch einmal an dem Bier. In winzigen Schlucken war es erträglich.

»Soviel ich weiß, nicht. Allerdings kenne ich mich in Cavallin nicht gut genug aus, um das wirklich sagen zu können.« Er marschierte weiter auf und ab. Irgendwie erinnerte er sie an jene kraftvolle schwarze Raubkatze, die sie einmal in Rusans Menagerie gesehen hatte. Das Tier war auch rastlos in seinem Käfig hin- und hergeschritten, immer an den Gitterstäben entlang. Es hatte einen herrlichen Anblick geboten, das Spiel der mächtigen Muskeln unter dem prächtigen Fell, das im Sonnenlicht glänzte. – Aber es hatte keinen Mondlauf in Gefangenschaft überlebt. Schließlich blieb er stehen und Lijanas sah wie ertappt auf, als sie seinen Blick auf sich spürte. »Und wenn wir das Messer einmal umdrehen?«

Verständnislos schaute sie ihn an. »Das Messer umdrehen? Wie meint Ihr das?«

»Wenn wir das Ganze von der anderen Seite betrachten! Bisher haben wir nach Gemeinsamkeiten gesucht – vielleicht sollten wir einmal nach Unterschieden suchen.« Er nahm seine Wanderung wieder auf.

»Unterschiede? – Es gibt keine! Fadera kauft bei den gleichen Händlern ein, bei denen auch Leute eingekauft haben, die erkrankt sind. Die Vorräte stammen aus den gleichen Speichern. Wir trinken das gleiche Wasser wie alle anderen. Wir atmen die gleiche Luft …«

»Was habt Ihr gerade gesagt?« Abrupt war er stehen geblieben. Jetzt starrte er sie an, als hätte sie sich vor seinen Augen in irgendeine Absonderlichkeit verwandelt.

»Wir atmen die gleiche Luft?«, wiederholte sie vorsichtig.

»Nein! Das mit dem Wasser! – Das stimmt nicht! Wir trinken nicht das gleiche Wasser!«

»Wie kann das sein? Das Wasser stammt aus den Brunnenhäusern …«

»Aber Faderas Herberge hat eine eigene Quelle! Unser Wasser stammt aus dieser Quelle! – Und es gibt im alten Bezirk noch ein paar Häuser, die ebenfalls über kleine Quellen verfügen.«

»Aber das Wasser im Seuchenhaus stammt aus den Brunnenhäusern …« Ihr erhobener Zeigefinger tippte in die Luft. Dann wurden ihre Augen groß. »Aber wir trinken im Seuchenhaus kein Wasser! Wir trinken nur Wein!«

»Genau! – Wäre es denn denkbar, dass die Krankheit über das Wasser ausgelöst wird?«

»Natürlich. Wenn es verschmutzt ist … – Aber habt Ihr mir nicht erklärt, dass unter den Brunnenhäusern ein Fluss hindurchfließt? Das heißt doch, dass das Wasser gar nicht verschmutzt werden kann – zumindest nicht so, dass es eine solche Seuche auslösen könnte, da alles weitergespült wird.«

»Ja, Ihr habt recht! – Verdammt! Und es klang so einleuchtend! – Also gut, was gibt es noch für mögliche Unterschiede?«

Einen langen Moment sah Lijanas ihn nachdenklich an, dann hob sie hilflos die Schultern. Mordan fuhr sich knurrend mit beiden Händen übers Gesicht und begann von Neuem, den Raum mit langen Schritten zu durchmessen. Sie nahm abermals einen kleinen Schluck Bier. Der Schein des Feuers glänzte in seinem Haar, das noch immer offen über seinen Rücken hinunterfiel.

Warum ist mir bisher nicht aufgefallen, wie lang es ist? Er muss es mindestens einmal umgeschlagen haben, wenn er es zu einem Rossschweif zusammengebunden trägt. Was mögen wohl die Zöpfe bedeuten? Und was die Bänder?

Nur widerwillig löste sie den Blick von ihm, als seine Bewegungen langsamer wurden, er schließlich erneut stehen blieb und sie mit schmalem Auge ansah.

»Was, Kjer?« Sie wurde unter seinem Blick kribbelig.

»Ich komme nicht von unserer Theorie mit dem Wasser los. – Wisst Ihr, der Fluss fließt unter der gesamten Stadt hindurch. Auf seinem Weg wird er immer wieder von Wehren gebremst. Trotzdem ist er noch so schnell, dass er jeden Eimer vom Seil reißen und mit sich tragen würde. Deshalb sind unten in den Brunnenhäusern massive Gitter, die das verhindern sollen …«

Seine Stimme verebbte, während er sie weiter nachdenklich anschaute.

»Ihr meint, dass der Grund für die Krankheit irgendwo in einem dieser Gitter hängt?«

»Wäre denkbar, oder?«

»Aber wie kommt es hinein?« Ihre Augen wurden groß. »Hat es jemand mit Absicht hineingeworfen?«

»Ihr meint, jemand hätte mit Absicht die Brunnen vergiftet? – Warum? Und wer?« Er schüttelte den Kopf. »Ich denke, es war eher Zufall!« Scharf sog er den Atem ein. »Oder es war doch Absicht! – Um etwas anderes zu vertuschen!«

»Und was?«

»Einen Mord vielleicht?«

»Hätte man nicht auch in den Brunnenhäusern gesucht, wenn ein Bürger Cavallins vermisst würde?« Lijanas stützte das Kinn auf die Hände.

»Bei einem Bürger vielleicht. Aber was ist mit einem Fremden? Eventuell einem, der allein reist.«

»Es würde nicht auffallen, weil jeder denken würde, er wäre weitergezogen. Und seine Habseligkeiten könnte der Mörder verschwinden lassen. – Aber wenn das Wasser durch eine Leiche vergiftet wäre, hätten wir andere Krankheitszeichen. Ganz egal wie weit sie schon verwest wäre.«

Mordan runzelte die Stirn. »Gut, aber vernachlässigen wir einmal den Grund für die Verseuchung. Wenn wir eingrenzen könnten, in welchen Bezirken der Stadt die meisten Krankheitsfälle auftreten, müssen wir nur flussaufwärts gehen, um das Brunnenhaus zu finden, in dem der Auslöser hängt.«

»Das können wir, Kjer! Ich führe meine Krankenlisten immer so, dass ich auch den Wohnort des Patienten notiere!«

»Sehr gut, Heilerin!« Das anerkennende Nicken, mit dem er sie bedachte, verursachte einen warmen Knoten in ihrem Bauch. »Dann brauchen wir nur noch einen Plan von Cavallin. – Und ich weiß auch, wer so etwas hat.« Sie sah seinen Gesichtsausdruck und verstand.

»Hauptmann Uladh! – Er wird nicht begeistert sein, wenn wir ihn mitten in der Nacht aus dem Bett holen!«

Eine schwarze Braue hob sich in mildem Spott. »Wisst Ihr, wie egal mir das ist. – Und sollten wir Recht haben, wird er uns das nur zu gern verzeihen.« Er trat dicht vor sie und blickte sie mit einem Lächeln an, das sie bisher noch nie bei ihm gesehen hatte. »Vielleicht haben wir endlich den Schlüssel zu unserem Problem«, meinte er warm. Der Knoten in ihrem Bauch wurde zu einem Kribbeln. Plötzlich wusste sie nicht, was sie mit ihren Händen tun sollte. Doch dann war seine Miene wieder kühl und er trat zurück. »Ich gehe mein Schwert holen, dann besorgen wir die Krankenlisten aus dem Seuchenhaus und statten anschließend Hauptmann Uladh einen Besuch ab.«

»Wozu das Schwert? Es ist mitten in der Nacht, die Leute wagen sich ohnehin nicht aus dem Haus …«

»Ich werde nicht unbewaffnet mit Euch durch diese Stadt gehen, solange irgendein Wahnsinniger nachts durch die Straßen des alten Bezirks streift und junge Frauen zerreißt.« Damit wandte er sich ab und verschwand die Treppe hinauf. Lijanas starrte ihm nach. *Er ist nicht der Mörder!* Die Erkenntnis ließ ihr Herz heftiger pochen.

Hauptmann Uladhs Haus stand im alten Bezirk von Cavallin. Mordan donnerte mit der Faust so hart gegen die Tür, dass Lijanas den Folianten mit den Krankenlisten fester an ihre Brust drückte und sich unbehaglich umsah. Einen langen Moment tat sich nichts und er hob eben erneut die Hand, als das Geräusch eines Riegels erklang, der zurückgezogen wird. Dann standen sie Hauptmann Uladh gegenüber, der sie mit nur nachlässig gebundenen Hosen verblüfft anstarrte. »Ihr!« Seine Verblüffung wich Ärger. »Wisst Ihr eigentlich, wie spät es ist, Krieger? Was wollt Ihr? – Guten Abend, Heilerin. Oder besser guten Morgen. – Ich hätte nicht schlecht Lust, Euch jetzt gleich ins Gefängnis zu schaffen und in Eisen zu legen. Nach allem, was Ihr Euch heute geleistet habt, solltet Ihr eine gute Erklärung hierfür haben.«

»Wir kennen vielleicht den Grund für die Seuche. Reicht das?« Die Kinnlade des Hauptmanns sank herab und Lijanas musste sich ein Lächeln verbeißen. Doch Mordan sprach unbeirrt weiter. »Aber um den Ausgangspunkt der Krankheit zu finden, brauchen wir Eure Hilfe, Hauptmann. – Habt Ihr eine Karte von Cavallin hier?«

Mit sichtlicher Mühe schloss Hauptmann Uladh den Mund wieder, ehe er echote: »Meine Hilfe …« Er schüttelte den Kopf, als könne er anders keinen klaren Gedanken fassen, dann nickte er. »Natürlich habe ich eine Karte. Kommt herein!« Mit einer kurzen Geste hieß er Mordan und Lijanas, ihm zu folgen. Er führte sie durch eine kleine Küche, eine steile Stiege hinauf und in einen weiß gekalkten Raum, der ihm offenbar als Arbeitszimmer diente. Rasch entzündete er die Ölschalen in den Wandnischen, nahm von einem Bord eine Pergamentrolle, bedeutete Mordan, Tintenfass, Feder und mehrere Folianten beiseitezuräumen, und breitete die Karte auf der Tischplatte aus. Dann schaute er von einem zum anderen. »Nun erklärt mir, warum Ihr meint, den Grund für die Seuche zu kennen, und wofür Ihr eine Karte von Cavallin benötigt.«

Lijanas berichtete schnell, was sie herausgefunden zu haben glaubten. Als sie ihm von ihrer Mordtheorie erzählte, zuckte sein Blick in Mordans Richtung, der mit vor der Brust verschränkten Armen am Tisch lehnte. Es war offensichtlich, was in seinem Kopf vorging. »Und wofür benötigt Ihr meine Hilfe? Und die Karte?«, fragte er, als Lijanas schließlich geendet hatte.

»Wir kennen uns in Cavallin nicht gut genug aus, um die Wohnorte der Kranken den Bezirken der Stadt zuordnen zu können.« Mordan stieß sich von der Tischkante ab und stützte sich mit beiden Händen auf die Karte, wobei er den Hauptmann eindringlich ansah. »Ihr hingegen kennt die Stadt genau. Wenn die … meine Gemahlin Euch den Wohnort eines Kranken nennt, könnt Ihr uns sagen, in welchem Bezirk er liegt, und anhand der Karte können wir dann sehen, wo besonders viele Krankheitsfälle auftreten und wo wenige – oder gar keine.«

Hauptmann Uladh nickte. »Ich verstehe. Ihr wollt eine – wie soll ich sagen? – eine Seuchenkarte erstellen, und dort, wo die meisten Krankheitsfälle aufgetreten sind, müsste der Herd sein, beziehungsweise in unserem Fall flussaufwärts davon.«

»Genau!«

»Meine Hochachtung, Krieger. Ich dachte mir, dass Ihr ein Wolf seid, aber dass Ihr auch die Qualitäten eines Fuchses aufweist …«

Mit einem gnädigen Kopfneigen nahm Mordan das Lob entgegen. »Ich war nicht allein an dieser Sache beteiligt. Meiner Gemahlin gebührt nicht weniger Anerkennung als mir. – Lasst uns an die Arbeit gehen!«

Während der nächsten Stunde las Lijanas Namen um Namen aus den Krankenlisten vor, Hauptmann Uladh nannte Mordan den Bezirk, in dem er auf der Karte die Markierung mit Kohlestift setzen musste. Sehr schnell zeichnete sich ein deutliches Muster ab. Die meisten Krankheitsfälle waren flussabwärts nach dem dritten Brunnenhaus aufgetreten. Zu Anfang wurden sie noch dadurch verwirrt, dass auch flussaufwärts dieses Hauses Menschen erkrankt waren, aber je kürzer die Fälle zurücklagen, umso weniger traten sie auch in diesen Bezirken auf. Es war Lijanas, die die Erklärung dafür lieferte: Zu Anfang hatten die Bewohner Cavallins sich noch nicht in ihren Häusern verkrochen. Wie leicht war es da möglich, verseuchtes Wasser zu trinken – während eines Besuchs bei einem Freund oder Verwandten oder auch nur in einer Schenke. Und als die Menschen sich nicht mehr aus ihren Häusern gewagt hatten, bestand diese Gefahr nicht mehr und die Krankheitsfälle flussaufwärts gingen immer weiter zurück.

Schließlich richtete Mordan sich auf und legte den Kohlestift beiseite. »Ich denke, das genügt. Es ist das dritte Brunnenhaus! Dort muss der Grund für die Seuche sein.« Er sah Hauptmann Uladh an. »Wisst Ihr, ob sich dort in den letzten Tagen vor Ausbruch der Seuche etwas Besonderes ereignet hat?«

Der Hauptmann musste nicht lange überlegen. »An dem Tag, an dem der Salzsturm losbrach, wurden Ifea, ihr kleiner Sohn Docin und Ifeas Zwillingsbruder Ismar, einer der Torwächter, ermordet – nein, sie wurden zerrissen. Ifea erwartete ihr zweites Kind, es war nur noch eine Frage von Tagen ...« Er verstummte und schaute zu Mordan hin. Der hob die Braue, als wolle er sagen: *»Ach? Tatsächlich?«* »Habt Ihr den Mörder gefunden? Hat er irgendwelche Spuren hinterlassen?«, erkundigte er sich stattdessen.

Hauptmann Uladh schüttelte den Kopf. »Nur ihre Leichen.« Er rollte die Karten zusammen. »Wollt Ihr mich zum Brunnenhaus begleiten, Krieger? – Ihr natürlich auch, Heilerin, wenn Ihr möchtet.« Weder Lijanas noch Mordan lehnten das Angebot ab.

Uladh kleidete sich hastig an, legte den Uniformharnisch an und führte sie dann durch die verlassenen Gassen. Unterwegs hämmerte er gegen mehrere Türen, scheuchte seine Männer aus den Betten und wies einige von ihnen an, Seile zu besorgen und ein Netz oder etwas Ähnliches, um »heraufzuholen, was auch immer dort unten sein mag«.

Im Licht der mitgebrachten Fackeln standen sie schließlich im Rund des Brunnenhauses. Während die Männer der Stadtwache damit beschäftigt waren, die Seile an die Brunnenpfosten zu binden, bewegte Mordan sich angespannt durch den Raum. Lijanas war neben dem Türbogen stehen geblieben und blickte sich unruhig um. Ihr entging nicht, wie die Männer den Kjer-Krieger ansahen. Ein paar Mal glaubte sie sogar das geflüsterte Wort ›Mörder‹ zu hören. An einer Stelle an der Mauer kauerte er sich schließlich hin, fuhr mit den Fingern über den Stein, ehe er Hauptmann Uladh herbeirief.

»Wisst Ihr, woher das stammt?« Er wies auf tiefe Kratzspuren in der Mauer, etwa einen Schritt über dem Boden.

Uladh kniete sich neben ihn, schüttelte nach einem Moment den Kopf, beobachtete, wie Mordan mit den Fingern seiner Hand die Furchen nachfuhr, als wolle er sich von etwas überzeugen. Langsam stand er schließlich auf, nahm einem der verblüfften Männer eine Fackel aus der Hand und schritt die Mauern noch einmal ab. Hauptmann Uladh behielt ihn aufmerksam im Auge. Als er keine weiteren Spuren an den Wänden fand, trat er an den Brunnen und untersuchte die Außenseite. Die Soldaten der Stadtwache machten ihm nur widerwillig Platz. Dann beugte er sich über den Brunnenrand und stieß nach einem Moment ein scharfes Zischen aus. Der Hauptmann erhob sich und kam herüber.

»Was habt Ihr gefunden?«

Mordan wies auf ähnlich tiefe Krallenspuren, wie er sie auf der Mauer entdeckt hatte. Nur dass dieses Mal ganz deutlich die Spuren von vier solcher Kratzfurchen auf der Innenseite der Brunnenwand zu erkennen waren.

»Was auch immer dort unten ist – es hat vier Klauen; mit Krallen, die sogar Stein zerfetzen können. Und es war nicht allein.«

Mit schmalen Augen sah Hauptmann Uladh ihn an. »Wie kommt Ihr darauf?«

»Glaubt Ihr, dieses Ding – was auch immer es war – tötet drei Menschen und springt dann in die Tiefe des Brunnens, versucht sich aber noch an der Mauer festzukrallen und wieder über den Rand zu kriechen? Klingt für mich nicht besonders vernünftig.« Er beugte sich vor und spähte in die dunkle Brunnentiefe.

»Ihr habt recht. Als man die Leichen fand, lag Ismars Schwert gezogen neben ihm, an der Klinge war Blut.«

Mordan nickte, als hätte er nichts anderes erwartet. »Er hat also einen der Angreifer verletzt, ihn – oder vielleicht auch einen anderen – über den Brunnenrand in die Tiefe befördert, aber dann haben sie ihn und seine Schwester getötet. Es waren also mindestens zwei.«

»Ein Gedanke, der mir nicht gefällt, Krieger. – Aber wenn ich Euch so anschaue, gefällt er Euch scheinbar noch weniger. Wisst Ihr, was uns dort unten erwartet?«

Anstelle einer Antwort schüttelte Mordan den Kopf.

»Nun gut.« Hauptmann Uladh griff nach dem Seil, das einer seiner Männer ihm hinhielt. »Dann wollen wir einmal herausfinden, was dort unten ist.« Er hob die Hand, als der schwarzhaarige Krieger nach dem zweiten Seil fasste. »Ihr bleibt hier! – Das ist ein Befehl!«

Ein sturmgraues Auge wurde schmal. »Was bringt Euch dazu, anzunehmen, dass ich Euren Befehlen gehorche?« Für einen kurzen Moment blitzten die Spitzen seiner Eckzähne im Licht.

»Nun, Krieger, der Umstand, dass sich fünf meiner Männer in diesem Raum aufhalten, Ihr aber allein seid.«

Mordan presste die Lippen zusammen und stieß sich vom Brunnenrand ab. »Wie Ihr meint! – Aber ich an Eurer Stelle würde eine Fackel mit hinunternehmen. – Und ich würde es vermeiden, Wasser zu schlucken.«

Als der rotbraune Schopf des Hauptmanns wenig später in der Tiefe verschwand, schaukelte neben ihm ein Eimer in der Dunkelheit, in dem eine Fackel brannte.

Die gedämpften Laute, die von unten zu hören waren, ließen sich nicht deuten, doch als er eine ganze Zeit später wieder über den Brunnenrand kletterte, war sein Gesicht fahlgrün. Er nickte Mordan zu, während er sich über die Mauer schwang. Aus seinen Kleidern floss Wasser. »Ihr hattet recht, es hat vier Klauen.« Dann wandte er sich seinen Männern zu. »Macht das Netz bereit! Einer von euch wird mich hinunterbegleiten und mir mit dem Ding helfen. Es hängt ziemlich tief im Wasser und die Strömung drückt es mit aller Macht gegen die Gitter.« Keiner der Soldaten schien von der Vorstellung begeistert, in den Brunnen zu klettern, und letztendlich musste ihr Hauptmann einen benennen, doch wenig später ließen sich die beiden Männer erneut in die Tiefe hinab.

Nach einer schier endlosen Zeit kam das Zeichen, das Netz wieder emporzuholen. Die Brunnenwinde hatte sich gerade zwei Mal gedreht, als von unten ein grauenvoller Schrei erklang. Die Männer erstarrten, blickten einander entsetzt an, zogen das Netz aber nach einem weiteren Zögern langsam herauf und hievten das triefende Ding neben den Brunnen. Wasser rann trüb über den Boden, über allem lag unvermittelt ein schier erstickender Verwesungsgestank, einer der Soldaten schlug die Hand vor den Mund und rannte würgend aus dem Brunnenraum, ein anderer schaffte es gerade bis zur Mauer, ehe er den Inhalt seines Magens ausspuckte. Mordan presste den Ärmel vors Gesicht, während Lijanas den Ausschnitt ihres Gewandes vor Mund und Nase drückte. Voller Grauen starrte sie den dunklen Krieger an. Der nickte. – Im Netz lagen die Überreste eines Seelenfressers.

Wenig später kletterte Hauptmann Uladh zusammen mit seinem Soldaten über den Brunnenrand. Die Kleider klebten ihnen triefend am Leib. Angewidert schaute der Hauptmann auf die Kreatur. »Der Kadaver eines verdammten Köters soll an all dem Schuld sein? Ich kann es nicht …«

»Das ist kein Hund.« Obwohl Mordan leise gesprochen hatte, verstummte Uladh und sah ihn überrascht an. Neben dem schwarzhaarigen Krieger zog die junge Heilerin die Schultern hoch, als fröre sie. »Das ist ein Seelenfresser.«

Sofort wurde die Miene des Hauptmanns misstrauisch. »Woher wollt Ihr das wissen?«

»Wir sind ihnen auf dem Weg hierher bereits zwei Mal begegnet.« Als sie merkte, dass Mordan sich an ihrer Seite spannte, und sah, wie Hauptmann Uladhs Augen schmal wurden, begriff sie, dass sie gerade einen Fehler gemacht hatte. Dann wurde ihr die Stille im Raum bewusst. Die Soldaten der Stadtwache gafften sie an. Auch dem Hauptmann war es nicht entgangen. »Was glotzt ihr so?«, blaffte er die Männer an. »Seht zu, dass ihr dieses Vieh in irgendetwas einwickelt, und dann schafft es hier raus!«

»Verbrennt es!«

Er nickte zustimmend. »Ihr habt die Heilerin gehört! Schafft es hier raus und verbrennt es! – Könnt Ihr mir sagen, ob diese Kreatur tatsächlich der Grund für die Krankheit war, Heilerin?«

»Ich weiß es nicht mit Sicherheit, aber es ist sehr wahrscheinlich!« Lijanas drückte den Stoff ihres Gewandes fester vor Mund

und Nase, während Uladhs Soldaten sich sichtlich angeekelt anschickten, seinen Befehl zu befolgen.

»Und wie geht es jetzt weiter, Heilerin?« Er winkte ihr und Mordan, ihm aus dem Brunnenhaus zu folgen. Draußen sog die junge Frau tief die frische Luft ein, ehe sie antwortete. »Vorerst soll niemand das Wasser aus dem Fluss trinken – am besten noch zwei bis drei Tage –, damit wir sicher sein können, dass die Strömung auch noch die letzten Kadaverfetzen weggespült hat. Und vielleicht wäre es gut, wenn das Wasser danach noch etwa eine Woche lang abgekocht wird, bevor man es trinkt – nur um jede Gefahr auszuschließen. Ich denke zwar nicht, dass es nötig ist, aber wir sollten besser sichergehen …«

»Ich verstehe, Heilerin! Ich werde meinen Männern befehlen, jetzt sofort von Haus zu Haus zu gehen und es allen mitzuteilen. – Wartet hier! Ich habe noch einige Fragen an Euch!« Er verschwand wieder im Brunnenraum. Ein ungutes Gefühl beschlich Lijanas. Sie wandte sich Mordan zu, doch der hing offenbar seinen eigenen Gedanken nach.

Schon als er die Krallenspuren in der Mauer gesehen hatte, war ihm der Verdacht gekommen. Die tiefen Kratzer im Stein hatten denen geähnelt, die die Seelenfresser auf den Mauersteinen der Brücke hinterlassen hatten. Aber aus welchem Grund hätten diese Kreaturen auch in Cavallin auftauchen sollen? Der Gedanke war ihm zu verrückt erschienen. Doch dann hatte das Netz tatsächlich den Kadaver eines Seelenfressers ans Licht gehoben. *Wenn ich es nicht besser wüsste, würde ich sagen, die Biester verfolgen uns. – Absurd! Warum sollten sie das tun?*

Ungeschickterweise hatte die Heilerin dem Hauptmann verraten, dass sie diesen Kreaturen bereits zwei Mal begegnet waren; etwas, was Uladh nun wirklich nicht hätte wissen müssen. *Er wird Fragen stellen. Und wie ich diesen Mann einschätze, werde ich die Hälfte davon nicht beantworten wollen. – Diese Frau ist einfach nicht verschlagen genug. Ich muss verhindern, dass sie Uladh zu viel erzählt.* Er sah kurz zu ihr hin, strich sich dabei mit der Hand einige verirrte Strähnen zurück – und stellte fest, dass er noch immer die drei Zöpfe hineingeflochten hatte. Wenn er nicht wollte, dass Uladh herausfand, wer er war, musste er das ändern. Mit wenigen Griffen waren die Zöpfe geöffnet, die Bänder in seiner Gürteltasche verschwunden und durch den schmalen Lederriemen ersetzt, den er gewöhnlich jenseits der Grenze von Telmáhr trug.

Drei Soldaten der Stadtgarde schleppten den in einen Mantel gewickelten Kadaver des Seelenfressers unter Ächzen und Stöhnen aus dem Brunnenhaus heraus und die Straße hinunter. Die Heilerin schlang die Arme um sich und wich ein Stück zurück. Sie zuckte zusammen, als sie gegen ihn stieß, wagte aber nicht, sich umzudrehen, da Hauptmann Uladh direkt hinter seinen Männern den Raum verließ und sich mit der Schulter an die Mauer neben der Bogentür lehnte. Die Arme vor der Brust verschränkt, musterte er sie mit einem Blick, der vermutlich einschüchternd sein sollte. Mordan legte die Hand auf die Schulter der jungen Frau, schob sie ein Stück beiseite und hinter sich. Der Hauptmann würde sich mit ihm auseinandersetzen müssen und nicht mit seiner ›Gemahlin‹. Und Hauptmann Uladh wusste sehr genau, dass er nicht so unbefangen plappern würde wie die Heilerin – im Gegenteil.

»Eure Gemahlin sagte, Ihr wäret diesen Kreaturen auf dem Weg hierher schon zweimal begegnet. Wann und wo, Krieger?«

»Einmal ein Stück südlich von Anschara, dann etwa zwei Tagesritte von den Mondtürmen entfernt. Warum wollt Ihr das wissen?«

»Nun, am ersten Tag des Salzsturms taucht Ihr und Eure Freunde hier auf, und diese Kreaturen töten am gleichen Tag drei Menschen in diesem Brunnenhaus.«

»Was hat das eine mit dem anderen zu tun?« Es fiel Mordan nicht schwer, die Worte gelangweilt klingen zu lassen.

»Findet Ihr nicht, dass das ein seltsamer Zufall ist.«

»Nein! Denn wie Ihr selbst sagt: ein Zufall. – Und nicht mehr, Hauptmann!«

»Ihr würdet also nicht sagen, dass Ihr irgendetwas mit diesen Kreaturen zu schaffen habt, Krieger?«

Seine Antwort war ein verächtliches Schnauben.

»Nun gut, aber Ihr erlaubt, dass ich den Gedanken weiterspinne. – Offenbar gibt es einige Gemeinsamkeiten zwischen den beiden Morden, deren Ihr verdächtigt werdet, und dem Tod von Ifea: Alle drei Frauen waren schwanger, mehr noch, die Kinder konnten jeden Tag zur Welt kommen. Es ist nicht zu leugnen, dass die Wunden, die den Frauen gerissen wurden, einander gleichen …«

»Was Euch zu dem Schluss bringen sollte, dass es sich bei dem Mörder um ein und denselben Täter handelt. Und da wir wissen, dass diese Ifea von einem Seelenfresser getötet wurde, kann ich unmöglich die Morde begangen haben, Hauptmann.«

»Zugegeben, so will es auf den ersten Blick scheinen, Krieger, aber …«

»Auf den ersten Blick? Macht Euch nicht lächerlich! – Ich sage es Euch noch einmal, Hauptmann: Ich habe nichts mit diesen Morden zu tun!«

»Was glaubt Ihr, wie oft ich diesen Satz schon gehört habe? Und was glaubt Ihr, wie oft die Männer und Frauen, die ihn gesagt haben, schließlich doch überführt wurden?«

Mordan atmete betont langsam aus. »Für Euch bin ich schuldig, wie? Warum? Weil Ihr mich am Tatort gesehen habt – zusammen mit mindestens einem Dutzend anderer! Weil ich ein Fremder in dieser Stadt bin? Obendrein ein Kjer, die ja zu allem fähig sind. – Hauptmann, ich hatte Euch für einen Mann gehalten, der sich nicht von Vorurteilen leiten lässt.«

»Ob Ihr in meinen Augen schuldig seid, tut nichts zur Sache! Die Stadtvögte werden über Euch richten –«

»Ihr wisst gar nicht, wie erleichtert ich darüber bin, Hauptmann.« Die Worte waren voll beißendem Spott, wurden aber von Uladh nicht beachtet.

»– Mich interessiert im Augenblick nur, was Ihr mit diesen Kreaturen zu schaffen habt. Ich sehe da nur zwei Alternativen: Sie sind Euch hierher gefolgt –«

»Wofür es keinen Grund gibt, Hauptmann!« *Und selbst wenn ich einen kennen würde, ginge er dich nichts an.*

»– oder Ihr habt sie hierher gerufen.«

»Wofür es wiederum keinen Grund gibt! – Aber ich kann Euch eine dritte Alternative nennen: Es ist alles nur Zufall und ich habe nichts mit diesen Biestern zu tun!«

»Was ich Euch nicht glaube, Krieger!«

Bei allen Rachegeistern! Was tue ich hier eigentlich? Genauso gut könnte ich gegen eine Wand reden! Seit wann vergeude ich meine Zeit mit fruchtlosen Debatten?

»Also gut, Hauptmann. Dann sagt mir, wie es jetzt weitergehen wird!«

»Ihr steht nach wie vor unter Arrest. Nachdem Ihr heute gegen meine Anweisungen verstoßen habt, müsste ich Euch ins Gefängnis werfen lassen. Aber in Anbetracht der Tatsache, dass Ihr mitgeholfen habt, die mögliche Ursache für die Seuche zu finden, will ich Gnade vor Recht ergehen lassen. Ihr bleibt weiter in Freiheit, nach wie vor unter Bewachung. Allerdings erwarte ich von Euch, dass Ihr mir Eure Waffen aushändigt. – Gebt mir Euer Schwert!«

Vergiss es! Mordan legte die Hand auf das Heft des Kereshtai. »Nein!« Hinter sich hörte er die Heilerin nach Luft schnappen.

Hauptmann Uladh blinzelte verblüfft. »Wie war das?«

»Ihr habt mich verstanden, Hauptmann!« *Sind das ihre Hände auf meinem Rücken?*

»Ihr habt die Wahl, Krieger: Ihr gebt mir das Schwert freiwillig oder ich nehme es Euch mit Gewalt – und Ihr wandert auf direktem Weg ins Gefängnis!«

Mordan schloss die Finger langsam um den Griff aus Rochenhaut und Seide, zog die Oberlippe ein winziges Stück zurück. »Wenn Ihr mein Schwert wollt, müsst Ihr es Euch holen – mit Gewalt! Denn freiwillig gebe ich es Euch nicht!«

»Wie Ihr wollt, Krieger!«

»Wartet!« Die Heilerin drängte sich an ihm vorbei und legte die Hand auf seinen Arm. »Ich bitte Euch, Hauptmann, lasst meinem Gemahl sein Schwert. Ihr habt selbst gesagt, dass es möglich wäre, dass diese Kreaturen uns hierher gefolgt sind. Wenn das so ist, wer soll uns gegen sie verteidigen, falls sie uns angreifen?«

»Euer Gemahl steht unter Bewachung! Meine Männer werden …«

»Verzeiht mir, Hauptmann, ich weiß nichts über Eure Männer oder ihr Geschick mit der Waffe – aber ich habe diese Kreaturen gesehen und ich weiß um die Fähigkeiten meines Gemahls mit dem Schwert. Ich fühle mich unter seinem Schutz sicherer als unter dem Eurer Männer. Lasst ihm sein Schwert – um meinetwillen!« Sie stellte sich so dicht vor ihn, dass er den Duft ihres Haares einatmete. *Ich muss nur die Hand heben … Nein! Es ist Wahnsinn!*

Hauptmann Uladh sah von einem zum anderen, dann nickte er knapp. »Gut, Heilerin! Euretwegen soll er sein Schwert behalten. Aber widersetzt er sich noch einmal meinen Anweisungen, werdet auch Ihr mich nicht noch einmal umstimmen.«

Sie neigte leicht den Kopf. *Bei allen Rachegeistern, die Frau hat das Gebaren einer Königin.* »Ich danke Euch, Hauptmann. – Und vielleicht wollt Ihr uns jetzt erlauben, zu Faderas Herberge zurückzugehen? Ich bin sehr müde!«

»Natürlich, Heilerin. Wartet hier, ich gebe meinen Männern noch einige Anweisungen, dann werde ich Euch selbst nach Hause begleiten.« Er verschwand im Brunnenhaus und Mordan beugte sich vor.

»Gut gemacht, Heilerin. Wie hätte er Euch diese Bitte auch abschlagen sollen? Der Frau, die wahrscheinlich seine Stadt gerettet hat«, flüsterte er ihr ins Ohr.

»Spart Euch das, Kjer. Ich habe jedes Wort so gemeint, wie ich es sagte – abgesehen von einem«, zischte sie zurück.

»Und welches war das?«, behutsam legte er die Hand auf ihren Arm.

»Gemahl!« Sie entzog sich ihm in dem Augenblick, als Hauptmann Uladh aus dem Türbogen trat, und Mordan zerbiss den Fluch, den er schon auf den Lippen gehabt hatte. Mit schnellen Schritten folgte er ihr und schob seinen Arm unter ihren. Sie wollte sich von ihm losmachen, doch seine Finger schlossen sich fester um ihren Ellbogen. »Wir gelten immer noch als verheiratet, Heilerin!« So leise er konnte, knurrte er ihr die Worte zu. Ein giftiger

Blick aus dem Augenwinkel traf ihn, sie versuchte aber nicht noch einmal, sich zu befreien. Als Mordan sich halb umdrehte, entging ihm nicht, dass der Hauptmann sie beobachtete.

Sie hatten Faderas Herberge schon fast erreicht, als hinter ihnen plötzlich eilige Schritte zu hören waren. Eine Stimme rief atemlos den Namen der Heilerin. Peider! Im nächsten Moment stand der junge Mann schon keuchend vor ihnen.

»Den Ahnenseelen sei Dank, dass ich Euch endlich gefunden habe, Heilerin. Ich suche Euch schon überall und eben bin ich zum Glück einem von der Stadtwache begegnet, der mir gesagt hat, dass Ihr auf dem Heimweg seid. – Bitte, Heilerin, Ihr müsst mitkommen, jetzt gleich! Beelah, meine Frau – die Wehen haben bei ihr eingesetzt, schon vor, oh, über zwei Stunden, und die Hebamme weigert sich zu kommen, aus Angst, dass sie sich bei mir anstecken könnte, weil ich doch im Seuchenhaus helfe. Bitte, Heilerin, bitte! Sie hat so entsetzliche Schmerzen.«

»Beruhigt Euch, Peider! Wehen und Schmerzen gehören zu einer Geburt, das ist ganz normal. Macht Euch keine Sorgen!« Mit einem Lächeln strich die junge Frau über seinen Arm. »Zeigt uns den Weg zu Eurem Haus!« Sichtlich erleichtert lief der junge Mann voraus. Den halbherzigen Protest Hauptmann Uladhs überhörte die Heilerin, als sie Peider folgte. Mordan war der Einzige, der den ärgerlichen Zug bemerkte, der sich für einen Herzschlag auf Lijanas' Lippen zeigte, und der sie etwas brummen hörte, das wie »einfältige Gans« klang. Er war sich ziemlich sicher, dass sie damit die Hebamme meinte.

Peiders Haus war zweistöckig und hatte einen kleinen, von einer Mauer umgebenen Hof, wie die meisten Gebäude im alten Bezirk. In der hinteren Ecke, direkt neben einem kleinen Stall, aus dem das Meckern einer Ziege erklang, gluckerte eine kleine Quelle munter vor sich hin. Schon als Peider die Tür des kleinen Hauses öffnete, war das Stöhnen seiner Frau zu hören. Rasch führte er sie in die Stube. Die Heilerin erschrak sichtlich. Mordan konnte sich denken, warum. Peider hatte seine Beelah zwar als klein und zierlich beschrieben, aber dass sie ein so zartes Wesen war, hatte auch er nicht erwartet. Ihr Bauch schien entschieden zu groß für sie zu sein. Peider eilte sofort an die Seite seiner Frau, die neben der Kaminstelle in einem weich gepolsterten Sessel saß. Als sie ihn sah, erhellte ein Lächeln ihr schweißbedecktes Gesicht und sie streckte ihm die Hand entgegen – um sich bei der nächsten Wehe an ihn zu klammern.

Lijanas trat neben die beiden und legte die Hand auf den geschwollenen Leib, während Peider seiner Gemahlin erklärte, wer sie war. Erleichterung malte sich auf Beelahs Gesicht und sie drückte voller Dankbarkeit kurz Lijanas' Finger. Die nickte mit einem Lächeln, als sie einen heftigen Tritt unter ihrer Hand spürte. »Gesund und munter – und es kann es scheinbar kaum erwarten. – Ist Euer Fruchtwasser schon abgegangen, Beelah? – Nein? – Gut, dann haben wir noch ein bisschen Zeit. Aber es wäre besser, wenn Ihr noch ein wenig herumgehen würdet. – Kommt, steht auf! – Sehr schön! Gut macht Ihr das! – Nein, auf Euren Mann könnt Ihr Euch nicht stützen, den brauche ich. Aber ich leihe Euch meinen aus!« Mordan entging der Blick nicht, mit dem sie ihn bedachte. Ebenso wenig wie das Grinsen, das darauf folgte. »Hierher, Kjer!« Gehorsam folgte er ihrem Wink, doch die Art, wie er sie ansah, hätte jeden Krieger in die Flucht geschlagen – sie lächelte nur süß und schob die zierliche Gestalt in seinen Arm. »Führt sie herum! Am besten im Kreis! Wenn eine Wehe kommt, bleibt mit ihr stehen, bis es vorbei ist. Lasst sie das Tempo bestimmen, stützt sie nur. – Nur keine Angst, Beelah, stützt Euch auf ihn. Er wird Euch bestimmt nicht loslassen.« Sie wandte sich Peider zu. »Geht und holt saubere Leintücher! Und Ihr …!« Auch Hauptmann Uladh entkam ihr nicht. »Ihr, Hauptmann, holt draußen an der Quelle Wasser und macht es in der Küche heiß. Und bereitet Euch darauf vor, dass ich viel heißes Wasser benötigen werde.« Sie stockte und fasste mit der Hand an ihre Stirn. Für einen kurzen Moment verzog sich ihr Gesicht vor Schmerz, dann presste sie die Lippen zu einem Strich zusammen und machte mit den Vorbereitungen weiter. Darum bemüht, die Heilerin nicht aus den Augen zu lassen, führte Mordan Peiders junge Frau durch den Raum. Ihre Finger waren um seine geklammert, als hinge ihr Leben von ihm ab. Die Wehen erschütterten ihren Körper, als wollten sie ihn auseinanderreißen. *Ist das immer so? Dieses kleine Geschöpf ist nicht dafür geschaffen, Kinder zu bekommen, Peider, du Trottel! Du solltest daran denken, wenn du das nächste Mal deine Hosen an den Bettpfosten hängst. Es gibt auch für einen Mann Mittel und Wege, um zu verhindern, dass sein Samen sich bei einer Frau einnistet.* Zu seinem Erstaunen schenkte Beelah ihrem Gemahl ein seliges Lächeln, als er schließlich mit dem Arm voller Laken zurückkam. Hauptmann Uladh erkundigte sich aus der Küche, ob vier Eimer Wasser genügen würden, und wurde von der Heilerin geschickt, noch zwei weitere bereitzuhalten. Immer wieder erschien sie an der Seite der jungen Frau, um sich nach ihrem Befinden zu erkundigen. Die Wehen kamen in immer kürzeren Abständen und schließlich erlaubte Lijanas Beelah, sich auf die vorbereiteten Laken zu setzen, platzierte Peider in ihrem Rücken und rückte Kissen zurecht. Ihr Gesicht war fahl und immer wieder zuckte Schmerz um ihren Mund, wie Mordan mit einem Stirnrunzeln bemerkte. Er griff sie am Ellbogen und zog sie beiseite, ohne auf ihr empörtes »He!« zu achten. »Was ist mit Euch, Heilerin? – Und versucht nicht, mir etwas vorzumachen! Etwas stimmt nicht mit Euch«, verlangte er halblaut zu wissen.

»Ich habe Kopfschmerzen, das ist alles! Und jetzt nehmt die Finger von mir und lasst mich weitermachen, Kjer!«

»Kopfschmerzen? Wie in jener Nacht, als Ihr beinah im Badezuber ertrunken wärt?«

»Nein, so schlimm sind sie noch nicht! Lasst mich los!«

»Noch nicht? Heißt das, sie werden schlimmer?«

»Ja, aber macht Euch …«

Von draußen drang das ängstliche Meckern der Ziege herein. Mordan hob wachsam den Kopf. Plötzlich kam ihm ein entsetzlicher Verdacht. *Wenn mich irgendein guter Geist hört: Mach, dass ich mich irre!* »Hattet Ihr diese Kopfschmerzen auch in der Nacht, bevor Uladh mich verhaften wollte? Gegen Morgen?«

»Ja! Aber was soll diese …«

»Geht und kümmert Euch um Beelah!« Er ließ sie los und eilte zur Eingangstür, öffnete sie vorsichtig einen Spalt. Im ersten Moment waren da nur die Schatten in den Ecken des Hofes. Doch der Geruch nach Verwesung hing unverkennbar in der Luft – und dann war da auf einmal Bewegung in der Dunkelheit, grüne Augen glommen. Er zählte fünf, ehe er die Tür zuschlug und den Riegel vorschob. Das Kereshtai blank in der Hand hastete er in die Stube zurück. Erschrockene Gesichter sahen ihn an, gerade klang Beelahs schmerzerfülltes Stöhnen durch den Raum. Gerne hätte er der jungen Frau die Nachricht erspart, aber jetzt war weder Zeit für Geheimnistuerei noch für gnädige Lügen. »Draußen im Hof sind Seelenfresser! Mindestens fünf! – Hauptmann! Ihr geht in den oberen Stock und verrammelt jedes Fenster, jede Öffnung, durch die irgendetwas ins Haus kommen könnte! Ich nehme mir das Erdgeschoss vor! Beeilt Euch und beginnt mit den Fenstern zum Hof!« Wie er es erwartet hatte, erholte Uladh sich am schnellsten von seinem Schrecken und rannte mit einem Nicken die Treppe hinauf. Mordan hastete durch die unteren beiden Räume. Er war kaum fertig, als ein Unheil verkündendes Scharren an der Tür erklang. Gurgelndes Hecheln und Schnüffeln war zu hören. Verwesungsgestank kroch in den Raum. In Beelahs Schreien klang jetzt deutlich Angst mit. Die Heilerin blickte ihn mit vor Entsetzen geweiteten Augen an. Die Schmerzen waren ihr anzusehen, sie zitterte am ganzen Körper. »Macht hin!«, fuhr er sie bewusst scharf an. »Je schneller das Kind geboren ist, umso besser! Ich könnte mir denken, dass sie an einem Neugeborenen nicht mehr interessiert sind!« Sein Ton hatte die erhoffte Wirkung und riss sie aus ihrer Erstarrung.

»Das Kind wird kommen, wenn es so weit ist. Ihr könnt ihm nicht befehlen …«

»Dann solltet ihr es davon überzeugen, dass es *jetzt* so weit ist, Heilerin! Unser aller Leben hängt vielleicht davon ab!«

Ihre Augen wurden groß, und sie wandte sich wieder der wimmernden jungen Frau zu.

Hauptmann Uladh kam die Treppe heruntergeeilt, meldete, dass oben alle Läden geschlossen und verrammelt seien, und zog sein

Schwert, während er neben Mordan trat. Der schüttelte den Kopf. »Geht in die Stube zurück. Der Gang ist für uns beide zu schmal. Wir würden uns nur gegenseitig behindern. Und einer muss die anderen verteidigen können, falls es mir nicht gelingt, die Tür zu halten.«

»Was bringt Euch auf den Gedanken, dass ich Befehle von Euch entgegennehme, Krieger …«

Mordan fuhr zu ihm herum, presste ihn gegen die Wand und gestattete ihm einen Blick auf seine Reißzähne.

»Für Kompetenzgerangel ist keine Zeit! Ihr tut, was *ich* sage, oder geht mir aus dem Weg! Verstanden?«

Uladh schluckte unbehaglich und nickte. Mordan gab ihn frei und wandte sich wieder der Tür zu. Das Scharren war lauter geworden, Bohlen erzitterten unter den Klauen der Seelenfresser, eine gab nach und splitterte, ein Vorderlauf schob sich hindurch – das Kereshtai trennte ihn sauber ab. Ein schauerliches Heulen erklang. Im nächsten Herzschlag erbebte die Tür, dann noch einmal, die Scharniere knirschten ihren Protest, beim dritten Mal fuhr Mordans Klinge durch die gesplitterte Bohle, traf auf Widerstand, wieder war da ein Heulen, und als er das Schwert zurückriss, klebte fahles Blut daran. Draußen scharrten die Kreaturen unruhig. Ihr gurgelndes Hecheln bewegte sich hin und her. Mordan presste die Lippen zu einem schmalen Strich zusammen. *Ihr werdet für Corfars Tod bezahlen! Jede einzelne von euch Bestien! Ihr gehört mir!* Dann waren die Geräusche vor der Tür verstummt. Er schloss das Auge, konzentrierte sich nur auf sein Gehör, blendete die Stimmen und Laute hinter sich aus. Das Splittern und Krachen über ihren Köpfen ließ selbst Mordan zusammenzucken. Im selben Moment erschütterte ein weiterer Schlag die Tür, das erste Scharnier brach. *Bei allen Rachegeistern! Nein! Nicht von zwei Seiten!* Er stieß das Kereshtai durch die geborstene Bohle, dieses Mal war da kein Widerstand. »Uladh! Nach oben!«, brüllte er gleichzeitig. Wieder ein Schlag, das zweite Scharnier löste sich. Mit aller Wucht trat er die jetzt nutzlose Tür nach draußen, der dumpfe Aufschlag verriet ihm, dass sie eine der Kreaturen getroffen haben musste.

Er stellte sich direkt in die Türöffnung, wartete. Solange ihm keines der Ungeheuer in den Rücken fiel, konnte er diesen Eingang halten – bis ihn seine Kräfte verließen. Hoffentlich war das Kind dann schon geboren.

Knurrend bewegten sich die Seelenfresser in der Dunkelheit. Er zählte drei glimmende Augenpaare. *Drei vor, zwei hinter oder über mir – kein gutes Verhältnis. Bleibt nur zu hoffen, dass es tatsächlich nur fünf sind.* Für einen Lidschlag meinte er, einen weiteren Schatten auszumachen – den Schatten eines Menschen, doch keinen Atemzug später glommen auch dort ein paar grüne Augen.

Im nächsten Augenblick erscholl hinter ihm ein gellender Schrei – *die Heilerin!* – und die drei Kreaturen stürzten aus der Dunkelheit auf ihn zu. Das Kereshtai zuckte hoch, empfing die erste mit einem Schlag in die Kehle.

Ihre Welt verschwamm vor Schmerz. Der Gestank nach Verwesung nahm ihr den Atem. Schreie erklangen, übertönten das gurgelnde Hecheln der Seelenfresser. Etwas schlug mit dumpfem Poltern auf die Holzdielen. Unerträgliche Qual nistete in ihrem Geist, verwandelte alles um sie herum in zähen Nebel. Röchelndes Hecheln war direkt vor ihr, sie versuchte fortzukriechen. Beelah! Peider! Die Schreie erklangen nur noch wie aus weiter Ferne – verstummten. Mordans Stimme, die zu einem Brüllen wurde. Schatten bewegten sich um sie her, sie mühte sich, den Nebel wegzublinzeln, sah, wie ein Seelenfresser auf den dunklen Krieger zusprang, hörte sein schauerliches Heulen und das Krachen, mit dem die Bestie den Kjer zu Boden riss und unter sich begrub. Ein Schatten fiel auf sie. Blassgrün lodernde Augen bohrten sich direkt in ihre. Flüstern, wispernde Stimmen – ein gieriges Reißen, blendender Schmerz in ihrem Geist, ein qualvolles Zerren an ihrer Seele, Kälte, die sie lähmte. Die Augen kamen näher, näher. Stinkender Atem schlug ihr ins Gesicht, das Wispern wurde lauter – beinah glaubte sie, Worte zu verstehen. Ein gleißender Blitz zuckte auf sie zu, ein gellendes Kreischen, ein Schlag – dann löschte schwarze Qual ihr Denken aus.

Versagt! Noch immer leicht betäubt, starrte er auf die Leichen von Peider und seiner Frau. Über ihm erklang ein Poltern, dann ein Scharren auf der Treppe. Mühsam kam er auf die Beine, wankte zu dem Kadaver des Seelenfressers hinüber, der kaum einen Schritt von der Heilerin entfernt lag, und riss das Kereshtai aus ihm heraus. Breitbeinig stellte er sich vor die bewusstlose Frau, wartete. Sein linker Arm hing verdreht an seiner Seite. Ein Seelenfresser hatte ihn angesprungen. Er hatte die Kreatur noch im Sprung getötet, doch der Kadaver war mit voller Wucht gegen seine Brust geprallt. Als er den Sturz abfangen wollte, hatte er die Hand ausgestreckt – und war mit seinem ganzen Gewicht darauf gelandet. Mit einem Krachen war der Arm aus dem Gelenk gesprungen und Schmerz hatte ihm für einen Augenblick den Atem geraubt – er lohte noch immer in seiner Schulter und schürte seine Wut. Wieder ein Scharren auf der Treppe. Er bleckte die Zähne. *Komm schon!* Dann erklangen schleppende Schritte, Hauptmann Uladh erschien auf den Stufen, ebenso blutbesudelt wie Mordan selbst. Als er das Schwert in seiner Hand sah, blieb er stehen, bis Mordan die Waffe sinken ließ. »Ist etwas davon Eures, Hauptmann?«

»Nein, Krieger, ich bin unverletzt. Und Ihr?«

»Der Arm ist aus der Schulter raus, aber ansonsten geht es mir gut. – Was ist da oben geschehen, verdammt? Wie konnte es passieren, dass vier von diesen Bestien an Euch vorbeigekommen sind?« Seine Stimme hatte sich in ein heiseres Knurren verwandelt.

Uladh wich seinem Blick aus. »Zwei haben mich in Schach gehalten, während die anderen …« Erst jetzt registrierte er das Ausmaß dessen, was sich hier abgespielt hatte. »Wer bei den Ahnenseelen seid Ihr, Krieger? Ein leibhaftiger Rachegeist? Das ist ein Blutbad.«

Mordan maß ihn eisig, antwortete aber nicht. Stattdessen stieg er über die Leichen der Seelenfresser hinweg, ging zur Tür und spähte auf den Hof hinaus. Es war jetzt still. Der Verwesungsgeruch verflog. Er schritt in die Stube zurück, kniete sich neben die Heilerin, legte das Schwert nach einem letzten Zögern an seiner

Seite auf den Boden und zog den schlaffen Körper der jungen Frau ein wenig unbeholfen an seine Brust. Uladh trat neben ihn. »Ich hole meine Männer. Kann ich Euch hier allein lassen?«

Sein Blick ging zu Beelahs totem Körper. *Versagt!* »Ja!«, langsam nickte er. »Ich denke nicht, dass sich da draußen noch welche herumtreiben. Und falls doch ...« Grimmig berührte er den Griff des Kereshtai. Uladh wandte sich zur Tür. Im Rahmen blieb er noch einmal stehen. »Krieger!« Mordan sah auf. »Ich werde dafür sorgen, dass Ihr öffentlich von jedem Verdacht freigesprochen werdet.« Seine hastigen Schritte verklangen vor dem Haus.

Behutsam hielt Mordan die Heilerin im Arm, legte sacht die Wange auf ihren Scheitel. *Ich weiß, es ist Wahnsinn! Und Träume sind etwas für Narren ...* Er schloss das Auge, versuchte nicht mehr zu denken. Lange Zeit saß er so völlig reglos.

12

Das Zittern hatte nur langsam nachgelassen und sie war auf seltsame Weise dankbar, dass sie etwas zu tun hatte, um ihre Gedanken abzulenken. Noch einmal tastete sie über den entsetzlichen Höcker der Schulter, suchte den besten Winkel, in dem sie den Arm gleich wieder an seinen Platz zurückschieben würde. Mordan saß ruhig auf dem Hocker vor der Kaminstelle in ihrem Zimmer, den Kopf leicht geneigt, und wartete. Die Wärme seiner Haut unter ihren Händen hatte etwas verwirrend Tröstliches.

Sie erinnerte sich, wie sie aus der Dunkelheit einer gnädigen Bewusstlosigkeit und der Qual der Kopfschmerzen in die Wirklichkeit zurückgefunden hatte, an seine Brust gelehnt, seinen Arm um ihre Schulter – inmitten eines Blutbades. Peider und Beelah waren tot! Mordans Finger an ihrem Kinn hatten verhindert, dass sie die Leichen der beiden ansah. Wenig später waren die Männer der Stadtwache gekommen, und sie und der Kjer-Krieger waren von einigen Soldaten voller Respekt zur Herberge eskortiert worden. Er hatte sie in ihr Zimmer geführt und Fadera um heißes Wasser für ein Bad gebeten. Erst nachdem die Tür sich hinter ihnen geschlossen hatte, war ihr aufgefallen, dass etwas nicht stimmte. Sein Arm hing verdreht und nutzlos an seiner Seite – ausgekugelt. Sie hatte ihm geholfen, Wams, Kettenhemd und Tunika auszuziehen – eine mühselige Tortur, während der er keinen Laut von sich gegeben hatte, obwohl sie ihm wahnsinnige Schmerzen bereiten musste –, und ihn geheißen, sich vor der Kaminstelle auf den Hocker zu setzen. Dass er widerspruchslos gehorchte, verriet ihr, dass auch er erschöpft war und ihm seine Schulter zu schaffen machte. Behutsam strich sie sein schwarzes Haar beiseite, runzelte überrascht die Stirn. Wie bei den anderen Kjer waren Schultern und Rücken und auch die Seiten seines Halses mit feinem, weichem Fell bedeckt. Doch sein Nacken war unnatürlich kahl. Mit schwarzer Farbe waren hier vier ineinander verschlungene Zeichen in die Haut gestochen, die direkt unterhalb des Haaransatzes begannen und am oberen Rand der Schultern endeten. Es musste schmerzhaft gewesen sein, da sie sich direkt auf der Linie der Wirbelknochen entlangzogen. Kleine, ovale Male bedeckten den oberen Teil der Schultern. An der Seite des Nackens war eine alte Narbe, die aussah, als sei an dieser Stelle die Haut immer wieder aufgescheuert worden. Im Licht des hell brennenden Ölfeuers waren auch die unzähligen Striemen nicht zu übersehen, die sich kreuz und quer über seinen Rücken zogen und noch in dem Bund seiner Hose verschwanden. Jede der Narben schimmerte fahl in seinem weichen Fell und ließ es wie mottenzerfressen aussehen. *Gnädige, er hat auf dem Rücken mehr Striemen als Fell. – Es ist so wunderbar weich wie das eines Maulwurfs.* Nur zu gerne wäre sie mit den Fingern der Linie seines Rückgrates gefolgt, hätte die perfekt geformten Muskeln nachgefahren. Während ihrer Lehrzeit hatte sie solche Striemen schon einmal gesehen – auf dem Rücken eines Mannes, der lange Zeit als Sklave an die Ruder einer Edari-Galeere gekettet gewesen war – solche Spuren hinterließen nur die dünnen Lederriemen einer Peitsche. Auch als sie vor ihn trat, blieb er völlig reglos. Erneut strich sie mit den Fingern über den Höcker der Schulter, beugte sich vor, um sich auch von dieser Seite zu vergewissern, dass der Winkel, den sie zu wählen beabsichtigte, der richtige war. Sie biss sich auf die Lippe, um nicht vor Entsetzen zu keuchen. Flache, harte Muskeln zogen sich in eleganten Linien von den Schultern abwärts, über die Rundungen des Brustkorbs und das fein herausgearbeitete Relief des Bauches und der schlanken Taille. Wie bei einem Menschen kräuselten sich weiche schwarze Löckchen auf seiner Brust und verschwanden als sich verjüngender Streifen unter dem Bund seiner Hose – *Ahmeers Brust ist glatt und unbehaart … und schmaler* –, doch auf dem dunklen Goldton der Haut waren auch hier deutlich die Spuren von Narben zu sehen. – Narben, die noch nicht besonders alt sein konnten. Auf Bauch und Brust hatten Brandeisen ihre Zeichen hinterlassen; daneben mussten sich scharfe Zangen in sein Fleisch gegraben haben. Eine gerade, fast zwei Fingerbreite und etwa dreimal so lange Narbe ließ sie die Stirn runzeln, bis sie begriff – man hatte ihm hier einfach in einem breiten Streifen die Haut abgezogen. Die empfindlichen Flanken waren mit geraden Schnittnarben überzogen, die ebenso von einer Peitsche wie von einem scharfen Stock stammen konnten. Das Grauenvollste aber war das Brandzeichen auf der linken Brust, knapp neben der Brustwarze, obwohl es nicht größer war als ein Siegel – ein auf der Schwanzflosse stehender Delfin. Sie schloss die Augen für einen Herzschlag. ›*Wahrscheinlich habe ich mich auch geirrt, als Astrachars Heermeisterin – wie heißt sie doch gleich, … Eliazanar? – ihr persönliches Siegel in mein Fleisch brannte; zum Andenken an sie.*‹ Sie hatte ihm nicht geglaubt – nun hatte sie den Beweis. Nur mit Mühe konnte sie den Blick davon abwenden. Beiläufig registrierte sie, dass seine Arme mit einer Gänsehaut überzogen waren. Fror er? Als sie zu ihm aufsah, entdeckte sie, dass er sie beobachtete, und spürte, wie Hitze sich in ihren Wangen einnistete. Hastig richtete sie sich auf und wandte ihre Aufmerksamkeit wieder seiner Schulter zu. Der dunkle Fleck auf seiner Haut, dort, wo der Arm in die Schulter überging, war ihr schon einmal aufgefallen – und plötzlich wusste sie, wo sie einem solchen Mal früher schon einmal begegnet war: Fürst Rusan hatte an genau der gleichen Stelle ein Blutmal, das – wenn ihre Erinnerung sie nicht täuschte – diesem hier ähnlich sah. Verstört schaute sie ihm ins Gesicht. Er erwiderte ihren Blick mit einer fragend gehobenen Braue. Hastig schüttelte Lijanas den Kopf und griff nach seinem Handgelenk und dem Ellbogen. »Es wird wehtun!«, warnte sie, zog, ohne sein Nicken abzuwarten, den Ellbogen nach innen und schob ihn gleichzeitig mit aller Kraft nach oben. Mordans Züge blieben vollkommen unbewegt, obwohl sie sicher war, dass es grausam schmerzen musste; nur ein fahler Schweißtropfen glitzerte in seinem schwarzen Fell und rann an seiner Schläfe abwärts. Einen schier endlosen Augenblick geschah gar nichts, dann gab das Gelenk plötzlich ein leises Knirschen von sich und der Arm war eingerenkt. Mit einem tiefen Atemzug richtete sie sich auf und strich sich einige lose Haarsträhnen aus der Stirn. Er sah sie noch immer schweigend an, aber in seinen Mundwinkeln schien der Hauch eines Lächelns zu nisten. Das allein reichte, um dieses seltsam warme Gefühl in ihrem Bauch entstehen zu lassen. *Bei der Gnade der Göttin, was ist nur mit mir los?* Fahrig fuhr sie sich noch einmal durchs Haar.

»Ich werde Euch den Arm an der Seite festbinden …«

»Nein!«

Verblüfft blinzelte sie. Noch keiner ihrer Patienten hatte es gewagt … »Ihr dürft die Schulter nicht bewegen, deshalb ist es besser …«

»Ich werde die Schulter nur dann bewegen, wenn es sich nicht vermeiden lässt. Aber Ihr werdet mir den Arm nicht festbinden.« Das letzte Wort klang geradezu angewidert.

Lijanas seufzte. Inzwischen wusste sie, dass jeder Versuch, mit ihm darüber zu diskutieren, Zeitverschwendung war. »Also gut. Aber Ihr werdet den Arm in den nächsten Tagen in einer Schlinge tragen, um die Schulter zu entlasten.« Ein gnädiges Neigen des Kopfes bekundete sein Einverständnis und sie schaute sich nach etwas um, woraus man eine Schlinge machen könnte. Ihre Wahl fiel auf eines der Leintücher, die neben der Waschschüssel lagen.

Schließlich begutachtete sie ihr Werk kritisch und kam zu dem Schluss, dass es halten würde. »Ihr dürft die Schulter in den nächsten Tagen wirklich nicht belasten, Kjer. Und auch danach wird sie noch eine ganze Zeit sehr empfindlich sein. – Ich werde sie Euch nachher mit Wasserblütensalbe einreiben, das wird den Muskeln und Sehnen helfen, sich zu erholen.« Sie musterte ihn einen langen Moment, währendessen er ihren Blick schweigend erwiderte. *Damit kann er einen wahnsinnig machen!* »Hatte Euer Vater auch so ein Mal?« Sie wies auf seine Schulter. Für einen Atemzug wirkte er verblüfft, dann war seine Miene wieder kühl.

»Ich weiß nicht, wer mein Vater ist«, erklärte er so ruhig, als würde er sich mit ihr über Ireds Hufeisen unterhalten.

»Ihr wisst nicht …«, nun war es an Lijanas, verblüfft dreinzuschauen. »Aber Ihr hattet doch gesagt, Euer Vater sei an einer Schwertwunde gestorben?!«

»Das war mein Adoptivvater.«

»Hat Eure Mutter Euch nie gesagt, wer Euer richtiger Vater ist? Sie muss es doch wissen.«

»Meine Mutter war eine Hure.« Die Kälte in seiner Stimme wurde gefährlich. Unbehaglich schluckte sie, als sie entdeckte, dass die Hand, die die ganze Zeit über ruhig auf seinen Oberschenkeln gelegen hatte, sich zur Faust ballte. Um seine Handgelenke zerfraßen alte Narben, die sowohl von Eisenfesseln als auch von Riemen stammen mochten, das Fell. Sie blickte hastig beiseite. Das Schweigen zwischen ihnen wurde unangenehm. Ein Klopfen rettete Lijanas einen Moment später. Auf Mordans scharfes »Herein!« öffnete Levan die Tür und trug zusammen mit Ecren den Badezuber ins Zimmer. Gleich darauf schleppten sie eimerweise dampfendes Wasser herbei und gossen es in den Zuber, bis er zur Hälfte gefüllt war. Anschließend brachten sie zwei Krüge kaltes Wasser und einen Kessel heißes, der in der Kaminstelle über das Feuer gehängt wurde, ehe sie sich verabschiedeten. Mordans einzige Reaktion war ein kurzes Nicken, als sei es etwas ganz Alltägliches, dass die anderen Krieger ihn bedienten. *Wer bist du?* Sie beobachtete, wie er ans Fenster trat und in den Hof hinunterblickte. Damit war klar, dass er sie nicht alleine lassen würde. Es war unnötig, ihn darum zu bitten. Er war so höflich, ihr den Rücken zuzukehren, aber gehen würde er nicht. Das helle Tageslicht der Flammentürme hatte den sanften Nachtschein abgelöst und verlieh seiner Haut einen dunklen Glanz. Lijanas schluckte beklommen. Auch die entsetzlichen Narben auf seinem Körper konnten nichts an der Tatsache ändern, dass ihr Kjer ein schöner Mann war. *Mein Kjer? Bin ich verrückt geworden? Der Kerl ist mein Wachhund, aber sonst nichts! Ich bin mit Ahmeer so gut wie verlobt! Er ist freundlich und höflich! Ganz anders als dieser Widerling! Ahmeer würde es niemals einfallen, einfach im Zimmer zu bleiben, wenn ich ein Bad nehmen will. Er würde mich niemals zu etwas zwingen, geschweige denn mich grob anfassen. – Aber warum fühlst du dich dann bei diesem Mistkerl so sicher? Woher kommt dieses Gefühl in deinem Bauch? Wenn Ahmeer dich auf diese Art ansieht, hast du es nicht!* Mit einer entschiedenen Handbewegung brachte sie die gehässige kleine Stimme zum Schweigen, zog den Hocker neben den Badezuber und legte Handtücher, Waschfleck und Seife bereit. Nach einem kurzen Blick zu dem schwarzhaarigen Krieger löste sie ihren Gürtel, streifte das Kleid über den Kopf und stieg in den Zuber. Mit einem wohligen Seufzer sank sie bis zum Kinn ins Wasser und schloss die Augen. *Herrlich!*

Er lauschte auf das leise Plätschern hinter sich und versuchte gleichzeitig, sich wieder zu beruhigen. Nach all der Zeit konnte er es immer noch nicht ertragen, an Thiéla erinnert zu werden. Selbst jetzt hatte das Wort ›Mutter‹ noch einen schalen Geschmack. Ohne dass er es wollte, schlossen sich seine Hände wieder zu Fäusten. Seine Kindheit lag schon zu lang zurück, als dass er sich an viel hätte erinnern können. Aber er wusste noch sehr genau, dass er dieser Frau nachgelaufen war; dass er immer wieder zu ihr zurückgegangen war, auch wenn sie ihn geschlagen und als Bastard beschimpft und aus ihrer kleinen Kammer gejagt hatte; dass er auf nichts mehr gehofft hatte als auf ein freundliches Wort von ihr. In den ersten Tagen beim Kriegerbann hatte er sich sogar mit ihrem Namen auf den Lippen in den Schlaf geweint und hatte gebetet, dass sie kommen und ihn nach Hause holen möge. Langsam stieß er die Luft aus und zwang sich, die Fäuste zu öffnen. Die schöne Thiéla, die unfreie Magd, der selbst der Gemahl der Königin nicht widerstehen konnte. So mochte auch das Gerücht entstanden sein, dass er Haffrens illegitimer Sohn war.

Er sah zu der Heilerin hinüber. Sie war bis zum Kinn im dampfenden Wasser versunken, ihr Mitternachtsfeuerhaar hing als glänzende Flut über den Rand des Badezubers. Es ähnelte Thiélas – und von der wusste er mit Sicherheit, dass sie zur Hälfte Edari-Blut in den Adern hatte. Seine Großmutter war eine bei einem Kriegszug gefangene Edari gewesen, die – wie alle Kriegsgefangenen – dem Königsclan als Unfreie gehört hatte. Und wie Thiéla vor ihm war er unfrei geboren – und damit das rechtlose Eigentum der Königin und ihres Gatten. Beinah glaubte er, wieder den eisernen Ring um den Nacken zu spüren. Er schüttelte das Gefühl ab. Es war vorbei! Seit sieben Wintern gehörte es der Vergangenheit an! – Aber keiner am Hof hatte es vergessen!

Erneut drang ein Plätschern vom Badezuber herüber. Er wandte sich ganz um und lehnte sich mit der Hüfte gegen die Fensterbank. Auf dem Gesicht der Heilerin lag ein verträumter Ausdruck. Natürlich war ihm zuvor nicht entgangen, dass sie ihn eingehend betrachtet hatte – im Gegenteil: Das Wissen um ihren Blick hatte ihm eine Gänsehaut beschert und er hatte sich wider alle Vernunft gewünscht, sie würde ihn nicht nur ansehen. Er schüttelte langsam den Kopf. Es war verrückt. Diese Frau hasste ihn und er sehnte sich danach, von ihr berührt zu werden. Etwas, was genauso lächerlich war, wie der Gedanke, dass sie in ihm irgendwann vielleicht nicht nur den Kjer-Krieger sehen könnte, der sie entführt hatte.

In seinem Leben würde es niemals eine Frau geben! Weder eine wie die Heilerin noch irgendeine andere. Er sollte sich an Vajna und die anderen Trosshuren halten. Diese Frauen waren von seinem eigenen Volk. Sie wussten, dass er von ihnen nichts anderes wollte als Befriedigung – und er wusste, dass sie nichts anderes erwarteten als Geld und ein paar Privilegien. Sein Mund verzog sich. Plötzlich von sich selbst angewidert fuhr er sich mit der

Hand durchs Haar. Wie konnte er die Heilerin nur mit einer der Trosshuren vergleichen. Ebenso gut könnte er ein Ashentai an einem Karrengaul messen. – Er musste endlich von diesem unsinnigen Gedanken loskommen … – Spätestens in Turas würde sie erfahren, wer er war, und dann würde sie ihn ohnehin meiden, als hätte er die Pest. Warum sich also jetzt unnötig Hoffnungen machen? Aber bis Turas war es noch weit und es war seine Aufgabe, sie zu beschützen – und wenn es sein eigenes Leben kostete! Aber um sie vor jeder Gefahr beschützen zu können, brauchte er Gewissheit!

Entschlossen trat er neben den Badezuber, räumte die Leintücher beiseite und setzte sich. Die Heilerin ließ ein empörtes Keuchen hören, kreuzte die Arme über den Brüsten und versank ein Stück tiefer im Wasser.

»Was wollt Ihr?« Feindselig blitzten ihre emeraldfarbenen Augen ihn an.

»Mit Euch reden!«

»Und das hat nicht Zeit, bis ich hier raus und wieder angezogen bin?«

»Hätte es vielleicht. Aber wir reden trotzdem jetzt!«

»Und worüber?« Sie zog den Waschfleck über ihren Schoß.

»Über Euch!«

»Über mich? Also wirklich …«

»Ich möchte, dass Ihr mir ein paar Fragen beantwortet.«

»Nein! Nicht, solange ich nackt in diesem Zuber sitze.«

»Was ein äußerst … hm … angenehmer Anblick ist.«

»Ihr verdammter …!« Der Rest ging in nur schwer verständlichem Grummeln unter.

»Eure Ausdrucksweise lässt zu wünschen übrig, Heilerin. – Wollt Ihr weiter zetern oder können wir uns jetzt unterhalten?«

»Wenn Ihr Selbstgespräche führen wollt, nur zu!«

Er beugte sich vor und bedachte sie mit einem Blick aus einem zusammengekniffenen Auge. Selbst Feniar ging in Deckung, wenn er sie so ansah – und diese Frau hatte nun wirklich das Herz eines Kriegers –, doch die Heilerin funkelte nur zurück. Seufzend richtete er sich wieder auf. »Also gut! Ihr sollt Euren Willen haben. – Sagt mir Bescheid, wenn Ihr fertig seid! Ich bin im Stall. – Und lasst mir heißes Wasser übrig!« Sie gaffte ihm sprachlos hinterher, als er sich seine besudelte Tunika griff und zur Tür hinausging.

Am Eingang zum Stall blieb Lijanas stehen und lauschte. Ihr Haar war noch nass vom Baden. Nach einem Moment erkannte sie Brachans Stimme, dann Mordans. Ihrem scharfen Ton nach stritten die beiden. Vorsichtig spähte sie durch den Türspalt. Der alte Krieger war dabei, seinen Wallach zu striegeln, während ihr Wachhund an einem Pfosten lehnte und einen Strohhalm zwischen den Fingern zerknickte. *Er wirkt mit dem Arm in der Schlinge irgendwie verletzlich. – Verletzlich? Der Kerl? Niemals!*

Eben kam Brachan aus dem Stand, baute sich vor Mordan auf, der sich von dem Balken abstieß, und sprach mit gereizter Stimme auf ihn ein, wobei er ihm immer wieder den Striegel gegen die Brust drückte. Der schwarzhaarige Kjer gab ein böses Grollen von sich, warf den Strohhalm beiseite und stieß den alten Krieger zurück. Mit gefletschten Zähnen machte er einen Schritt vorwärts, wies mit der Hand zur Seite und tippte sich dann auf die Brust, während er in nicht minder wütendem Ton antwortete. Einen Augenblick schwieg Brachan, und als er dann sprach, hatten seine Worte einen versöhnlichen Klang. Mordans Antwort war ein barsches Kopfschütteln mit noch immer gefährlich zurückgezogener Oberlippe. Unwillig stieß er die Hand des grauhaarigen Kriegers fort und ging zur Stalltür.

Lijanas warf sich herum und floh über den Hof in die Küche. Gerade hatte sie die Treppe erreicht und tat so, als käme sie eben die Stufen herunter, als die Tür aufgestoßen wurde und Mordan den Raum betrat. Sie bemühte sich, langsam zu atmen. *Warum muss der Kerl auch so lange Beine haben.*

»Da seid Ihr ja! Ich wollte schon nachsehen, ob Ihr im Zuber ertrunken seid.« Der dunkle Krieger hakte einen Daumen unter den Gürtel und musterte sie. Seine Stimme klang noch immer angespannt.

Hoffentlich hat er nicht gemerkt, dass ich seinen Streit mit Brachan beobachtet habe. »Ich war gerade auf dem Weg zu Euch in den Stall. Wie geht es Ired?«

»Launisch wie immer. Das heißt, es geht ihr besser. Sie lahmt auch nicht mehr.« Er runzelte die Stirn. Sein Blick schien ›Aber das wisst Ihr doch.‹ zu sagen.

»Schön!« Lijanas verschlang die Finger ineinander und sah ihn erwartungsvoll an, darum bemüht, sich ihre Unruhe nicht anmerken zu lassen. »Ihr wolltet mit mir reden?!«

»Nicht hier! Gehen wir hinauf in unser Zimmer.« Er wies auf die Treppe und sie stieg gehorsam die Stufen empor. Oben kam gerade Levan aus ihrer Tür und schleppte zwei schwere Eimer. »Ihr müsst den Zuber nur wieder neu füllen, Herr«, verkündete er und quittierte Mordans Nicken mit einem Lächeln. Dann verschwand er die Treppe hinunter.

Auf einen Wink des schwarzhaarigen Kriegers betrat Lijanas das Zimmer, dann hörte sie, wie er die Tür schloss und den Riegel vorschob. Sie fuhr herum.

»Keine Angst! Ich werde Euch nicht zu nahe kommen.« Er kämmte sich mit der Hand einige widerspenstige Strähnen zurück. Die Bewegung wirkte seltsam müde. »Ich will nur verhindern, dass uns jemand stört. – Setzt Euch!«

Sie ließ sich auf die Bettkissen sinken und schluckte unbehaglich, als er den Schemel heranzog und sich ihr gegenüber darauf niederließ. *Was will er?*

Einen schier endlosen Moment musterte er sie, dann begann er zu sprechen. »Es gibt ein paar Dinge, über die wir reden müssen! Es geht um Euch – und um die Seelenfresser.«

Lijanas schreckte zurück. »Was meint Ihr damit? Ihr wisst, dass ich mit diesen Kreaturen nichts zu tun habe.«

»Weiß ich das? Vergebt mir, Heilerin, aber ich bezweifle, dass das stimmt.«

»Heißt Ihr mich etwa eine Lügnerin?« Sie wollte wütend aufstehen, doch er beugte sich vor und hielt sie mühelos an ihrem Platz.

»Nein! – Aber ich glaube, dass es zwischen Euch und diesen

Biestern eine Verbindung gibt. – Ehe Ihr aufbraust, Heilerin, hört mich zuerst in Ruhe an.«

Den Mund mürrisch verzogen, setzte sie sich zurück, verschränkte die Hände in ihrem Schoß und wartete.

»Vor jener Nacht, als Ihr versuchtet, davonzulaufen – nein! Es ist unnötig, das zu leugnen! –, kannte ich Seelenfresser nur aus Schauergeschichten. Doch kaum seid Ihr bei uns, begegnen uns diese Kreaturen zwei Mal in noch nicht einmal zwei Tagen. Zu diesem Zeitpunkt wäre ich noch gewillt gewesen, an einen Zufall zu glauben. Aber dann tauchen diese Bestien auch hier in Cavallin auf. Mehr noch, sie morden an jenem Tag zum ersten Mal, als wir hier ankommen.«

»Ihr glaubt, sie sind uns gefolgt?« Lijanas schluckte unbehaglich.

»Nicht uns – Euch!« Er rieb sich die verletzte Schulter und presste für einen Moment die Lider zusammen.

»Mir? Aber warum ausgerechnet mir?«

»Ich hoffte, Ihr könntet mir das sagen.«

Ihre Antwort war ein Kopfschütteln. *Er sieht aus, als würde er vor Erschöpfung jeden Moment einfach umsinken.* »Wann habt Ihr zum letzten Mal geschlafen?«

Verblüfft sah er sie an. »Lenkt nicht ab, Heilerin!«

»Das tue ich nicht. Aber Ihr seid müde. Sollen wir nicht später …«

»Nein! Wir besprechen das jetzt!« Heftig stand er auf und trat ans Fenster, wo er ein paar Mal tief Atem holte. »Lasst mich Euch erklären, warum ich denke, dass diese Kreaturen Euch verfolgen, einmal abgesehen davon, dass sie hier aufgetaucht sind … Jedes Mal, wenn die Biester eine der Frauen getötet haben, hattet Ihr diese Kopfschmerzen.«

»Woher wollt Ihr das wissen?«

»Einmal habe ich es selbst gesehen, und was das zweite Mal betrifft, habt Ihr es mir heute Nacht selbst bestätigt. – In der Nacht, als Ihr vor Kopfschmerzen das Bewusstsein verloren habt und fast im Badezuber ertrunken seid, wurde eine der Frauen keine fünf Gassen von hier getötet – zur gleichen Zeit.

Das zweite Opfer starb in der Nacht, bevor Uladh mich im Seuchenhaus verhaften wollte – zwischen der zweiten und vierten Stunde vor dem Morgen. Ihr habt in der vergangenen Nacht zugegeben, gegen Morgen Kopfschmerzen gehabt zu haben. Und in der letzten Nacht ... Eure Kopfschmerzen begannen, als die Seelenfresser sich Peiders Haus näherten, und als sie mit Euch in einem Raum waren ...« Er musste den Satz nicht beenden. Lijanas sah ihn voller Grauen an. Es war genau so, wie er sagte. Sie konnte spüren, wenn die Kreaturen in ihre Nähe kamen – sie konnte spüren, wenn sie töteten. Ihre zitternden Hände hoben sich zu ihrer Kehle. *Gnädige Göttin, was habe ich mit diesen Ungeheuern zu schaffen?* »Aber auf der Brücke, da konnte ich sie nicht spüren.« Hilflos blickte sie zu ihm auf. »Warum?«

»Ich weiß es nicht! – Es gibt da etwas, was mir viel größere Sorgen bereitet: Letzte Nacht stand einer der Seelenfresser zwischen Euch und Beelah. – Und ich bin bereit, mein Kereshtai zu verwetten, dass er einen Moment nicht wusste, was für ihn interessanter war. Beelah mit ihrem ungeborenen Kind«, er sah ihr direkt in die Augen, »oder Ihr!«

»Ich?« Jetzt würgte Angst sie. »Ich? Aber ... Wieso?«

»Vielleicht, weil Ihr doch eine Seelenhexe seid?«

»Nein!« Lijanas sprang auf und brachte sich hastig auf der anderen Seite des Bettes in Sicherheit. Jetzt war ihr auch klar, warum er die Tür verriegelt hatte.

»Ich bin keine Seelenhexe!«

»Corfar hatte recht, als er sagte, nur die Seelenhexen der Edari könnten den Tod sehen. – Und ich habe selbst beobachtet, wie Ihr im Seuchenhaus immer wieder die Neuzugänge berührt habt; auf die gleiche Art, wie Ihr auch Levan berührt habt.«

»Dass ich diese Gabe habe, bedeutet noch lange nicht, dass ich eine ... eine ... Oh, Erbarmen, Gnädige Göttin!« Sie kauerte sich in die Zimmerecke und schlug die Hände vors Gesicht. Eine lange Zeit war ihr verzweifeltes Schluchzen der einzige Laut im Raum.

»Es ist mir gleich, ob Ihr eine Seelenhexe seid.« Beim Klang seiner Stimme drückte sie sich noch tiefer in die Ecke. »Es wäre mir auch gleich, wenn Ihr eine Hathenan wärt. Ich habe gesehen, wie Ihr Euer eigenes Leben für völlig Fremde aufs Spiel gesetzt habt, wie Ihr Tag für Tag um Menschen gekämpft habt, deren Namen Ihr noch nicht einmal kanntet. Das allein zählt. – Seht mich an, Lijanas.« Seine Hand schob sich unter ihr Kinn, hob es an. *Er hat mich zum ersten Mal bei meinem Namen genannt.* Die Erkenntnis drang nur langsam in ihren Verstand. »Ich bin hier, um Euch wohlbehalten nach Turas zu bringen. Es ist meine Aufgabe, Euch zu beschützen. – Aber ich kann nur für Eure Sicherheit garantieren, wenn ich weiß, *wovor* ich Euch beschützen muss. Und ich gestehe, bei dem Gedanken, dass es Seelenfresser sein könnten, werde selbst ich ein wenig unruhig.«

»Ihr? Unruhig?« Sie zog die Nase hoch. »Ihr habt in der letzten Nacht bestimmt ein halbes Dutzend allein getötet.«

»Das mag ja sein, aber irgendwie werde ich das Gefühl nicht los, dass für jedes dieser Biester, das ich töte, zwei neue aus irgendeinem Loch gekrochen kommen. Und diese Vorstellung gefällt mir nicht. – Vor allem, wenn ich annehmen muss, dass tatsächlich Ihr das Ziel ihrer Angriffe seid. – Und, Lijanas, so gut ich mit dem Schwert sein mag: Ich bin auch nur ein Kjer und damit sterblich.« Behutsam wischte er mit dem Daumen Tränen von ihrer Wange, dann ließ er ihr Kinn los. Plötzlich fühlte sie sich sehr allein. »Werdet Ihr mir jetzt sagen, was ich wissen muss?« Unvermittelt war die Stille wieder da, nur durchbrochen von ihren schluchzenden Atemzügen.

»Ich weiß nicht, ob ich eine Seelenhexe bin.« Ihre Stimme klang so leise, dass sie die Worte selbst kaum verstand – und sie konnte nicht glauben, was sie gerade im Begriff war zu tun. *Noch nicht einmal Ahmeer weiß das! – Und was ist, wenn er recht hat? – Er hat mich vor diesen Bestien beschützt!* Langsam hob sie den Blick. Er sah sie an, wartete, ohne zu drängen.

»Ich bin in einem kleinen Dorf an der Küste aufgewachsen, weit südlich von Anschara. Mein Vater war Fischer.« Ein leises Lächeln huschte über ihr Gesicht, als sie an den großen, dunkelblonden Mann dachte, der sie als kleines Mädchen mit blitzend grünen Augen in die Höhe geworfen und in seinen starken Armen wieder aufgefangen hatte. »Er hat sich so weit aufs Meer hinausgewagt wie kein anderer Mann aus dem Dorf. Sein Boot glitt so schnell über die Wellen … Wenn er mich und Mutter mitgenommen hat, dachte ich immer, wir flögen schneller dahin als der Wind. Und meine Mutter … Von ihr habe ich mein Haar geerbt. Sie hatte sogar die hellen Strähnen darin. Sie erzählte mir oft Geschichten von der See und von herrlichen Schiffen, die bis zum Horizont und darüber hinaus segelten. Sie hat mich häufig mit in den Wald genommen und mir die Tiere und Pflanzen gezeigt.« Sie schlang die Arme um die Schultern und wiegte sich leicht vor und zurück. »Aber in unserem Dorf gab es eine verrückte alte Frau. Sie hat immer behauptet, meine Mutter sei eine Seelenhexe der Edari und mein Vater einer ihrer Kapitäne. Noch auf ihrem Totenlager hat sie geschworen, meine Mutter hätte das ganze Dorf verhext, damit alle vergaßen, dass sie Fremde waren und gar keine Nivard.

Und dann, an einem Tag im Sommer, lagen auf einmal diese mächtigen Schiffe vor der Bucht. Alle rannten schreiend umher. Mein Vater holte aus einer Truhe ein Schwert und lief hinunter zum Wasser. Meine Mutter schickte mich in den Wald und befahl mir, mich gut zu verstecken. Ich durfte erst wieder hervorkommen, wenn die Schiffe fort wären. Das Letzte, was ich sah, war, dass sie meinem Vater hinterherlief. Ich versteckte mich im Wald. Und als die Schiffe fort waren …« Ihre Stimme verebbte.

»… hatten sie alle getötet und ihre Leichen zur Abschreckung an die Häuser genagelt«, beendete er den Satz der Heilerin. Edari machten keine Gefangenen – es sei denn, ihnen fielen Krieger in die Hände, die den Rest ihres Lebens dann an die Ruderbänke einer Galeere gekettet zubrachten. *Vielleicht ist sie keine Seelenhexe.* Müde fuhr er sich über die Stirn. *Aber wahrscheinlich die Tochter einer Seelenhexe. – Und wenn die Edari von ihrer Existenz wissen, habe ich die Brut auch noch am Hals. Verdammt! Dann lieber zwei Dutzend Seelenfresser und eine Hand auf den Rücken gebunden, als in eine Hexenjagd der Edari hineinzugeraten.*

»Ja, überall waren Leichen.« Die Stimme der jungen Frau klang wie die eines kleinen Mädchens. »Nur die meiner Eltern konnte ich nicht finden.«

Also hatten die Edari sie vermutlich gefangen genommen und nach Aderest gebracht, der größten Insel im Farzaneh-Dreieck, um sie für ihren Frevel büßen zu lassen. – Es war einer Seelenhexe nicht verboten, sich mit einem anderen Mann als ihrem Cogén zu vergnügen – aber es war ihr bei Todesstrafe verboten, ein Kind zu empfangen und auszutragen. Und er hatte noch nie gehört, dass eines dieser Weiber sich tatsächlich in einen Mann verliebt hätte – obendrein noch in einen der Kapitäne. Die einzigen Männer, die nach dem Gesetz der Edari für sie tabu waren, wenn es um die Wahl ihrer Cogén ging, ihrer Beschützersklaven. – Bedauernswerte Männer, die in einem uralten Ritual an ihre Seelenhexe gebunden wurden und die dann nur noch den Willen ihrer Herrin kannten – und die ihr in jeder nur erdenklichen Weise dienten. Er schloss für einen Moment sein Auge. Müdigkeit nagte an ihm, machte seinen Verstand träge. Sollte er sich mit Hagdornblättern noch ein paar Stunden erkaufen? *Nein! Das lohnt die Nachwirkungen nicht. Ein Bad und ein Bett! In dieser Reihenfolge! Und beides innerhalb der nächsten Stunde!* Nach den Gesetzen der Edari war die Heilerin allein durch ihre Existenz zum Tod verurteilt. Das Kind einer Seelenhexe durfte nicht am Leben bleiben, da es hieß, in ihm wären die Kräfte der Mutter um ein Vielfaches verstärkt und unkontrollierbar. *Und sie ist sich noch nicht einmal im Klaren darüber, dass sie möglicherweise über diese Kräfte verfügt – geschweige denn, dass sie wüsste, wie sie sie benutzen kann. Zu meinem Glück! Vermutlich ahnt sie auch nicht, was die Edari mit ihr tun würden, wenn sie ihnen in die Hände fiele.*

»Ist es das, was Ihr wissen wolltet, Kjer?« Die Frage war nicht mehr als ein Flüstern, dennoch riss sie ihn aus seinen Gedanken. Tränen erstickten ihre Stimme noch immer. Er nickte langsam. »Ich werde sehr gut auf Euch aufpassen müssen, Heilerin. – Glaubt Ihr, Ihr könntet aus dieser Ecke herauskommen?«

Verwirrt sah sie ihn an, während er sich ein bisschen steif aus der Hocke erhob und ihr die Hand hinstreckte. »Ich stinke nach

Seelenfresserblut und ich bin müde. – Um Eure Frage von vorhin zu beantworten: Ich habe zuletzt richtig geschlafen, als wir uns hier zum ersten Mal dieses Bett geteilt haben.« Sie riss die Augen auf. *Selbst tränenverhangen sind ihre Augen wunderschön.* »Ich brauche ein heißes Bad und ein paar Stunden Schlaf in einem ordentlichen Bett. Beides kann ich nicht haben, solange Ihr wie ein verschreckter kleiner Vogel da in der Ecke hockt. Außerdem wird auch Euch ein wenig Ruhe guttun! – Also los, kommt!«

»Warum?«

»Warum was?«

»Warum könnt Ihr nicht baden oder schlafen, während ich hier sitze?«

Weil das Wissen, dass du da so unbequem in die Ecke gekauert hockst, mir selbst Unbehagen bereitet, kleiner Vogel.

»Weil darum!« Er griff sie bei der Hand und zog sie vom Boden hoch – und erstarrte, als sie gegen seine Brust taumelte. Der Duft ihres Haares schien plötzlich den Raum zu füllen. Das Verlangen, sie so für den Rest der Ewigkeit festzuhalten, wurde schier übermächtig und er löste sich eiligst von ihr, schob sie zum Bett hin, sog mühsam den Atem ein.

»Habe ich Euch wehgetan? Eure Schulter …?«

Wehgetan? Wenn du wüsstest … Hastig wich er ihrer ausgestreckten Hand aus. »Nein, Heilerin. Es ist alles in Ordnung.« Er wandte sich ab. »Wenn es Euch nichts ausmacht, würde ich jetzt gerne mein Bad nehmen.«

»Ja, ja, natürlich.« Seltsam hilflos stand sie im Raum, als wisse sie nicht, was sie als Nächstes tun sollte. Ihre Augen folgten ihm, während er sich durch den Raum zur Kaminstelle bewegte und sich anschickte, den Kessel mit heißem Wasser herunterzunehmen. Unvermittelt stand sie neben ihm. »Lasst mich Euch helfen!« Einen Fetzen Stoff zum Schutz gegen die Hitze in der Hand, griff sie nach dem Henkel und sie hoben das schwere Gefäß gemeinsam zum Zuber hinüber. »Das Wasser ist viel zu heiß!«, urteilte sie kritisch.

»Das sehe ich auch!« Mordan knurrte und bemerkte dankbar,

dass sie ein Stück von ihm abrückte. »Ich gehe einen Eimer kaltes holen.« Darum bemüht, es nicht wie eine Flucht aussehen zu lassen, verließ er den Raum. Vor der Tür lehnte er sich einen Augenblick gegen den kühlen Felsen. *Ich muss mich von dieser Frau fernhalten! – Das alles ist Wahnsinn!*

Als er mit einem Eimer kalten Quellwassers zurückkam, kniete die Heilerin vor dem Feuer der Kaminstelle und kämmte ihr feuchtes Haar aus. Er wandte rasch den Blick ab, goss das Wasser in den Zuber und holte anschließend die Seife aus den Satteltaschen. Es war mühsam, mit nur einer Hand die Hosenschnüre zu öffnen und sich aus dem engen Leder zu schälen, aber schließlich warf er das Kleidungsstück aufs Bett. Ein wenig umständlich zerrte er dann die Tunika über den Kopf, entledigte sich nach einem kurzen Blick zu der jungen Frau hin, die ihm den Rücken zugekehrt hatte, auch noch der Lendenhose und stieg in den Zuber.

Heißes Wasser! – Welchem Gott, Dämon oder Rachegeist muss ich dafür danken? Ich tue es auf Knien. Er ließ sich tiefer sinken und genoss die Hitze mit geschlossenem Auge. Da die Heilerin nicht zu ihm hersah, wagte er es, die Lederklappe abzunehmen. Mit zwei Fingern strich er ganz leicht über das Lid. Es war wieder einmal wund. Der Schmerz darunter hatte sich schon vor ein paar Tagen von dem üblichen Brennen und dem Gefühl, als hätte er Sand im Auge, zu einem quälenden Feuer gesteigert. In letzter Zeit geschah das immer häufiger – aber bisher hatten die Schmerzen auch stets wieder nachgelassen. Die Kühle der Luft war herrlich wohltuend und er ließ ein wenig Wasser über das Lid rinnen. Das Auge jetzt, im hellen Licht zu öffnen, war ihm unmöglich. Die Qual hätte ihn an den Rand der Bewusstlosigkeit gebracht. Selbst nach all den Wintern konnte er nicht mehr ertragen als den schwachen Schein einer einzelnen Kerze. Alles andere fühlte sich wie ein glühender Dolch an, den man ihm durch das Auge in den Schädel bohrte. Und daran würde sich wohl nie wieder etwas ändern! Müde lehnte er den Kopf gegen den Rand des Zubers und überließ seine verspannten Muskeln dem heißen Wasser. Irgendwann fiel ihm die

Stille auf und er sah zu der jungen Frau hin, das linke Lid nach wie vor fest geschlossen. Reglos kniete sie noch immer vor dem Feuer und starrte gedankenverloren in die Flammen. Er betrachtete ihr schmales Gesicht. Die fein geschwungenen Brauen hatten die gleiche Farbe wie ihr Haar und bildeten einen herrlichen Kontrast zu ihrer hellen Haut. Ihre Nase war, abgesehen von einem winzigen Höcker direkt am Ansatz, gerade und schmal. Ob sie einmal gebrochen gewesen war? Ein Lächeln stahl sich in einen Mundwinkel. Wahrscheinlich hatte sie sich mit einem Jungen geprügelt. – Ja, das würde zu ihr passen. Wie so oft hatte sie die Unterlippe zwischen die Zähne gezogen. Er wusste, wie weich dieser Mund war, immerhin hatte er ihn schon einmal gekostet – auch wenn sie ihn letztendlich gebissen hatte. Vor dem Feuer wirkte ihr graziler Körper beinah durchscheinend. Er schloss das Auge und sah das Bild noch immer vor sich. *Wann ist es passiert? Wann habe ich mich in dieses anmutige Wesen verliebt? – Sie hasst mich! Wahrscheinlich würde sie sich eher zu einem Schwein legen, als zuzulassen, dass ich sie berühre! – Es muss aufhören!! – Verdammt! Warum kann man Gefühle nicht einfach zum Verlöschen bringen wie ein Feuer?* Heftig tauchte er gänzlich unter, die Finger so hart um den Rand des Zubers gekrallt, dass seine Knöchel weiß hervortraten.

Das heftige Plätschern ließ sie sich überrascht umwenden. »Kjer?« Lijanas richtete sich ein Stückchen auf, versuchte, einen Blick in den Zuber zu erhaschen. Seine Finger lagen um den Rand, sie konnte seine Knie sehen, die über das Wasser ragten, aber sein Kopf war darunter verschwunden. Sie wartete schweigend, dass er wieder auftauchte, doch nichts geschah. War das ein Scherz? Wollte er sie erschrecken und sie dann auslachen, wie Ahmeer es manchmal tat? »Kjer?«, sagte sie nach einem weiteren Moment noch einmal in die Stille hinein. *So lange kann man doch nicht den Atem anhalten?!* Zögernd stand sie auf und ging zu dem Zuber hinüber. Sein Körper war deutlich unter der im Licht glitzernden Oberfläche zu erkennen – jede beeindruckende Einzelheit. Hastig wandte sie den Blick höher. Das schwarze Haar wogte um seinen Kopf, er hatte die Augen geschlossen, die Lederklappe fehlte. Winzige Luftblasen stiegen von seiner Nase auf und zerplatzten an der Oberfläche. »Kjer?« Sie beugte sich tiefer. Er schoss so unvermittelt hoch, dass sie das Gleichgewicht verlor, als sie hastig zurückweichen wollte. Seine Finger schlossen sich um ihr Handgelenk und hielten sie fest. Wasser rann aus seinen Haaren, glänzte auf seinem Gesicht, seiner Brust und den Schultern, während er sie einen scheinbar ewig dauernden Herzschlag lang anblickte – bis er wie aus einer Trance erwachte und sich jäh wegdrehte. Erst als er nach der Lederklappe griff, erkannte sie, warum – er wollte nicht, dass sie ihn ohne dieses schwarze Ding sah. Schweigend reichte sie ihm ein Handtuch, damit er sich wenigstens das Gesicht abtrocknen konnte, bevor er sie anlegte, und wandte sich ab. *Warum will er nicht, dass ich ihn ohne die Klappe sehe? So sehr ist er durch das fehlende Auge doch gar nicht entstellt. Nein, es sah ja beinah so aus, als hätte er noch …* Sie fuhr herum, doch es war bereits zu spät. Das schwarze Leder lag wieder über der Höhle. *Soll ich ihn danach fragen? – Natürlich! Sofern ich keine Antwort erwarte.*

»Bei allen Rachegeistern, was sollte das eben, Heilerin?«, blaffte er, noch ehe sie den Mund öffnen konnte.

»Ich dachte, Ihr wärt ertrunken, so lange, wie Ihr unter Wasser wart«, fauchte sie zurück und stemmte die Hände in die Seiten.

Er blinzelte, sah sie ein wenig verblüfft an. »Ihr habt Euch Sorgen um mich gemacht?«

Ja, du Ochse! – Auch wenn ich selbst nicht verstehe, warum. »Nein! Ich wollte mich nur vergewissern, damit ich die Gelegenheit nutzen und davonlaufen kann!«, schnappte sie und spritzte ihm Wasser über.

»Tststs, Heilerin, das war eben ein Fehler. Ihr hättet mir nicht sagen dürfen, dass Ihr immer noch an Flucht denkt. Nachdem ich es weiß, werde ich Euch wohl wieder fesseln müssen, wenn wir Cavallin verlassen haben.« Das Handtuch traf sie direkt im Gesicht. Als sie wieder etwas sehen konnte, bemerkte sie das Glitzern in seinem Auge. Es war so unfassbar, dass sie einen Moment brauchte, um es zu begreifen: Er hatte gescherzt!

»Vielleicht solltet Ihr den Mund wieder schließen, Heilerin?«, bot er so liebenswürdig an, dass sie ihn für die Dauer eines tiefen Atemzugs verdattert anstarrte, ehe sie seinem Vorschlag nachkam. »Und jetzt könnt Ihr wieder …« Er machte eine scheuchende Bewegung mit der Hand und auf einmal wurde Lijanas bewusst, dass seine andere unter Wasser verschwunden war. *Ach? Schamhaft? Na warte!*

»Warum sollte ich?« Sie verschränkte die Arme vor der Brust und schaute auf ihn hinab. Lange gab er den Blick mit unbewegter Miene zurück, dann nickte er. »Ja, warum solltet Ihr. – Aber wenn Ihr schon da steht, könnt Ihr Euch auch nützlich machen: Gebt mir die Seife!«

»Habt Ihr nicht etwas vergessen?« Nachlässig verlagerte sie ihr Gewicht auf ein Bein. Er müsste sich eigentlich nur ein klein wenig strecken, um die Seife zu erreichen.

»Was?«

»Es gibt da ein kleines Wörtchen …!«

»Oh, natürlich. Wie dumm von mir! – Sofort!«

Böse kniff sie die Augen zusammen, rührte sich aber nicht.

Mit einem gut verständlich Geseufzten: »Ich wusste ja schon immer, dass Frauen zu nichts zu gebrauchen sind!«, stemmte er sich halb aus dem Wasser – *bei der Gnade der Göttin!* –, langte nach der Seife und ließ sich in den Zuber zurücksinken. *Zumindest weiß ich jetzt, wie die Kjer unterhalb des Gürtels behaart sind.*

»Gebt her!« Die Bewegung, mit der sie ihm das hellbraune Oval mit den grünen Sprengseln aus der Hand riss, entlockte ihm ein verblüfft-ärgerliches »He! Was soll das?!«.

»Ich werde Euch den Kopf und den Rücken waschen! Mit Eurer Schulter sollte Euch das nämlich schwerfallen.« *Wie sich das Fell auf seinem Rücken wohl nass und voller Seife anfühlt?* Sie trat hinter ihn, doch er drehte sich um, damit er sie weiter sehen konnte.

»Ich kann mich selbst waschen! Schulter hin oder her!« Sein Blick war wachsam.

»Was ist, Kjer? Plötzlich schüchtern? Glaubt mir, an Euch ist nichts, was ich nicht schon einmal gesehen hätte.«

Er schnaubte verächtlich, ließ sie aber nicht aus dem Auge. »Ihr seid mir zu freundlich, Heilerin, entschieden zu freundlich! – Mir hat mal jemand gesagt, wenn eine Frau anfängt zu schnurren und dir den Bart zu kraulen, frag nicht warum – renn! Ihr schnurrt vielleicht nicht unbedingt, aber …«

»Und von wem stammt dieser weise Rat? Doch von einem Mann, oder? – Dreht Euch endlich um!«

Er machte keine Anstalten, ihrer Forderung nachzukommen. »Nein, er stammt von einer Frau!«

»Und Ihr hört auf den Rat einer Frau. Ihr seht mich verblüfft!« Sie schob die Gewandärmel bis über die Ellbogen hinauf.

»Auf den Rat dieser Frau – ja!«

»Darf ich fragen, wer dieser Ausbund an Weisheit ist?«

»Ihr dürft. Brachans Gemahlin!«

Überrascht legte Lijanas den Kopf schief. »Brachan ist verheiratet?«

»Aber ja! Und er hat eine Tochter, die ungefähr so alt sein müsste wie Ihr. – Warum so verwundert, Heilerin? Dachtet Ihr, wir wären alle bei unserem Eintritt ins Heer entmannt worden?«

Dass du es nicht bist, kann ich beschwören! »Natürlich nicht!« Begannen ihr Wangen tatsächlich zu brennen? »Ich hätte es nur bei Brachan nicht erwartet.« Sie beugte sich an ihm vorbei, um die Seife ins Wasser zu tauchen, und schrie erschrocken auf, als er unvermittelt zupackte und die Innenseite ihres Unterarms ins Licht drehte.

»Was ist das?«

Zwischen Handgelenk und Armbeuge schimmerten silbrig weiße Schuppen auf ihrer Haut. *Nein! Gnädige Göttin, nein!* Für einen winzigen Moment schloss sie die Augen, dann wollte sie ihm ihren Arm entziehen. Ebenso gut hätte sie versuchen können, sich aus einer Eisenfessel herauszuwinden. »Es ist nichts!« Seit sie bemerkt hatte, dass die seltsamen Schuppen sich auf ihrer Haut ausbreiteten, hatte sie darauf geachtet, dass ihre Gewandärmel immer bis zu den Handgelenken heruntergezogen waren – und ebenso lange hatte sie schon unzählige Arzneien ausprobiert, die gewöhnlich bei Hautkrankheiten halfen und deren Ingredienzien sie hatte habhaft werden können: Rotschabtinktur, die gewöhnlich Entzündungen der Haut linderte; eine Salbe aus Ginsterwurz, Meisdorn, Leinöl und Wollfett, die sie selbst schon ihren Patienten gegeben hatte, wenn deren Haut so trocken war, dass sie sich schuppte und riss; sogar Umschläge mit Wassergrün hatte sie versucht, obwohl es ganz entsetzlich brannte – nichts hatte geholfen! Und jetzt das! Sie hatte es vergessen! Einfach vergessen!

»Das sieht nicht aus wie ›nichts‹.« Erstaunlich sanft fuhr er mit den Fingern über die schimmernde Stelle. »Tut es weh?« Lijanas beeilte sich, den Kopf zu schütteln. Auch ihr zweiter Versuch, sich aus seinem Griff zu befreien, scheiterte. Nachdenklich betrachtete er ihren Arm. »Seit wann habt Ihr das?«

»Schon seit ein paar Tagen.«

»War es schon immer so groß oder wird es größer?«

»Es wird größer. – Würdet Ihr mich bitte loslassen!«

Er gab sie frei.

»Ich glaube, es ist besser, wenn … wenn …« Lijanas ließ die Seife in seine Hand fallen und zog hastig ihren Ärmel herab, während sie zurückwich. Sein Blick war undeutbar. Schließlich lehnte er sich im Zuber bequem zurück und seifte sich ein.

»Ihr solltet Euch deswegen keine Sorgen machen.« Eine schaumige Hand gestikulierte in ihre Richtung.

»Nein?« Lijanas stotterte das Wort nur hervor, verblüfft von seiner Gelassenheit. *Ich soll mir keine Sorgen machen? Die Haut auf meinem Arm sieht aus wie die einer Schlange, keine Arznei hilft – aber er meint, ich soll mir keine Sorgen machen. – Ich mache mir keine Sorgen: Ich habe Angst!*

»Nein!« Er verteilte Schaum in seinem Haar. »Ich kenne einen Mann, der bekommt jedes Mal, wenn er Hammelfleisch isst, am ganzen Körper rote, juckende Pusteln. Aber nach einem Tag sind sie wieder verschwunden.« Er legte sich zurück, um die Seife abzuspülen. Als er damit fertig war, sah er sie wieder an. »Bei Euch wird es genauso sein. – Hättet Ihr die Freundlichkeit, Euch umzudrehen?«

Noch immer viel zu verwirrt, um einen klaren Gedanken zu fassen, gehorchte Lijanas. Sie hörte hinter sich Wasser schwappen, dann Plätschern und schließlich Schritte, die sich ihr näherten. Erst jetzt wagte sie es, sich umzuwenden. Mordan stand hinter ihr, ein Tuch um die schmalen Hüften geschlungen, einzelne Tropfen perlten aus seinem Haar und suchten sich einen Weg über Brust und Bauch abwärts, andere blieben schimmernd in seinem samtigen Fell hängen.

»Nun schaut nicht drein, als hätte Euch jemand prophezeit, Ihr würdet Euch bis zum nächsten dreifachen Vollmond in eine Schlange verwandeln, Heilerin.« Seine Stimme war von erstaunlicher Sanftheit.

»Und wenn doch?«, hörte sie sich selbst fragen und erschrak, wie verloren sie klang.

Er hatte nach einem zweiten Handtuch greifen wollen, jetzt hielt er inne und hob sacht ihr Gesicht an. »Dann hätte ich ein Problem. – Ich wüsste nämlich nicht, wie ich das meinem König erklären sollte, denn der erwartet eine junge Nivard-Heilerin und kein züngelndes Reptil.« Für einen kurzen Moment glaubte sie in seinem Mundwinkel ein Lächeln zu sehen, dann war er wieder ernst. Lijanas runzelte die Stirn. »Ihr seid müde und nach unserem Zusammentreffen mit den Seelenfressern noch immer verstört. Menschen wurden getötet, die für Euch keine gesichtslosen Fremden waren und die ein solches Ende sicher nicht verdient hatten. Es ist nicht ungewöhnlich, dass Euch derzeit eine Kleinigkeit wie ein unlösbares Problem erscheint.« Eine Haarsträhne war ihr in die Augen gefallen. Er strich sie hinter ihr Ohr zurück. *Bitte, halt mich fest!* »Nach ein paar Stunden Schlaf wird alles wieder ganz anders aussehen. Glaubt mir, Lijanas!« *Er hat es wieder getan. Er hat mich wieder bei meinem Namen genannt.* Ein leiser Schauer rann ihren Nacken abwärts. *Es klingt bei ihm so anders als bei Ahmeer.*

»Darf ich Euch um etwas bitten, Kjer?«

Seine Hände fielen herab und er trat zurück. »Worum, Heilerin?«

»Könntet Ihr aufhören, mich immer nur Heilerin zu nennen, und stattdessen meinen Namen benutzen?«

Er schluckte schwer, neigte dann aber zustimmend den Kopf. »Wenn Ihr es wünscht ... Lijanas.« Mit einer fahrigen Bewegung fuhr er sich durch sein nasses Haar. Ein feiner Tropfenregen fiel auf seine Schultern, glänzten wie Diamanten auf schwarzer Seide. »So dekadent es Euch vielleicht erscheinen mag – ich wünsche Euch einen angenehmen Schlaf.«

Er griff sich ein zweites Leintuch, wandte sich ab und ging auf seine Seite des Bettes, wobei er sich die Haare trocken rubbelte.

»Wartet!«

Überrascht hielt er inne und blickte sie an.

»Was hat Euer König mit all dem zu tun? Ihr sagtet ...«

»Er ist der Kranke, zu dem ich Euch bringen soll, Hei- Lijanas.«

»Der König der Kjer?« Fassungslos keuchte sie auf.

»Ja!«

»Warum habt Ihr das nicht von Anfang an gesagt? – Was fehlt ihm?«

Eine seiner schwarzen Brauen hob sich in mildem Tadel. »Ihr wart nur eine Gefangene. Ich hatte Euch noch nicht einmal aus Anschara herausgebracht. – Wie sollte ich Euch da so etwas anvertrauen? – Und was ihm fehlt ...« Er hob andeutungsweise die Schultern und Lijanas sah das kurze Zucken in seinem Augenwinkel, als die Bewegung schmerzte. »Ich weiß es nicht. Gerüchte sagen, eine zehrende Krankheit frisst seit mehreren Wintern an ihm, aber ich bin zu selten in Turas, um Euch zuverlässige Auskunft geben zu können.«

Sie nickte, dann ging sie zu ihrem Arzneikasten und nahm einen Tiegel heraus. »Ich hatte Euch versprochen, Eure Schulter mit Wasserblütensalbe einzureiben. – Setzt Euch!«

»Das ist nicht nötig, Lijanas. Meiner Schulter geht es gut.«

»Die Muskeln und Sehnen in Eurer Schulter sind überdehnt. Ich habe gesehen, dass Euch schon ein einfaches Schulterzucken schmerzt. Die Salbe wird ihnen helfen, schneller zu heilen.« Sie wies auf das Bett. »Setzt Euch. Es dauert nicht lange.«

Ein letztes Zögern, dann ließ er sich auf den Bettkissen nieder. Sie kniete sich hinter ihn, strich seine schwarze Mähne über die andere Schulter, tauchte die Finger in die weiche Salbe und verteilte sie durch das Fell auf der Haut. Peider und Beelah waren tot! Sie schloss für einen Atemzug die Augen, verdrängte den Gedanken, konzentrierte sich einzig auf Mordan. Die Muskeln unter ihren Händen waren angespannt. Behutsam tastete sie über die Schulter, spürte eine leichte Schwellung, fasste seinen Ellbogen, während sie die andere Hand auf dem Gelenk liegenließ, und hob den Arm langsam an, um noch einmal zu prüfen, ob Muskeln und Sehnen tatsächlich nur überdehnt und nicht gerissen waren. Sie wartete auf ein Zusammenzucken, ein Verkrampfen, einen Laut des Protestes, weil es schmerzte – nichts. Sie runzelte die Stirn, als sie den Ellbogen bis über das Schultergelenk gehoben hatte. Sie hatte schon mehr als eine Schulter wieder eingerenkt und spätestens an diesem Punkt hatten auch die hartgesottensten Kerle gejault. »Tut das weh?«

»Ja!«

»Ja?« Ihre Stimme war vor Entsetzen ein helles Quietschen. Ganz behutsam ließ sie seinen Arm wieder sinken. *Bei der Gnade der Göttin, ich bereite ihm hier Schmerzen und er zuckte, noch nicht einmal mit einem Lid.* »Warum zeigt Ihr mir denn nicht, wenn ich Euch wehtue?«

»Warum sollte ich das tun? – Was bringt es mir ein, wenn ich schreie oder stöhne? Euch hindert es daran, Eure Arbeit zu tun, weil Ihr mir nicht noch mehr Schmerz zufügen wollt, und einem Feind würde ich verraten, dass er mit … dem, was er tut, erfolgreich ist. Wozu also?«

»Aber …«, hilflos hob sie die Hände. Sie wusste beim besten Willen nicht, was sie sagen sollte. Zwar hatte er in gewisser Weise recht, aber seine Worte klangen so unmenschlich kalt, dass es sie schauderte.

Er sah sie über die Schulter hinweg an. Sein Auge war seltsam dunkel. »Lijanas, Schmerz ist für mich nichts Fremdes – im Gegenteil. Man hat mich gelehrt, ihn zu akzeptieren und ihn zuzulassen – und ihm so die Macht über mich zu nehmen. Was auch immer Ihr glaubt, tun zu müssen, tut es und fragt nicht, ob Ihr mir damit wehtut.«

Sie schluckte beklommen. Wenn sie die Narben auf seinem Körper betrachtete, war Schmerz für ihn tatsächlich etwas Vertrautes. Aber dennoch … *Was meint er damit, ›man hat mich gelehrt‹? – Nein! Zu so etwas sind nicht einmal die Kjer fähig!* Sie verdrängte den Gedanken und tauchte die Finger erneut in den Tiegel.

»Wasserblütensalbe wirkt am besten, wenn man sie ein wenig einmassiert. – Ich will aber, dass Ihr mir sagt, wenn ich Euch wehtue!«

»Wie Ihr meint, Lijanas.«

Äußerst behutsam versenkte sie die Finger in seinem Nacken, arbeitete sich langsam bis zu seiner Schulter hin und dann ein Stück den Oberarm hinunter. Sein seidiges Fell fühlte sich unter ihren Händen wie eine Liebkosung an. Die schwarzen Perlen um seinen Hals schimmerten. Aus der Nähe glaubte sie hauchfeine, verschlungene Linien auf ihnen zu erkennen. Doch dann bewegte Mordan sich und sie war nicht mehr sicher, was sie gesehen hatte.

Irgendwann merkte sie, wie er sich nach und nach entspannte und seine Muskeln unter ihren Händen weich wurden. Schließlich ließ er den Kopf zur Seite sinken und seine Brust dehnte sich in einem lautlosen, tiefen Atemzug. *Gleich schnurrt er.* Lijanas beugte sich ein wenig vor, ein kleines Lächeln auf den Lippen. »Warum solltet Ihr rennen, wenn eine Frau schnurrt und Euch den Bart krault?«

»Weil sie dann etwas von mir will.« Er stieß ein leises Brummen aus, dann drehte er sich halb zu ihr um. »Was wollt Ihr, Lijanas?«

Ihr stockte der Atem. »Ich möchte nach Hause«, flüsterte sie nach einem schier endlosen Augenblick.

Er wandte sich ihr endgültig zu, ihre Hände glitten schlaff von seiner Schulter. »Ich habe den Befehl, Euch zu meinem König zu schaffen. Aber ich verspreche Euch, wenn er Eure Dienste nicht mehr benötigt, werde ich Euch wieder nach Hause bringen.«

»Werdet Ihr das wirklich tun? – Ich meine, was ist, wenn Euer König Euch etwas anderes befiehlt?«

»Was sollte er mir denn befehlen? Vielleicht, Euch zu töten? Warum sollte er das tun? – Keine Angst, Lijanas, selbst wenn ich Euch nicht persönlich zurück nach Anschara begleiten kann, werde ich dafür sorgen, dass es ein anderer an meiner Stelle tut. – Ihr werdet wohlbehalten wieder nach Hause gebracht! Darauf gebe ich Euch mein Wort.« Die Zähne in die Lippe gegraben schwieg sie. Zwischen seinen Brauen erschien eine steile Falte. »Glaubt Ihr mir nicht? Soll ich Euch mein Wort mit Blut besiegeln?« Er beugte sich nur ein winziges Stück vor – und hielt plötzlich einen Dolch in der Hand. Scharf sog sie den Atem ein. »Woher habt Ihr …«, verwirrt verstummte sie. Er saß nackt bis auf ein Leintuch um die Hüften vor ihr und schaffte es doch, unversehens eine Waffe zu zücken.

»Ich habe immer eine Klinge in greifbarer Nähe – selbst im Bett. Aber unter den Kopfpolstern würde man zuerst suchen … Es gibt andere Stellen, an denen man so etwas verstecken kann.«

Man? Ein gedungener Mörder? – Wer bist du, dass es Leute gibt, die dich tot sehen wollen?

»Wo?«

»Ihr erwartet von mir, dass ich mein Leben in Eure Hände lege, Lijanas?«

Sie schüttelte den Kopf, als ihr klar wurde, was sie da eben verlangt hatte. »Ich will es nicht mehr wissen!«

Zu ihrer Verblüffung kräuselte für einen kurzen Moment ein Lächeln seine Lippen. »Der Dolch stak in der Innenseite des Bettrahmens.« Er hatte die Klinge über seine Handfläche gezogen, bevor sie es verhindern konnte. Blut perlte aus dem Schnitt, er ballte die Hand, bis es zwischen Daumen und Zeigefinger hervorquoll, dann presste er die Lippen darauf, ehe er ihr in die Augen sah. »Ich gebe Euch mein Wort, mit Blut besiegelt, Lijanas, Heilerin, dass ich dafür sorgen werde, dass Ihr wohlbehalten nach Hause zurückkehren könnt, wenn mein König Eure Dienste nicht mehr benötigt.«

»Ihr seid ein Narr!«, schalt sie, sprang vom Bett herunter und holte ein Stückchen Leinen und Wundbalsam aus ihrem Arzneikasten. Als sie sich wieder zu ihm umdrehte, hatte er die Hand in sein Lendentuch geballt, um die Blutung zu stoppen, und sah sie an.

»Warum? Ihr wolltet …«

»Gar nichts wollte ich! Am allerwenigsten, dass Ihr Euch selbst verletzt. – Ich weiß doch, dass Ihr Euer Wort haltet.« Sie ergriff ihn beim Handgelenk und tupfte das Blut von seiner Handfläche. Neben dem frischen Schnitt bemerkte sie die fahle Linie einer ganz ähnlichen, schon lange verheilten Wunde. Er entzog ihr seine Hand, ehe sie Wundbalsam auf den Schnitt streichen konnte. »Das ist nicht nötig, Lijanas, der Kratzer heilt auch ohne Eure Salbe.«

»Wie könnt Ihr Euch da so sicher sein?«

»Während mehr als der Hälfte meines Lebens verging kein Tag, an dem ich nicht eine Schürfwunde, Prellung oder Quetschung gehabt hätte, und es hat sich nie jemand darum gekümmert. Trotzdem ist alles verheilt.« Lijanas' ungläubiger Blick entlockte ihm ein halbes Lächeln. »Ihr müsst Euch damit abfinden, dass ich mit einer robusten Natur und gutem Heilfleisch gesegnet bin. Ihr verschwendet Eure Zeit und Eure Salben an mich. – Und nun ist es genug! Ich bin müde. Wenn Ihr meinen Rat annehmen wollt, ruht Ihr auch ein wenig. Die Nacht war nicht gerade angenehm für Euch.« Er bückte sich, rammte den Dolch an seinen Platz zurück, warf sich auf die Bettkissen und schlang sich mit einem schlichten »Schlaft wohl!« die Decke über die Schulter.

Lijanas starrte mehrere Herzschläge lang verblüfft auf ihn hinunter, dann ging sie auf ihre Seite des Bettes und flocht ihr Haar zu einem losen Zopf, ehe sie ihr Gewand ablegte und im Hemd unter die Wolldecke kroch. An Schlaf war jedoch nicht zu denken. Einige Zeit beobachtete sie Mordan dabei, wie er sich hin- und herwarf, bis er dann endlich eine Schlafposition gefunden hatte, die ihm zusagte, und seine Atemzüge schließlich tiefer und gleichmäßiger wurden. Doch sie konnte den Blick nicht von seinen Zügen lösen. Er wirkte im Schlaf so völlig anders. Die harten Linien um seinen Mund glätteten sich dann, die stets leicht gerunzelten Brauen entspannten und hoben sich ein Stück. Er hatte das Gesicht halb in den Kissen vergraben, die Seite mit der Lederklappe im Leinen verborgen. Da war nichts Bedrohliches oder Düsteres mehr an ihm. Als wäre er nicht mehr der brutale Kjer-Krieger, der erwartete, dass seine Befehle widerspruchslos und umgehend befolgt wurden, sondern einfach nur ein erschöpfter junger Mann, der in tiefem, erholsamem Schlaf lag. Eine schwarze Strähne hing ihm im Gesicht. Gerne hätte sie sie ihm zurückgestrichen, doch sie war sich sicher, dass er erwachen würde, sollte sie auch nur die Hand nach ihm ausstrecken.

Sie bettete die Wange auf ihr Kissen und schloss die Augen. Jetzt, nachdem er ihr versprochen hatte, dass sie wohlbehalten nach Anschara zurückkehren konnte, fürchtete sie sich nicht mehr davor, von ihm nach Turas gebracht zu werden.

13

Seit Tagen durchkämmten sie erfolglos die Salzzinnen auf der Suche nach einer Spur, die die Kjer mit ihrer Gefangenen vielleicht hinterlassen haben mochten. Die Fährtensucher hatten weder ein verlassenes Lager noch einen Stofffetzen oder etwas Ähnliches gefunden. Und auf den Felsen hatten die Hufe der Ashentai-Kriegsrösser auch keine Spuren zurückgelassen.

Doch sie selbst hatten in den unwegsamen Gelände zwei Pferde verloren, die in eine Felsspalte getreten waren und sich die Beine gebrochen hatten, sodass sie getötet werden mussten. Schlimmer aber war, dass ihre eigenen Wasservorräte und die Verpflegung zu Ende gingen.

Wie so oft in den letzten Tagen stand Prinz Ahmeer auf einem Felsvorsprung, die Zügel seines erschöpften Schimmels in der Hand, und beobachtete, wie die Sonne langsam über der gleißenden Salzwüste tiefer sank.

Zuerst hatten sie angenommen, der Blutwolf würde mit seinen Leuten und seiner Gefangenen am Rand der Salzwüste, am Fuß der Salzzinnen, entlanggehen. Doch nach einem halben Tagesritt waren sie an eine breite Spalte in der Salzkruste gekommen, die ein Weiterkommen unmöglich machte, es sei denn, man war bereit, tiefer in die Wüste hineinzugehen. Und das traute Ahmeer noch nicht einmal Haffrens erstem Heerführer zu. Also waren sie umgekehrt und hatten einen Weg in die Salzzinnen hinauf gesucht, in der Annahme, die Kjer hätten diese Route gewählt.

Einer der Fährtenleser, die Eliazanar ihm mitgegeben hatte, trat neben ihn und räusperte sich. »Mein Prinz, wir können nicht länger in den Bergen bleiben. Wir brauchen Wasser und Vorräte.«

»Nein! Wir gehen erst, wenn wir eine Spur von diesen verdammten Tieren gefunden haben.« Ahmeer schloss die Faust um den Griff seines Schwertes und funkelte den Mann mit seinen hellen, grauen Augen an.

»Vergebt mir, mein Prinz, aber das ist töricht. Wir haben die Berge durchkämmt: Der Blutwolf ist nicht hier! Und ob er jemals hier war, ist inzwischen mehr als fraglich. Irgendeine Spur hätten wir finden müssen. Ich glaube vielmehr, dass er tatsächlich den Weg durch die Salzwüste genommen hat.« Bei dem Gedanken, dass die Kjer seine Braut durch die sengende Hitze geschleppt hatten, entrang sich Ahmeer ein Stöhnen. Er hatte schon häufiger Frauen gesehen, deren Haut von Sonne und Salz verbrannt worden war – sie war nicht mehr hell und weich, sondern gebräunt und rau gewesen. Der Fährtenleser sprach unbeirrt weiter. »Wenn er den Weg durch die Wüste genommen hat, war er mit ziemlicher Sicherheit in Cavallin, um Wasser und Proviant zu ergänzen. Es ist also gut möglich, dass wir dort einen Hinweis finden, in welche Richtung er sich tatsächlich gewandt hat und wohin er Eure Braut bringt.«

Einen Augenblick sah Ahmeer den Mann an, dann nickte er. »Du hast recht! Sag den anderen Bescheid: Wir brechen nach Cavallin auf. Bis zum Abend sollten wir die Stadt im Berg erreicht haben.«

Lijanas schloss die Tür hinter sich und lehnte sich dagegen. Das abendliche Licht der Flammentürme fiel sanft durch das Fenster und auf die einladenden Bettkissen – mehr musste sie nicht sehen. Müde rieb sie sich übers Gesicht. Seit Hauptmann Uladh vor drei Tagen in der Stadt hatte verbreiten lassen, dass das Wasser der Grund für die Seuche war und dass vorerst nur Wasser aus den kleinen Quellen im alten Bezirk getrunken werden sollte, hatte es keine neuen Krankheitsfälle mehr gegeben. Zwar hatten sie die bereits Erkrankten nicht retten können, aber die Gefahr war offenbar dennoch endlich gebannt. Cavallin hatte allen Grund, heute Nacht die Freudenfeuer zu entzünden.

Nur einen Augenblick ausruhen, dann gehe ich hinunter und bitte Fadera um heißes Wasser für ein Bad.

Es war ein seltsames Gefühl, durch die Stadt zu gehen. Menschen, die sie nicht kannte, lächelten ihr zu, wollten ihr auf jede nur erdenkliche Art Gutes tun, ließen Grüße an ihren Kjer-Gemahl ausrichten und waren voller Dankbarkeit. Sie schüttelte den Kopf und strich sich eine Haarsträhne zurück, die sich aus ihrem Zopf gelöst hatte. Ihr Kjer-Gemahl – den sie die letzten Tage so selten gesehen hatte, dass sie mehr und mehr den Eindruck gewann, er ging ihr aus dem Weg. Er kam, wenn sie bereits schlief, und war verschwunden, ehe sie erwachte. Ansonsten sah sie ihn bei den Mahlzeiten oder aus der Ferne, wenn sie ihn im Hof von Faderas Herberge beobachtete, wie er sich mit den anderen in den Waffen übte oder Ired an einer langen Leine im Kreis laufen ließ.

Vor zwei Tagen hatte er drei Stunden mit Levan geübt – nein, er hatte nicht *mit* Levan geübt, er hatte den jungen Kjer in die Lehre genommen und ihn Stunde um Stunde gnadenlos gedrillt, bis er mit den Leistungen des Ärmsten halbwegs zufrieden gewesen war. Schweißgebadet hatte Levan sich dann in den Stall getrollt, während Mordan noch zwei Stunden allein weitergemacht hatte.

Gestern hatte sie ihn zum ersten Mal mit jener barbarisch aussehenden Kriegsaxt kämpfen sehen, die bis dahin unbenutzt in ihrem Zimmer an der Wand gelehnt hatte. Sie konnte es immer noch nicht glauben, dass er sogar Brachan scheinbar mühelos mit wuchtigen Axtschlägen durch den Hof getrieben hatte – und das, obwohl er sich an ihre Anweisung hielt und seine Schulter schonte.

Doch dann hatte sie von Fadera erfahren, dass er Hauptmann Uladh seine Hilfe bei der Jagd auf die Seelenfresser angeboten hatte, die noch in der Stadt vermutet wurden. Empört hatte sie ihn zur Rede gestellt und er hatte ihr mit mürrischem Grummeln mitgeteilt, dass der Hauptmann höflich dankend abgelehnt hatte – was seiner Laune nicht gerade zuträglich gewesen war. Mordan war kein Mann, der untätig die Hände in den Schoß legen konnte. Zwang man ihn zum Müßiggang, wurde er äußerst unleidlich. Aber er bemühte sich offenbar mannhaft, seine schlechte Laune nicht an ihr auszulassen. Im Gegenteil zeigte er sich ihr gegenüber überraschend sanftmütig.

Doch sie konnte verstehen, wie er sich fühlte. Obwohl sie nicht mehr gebraucht wurde, führten ihre Schritte sie immer wieder zum Seuchenhaus. Jedes Mal stand sie dann vor den Türen und kam sich äußerst nutzlos vor. Zumindest ließ Mordan sie tagsüber allein durch die Stadt schlendern und bestand nicht mehr darauf, dass sie in der Herberge blieb, wenn er sie nicht begleitete. Wozu auch, denn wenn sie jetzt jemandem erzählt hätte, dass er sie entführt hatte und sie seine Gefangene war, hätte ihr bestimmt niemand mehr geglaubt. Nein, er konnte es sich leisten, sie an der langen Kette laufen zu lassen und sich stattdessen den Vorbereitungen für die Weiterreise zu widmen.

Bedächtig stieß sie sich von dem glatten Holz der Tür ab und tappte hinüber zu den Bettkissen. Die Satteltaschen und Beutel lagen gepackt bereit, die Ausrüstung der Pferde war überprüft und, wo nötig, ausgebessert. Heute Nacht, wenn die Tore endlich wieder geöffnet würden, wollte er aufbrechen. Sie schauderte bei dem Gedanken, dass ihr Weg sie abermals durch die Salzwüste führen sollte, und betete, dass kein Salzriss sie erneut dazu zwang, tiefer hinein in die Hitze und das Gleißen des Salzes zu gehen. Wenn alles gut lief, würden sie in zwei Tagen die Salzwüste hinter sich gelassen und die Sandgrassteppe erreicht haben – so zumindest hatte Mordan es ihr heute Morgen erklärt, als er ihr gleichzeitig geraten hatte, sich auszuruhen, da sie die Nacht hindurch bis in den späten Vormittag des nächsten Tages reiten würden, um wieder in den heißesten Stunden während der Mittagszeit zu rasten. Sie seufzte leise. Alles war zum Aufbruch bereit. Selbst die Wasserschläuche waren schon mit frischem Wasser gefüllt und die Provianttaschen gepackt. Überrascht blieb sie stehen, als sie sah, was über die Bettkissen gebreitet lag. – Es war tatsächlich das Gewand, das sie gestern bei dem Händler auf dem unteren Markt so bewundert hatte, als er sie in die Stadt geschleppt hatte, um sie für die Reise einzukleiden. Behutsam nahm sie es auf. Weich und glatt floss das fein gewebte Leinen des Untergewandes zusammen mit der kühlen Fehan-Seide des Oberkleides durch ihre Hände. Etwas fiel mit einem leisen Klappern zu Boden. Überrascht legte Lijanas das Gewand zurück und bückte sich nach dem Strang aus ineinander gedrehten Perlschnüren, von denen in unregelmäßigen Abständen kleine Muscheln an zarten Silberfäden herabhingen. Sie holte langsam Atem, als sie erkannte, woraus alles gemacht war – Elfenbein.

»Er wird ins Haar geflochten – sagte der Händler.«

Lijanas' Herz wollte beinah stehen bleiben, als Mordans Stimme so unvermittelt aus dem Dunkel hinter ihr erklang.

»Könntet Ihr es Euch bitte abgewöhnen, mich fast zu Tode zu erschrecken, Kjer?« Den Elfenbeinschmuck noch immer in den Händen, wandte sie sich um.

»Es lag nicht in meiner Absicht, Euch zu erschrecken, Lijanas.« Er saß auf dem Schemel in der Ecke neben dem Fenster, dort, wo der Raum am dunkelsten war, die Ellbogen auf die Seitenlehnen gestützt, die Finger locker ineinander verflochten. »Ich dachte, Ihr wolltet heute Nacht vielleicht auf dem Fest tanzen, und hielt es für einen guten Gedanken …«, die Stirn in Falten gelegt, beugte er sich vor. »Ihr seht müde aus, Lijanas.« Leise seufzte er. »Vielleicht war der Gedanke doch nicht so gut.«

»Nein! Er war sehr gut!« Sie legte den Haarschmuck zurück aufs Bett, nahm das Gewand und hielt es sich an. »Ich würde gern heute Nacht feiern. – Aber ich dachte, wir wollten weiterreisen, sobald die Tore geöffnet werden.«

Seine Miene hellte sich auf. »Das werden wir auch. Aber ein oder zwei Stunden auf dem Fest kann ich Euch erlauben. – Ich werde Levan Bescheid geben.«

Levan?

»Was hat Levan damit zu tun?«

»Nun, Levan ist der Einzige von uns vieren, der gut genug aussieht, um Euch als Begleiter dienen zu können.« Mit einem Schulterzucken stemmte er sich von seinem Stuhl hoch.

»Ich möchte aber nicht mit Levan zu dem Fest.«

»Nein?« Überrascht verharrte er in der Bewegung und ließ sich dann zurücksinken. »Mit wem möchtet Ihr dann gehen? Brachan?«

»Nein, auch nicht mit Brachan.«

»Also mit Ecren. Ich kann zwar nicht ganz verstehen, warum, aber gut.« Ein leises Grinsen huschte über seine Lippen, Licht blitzte auf den Spitzen seiner Reißzähne. »Aber ich warne Euch, Lijanas, er hasst es zu tanzen.«

Gnädige, schenke mir Geduld im Umgang mit begriffsstutzigen Männern!

»Ich möchte auch nicht mit Ecren gehen«, beschied sie ihm in sanftem Ton.

»Oh!« Schlagartig verdüsterten sich seine Züge. »Also ein Galan aus den Reihen der Bürger von Cavallin. Weiß er schon, dass er Euch heute Nacht zu Diensten sein darf? Wenn nicht, sagt mir seinen Namen und ich werde ihm ausrichten lassen, dass er Euch – sagen wir in einer Stunde – zum Fest führen soll.«

Bitte, Gnädige, gib mir einen Eimer eiskalten Wassers, in das ich seinen schwerfälligen Schädel tauchen kann.

Sie holte übertrieben tief Atem. »Ich möchte mit Euch zu dem Fest gehen, Kjer!«

Ein ganzer Bergsee eiskalten Wassers hätte keine größere Wirkung auf ihn haben können. Er starrte sie Herzschläge lang einfach nur an.

»Was?«, brach es dann schließlich aus ihm heraus.

»Ich möchte ...«, setzte sie an, doch er wedelte mit der Hand, um sie zum Schweigen zu bringen.

»Ich habe Euch schon verstanden, Lijanas, aber ich hätte erwartet, dass Ihr eine bessere Wahl trefft.«

»Warum? Ihr seid ein Mann, recht ansehnlich –«, sie ignorierte sein bitteres Schnauben, »– und wenn Ihr Euch anstrengt, könnt Ihr leidlich höflich sein. Also: Wo ist das Problem?«

»Ich bin der Kjer-Krieger, den man des Mordes an zwei jungen Frauen verdächtigt hat. Sie werden es Euch nicht danken, wenn Ihr einen wie mich zu ihrem Fest mitschleppt.«

»Ihr wurdet vollständig rehabilitiert. Außerdem seid Ihr der Mann, der herausgefunden hat, warum es zu dieser schrecklichen Seuche kam.«

»Daran wart Ihr nicht unbeteiligt!«

»Sie werden Euch wie einen Helden willkommen heißen.«

Er brummte nur missmutig. »Ich bin kein guter Tänzer, Lijanas«, warnte er dann.

Geduldig verschränkte sie die Hände ineinander. »Es werden bestimmt Rundtänze sein. Hand in Hand mit den anderen um die Feuer. Sie sind ganz leicht. Also macht Euch deshalb keine Sorgen. – Und noch etwas: Was meint Ihr, werden die Bürger Cavallins denken, wenn ich mit einem anderen Mann als meinem Gemahl auf dem Fest erscheine?«

Mehrere Augenblicke musterte er sie stumm. Dann ließ er ein langes Seufzen hören. »Was kann ich tun, um Euch von Eurem Entschluss abzubringen?«

»Nichts! Deshalb würde ich Euch raten: Fügt Euch in Euer Schicksal und geht Euch umkleiden.«

»Umkleiden?«

»Natürlich. Wir gehen auf ein Fest. Da trägt man keine Kettenhemden!« Sie sah ihn scharf an. »Ihr werdet mir doch nicht erzählen wollen, dass Ihr nicht auch andere Kleidungsstücke besitzt. Solche, die nicht aus Leder oder Stahl bestehen.« Ihr Blick fiel auf das Schwertgehenk mit den beiden Klingen an seiner Seite. »Und Waffen werdet Ihr auch keine brauchen.«

»Lijanas!« Er klang geradezu entsetzt. »Das könnt Ihr nicht von mir verlangen …«

»Ich verlange es nicht von Euch. – Ich bitte Euch darum.«

Knurrend drückte er sich aus dem Sessel hoch und durchquerte den Raum. »Wir werden sehen.«

»Bitte!«

»Wir werden sehen!« Mit einem lauten Klacken fiel die Tür hinter ihm ins Schloss.

Von einer unerklärlichen Unruhe befallen, wartete Lijanas etwa eine Stunde später im Speiseraum auf ihren ›Gemahl‹. Sie hatte ein Bad genommen, Fadera hatte ihr beim Ankleiden geholfen und anschließend ihr Haar frisiert. Zum ersten Mal war die Narbe an ihrer Schläfe nicht unter einigen Strähnen verborgen – und dennoch fühlte sie sich nicht entstellt. Im Gegenteil. Als Schritte sich über die Treppe näherten, begann ihr Herz wild zu klopfen. *Fühlt sich so eine Braut, die ihren Bräutigam erwartet? – Was sind das wieder für seltsame Gedanken? Ich bin Ahmeers Braut, nicht die dieses Kjer. Und das Gewand, das ich bei unserer Vermählung tragen werde, ist bestimmt nicht aus Leinen und Fehan-Seide.* Ihre Hand fuhr mit einem Gefühl des Bedauerns über den kühlen Stoff. *Warum eigentlich nicht? Muss so viel Prunk sein? – Natürlich, ich heirate einen Prinzen. Er wird darauf bestehen, damit ich ihm keine Schande mache.*

Dann erschien Mordan auf den Stufen und ihr stockte der Atem. Er trug eine schwarze Tunika aus weich fallendem, im Licht schimmernden Stoff, die an Hals und Ärmeln mit Seidenstickereien verziert war. Der Halsausschnitt war weit genug, dass man den Strang schwarzer Perlen, der gewöhnlich unter Tunika und Kettenhemd verborgen war, auf seiner Haut sehen konnte. Ein silberbeschlagener Gürtel lag um seine Taille. Seine Stiefel waren geputzt, die schwarze Lederhose schmiegte sich wie immer eng um seine langen, schlanken Beine, doch die dünnen Lederriemen, die gewöhnlich dafür sorgten, dass sie wie eine zweite Haut anlag, waren durch silberne Schnüre ersetzt worden. Sein Haar war mit einem silberdurchflochtenen Band zurückgebunden und glänzte feucht. Lijanas holte seltsam zittrig Luft, während er die letzten Stufen herabkam und auf sie zutrat. *Ein dunkler Prinz – Gnädige, hab Erbarmen mit mir, er sieht in diesen Sachen besser aus als Ahmeer in seinem goldenen Prunk.* Sie wollte etwas sagen, irgendetwas, doch er war schneller.

»Ihr seid schön wie eine Klinge, auf der das Sonnenlicht tanzt.« Er klang, als würde er jeden Augenblick ersticken. Seine Finger hoben sich zu ihrer Schläfe, berührten sanft das Narbengeflecht und strichen wie ein Hauch über ihre Wange und ihren Hals abwärts. Die Welt um sie herum hörte auf zu existieren. Dann zog er die Hand zurück und Lijanas spürte nur noch Bedauern.

Die Stille wurde ihr nur allmählich bewusst, ebenso die Blicke, mit denen die anderen Kjer und Fadera sie anstarrten. Offenbar ging es Mordan ähnlich, denn er räusperte sich, bot ihr den Arm und führte sie zur Tür, wobei er Brachan in scharfem Ton befahl, alles für den Aufbruch vorzubereiten.

Die Gassen Cavallins waren mit Fackeln und Ölfeuern erhellt, Männer, Frauen und Kinder tummelten sich lachend und scherzend zwischen den Häusern. Ein Gewirr von Stimmen und Musik hing in der Luft. Es kam ihm wie eine Ewigkeit vor, seit er mit dem zierlichen Geschöpf, dessen Hand in seiner Armbeuge lag, zum ersten Mal auf den unteren Markt gegangen war. Hände klopften ihm auf die Schultern, jedes Mal musste er mühsam dem Drang widerstehen, sich nach dem Dolch zu bücken, den er im Stiefel verborgen trug. Ein Mann drängte sich an Lijanas heran, betatschte vertraulich ihren Arm – und wurde von seinem grimmigen Blick und einer leicht gehobenen Oberlippe verscheucht. Lachend sah sie ihn an, schüttelte ihr schimmerndes Haar zurück und legte auch die andere Hand in seine Armbeuge. Ihre grünen Augen blitzten vergnügt. Seine Finger stahlen sich zu seiner Brust, tasteten nach dem schmalen Steinring, der an dem Lederband neben seinem Siegelring hing. Er hatte ihn am Morgen bei einem Goldschmied gesehen und seine Farbe hatte ihn sofort an ihre Augen erinnert. Ohne nachzudenken, hatte er den Laden betreten und ihn erstanden. Er war aus einem einzigen, tiefgrünen Emerald geschnitten und dann in eine schmale, goldene Schiene gefasst, damit der Stein nicht brechen konnte. Ein feines Rankengeflecht war in seine Oberfläche graviert und mit Gold auspoliert. Und obwohl er den Ring gerade bis zum zweiten Glied seines kleinen Fingers schieben konnte, war er sicher, dass er ihr wie angegossen passen würde. Erst als er den Laden wieder verlassen hatte, war ihm klar geworden, was er da eben getan hatte. Es stand ihm nicht zu, dieser Frau ein solches Schmuckstück zu kaufen. Ihrem Bräutigam oder auch ihrem Liebsten, aber bestimmt nicht ihm. Zornig über sich selbst hatte er ihn fortgeworfen, doch ein kleiner Junge war ihm nachgelaufen und hatte ihm den Ring zurückgebracht, in der Annahme, er hätte ihn verloren. Er hatte dem Kleinen ein Kupferstück gegeben und ihn zu seinem Siegelring auf das Lederband gefasst. Wenn es denn so sein sollte, würde er ihn behalten – als Erinnerung an eine unaussprechliche Torheit.

»Kjer?!« Ihre Stimme und ihre zierlichen Hände, die an seinem Arm zupften, holten ihn in die Wirklichkeit zurück. Er ließ die Finger sinken und sah sie an. »Kjer, hört Ihr mir überhaupt zu? Klingt die Musik nicht wunderbar? – Lasst uns zum Markt gehen, ja!« Ohne eine Antwort abzuwarten, zog sie ihn hinter sich her.

Schon hinter der nächsten Ecke tauchten sie endgültig in ein Gewirr von Menschen ein. Zwei mächtige Feuer brannten in der Mitte des Platzes, dazwischen wurde getanzt, ausgelassenes Gelächter erklang überall. Um den Markt herum waren Stände aufgebaut; an einigen wurde Bier und Wein ausgeschenkt, an anderen gab es Naschereien, Früchte oder duftendes Backwerk. Über drei Feuern brieten ein Ochse und zwei Schweine am Spieß. Die Bürger Cavallins standen beisammen, Humpen und Krüge in den Händen, verzehrten genüsslich auf dicke Brotscheiben gelegtes Fleisch und unterhielten sich lautstark.

Offenbar waren die mächtigen Tore schon geöffnet worden, denn gerade kamen einige Händler mit ihren Gespannen und Bündeln die Gasse von der Torhalle herauf und blickten sich sichtlich verwirrt ob des ausgelassenen Treibens um.

Inmitten des lärmenden Gedränges war Mordan ein Fels in der Brandung, in dessen Schatten Lijanas sich nur zu gern flüchtete. Um sie herum wurde gerempelt und gedrängt, aber dem groß gewachsenen Kjer-Krieger kam keiner zu nahe. Sie hielt sich so dicht vor ihm, dass sich niemand zwischen ihnen hindurchschieben konnte. Sich einfach an seine breite Brust zu lehnen, wagte sie nicht, auch wenn der Gedanke eine leise Sehnsucht in ihr weckte. Lächelnd ließ sie den Blick über die ausgelassene Menge schweifen. Schellentrommeln, Sackpfeifen, Schalmeien und Lauten tönten über den Platz, zuweilen klangen die Töne einer Leier dazwischen und ließen sie kaum noch still stehen. Schon ein paar Mal hatte sie sich zu Mordan umgedreht, um ihn zu fragen, ob er sich mit ihr den Tanzenden anschließen wollte – aber dann hatte sie doch der Mut verlassen. Mit vor der Brust verschränkten Armen stand er hinter ihr, die Miene verschlossen, der Blick kühl und beinah ein wenig herablassend. *Vielleicht hätte ich doch mit Levan gehen sollen. – Nein, ich werde mir von ihm nicht den Spaß nehmen lassen. Ich will tanzen!* Es war, als ob die Mächte des Schicksals es gut mit ihr meinten, denn gerade stimmten die Spielleute einen Rundtanz an und eine ausgelassene Schar Tänzer kam direkt auf sie zu, einer den anderen an der Hand haltend.

Ihr »Kommt! Lasst uns tanzen, Kjer!« schien ihn zu überraschen und noch mehr verblüffte es ihn offenbar, dass sie seine Hand nahm, gleichzeitig die des letzten in der Reihe der Tänzer ergriff und sich – und ihn – mitziehen ließ. Als sie sich lachend nach ihm umwandte, sah sie das tadelnde Stirnrunzeln zwar, beschloss aber vorzugeben, es nicht bemerkt zu haben.

Ausgelassen ging es durch die Menge. Die Schlange der Tanzenden wurde immer länger, trennte sich, schloss sich zu einem Kreis um eines der Feuer, öffnete sich wieder und weiter ging es. Lijanas genoss den Wirbel aus heiteren Gesichtern um sich herum, vergaß Seelenfresser, Seuche, Tod und Entführung und war einfach nur glücklich. Wieder teilte sich die Reihe der Tänzer, schloss sich auf dem Platz zwischen den Feuern zu einem inneren und einem äußeren Kreis, und die Spielleute änderten – als hätten sie darauf gewartet – Melodie und Takt zu einem Bauerntanz, bei dem man paarweise zusammenging, sich immer wieder trennte, den Tanzpartner wechselte, jedoch stets zu seinem eigentlichen Partner zurückkehrte. Man verneigte sich voreinander, kam zusammen, fasste sich um die Mitte und drehte sich im Kreis. Gelächter war um sie herum, Schweiß rann ihr zwischen den Brüsten hinab, klebte ihr Haarsträhnen an die erhitzten Wangen, aber sie hätte für nichts in der Welt aufhören mögen.

Immer schneller wurde die Musik, alles um sie herum wirbelte, Lijanas Hände waren mit seinen verschränkt, ihr Blick in seinem gefangen; unvermittelt fasste er sie um die Taille und stemmte sie in die Höhe, einen Herzschlag lang war sie erschrocken, doch dann warf sie den Kopf zurück und jauchzte zur Felsendecke hinauf. Und dann lachte Mordan. Im ersten Moment konnte sie es kaum glauben, doch der wilde, dunkle Laut kam tatsächlich aus seiner Kehle. Sie blickte auf ihn hinab, sah das Glitzern in seinem Auge und hörte ihn aus vollem Halse lachen. Der warme Knoten in ihrem Bauch war unvermittelt wieder da – und barst zu einem Wirbel, der sie schwindeln ließ. Eine atemlose Ewigkeit hielt er sie so. Alles um sie herum war vergessen. Es gab nur noch sie. Dann durchrann ihn ein Zittern und er ließ sie langsam wieder zu Boden gleiten. Sie konnte den Blick nicht aus seinem lösen, seine Hand bebte, als er sie zu ihrem Gesicht hob – im nächsten Moment erhielt Lijanas einen Stoß, der sie taumeln ließ, und sie standen plötzlich wieder inmitten der ausgelassenen Menge. Atemlos sahen sie einander an – dann drängte sich jäh eine Reihe von Tänzern zwischen ihnen hindurch, trennte sie für mehrere endlose Augenblicke, und als sie wieder fort waren, war es … vorbei.

Seltsam benommen ließ Lijanas sich von dem schwarzhaarigen Krieger an den Rand des Platzes führen. Seine Worte, dass er ihr etwas zu trinken holen würde und sie danach zur Herberge zurückgehen würden, drangen nur nach und nach in ihren Verstand. Sie merkte, wie sie nickte und seine Hand sich von ihrem Arm löste, sah ihm nach, wie er in der Menge verschwand. Nur allmählich wurden ihre Atemzüge wieder ruhiger und sie versuchte noch immer zu begreifen, was gerade geschehen war, als Hufgetrappel zwischen der Musik erscholl.

Eine Schar Reiter kam die Gasse von der Torhalle herauf und verhielt die Pferde am Rand des Platzes. Lijanas' Herz setzte einen Schlag aus. Sie kannte die schlanke Gestalt auf dem Rücken des prachtvollen Schimmels. *Ahmeer!* Ihre Beine bewegten sich ohne ihr Zutun. Wie ein Schlafwandler bahnte sie sich einen Weg durch die Menge auf ihn zu. *Ahmeer!* Er ließ seinen Blick über das Gedränge schweifen, gleich musste er auch in ihre Richtung sehen. Eine Hand packte sie am Arm, riss sie herum. Mordan stand vor ihr, brennenden Zorn im Auge. Dann schaute er auf und über sie hinweg. Sein Mund war schmal und hart. »Und ich dachte, ich könnte Euch vertrauen.« Bitter stieß er die Worte zwischen zusammengebissenen Zähnen hervor. Sie schmerzten wie Eis in ihrer Brust. Für den Bruchteil eines Lidschlages glaubte sie, neben heißer Wut noch etwas anderes in seinen Zügen zu erkennen, doch im nächsten Moment zerrte er sie schon aus der Menge heraus und auf eine kleine Seitengasse zu. Hilflos wandte Lijanas sich um, blickte zu Ahmeer hin – und dann entdeckte er sie. Sie konnte nicht verstehen, was er seinen Männern zurief, doch ein Tumult brach los, als die Reiter ihre Pferde vorwärtsdrängten, in die Tanzenden hinein und durch sie hindurch. Der erste Armbrustbolzen schlug neben ihr gegen die Mauer, gerade als sie das Gässchen erreicht hatten. Mit einem Schrei wich Lijanas zurück, stieß gegen Mordan, der sie im Nacken packte und grob vor sich schob. Sie meinte zu spüren, wie er kurz zusammenzuckte, doch dann stieß er sie auch schon vor sich her, tiefer in das Halblicht zwischen den Häusern. Erfolglos versuchte sie sich gegen seinen Griff zu wehren und hielt gleichzeitig mit der freien Hand ihr Gewand gerafft, um nicht zu stürzen. Hufschlag hallte donnernd in der Gasse.

Sie wurde durch einen Torbogen gestoßen, ein weiteres Sträßchen entlanggezerrt und dann in einen schmalen Durchgang gedrängt. Lauschend stand Mordan still, ohne seinen Griff zu lockern. »Bitte, lasst mich mit Ahmeer reden! Ich werde ihm alles erklären, er wird ...« Lijanas versuchte, ihre Finger unter seine zu schieben, er riss sie an sich heran. Sein Auge glitzerte gefährlich. »Das ist also Prinz Ahmeer. Interessant! – Ich hatte bisher noch nicht das Vergnügen.« Stimmen erklangen. Er beugte sich ein wenig vor und spähte um die Ecke, zuckte zurück, zog sie an seine Brust und tiefer in den Schatten. Seine Hand schloss sich über ihrem Mund – sie war nass. Schritte kamen die Gasse herunter näher. Sein Arm legte sich eng um ihre Mitte, ihr Kopf wurde gegen seine Schulter gepresst, rückwärts bewegte er sich mit ihr weiter in den Durchgang hinein. Sie krallte die Finger in seine Handgelenke, bemüht, seinen Griff zu lockern – sie schaffte es nicht. Ihr Kleid verfing sich irgendwo, zerriss mit einem deutlich hörbaren Ratschen. Die Schritte stockten, näherten sich dann eilig. Der Durchgang öffnete sich zu einem kleinen Hof. Das Licht von Fackeln huschte über die Mauer heran. Einen kurzen Moment blickte Mordan sich um, zischte: »Keinen Laut!«, und stieß sie so hart in eine dunkle Ecke, dass sie einen Augenblick benommen liegenblieb. Dann drang Fackelschein in den Hof, zwei Männer, die Schwerter blank in der Hand, kamen aus dem Durchgang. Völlig lautlos sprang Mordan den ersten an, ein Dolch blitzte, der verblüffte Mann wankte röchelnd rückwärts, eine Hand gegen seine Kehle gepresst, zwischen den Fingern quoll Blut hervor. Fassungslos beobachtete Lijanas, wie er an der Mauer entlang zu Boden sackte und starb. Der zweite Mann war vorsichtiger. Sein Warnschrei hallte durch den Hof, während er versuchte, den Kjer-Krieger mit weiten Schwerthieben in eine Ecke zu treiben. Tatsächlich wich Mordan mit gefletschten Zähnen zurück. Etwa ein Schritt von der Mauerecke entfernt duckte der schwarzhaarige Krieger sich plötzlich, der Mann hob das Schwert zu einem weiteren Schlag – Lijanas schrie, als Mordan scheinbar genau in den Hieb hineinlief. Sie sah, wie das Schwertheft zwischen seine Schulterblätter schlug, doch sein Arm hatte sich schon um den Rücken des Mannes gelegt. Eine kurze Bewegung, ein Ruck ging durch seinen Gegner, taumelnd löste er sich aus der tödlichen Umarmung des Kjer, Schwert und Fackel fielen zu Boden. In ungläubigem Grauen starrte er auf die Wunde in seinem Bauch, drückte die Hände dagegen, um seine Eingeweide an ihrem Platz zu halten, und stürzte zu Boden. Wieder blitzte der Dolch – eiskalt wischte Mordan die besudelte Klinge an den Kleidern des Sterbenden ab und wandte sich ihr zu. Die Hände flach gegen die Steine gelegt, schob sie sich langsam an der Wand entlang in die Höhe, während er auf sie zutrat. Auf der anderen Seite des Durchgangs ertönten Stimmen. Er riss sie zu sich heran, drehte sie um und stieß sie in der gleichen Bewegung zu der etwa zwei Schritt hohen Mauer, vor der sie bis eben gekauert hatte. »Hinüber!«, befahl er knurrend.

Lijanas wand ihren Arm in seinem unerbittlichen Griff. »Nein, bitte, ich kann …« Über die Schulter schaute sie zum Eingang des Hofes.

»Gehorcht! Oder, bei meinem Blut, Ihr werdet es bereuen!« Die Worte waren ein Grollen.

»Lasst mich doch …« Seine Hand traf sie im Gesicht. Sie stolperte rückwärts, die Mauersteine schrammten über ihren Rücken. Entsetzt starrte sie ihn an und begriff: Der Schlag war nur eine Warnung gewesen, doch der zweite, zu dem er gerade die Hand hob, würde es nicht mehr sein. Ein Zittern in der Kehle, wandte Lijanas sich um und kletterte mit seiner Hilfe über die Mauer. Geduckt landete er auf der anderen Seite neben ihr, blickte rasch die Straße entlang. Jenseits der Mauer erklangen Stimmen, das Wiehern von Pferden. Im nächsten Augenblick schleppte er sie auch schon voran, zu einer weiteren Mauer. Wieder musste sie hinüberklettern. Sie standen in einem kleinen Hof, eine Leiter lehnte an einem niederen Stall. Er zwang sie hinauf, vom Stalldach auf das Dach des Hauses. Erneut zerrte er sie hinter sich her. Sie musste mit, sosehr sie sich auch sträubte. Es ging geduckt von Dach zu Dach, über schmale Gassen hinweg. Ein paar Mal glaubte sie, in einiger Entfernung auf den Dächern Gestalten zu sehen. Er wechselte immer wieder die Richtung. Lijanas keuchte, ihre Lungen brannten und sie hatte Seitenstechen. Die Geräusche, die Stimmen wurden leiser. Unvermittelt endete das letzte Dach vor einer breiteren Gasse. Ehe sie wusste, wie ihr geschah, hatte er sie um die Mitte gepackt und sprang mit ihr in das Sträßchen hinunter. Lauschend blieb er stehen, gab ihr einen Moment Zeit, um zu Atem zu kommen, ehe sich seine Finger wieder grob um ihren Arm schlossen und er sie abermals vorwärtsschleppte.

Abgesehen von ihren keuchenden Atemzügen war es still. Sie hatten die Verfolger abgeschüttelt.

Erst vor Faderas Herberge erlaubte er Lijanas wieder stehen zu bleiben. Scharf sah er sie an. »Sagt Ihr auch nur ein Wort von dem, was passiert ist, wird Fadera sterben! Habt Ihr mich verstanden, Heilerin?« Sie konnte nur stumm nicken. Er stieß das Hoftor auf und zog sie ins Haus. Im Speiseraum saßen die anderen Kjer am Tisch, in ein Würfelspiel vertieft, doch bei ihrem Eintritt blickten sie auf. Lijanas war dankbar dafür, dass Fadera anscheinend schon zu Bett gegangen war.

»Prinz Ahmeer ist in der Stadt. Sie«, er schüttelte Lijanas »hatte nichts Besseres zu tun, als direkt auf ihn zuzulaufen. Natürlich hat er sie entdeckt. Es ist nur noch eine Frage der Zeit, bis er mit seinen Männern hier auftaucht. – Ecren, Levan: Sattelt die Pferde, macht alles bereit. – Brachan: Ich brauche dich oben.« Er zerrte sie die Treppe hinauf. Mit einem Ruck öffnete er die Tür zu ihrem Zimmer, schubste sie hinein. »Ich will keinen Laut hören! Zieht Euch um! Seid Ihr nicht fertig, bis ich wiederkomme, nehme ich Euch notfalls auch nackt mit. – Und wascht Euch das Blut aus dem Gesicht.« Er ignorierte den Schrecken in ihrer Miene, packte seine Satteltaschen und verließ den Raum. Lijanas starrte ihm nach. Plötzlich war sie wieder in einem Albtraum gefangen.

Ahmeer blickte auf den Armbrustbolzen in seiner Hand. »Und du bist dir ganz sicher?«

»Ja, mein Prinz. Ich habe ihn erwischt. Und nicht nur gestreift. Seht den Bolzen an, er ist ganz mit Blut bedeckt. Ein Durchschuss. Auch wenn er es geschafft hat, uns in den Gassen abzuschütteln, kommt er nicht weit. Nach den Spuren, die wir gefunden haben, blutet er wie ein Schwein. Wir kriegen ihn.« Der Mann entblößte grinsend eine Zahnlücke.

»Und du hast wirklich nicht die Heilerin getroffen?«

»Bestimmt nicht, mein Prinz.«

Ahmeer ließ den Bolzen in die Hand des Mannes zurückfallen. »Gut! Beschafft euch Hunde und treibt ihn aus seinem Loch.«

14

Der Hufschlag der Pferde war ein dumpfes, unregelmäßiges Pochen zwischen den zerklüfteten Felsen. Ein Pfad war im Licht der drei Monde kaum zu erkennen, dennoch folgte Brachan ihm immer weiter in die Berge hinauf. Er konnte die Hände der Heilerin an seinem Gürtel spüren, die sich an ihm festklammerte. Der Weg, den er gewählt hatte, war gefährlich. Bei jedem Galoppsprung konnten die Ashentai den Halt auf dem unwegsamen Boden verlieren und stürzen, doch wenn ihre Tiere den Aufstieg kaum bewältigen konnten, würden die Pferde der Nivard noch mehr Mühe haben. Auf einer schmalen Felsterrasse verhielt der grauhaarige Krieger seinen Wallach und blickte zurück. Tief unter ihnen bewegten sich mehrere Fackeln. Er sah sich nach Mordan um, der Ired schräg hinter ihnen zum Stehen gebracht hatte. Einen langen Moment musterte er den schwarzhaarigen Krieger eingehend, dann lenkte er sein Pferd neben dessen Stute.

»Hat es aufgehört?«, fragte er in ihrer Sprache.

»Nein.« Mordans Antwort klang rau. Brachan beugte sich im Sattel zur Seite und strich mit der Hand das Bein des anderen entlang, bis hinunter zum Steigbügel. Es war genau so, wie er befürchtet hatte. Das Leder der Hose war feucht und der Steigbügel schmierig von Blut. Ärgerlich bleckte er die Zähne. Sie hinterließen eine Fährte, der selbst ein blöder Spürhund hätte folgen können. Er packte den Saum von Mordans schwarzem Mantel und stopfte ihn unter seinen Oberschenkel, ohne auf sein scharfes Einatmen zu achten. Dann packte er Ireds Zügel und wendete beide Pferde in die Richtung, aus der sie eben noch gekommen waren. Nur wenn sie ein Stück auf ihrer eigenen Spur zurückritten und dann einen anderen Weg einschlugen, hatten sie überhaupt noch eine Chance, ihre Verfolger abzuschütteln.

Obwohl sie dadurch Zeit verloren und den Nivard wieder näher kamen, führte Brachan die Pferde so, dass sich ihre Fährte mehrfach kreuzte. Erst dann trieb er seinen Wallach einen steilen Felshang hinauf. Keuchend mühte das Ashentai sich mit kraftvollen Sprüngen vorwärts, bis zu dem Plateau, auf dem er es kurz ausruhen ließ, um auf Mordan und Ired zu warten. Der schwarzhaarige Krieger war im Sattel halb vornübergesunken und überließ es seiner Stute, sich ihren Weg zu suchen. Als Brachan ihn an der Schulter berührte, hob er den Kopf und nickte leicht. Noch konnte er weiter – aber sie wussten beide, dass es nicht mehr lange dauern würde, bis die Antwort auf seine unausgesprochene Frage ein Kopfschütteln war.

Die Spur hatte sich zum zweiten Mal geteilt. Die Kjer hatten kaum eine Stunde Vorsprung gehabt, als er sich mit seinen Leuten an ihre Fersen geheftet hatte. Sie hatten ihre Fährte aus der Stadt heraus und ein Stück an den Salzzinnen entlang durch die Salzwüste verfolgt. Doch hinter einem scharfen Vorsprung hatten die Bestien sich getrennt. Wahrscheinlich hatten sie darauf gehofft, dass sie es im Licht der Monde und ihrer Fackeln nicht bemerken würden, doch die Hunde hatten es angezeigt. Zwei von ihnen waren in die Berge hinauf – Blutspuren hatten verraten, dass Haffrens erster Heerführer einer der beiden war –, die anderen drei waren weiter am Fuß der Salzzinnen entlang. Bei welcher Gruppe Lijanas war, wussten sie nicht. So hatte er seine Männer ebenfalls geteilt. Er selbst war bei jenen geblieben, die den Blutwolf in die Berge verfolgten – und wenn er Glück hatte, ließ der seine Gefangene nicht aus den Augen. Über eine Stunde waren sie dieser Fährte gefolgt, ehe sie auf einmal schwächer geworden war. Schließlich hatten die Tiere die Witterung ganz verloren – und erst nach entnervend langem Suchen wieder gefunden. Jetzt aber winselten die Hunde verwirrt, denn die Spur hatte sich scheinbar erneut gegabelt – und auf beiden war Blut.

Unruhig wanderte Ahmeer zwischen den Felsen auf und ab, starrte in die Schatten, die im Schein der Fackeln zwischen dem zerklüfteten Gestein hin- und herhuschten. Ein schmaler Bachlauf plätscherte im Mondlicht silbrig aus den Bergen herab, versickerte in den Rissen im Fels. Wieder und wieder ballten seine Hände sich zu Fäusten. Seit er erfahren hatte, dass der Blutwolf und Lijanas mehr als zwei Wochen in einem Zimmer zusammengelebt hatten wie Mann und Frau, war es ihm gleichgültig, dass er seinem Onkel den Kerl lebend versprochen hatte. Die Bestie würde langsam und elend unter seinen Händen krepieren!

Ein paar Mal atmete er tief ein und aus. Sollte der Blutwolf Lijanas tatsächlich entehrt haben, konnte er sie nicht mehr zu seiner Frau machen. Aber das angenehme Leben einer Konkubine konnte er ihr noch immer bieten.

»Herr!« Ahmeer wandte sich zu dem Fährtenleser um, der auf ihn zueilte. »Wir haben frisches Blut gefunden! Ein Stück den Berg hinauf, auf ein paar Blättern direkt am Bachlauf.«

»Der Blutwolf?«

»Vermutlich! Es sei denn, einer seiner Männer hat sich selbst eine stark blutende Wunde zugefügt, um uns auf eine falsche Fährte zu setzen.«

»Irgendein Hinweis, dass meine Braut bei ihm ist?«

»Nein, Herr! Er scheint sich direkt im Wasserlauf vorwärtszubewegen. Da ist es so gut wie unmöglich, eine Spur zu finden.«

»Und die zweite Fährte?«

»Sie ist genauso sicher von den Kjer wie die den Berg hinauf. Auch auf ihr wittern die Hunde Blut.«

Einen kurzen Moment schloss Ahmeer die Rechte zur Faust, dann nickte er. »Wir teilen uns. Ich begleite die Männer, die den

Berg hinaufgehen – Vergesst nicht: Mein Onkel hat fünftausend Gold-Karseh auf den Kopf dieser Bestie ausgesetzt. Wer den Blutwolf zuerst aufspürt, bekommt das Geld. – Und ich will ihn lebend!«

Langsam nahm der Krieger das Fernrohr vom Auge und reichte es an den Mann an seiner Seite weiter. Tief unter ihnen tanzten Fackeln zwischen den Felsen und machten Männer und Tiere sichtbar.

»Der schwarzhaarige Milchbart neben dem Schimmel – siehst du ihn?«

»Ja, Heerführer!«

»Das ist Prinz Ahmeer. Ich will ihn lebend! – Wer ihn mir bringt, wird mit Gold belohnt. Wer ihn verletzt, geht durch die Gasse. – Seine Haut gehört mir!«

»Ich habe verstanden, Heerführer. – Was ist mit den anderen?«

»Sorgt nur dafür, dass uns keiner lebend entkommt.«

Der Mann schlug die Faust gegen die Brust. »Hören ist gehorchen!«

Das Wasser des Bachlaufs drang kalt durch das Leder ihrer Stiefel. Ein neuerlicher Ruck an dem Riemen, der ihre Handgelenke fesselte. Neben ihr war Mordan ein weiteres Mal auf Hände und Knie gestürzt, sein Kopf hing zwischen seinen Armen herab. Einzelne schwarze Strähnen hatten sich aus seinem Rossschweif gelöst und klebten an Schläfen, Wangen und Hals – sie waren die einzige Farbe auf seiner ansonsten wachsfahlen Haut. Schweiß rann über sein Gesicht und ließ es im schwachen Mondlicht glänzen. Er hatte die Schultern hochgezogen, atmete in schweren, keuchenden Stößen.

In der Ferne erklang das Gebell der Hetzhunde. In einer Mischung aus Hoffnung und Verzweiflung drehte Lijanas sich um, doch auch Mordan hatte es gehört. Wankend kam er auf die Beine und kletterte weiter das steil bergauf führende Bachbett entlang. Ein Zerren an ihren Handgelenken zwang sie, ihm zu folgen.

Wann wurde er verletzt? In dem kleinen Hof, als er die beiden Nivard getötet hat? Oder – sie erinnerte sich an sein kurzes Zusammenzucken, als Ahmeer auf sie hatte schießen lassen – *ist er von einem Armbrustbolzen getroffen worden? Steckt er am Ende noch in seinem Körper? Hat er Brachan deshalb mit nach oben genommen, bevor wir aufgebrochen sind? Damit er ihm die Wunde verbindet? Verliert er die ganze Zeit schon so viel Blut oder ist die Wunde während des Ritts wieder aufgebrochen? – Gnädige Göttin, ich hätte merken müssen, dass er verletzt ist!* Aber es hatte keine Anzeichen dafür gegeben. Oder? *Das Blut auf meinem Gewand war nicht von den beiden Toten – es war von ihm. Der blutige Abdruck, den seine Ohrfeige in meinem Gesicht hinterlassen hat – es war sein Blut. Und die Nässe auf seiner Hand, als er mir in dem Durchgang den Mund zugehalten hat …* Sie schauderte und schloss für einen Moment die Augen. Bei ihrem Aufbruch aus Cavallin hatte er sich nichts anmerken lassen …

Und nun waren sie hier. Lijanas hatte den Eindruck, als seien sie diesem Bachlauf eine halbe Ewigkeit gefolgt. Seit Brachan sich von ihnen getrennt hatte, um eine falsche Fährte zu legen, und sie weiter in die Berge hinauf geschickt hatte, war Mordan wieder und wieder gestürzt, und inzwischen fiel es ihm immer schwerer, in dem kaum knöchelhohen Wasser einen Fuß vor den anderen zu setzen. Das Gebell der Hunde kam langsam näher. Sie sah zu dem dunklen Krieger hin. *Wenn ich den Knebel aus meinem Mund zerre und schreie … Werde ich ihn mir lange genug vom Leib halten können, bis Ahmeer und seine Männer uns gefunden haben? Er hat kaum noch Kraft.*

In der Ferne erklangen Rufe. Erschreckend mühsam hob Mordan den Kopf, lauschte, dann schaute er sie an. Es war, als hätte er ihre Gedanken gelesen, vielleicht hatte sie auch eine Bewegung gemacht, die ihre Absicht verraten hatte. Unvermittelt hatte er den Riemen zwischen ihren Handgelenken und seinem zwei Mal um ihren Hals geschlungen, seinen Arm um ihre Schultern gelegt und sich schwer auf sie gestützt. Lijanas wankte unter seinem Gewicht und stöhnte leise hinter ihrem Knebel, als sie einen Dolch in seiner Hand glänzen sah und einen Atemzug später die Spitze der Klinge ganz leicht an ihren Rippen spürte. Es war eine Warnung, nicht mehr – aber auch nicht weniger. Plötzlich brannten Tränen in ihren Augen. Auf sein heiseres »Vorwärts!« setzte sie sich zögernd in Bewegung. Was geschah, wenn er wieder stürzte? Sie spürte den Riemen auf ihrer Kehle. Beinah ohne ihr Zutun streckten sich ihre Hände aus, packte sie seinen Gürtel, um ihn zusätzlich zu stützen. Sein Mund verzog sich bitter, während sie zusammen weiterwankten. Das Kläffen der Hunde und die Stimmen ihrer Verfolger kamen näher. Plötzlich wünschte Lijanas, Ahmeer wäre niemals in Cavallin aufgetaucht.

Sie war am Ende ihrer Kräfte, als die Felswand vor ihnen aufragte und es nicht mehr weiterging. Gischtende Wasserkaskaden sprangen über ein paar Felstreppen herab, sammelten sich in einem Becken, das nicht mehr als knietief war, und flossen dann als kleiner Bachlauf bergab. Sein Wasser gurgelte um ihre Beine. Hilflos blickte sie Mordan an. Seine keuchenden Atemzüge waren direkt neben ihrem Ohr, ganz langsam ging er in die Knie, zog sie mit sich, sein Kopf sank erschöpft auf die Brust. Sie hob verstohlen die Hände, wollte den Riemen von ihrer Kehle lösen – der Dolch drückte sich gegen ihre Seite. Ihre Hände fielen wieder herab. Das Bellen der Hunde war lauter geworden. Jetzt waren die Rufe der Männer deutlich zu hören. Die ersten Sonnenstrahlen suchten sich einen Weg zwischen den zerklüfteten Felsen hindurch, trafen auf den kleinen Wasserfall und verwandelten ihn und die spritzenden Wassertropfen in eine glänzende Wand hinter einem Regen aus funkelnden Diamanten. Schwerfällig kämpfte der schwarzhaarige Krieger sich wieder in die Höhe, taumelte vorwärts und zerrte sie mit sich – durch das gischtende Wasser hindurch in den Schutz der untersten Felsplatte.

Hinter dem Wasservorhang war eine winzige Kaverne verborgen, die kaum genug Platz für sie beide bot. Einen Herzschlag lang fragte sie sich, woher er von der kleinen Höhlung wusste, doch der

Gedanke war vergessen, als er unvermittelt hart mit der Schulter gegen den Felsen sackte und sie eng an sich zog. Stammte die Wärme, die sie in ihrem Rücken spürte, von seinem Blut? Sie wagte es, ihn über die Schulter hinweg anzuschauen – und begegnete seinem Blick. Der Ausdruck in seinem Auge erinnerte sie an jenen, der in ihm gestanden hatte, als er sie auf dem Markt zu sich herumgerissen hatte. ›*Und ich dachte, ich könnte Euch vertrauen.*‹ Die Worte hallten in ihrem Verstand wider. Sie erinnerte sich an den Schmerz, den sie zu spüren geglaubt hatte. *Warum bin ich auf Ahmeer zugegangen, als ich ihn so unvermutet mitten in der Menge gesehen habe? – Ich hatte keinen Grund mehr, davonzulaufen! Er hat mir sein Wort gegeben, dass er mich nach Hause zurückbringt. – Wollte ich davonlaufen? Ich weiß es nicht! – Aber ich wollte bestimmt nicht, dass das hier passiert!*

»Still!« Der Dolch legte sich direkt unter ihrem Ohr an ihren Hals. Die Stimmen ihrer Verfolger drangen durch das Rauschen des Wassers zu ihr. Sie fühlte, wie Mordan sich an den Felsen ein wenig in die Höhe schieben wollte. An ihrem Rücken hob und senkte seine Brust sich in schweren Atemzügen – bis er plötzlich zur Seite kippte und an dem nassen Gestein entlang ins Wasser rutschte. Seine Finger öffneten sich, der Dolch verschwand mit einem Glucksen im flachen Felsbecken.

Einen langen Moment war sie wie erstarrt. Dann wagte sie es, sich nach und nach aufzusetzen und umzudrehen. Er regte sich nicht, Wasser rann über sein Gesicht, seine Brust bewegte sich nur noch stockend. Sein Auge war geschlossen. Er war bewusstlos!

In fliegender Hast löste Lijanas den Riemen von ihrem Hals, dann bückte sie sich nach der unter der Wasseroberfläche schimmernden Klinge und durchtrennte das Lederband, das sie an ihn fesselte – und erstarrte, als er sich mit einem kaum hörbaren Stöhnen regte. Sein Lid flatterte, dann öffnete er langsam das Auge, schaute sie an. Lijanas umklammerte den Dolch mit ihren gefesselten Händen so fest, dass ihre Knöchel weiß hervortraten. *Ich muss nur schreien und Ahmeer wird mich hier finden – und ihn. Was werden sie mit ihm machen? Ihn töten? – Bestimmt! Ahmeer hat ja schon in Cavallin auf uns schießen lassen. – Ich will nicht, dass sie ihn töten! – Er ist ein Kjer! Ein Mörder! – Ich will nicht, dass sie ihn töten!*

Sie stolperte mit einem Keuchen zurück, als Mordan sich unversehens aufzurichten versuchte und nach ihr griff, taumelte durch den Wasservorhang, sah gerade noch, wie er vornüberfiel, und landete rücklings in dem steinernen Becken. Hastig kroch sie weiter zurück, bis sie den Geröllrand im Rücken spürte, die Augen gebannt auf die Hand des Kjer gerichtet, die leblos in der Gischt hing.

Ganz in der Nähe kläffte ein Hund, ein Mann rief einem anderen etwas zu – ihre Verfolger waren da. Noch einmal blickte sie auf die spritzende Wasserwand, dann raffte sie sich auf und rannte davon.

Immer wieder stolperte sie auf dem felsigen Boden, fiel auf Hände und Knie, der Dolch entglitt ihren Fingern und schlitterte über das Gestein davon. Sie ließ ihn liegen, taumelte auf die Füße und rannte weiter. Ihre zitternden Hände zerrten den Knebel aus ihrem Mund, unvermittelt legte sich ein Arm um ihre Mitte und sie schrie entsetzt, bis sie begriff, dass der Mann, der sie festhielt, beruhigend auf sie einredete – in ihrer Sprache. Hunde bellten wild. Sie hörte, wie nach Ahmeer gerufen wurde. Dann hüllte sie jemand in einen Mantel und im nächsten Moment schlossen sich seine Arme um sie. Er drückte ihren Kopf gegen seine Brust und hielt sie fest umschlungen, während er ihr Koseworte zuflüsterte – und plötzlich konnte sie nur noch zittern. Sie wusste selbst nicht ob vor Grauen oder vor Kälte.

Irgendwann legten sich Ahmeers Hände um ihr Gesicht und brachten sie dazu, ihn anzusehen. »Wo ist der Blutwolf?« Die Frage drang nur langsam in ihren Verstand. Sie blinzelte ihn an, konnte es nicht fassen. Er beugte sich zu ihr, packte sie bei den Armen. »Sag mir, wo er ist? Er ist verletzt, nicht wahr? – Natürlich, wie sonst hättest du ihm entkommen können. – Wo ist die Bestie, Liebes? Er wird für alles bezahlen, was er dir angetan hat.«

Der Blutwolf? Mordan, der Blutwolf?! Das kann nicht sein! … – Brachan nannte in seinen Herrn; *er sprach von Corfar als einem* seiner *Legaten*. – *Nein! Nein, es kann nicht sein!* Ahmeers Griff war an ihren Armen schmerzhaft geworden. Ihr Blick klärte sich, als er sie leicht schüttelte. Sie stemmte die noch immer gefesselten Hände gegen seine Brust, schaffte es nicht, ihn von sich zu schieben. »Rede, Lijanas! Je eher wir uns an die Verfolgung machen können, umso größer sind unsere Chancen, ihn in die Hände zu bekommen. – Ich verspreche dir, er wird dafür büßen ...«

»Du willst ihn töten?« In ihrer Stimme war ein Beben.

»Ja! – Aber er wird lange um seinen Tod betteln müssen. Du hast mein Wort.«

›Ich gebe Euch mein Wort, mit Blut besiegelt, Lijanas ...‹ – Über eine leblos herabhängende Hand gischtet ein glänzender Wasservorhang. Die Finger dieser Hand hatten das Narbengeflecht an ihrer Schläfe so unendlich sanft berührt. Beinah glaubte sie, noch einmal zu spüren, wie sie langsam über ihre Wange und ihren Hals abwärts strichen.

Sie schüttelte den Kopf. »Du musst dich irren, Mordan kann nicht ...«

»Mordan?«

Ganz leicht runzelte sie die Stirn. Was war das für ein seltsamer Ton in Ahmeers Stimme? »Das ist der Name des Kjer-Kriegers, der mich entführt hat. – Er kann nicht der Blutwolf sein!«

»Nein? – War dieser ... Mordan ... der Mann, den ich bei dir auf dem Markt von Cavallin gesehen habe? Groß gewachsen, schwarzhaarig, eine Lederklappe über einem Auge?« Er zwang sie erneut, ihn anzuschauen, als sie den Kopf senkte. »Das war Haffrens erster Heerführer. Der Mann, den man auch den Blutwolf nennt – die Bestie von Sajidarrah.«

»Du ... Du hast ihn schon einmal gesehen?«

»Nein, aber jeder weiß, wer dieser Mann ist.«

Jeder außer mir. Sie schrak zurück, als Ahmeer seinen Dolch aus der Scheide zog – doch er durchtrennte nur ihre Fesseln.

Ein Mann trat hinter ihn, verneigte sich. »Die Hunde haben eine Witterung den Bachlauf hinauf aufgenommen. Wie lauten Eure Befehle, mein Prinz? Sollen wir dort weiter suchen?«

»Natürlich!«

»Nein!«

Überrascht blickten die beiden Männer sie an. »Nein?« Ahmeer legte ihr sacht die Hand an die Wange. »Kannst du uns sagen, wo wir suchen müssen, Liebes?«

Sie spürte, wie sie nickte. *Das kann ich nicht tun! Ahmeer wird Mordan töten lassen; nein, er wird ihn zu Tode foltern lassen! – Er ist der Blutwolf! Er hat es nicht besser verdient! – Er hat mich entführt und geschlagen!* »Er …« *Er hat mich auf seinem Rücken durch die Salzwüste getragen! Er hat versprochen, mich wieder nach Hause zu bringen!* »Er ist …«

»Hab keine Angst, Liebes! Er wird dir nie wieder etwas tun! … – Sag mir, wo meine Männer ihn suchen müssen!« Zärtlich strich er ihr das Haar zurück, stockte an ihrer Schläfe, ehe er die Hand abrupt zurückzog. Für den Bruchteil eines Lidschlags sah sie Abscheu in seinem Gesicht, dann war da nur noch ein bedauerndes Lächeln. »Er hat keine Gnade verdient, Liebes! Ich weiß, du hast ein sanftes Herz, aber er ist nicht besser als ein wildes Tier. – Wo müssen meine Männer ihn suchen, Lijanas?«

Ihr Mund war trocken. Sie schloss für einen kurzen Moment die Augen. *Ahmeer findet mich abstoßend.* »Er ist …« *›Ihr seid schön wie eine Klinge, auf der das Sonnenlicht tanzt.‹* Die Worte wollten nicht über ihre Lippen.

»Vergiss nicht, was er in Sajidarrah getan hat! Tejidannar hat er bis auf die Grundmauern niederbrennen lassen und eine ganze Ernte vernichtet! Unzählige sind verhungert – durch seine Schuld!« Seine Finger gruben sich fest in ihre Schultern. »Er war der Mann, der meinen Onkel zu einem halben Krüppel gemacht hat!« *Ein auf der Schwanzflosse stehender Delfin, eingebrannt in das Fleisch; furchtbare Narben, auf dem dunklen Goldton der Haut deutlich zu sehen.* »Rede endlich, Lijanas!«

Entschlossen ballte sie die Hände zu Fäusten. *›Ihr findet ihn den Bachlauf hinauf, versteckt in einer Höhle hinter einem kleinen Wasserfall. Er ist schwer verletzt und kann sich nicht gegen euch wehren. – ‚Ihr erwartet von mir, dass ich mein Leben in Eure Hände lege, Lijanas?‹ …*

›Der Dolch stak in der Innenseite des Bettrahmens.‹ – *›Und ich dachte, ich könnte Euch vertrauen.‹* »Er ist dort entlang!« Sie deutete zu einem Gipfel hin, an dessen Grat die Sonne gerade emporstieg. *Gnädige, hab Erbarmen mit mir. Was tue ich hier?*

Ahmeers Blick folgte ihrem ausgestreckten Arm. Scharfe Falten zeichneten sich auf seiner Stirn ab, als er sie wieder ansah. »Nach dem, was meine Leute mir gesagt haben, kamst du aus dieser Richtung.« Er wies den Bachlauf hinauf.

»Ich … Ich bin … Ich bin einfach gerannt, nachdem ich mich losreißen konnte. Ich weiß nicht, aus welcher Richtung ich gekommen bin. Ich weiß nur, dass er auf diesen Gipfel zugegangen ist.« *Ich muss wahnsinnig sein!*

Einen Moment musterte Ahmeer sie eingehend, dann wandte er sich dem Mann zu, der noch immer hinter ihm stand, und nickte zu der Bergspitze hin. »Sucht den Blutwolf in dieser Richtung!«

»Aber, mein Prinz … Die Spur, die die Hunde gefunden haben … Sie kann nicht älter als eine Stunde sein …«

»Also gut, ein Teil der Männer soll dem Bachlauf folgen.«

»Nein!«

Dieses Mal stand eindeutig Argwohn in Ahmeers grauen Augen, als er sie ansah. »Nein? – Beinah könnte man meinen, du willst nicht, dass wir den Blutwolf zur Strecke bringen, Lijanas!«

Ich war noch nie eine gute Lügnerin! Gnädige, steh mir bei!

»Deine Männer haben recht, er ist den Bachlauf hinauf –«

»Ach?« Ahmeer maß sie mit einem abschätzenden Blick.

»Ja, zuerst, aber dann hat er den Bachlauf verlassen und ist in Richtung dieses Gipfels weiter. Deine Männer können Zeit sparen …«

»Bist du dir sicher, Liebes?« In seinen Worten klang immer noch Misstrauen.

Lijanas nickte hastig. Ihre Stimme hätte ihr nicht gehorcht. Das Lächeln erschien völlig überraschend auf seinen Zügen. Lobend strich er ihr über die Wange. Etwas in ihrem Innern zog sich zu einem eisigen Knoten zusammen. »Bitte, bring mich hier weg!«, flüsterte sie hilflos.

»Gleich, Liebes! – Ihr habt die Heilerin gehört! Sucht den Blutwolf in dieser Richtung.« Er wandte sich ihr zu und legte den Arm um sie. »Komm! Ein Stück tiefer ist eine Felsterrasse. Dort können wir auf meine Männer warten und du kannst dich ausruhen. Ich werde ein Feuer entzünden lassen, an dem du dich wärmen kannst.« Sie musste sich zwingen, nicht zu dem Bachlauf hinzusehen. *Bitte, halte durch! Halte durch, bis Brachan dich findet!* Ihre Beine bewegten sich ohne ihr Zutun, als er sie zu seinem Schimmel führte, ihr in den Sattel half, hinter ihr aufsaß und sie an seine Brust zog. Er roch nach Schweiß und herben Duftessenzen. Sie sah die Geste nicht, mit der Ahmeer seinen Männern bedeutete, der Spur den Bachlauf entlang zu folgen. Lijanas schloss die Augen und überließ sich den Bewegungen des Hengstes. Sie konnte nicht verstehen, warum sie sich plötzlich nach dem Geruch von Leder, Pferd und Stahl sehnte.

»Die Heilerin hat gelogen! Die Spur endet hier! Sucht alles ab! Er muss hier sein! – Still, du verfluchter Köter!« Er riss grob an der Leine des Hundes und ließ gleichzeitig den Blick über die Felsen und den kleinen Wasserfall schweifen. Irgendetwas stimmte hier nicht. Die Tiere gebärdeten sich wie toll.

Er war mit drei seiner Männer dem Bachlauf bis zu dem kleinen Teichbecken gefolgt. Immer wieder hatten sie Blutspuren gefunden, doch nun … Noch einmal sah er sich um. Was auch immer die Heilerin behaupten mochte: Der Blutwolf war von hier aus nicht weitergegangen. Er war noch immer hier!

Das Scharren von Eisen auf Stein war über dem Gebell der Hunde kaum zu hören, dennoch entging es ihm nicht. Er fuhr herum, doch es war bereits zu spät! Zwischen den Felsen bewegten sich Gestalten – Kjer! Er ließ die Leine des Hundes fahren und zog sein Schwert, neben ihm ging einer seiner Gefährten von einem Armbrustbolzen getroffen zu Boden. Ein weiterer seiner Leute taumelte rücklings in das Felsbecken, die Hände auf den Leib gepresst. Im nächsten Augenblick fuhr eine Klinge in seinen Rücken. Über dem Wasserfall glänzte Stahl in der Sonne, ein milchweißes Ashentai-Kriegsross schüttelte seine lange Mähne, während der hochgewachsene Krieger auf seinem Rücken kalt auf ihn herabblickte. Ein Windstoß ließ den mächtigen Rosshaarschweif seines Helmes aufwehen, dann schnitt ein Dolch durch seine Kehle und schickte ihn in niemals endende Dunkelheit, während das Wasser des Bachlaufes sich langsam rot färbte.

Wie oft hatten die Krieger schon verstohlen zu ihr hergesehen? Sie wusste es nicht, aber letztlich war es im Augenblick auch ohne Bedeutung. Lijanas zog die Knie enger an den Leib und schlang die Arme darum. Ihr Kopf war schwer von Müdigkeit, sie sehnte sich danach, ein paar Stunden zu schlafen – und wagte es nicht. Nur ein paar Schritt von ihr entfernt prasselte ein Feuer, ein weicher Mantel lag um ihre Schultern, und trotzdem wollte ihr nicht warm werden. *Das Wasser des Baches war kalt, vielleicht ist das Blut langsamer geflossen …* Sie rieb sich mit beiden Händen übers Gesicht. *Vielleicht hat es aber auch einfach nur die Wärme und damit den letzten Rest Kraft aus dem Körper gesogen. – Ich kann immer noch nicht glauben, dass Mordan der Blutwolf sein soll.* Sie schaute schuldbewusst auf, als Ahmeer neben sie trat und ihr einen dampfenden Becher hinhielt. Möglichst unauffällig schob sie die Hand in die Falten ihres Gewandes, ehe sie den angewärmten Wein mit der anderen dankbar nickend entgegennahm. Sichtlich zufrieden ließ er den Blick über sie gleiten, während er sich neben sie kauerte. »So gefällst du mir viel besser, Liebes. In diesen Kleidern siehst du nicht mehr wie eine Kjer-Hure aus.« Der Wein blieb Lijanas fast in der Kehle stecken.

Ahmeer hatte ihr das neue Gewand gegeben, kaum, dass er ihr vom Rücken seines Schimmels geholfen hatte, und sie gebeten – nein, wenn sie es recht bedachte, eher befohlen –, sich hinter einem Felsvorsprung umzuziehen. Dankbar hatte sie die nassen, blutbesudelten Kleider gegen trockene, saubere getauscht. Doch sie hatte nie das Gefühl gehabt, in den anderen wie eine … Sie weigerte sich, das Wort auch nur zu denken! Mordan hatte ihr die Sachen in Cavallin gekauft – hatte sie extra für sie anfertigen lassen! Abgesehen von einem Hemd aus weichem Leinen war alles aus geschmeidigem Leder gemacht gewesen, bequem genug, um notfalls auch darin zu schlafen, und robust genug für eine längere Reise. Die Kleider hätten es ihr sogar erlaubt, rittlings auf dem Pferderücken zu sitzen, ohne ihre Beine unschicklich zu entblößen.

Neben ihr räusperte Ahmeer sich unbehaglich. »Sosehr ich es verabscheue, aber ich muss es tun, Liebes.« Beklommen fragte sie sich, was jetzt wohl Schreckliches kommen mochte. »Hat er … Verzeih mir, aber … Hat er dir Gewalt angetan? – Liebes, ich muss es wissen.«

Lijanas starrte ihn an. Aus ihrer anfänglichen Verblüffung wurde Ärger. »Ob er mir Gewalt angetan hat? – Abgesehen davon, dass er mich entführt und geschlagen hat? Abgesehen davon, dass ich die ersten Tage zu jedem Augenblick Angst davor hatte, was er mir vielleicht antun würde? Abgesehen …«

»Lijanas, du musst verstehen … Hat er dich angefasst?«

Sie erinnerte sich an Mordans Gewicht auf ihrem Körper; ihr Entsetzen, als sie seinen lederumspannten Oberschenkel an ihrer nackten Haut gespürt hatte und seinen Atem heiß in ihrem Gesicht; das Gefühl, als er seine Lippen auf ihre gepresst hatte, brutal und rücksichtslos, bis … Einen kurzen Moment schloss sie die Augen, legte die Hände fest um den Becher, schüttelte schließlich den Kopf. »Nein, er hat mich nicht angefasst! Zumindest nicht so, wie du es meinst.« *Er hat mich nur geküsst – und ich habe ihn in die Lippe gebissen.*

Lijanas zuckte zusammen, als Ahmeer sie am Kinn fasste und sie dazu brachte, ihn anzusehen. »Ich könnte verstehen, wenn du dich dafür schämst, was dir von diesem Mann angetan wurde … Glaub mir, Lijanas, ich würde dich nicht dafür verurteilen. Ich würde weiter zu dir stehen – natürlich könnte ich dich nicht mehr offiziell zu meiner Frau machen …« Er ignorierte ihr scharfes Atemholen. »Aber sei ehrlich zu mir!«

Wütend schlug sie seine Hand fort und stand so heftig auf, dass der Wein überschwappte und einen Fleck auf ihrem Gewand hinterließ. »Willst du behaupten, ich lüge, Ahmeer? – Ich sage es dir noch einmal! Nein, er hat mich nicht angefasst. – Ich bin noch ebenso unberührt wie an dem Tag, an dem er mich aus Anschara entführt hat.« Sie schleuderte ihm ihren Zorn jetzt laut entgegen, und es war ihr gleichgültig, dass seine Männer jedes Wort hören konnten. *Aber beinah würde ich mir wünschen, ich wäre es nicht mehr! – Gnädige, hab Erbarmen mit mir! Was sind das für Gedanken? Ich liebe Ahmeer! – Aber der benimmt sich gerade wie ein blöder Ochse.* Die Fäuste geballt stand sie vor ihm – und dann bemerkte sie, wie er ihre Hand anstarrte. Die silbrig weißen Schuppen auf ihrem Arm hatten sich weiter ausgebreitet, bedeckten bereits den ganzen Unterarm und erstreckten sich bis in die Hälfte des Oberarms. Sogar auf ihren Handrücken schimmerten sie inzwischen. Mordan gegenüber hätte sie jetzt vielleicht eine Bemerkung gemacht wie: ›Ich scheine mich doch in eine Schlange zu verwandeln.‹ Aber Ahmeers sprachlose Abscheu lähmte sie.

»Was ist das?« Seine Stimme war voller Ekel.

»Ich weiß es nicht.« Die Worte klangen so verloren, wie sie sich fühlte. *Frag nicht weiter. Nimm mich in den Arm, bitte!*

»Du weißt es nicht? – Du bist Heilerin, du solltest wissen, was es ist! Ist es ansteckend?«

»Nein!«

»Und was ist das?« Er wies auf ihre Schläfe.

Lijanas hatte die Hand gehoben, ehe sie recht wusste, was sie tat. »Eine Narbe!«

»Eine Narbe? Woher?« Die Stirn unwillig in Falten gelegt, erhob er sich.

»Es war ein Unfall. Ired ist …«

»Ired?«

»Mordans Ashentai-Kriegsross.« Die Falten auf Ahmeers Stirn vertieften sich bei dem Namen des Kjer-Kriegers. »Wir sind vor dem Salzsturm geflohen und Ired ist gestürzt. Dabei habe ich mich an der Schläfe verletzt.«

Er drehte ihr Gesicht in den Feuerschein. Sein Mund verzog sich missbilligend. *›Ihr seid schön wie eine Klinge, auf der das Sonnenlicht tanzt.‹* »Findest du es so abstoßend?« Ihr Hals war auf einmal ausgedörrt.

Nach einem schier endlosen Moment gab er sie frei und schüttelte den Kopf. Seine Miene wurde nachsichtig, ein Lächeln erschien auf seinen Lippen – aber es erreichte seine Augen nicht. »Natürlich finde ich dich nicht abstoßend. Wir werden schon eine Möglichkeit finden, die Narbe zu verdecken; und was deinen Arm angeht ... Nun, du kannst ja Gewänder mit langen Ärmeln und Handschuhe tragen, damit man es nicht sieht.«

Wie betäubt nickte sie. *Ist das hier ein Albtraum? Liege ich noch im Bett in Faderas Herberge? Zieht Mordan gleich an meinem Kissen, um mich zu wecken, wie er es die letzten Tage immer getan hat?* Verstohlen grub sie den Fingernagel in die Außenseite ihres Daumens. Es tat weh. *Müsste Ahmeer nicht sagen: ›Es ist mir gleich, wie du aussiehst! Ich liebe dich, so wie du bist!‹ – Wir sind beide müde und erschöpft. Das wird es sein.* Ein Poltern wie von losgetretenen Steinen erklang. Seine Hand legte sich gegen ihre Wange und sie blickte auf. »Entschuldige mich, Liebes, ich glaube, meine Männer kommen! Ich will sehen, ob sie die Kjer-Bestie gefangen haben.«

Es war, als hätte er sie mit eiskaltem Wasser übergossen. Sie legte die Arme um ihre Mitte und schaute ihm nach, während er zu seinen Leuten hinüberging. – Irgendjemand hatte ihre Welt in Scherben geschlagen und sie inmitten der Bruchstücke allein zurückgelassen. *Bitte, Gnädige, hilf mir!*

Beim Feuer kam Bewegung in die Krieger. Ahmeer zog sein Schwert und kam dann mit langen Schritten zu ihr zurück. Als einer seiner Männer unvermittelt mit einem Schrei zu Boden stürzte, fuhr er herum. Zwischen den Felsen erhoben sich fremde Krieger. Sie hörte ihn neben sich »Kjer!« zischen und wurde im gleichen Moment von ihm in den Schatten eines Felsens gestoßen. Ohne Hast schlossen die Kjer-Krieger den Kreis um sie. Lijanas ballte die Fäuste. Wie hatte Ahmeer sich nur so überrumpeln lassen können? Sie sah zu ihm hin. Seine Finger hatten sich so fest um den Griff seines Schwertes geschlossen, dass die Sehnen auf seinem Handrücken hervortraten. Die Klinge zitterte kaum merklich im Sonnenlicht.

Ein hühnenhafter Kjer rief etwas in seiner Sprache zu ihnen herüber. Ahmeer hob in einer fast trotzigen Bewegung das Kinn.

»Was hat er gesagt?«, plötzlich wünschte sie sich, sie könnte Kjer sprechen – oder zumindest verstehen.

»Wir sollen uns ergeben, dann wollen sie uns am Leben lassen.« Ahmeer schnaubte verächtlich. »Lieber tot als ein Gefangener der Kjer!«

»Aber, Ahmeer ...«

»Du verstehst das nicht, Lijanas! Diese Tiere machen ihre Gefangenen immer zu Sklaven – Unfreie, wie sie das nennen. Muss ich dir beschreiben, was sie dir als Sklavin antun würden?« Er schüttelte den Kopf. »Lieber schneide ich dir eigenhändig die Kehle durch, als dass ich das zulasse!«

Entsetzt schob sie sich an dem Felsen in ihrem Rücken empor. Sie konnte nicht sagen, was schlimmer war: die Aussicht, zur Sklavin gemacht zu werden, oder dass er einfach über ihr Leben bestimmte. »Ahmeer, es sind zu viele. Du und deine Leute, ihr habt keine Chance. Es ist besser zu leben als zu sterben. Solange man lebt, kann man kämpfen!« Der Blick, mit dem er sie bedachte, war nicht zu deuten. Was er dem Kjer zurief, verstand sie nicht, doch keinen Herzschlag später bohrte sich ein Armbrustbolzen in die Kehle eines weiteren Nivard. Jetzt wusste sie, was er geantwortet hatte. *Narr!*

Lijanas presste sich gegen das zerklüftete Gestein hinter sich und beobachtete, wie die Kjer ohne Hast zwischen den Felsen hervorkamen – und unvermittelt vorwärtsdrangen. Das Schwert eines Kjer-Kriegers bohrte sich zwischen die Rippen eines Nivard, noch ehe der seine eigene Waffe aus der Scheide gezogen hatte. Ein anderer Nivard, ein junger Mann, der kaum so alt wie sie selbst sein mochte, warf sein Schwert fort und hob die Hände, zum Zeichen, dass er sich ergab. Er sackte einen Moment später tot zu Boden. Keinen Schritt von ihr entfernt bedrängten zwei Krieger Ahmeer. Schreie hallten von den Felswänden wider. Stahl klirrte, kreischte misstönend, wenn Klingen übereinanderschrammten, Männer brüllten. Die Waffe eines Kjer traf Ahmeer mit der flachen Seite am Kopf, ließ ihn in die Knie brechen. Ein Schatten fiel auf sie. Lijanas zuckte herum. Am Rand des Geschehens saß ein Reiter auf dem Rücken eines Ashentai-Kriegsrosses, dessen Fell im Sonnenlicht glänzte wie frisch gefallener Schnee. Er sah reglos auf sie hinab, das Gesicht unter einem Helm verborgen, von dem ein mächtiger, weißer Rosshaarschweif lang herabwehte. Eine solch fürchterliche Kriegsaxt, wie sie jetzt nachlässig auf seinem Oberschenkel lag, hatte tagelang neben der Kaminstelle in Faderas Herberge gestanden; eine solche Axt hatte sie in Mordans Hand gesehen – doch dann gab der Mann einen scharfen Befehl und es war eine andere Stimme. Erst jetzt wurde ihr bewusst, dass das Klirren der Waffen verstummt war. Hastig blickte sie sich um. Von den acht Nivard-Kriegern waren drei junge Männer noch am Leben, denen die Kjer eben die Hände fesselten und die sie dann zu Boden stießen. Ein paar Schritt von ihr entfernt kniete Ahmeer, scheinbar noch immer benommen. Zwei Kjer-Krieger bewachten ihn, die Schwerter in seinem Nacken gekreuzt.

Der Reiter des Schimmels schwang sich aus dem Sattel, sah noch einmal zu ihr, ehe er zu Ahmeer hinüberging, ihn bei der Kehle packte und ihn so in die Höhe drückte. Ahmeer röchelte. Der Kjer zischte etwas, dann ließ er den Nivard-Prinzen los, gab seinen Männern einen Befehl – und kam auf sie zu. Ohne es zu wollen, wich sie zurück. Erst als sich ein Knie schmerzhaft zwischen ihre Schulterblätter bohrte, begriff sie, dass auch hinter ihr ein Kjer stand. Bedächtig nahm der Reiter den Helm ab. Haar in der Farbe von Mondlicht umrahmte elegant geschnittene Züge und floss ungebändigt und lang über seine Schultern. Knapp hinter dem linken Ohr sah sie drei nicht ganz halbfingerdicke Zöpfe, in die Bänder von unterschiedlicher Farbe hineingeflochten waren. Unter Brauen, die einen Ton dunkler waren, musterten sie ein paar grüngraue Augen spöttisch aus einem sonnengebräunten Gesicht. Die fürchterliche Kriegsaxt hing wieder an seinem Waffengurt, neben den gleichen Zwillingsschwertern, wie auch Mordan sie zusätzlich zu seinem Kereshtai trug. Seine Tunika war aus hellem Leinen, das Leder von Wams und Hosen hatte die Farbe von Sand. Sein linkes Handgelenk schmückte ein gewundener goldener Armreif, an der rechten Hand steckte ein schwerer Siegelring – der sie an den Ring erinnerte, den sie an einem Lederband auf Mordans Brust gesehen hatte. Eine Hand in ihrem Haar zwang ihren Kopf weiter nach hinten, als der helle Krieger sich zu ihr beugte. Seine behandschuhte Linke legte sich unter ihr Kinn, drehte ihr Gesicht in die Sonne. Sie kniff die Augen zusammen, blinzelte in das grelle Licht.

»Seid Ihr die Heilerin Lijanas?« Er sprach Nivard mit einem deutlichen Akzent. Aus der Nähe sah sie gelbe Sprengsel in seinen Augen. Ein leiser Schauer überlief sie, ohne dass sie wusste, warum. Stumm nickte sie. Kurz nur ging sein Blick zu Ahmeer hin, dann glitt ein Lächeln über seine Lippen. Ein Nicken und der Krieger hinter ihr ließ sie los. Galant half er ihr vom Boden auf. »Ich freue mich, Eure Bekanntschaft zu machen, Lijanas. Auch wenn ich zugeben muss, dass ich Euch – hm – in anderer Gesellschaft erwartet hatte und nicht in der dieses Nivard-Prinzen.« Er gab seinen Männern einen kurzen Wink, dann sah er sie wieder an. »Verratet Ihr mir, was mit meinem Freund Mordan geschehen ist?«

Verblüfft blinzelte Lijanas. *Woher …? Wer ist er?* Sie schaute rasch zu Ahmeer hin, der gerade ebenso gefesselt wurde wie seine Männer. »Ich … Ich bin ihm davongelaufen.«

Der Kjer-Krieger sah sie einen Moment verdutzt an, dann brach er in schallendes Gelächter aus. Lijanas glaubte, Häme darin zu hören. »Ihr seid ihm … davongelaufen?« Noch immer lachend schüttelte er den Kopf. »Dass ich das noch erleben darf. – Und ausgerechnet eine Frau.« Erst nach einem tiefen Atemzug gelang es ihm, wieder ernst zu werden. »Sagt Ihr mir auch noch, wie Ihr das geschafft habt?« Ein Grinsen lag immer noch auf seinen Lippen.

»Er war verletzt.« Das Gefühl, dass sie diesem Mann besser nicht zu viel erzählte, wurde immer stärker.

»So, so, verletzt. – Schwer?« In seinen Augen blitzte es seltsam.

»Zumindest schwer genug, dass ich mich losreißen und davonlaufen konnte. Vielleicht war er aber auch nur nachlässig.« Sie bemühte sich, sanft und höflich zu klingen. Das Grinsen auf seinem Gesicht wurde breiter, offenbarte seine Reißzähne.

»Ihr wärt die Erste, bei der Mordan nachlässig wäre. – Allerdings kennt er sich mit Frauen auch nur so weit aus, um zu wissen, wie man sie im Bett gefügig macht. – Verzeiht meine ungebührliche Ausdrucksweise, Lijanas. – Könnt Ihr mir sagen, wo Ihr ihn zuletzt gesehen habt?«

Warum tut er das? In einem Moment nennt er Mordan seinen Freund und im nächsten verunglimpft er ihn. Sind die beiden wirklich Freunde? … Sie zog die Lippe zwischen die Zähne. Mit höflich geneigtem Kopf wartete er. Ein letzter prüfender Blick in seine Augen, dann wies sie auf denselben Gipfel, den sie zuvor auch Ahmeer gezeigt hatte. »Er ging in diese Richtung.«

Einen kurzen Moment musterte er sie. »Wisst Ihr, was er dort wollte?«

Lijanas schüttelte den Kopf.

»Ich stehe in Eurer Schuld.« Das Lächeln, mit dem er sie bedachte, war dazu geschaffen, einer Frau die Sinne zu rauben. Dann wandte er sich ab und sagte etwas zu einem seiner Männer, der daraufhin die Faust gegen die Brust schlug und zwischen den Felsen verschwand. Wenig später erklang Hufschlag, der rasch leiser wurde. Ein neuerlicher Befehl und ein Pferd wurde herangeführt. Es war Ahmeers Schimmel.

»Darf ich Euch bitten aufzusitzen, Lijanas?« Die grüngrauen Augen des Kjer-Kriegers blickten sie unergründlich an.

»Darf ich zuvor fragen, was jetzt mit uns geschehen wird?« Sie verschränkte die Hände ineinander, rührte sich aber ansonsten nicht.

Ganz kurz nur zuckte es unwillig um seinen Mund, dann war das Lächeln wieder da.

»Ihr werdet mich und meine Leute begleiten.«

»Bin ich Eure Gefangene?«

»Ich würde Euch lieber als meinen Gast bezeichnen, Lijanas.« Der Ausdruck seiner Augen änderte sich, wurde kalt.

»Und was ist mit Ahmeer und seinen Männern?« *Höflich bleiben, Lijanas. Du schacherst vielleicht gerade um das Leben des Mannes, den du liebst.*

»Der Prinz wird in Turas erwartet. – Wie Ihr im Übrigen auch.« Ein Unterton von Ungeduld schwang in seiner Stimme mit.

»Also ist er auch Euer Gast?«

»Nein, Lijanas, das ist er nicht. – Steigt auf!« Die letzten beiden Worte waren eindeutig ein Befehl.

»Von wem wird er in Turas erwartet?« *Ich werde mich nicht einschüchtern lassen!*

»Das geht Euch nichts an.«

»Und was geschieht mit seinen Männern?«

Die grüngrauen Augen wurden schmal. »Sie gehören von heute an als Unfreie meinem Volk. – Steigt auf!«

Lijanas tat ihm den Gefallen und trat an das Pferd heran. Doch dann wandte sie sich ihm noch einmal zu.

»Ihr nanntet Mordan vorhin Euren Freund. – Erlaubt Ihr mir die Frage, woher Ihr ihn kennt?«

»Woher ich ihn kenne?« Plötzlich war das Grinsen wieder da, erschreckend verächtlich dieses Mal. »Er gehörte dem Mann, unter dem ich damals Tribun war. – Ich glaube, es sind wohl zehn Winter … Ja, er wurde im gleichen Winter ins Heerlager gebracht, in dem Jarat mich zum Tribun machte.«

… ›gehörte‹? … ›wurde gebracht‹? – Beinah könnte man meinen … – Wie sollte das möglich sein, wenn Mordan tatsächlich der ist, den man den Blutwolf nennt? – Was für ein unsinniger Gedanke!

»Sonst noch Fragen?«

Lijanas blinzelte, begegnete seinem Blick mit einem Lächeln. »Nur noch eine: Wer seid Ihr? – Ihr kennt meinen Namen, aber ich nicht den Euren.«

Für einen kurzen Moment schien er verblüfft, dann deutete

er eine knappe Verbeugung an. »Ich bin König Haffrens zweiter Heerführer. Mein Name ist Jerdt.« Auf seinen Wink hin verschränkte der Mann, der das Pferd bisher am Zügel gehalten hatte, die Hände, um ihr hinaufzuhelfen. »Steigt auf!« Diesmal gehorchte Lijanas.

Jerdt gab Ahmeers Bewachern einen Befehl und schwang sich selbst auf den Rücken seines Kriegsrosses. Zu Lijanas' Entsetzen schlangen die Kjer einen rauen Strick um Ahmeers Hals, zerrten ihn auf die Beine und stießen ihn zu Jerdts Ashentai. Sein Hemd war halb heruntergerissen. Mit einem knappen Nicken nahm Haffrens zweiter Heerführer das Ende des Seils entgegen und befestigte es an seinem Sattelhorn. Er trieb sein Pferd dicht an Ahmeer heran, packte den Strick direkt hinter seinem Nacken, riss so hart daran, dass er den Prinzen fast von den Füßen holte, und beugte sich zu ihm hinunter. Was er zu ihm sagte, konnte Lijanas nicht verstehen, doch als Jerdt ihn einen Moment später wieder freigab, stürzte Ahmeer hustend und nach Atem ringend auf die Knie. Einen Herzschlag später ließ ein scharfer Knall sie zusammenzucken. Ahmeer taumelte mit einem Schmerzenslaut auf die Füße und vorwärts. Auf seiner Schulter war plötzlich eine feuerrote Strieme. Ihre Augen weiteten sich, als sie die Peitsche in Jerdts Hand entdeckte.

Die nächsten Stunden bewegten die Kjer sich ohne Rast in nördliche Richtung. Abgesehen von dem gelegentlichen Knall einer Peitsche, dem Schnauben der Pferde und dem leisen Klirren von Waffen war es still. Zuweilen drang ein erstickter Schrei oder ein schmerzerfülltes Stöhnen von den drei gefangenen Nivard-Kriegern bis zu Lijanas, die knapp hinter Jerdt an der Spitze ritt. Ahmeers Hemd hing inzwischen über einem Geflecht von roten Linien in Fetzen und je weiter die Sonne sich ihrem Zenit näherte, umso häufiger strauchelte er auf die Knie – und umso häufiger zuckte die Peitschenschnur auf ihn herab.

Der Krieger, den Jerdt losgeschickt hatte – um nach Mordan zu suchen, wie Lijanas vermutete –, war unverrichteter Dinge zurückgekehrt. Ob sie darüber erleichtert sein sollte oder nicht, konnte sie nicht sagen.

Je weiter der Tag voranschritt, umso mehr spürte man die Hitze, die von der Salzwüste in die Berge heraufkroch – auch wenn sie kaum mehr als ein schwacher Abglanz der alles verdorrenden Glut war, die eigentlich über dem Salz herrschte. Nur manchmal, wenn eine heiße Böe zwischen den Felsen hindurchstrich, konnte man erahnen, was einem dank der hoch aufragenden Steilwände in Wahrheit erspart blieb. Erst als Mittag schon vorbei war, befahl Jerdt auf einer Felsterrasse Halt. Während er ihr dann galant vom Pferderücken half, wurden die Gefangenen in der Nähe der steil aufragenden Felswand zu Boden gestoßen. Ein Krieger, eine Armbrust geladen und gespannt auf den Knien, genügte als Wache. Ahmeer wurde neben einer Felsnase auf die Knie gezwungen und festgebunden. Zwei Kjer postierten sich rechts und links von ihm, die Fäuste um ihre Waffen gelegt.

Jerdt ließ sich mit Lijanas im Schatten eines Überhangs nieder, reichte ihr einen Wasserschlauch, Brot und einige Streifen getrocknetes Fleisch, dann lehnte er sich zurück und beobachtete sie, während er selbst aß.

»Hat er Euch geschlagen, Lijanas?«, erkundigte er sich irgendwann in das Schweigen hinein. Verwirrt schaute sie ihn an. »Mordan«, erklärte er genauer. »Hat er Euch geschlagen?«

Einen Moment blickte sie auf ihre Hände, dachte an die beiden Ohrfeigen, die der schwarzhaarige Kjer ihr gegeben hatte, schließlich sah sie auf und nickte. »Ja.«

»Das tut mir leid. Allerdings kann man bei ihm nichts anderes erwarten. Er kennt nur diese Sprache: Gewalt! Bedauerlich, dass er auch nicht davor zurückschreckt, eine so schöne Frau zu schlagen.«

Lijanas schwieg, schob sich einen Bissen Brot in den Mund und musterte ihn schweigend. *Was willst du von mir?* »Ihr sagtet, ich würde in Turas erwartet. Von wem?«, fragte sie dann.

Scheinbar verwundert neigte er den Kopf. »Von unserem König, Haffren. – Hat Mordan Euch das nicht gesagt? Er hatte den Auftrag, Euch wohlbehalten nach Turas zu bringen.«

»Wie kommt es, dass Ihr davon wisst?«

Jetzt zeigte sich zwischen seinen Brauen eine steile Falte. »Wie meint Ihr das?«

Lijanas blickte harmlos. »Ich finde es nur ein bisschen erstaunlich, dass ein Heerführer weiß, welche Aufträge der andere hat. Ist das so üblich bei den Kjer?«

Die Falte vertiefte sich. »Nein, natürlich nicht.« Er nahm einen langen Schluck aus seinem Becher, dennoch bemerkte Lijanas sein Zögern. »Ich weiß es, weil ich durch Zufall zur gleichen Zeit in Turas war und Mordan mir davon berichtete.« *Wenn ich das glaube, bin ich eine blau-grün gestreifte Katze mit rosaroten Tupfen. – Und wenn sie doch Freunde sind?* »Habt Ihr gegessen, Lijanas? Ich will wieder aufbrechen.«

»Natürlich!« Sie griff sich den Wasserschlauch und stand auf. »Wartet bitte noch einen Augenblick.«

Seine behandschuhte Linke schloss sich hart um ihren Arm, kaum dass sie einen Schritt getan hatte. »Was soll das? Was habt Ihr mit dem Wasser vor?«

»Ich will Ahmeer und den Nivard-Kriegern zu trinken geben. Eure Leute scheinen es vergessen zu haben. – Ihr tut mir weh!«

Nur langsam gaben seine Finger sie frei, während er sie mit schmalen Augen musterte. Dann trat er mit einem knappen Nicken zurück. »Dem Prinzen könnt Ihr Wasser geben! Die Krieger bekommen nichts!«

Lijanas hob das Kinn. »Das kann nicht Euer Ernst sein. Ihr …«

»Versucht nicht, mit mir zu handeln, Lijanas. Der Prinz bekommt Wasser und nur er! – Aber wenn Ihr lieber auch darauf verzichten wollt, Eurem Verlobten zu trinken zu geben …« Schnell brachte sie den Wasserschlauch aus seiner Reichweite, als er die Hand danach ausstreckte. *Meinem … Gnädige Göttin, woher weiß er das? Ob Mordan es auch …? Sicherlich!*

»Ich habe verstanden, Heerführer Jerdt.«

»Dann würde ich vorschlagen, dass Ihr Euch beeilt, Heilerin Lijanas!« Er gab Ahmeers Wachen mit einem Wink zu verstehen, dass sie zu ihm durfte.

Dann kehrte er in den Schatten des Überhangs zurück.

Hastig kniete sie sich neben den Prinzen und setzte ihm den Wasserschlauch an die Lippen. »Trink!«

Gierig tat er ein paar Schlucke, doch dann wandte er den Kopf ab. »Geht es dir gut? Hat er dir etwas getan?«, verlangte er atemlos zu wissen.

»Sei unbesorgt, mit mir ist alles in Ordnung. Er wird mich zu seinem Herrscher bringen, so wie Mordan es eigentlich sollte.« Sie sah, wie Ahmeer bei dem Namen ihres Kjer missbilligend den Mund verzog, ignorierte es jedoch. »Er wird mir nichts tun, ich bin mir sicher. – Aber er sagte, dass auch du in Turas erwartet wirst. Weißt du, was er damit meint?« Nach einem kurzen Blick auf seinen Rücken riss sie einen Streifen von ihrem Gewand ab, machte ihn nass und betupfte damit behutsam seine Striemen.

»*Erwartet*, natürlich!« – Er schnaubte verächtlich und zuckte im nächsten Moment mit einem Ächzen zusammen, als sie eine Stelle berührte, an der sich mehrere der geschwollenen Linien kreuzten. »Er wird mich nach Turas bringen, damit sie mich wie meinen Onkel Kédar als Geisel benutzen können, um den Fürsten von Astrachar gefügig zu machen.« Mühsam drehte er sich zu ihr um, soweit es seine Fessel erlaubte. »Lijanas, du musst mir helfen!« Er sprach mit eindringlicher Hast, darum bemüht, seine Stimme so weit zu dämpfen, dass die beiden Wachen ihn nicht hören konnten. »Ich muss fliehen! Wenn dieser Kjer-Hund es schafft, mich nach Turas zu bringen, und meinen Onkel mit meinem Leben erpresst … Das darf nicht geschehen! Hilf mir!«

»Du bist verrückt!« Voller Angst, die Männer könnten ihn verstanden haben, sah sie verstohlen zu den Wachen. »Jerdt hat mindestens zwanzig Krieger bei sich. Wie soll ich da dir und deinen Männern zur Flucht verhelfen?«

»Nicht mir *und* meinen Männern, Lijanas, nur mir! – Dieser Jerdt rechnet bestimmt nicht damit, dass du – eine Frau – mir hilfst zu fliehen. Bitte …«

Noch einmal blickte sie hastig zu den beiden Kjer-Kriegern. »Ich werde sehen, was ich tun kann. Vielleicht heute Nacht …

Aber ich weiß es nicht! Und wenn, dann helfe ich dir *und* deinen Männern.«

Ein scharfer Ruf ließ sie zusammenschrecken. Inzwischen kannte sie die Stimme und die Hand der Wache auf ihrer Schulter wäre nicht nötig gewesen, um ihr klarzumachen, was die Worte bedeuteten. Unwillig schüttelte sie den Griff des Mannes ab und stand auf. Ahmeer löste die Augen nicht von ihr. Sein Blick war Flehen und Befehl zugleich. Unmerklich nickte sie, dann wandte sie sich ab und ging zu dem Schimmel hinüber, neben dem schon ein Kjer-Krieger wartete, um ihr auf den Pferderücken zu helfen. Sie vermied es, den Nivard-Prinzen anzusehen, als man ihn wenige Augenblicke später an ihr vorbei zu Jerdts Ashentai-Kriegsross stieß. Wie zuvor befestigte der Heerführer das Ende des Strickes, der um Ahmeers Hals lag, an seinem Sattelhorn. Und erneut war der Knall einer Peitsche das Signal zum Aufbruch.

Die Kriegsrösser waren inzwischen schweißgebadet. Ecren blickte über die Schulter zurück. Die Nivard waren noch immer hinter ihnen. Wie Bluthunde hatten sie sich auf ihre Fährte gesetzt und waren offenbar nicht bereit, sich von der Jagd abbringen zu lassen.

Nur widerwillig hatte er dem Befehl des alten Kriegers gehorcht und sich mit Levan von den anderen getrennt, um die Nivard auf eine falsche Spur zu setzen. Seit fünf Wintern war er derjenige, der die blinde Seite seines Herrn im Kampf deckte. Es gefiel ihm nicht, dass diese Aufgabe einem anderen zufallen sollte – und sei es auch nur für kurze Zeit. Hatten sie sich erst an dem alten Brückenbogen, der über Kassens Klamm führte, wieder mit den anderen getroffen, würde er seinen Platz an der linken Seite seines Heerführers wieder einnehmen. Erneut drehte er sich um und riskierte einen Blick auf die Wolke aus Salzstaub, die ihnen folgte. Es war an der Zeit, die Jagd zu beenden. Mit einem scharfen Ruf lenkte er Levans Aufmerksamkeit auf sich und bedeutete ihm, die Pferde zum Stehen zu bringen. Mit einem Grinsen gehorchte der junge Krieger. Sie wendeten ihre Ashentai, ließen Corfars Kriegsross, das nun einen großen Teil des Gepäcks trug, zurück und trabten den Nivard gemächlich entgegen. Während Ecren sein Großschwert aus der Scheide zog, befreite Levan seinen Krummsäbel. Dann – als sie nahe genug waren – tauschten sie einen Blick und ein Nicken, gaben ihren Pferden die Sporen und donnerten mit fürchterlichem Geschrei und gebleckten Zähnen auf ihre schockierten Verfolger los.

Schon bei ihrem ersten Zusammenstoß stürzten die meisten der von der Jagd erschöpften Rösser der Nivard im glühenden Salz. Sie konnten mit der Kraft und Ausdauer eines Ashentai nicht mithalten. Ein Krieger zu Fuß hat einem Reiter gegenüber einen entscheidenden Nachteil und Ecren und Levan entledigten sich ihrer Gegner mit gnadenloser Effizienz. Die neun Nivard-Krieger hatten nicht den Hauch einer Chance. Binnen kürzester Zeit war es vorbei.

Ecren wischte das Blut von seinem Schwert und schob es in die Scheide zurück. »Fünf für dich und vier für mich. Du kämpfst von Mal zu Mal besser, Junge. Man merkt, dass der Herr dich in die Lehre genommen hat. Bald wirst du wohl versuchen, Brachan und mich auszustechen, eh?« Grinsend drehte er sich um – und blickte in ein grün glimmendes Augenpaar. Ein Schrei verhallte ungehört über dem Salz.

15

Eingewickelt in zwei Decken kauerte Lijanas sich enger auf dem harten Felsboden zusammen und beobachtete die Schatten der Wachen, die beinah lautlos um das Lager auf dem Plateau streiften. Sie hätte niemals gedacht, dass sie sehnsüchtig an die Nächte zurückdenken würde, die sie in Mordans unliebsamer Gesellschaft zwischen seinen warmen, bequemen Bettfellen zugebracht hatte.

Aber seit sich mit der Dunkelheit auch die Kälte zwischen den Felsen der Salzzinnen ausgebreitet hatte, tat sie es.

Je höher sie in die Berge vorgedrungen waren, umso mehr war der Einfluss der Salzwüste geschwunden. Die Luft war zunehmend kühler geworden und zuweilen war beinah eisiger Wind über sie hinweggefegt.

Verstohlen fuhr sie sich über die brennenden Augen, ehe sie sich vorsichtig umschaute.

In einem Halbrund angeordnet brannten mehrere Feuer und tauchten alles in flackerndes Halblicht. Am Rand des Flammenscheins sah sie die schemenhaften Bewegungen der Kjer, die zur Wache eingeteilt waren. Die anderen schliefen in ihre Umhänge gewickelt zwischen den Feuern. In einiger Entfernung lag Jerdt auf seinem Lager aus Fellen und Decken im Schutz eines Felsüberhangs.

Sie wagte einen raschen Blick zu den Gefangenen und Ahmeer hin. Schon beim Absitzen hatte Jerdt Lijanas klargemacht, dass er ihr nicht gestatten würde, den Nivard Wasser zu geben oder sich in irgendeiner anderen Form um sie zu kümmern. Die drei Krieger lagen, an Händen und Füßen gefesselt, zusammengekrümmt nahe der Felswand – vermutlich waren sie völlig erschöpft eingeschlafen. Der Kopf des Prinzen ruhte auf seiner Brust. Er war vornübergesunken und hing schlaff in den Riemen, die ihn an einen Felsen banden. Offenbar schlief auch er. Nachdenklich zog sie die Lippe zwischen die Zähne und hielt nach Wachen in seiner Nähe Ausschau. Es waren keine zu sehen, doch die Feuer warfen unruhige Schatten auf ihn – sein Verschwinden würde sehr schnell auffallen. Also musste sie zuvor die Fesseln der Nivard-Krieger lösen. Wie Ahmeer von ihr erwarten konnte, nur ihn zu befreien, war ihr unbegreiflich. *›Ich habe noch nie einen Mann zurückgelassen …‹*

Sie grub die Zähne fester in die Lippe und ließ noch einmal die Augen durch das Lager schweifen. Abgesehen vom Knacken des Feuers, dem Schnarchen und gelegentlichen Grunzen der schlafenden Männer war es still. *Und was geschieht, wenn es mir nicht gelingt, Ahmeer und die Krieger zu befreien? Was, wenn ich dabei er-*

wischt werde? – Jerdt hat den Auftrag, mich zu seinem König nach Turas zu bringen; er wird mir nichts tun! Und auch Ahmeer ist als Geisel zu wertvoll. Aber die Krieger?! Sie presste die Lider aufeinander. *Nicht daran denken, was er mit ihnen machen könnte. – Es muss einfach gelingen!*

Erneut ließ sie den Blick verstohlen über die schlafenden Männer gleiten. Die Feuer waren ein Stück weiter heruntergebrannt. Der Flammenschein erreichte Ahmeer nur noch schwach. Darauf bedacht, kein Geräusch zu machen, schälte sie sich aus ihren Decken und schob die grobe Wolle so zusammen, dass es aus der Ferne so wirken musste, als läge sie noch immer schlafend darunter. Dann tauchte sie in die Dunkelheit am Fuß der Felswand ein. Einen langen Augenblick verharrte sie reglos, wartete auf den Warnruf, der ihr Verschwinden gemeldet hätte. Als er nicht kam, schlich sie geduckt zu den Nivard-Kriegern hinüber, immer wieder innehaltend und lauschend – und immer wieder mit einem lautlosen Gebet der Gnädigen Göttin dankend, die offenbar ihre Hand schützend über sie hielt. Zu ihrer Verblüffung und gleichzeitig ihrer Erleichterung war der ältere der drei wach. Seine Augen weiteten sich fassungslos, als sie sich flach auf dem Boden aus dem Schatten heraus hinter ihn schob und sich an seinen Fesseln zu schaffen machte. Doch dann lag er vollkommen still, nur seine angespannte Haltung verriet, dass er nun seinerseits die Kjer-Wachen beobachtete. Ein paar Mal gab er ihr durch ein leises Zischen zu verstehen, dass sie sich nicht bewegen sollte, weil einer der Kjer gerade zu ihnen hersah. Doch schließlich war er frei. Auf ihr geflüstertes: »Wartet mit der Flucht, bis ich auch den Prinzen losgebunden habe!«, antwortete er mit einem kaum merklichen Nicken. Und während Lijanas sich in die Schwärze der Steilwand zurückschob, machte er sich daran, seine beiden Kameraden zu befreien.

Es war beinah verboten einfach, sich Ahmeer zu nähern. Der Felsen, an den er gefesselt war, warf im Feuerschein tiefe Schatten, die bis in die Dunkelheit reichten und ihr Schutz boten. Vorsichtig richtete sie sich hinter dem Steinblock auf, beugte sich ein wenig vor und berührte Ahmeer am Arm. Mit einem erschrockenen Grunzen fuhr er aus dem Schlaf auf. Hastig ging Lijanas hinter dem Felsen in Deckung, traute sich mehrere Herzschläge nicht einmal zu atmen. Hatten die Schritte der Wachen tatsächlich gestockt? War da eben ein halblauter Wortwechsel gewesen? – Nach einem weiteren Moment wagte sie es wieder, sich ein wenig zu entspannen. Nein, sie musste sich geirrt haben. Rasch machte sie sich daran, seine Fesseln zu lösen. Als sie feststellte, dass die Riemen, die Ahmeer an den Felsen banden, nicht die gleichen waren, die auch seine Hände fesselten, hätte sie beinah geflucht. Nun gut, dann würde sie sich dieser Stricke eben annehmen, wenn sie das Lager der Kjer ein Stück hinter sich gelassen hatten. Kurz blickte sie zu den Nivard-Kriegern hin. Das dunkle Glänzen ihrer Augen verriet ihr, dass die Männer sie – oder zumindest Ahmeer – beobachteten. Lijanas reichte um den Felsen herum, berührte den Prinzen am Arm, damit er sich langsam um den Stein herum zu ihr schob, als unvermittelt unter den Nivard Unruhe entstand. Plötzlich sprang einer der drei auf und rannte in die Dunkelheit davon. Tumult brach los, sie fuhr herum – und sah sich Jerdt gegenüber, der sie mit einem Zähnefletschen, das wohl ein spöttisches Lächeln sein sollte, aus der Finsternis unter dem Felsen heraus beobachtete. Im nächsten Augenblick wurde sie von einem Kjer-Krieger gepackt, in den Schein der Feuer geschleppt, die eben von einigen Männern neu angefacht wurden, und auf die Knie gestoßen. Ein Arm wurde schmerzhaft auf ihren Rücken gedreht, eine Hand versenkte sich in ihrem Haar und zog ihren Kopf in den Nacken, sodass sie aufschauen musste. Jerdt gab seinen Kriegern ein paar kurze Befehle, dann kam er gemessenen Schrittes zu ihr herüber, während Ahmeer wieder an den Felsen gebunden wurde, dieses Mal mit dem Gesicht zum Stein. Die behandschuhte Linke des hellen Kriegers schloss sich um ihre Kehle, zwang ihren Kopf brutal noch weiter in den Nacken. »Bedauerlich, dass du unberührt nach Turas gebracht werden musst, sonst würde ich dich zur Strafe meinen Männern überlassen, bis sie deiner überdrüssig sind.« Die Worte waren ein gefährliches Zischen. »Aber bestrafen werde ich dich, meine Liebe. – Zehn

Schläge!« Seine Finger gruben sich schmerzhaft in ihren Hals, ihr entsetztes Keuchen entlockte ihm ein Lächeln. »Es wird dir noch leidtun, dass du den Nivard-Prinzen befreien wolltest. Das verspreche ich dir!« Er ließ sie los und trat zurück. »Doch zuallererst wirst du deinen Liebsten unter der Peitsche zucken sehen.« Mit vor Grauen weit aufgerissenen Augen beobachtete Lijanas, wie einer seiner Männer vortrat und ihm eine Peitsche reichen wollte. Eine kurze Geste Jerdts bedeutete ihm zu warten, da ein Krieger aus der Dunkelheit auf seinen Herrn zugehastet kam. Die Faust auf der Brust erstattete er rasch Bericht, erhielt einen knappen Befehl und verschwand daraufhin mit einigen anderen Kjer zwischen den Felsen.

Beinah gelangweilt wandte Haffrens zweiter Heerführer sich ihr noch einmal zu. »Falls es dich interessiert, meine Liebe, deine kleine Unternehmung eben hatte zumindest zum Teil Erfolg. Einer der Nivard-Hunde ist entkommen. Aber keine Sorge, meine Männer suchen bereits nach ihm. Ich habe ihnen befohlen, ihm die Kniesehnen durchzuschneiden, wenn sie ihn finden, und ihn für die Aasfresser liegen zu lassen. Nur bedauerlich für dich, dass ich dich auch für seine Flucht zur Verantwortung ziehen werde. Bedenkt man die neuen Umstände, werde ich deine Strafe auf fünfzehn Schläge erhöhen.« Er nahm dem Mann die Peitsche aus der Hand und begann mit seinem grausigen Werk.

Lijanas wollte den Kopf abwenden, der Griff in ihrem Haar verhinderte es. Sie presste die Lider zusammen, doch dann verstummte das Klatschen der Peitsche unvermittelt und die Kälte einer Klinge war an ihrer Wange. »Die Augen auf!« Jerdts Atem streifte ihr Ohr. »Oder ich werde sie dir mit Holzspänen öffnen lassen!« Ein Zittern durchrann sie, dann tat sie, was er befohlen hatte. Angst würgte sie. Ein hastiger Blick zu ihm hin zeigte ihr die seltsame Gier in seinen Augen. Er nahm den Dolch von ihrem Gesicht und trat wieder hinter den Nivard-Prinzen – und die Peitsche fuhr weiter auf den Rücken seines Opfers herab. Ahmeer bäumte sich gegen den rauen Felsen an seiner Brust auf. Hatte er die ersten Schläge stumm ertragen, so gellten seine Schreie schließlich doch durch die Nacht. Irgendwann erschlaffte er in seinen Fesseln, endlich bewusstlos.

Jerdt übergab die Peitsche einem seiner Krieger und winkte zwei Männern, Lijanas zwischen die Feuer zu schleppen. Ihre hilflose Gegenwehr wurde mit höhnischem Gelächter quittiert.

In der Ferne ließ das Feuer der aufgehenden Sonne die Flanken von drei mächtigen Bergen in warmem Gold glänzen, als ein Tritt sie hart aus dem schmerzerfüllten Dahindämmern weckte. Eine Welle der Qual lohte über ihren Rücken. Doch schon im nächsten Moment wurde sie von zwei Kriegern gepackt, auf die Füße gerissen und zu Ahmeers Schimmel hinübergeschleift, wo man sie grob in den Sattel hob. Ihre Handgelenke wurden an das Sattelhorn gebunden und dann setzte das Tier sich unter ihr in Bewegung. Lijanas sank wieder in sich zusammen.

Die Sonne stand im Westen schon wieder tief, als sie zwischen den Berghängen heraus und auf eine Felsterrasse traten. Zu ihren Füßen öffnete sich eine mächtige Ebene. Die Ränder glänzten in einem tiefen Purpurton, im Osten glitzerten die Sonnenstrahlen auf einem kleinen See, der von einem Fluss gespeist wurde, dessen dunkles Band die Ebene auf zwei Seiten säumte. Lijanas hatte keinen Blick für die Schönheit in der Tiefe. Ihr Rücken stand in Flammen. Wie die anderen Gefangenen hatte sie den ganzen Tag weder Wasser noch etwas zu essen bekommen. Als einer der Kjer in ein Horn stieß, zuckte sie zusammen. Ein klarer, heller Ton hallte über die Ebene – und wurde nach einem Augenblick aus der Ferne beantwortet.

Jetzt hob sie doch den Kopf und blickte über die Felsterrasse hinaus. In der Mitte der Ebene standen unzählige Zelte. Der Rauch von Feuern stieg in den ocker gefärbten Himmel. Gestalten wimmelten dort unten, dass sie sich an einen Bienenstock erinnert fühlte. Nur ganz allmählich begriff sie, was das da unten war – ein Heerlager der Kjer. Dann gab Jerdt auch schon einen Befehl und der Trupp setzte sich wieder in Bewegung.

Irgendwann drang ein seltsames Raunen an ihr Ohr, und als sie müde aufschaute, entdeckte sie, dass sie zwischen ledernen Zelten hindurchritten und Kjer-Krieger eine Gasse bis hin zur Mitte des Heerlagers bildeten, wo Jerdt sein Pferd zum Stehen brachte.

Die Nachricht, dass Haffrens zweiter Heerführer zurückgekommen war und mehrere gefangene Nivard bei sich hatte – unter denen sich Prinz Ahmeer selbst befand –, musste sich wie ein Sommerfeuer ausgebreitet haben. Grimmig aussehende Kjer standen um sie herum, musterten sie in einer Mischung aus Neugier und Herablassung. Sie hörte ihr Murmeln. Jerdt warf einem Krieger Ahmeers Halsstrick zu, gab einen Befehl, der mit einer Verbeugung und dem Faustschlag gegen die Brust beantwortet wurde, dann trieb man die Gefangenen weg. Lijanas blieb als Einziges in dem Rund zurück. Schließlich löste Jerdt ihre Hände vom Sattelhorn und half ihr vom Pferd. Das Ende ihrer Fessel in seiner Hand machte allen klar, was sie war: seine persönliche Trophäe.

Sie fühlte sich wie in einem bösen Traum gefangen.

Ein junger Mann mit stoppelkurz geschorenem Haar und einem eisernen Ring um den Hals hastete herbei, um mit einer demütigen Verbeugung die Zügel des weißen Kriegsrosses entgegenzunehmen. Ganz kurz nur begegnete Lijanas seinem Blick, als er es wagte, für einen winzigen Moment die Augen zu heben und sie anzusehen – Furcht stand darin. Schnell schaute er wieder zu Boden, beeilte sich, das Ashentai wegzuführen. Jerdt packte Lijanas am Arm und wandte sich um – seltsam benommen ließ sie es geschehen, dass er sie mit sich zerrte – und stockte mitten in der Bewegung, den Blick auf zwei Banner gerichtet, die übereinander an einem Pfahl hingen und träge im Wind flappten.

Im nächsten Herzschlag hallte sein wütender Ruf zwischen den Zelten.

Eine gefährliche Stille senkte sich über den Platz, dann schob sich eine dunkelhaarige Frau durch die Reihen der Männer, von seinem Gebrüll offenbar völlig unbeeindruckt. Sie wirkte wie jemand, der gespannt darauf wartet, wie einer auf einen bösen Streich reagiert. Mit einem Nicken und etwas, was wie ein Gruß klang, blieb sie vor ihm stehen, die Faust auf den Griff des Schwertes gestützt, das sie an der Seite trug.

Sie hatte noch nicht geendet, da herrschte Jerdt sie auch schon in scharfem Ton an und gestikulierte zu den beiden Standarten hin.

Mit einem scheinbar erstaunten Blick schaute die Kriegerin kurz in die Richtung, in die er wies, ehe sie ihn wieder ansah und etwas mit einem süffisanten Lächeln erwiderte.

Jerdts Reaktion klang wie eine wütende Frage – die Antwort kam von jemandem, der sich hinter ihm befand.

Beim Klang der Stimme wich mit einem Schlag alle Farbe aus dem Gesicht von Haffrens zweitem Heerführer. Grinsend schlug die Kriegerin im militärischen Gruß die Faust gegen die Brust.

Jerdt fuhr herum, riss Lijanas in der heftigen Bewegung mit sich. Schmerz rann durch ihren Rücken, sie ächzte hilflos – und starrte den Kjer an, der nun vor ihr stand.

Mordans sturmgraues Auge heftete sich auf die junge Heilerin. In einem gefährlichen Lächeln blitzten seine Eckzähne, als er zu Haffrens zweitem Heerführer sprach.

Sie stöhnte leise, als Jerdts Finger sich für einen Atemzug tiefer in ihren Arm bohrten, nur um sie dann unvermittelt freizugeben. Die Worte des blonden Kjer klangen erfreut, während er den anderen überschwänglich umarmte. Doch dann trat er zurück und musterte ihn eingehend, wobei er scheinbar etwas in besorgtem Ton fragte.

Mordans Antwort war knapp und spöttisch. Ein kaltes Lächeln zuckte um die Lippen des dunklen Kriegers, während sein Blick unverwandt auf Lijanas gerichtet blieb. Sie sah ihn ihrerseits an, konnte immer noch nicht fassen, dass er tatsächlich vor ihr stand. Doch dann gab es nur einen Gedanken: *Jetzt wird alles gut!*

Geradezu gelangweilt griff Mordan nach dem Ende des Strickes, mit dem sie gefesselt war, wand ihn sich nachlässig um die Hand – und zog sie mit jeder Windung näher heran, bis sie direkt vor ihm war, die Handgelenke an seiner Faust. An seinem Finger glänzte der schwere goldene Siegelring, den sie schon zuvor an einem Lederband auf seiner Brust gesehen hatte.

Jerdts Antwort hinter ihr klang seltsam gepresst, beinah glaubte sie, nur mühsam beherrschten Zorn darin zu hören. Ganz langsam strich der dunkle Krieger mit dem fellweichen Handrücken über ihre Wange abwärts, packte sie unvermittelt im Haar und zwang ihren Kopf in den Nacken, während er sie zugleich noch dichter zu sich heranzog. »Davonzulaufen war ein Fehler, Heilerin, den ich Euch noch bereuen lassen werde!« In seinem Atem war ein seltsam sauersüßer Geruch, vor dem sie unwillkürlich zurückweichen wollte. Sein Griff verhinderte es.

»Ihr tut mir weh!«, stieß sie mühsam hervor. Die Erleichterung darüber, dass er am Leben war, dass er *hier* war, verflog. *Das ist ein Albtraum!*

»Bis die Sonne untergeht, werde ich Euch noch ganz anders wehgetan haben, Heilerin.«

Der Ton in seiner Stimme sagte ihr sehr deutlich, was er damit meinte. Hilflos blickte sie ihn an und bemerkte, dass er auf irgendetwas herumkaute, beobachtete, wie er mehrmals trocken und mühsam schluckte, als sei seine Kehle zu eng. Seine Finger fühlten sich heiß und feucht auf ihrer Haut an. In dem seidigen Fell an seiner Schläfe hingen fahle Schweißtropfen und die schwarze Mitte seines sturmgrauen Auges war nicht größer als die Spitze eines Federkiels – plötzlich wusste sie, warum er in der Lage war, auf seinen eigenen zwei Beinen zu stehen; warum er den Eindruck machte, als sei er im Vollbesitz seiner Kräfte. Sie hielt den Atem an, als ihr klar wurde, in welcher Gefahr sie sich tatsächlich befand.

»Bitte, Ihr müsst …« Ihre Worte endeten in einem Stöhnen, als er noch fester zufasste.

»Ich will keinen Laut von Euch hören, Heilerin.« Im nächsten Moment stieß er sie zurück, dass sie mit einem leisen Schrei in den Armen von zwei Kriegern landete, warf einem der beiden das Ende ihrer Fessel zu und gab einen scharfen Befehl. Die Männer nickten knapp und zerrten Lijanas zwischen den anderen Kjer hindurch davon auf ein großes Rundzelt zu, neben dem das Banner des zweiköpfigen Wolfes auf tiefrotem Grund aufgepflanzt war und vor dessen Eingang Wachen standen. Schon als sie die Standarte zum ersten Mal gesehen hatte, als sie Zeuge von Jerdts Wut und seinem Entsetzen geworden war, als Mordan plötzlich hinter ihm stand, hatte sie endgültig aufgehört zu hoffen. Die Krieger schleppten sie durch den mit Leder verhängten Eingang des Zeltes und sie konnte sich nicht mehr länger an den Gedanken klammern, dass Ahmeer sich getäuscht hatte, dass Mordan nur irgendein hochrangiger Kessanan-Krieger war. Er war tatsächlich einer der drei Heerführer König Haffrens! Schlimmer noch: Er war wahrhaftig der, den man Blutwolf nannte!

Seltsam betäubt ließ sie es geschehen, dass die Männer sie bei einem der vier Seitenpfosten auf den mit Teppichen und Fellen bedeckten Boden zwangen und ihre Handgelenke über ihrem Kopf festbanden. In ihrem Rücken pochte Schmerz. Sie begriff kaum, dass die Krieger sie allein gelassen hatten, bis sich die Zeltklappe erneut hob und eine Frau hereintrat. Braune Augen musterten Lijanas abschätzig, während sie gemächlich näher kam und dabei mit einer ihrer dunkelblonden Locken spielte. Um ihren Mund lag ein erschreckend berechnender Zug, in den sich Häme mischte, angesichts der Fetzen, die die junge Heilerin nur noch am Leib hatte. Eine mit verschlungenen roten Symbolen geschmückte Hand strich über das sonnenfarbene Kleid, das sie selbst trug. Fein gewebtes Leinen umschmeichelte ihre langen Beine; auf einer Seite unter eine breite Seidenschärpe gesteckt, entblößte der Rock mehr, als schicklich gewesen wäre, während das Oberteil so eng anlag, dass sich ihr Körper deutlich darunter abzeichnete. Als die Frau Lijanas erreicht hatte, beugte sie sich vor, strich ihr wirres Haar zurück, griff grob hinein, betrachtete das silbrige Narbengeflecht an ihrer Schläfe und fuhr schließlich mit den Fingern darüber.

Lijanas wich zurück, versuchte sich aus dem Griff der anderen zu befreien, doch die schnaubte nur verächtlich und berührte die weißsilbernen Schuppen auf Lijanas' Haut.

Schließlich löste sie mit einem offenbar abfälligen Kommentar die Finger, wandte sich ab und ging zu dem Tisch hinüber, der – reich gedeckt – zusammen mit zwei fellgepolsterten Stühlen mit gebogenen Armlehnen –, in der gegenüberliegenden Seite des

Zeltrunds stand. Mit nachlässigen Bewegungen goss sie Wein aus einer Karaffe in einen Becher aus gehämmertem Gold und nahm einen tiefen Schluck. Lijanas leckte sich bei diesem Anblick die Lippen. Ein katzenhaftes Lächeln auf den Zügen drehte die Frau sich zu ihr um, prostete ihr spöttisch zu und leerte den Becher.

Lijanas schwieg, und nach einem weiteren hochmütigen Blick wandte die Kjer sich schließlich ab, stellte den Becher auf den Tisch zurück. Mit einem Ruck zog sie die beiden Hälften des dunklen Ledervorhangs beiseite, der den hinteren Teil des Zeltes vom vorderen trennte, und band sie an zwei der Seitenpfosten fest. Dann ließ sie sich mit dem Weinbecher in der Hand auf dem üppig mit weichen Fellen und seidenen Decken belegten Bett nieder, das hinter dem Vorhang verborgen gewesen war. Sie stützte sich halb auf einen Ellbogen, zupfte den Rock zurecht, dass er ihre Beine bis fast zu den Knien entblößte, warf Lijanas noch einen gehässigen Blick zu – und schien sich ans Warten zu machen.

Erschöpft lehnte die Heilerin den Kopf auf ihre Arme, versuchte, für den Moment zu vergessen, wo sie war, und dankte einfach nur der Gnädigen Göttin dafür, dass sie sich nicht mehr länger in Jerdts Händen befand. Sie schloss die brennenden Augen. Jerdt war grausam – und genoss es. Mordan mochte brutal sein, doch grausam war er nicht. So war es zumindest bisher gewesen – doch wie mochte es jetzt sein? Er war unverkennbar wütend, sein Verstand im Moment getrübt. Was, wenn er sich dazu hinreißen ließ, sie jetzt sofort für ihre Flucht zu bestrafen? *Dann würde ich Jerdt vorziehen. Im Augenblick ist er unberechenbar.*

Sie sah zum lederverhängten Zelteingang hin, während sie stumm zu allen guten Geistern flehte, dass Mordan bald kommen möge – ehe sie nichts mehr für ihn tun konnte. Aber er kam nicht. Von draußen drang das Gelächter von Männern herein. Sie hörte die Stimmen der vor dem Eingang postierten Krieger, als sie jemandem antworteten. Schreie erklangen und verstummten wieder. Sie musste an Ahmeer denken, fragte sich, wie es ihm ging, was die Kjer ihm und seinen Männern wohl antun mochten. Verzweifelt vergrub sie den Kopf zwischen den Armen. Es gab unter den Kjer nur einen, den sie um Hilfe bitten konnte – und der bewegte sich gerade auf einem sehr schmalen Grat.

Irgendwann streckte sie die tauben Beine auf den weichen Bodenfellen von sich und ließ den Blick durch das Zelt wandern. Die vier Seitenpfosten waren mit eingebrannten Symbolen und silbernen und goldenen Nägeln verziert, der Mittelpfosten jedoch war völlig schmucklos. Lederriemen hingen von seiner Spitze bis beinah auf den Boden hinab, der verschwenderisch mit Fellen und Teppichen bedeckt war. Feuerbecken spendeten angenehme Wärme, tauchten alles in behagliches, goldenes Licht und ließen die Beschläge einiger schwerer Truhen ebenso glänzen wie die Klingen von Waffen, die griffbereit in einem hölzernen Gestell lehnten. An den Seitenwänden hing das Seedrachenbanner Astrachars zusammen mit den Ährengarben Tejidannars und dem roten Turm von Sajidarrah neben Wappen, die ihr unbekannt waren. Alle waren sie angesengt oder mit Blut bespritzt – Trophäen vergangener Schlachten. Kostbare Wandteppiche waren dazwischen festgemacht, auf denen Reiter mit ihren Hunden einen Hirsch hetzten, ein Eber von einem Jäger zu Pferd gestellt wurde und eine Herde Ashentai-Rösser über eine Ebene galoppierte. Hinter dem Bett hing ein Teppich, der offenbar aus feinster Fehan-Seide geknüpft war. Auf einem dunkelblau schimmernden Hintergrund erhob sich ein steiler Felsen, zu dessen Füßen die blutigen Leichen eines Wolfsrudels lagen. Oben, auf der Spitze des Felsens, hatte ein einzelner Wolf den Kopf in den Nacken gelegt und heulte seinen Schmerz zu den drei vollen Monden hinauf, die alles in silbriges Licht tauchten.

Als vor dem Eingang des Zeltes erneut Stimmen erklangen, richtete die dunkelblonde Kjer sich erwartungsvoll ein wenig weiter auf. Dann wurde die Zeltklappe geöffnet und Mordan trat ein. Sein Blick schweifte durch den Raum, streifte die Frau auf dem Bett nur beiläufig und blieb an Lijanas hängen. Langsam zog sie die Beine an und erhob sich steif auf die schmerzenden Knie. »Kjer, bitte …«

Die Frau stand schnell von ihrem Platz auf, schaute giftig zu Lijanas, während sie auf den dunklen Krieger zuging und ihm den mit Wein gefüllten Becher mit einer geschnurrten Begrüßung entgegenhielt. Nur langsam wandte sein Auge sich ihr zu. Seine Hand bewegte sich mit für ihn ungewohnter Langsamkeit, als er ihr den Becher abnahm und an die Lippen führte.

»Kjer, nein! Ihr dürft nicht ...«

Mit einem Zischen sah er Lijanas wieder an. »Schweigt, Heilerin! Ich will kein Wort von Euch hören!«

Die Frau schlang die Arme um seinen Hals, schmiegte sich an ihn und raunte ihm lächelnd etwas zu.

»Kjer, bitte, hört mir zu ...«

»Ihr sollt ruhig sein, habe ich gesagt!« Seine Stimme war rau, drohte zu kippen.

»Bitte, ich will doch nur ...«

»Still!« Er zeigte ihr seine Reißzähne. Der Becher traf mit gefährlicher Genauigkeit den Pfosten knapp über ihr. Hastig duckte Lijanas sich, spürte, wie Wein über sie spritzte. Schmerz flammte über ihren Rücken, entlockte ihr ein Keuchen. Wahrscheinlich hätte Mordan sich auf sie gestürzt, hätte die Frau sich nicht erneut an ihn gepresst, darauf bedacht, seine Aufmerksamkeit von der vermeintlichen Rivalin abzulenken. Seltsam irritiert wandte er sich ihr wieder zu. Ihr Knie glitt an seinem Bein empor. Ihre Stimme war ein kehliges Schnurren, als sie sprach. Sie vergrub die Hände in seinem Haar und küsste ihn voll auf den Mund, nur um ihre Lippen einen Moment später mit einem atemlosen Lachen von seinen zu lösen. Lijanas zwang sich, das Brennen der Striemen nicht zu beachten.

»Kjer, bitte, hört mir nur einen ...«

»Ruhe!«

Lijanas verstummte entsetzt, starrte den Dolch an, der im Holz des Pfostens vibrierte. Ein Fingerbreit weiter ... Nur mit Mühe konnte sie die Augen von der todbringenden Klinge reißen, das gurrende Gelächter der Frau half ihr dabei. Als sie wieder zu ihr und Mordan schaute, sank der schwarzhaarige Krieger gerade auf einen der Stühle. Als wäre das eine Aufforderung, drängte die Kjer sich abermals an ihn. Ihre Hände zerrten an seinem Gürtel, mit einem leisen Scheppern fiel der Waffengurt mit den Schwertern zu Boden. Dann wandten ihre Finger sich den Schnüren seines Wams' zu, nestelten sie auf, ohne dass sie den seltsamen Blick bemerkte, mit dem er ihren Bewegungen folgte. Lijanas sah es sehr wohl, verzweifelt zerrte sie an ihren Fesseln, ignorierte das Feuer in ihrem Rücken. Schließlich richtete die Frau sich langsam auf, schob das Wams gänzlich von seinen Schultern, bedeckte dabei unablässig seine Brust durch die Tunika hindurch mit Küssen, nur um sich dann seiner Hose zu widmen. Während ihre eine Hand hier an den Schnüren zerrte, strich die andere unter dem Stoff seinen Bauch aufwärts – bis sie plötzlich innehielt und mit einem überraschten Ausruf den Kopf hob.

Es war, als würde Mordan aus einer Trance erwachen. Abrupt stand er auf und stieß sie mit der gleichen Bewegung von sich, zum Ausgang des Zeltes hin, wo sie auf die Teppiche stürzte.

Seine Stimme war ein heiseres Knurren, während er sie – offenbar zu ihrem Entsetzen – fortschickte.

Mit flehend vorgereckten Händen erhob sie sich auf die Knie und wollte zu ihm zurückkriechen.

Mit einer einzigen Bewegung fegte er den Tisch leer, brüllte etwas.

Sie schrie auf und rannte aus dem Zelt.

Als Mordan sich zu ihr umwandte, hörte Lijanas auf, an ihren Fesseln zu zerren. Mit taumelnden Schritten kam er auf sie zu, seine Bewegungen waren erschreckend hölzern, sein Blick unstet. Sie sah, wie seine Lippen sich bewegten, hörte ihn etwas murmeln, ohne die Worte zu verstehen. Knapp vor ihr blieb er stehen, die Hände halb erhoben, die Finger zu Klauen gekrümmt. Lijanas wich so weit vor ihm zurück, wie die Fesseln es ihr erlaubten. Unvermittelt knickten seine Knie ein und er stürzte ohne einen Laut zu Boden.

Als sie die Doppelflügel der Tür zum Audienzsaal aufstieß und direkt auf den Fürsten zu marschierte, starrten die adligen Speichellecker und Bittsteller sie empört an. Stunde um Stunde hatten sie gewartet, Diener mit Gold bestochen, um vorgelassen zu werden, und jetzt erdreistete sie sich, hier einfach hereinzuplatzen. Wie stets kümmerte Eliazanar sich nicht darum. Ehrerbietig verneigte sie sich vor ihrem Herrn, der langsam die Pergamente sinken ließ, die er soeben noch studiert hatte. Sie sah die böse Vorahnung in seinem eisgrauen Blick. Auf einen kurzen Wink von ihr drängten die Wachen die neugierig lauschenden Anwesenden ein Stück zurück.

»Mein Fürst, ich fürchte, ich bringe schlechte Nachrichten.« Behutsam zeigte sie ihm, was sie die ganze Zeit in ihrer Armbeuge geborgen hielt. »Das ist eine der Tauben, die ich Prinz Ahmeer mitgab, damit er mir, wenn nötig, eine Botschaft schicken könnte. – Sie kam eben in den Schlag zurück. Eine Botschaft hatte sie keine, aber dies hier!«

Sie hielt den Vogel so, dass er die rostfarbenen Flecken auf dem Gefieder erkennen konnte.

»Blut?«

»Ja, mein Fürst. Jemand hat das Tier verletzt. Ich vermute, dass auf es geschossen wurde, als es fliegen gelassen wurde.«

»Die Kjer?«

»Ich befürchte es, mein Fürst. – Habe ich Eure Erlaubnis, mit einem Teil meiner Männer aufzubrechen und nach dem Prinzen zu suchen?«

»Natürlich, Eliazanar. Ich gebe Euch freie Hand! – Und bringt mir die Kjer-Bestie, die für all das verantwortlich ist!«

Astrachars Heermeisterin verneigte sich erneut, entfernte sich rückwärts von ihrem Herrn, ehe sie in ihren blutfarben wehenden Gewändern herumwirbelte und mit langen Schritten den Saal verließ.

Brennendes Feuer! Überall! Jemand hatte ihm das Blut aus den Adern gesogen und es durch kochendes Gift ersetzt. Stimmen über ihm. – Der Igel … – Stimmen, die sich in einer fremden Sprache unterhalten. Eine Hand in seinem Nacken. – Der Igel jagt das Wiesel … – Schmerz an seinen Lippen, als ein Becher an seinen Mund gedrückt wird. *Warum quält ihr mich? Was habe ich getan?* Eine Stimme, die ihm zu trinken befiehlt. *Lasst mich! Lasst mich, ich will nicht!* Er friert und verbrennt gleichzeitig. – … das Wiesel, rundherum … – Bitterkeit füllt seinen Mund, er würgt, kämpft. Hände halten seine fest. Er kann nicht schlucken. Er kann nicht atmen. Plötzlich weiß er, wer sich über ihn beugt. Arkell! Arkell, der ihn zwingt, Essig zu trinken, um seinen Willen zu brechen. Trink! Gehorche! Er bäumt sich auf, schlägt mit verzweifelter Kraft nach seinem Folterer. – Der Igel jagt das Wiesel …. – Sie lassen von ihm ab, er fällt zurück, plötzlich ohne Kraft. Das Feuer schlägt über ihm zusammen, nimmt ihm den Atem. Die Stimme einer Frau, ganz nah. *Mutter?* – … rundherum um den Stachelbusch. – *Mutter, warum hasst du mich? Was hab ich getan? Warum willst du mich nicht? Ich bin doch dein Sohn!* Nässe auf seinem Gesicht. Er versucht, sie abzuwischen. Niemand soll seine Tränen sehen. Er weiß nicht, ob seine Glieder ihm gehorchen. Eine Hand streicht weich über seine Stirn. Die Berührung ist sengend auf seiner glühenden Haut. Verbrennt ihn. Wieder Schmerz an seinen Lippen. Wieder Bitterkeit in seinem Mund. Seine Kehle ist zu eng zum Schlucken. Hilfloses Würgen, das Gefühl zu ersticken. – … rundherum … rundherum … – Ein Schatten beugt sich über ihn. Er schlägt zu. Ein Schrei. Plötzlich sind da wieder Hände, die seine niederzwingen. Er kämpft mit dem ganzen Körper, heult auf, als sie seine Arme festbinden. Eine leise Stimme. Sie murmelt beruhigende Worte in einer fremden Sprache. Scheinbar so sanft. Scheinbar so freundlich. Und oh so grausam. Sie werden ihm wehtun! Er weiß es! Sie tun ihm immer weh! Er wehrt sich, wehrt sich – der Igel jagt das Wiesel – wehrt sich. Seine Sinne ertrinken in der Glut.

16

Die Maus wand sich an ihrem Schwanz, während er sie dem schwarzen Vogel hinhielt. Ein leises Krächzen, ein Happs und das Tierchen war in dem scharfen, leicht gebogenen Schnabel verschwunden. Ohne Hast entrollte er die Nachricht, die der schwarz gefiederte Bote ihm gebracht hatte, und las. Ein zufriedenes Lächeln erschien auf seinen schmalen Lippen. Der Prinz aus der Blutlinie des Reihers befand sich also in ihrer Hand. Dass der erste Heerführer Jerdt dazwischengefahren war, was die Heilerin betraf, war nicht von Bedeutung. Sein Befehl lautete, die Frau nach Turas zu bringen, und genau das würde er tun – wie ein gut dressierter Hund. Bedächtig fuhr er sich mit dem Finger über die Lippe. Es hatte sich gelohnt, Haffren dazu zu bringen, ihn am Leben zu lassen und nicht noch in der Stunde seiner Geburt zu töten. Und dafür zu sorgen, dass er bei den Kessanan auf die alte Art darauf abgerichtet wurde, jeden Befehl ohne Fragen zu befolgen, war ebenfalls ein guter Einfall gewesen. Das Lächeln vertiefte sich. Sein Volk hatte schon immer seine Feinde zu seinen Werkzeugen gemacht. So war es vor unzähligen Wintern bei Aslajin und ihren Cogén gewesen – so würde es wieder sein. Blut würde sich einmal mehr gegen Blut wenden.

Endlich hatte er den Becher geleert. Lijanas stellte ihn beiseite und rieb sich müde den Nacken. Ein scharfes Brennen rann über ihren Rücken und sie senkte vorsichtig den Arm. Nur wenn sie sich langsam bewegte, war der Schmerz der Peitschenstriemen erträglich. Ihr Blick fiel auf das Speisebrett mit Braten, duftendem Brot, einer Schale mit inzwischen kalter Suppe, Käse und süßem Obst. Ein Krug Wein stand daneben – ebenso unberührt wie die anderen Köstlichkeiten. Brachan hatte sie ihr gebracht, kurz nachdem die Sonne untergegangen war. Und obwohl er sie spüren ließ, dass er sie für all das verantwortlich machte und ihr nicht traute, sorgte er dafür, dass sie alles bekam, was sie brauchte.

Wie spät es inzwischen wohl war? Mitternacht musste bereits vorbei sein. Vielleicht ging es schon auf den Morgen zu.

Sie schob die weiten Ärmel der feinen Seidenrobe bis über die Ellbogen hinauf und beugte sich wieder über Mordan, der reglos zwischen den zerwühlten Decken und Fellen seines Bettes lag, berührte Stirn und Achselhöhlen. Nur gespannte, glühende Haut, keine Spur von Schweiß, der verkündet hätte, dass sein mörderisches Fieber endlich sank. Einen langen Augenblick ließ sie die Hand auf seiner Brust liegen, spürte den mühsamen Atemzügen nach. Der Blutverlust und die Nebenwirkungen der Hagdornblätter hatten ihn geschwächt, das Feuer des Fiebers verzehrte seine Kräfte von Stunde zu Stunde mehr und verwirrte seine Sinne so sehr, dass er nicht mehr erkannte, wer bei ihm war, oder begriff, was um ihn herum vorging.

Erst als sie Blut schmeckte, wurde ihr bewusst, dass sie sich die Lippe wund gebissen hatte. Die meisten Kranken starben in den frühen Morgenstunden. Sie verscheuchte den Gedanken. Er war stark und stur. Solange er noch die Kraft hatte, gegen das Fieber zu kämpfen, solange er leben wollte … Für einen kurzen Moment schloss sie die Augen und beinah ohne ihr Zutun stahlen sich die Finger ihrer anderen Hand zu seiner Stirn. Hastig riss sie sie zurück. *Nein! Ich will es nicht wissen! Ich muss wissen …* Kurz nur ballte sie die Fäuste, dann schlug sie die Decken zurück, packte den Schwamm in der Wasserschüssel mit beiden Händen, wrang ihn energisch aus und machte sich wie schon unzählige Male zuvor daran, Mordan mit kaltem Wasser zu waschen, in dem verzweifelten Versuch, sein Fieber zu brechen – oder zumindest ein wenig zu senken. Mit einem Ächzen zuckte er zusammen, als die feuchte Kühle seine Stirn berührte. Lijanas sog erneut die Lippe zwischen die Zähne. Die Haut auf Brust und Hals war gerötet, während sein Gesicht die fahle Farbe von Wachs angenommen hatte. Die dunkelblaue Seide, mit der sie sein verletztes linkes Auge abgedeckt hatte, war ein höhnischer Farbtupfer. Sie wusch sein Gesicht, dann zog sie vorsichtig den Leinenstreifen wieder zurecht, der die zu einem weichen Polster zusammengefaltete Seide an ihrem Platz hielt. Sie hatte die Lederklappe eigentlich nur abgenommen, um es ihm ein wenig bequemer zu machen und ihm besser das Gesicht mit Wasser benetzen zu können. Doch dann hatte sie entdeckt, dass sich darunter tatsächlich nicht nur eine leere Höhle verbarg. Das Lid wies eine tiefe Narbe auf, die von einem Schlag mit einem scharfen Stock oder einer dünnen Peitsche stammen mochte, der so tief gegangen war, dass er die feine Haut durchschnitten und das Auge darunter verletzt hatte. Es musste schon mehrere Winter zurückliegen, doch offensichtlich hatte man damals nur das Lid behandelt und das Auge selbst sträflich vernachlässigt. Der Augapfel war entzündet, das Weiß schauerlich rot und die schwarze Mitte so groß, dass das dunkle Blaugrau seines Auges nicht mehr als ein schmaler Ring war. Es musste ihn die ganze Zeit über schmerzen.

Als sie sein Lid zum ersten Mal behutsam angehoben hatte, hatte er sich mit einem fürchterlichen Schrei herumgeworfen, fort von ihr – fort von dem schwachen Schein des Feuers, das neben ihr brannte. Es hatte einige Momente gedauert, bis sie begriffen hatte, dass ihm offenbar das Licht solche Schmerzen bereitete. Von da an hatte sie dafür gesorgt, dass sein Gesicht im Halbdunkel lag, wann immer sie ihm die lindernde und heilende Tinktur zwischen die Lider träufelte, die sie aus einigen Kräutern, die Brachan ihr aus den Vorräten des Kriegsheilers besorgt hatte, zusammengestellt hatte. – Und vielleicht – nur vielleicht – würde er irgendwann wieder mehr als schwaches Dämmerlicht ohne Schmerzen ertragen können, wenn sein Auge richtig behandelt wurde.

Sie schob ein weiteres Mal die Ärmel der viel zu weiten Robe in die Höhe und wrang den Schwamm erneut aus. Brachan hatte ihr das Kleidungsstück aus einer der Truhen gegeben. Natürlich war es ihr um Spannen zu groß, und trotzdem sie die mit kostbarem Pelz besetzten Ärmel mehrmals umgeschlagen hatte, rutschten sie ihr immer wieder über die Hände und von den Schultern.

Doch die feine Seide fühlte sich angenehm kühl und weich auf ihrem geschundenen Rücken an. Behutsam ließ sie den Schwamm über seinen Hals und die Brust gleiten. Die Wassertropfen glänzten schwach im Licht der Feuerbecken, die das Zelt erhellten. Dazwischen schimmerte ein schmaler Steinring, den er an einem Lederband um den Hals trug; ein zierliches Schmuckstück aus grünem Edelstein und Gold, das er in Cavallin noch nicht getragen hatte und dessen Anblick ihr Herz schwer werden ließ. Bedeutete er doch, dass es irgendwo eine Frau gab, der ihr Kjer etwas so Wunderschönes schenken wollte. *Mein Kjer! Ich muss aufhören, ihn so zu nennen. Er ist nicht* ›Mein Kjer‹. *Er ist ihr erster Heerführer. Er ist der Blutwolf. – Habe ich ernsthaft geglaubt, es würde tatsächlich keine Frau in seinem Leben geben – mal abgesehen von dieser dunkelblonden Hure? Er ist ein gut aussehender Mann, trotz der Lederklappe über dem Auge. – Was soll das alles? Ich liebe Ahmeer! Nicht* ihn! *Er ist nur … nur … ein Freund? – Hat mich der Wahn gepackt? Er ist ein Kjer! Ein Feind! Sie sind Tiere! – Und warum habe ich dann Angst, dass er sterben könnte? – Verdammter Mistkerl! Warum musstest du nach Anschara kommen und mich entführen? Das alles ist deine Schuld, Kjer!* Ihre Finger ballten sich um den Schwamm. Wasser rann über seinen Bauch, die Flanken, versickerte in den Fellen. Er stöhnte matt, seine Hände wanden sich in den weichen Leinenstreifen, die ihn ans Bett banden. Eine unnötige Grausamkeit gegen einen Kranken, der nichts von sich wusste, wie sie meinte. Doch Brachan hatte sich nicht mehr um ihre Einwände gekümmert und seine Handgelenke an die Seiten des hölzernen Bettgestells gefesselt, nachdem Mordans Siegelring eine tiefe Schramme auf ihrer Haut hinterlassen hatte, als er im Fieberwahn um sich geschlagen hatte. Einen Moment murmelte sie ihm beruhigend zu, ehe sie den Schwamm erneut ins Wasser tauchte und damit über seine schlanken Beine fuhr. Ein Muskel zuckte an seinem Oberschenkel, knapp über der Narbe, die wohl von einer Pfeilwunde stammen mochte.

Inzwischen kannte sie all die fahlen Male auf seiner Haut, die von alten Wunden kündeten. Manche konnte sie zuordnen, andere verwirrten sie – wie die kleinen Ovale, die seine Unterschenkel bis zu den Knien bedeckten und die sie auch auf seinen Schultern und Armen, ja sogar auf seinen Handgelenken und den Händen gefunden hatte; Narben, die so alt waren, dass man sie kaum noch erkennen konnte, und die Zeugnis ablegten von Dingen, die man ihm als Kind angetan haben musste.

Sacht deckte sie ihn wieder zu, beugte sich über ihn, betrachtete ihn eine kleine Weile schweigend und lauschte auf seine keuchenden Atemzüge, ehe sie sich wieder aufrichtete, den Becher zur Hälfte mit Eiswurzsud füllte und den Krug mit dem Honigwasser in ihre Reichweite stellte. Ein letztes, langes Luftholen, bei dem sie sich wieder für einen mühevollen Kampf wappnete. Dann fasste sie den Becher fester und schob den Arm unter Mordans Nacken, um ihm von der Fiebermedizin einzuflößen und vielleicht sogar noch ein wenig Honigwasser in ihn hineinzuzwingen – sie schaffte es noch nicht einmal, seinen Kopf anzuheben, da bäumte er sich schon gegen sie auf. Lijanas wartete, ließ ihn toben, sprach nur leise und beruhigend auf ihn ein. Erfolglos. Er riss an seinen Fesseln, trat die Decken von sich und warf sich wild auf den Fellen herum, soweit die Leinstreifen an seinen Armen es ihm erlaubten. Sie verstand nicht, was er ihr atemlos entgegenschrie, doch es klang, als würde er sie aus tiefster Seele verfluchen. Lijanas hielt ihn fest, bis seine Kräfte ihn verließen und er schwer gegen sie fiel. Ihre Hand auf seiner Stirn verhinderte, dass er sich von ihr abwandte, als sie dann den Becher an seine zusammengepressten Lippen drückte. Einen Herzschlag versuchte er noch, den Kopf zurückzubiegen, sein Atem flog – dann lag er reglos in ihrem Arm. Vorsichtig neigte sie den Becher und träufelte ihm in winzigen Schlucken die Fiebermedizin in den Mund, bis nichts mehr übrig war. Bei ihrem Kampf waren die Decken zu Boden gerutscht und die kühle Luft überzog seine Arme und Beine mit einer Gänsehaut, doch Lijanas ignorierte es und füllte stattdessen den Becher mit Honigwasser. Im Moment gab es kaum etwas Dringenderes, als Flüssigkeit in seinen ausgedörrten Körper hineinzubekommen.

Einmal mehr strich sie über seine heiße Stirn. Zwar hatte sie die Reste der Hagdornblätter aus seinem Mund geholt, kaum, dass Brachan sie losgeschnitten hatte, doch wie sie befürchtet hatte, war es schon zu spät gewesen. Der Saft hatte bereits sein tückisches Werk in seinem Körper begonnen.

Zwei Tage! – Wie schon am Nachmittag fühlte sie Ärger in sich aufsteigen und die Sorge für kurze Zeit verdrängen. – Er hatte diese verfluchten Blätter zwei Tage gekaut. Es war Wahnsinn! Sie wusste, dass Soldaten manchmal, wenn sie von ihrem Vorgesetzten zur Strafe zum doppelten Wachdienst abkommandiert wurden, die Blätter des Hagdornstrauches dazu nutzten, die Müdigkeit noch ein paar Stunden zurückzuhalten. Aber zwei Tage – das war … Sie konnte es nicht in Worte fassen. Dabei hatte Brachan gesagt, Mordan habe gewusst, worauf er sich mit den Blättern einlassen würde – auch wenn es zu Anfang der Einfall des alten Kriegers gewesen sei. Sie konnte verstehen, dass es ihm in den Sinn gekommen war, um ihn wenigstens so lange wieder auf die Beine zu bringen, damit er ihn an einen sicheren Ort schaffen konnte. Aber zwei Tage lang Hagdornblätter zu kauen – das war verrückt! Wenn Mordan gewusst hatte, worauf er sich einließ, dann hätte er auch wissen müssen, dass der Saft der Hagdornblätter wie ein schleichendes Gift wirkte. Warum hatte er es getan?

Sie nahm den Becher von seinem Mund, als er unvermittelt schwach zu würgen begann. Sein Magen war von dem Saft so gereizt, dass er selbst das Honigwasser nur schwer bei sich behielt. – Das war das Gefährliche an diesen Blättern. Sie ermöglichten es dem Körper, die allerletzten Kraftreserven zu mobilisieren, doch gleichzeitig unterdrückten sie Gefühle wie Hunger, Durst und auch Schmerz. Der Körper verzehrte sich selbst, während der Blättersaft ihm obendrein alle Flüssigkeit entzog. Man verdorrte bei lebendigem Leibe, ohne es zu merken. Und dadurch, dass Mordan ohnehin schon so viel Blut verloren hatte … *Hast du es einfach unterschätzt? Was hat dich zu diesem Wahnsinn getrieben? – Wahnsinn, ja! Wahrscheinlich kann ich froh sein, dass du zusammengebrochen bist, bevor du mich unter dem Einfluss des Hagdornsaftes umgebracht hast.* Sie strich sacht eine schwarze Strähne aus seiner Stirn. Ihr Lehrmeister hatte dieses Zeug als das Gift bezeichnet, das die schlechten Eigenschaften eines Menschen in ihrem vollen Umfang ans Tageslicht brachte. Bei Mordan hatte es eine kalte Brutalität zutage gefördert, die sie jetzt noch schaudern ließ.

Sie setzte den Becher mit Honigwasser wieder an seine Lippen, als das Würgen nach einem Augenblick vergangen war, und neigte ihn leicht. Zu ihrer Erleichterung trank er diesmal, ohne sich zu wehren. Ob sie das als gutes Zeichen werten sollte, wusste sie nicht. Vielleicht war er inzwischen einfach zu schwach, um zu kämpfen? »Wie geht es ihm?« Heftig sah Lijanas auf, Honigwasser schwappte und lief Mordan über Gesicht und Hals, verrann in seinem Haar und den Fellen. Brachan stand neben ihr und schaute sie kühl an. »Hier sind die Leintücher und das Wasser, um das Ihr gebeten habt. – Wie geht es ihm?« Er bückte sich nach den Felldecken und breitete sie über seinen Herrn.

Röte schoss ihr in die Wangen, als ihr klar wurde, welchen Anblick sie bot. Sie hatte sich halb unter Mordan geschoben, sein Gesicht lag an ihrem Hals, die Robe war ihr über die Schulter herabgerutscht, entblößte silbrig weiß glänzende Schuppen und den Ansatz ihrer Brust. Ihr Versuch, den pelzbesetzten Kragen mit der Wange ein Stückchen höherzuziehen, scheiterte. »Das Fieber will nicht sinken.« Mit einem dankbaren Nicken nahm sie das Tuch entgegen, das der alte Krieger ihr reichte, und trocknete Mordan behutsam ab, ehe sie den Arm unter seinem Nacken hervorzog und ihn sanft auf die Felle zurückbettete. Mit einem schwachen Stöhnen rollte sein Kopf kraftlos zur Seite.

»Und was gedenkt Ihr dagegen zu tun, Heilerin?«

Sie zog die Robe zurecht. »Das Einzige, was mir noch bleibt: Ich packe ihn in nasse, kalte Tücher. Deshalb solltet Ihr mir das Leinzeug und frisches Wasser besorgen. – Ich werde mehr brauchen.« Sie nickte zu dem Eimer hin. Der Ausdruck in seinen Raubvogelaugen erinnerte sie daran, was er in den Salzzinnen gesagt hatte. *›Komme ich zurück und er ist tot, Ihr jedoch noch am Leben, werde ich dafür sorgen, dass Ihr ihm folgt – aber Euer Weg wird bedeutend länger und schmerzhafter sein als seiner.‹*

»Und wenn auch die Umschläge nichts helfen?« Seine Worte schreckten sie auf.

»Die allerletzte Möglichkeit ist, ihn in einen Zuber mit kaltem Wasser zu setzen. Aber ich weiß nicht, ob sein Herz …«

»Er hat das Herz eines Löwen.«

Ärgerlich presste sie die Lippen aufeinander. »Auch das Herz eines Löwen kann versagen, wenn man es zwingt, zu lange zu kämpfen. – Selbst die Umschläge könnten schon zu viel für ihn sein.«

Brachans Blick ging an ihr vorbei, zu dem reglos zwischen den Decken liegenden, schwer atmenden Krieger. Dann nickte er knapp. »Ich hole noch einen Eimer Wasser. – Und wenn ich wieder da bin, werdet Ihr Euch ein paar Stunden ausruhen und schlafen. Ihr nützt uns nichts, wenn Ihr vor Erschöpfung zusammenbrecht.«

»Ich kann nicht …«

»Ihr werdet gehorchen, wenn ich Euch einen Befehl gebe!« Sein Ton erinnerte sie unangenehm an Mordan. Zu ihrer Erleichterung wandte er sich nach einem weiteren Moment, in dem er sie seltsam nachdenklich gemustert hatte, dem Eingang des Zeltes zu. Doch nach zwei Schritten drehte er sich wieder zu ihr um. »Ich hatte geglaubt, Ihr hättet Euren Frieden miteinander gemacht, als Ihr zusammen auf das Fest in Cavallin gegangen seid. – Wisst Ihr, dass er Euch nach Anschara zurückbringen wollte? Er sagte, das sei er Euch schuldig. Dabei hat Euer Fürst Rusan fünftausend Gold-Karesh auf seinen Kopf ausgesetzt. – Warum seid Ihr davongelaufen?«

Fünftausend Gold-Karesh? Gnädige Göttin! Sie drückte die Handflächen gegeneinander. *Ich wusste, dass er mich nach Hause bringen wollte. Er hatte es mir versprochen. Er hatte sein Wort sogar mit Blut besiegelt! Ich wusste es! – Ich habe ihm vertraut! Ich hatte keinen Grund davonzulaufen! – Warum habe ich es dann getan?* »Ich weiß es nicht.«

»Ihr wisst es nicht?« Erst als Brachan ihre Worte mit einem harten Auflachen wiederholte, wurde ihr bewusst, dass sie sie laut ausgesprochen hatte. Er schüttelte den Kopf. »Vielleicht solltet Ihr Euch darüber klar werden. Denn sollte er das hier überleben, wird mein Heerführer Euch dasselbe fragen.« Einen endlosen Moment starrte sie auf die lederne Zeltklappe, die sich noch sacht in der Bewegung wiegte, mit der sie hinter ihm zugefallen war.

17

Langsam stieg er die gewundene Treppe hinauf. Sein Atem rasselte. Immer wieder musste er schnaufend innehalten. Die beiden Kessanan wahrten ehrerbietig Abstand zu ihm. Der Husten explodierte unvermittelt zwischen seinen Rippen, eilig presste er ein Tuch vor den Mund, seine Knie gaben nach, schwer sank er auf die kalten Steinstufen, kämpfte gegen die Angst zu ersticken – als der Anfall vorbei war und er das Tuch herunternahm, war es blutbefleckt. Er bemühte sich, langsam zu atmen, während er kraftlos an der Mauer lehnte. In letzter Zeit hustete er immer öfter Blut. Seine Heiler sagten, dass die Krankheit ihn mehr und mehr verzehrte, dass sie ihn mit jedem Tag weiter schwächte. Früher war er ein Krieger gewesen, der Stolz seines Clans – bald würde ihn die Krankheit wie einen nutzlosen Greis ans Bett fesseln, und das, obwohl er noch nicht einmal sechzig Winter gesehen hatte. Das Heilungsritual, das Ladakh mithilfe der Nivard-Heilerin an ihm vollziehen wollte, war seine letzte Hoffnung. Es war Hexerei, er wusste es, verbotene Hathenan-Zauberei – aber es war ihm gleich. Er wollte leben!

Mühsam richtete er sich an den Mauersteinen entlang auf und stieg die Stufen zu den Turmgemächern weiter hinauf. ›Macht Euren Frieden mit Eurer Gemahlin‹, hatte Ladakh ihm am Morgen geraten. ›Ihre wohlwollende Anwesenheit bei dem Ritual würde die Kraft der Heilung noch verstärken.‹ Stunde um Stunde hatte er mit sich gerungen und inzwischen hing die Sonne schon wieder tief über den Nebelklippen. Zwei Kessanan standen vor der schweren Bohlentür, hinter der sich die Gemächer seiner Frau befanden. Ihre Blicke gingen weiter starr geradeaus, während er zwischen ihnen hindurchschritt. Ihre Befehle waren eindeutig. Außer ihm durfte niemand diese Räume betreten. Alles, was seine Gemahlin benötigte, wurde hier an dieser Tür von den beiden stummen Mägden, die er ihr als Dienerinnen überlassen hatte, entgegengenommen. Die jungen Frauen warfen sich auf die Knie, sobald sie ihn bemerkten. Obwohl sie gekleidet waren wie Edelmägde, offenbarte der eiserne Ring an ihrem Hals, was sie tatsächlich waren. Verächtlich blickte er auf sie hinab. Seine Gemahlin war schon immer zu weich mit dieser Unfreien-Brut umgegangen. Sie hatte ihren Stand sogar abschaffen und ihnen die Rechte von Leibeigenen geben wollen – ebenso wie sie Frieden mit den Nivard hatte schließen wollen. Seine barsche Frage, wo seine Gattin sich befand, wurde mit einer hastigen Geste zur Decke hin beantwortet, ohne dass die Unfreie es gewagt hätte aufzusehen. Seine Frau war also auf dem Dach. Dort oben hatten sie sich vor ihrer Vermählung häufig getroffen und in den ersten Tagen danach hatten sie den kleinen Eiszedernhain, der auf der Plattform angelegt war, kaum verlassen. An seiner Wange zuckte ein Muskel. Dort oben hatte sie ihm mit ihrem Buhlen Hörner aufgesetzt.

Durch eine Mauer und eine dicke Tür von den eigentlichen Gemächern getrennt, führte die steile Treppe zum Dach. Er stieg die Stufen langsam hinauf. Was er am wenigsten wollte, war, vor seiner Gemahlin von einem Anfall geplagt zu werden. Ein kleiner Pavillon war über dem Aufgang errichtet, um zu verhindern, dass Schnee und Eis sich während der kalten Zeit bis in die Gemächer darunter stahlen. Im Winter glitzerten die Mauersteine wie Diamanten, überzogen mit einer Kruste aus Eiskristallen. Im Sommer waren sie überwachsen mit gelb und rot blühenden Flechten, auf denen sich herrliche Schmetterlinge tummelten.

Er trat aus der Tür des Pavillons. Ein halbes Dutzend Schritte entfernt, erhob sich zu seiner Rechten der brusthohe Zinnenkranz, der die Plattform umgab und über den man an schönen Tagen das Gleißen der Salzzinnen am Horizont sehen konnte. In der Mitte des Daches wisperten die Eiszedern unter dem kühlen Wind, der von den Nebelklippen herabstrich. Fröstelnd zog er den pelzgefütterten Mantel enger um sich. Der silbern schimmernde Rücken eines Fisches verschwand in einem in den Boden eingelassenen kleinen Teichrund glucksend unter der Wasseroberfläche.

»Kommt mein Kerkermeister, um mich wieder einmal zu quälen?« Sie stand am Rand des Eiszedernhains, auf der Faust einen zahmen Falken, den sie mit Fleischbrocken fütterte. »Was willst du, Haffren? Du bist hier nicht willkommen!« Ohne ihn eines Blickes zu würdigen, koste sie die gefiederte Brust des Vogels. Die gelben Augen des Falken musterten ihn, als sei er ein Nebenbuhler um die Gunst seiner Herrin. Schon ihr Vater vor ihr hatte ein besonderes Geschick im Umgang mit diesen Vögeln gezeigt, und sie hatte selbst die wildesten von ihnen gezähmt und war mit ihnen auf die Jagd gegangen. Woher hatte sie das Tier? Welcher der Falkenmeister hatte gegen seine Befehle verstoßen? Das Sonnenlicht ließ ihr kastanienfarbenes Haar leuchten. Ein schmaler, goldener Reif, in dessen Mitte ein ovaler Mondstein glänzte, bändigte es und hielt es aus ihrer Stirn zurück. Eine filigrane Kette schmiegte sich um ihren Nacken und verschwand in dem viereckigen Halsausschnitt ihres grünen, mit hellbraunem Feh gesäumten Gewandes. Sie war noch immer eine außergewöhnlich schöne Frau.

»Ich will mit dir reden.«

»Wirst du mir erzählen, welche Bösartigkeit du jetzt wieder ausgeheckt hast, um uns noch mehr leiden zu lassen? War das, was du uns bisher angetan hast, noch immer nicht genug?« Ihr schlanker Hals neigte sich, als sie dem Falken etwas zuraunte. Wie zur Antwort stieß er einen leisen Schrei aus und öffnete seine herrlichen Schwingen.

»Ich bin gekommen, um dich um Verzeihung zu bitten.«

Für einen endlosen Moment stand sie völlig reglos. Dann warf sie den Falken mit einer schnellen Bewegung in den Himmel und beobachtete, wie er mit kraftvollen Flügelschlägen dem sonnenfeuergefärbten Grau der Nebelklippen zustrebte.

»Du willst mich um Verzeihung bitten?« Kalt sah sie ihn an.

Ihre Augen hatten ihn schon bei ihrem ersten Treffen an einen Sturmhimmel erinnert.

»Ja! Ich …« Ihr eisiges Lachen schnitt ihm das Wort ab. Sie ging an ihm vorbei, trat an den Zinnenkranz, legte die Hand gegen den Stein und blickte in die Ferne.

»Hör mich an, ich …« Eine kurze Handbewegung gebot ihm zu schweigen. Langsam drehte sie sich zu ihm um, musterte ihn wie ein abscheuliches Insekt.

»Dreiundzwanzig Winter, Haffren. Dreiundzwanzig Winter hältst du mich hier gefangen. Dreiundzwanzig Winter zwingst du mich, Tag um Tag, Stunde um Stunde mit der Angst zu leben, was dein kranker Geist wohl als Nächstes ausbrüten wird, um mich zu quälen – um *uns* zu quälen. Nun kommst du hierher und glaubst, du musst mich nur um Verzeihung bitten und ich erlaube dir, meine Hand zu küssen?« Wieder lachte sie, hart und bitter. »Du hast mir alles genommen, was ich liebte. Alles!« Ihre schlanken Finger umklammerten durch den Stoff ihres Gewandes das, was am Ende der schmalen Goldkette um ihren Nacken lag. »Wenn deine Grausamkeiten nur mich betreffen würden, könnte ich dir vielleicht verzeihen. Aber so … Nein!«

»Ich bitte dich …«

»Du bittest mich? – Auch ich habe dich gebeten, Haffren. Nein, ich habe gebettelt. Gebettelt und gefleht – gebettelt, dass du den Mann, den ich liebte, nicht ermorden lässt. – Du hast mich eine Verräterin genannt, mich in diesen Turm schleppen lassen und zur Gefangenen gemacht. Du hast gelacht, als ich um das Leben meines Kindes …«

»Schweig! Ich will nichts von dieser Brut hören. – Du warst nichts anderes als die Hure dieses … dieses … Hundes. Und dass du es gewagt hast, sein Balg … – Du hast mich zum Hahnrei gemacht. Du hast mich vor aller Welt gedemütigt mit deinem Getändel und deinem dicken Bauch. Ich war dein Gemahl!«

»Ja, du *warst* mein Gemahl.« Die Kälte in ihrer Stimme hätte Eis zum Splittern gebracht. »Bis zu dem Zeitpunkt, als du dich zwischen die Schenkel dieser Magd Thiéla gelegt hast. – Ich habe dich stets geachtet, Haffren, und ich war froh, dass mein Vater dich als meinen Gemahl ausgewählt hatte, denn du warst mir ein Freund, seit du vor all den Wintern nach Turas gekommen bist. Doch als du mein Bett verlassen hast, um in das von Thiéla zu kriechen, hast du alles, was zwischen uns war, zerstört. – Ich habe mich damals in einen anderen verliebt, ja. Ich habe es niemals verhehlt. Ich habe dich niemals getäuscht. Die Dokumente, die unsere Ehe gelöst hätten, waren bereits gesiegelt und unterzeichnet, auch von dir. Ich hatte noch nicht einmal mein Brautgeld von dir zurückgefordert, im Gegenteil, alles, was ich dir während unserer Ehe geschenkt hatte, wäre weiterhin dein gewesen. Die Pferde, die Besitzungen … Ich hätte dir sogar Thiéla zum Geschenk gemacht. Du hättest sie mit auf deine Ländereien nehmen können. Sie und das Kind, das sie von dir trug. – Doch plötzlich wolltest du nicht mehr auf die Macht verzichten, die dir deine Ehe mit mir eingebracht hatte. Du hast die Dokumente in jener Nacht verbrannt, in der du deine Kessanan hinter den Nivard hergehetzt hast. Und du hast gelacht, als ich um das Leben des Mannes gebettelt habe, den ich liebte. – Und mein Kind …« Sie schüttelte den Kopf, ließ die Hand sinken. »Was auch immer du heute tust, Haffren: Von mir kannst du keine Vergebung erwarten.«

»Du bist noch immer meine Frau …«

Sie hob das Kinn. In ihren Augen waren Sturmwolken. »Und? Was hat das eine mit dem anderen zu tun?«

»Du hast meinen Befehlen zu gehorchen!«

Verächtlich glitt ihr Blick über seine Gestalt. »Willst du mir befehlen, dir den Diebstahl eines Lebens zu vergeben? Willst du mir befehlen, dir deinen heimtückischen Mord zu vergeben? – Verzeih, wie dumm von mir. Du warst ja noch nicht einmal Manns genug, das Schwert selbst zu führen.«

»Wie kannst du es wagen, so mit mir zu sprechen? Ich verbiete dir …«

»Befiehl oder verbiete deiner Hure Thiéla. Ich spreche mit dir, wie es mir passt, Haffren. – Und nun geh!« Sie wandte ihm brüsk den Rücken zu. Der Wind spielte mit ihrem Haar, der Anblick weckte alte Erinnerungen in ihm. Strähnen in dem Glanz von Kastanien auf ihrer rahmweichen Haut, die noch heiß und schweißfeucht vom Liebesspiel war. Das Schimmern in ihren Augen ... Er zog den Mantel enger um sich, als ein Krampf sich in seiner Brust ankündigte. Es gelang ihm nicht, den Husten zu unterdrücken, hastig presste er den fellbesetzten Stoff vor den Mund – er war mit Blut besudelt, als es vorbei war. Sie hatte sich umgewandt, ihr Blick hing auf den dunklen Flecken.

»Ich bin krank.« Seine Stimme war ein raues Keuchen.

»Das Zehren! Ich weiß!«

Verblüfft starrte er sie an. »Du weißt ... Woher?«

»Du hältst mich zwar von der Welt und meinem Volk fern, Haffren, aber ich habe dennoch Augen und Ohren.«

Er sparte es sich, noch einmal nach dem ›Woher‹ zu fragen. Sie würde es ihm nicht sagen. Aber womöglich konnte er sein Ziel erreichen, wenn er ihr Herz rührte.

»Ich werde vielleicht sterben ...«

»Bedauerlich für dich. Was habe ich damit zu tun? – Oder fürchtest du, keinen angemessenen Nachfolger für dich als Kerkermeister der Königin zu finden?« Ihr Mund verzog sich höhnisch. »Wie wäre es mit deinem Sohn? Sagt man ihm nicht einen gewissen – wie soll ich es nennen? – Hang zur Rohheit gegenüber Frauen nach?«

»Sprich nicht so von ihm!« Die Worte klangen schärfer, als er beabsichtigt hatte. Es würde ihm niemals gelingen, mit dieser Frau Frieden zu schließen. Wieder spürte er jenes Brennen in der Brust.

»Wie sollte ich dann von dem Bastard einer Halb-Edari und meines *Gemahls* sprechen? Etwa mit Respekt?«

»Er wird mir einmal auf den Thron folgen.«

Einen Augenblick wirkte sie in ihrer völligen Reglosigkeit wie zu Eis erstarrt, schien sie noch nicht einmal mehr zu atmen. »Du stiehlst meinem Kind sein Geburtsrecht und wagst es, auch nur daran zu denken, deinen Sohn zum Erben meines Clans zu machen?« Ihre Stimme war nur ein Flüstern, doch der Ton darin ließ ihn frieren. »Solltest du das wagen, Haffren, werde ich dafür sorgen, dass man seinen Kopf mit dir zusammen vor den Toren von Turas verscharrt.« Der Ausdruck in ihren Augen war mörderisch.

»Du drohst mir?« Der Krampf in seiner Brust nahm ihm fast den Atem. »Glaubst du tatsächlich, dass es auch nur einen Mann in diesen Mauern gibt, der bereit wäre, deinen Befehlen zu folgen? – Den Befehlen einer Wahnsinnigen, die vor dreiundzwanzig Wintern ihr eigenes Kind umgebracht hat, kaum dass es geboren war?«

»Eine Lüge!«

»Und wo ist dann dein Kind? – Du kannst mit dem Finger auf deine Brut zeigen und sagen, sie sei dein Fleisch. Beweisen kannst du es niemals!« Sein höhnisches Lachen endete in einem Hustenanfall, der ihn einen Augenblick nach Luft ringen ließ. »Du magst dem Namen nach die Königin der Kjer sein. Aber du hast nicht mehr Macht als eine Unfreie. Finde dich damit ab!« Er wischte sich das Blut von den Lippen. »Und du solltest beten, dass ich deiner – und deiner Brut – nicht irgendwann überdrüssig werde.«

Die Hitze nahm ihm den Atem, schmerzte in seinen Sinnen. Schwere Feuchtigkeit lag auf seinen Gliedern, fesselte ihn wie klebrige Spinnwebe.

Sanftes Licht. Es wisperte von Kühle – Vergessen – Frieden. Aber da war diese Stimme. Lästig! Er konnte sie nicht zum Verstummen bringen, sosehr er sich auch bemühte. Er verstand die Worte nicht, und doch konnte er sich ihnen nicht entziehen. Auf seltsame Weise waren sie süß – und je länger er lauschte, umso mehr zogen sie ihn in ihren Bann.

Und dann schwieg die Stimme!

Die plötzliche Stille war unerträglich laut.

Und so lästig die Stimme ihm zuvor gewesen sein mochte, dass ihre süß klingenden Laute so unvermittelt verstummt waren, weckte Zorn in ihm.

Dort, wo die Stimme hergekommen war, gleißte ein schmaler

Lichtstreifen. Es war nicht das Licht, das ihn zuvor mit dem Versprechen von Vergessen und Frieden gelockt hatte. Hinter diesem Licht lauerten Schmerz und Kampf – dennoch mühte er sich ihm entgegen.

Schmerz. Ein dumpfes Pochen überall und doch nicht festzuhalten. Sein Blut brannte in seinen Adern. Das Gefühl, anstatt Knochen Grütze in den Gliedern zu haben, war unerträglich. Etwas Warm-Feuchtes bedeckte ihn vom Hals bis zu den Knöcheln, klebte ekelhaft auf seiner Haut. In seinem Mund schien die Zunge um mehr als das Doppelte ihrer normalen Größe geschwollen zu sein, und obwohl er noch nicht einmal genug Speichel zum Schlucken hatte, fühlte seine Kehle sich an, als hätte er mit giftiger Säure gegurgelt. Licht drang durch sein Lid. Es kostete ihn alle Kraft, das Auge zu öffnen, und er starrte schier endlose Momente in das Halbdunkel über sich, bis er begriff, dass er sich in seinem Zelt befand, in seinem eigenen Bett lag.

Durst! Absoluter, unerträglicher Durst!

Etwas drückte seinen Arm auf die schweißfeuchten Felle. Er hatte kaum die Kraft, den Kopf zu drehen.

Die Wange der Heilerin ruhte auf seinem Unterarm. Tiefe, ruhige Atemzüge verkündeten, dass sie schlief. Ihre Hände lagen um sein Handgelenk und den Ellbogen, als habe sie versucht, ihn mit aller Kraft festzuhalten. Nur aus dem Augenwinkel gewahrte er den Krug, neben dem ein Becher stand. Wasser! Beinah glaubte er, es riechen zu können. Aber er lag still. Ertrug den Durst, das Brennen des Fiebers und die Qual in seiner Kehle, während er sich auf die Berührung ihrer Wange auf seinem Arm konzentrierte, genoss das Gefühl ihrer Wärme und war sich sicher, dass sie so viel Vertrautheit niemals dulden würde, wäre sie wach. Ihr Haar floss weich über seine Hand, die Flammen der Feuerbecken malten ein Zauberspiel aus Licht und Schatten auf ihre Züge. Ihr Atem strich sanft über seine Haut und verursachte ihm eine Gänsehaut. Zuweilen knackte das Holz im Feuer. Es war, als hätte jemand die Ewigkeit für ihn angehalten.

Die Worte tauchten langsam aus dem zähen Nebel auf, unter

dem ein Teil seines Verstandes noch immer gefangen war. Und mit der Erinnerung kam das Verstehen …

»Ich wollte in Cavallin nicht fortlaufen – und auch in den Bergen nicht. Als Ahmeer so plötzlich auf dem unteren Markt auftauchte … Ich war einfach nur verwirrt. Ich konnte nicht glauben, dass er es tatsächlich ist. Ich hatte doch keinen Grund mehr zu fliehen! Du hattest mir doch dein Wort gegeben, dass du mich wieder nach Hause bringst.« Du! Nicht ›Ihr‹! Du! Irgendwo tief in ihm sang es. *»Hörst du mich? Ich wollte nicht davonlaufen! – Und in den Bergen … Wenn sie mich gefunden hätten … Ich musste dich zurücklassen. Die Hunde hätten uns aufgespürt, wenn sie weitergesucht hätten. Sie hätten dich getötet! – Ich wollte nicht, dass sie dich …!« Das Gefühl ihrer Fingernägel, die sich in seine Haut graben. »Hörst du mich?« Die Stimme seltsam drängend. »Du darfst nicht gehen! Du darfst nicht aufgeben! Kämpfe weiter! – Du hast versprochen, mich nach Hause zu bringen! Halte dein Wort! Bleib! Hörst du mich?« Und dann, kaum hörbar: »Ich will dich nicht verlieren!«* Ein unerklärliches Zittern begann in seiner Magengrube und breitete sich über seinen ganzen Körper aus. Ein Missverständnis! Ein seelenverfluchtes Missverständnis war das alles. Für einen kurzen Moment wagte er es, sein Auge zu schließen. *Es tut weh, dich zu lieben, kleiner Vogel! – Und es ist Wahnsinn! Ich weiß es! Aber – die Mächte, die mein Schicksal lenken, mögen mir vergeben – ich tue es trotzdem!* Bebend stieß er die Luft aus, sah sie wieder an. Sie wirkte im Schlaf so verletzlich, und doch war sie stark. Mühsam schluckte er. Er konnte spüren, wie seine Kräfte schwanden, kämpfte, um bei Bewusstsein zu bleiben, während ihm das Atmen immer schwerer fiel. Schließlich gab es in seinem Verstand nur noch die Qual von verzehrendem Feuer und Durst – und das Gefühl ihrer Wange auf seiner Haut. Er klammerte sich an diese Mischung aus Sehnsucht und Schmerz, bis Fieber und Erschöpfung ihm erneut die Sinne raubten.

Schwach drangen die Laute des Lagers durch das Leder der Zeltwände und in seinen Verstand. Irgendwo wieherte ein Pferd. Nur langsam und träge kehrten seine Sinne zurück – und mit ihnen der Schmerz. Der Geruch von Kräutern drang herb und zugleich scharf in seine Nase. Er schaffte es kaum, das Auge einen Spalt zu öffnen. Alles um ihn her war verschwommen.

Wie komme ich hierher? Die Frage schälte sich langsam aus den Tiefen seines noch immer benebelten Verstandes. Da war das Gebell von Hunden, Hitze, die an seiner Seite hinunterrann, und schließlich eisige Kälte. Eine Klinge blitzte und versank mit einem Glucksen unter Wasser. Wasser, aus dem Brachan ihn irgendwann herauszerrte. Ein sauersüßer Geschmack auf seiner Zunge, die Bewegungen seines Pferdes unter ihm und dann – Leere! Sein Verstand war wie blank gewischt. Bis die Stimme in seine Sinne gedrungen war. *›Ich wollte in Cavallin nicht fortlaufen – und auch in den Bergen nicht …‹* Er erinnerte sich an die Worte, an jedes einzelne. Der Husten saß in seiner Brust, ohne dass er ihn unterdrücken konnte. Qual barst in seiner Kehle. Im nächsten Moment beugte die Heilerin sich über ihn. Lijanas! Auf ihrem Gesicht glaubte er Erleichterung zu sehen – Enttäuschung und Sorge wischten sie fort.

»Wach endlich auf, Mordan! Bitte!« Mordan, das war sein Name. *Aber ich bin wach!*, wollte er protestieren, doch seine Zunge wälzte sich nutzlos in seinem Mund. Sie hatte sich abgewandt, konnte es nicht sehen. Ein Becher erschien in ihrer Hand, ihr Arm schob sich unter seinen Nacken. Köstliche Kühle füllte seinen Schlund. Erst als er den Becher schon fast gelehrt hatte, fiel ihm der feine Honiggeschmack des Wassers auf.

Er schreckte zusammen, denn plötzlich war ihr Arm aus seinem Nacken verschwunden. War er für einen kurzen Moment eingenickt? Ihre Hand strich über seine Stirn. Sosehr er sich auch mühte, er konnte das Auge nicht öffnen.

Von jenseits der Zeltwände drangen die Laute deutlicher zu ihm. Es war, als hätte das Wasser seine Sinne endgültig geweckt. Das Geklirr von Waffen, das Geräusch von harten Schritten, jemand – er erkannte die Stimme: Feniar – bellte mehrere Befehle. Wachwechsel! Ein gleichmäßiges Klatschen, schmerzerfüllte Schreie, offenbar wurde einer der Unfreien für irgendeine Nachlässigkeit mit der Peitsche bestraft. Hunde bellten und knurrten, jaulten. Ein schrilles, wütendes Wiehern erklang. Der Geruch nach Kräutern wurde schärfer. Die Heilerin hatte sich erneut über ihn gebeugt, ihre Hände strichen immer wieder über seine Haut. Er versuchte, den Kopf zu heben, wollte sehen, was sie tat.

Als er wieder erwachte, konnte er sich daran erinnern, dass er mehrmals honiggesüßtes Wasser getrunken hatte, dass sie ihm einen bitteren Sud eingeflößt hatte – und er erinnerte sich an den Geschmack von Suppe. Es war abermals die Berührung ihrer Hände, die ihn geweckt hatte. Diesmal gelang es ihm, das Auge zu öffnen. Zuerst war ihre schlanke Gestalt nur ein unscharfer Umriss, bis sein Blick sich langsam klärte. Ihr Haar war wirr, als wäre sie gerade aus dem Schlaf erwacht. Eben schob sie einen scheinbar mehrfach umgeschlagenen, weiten Ärmel einer viel zu großen schwarzen Seidenrobe in die Höhe und beugte sich tiefer über ihn. Im goldenen Feuerschein glänzten die Schuppen auf ihrer Haut geheimnisvoll. Wieder die Berührung an der Seite, wieder das Brennen.

Er erkannte die Robe. Ein reicher Händler hatte sie ihm zusammen mit anderen Kostbarkeiten überbringen lassen, um zu verhindern, dass er seine Kornbestände konfiszierte. Er hatte die Sachen achtlos in eine Ecke geworfen und den Inhalt der Getreidespeicher für seine Truppen beschlagnahmt. Jemand musste den Plunder aufbewahrt haben. Schwarz stand ihr nicht besonders zu Gesicht. Nur allmählich wurde ihm bewusst, dass ein dünnes Leintuch ihn gerade mal bis zur Hüfte bedeckte – und dass er darunter vollkommen nackt war.

Mühsam hob er den Kopf. Seine verletzte Seite war mit jenen Kräutern bedeckt, deren scharfen Geruch er schon zuvor wahrgenommen hatte. Der Anblick erinnerte ihn an etwas. Beinah hätte er gelacht.

»Wie ein Ferkel im Topf. Was kommt als Nächstes? Die Tunke?« Schmerz flammte durch seine Kehle. Er musste die Worte laut gesprochen haben. Es war ihm erstaunlich leicht gefallen.

Überrascht sah sie von seiner Seite auf, beugte sich zu ihm. »Ihr seid wach! Endlich! Der Gnädigen sei Dank!« – ›Ihr‹! Nicht mehr du! Wieder ›Ihr‹! Die Erkenntnis war wie ein Faustschlag in den Magen. Also wieder das alte Spiel. *Warum zittert ihre Stimme?*

Er leckte sich die Lippen. »Gebt mir Wasser!«, nur ein heiseres Flüstern.

Als hätte sie auf nichts anderes gewartet, ergriff sie den Becher, der neben ihr stand. Mühsam versuchte er, sich auf den Ellbogen hochzustemmen – seine Hände waren festgebunden! Er riss an dem, was seine Handgelenke umschnürte, wand sie, um loszukommen, bleckte die Zähne.

»Nein! Nicht!« Ihre Hand legte sich über seine.

Schon diese kleine Anstrengung hatte ausgereicht, um ihn keuchen zu lassen. Das Gefühl der Hilflosigkeit drohte seinen Verstand zu lähmen. *Ruhig! Nur ruhig! – Bei allen Rachegeistern, ich bin schwach wie ein Neugeborenes. Was ist nur passiert?* »Was soll das? Warum bin ich gefesselt?« Er bereute es sofort, lauter gesprochen zu haben.

»Ihr habt im Fieberwahn getobt und um Euch geschlagen.« Scheinbar unbewusst hob sie die Fingerspitzen zu einem tiefen Kratzer auf ihrer Wange. *Bei allen … War ich das?* »Wir mussten Euch festbinden.«

»Wir?« Das Wort war nicht mehr als ein Bewegen der Lippen.

»Brachan und ich!« Sie schob den Arm unter seinen Nacken und setzte den Becher an seinen Mund, neigte ihn behutsam. Dankbar trank er, konnte aber nicht aufhören, seine Hände in den Fesseln zu winden. Er drehte den Kopf zur Seite. »Macht mich los! – Bitte!« Das Wort war zuletzt vor mehr als fünf Wintern über seine Lippen gekommen.

Der Becher wurde wieder an seinen Mund gehoben. »Trinkt! Anschließend binde ich Euch los. Versprochen!«

Er funkelte sie ärgerlich an, gönnte ihr einen Blick auf seine Eckzähne, ruckte an den Leinenstreifen. »Jetzt!«

»Trinkt!« Der Rand des Bechers neigte sich ein wenig mehr. Wasser berührte seine Lippen. Ein langes Zögern, dann tat er, was sie verlangte. Im Augenblick hatte er ihr nichts entgegenzusetzen. Kühle rann seine Kehle hinab, linderte den Schmerz und schwemmte den ranzigen Geschmack von seiner Zunge. Schließlich bettete sie ihn auf die weichen Polster zurück und löste die Leinenstreifen. Sanft rieben ihre Finger seine Handgelenke.

»Wie lange liege ich schon hier?« Er flüsterte nur. Vermutlich würde er in der nächsten Zeit jedes laute Wort mit mörderischen Schmerzen bezahlen müssen.

Sie sah auf. »Zwei Tage und zwei Nächte. Das ist die dritte Nacht.«

Ein scharfes Keuchen entrang sich seiner Kehle. »Und Ihr wart die ganze Zeit bei mir?«

»Brachan hat mich ein paar Mal abgelöst. Aber die meiste Zeit war ich hier, ja.« Ihre Hand legte sich für einen Moment auf seine Stirn. »Ihr hattet hohes Fieber und viel Blut verloren … – Ihr seid noch immer sehr schwach. Die Sonne geht erst in ein paar Stunden auf.« Sie schlug das Leintuch über seine Brust und zog dann eine warme Felldecke bis zu seinen Schultern. »Schlaft! – Ich bleibe bei Euch, direkt hier. Wenn Ihr etwas braucht oder Durst habt, müsst Ihr mir nur ein Zeichen geben.« Als Antwort brachte er ein leises Nicken zustande. Schon im Halbschlaf sah er, wie sie von einem Stuhl eine Decke nahm und auf dem Boden ausbreitete, dann war sie aus seinem Blickfeld verschwunden. Nur allmählich wurde ihm klar, was sie mit *›direkt hier‹* gemeint hatte. Mit einem Schlag war er wieder wach. »Heilerin! Lijanas!«

Ihr Kopf erschien über dem Bettrand. Alarmiert stand sie auf und beugte sich über ihn. »Was ist? Habt Ihr Schmerzen?«

»Ihr müsst nicht auf dem Boden schlafen! Dieses Bett ist breit genug für zwei!«

Sie riss die Augen auf. Ganz langsam kroch Röte über ihren Hals aufwärts. »Ihr seid krank …«, stotterte sie dann ein wenig hilflos.

»Aber nicht ansteckend, oder?« Das Kratzen in seinem Hals zwang ihn zum Husten.

Schnell schüttelte sie den Kopf.

»Also? Wo ist das Problem?«

»Es gehört sich nicht …«

»… dass Ihr bei mir schlaft? Wir haben uns bereits mehr als einmal meine Bettfelle geteilt!« *Und das Bett in Cavallin.*

»Das war etwas anderes!«, beharrte sie störrisch.

»Ach?«

»Ja! Da wart Ihr nicht nackt.«

Seine Braue hob sich. »Stopft eine der Decken zwischen uns.«

»Ihr habt wohl auf alles eine Antwort, Kjer?!«

»Meistens.« Das Kratzen in seinem Hals wurde immer schlimmer, ebenso wie der Wunsch, sich zu räuspern.

»Ich bleibe trotzdem auf dem Boden!«

Er sah sie an. Die Arme vor der Brust verschränkt, erwiderte sie seinen Blick.

»Also gut. – Wenn Ihr nicht zu mir ins Bett kommt, komme ich zu Euch auf den Boden.« Er krallte die Finger in die Decken, mühte sich auf einen Ellbogen.

»Was? Das ist doch verrückt! Ihr habt Fieber!« Es kostete sie keine Kraft, ihn zurückzudrücken.

»Entweder Ihr kommt zu mir oder ich komme zu Euch!« Sein Atem kam in schweren Stößen.

»Ihr erpresst mich schon wieder, Kjer!« Die Hände zu beiden Seiten seines Kopfes auf die Kissen gestützt, starrte sie böse auf ihn hinab, ohne zu ahnen, welchen Anblick sie bot.

»Kluges Mädchen!« Ihr Haar war herabgeglitten und strich über seine Schulter und den Arm. »Und? Kommt Ihr?«

»Habe ich eine andere Wahl, Kjer?«

»Nein!«

»Ihr seid ein sturer Mistkerl!« Sie klaubte die Decke vom Boden auf und schüttelte sie aus.

»Ich weiß.« Jetzt musste er doch husten. Sie stopfte die Felle behutsam um ihn herum fest – fast schien es, als wolle sie ihn damit erneut fesseln. Beinah hätte er gelacht, als sie dann tatsächlich eine Seite der Decke zu einem kleinen Wall zusammenschob, ehe sie sich neben ihn legte. Er hatte erwartet, dass sie ihm schmollend den Rücken zuwenden würde, das Gegenteil war der Fall.

»Zufrieden, Ihr elender Erpresser?« Vorsichtig grub sie sich neben ihn tiefer zwischen die Decken.

»Ja.« Sie lag so nah bei ihm, dass er ihre Wärme spüren konnte.

»Dann schlaft jetzt!« Einen kurzen Moment hatte es so ausgesehen, als wolle sie ihren Kopf auf seine Schulter betten – sie zog ein Kissen zu sich. Das Letzte, was er wahrnahm, war der Duft ihres Haares, ehe Schwäche und Fieber ihn in einen tiefen Schlaf zwangen.

Es waren die vertrauten Geräusche eines erwachenden Heerlagers, die ihn am Morgen langsam aus dem Schlaf auftauchen ließen. Es musste kurz vor Sonnenaufgang sein. Endlich war sein Zeitgefühl zurückgekehrt! Offenbar ging es ihm besser. Er fühlte sich erstaunlich ausgeruht. Gerade wollte er sich träge recken, als ein leises Atmen dicht an seinem Ohr ihn an die Frau in seinem Bett erinnerte. Sofort lag er wieder reglos, wandte dann langsam den Kopf. Ein kurzes Lächeln huschte über seinen Mund. Im Laufe der Nacht hatte sie sich an ihn geschmiegt. Ihr Kopf lag jetzt doch auf seiner Schulter, ihre Hand ruhte auf seiner Brust, als wolle sie seinen Atemzügen nachspüren. Sie hatte die Decken im Schlaf von sich geschoben, ein heller Schenkel streckte sich schlank über seine Beine, die Robe hatte sich halb geöffnet und war von ihrer Schulter gerutscht – silbrig weiß schimmerte die Haut im Licht der fast erloschenen Feuerbecken. Was waren das für dunkle Streifen auf ihrem Rücken? Er wollte den Kopf heben, um besser sehen zu können, doch ein leises, protestierendes Brummen hinderte ihn daran. Im Schlaf rieb sie ihre Wange an seiner nackten Schulter und ihr Arm schob sich weiter über seine Brust. Er hielt den Atem an. Wenn er sie nicht wecken wollte, musste er ganz ruhig liegen bleiben. – Und sie wecken war das Letzte, was er wollte. Vorsichtig schmiegte er die Wange gegen ihr Haar und schloss das Auge. Er würde jeden Herzschlag genießen, den das Schicksal ihm mit dieser Frau gönnte – auch wenn sie es niemals erfahren würde.

Tumult am Eingang des Zeltes weckte ihn einige Zeit später. Neben ihm regte sich die Heilerin. Er hörte ihr Keuchen, als sie endgültig erwachte und ihr klar wurde, welchen Anblick sie bot.

Es ging in den laut streitenden Stimmen beinah unter. Im ersten Moment erkannte er nur Brachan, doch dann wurde das Leder vor dem Eingang zur Seite gerissen und Jerdt stürmte herein – und blieb wie angefroren stehen.

Scheinbar ohne Eile zog Mordan die Decken über die junge Frau an seiner Seite, dann setzte er sich langsam auf, darum bemüht, Jerdt weder einen Blick auf den Verband um seine Brust zu gönnen noch ihn etwas von seiner Schwäche merken zu lassen. Atemzug um Atemzug starrten sie einander schweigend an. Jerdt sichtlich um Fassung bemüht, Mordan kalt und verächtlich.

Schließlich brach er das Schweigen. »Was willst du, Jerdt? Rede und dann verschwinde wieder! Du störst!«

Der würgte sichtlich an seiner Verblüffung und an seinem Zorn. Es gab nicht viele Männer, die es sich herausnehmen konnten, in diesem Ton mit ihm zu sprechen. Dass ausgerechnet er einer von ihnen war, musste in ihm die Galle kochen lassen.

»Du hast sie tatsächlich in dein Bett genommen!« Kaum dass die Worte heraus waren, schien Jerdt sie auch schon zu bereuen. Mordan sah kurz zu Brachan hin. Ein kaum merkliches Nicken des grauhaarigen Kriegers bestätigte seinen Verdacht. *Das wird ihr nicht gefallen*.

»Ich wüsste nicht, was dich das anginge! – Also? Was treibt dich am frühen Morgen in mein Zelt? Ich nehme nicht an, dass du nur Sehnsucht nach mir hattest.«

Mit sichtlicher Mühe gelang es Jerdt, den Blick von den Decken zu lösen, unter denen noch einige Strähnen in der Farbe von Mitternachtsfeuer hervorlugten. »Es geht das Gerücht, dass du verletzt bist. Ich war in Sorge und wollte …«

Lachend schnitt Mordan ihm das Wort ab. »Du warst in Sorge? – Wie rührend! Du siehst mich den Tränen nahe! – Aber ganz offensichtlich geht es mir gut!« Seine Hand legte sich besitzergreifend auf die Decken, dort, wo die Hüfte der jungen Frau zu erahnen war. Er spürte, wie sie unter der Berührung starr wurde. »Oder glaubst du, sie würde bei mir liegen, wenn es anders wäre?«

»Nein, natürlich nicht.« Jerdts Augen musterten ihn scharf. »Verzeih, dass ich dich gestört habe.« Schon halb im Gehen drehte er sich noch einmal um. Plötzlich glitt ein Lächeln über seine Züge. »Hat sie dein Bett wenigstens zu deiner Zufriedenheit gewärmt?«, erkundigte er sich jetzt in Nivard.

Das Zucken unter Mordans Hand verhieß nichts Gutes. »Das geht dich nichts an! Findest du nicht auch?« Er verstärkte seinen Griff unmerklich.

»Ich dachte, wir teilen die kleinen Vergnügen miteinander, Bruder?«

»Irgendwie ist mir das bisher noch nicht aufgefallen, *Bruder.*« Er nickte Brachan zu. »Heerführer Jerdt möchte gehen, Legat!«

»Jawohl, Heerführer!« Der grauhaarige Krieger schlug die Faust gegen die Brust und zog das Leder vor dem Eingang des Zeltes beiseite.

»Wir sehen uns noch!« Das Lächeln, das Jerdt ihm zuwarf, bevor er endlich ging, hätte eine Echse augenblicklich in den Winterschlaf befördert. Das Leder fiel vor den Eingang.

»Es wird sich wohl nicht vermeiden lassen«, murmelte Mordan nach einem tiefen Atemzug und bedeutete Brachan, dass auch er gehen konnte. Sosehr er dem alten Krieger vertraute, er musste nicht unbedingt Zeuge dessen werden, was ihm jetzt bevorstand. Unter seinen Fingern war es still – zu still! Er wappnete sich für das Schlimmste, zählte langsam bis zehn und nahm die Hand fort. Sie schoss zwischen den Decken hervor wie eine gereizte Felsschlange aus einem Steinspalt. »Und? Was meint Ihr? Habe ich Euer Bett zu Eurer Zufriedenheit gewärmt? – Oh, Ihr … Ihr … Ihr widerliches Schwein!«

»Lijanas, hört mich an!«

»Erstickt dran!« Sie schleuderte ihm die Felle ins Gesicht. »Ich hätte Euch krepieren lassen sollen!«

Fluchend kämpfte er gegen die Deckenmassen. »So lasst mich doch erklären …« Die Art, wie sich das Bett unter ihm bewegte, sagte ihm, dass sie aufstehen wollte. »Verdammt, merkt Ihr denn nicht, dass Ihr genau so reagiert, wie Jerdt es beabsichtigt hat?

Warum sonst sollte er ausgerechnet das in Eurer Sprache gesagt haben? Wartet, zum Donner…« Durch einen Spalt sah er schwarze Seide blitzen, griff danach und riss daran. Es ratschte vernehmlich. Mit einem empörten Schrei fiel sie rücklings über ihn, unbeabsichtigt zielsicher fand ihr Ellbogen seine Wunde, ließ ihn nach Luft ringen, während ihr Rücken gegen seine Brust stieß. Ein zweiter Schrei drang aus ihrer Kehle, dann sackte sie wimmernd neben ihm auf das Bett. Als der Schmerz ihn wieder Atmen ließ und er endlich die Decken losgeworden war, versuchte sie gerade aufzustehen. Die zerrissene Robe war von ihrer Schulter geglitten …

»Bei allen Rachegeistern!« Einen endlosen Moment konnte er nicht fassen, was er sah. Ungeschickt zog sie die Seide wieder über ihren Rücken, stieß sich vom Bettrahmen ab – er erwischte sie gerade noch am Handgelenk.

»Lasst mich los!« Ihre Stimme klang flach.

»Wer hat Euch das angetan?«

Ein Ruck, und sie hatte sich befreit. Mühsam setzte er sich weiter auf, ignorierte das Schwirren in seinem Kopf. Wenn er sich vorbeugte, konnte er sie noch erreichen. Er verlor das Gleichgewicht und landete auf Händen und Knien. Zwischen seinen Rippen brannte ein Feuer. Die Arme um sich geschlungen, kehrte sie ihm weiter den Rücken zu. Schwerfällig stemmte er sich am Bett in die Höhe, fühlte sich wie ein altersschwacher Greis. Schwindelig trat er hinter sie, musste sich an der Stuhllehne festklammern, um aufrecht stehen zu können. Äußerst behutsam streifte er die Robe von ihren Schultern, strich ihr Haar beiseite und besah sich ihren Rücken.

»Nicht!« Ein Schaudern rann über ihre Glieder.

»Schsch! Ich werde Euch nicht wehtun, Lijanas! – Sagt mir, wer Euch das angetan hat!« *Das müssen mehr als zehn Schläge gewesen sein.*

»Jerdt hat es befohlen.«

Er ist tot! »Warum?«

»Ich habe versucht, Ahmeer und seine Männer zu befreien.«

Allein der Umstand, dass sie das gewagt hat, muss ein schwerer Schlag für Jerdts Stolz gewesen sein. Um ein Haar wäre er gedemütigt worden – ausgerechnet von einer Frau. – Er hat es also geschafft, Prinz Ahmeer in die Hände zu bekommen. Eine wertvolle Geisel! Haffren wird Jerdt jeden Wunsch erfüllen – ausnahmslos.

»Er sagte, ich müsste unberührt nach Turas gebracht werden. So lautete der Befehl.« Sie sprach leise weiter. Ihr Blick schien ins Leere zu gehen. »Nur deshalb würde er mich nicht seinen Männern überlassen. Er fand es bedauerlich, dass er mich nicht auf diese Weise bestrafen konnte. Stattdessen wurden Ahmeer und ich ausgepeitscht.«

»Wie viele Schläge ließ er Euch geben?«

»Fünfzehn.«

Fünfzehn Schläge! Bei allen Rachegeistern. – Und dann sitzt sie Tage und Nächte an meinem Bett. Sacht berührte er sie am Arm. »Er wird für jeden Schlag büßen! Hundertfach!« Der Boden wollte nicht aufhören, unter ihm zu wanken. Schwer sank er auf den Stuhl, bevor seine Beine endgültig unter ihm nachgaben. Ihr scharfes Atemholen ließ ihn den Kopf heben. Sie hatte sich umgedreht. Er begegnete ihrem Blick – und im selben Herzschlag begriff er, dass er außer dem Verband um die Rippen nichts am Leib trug. Seine Arme und Beine überzogen sich mit einer Gänsehaut, sein Fell richtete sich auf, plötzlich war sein Mund trocken.

»Ihr friert! Wahrscheinlich habt Ihr noch immer Fieber. Ihr solltet Euch wieder hinlegen, ehe es weiter steigt!« Sie hielt die Augen starr auf sein Gesicht gerichtet.

Frieren? Nein! Eher das Gegenteil! »Gebt mir den Mantel von dem anderen Stuhl!« Er erntete ein kurzes Stirnrunzeln, doch sie legte ihm den warmen Stoff sogar um die Schultern. Mit einem Nicken zog er ihn enger um sich.

»Ihr gehört ins Bett!«, betonte sie noch einmal.

Mordan winkte ab. »Welcher der Männer hat Euch ausgepeitscht?«

»Woher wisst Ihr, dass Jerdt mich nicht selbst ausgepeitscht hat?« In ihrer Stimme war ein Beben.

»Weil Ihr eine Frau seid.« Etwas mühsam hob er den Krug vom Tisch neben sich – und stellte ihn zurück, als er die schwarze Lederklappe gewahrte, die bei einigen Stücken Seide lag. Er nahm sie zur Hand und berührte das, was über seinem Auge war. Leinen und darunter Seide. Fragend sah er die Heilerin an.

»Ich habe sie Euch abgenommen, damit ich Euer Gesicht besser kühlen konnte; ich wollte es Euch etwas bequemer machen … – Euer Auge, es könnte heilen!« Für einen kurzen Moment weitete sich sein Blick – *Wieder richtig sehen können? Nicht mehr länger ein halber Krüppel sein, der in einer Schlacht einen Mann neben sich braucht, der seine blinde Seite deckt? Keine Schmerzen mehr? – Nein! Auch sie kann keine Wunder vollbringen.* – Verächtlich schnaubte er. »Versucht nicht, mir falsche Hoffnungen zu machen. Ich habe mich damit abgefunden, so, wie es ist. Daran wird sich nichts mehr ändern!«

Er wandte das Gesicht ab, entfernte die Seide und streifte die Lederklappe über.

»Aber …«

»Nein! – Kein Wort mehr davon!« Achtlos warf er Seide und Leinen auf den Tisch, nahm den Krug erneut auf, goss Wasser in eine Tonschale, die zwischen mehreren Tiegeln stand, und ergriff eines der kleinen Leinentücher, die dabeilagen. Mit einem Ausdruck von Verzweiflung blickte sie ihn an. Er ignorierte es. »Nehmt Euch den anderen Stuhl und setzt Euch so vor mich, dass ich Euren Rücken erreichen kann!«

»Was habt Ihr vor?« Ihre Hände sanken herab. Offenbar hatte sie endlich begriffen, dass es Dinge gab, bei denen sie besser nicht mit ihm stritt.

»Euch den Rücken mit kaltem Wasser abtupfen! Es lindert den Schmerz! – Ich werde sehr vorsichtig sein, versprochen!«

Erneut wurde er mit einem Stirnrunzeln bedacht. Doch dann gehorchte sie, ließ sich auf dem Sitz ein wenig seitwärts nieder und hielt still, als er die Robe von ihren Schultern streifte und ihren Rücken bis zu ihrer Mitte freilegte. Er wrang das Tuch über der Schüssel aus und machte sich behutsam an die Arbeit. »Welcher der Männer war es, der Euch ausgepeitscht hat? Könnt Ihr ihn mir beschreiben?« In seinem Kopf ließ das Schwindelgefühl allmählich nach.

»Nein, ich … ich war so durcheinander …«

»Würdet Ihr ihn wiedererkennen?«

»Vielleicht.«

»Wenn Ihr ihn im Lager seht, will ich, dass Ihr ihn mir zeigt! Verstanden?«

Sie nickte leicht, einige Strähnen rutschten über ihre Schulter und über seine Hände. Er hob sie beiseite.

»Was werdet Ihr mit diesem Mann tun?«

Ihm das Fleisch Unze für Unze von den Knochen schneiden. »Darum sorgt Euch nicht, Lijanas. Zeigt ihn mir und dann verschwendet keinen Gedanken mehr an ihn.«

»Ihr werdet ihn töten!«

»Ja!« *Irgendwann. Einen Mann zu foltern, der den Schmerz nicht mehr spürt, ist verschwendete Zeit.*

Ihre Schultern strafften sich. »Ich werde ihn Euch nicht zeigen!«

Seine Hände verharrten in der Bewegung. »Was? – Warum?«

»Weil ich nicht will, dass Ihr ihn tötet. Es war Jerdts Befehl, den er ausgeführt hat …«

»Wie Ihr wollt. Dann werde ich Jerdt zur Rechenschaft ziehen!« *Das hätte ich ohnehin getan, kleiner Vogel.*

»Könnt Ihr das denn?«

»Offiziell? Nein! – Aber ich werde einen Weg finden!«

»Dann ist es gut!« Der Ton in ihrer Stimme ließ ihn aufhorchen.

»Lijanas, seht mich an!« Langsam drehte sie sich zu ihm um. Die Hände hielt sie vor der Brust in die Robe geballt. Fell quoll dunkel zwischen ihren Fingern hervor. »Was hat er Euch noch angetan? Sagt es mir!«

Ihr Blick floh seinen. Er legte das Tuch beiseite und nahm ihr Gesicht behutsam in die Hände. »Erinnern kann wehtun, Lijanas, ich weiß das. Aber es ist bereits geschehen! Man kann es nicht mehr ändern! Also lasst Euch nicht davon quälen. – Sagt mir, was er getan hat und dann vergesst es, denn von diesem Augenblick wird es meine Angelegenheit sein!«

Lange Zeit sagte sie gar nichts, ihre Atemzüge kamen langsam und gleichzeitig seltsam flach. Dann begann sie zu sprechen, leise, nicht mehr als flüsternd. Die Worte beschworen die Bilder in seiner Erinnerung. Er glaubte, vor Wut zu ersticken. *Lijanas auf einem Schimmel, die Kleider bis zur Mitte heruntergerissen, den Blicken der Krieger preisgegeben. – Ich spann ihn an seiner Haut zwischen zwei Bäume und weide ihn bei lebendigem Leibe aus!* Abrupt stand er auf und ging zum Zelteingang, zog das Leder beiseite, sog tief die Luft ein. Der Boden unter seinen Füßen bewegte sich sacht. Er hielt sich an der Zeltwand fest und presste die Stirn gegen den Handrücken.

»Heerführer?«

Schnell blickte er auf. Die beiden Zeltwachen hatten sich umgedreht, sahen ihn aufmerksam an. »Alles in Ordnung, Heerführer?«

»Ja, Mailen, alles in Ordnung.« Beiläufig zog er den Mantel enger um sich. »Die Feuerbecken müssen neu angezündet werden. Holz fehlt. Lass ein ordentliches Mahl in mein Zelt bringen – und heißes Wasser zum Waschen! Finde heraus, ob es unter den Unfreien eine Frau oder ein Mädchen gibt, die schon einmal eine Dame bedient hat. Wenn ja, lass sie säubern und schick sie in mein Zelt.«

»Hören ist gehorchen, Heerführer!« Der Krieger schlug die Faust gegen die Brust. Mordan trat zurück und ließ das Leder wieder vor den Eingang fallen.

Einen Moment lang stand er still, die kühle Luft hatte geholfen, seinen Zorn zu besänftigen. Schweigend sah die Heilerin ihn an. Nachdenklich erwiderte er ihren Blick. *Ich konnte mich nicht daran erinnern. Verdammte Hagdornblätter! Ich muss mich mit dem Zeug ziemlich verschätzt haben. Was habe ich noch vergessen? Was?* Der Atem stockte ihm. *Der Strick in seiner Faust, jener Strick, der ihre Hände fesselte … – Bei allen Rachegeistern …* »Ihr müsst mich für ein entsetzliches Vieh halten«, stieß er bitter hervor.

Ihre Augen schauten ihn verwirrt an.

»Als ich Euch Jerdt fortnahm, da …« Er suchte nach Worten.

Begreifen zeigte sich in ihrem Blick. »Der Saft der Hagdornblätter hatte Euch verrückt gemacht …«

»Das ist keine Entschuldigung.« Heftig fuhr er sich mit den Fingern durch den wirren schwarzen Schopf, blieb in einigen Knoten hängen, verhinderte im letzten Moment, dass der Mantel von seinen Schultern rutschte. Er machte einen Schritt auf sie zu, blieb dann aber wieder stehen. »Lijanas, habe ich noch irgendetwas …«

»Nein! Ihr wolltet mir den Hals umdrehen – glaube ich.« Sein entsetztes Keuchen entlockte ihr ein Lächeln. »Aber ehe Ihr Euer Vorhaben in die Tat umsetzen konntet, seid Ihr bewusstlos zusammengebrochen.«

»Und die Schramme?« Er wies auf ihre Wange.

»Das ist passiert, als Ihr im Fieberwahn um Euch geschlagen habt. Ich konnte Eurer Hand nicht schnell genug ausweichen und da habt Ihr mich mit Eurem Ring gestreift. Euch trifft keine Schuld.«

»Das ändert nichts …«

»Sagtet Ihr nicht vorhin, dass man Vergangenes nicht ungeschehen machen könnte?« Sie schlang fröstelnd die Arme um sich.

Er nahm eine der Decken vom Bett, trat wieder hinter ihren Stuhl und legte den weichen Pelz vorsichtig über ihre Schultern. »Die Feuerbecken werden gleich neu angezündet. Ich habe befohlen, heißes Wasser zu bringen …«

Ihre Wange schmiegte sich in das feine schwarze Feh. »Heißes Wasser …«, seufzte sie leise und genüsslich, mit träumerisch geschlossenen Augen.

Er musste den Blick mit Gewalt von ihr losreißen, kehrte ihr den Rücken, ging hinüber zu einer seiner Truhen und klappte sie auf. Nach einem Moment des Suchens förderte er ein paar lederne Hosen und eine schwarze Tunika zutage.

»Was tut Ihr da?«

Überrascht drehte er sich noch in der Hocke um. Ihre grünen Augen blickten ihn alarmiert an. »Mich anziehen.«

»Ihr … Was? Ihr seid noch viel zu schwach, um aufzustehen! Wenn Ihr Euch nicht ausruht, werdet Ihr …«

»Soll ich weiterhin nackt gehen? Dieser Mantel ist zwar warm, aber ein bisschen unpraktisch.«

Er streifte zuerst die Lendenhose über und stieg dann in die Hose aus weichem, schwarzem Leder. Nachdem er die Hosenschnüre zugeknüpft hatte, warf er den Mantel wieder über den Stuhl. Die Tunika landete obenauf.

Sie saß sehr still, beobachtete, wie er sich durch das Zelt bewegte. Um Strümpfe und Stiefel anzuziehen, musste er sich an einen der Seitenpfosten lehnen. Ärgerlich verfluchte er seine Schwäche und das leise Schwindelgefühl, das noch immer hinter seiner Stirn nistete. Das gleichmäßige Klingen eines Schmiedehammers auf Eisen drang von draußen herein. Jemand brüllte einen Befehl, mehrere Stimmen antworteten. Er trat an den Tisch, besah sich das Sammelsurium von Tiegeln, Tüchern und Tonschalen darauf, während er noch überlegte, ob er sich jetzt gleich mit kaltem Wasser rasieren und waschen wollte oder ob er damit wartete, bis die Unfreien mit dem heißen Wasser kamen. Mit den Fingern fuhr er sich übers Kinn. Bartstoppeln kratzten unangenehm. *Jetzt gleich!* Seine Satteltaschen lagen beim Zelteingang. Er holte Rasiermesser und Seife heraus, dann kehrte er zum Tisch zurück, griff nach dem Wasserkrug.

»Was hat der Umstand, dass ich eine Frau bin, damit zu tun, dass Jerdt nur Ahmeer ausgepeitscht und mich einem seiner Männer überlassen hat?«, fragte sie unvermittelt. Ihre Worte klangen unerwartet laut und ließen ihn aufblicken. Seine Hand verharrte auf halbem Weg. Einen Augenblick zögerte er, dann hob er die Schultern. »Jerdt sieht – wenn es um so etwas geht – bei Frauen lieber zu. Nur bei Männern legt er diesbezüglich selbst Hand an. Wie sagt er? Ach ja: Er will es spüren, wenn das Leder in die Haut seines Opfers schneidet. Es entsteht dabei seiner Meinung nach ›eine besondere Verbindung‹ über die Peitschenschnur.« Er goss einen Teil des restlichen Wassers aus dem Krug in eine unbenutzte Schüssel und seifte sich Kinn, Wangen und Hals ein.

»Und warum nur bei Männern?«

Prüfend strich er mit dem Daumen über die Klinge des Rasiermessers, ehe er es langsam über seine Kehle aufwärtsführte. »Sagen wir: Jerdt hat eine ganz besondere Beziehung zu Männern. Oder ist Euch nicht aufgefallen, dass er *Euch* niemals mit der bloßen Hand angefasst hat?«

Ihre Augen wurden vor Erstaunen groß. »Ihr meint, er ist …?« Obwohl sie den Satz nicht beendete, ließ ihr Tonfall doch keinen Zweifel daran, was sie meinte.

Er strich den Seifenschaum von dem Messer ab. »Ein oder zwei Mal habe ich auch schon erlebt, dass er eine der Trosshuren in sein Zelt gerufen hat. Aber ich weiß, dass er Männer vorzieht.«

»Woher wisst Ihr das? Er ist ein Krieger!«

»Gerüchte!« *Leider nicht nur daher.* »Oder glaubt Ihr, es gibt kein Gerede, wenn ein Mann sich zwei junge, gut gebaute Unfreie in seinem Zelt hält?« Das Messer verharrte unter seinem Ohr. »Und was heißt: ›Er ist ein Krieger‹? – Ich kenne einige gute Männer, Krieger, die schon so manchen das Fürchten gelehrt haben, die nachts keine *Frau* in ihr Bett nehmen. – So ungewöhnlich ist das nicht, dass ein Mann sich zu einem Mann legt. Vor allem nicht beim Heer, wo knapp zweitausend Kerle auf zehn oder fünfzehn Huren kommen.«

»Und Ihr?«

»Was ›und Ihr‹?«

»Habt Ihr Euch auch schon zu einem Mann gelegt?«

Mit einem Fluch presste er die Finger auf den Schnitt, den er sich eben am Kinn zugefügt hatte. *So hätte ich das nicht genannt.* »Fragt meine Männer. Ich halte mir keine zweibeinigen Spielzeuge und rufe gewöhnlich auch nur Trosshuren in mein Zelt.«

»Diese dunkelblonde Frau mit den rot bemalten Händen?«

Neugierde, dein Name ist Weib. »Vajna? – Zum Beispiel.« Er wischte sich die Hand an einem Tuch ab und machte weiter.

»Was wird Jerdt mit Ahmeer tun?«

»Er wird ihn nach Turas bringen. Als Rusans einziger männlicher Verwandter und Erbe ist der Prinz eine äußerst wertvolle Geisel.«

»Das meinte ich nicht!«

»Ihr wollt wissen, ob Jerdt davor zurückschreckt, einem Mann Gewalt anzutun? – Nein!«

Sie zog die Schultern hoch. »Woher wisst Ihr das?«

Erfahrung. »Ich kenne Jerdt lange genug. – Allerdings weiß ich nicht, ob er sich auch an einer Geisel vergreifen und es riskieren würde, dass der König davon erfährt. Auch wenn er bei Haffren in Gunst steht und Ahmeer nur ein Nivard ist.«

»Könnt Ihr nicht auch Ahmeer von ihm fordern?«

»Nein!«

»Nein?« Sie klammerte die Hände um die Tischkante. »Aber …«

»Nein, Lijanas! Es gibt ein paar Regeln, an die auch ich mich halten muss. Euch konnte ich von Jerdt ›fordern‹, weil ich den Befehl habe, Euch nach Turas zu bringen. Um es klar zu sagen: Ihr seid meine Gefangene! Ihr *gehört* mir! Jerdt hätte deshalb gegen – nennen wir es einen Ehrenkodex – verstoßen, wenn er Euch nicht herausgegeben hätte. Aber ich kann nicht von ihm verlangen, dass er mir einen Gefangenen überlässt, der tatsächlich ihm gehört.« Er wischte sich die Seifenreste aus dem Gesicht. Die Verzweiflung in ihren Augen versetzte ihm einen Stich. *Was bedeutet Prinz Ahmeer für dich, kleiner Vogel?*

»Was kann er mit Ahmeer tun?«

Alles, außer ihn töten. »Lijanas …«

»Sagt es mir!«

Mordan seufzte, warf das Tuch beiseite und nahm die Schüssel auf, um das Wasser fortzuschütten. Für einen kurzen Moment verstärkte sich das Schwindelgefühl wieder. »Ich sagte Euch schon, Prinz Ahmeer ist eine wertvolle Geisel – und Jerdt hat ihn bereits auspeitschen lassen. Er kann es nicht riskieren, dass der Prinz Wundfieber bekommt und stirbt. Deshalb wird er sich zurückhalten.« *Aber was auch immer Jerdt tut, du wirst von all dem nichts erfahren, weil wir nämlich so bald wie möglich wieder von hier verschwinden. Das Erntefest rückt immer näher – mir bleibt kaum noch Zeit, um dich rechtzeitig nach Turas zu bringen.* Er trat in die Ecke neben dem Eingang des Zeltes und kippte das Seifenwasser in den Eimer, der dort zu diesem Zweck bereitstand. *Ihr Rachegeister, ich habe durch dieses seelenverfluchte Fieber mehr als drei Tage verloren und vermutlich wird es mich noch mindestens einen weiteren Tag kosten. – Von hier zu Kassens Klamm und zurück nach Turas … Verdammt, die Zeit wird knapp!* Mehr aus Gewohnheit denn Notwendigkeit hob er die Zeltklappe ein winziges Stück und spähte kurz durch den Spalt. Ein feiner Nieselregen hatte eingesetzt und verwandelte den Boden langsam in Schlamm. Ein Luftzug traf kalt seinen nackten Oberkörper und ließ ihn schaudern. Rasch ließ er das Leder an seinen Platz zurückfallen, kehrte zum Tisch zurück, stellte die Schale wieder darauf und goss den Rest Wasser in sie. Eine kurze Zeit gelang es ihm, den Blick der Heilerin zu ignorieren, während er sich wusch. Das unausgesprochene »Bitte!« stand deutlich in ihren Augen – schließlich ertrug er es nicht mehr und schüttelte den Kopf. »Ich kann nichts für Prinz Ahmeer tun«, beschied er ihr heftig, trocknete sich ab und warf das Tuch unwirsch auf den Tisch zurück. Ihr Kopf sank herab. *Verdammt! Sie so anzufahren, wäre nicht nötig gewesen.* Dann fiel ihm ein, warum Jerdt sie hatte auspeitschen lassen. Er umrundete den Tisch und beugte sich über sie. »Und lasst Euch nicht einfallen, ihn noch einmal befreien zu wollen. Wir befinden uns in einem Heerlager. Gefangene werden gut bewacht, denn nach dem Gesetz werden die Männer wegen Versagens im Dienst hingerichtet, die zum Zeitpunkt der Flucht Wache hatten. Ihr würdet gefasst werden! – Habt Ihr verstanden?« Er wartete ihr Nicken ab, dann streifte er die Tunika über, die er zuvor über den Stuhl geworfen hatte, und begab sich auf die Suche nach seinem Wams. *Saustall! Jarat hätte mir die Haut in Streifen abgezogen, wenn … Ha! Wer sagt's denn!* Das Kleidungsstück lag – vom Blut gereinigt – halb verborgen von seinem Schild über dem Waffenbock. Er fuhr in die weichen Ärmel und band die Lederriemen, die dafür sorgten, dass es an den

Unterarmen eng anlag und die schändlichen Narben an seinen Handgelenken verbarg.

»Ihr hattet nie vor, Euch nur anzuziehen, damit Ihr nicht mehr nackt seid, nicht wahr?« Ihr Tonfall ließ ihn schuldbewusst aufsehen.

»Ihr habt recht«, gestand er nach einem Zögern.

»Ihr seid noch nicht wieder kräftig genug, um längere Zeit auf den Beinen zu bleiben. Ihr habt noch immer Fieber!«

»Glaubt mir, Lijanas, ich würde nichts lieber tun, als wieder in dieses Bett zu kriechen und mich Eurer Fürsorge überlassen. – Aber ich kann nicht. Nachdem Jerdt hier war, muss ich mich im Lager zeigen. – Ein oder zwei Stunden, dann bin ich wieder zurück. Es wird mich schon nicht umbringen.«

Sie schwieg. *Verflucht! Kann das jede Frau, einen Mann mit nichts als Schweigen dazu bringen, dass er sich wie ein widerwärtiger Schuft fühlt?*

»Meine Männer erwarten das von mir, Lijanas! Tue ich es nicht, wird Gerede aufkommen. Und das will ich nicht.« *Seit wann muss ich mich vor ihr rechtfertigen?*

»Eure Männer …«

»Ja, meine Männer. Sie erwarten, dass ihr Heerführer sich im Lager zeigt, wenn er wieder da ist, und sich ihre Probleme und Beschwerden anhört.« Er knotete die Bänder des Wamses vor seiner Brust. Der seltsame Blick, mit dem sie ihn beobachtete, ließ ihn die Stirn runzeln. Einen Moment wartete er, dass sie noch etwas sagen würde, doch als sie weiter schwieg, bückte er sich und nahm einen reich mit Silber verzierten Gürtel aus der Truhe.

»Hättet Ihr es mir irgendwann gesagt?«

Ihre leisen Worte ließen ihn innehalten. »Was gesagt?«

»Dass Ihr der seid, den man den Blutwolf nennt.«

Er stand mehrere Augenblicke völlig reglos, der Atem schien in seiner Brust gefroren zu sein. Er musste die Hände zu Fäusten schließen, um zu verhindern, dass sie zitterten. Dann sah er sie an. »Ich weiß es nicht.« *Ich hatte Angst, du könntest mich verabscheuen, kleiner Vogel. – Ich kann alles ertragen, aber das … Nein, dazu müsste ich stärker sein, als ich bin!* »Ist es so wichtig für Euch?«

Sie saß still auf ihrem Stuhl, die Hände im Schoß verschränkt, das Haar floss über ihre Schultern und glänzte geheimnisvoll. In ihren Augen hätte er ertrinken können. »Erzählt mir von Sajidarrah und Tejidannar!«

Nein! Der Gürtel entglitt seinen plötzlich gefühllosen Fingern, landete mit dem leisen Klirren von Silber zu seinen Füßen.

»Lijanas …« Es war, als hätte ihm jemand einen Strick um den Hals gelegt und zugezogen. *Nicht das! Bitte nicht!*

»Erzählt mir davon!«

Er zwang sich, Luft zu holen. »Es gibt nichts zu erzählen! – Die Nivard hatten zwei Mondläufe zuvor zwei Städte nahe der Corn-Mündung, die wir drei Winter lang gehalten hatten, für kurze Zeit zurückerobert. Sajidarrah und Tejidannar waren Vergeltungsschläge.« Wie sehr er sich dafür hasste, dass seine Stimme vollkommen ruhig und unbeteiligt klang.

»Vergeltungsschläge?« Sie sprach das Wort mit einem Schaudern aus.

»Vergeltungsschläge, ja. Beide Städte hatten das Nivard-Heer mit Lebensmitteln und anderen Dingen unterstützt. Dafür sollten sie büßen.« Plötzlich konnte er ihren Blick nicht mehr ertragen. Er bückte sich nach dem Gürtel.

»Menschen mussten ihr Leben lassen, nur weil sie andere *unterstützt* hatten?« Ganz langsam schüttelte sie den Kopf, zögerte, dann: »Ist es wahr, dass Ihr … dass Ihr …« Die Worte wollten nicht über ihre Lippen, dennoch wusste er, was sie meinte.

»Lijanas …« *Frag nicht danach, kleiner Vogel! Tu das nicht!*

»Ist es wahr?«

»Ja.« Etwas in ihm schmerzte, als habe ihm jemand ein Schwert in die Eingeweide gerammt.

»Warum?«

Seine Finger strichen über die silbernen Plättchen, die das Leder in seiner Hand bedeckten. »Zur Abschreckung. – Tejidannar sollte ich dem Erdboden gleichmachen. Nur verbrannte Erde durfte zurückbleiben, die Brunnen mussten unbrauchbar gemacht werden. Und Sajidarrah … Die eine Hälfte der Bürger sollte auf dem Scheiterhaufen sterben, die andere nach Turas gebracht werden, um dort als Unfreie ihr Leben zu beenden. – So lautete der Befehl meines Königs.« Er schloss die Hand so fest um den Gürtel, dass das Silber in seine Handfläche biss, kämpfte die Erinnerung nieder. Noch Tage später hatte er die Feuer gesehen, wenn er das Auge schloss. Im Schlaf hatten ihn die Schreie verfolgt. Als er den Befehl gegeben hatte, Tejidannar und alle Felder, Weiden und Wälder im Umkreis niederzubrennen, hatte er damit gerechnet, dass der gleiche beißende Geruch nach Tod aus den Flammen aufsteigen würde wie aus den Feuern von Sajidarrah. Dabei hatte er gewusst, dass die Bewohner Tejidannars von seinen Männern auf einem kahlen Hügel außerhalb der Mauern zusammengetrieben worden waren, um zuzusehen, wie ihre Stadt im Feuer starb.

Aus Tagen waren Wochen geworden, in denen er es kaum wagte zu schlafen, aus Angst vor den Albträumen, und die wenigen Stunden, die sein Körper ihm abverlangte, brachten ihm keine Erholung. – Schließlich hatte er es nur noch mit weißem Cujan ertragen. Es war Brachan gewesen, der ihn irgendwann in eine kleine Berghütte weit im Norden geschleppt und ihn dort gezwungen hatte sich seinen Dämonen zu stellen.

Beinah zwei Mondläufe hatten sie in der Einsamkeit der Berge zugebracht. Vieles davon war im Fieberwahn verloren gegangen. Er erinnerte sich daran, einige Male in einem kalten Felsenkeller auf einem Lager aus Heu und Wolldecken aufgewacht zu sein, am ganzen Körper unkontrolliert zitternd, von Krämpfen geplagt, die sein Inneres nach außen kehrten. Halb verrückt vor Schmerz hatte er geschrien und getobt, geflucht und gedroht, ja sogar geschmeichelt, damit Brachan ihm nur ein einziges Gran Cujan gab, um ihm ein wenig Linderung zu verschaffen. Der alte Krieger hatte kein Erbarmen gezeigt und ihn erst aus seinem steinernen Verlies herausgeholt, als er kaum noch Kraft hatte und ein bösartiger Husten drohte, sich in seiner Brust festzusetzen. An Händen und Füßen gebunden, hatte er dann auf einem Strohsack vor einer gemauerten Kaminstelle gelegen, in der ein helles Feuer prasselte, das den Raum mit dem Duft nach Harz und Kräutern füllte. Die Wärme hatte allmählich das Eis aus seinen Gliedern vertrieben und die Krämpfe schüttelten seinen Körper immer seltener, während Brachan neben ihm saß und leise mit ihm sprach oder ihm die Legenden der Berge erzählte, um seinen gequälten, unruhigen Geist abzulenken.

Irgendwann war es vorbei gewesen. Als seine Kräfte langsam zurückkehrten, waren sie oft in die Felsen hinaufgestiegen. Stundenlang hatten sie die wilden Falken beobachtet oder den Berggämsen bei ihren halsbrecherischen Kletterpartien zugesehen. Brachan hatte ihm gezeigt, wie man in den eiskalten Gebirgsbächen Fische mit der bloßen Hand fing. Ein paar Wochen hatte er den Frieden genossen.

Dann war Corfar gekommen und hatte ihm die Nachricht überbracht, dass Haffren ihn umgehend nach Turas beorderte. Offenbar hatte jemand das Gerücht verbreitet, er sei abtrünnig geworden und habe dem Heer den Rücken gekehrt. Er hatte sich auf sein Pferd geschwungen und war in die Ebenen hinuntergeritten, ohne sich noch einmal nach der kleinen Hütte umzudrehen.

Plötzlich wurde ihm die Stille im Zelt bewusst. Rasch hob er den Blick. Sie schaute ihn immer noch unverwandt an, Unglauben in den Augen.

»Es war ein Befehl!« *Was nichts daran ändert, dass ich Hunderte ins Feuer schleppen ließ.*

»Und Ihr tut, was auch immer man Euch befiehlt?« Entsetzen klang aus ihren Worten.

»Ich bin Soldat! Ich muss den Befehlen meines Herrn gehorchen.«

»Aber Ihr seid ein Heerführer …« Voller Unverständnis schüttelte sie den Kopf.

»Das ändert nichts daran! Auch ich habe die Befehle, die man mir gibt, zu befolgen. – Und meine Befehle bezüglich Sajidarrah und Tejidannar waren eindeutig. Ich hatte keine Wahl!«

»Man hat immer eine Wahl!«

»Nein, Lijanas, Ihr irrt Euch. Ein Krieger ist seinem Herrn zu bedingungslosem Gehorsam verpflichtet. Das ist Gesetz! Verweigert er einen Befehl, verliert er seine Ehre und sein Leben.«

Einen Augenblick sah sie ihn schweigend an. »Und wenn Euer Herr Euch befehlen würde, Euch selbst zu töten?«, fragte sie dann leise.

»Dann wäre es meine Pflicht, zu tun, was er befiehlt!«

»Und wenn er Euch befiehlt, mich zu töten?« Ihre Hände waren in den Stoff der Robe gekrallt.

»Lijanas ...«

»Was, wenn Euer Herr Euch befiehlt, mich zu töten? Werdet Ihr den Befehl auch ausführen?« Ihr Blick hielt seinen fest. Mordan schluckte hilflos. *Wenn Haffren es mir befiehlt, muss ich es tun! Ich könnte es nicht! Mich selbst – ja! Dich – nein! Mein Leben ist deines, kleiner Vogel! Ich würde sterben, um dich zu schützen. Aber es wäre sinnlos. Verweigere ich den Befehl, wird ein anderer ihn ausführen; einer, der es vielleicht langsam tut. Ich würde sehen, wie du stirbst, nur um dir dann folgen zu müssen. Der Tod von meiner Hand könnte süß sein. – Der Tod ist niemals süß! Nicht für einen, der leben will! – Der Befehl wird nicht kommen! Er ist sinnlos! – Ebenso sinnlos wie Hunderte bei lebendigem Leibe verbrennen zu lassen ...* Nach einer schieren Endlosigkeit senkte sie die Augen. Qualvoll wurde ihm klar, dass sein Schweigen für sie Antwort genug gewesen war. »Lijanas, ich ...« Ein Scharren an der Zeltklappe unterbrach ihn. »Ja?« Ungehalten drehte er sich um.

Mailen streckte den Kopf herein. »Die Unfreien. Sie bringen das Mahl und Holz, um die Feuerbecken neu anzuzünden.«

»Sie sollen sich zu den Hathenan scheren, verdammt!«, herrschte er den Mann an. Der Krieger erstarrte, murmelte etwas und machte Anstalten, sich zurückzuziehen. »Mailen, nein, warte!« Mordan presste den Handballen gegen die Stirn, atmete mehrmals tief durch. »Sie sollen hereinkommen!«

»Ja, Heerführer.«

Zwei junge Männer duckten sich herein. Der eine trug ein Bündel Holz, der andere balancierte ein Speisebrett, von dem der Duft nach Braten und Brot durch das Zelt wehte. Während der erste sofort auf die Knie fiel und das Gesicht auf den Boden drückte, stellte der zweite zuerst seine köstliche Last auf dem Tisch ab, ehe er dem Beispiel seines Gefährten folgte. Ein kurzer Blick zu der Heilerin zeigte Mordan ihr Entsetzen angesichts der dürren Gestalten, die in schäbige Kittel und Hosen gekleidet waren. Der eiserne Ring um ihren Hals war nicht zu übersehen. Der Kopf des älteren der beiden war beinah kahl geschoren, doch das Haar des zweiten war fast halbfingerlang. Sollte er bei einem der Krieger den Eindruck erwecken, er habe sich um die letzte Schur gedrückt, blühte ihm die Peitsche.

»Tut, was euch befohlen wurde, und dann verschwindet wieder!« Mordan legte den Gürtel um und griff nach dem Waffengehenk mit den Zwillingsschwertern. Zur Bestätigung seiner Anweisung pressten beide die Stirn noch einmal fester auf den Boden, dann standen sie auf und machten sich hastig an die Arbeit. Die Fassungslosigkeit in den Augen der jungen Frau zerrte an Mordan. Betont gleichgültig wandte er sich ab. Die Zierketten an seinem Waffengurt klingelten leise, als er ihn umschnallte. Ihr Silber blitzte im Schein der wieder heller flackernden Feuerbecken. Er rückte das Leder auf seiner Hüfte zurecht und griff nach dem mit schwarzem Feh verbrämten Mantel. Auf eine Berührung an seinem Stiefel hin drehte er sich um. Der jüngere der beiden Unfreien – der, der das Mahl gebracht hatte – kniete hinter ihm. Eben duckte er sich wieder tiefer auf den Boden und zog die Hand zurück. Mordan runzelte unwillig die Stirn. *Jarat hätte mir im ersten Winter noch die Finger abgeschnitten, wenn ich mir eine solche Dreistigkeit geleistet hätte.* Als er schwieg, schob die Hand sich ganz langsam wieder vor. *Wie oft habe ich auf die gleiche, hilflose Art darum gebeten, sprechen zu dürfen?* »Rede!«

Der Mann erstarrte. »Verzeiht mir, Hoher Herr, aber … der Wasserkrug ist leer. Soll ich ihn neu füllen?«

»Tu das.«

Wieder wurde die Stirn auf den Boden gepresst, dann kroch der Mann ein Stück von ihm fort, ehe er aufstand, den Krug ergriff und hastig das Zelt verließ.

Mordan schlug den Mantel über der Schulter zurück und nahm die Handschuhe. »Wie ein Igel.« Lijanas' Stimme ließ ihn aufschauen.

»Igel?«

»Er hat sich vor Euch zusammengekauert, wie ein Igel es tut, wenn man ihn erschreckt oder er Angst hat.« Etwas in ihrem Ton änderte sich. »Aber ein Igel hat Stacheln, die ihn schützen ...«

Sie schafft es schon wieder, dass ich mir vorkomme, wie ... Er hob die Schultern. »Ich habe Unfreie noch nie mit Igeln verglichen ...«

»Womit vergleicht Ihr sie dann? Mit Hunden?«

»Sie sind weniger wert als ein Hund.« Der zweite der Männer hatte sich auf den Boden geworfen. Seine Arbeit war getan, er wartete auf neue Befehle. »Verschwinde!« Mit einer Geste scheuchte Mordan ihn davon. Ein weiteres Ducken, dann verließ der Unfreie rasch das Zelt.

»Wie kann ein Mensch weniger wert sein als ein Hund?« Die Heilerin war von ihrem Stuhl aufgestanden. In ihren Emeraldaugen war ein Unheil verkündendes Glitzern, die eine Hand war an ihrer Seite zur Faust geschlossen, die andere hielt nach wie vor die Robe fest. *Ich will mich nicht mit dir* darüber *streiten, kleiner Vogel. Nimm es, wie es ist!* »Wie Ihr seht, ist es sehr wohl möglich!«

»Alles, was ich sehe, ist ...« Die Zeltklappe wurde überraschend zur Seite geschlagen. Ein Mädchen wurde hereingestoßen, stolperte, stürzte – und kauerte sich sofort auf dem Boden zusammen. Direkt hinter ihm betrat ein Krieger das Zelt, der in militärischem Gruß die Faust gegen die Brust schlug. »Die Unfreie.«

Mordan atmete langsam ein, ehe er vor den Mann trat – und ihm den Handrücken über den Mund schlug. Hinter sich hörte er die Heilerin erschrocken aufkeuchen. Der Krieger wankte zurück, presste sichtlich geschockt die Finger gegen die blutende Lippe und starrte ihn an. Das Mädchen am Boden wimmerte. »Betretet Ihr dieses Zelt noch einmal, ohne zuvor um Erlaubnis zu bitten, Tribun Gerean, schicke ich Euch durch die Gasse.« Er sprach so, dass der Mann bei jedem Wort seine Reißzähne sehen konnte. »Vergesst Ihr noch einmal, mich mit meinem Rang anzusprechen, lasse ich Euch die Zungenspitze abschneiden und Ihr wart die längste Zeit Tribun. – Habt Ihr mich verstanden, Tribun Gerean?«

»Jawohl, Heerführer! Ich bitte um Verzeihung, Heerführer!«

»Gewährt, Tribun. – Das ist das Mädchen, nach dem ich verlangt habe?«

»Jawohl, Heerführer. Es stammt aus Malejiadnán. Es war Magd bei der Frau des Speichervogts.«

»Danke, Tribun. – Ihr könnt gehen!«

Ein weiterer Faustschlag gegen die Brust, der Krieger wandte sich um – und prallte mit dem Unfreien zusammen, der gerade mit dem Wasserkrug zurückkam. »Mach die Augen auf, Kreatur, und schau, wo du kriechst!« Die Stiefelspitze traf den jungen Mann, der sich sofort zu Boden geworfen hatte, in die Seite.

»Das reicht, Tribun!«, scharf schnitt Mordans Stimme durch das Zelt. Der Krieger hielt überrascht inne. Eben hatte er dem Unfreien einen weiteren Tritt versetzen wollen, nun drehte er sich um. »Raus! Ich kümmere mich darum, Tribun.« Sichtlich verwirrt gehorchte der Krieger. »Du!« Das galt dem jungen Mann. »Stell den Krug auf den Tisch! Dann verschwinde! – Und du«, jetzt sah er zu dem Mädchen, das noch immer unverändert auf den Teppichen kauerte, »zum Mittelpfosten! Setz dich auf!« Rasch kroch sie zu dem ihr befohlenen Platz und hockte sich auf die Fersen, den Kopf weiter gesenkt. Als der junge Mann nach einem ehrerbietigen Ducken das Zelt verlassen wollte, hinderte ihn ein scharfes »Du! Halt!« daran. Mordan trat an den Tisch und brach einen Kanten Brot ab. »Hier!« Mit einem knappen Nicken warf er ihn dem jungen Mann zu. Der fing ihn auf, starrte einen langen Moment darauf, als könne er es nicht fassen, dann füllten seine Augen sich unvermittelt mit Tränen. Eilig senkte er den Kopf wieder, kroch zu ihm heran und presste die Stirn auf einen Stiefel. »Lass das!« Mit einem Zischen wich Mordan zurück. »Und ich warne dich: Wagst du es noch einmal, Nivard zu sprechen, wenn dir jemand erlaubt, den Mund aufzumachen, wird dir die Haut von den Fußsohlen abgezogen. – Verschwinde!« Das Brot wie einen kostbaren Schatz gegen die Brust gepresst, ergriff der Unfreie die Flucht. Nachdenklich rieb Mordan eine Zierkette zwischen den Fingern. Dass ein Unfreier beim Heer so gut wie nie die Möglichkeit hatte, sich satt zu essen, wusste er. Aber das eben … *Man hätte meinen können, ich hätte ihm die Freiheit geschenkt und nicht nur ein Stück Brot. Etwas stimmt hier nicht! Und ich möchte wetten, dass es in irgendeiner Weise mit Jerdt und seinen Männern zu tun hat. – Ich muss mit Feniar reden. Vielleicht hat er irgendwelche Befehle bezüglich der Unfreien gegeben.* Als er sich umwandte, begegnete er dem Blick der Heilerin. Glücklicherweise behielt sie ihre Meinung für sich, auch wenn ihre Missbilligung sich wie ein eisiger Hauch im Zelt gefangen zu haben schien. Er trat vor das Mädchen und betrachtete es. Erst in diesem Sommer hatten sie Malejiadnán genommen, und die Kleine war jetzt schon in einem erbärmlichen Zustand. Mit ziemlicher Sicherheit würde sie Schnee und Eis nicht überleben. – Es sei denn, die anderen Unfreien hatten Erbarmen mit ihr und erlaubten ihr, sich in der Nacht an einen von ihnen anzuschmiegen, und gaben ihr etwas von ihren Rationen ab. Kurz zuckte es bitter um seinen Mund. Unfreie kümmerten sich in der Regel nicht umeinander. Lagen die eisernen Ringe erst einmal um die Hälse, hielten Freundschaften nicht länger als ein paar Tage. Zuweilen sorgten Familien noch einen Mondlauf füreinander, aber darüber hinaus … Nein! Jeder kämpfte nur noch für sich. Die Kleine hatte nur eine Möglichkeit …

»Wie heißt du?« Hastig kauerte sie sich zusammen und presste die Stirn auf den Boden. Bebend schob sich eine Hand vor, die Handfläche offen nach oben. Das stumme Flehen: ›Wofür auch immer du mich bestrafen wirst, hab Erbarmen und sei nicht zu grausam mit mir.‹ Es gab Männer, die den Unfreien in solchen Momenten auf die ausgestreckten Finger traten – Jerdt war einer davon. Sacht stieß er sie mit dem Stiefel an. Scharf holte die Heilerin Luft. »Setz dich auf und sag mir deinen Namen. – Gehorche und dir wird nichts geschehen.« Einen weiteren Moment rührte sie sich nicht, ehe sie sich dann doch aufrichtete. »Kaija.« Sofort schlangen ihre Finger sich wieder ineinander.

»Kaija. – Gut! Jetzt sieh mich an!« Ein Zittern durchlief den mageren Körper, dann tat sie wie geheißen. Er verschränkte die Arme vor der Brust und lehnte sich rücklings gegen die Tischkante. »Du warst Magd bei der Frau des Speichervogts? Du weißt, wie man eine Dame bedient?«

Ein Nicken antwortete ihm.

»Gut! Dies hier«, er wies auf die Heilerin, »ist die Herrin Lijanas. Du stehst ab sofort zu ihrer uneingeschränkten Verfügung. Ist sie zufrieden mit dir, wird es dein Schaden nicht sein. Ist sie es allerdings nicht ...« Wieder war die Antwort ein Nicken.

»Was bildet Ihr Euch ein, Kjer! – Ich will keine Sklavin!« Bei den empörten Worten der jungen Frau schossen dem Mädchen die Tränen in die Augen.

Mordan schaute sie unbewegt an. »Seid Ihr sicher? Sie würde Euch in allem zu Diensten sein, solange wir hier sind. Sie wäre ...«

»Ich sage es Euch noch einmal: Ich will keine Sklavin!« Erst jetzt schien sie zu bemerken, dass Kaija stumme Tränen über die Wangen liefen. Die mageren Hände waren halb in einem Flehen erhoben. »Warum weinst du?« Sie wollte sich zu dem Mädchen hinunterbeugen, doch er schob sie auf ihren Sitz zurück. »Du hast die Herrin Lijanas gehört. – Verschwinde!«

»Nein! Erst soll sie mir sagen, warum sie weint, Kjer!«

»Ihr habt Euch entschieden. Ihre Tränen haben Euch nicht zu interessieren.« Er brach ein weiteres Stück Brot ab und drückte es Kaija in die bebenden Finger. »Geh!« Sie duckte sich kurz auf den Boden, dann rannte sie schluchzend hinaus. Die Heilerin sprang auf und wollte dem Mädchen folgen, er packte sie beim Arm und verhinderte es. »Ihr wolltet keine Sklavin. Ihr habt Euren Willen bekommen. Lasst es damit gut sein!«

»Ich verlange zu wissen, warum sie geweint hat, als ich sagte ...«

Er stieß sie auf den Stuhl zurück. »Euch zu dienen, hätte für Kaija bedeutet, aus dem Pferch herauszukommen; sie hätte eine Decke für die Nacht von mir erhalten und hätte sich nehmen dürfen, was vom Mahl übrig geblieben wäre.«

Ihre Augen weiteten sich. »Holt sie zurück!«

»Nein!«

»Ihr hättet mir das alles früher sagen müssen!«

»Warum? Damit Ihr sie zu Euch nehmt, weil sie Euch dauert wie ein halb verhungerter, streunender Hund?« *Es war ein Fehler, nach einem Mädchen für sie zu schicken. Ein seelenverfluchter, verdammter Fehler! Ich hätte es wissen müssen!*

»Ihr seid … Bitte, lasst sie zurückholen!«

»Nein!« *Weißt du eigentlich, was du da verlangst? Ich kann eine einmal getroffene Entscheidung nicht einfach rückgängig machen wie irgendein launischer Speichellecker.*

»Bitte, ich …«

»Ihr könnt bitten, soviel Ihr wollt, Lijanas. Die Antwort bleibt die gleiche!« *Warum müssen wir immer streiten, kleiner Vogel?*

»Ihr seid ein herzloses Ungeheuer!«

Ich habe sehr wohl ein Herz. Im Augenblick bedaure ich diesen Umstand allerdings. »Dann ist es wohl besser, wenn das Ungeheuer Euch jetzt allein lässt.« Heftig wandte er sich dem Eingang des Zeltes zu. Das Leder der Zeltklappe schon in der Hand, drehte er sich noch einmal um. »Unfreie werden Euch heißes Wasser zum Waschen bringen. – Ob Ihr es nutzt oder nicht, ist Euch überlassen. Die beiden Krieger, die vor dem Zelt Wache halten, werden sich um alles kümmern. – Ich wünsche nicht, dass Ihr versucht, mit den Unfreien zu sprechen. Ansonsten könnt Ihr innerhalb meines Zeltes tun, was Ihr wollt. Esst, ruht Euch aus! – Ich werde erst zurückkommen, wenn die Sonne untergeht. Ihr werdet meine Anwesenheit also den ganzen Nachmittag nicht ertragen müssen.« Flappend ließ er das Leder hinter sich an seinen Platz zurückfallen.,

18

Er starrte auf die Nachricht in seiner Hand. Das fordernde Krächzen des Vogels entging ihm. Die Maus hockte in ihrem Käfig und blickte die große schwarze Kreatur starr vor Angst an. Noch einmal las er die einzelne Zeile. Fünf Worte, die alles gefährdeten, worauf er während mehr als der Dauer eines Menschenlebens hingearbeitet hatte. Er wusste genau, von wem die Botschaft sprach. Und dieser Stümper war nicht in der Lage gewesen, es zu verhindern. Heftig zerknüllte er den Pergamentstreifen und warf ihn in den Feuertiegel auf dem Tisch.

Dabei war der Befehl eindeutig gewesen! Dass ausgerechnet er … Verflucht sollte er sein, Bastard-Brut, die er war! Was, wenn die beiden das Band zwischen Seelenhexe und Cogén bereits auf die alte Art geknüpft hatten? Noch einmal durfte sich das, was bei Aslajin und ihren Cogén geschehen war, nicht wiederholen! Aber vielleicht war noch nicht alles verloren. Die beiden mussten getrennt werden! Augenblicklich! Rasch schrieb er eine Nachricht und versiegelte sie. Dann schnippte er mit den Fingern. Der Junge kam aus seiner Ecke gekrochen, kauerte sich zu seinen Füßen nieder und blickte mit sturmdunklen, blaugrauen Augen zu ihm auf. Der Bengel war blödsinnig – und genau aus diesem Grund der perfekte Diener für ihn. Er hielt dem Jungen die Nachricht hin. »Geh zu den Hallen der Kessanan! Dieser Brief ist für den Hohen Meister Arkell! Du übergibst ihn nur ihm!«

Es war schon weit nach Sonnenuntergang, als er zurückkam. Stunde um Stunde war er durch das Lager gestreift, und sehr schnell waren ihm die unzähligen Kleinigkeiten aufgefallen, die davon kündeten, dass hier etwas ganz und gar nicht stimmte. Zuerst hatte er den Finger nicht in die Wunde legen können, doch dann war ihm ein Verdacht gekommen und er hatte seinem Trossmeister einen Besuch abgestattet. Bereitwillig hatte der Mann ihm die Unterlagen überlassen, die er gefordert hatte, und auch seine Fragen waren offen beantwortet worden. Es sollte nicht schwer sein, anhand der Papiere in der ledernen Mappe unter seinem Arm zu beweisen, was bisher nur eine Vermutung war. Und sollte es tatsächlich stimmen, musste Jerdt sich auf einiges gefasst machen. Mailen und Zenaén begrüßten ihn wie immer ehrerbietig und freundschaftlich zugleich. Von der Loyalität dieser beiden Krieger und der ihrer acht Kameraden konnte im Ernstfall sein Leben abhängen, deshalb stand es für ihn außer Frage, dass er sie eher wie Schwertgenossen denn wie Untergebene behandelte.

Ja, bestätigten sie auf seine Frage, die Gefangene, die auf seinen Befehl hin wie ein geehrter Gast behandelt wurde, hatte sich an seine Anweisungen gehalten und nicht versucht, mit den Unfreien zu sprechen, als die das heiße Wasser gebracht hätten. Still habe sie auf einem Stuhl gesessen und alles beobachtet. Allerdings mit einem Ausdruck in den Augen, so voller Mitleid, dass einem das Herz bluten konnte. Zenaén war bei diesen Worten unter Mordans verblüfftem Blick puterrot angelaufen. Einige Zeit nach Sonnenuntergang habe sie dann gefragt, was wohl mit den Speisen geschah, die sie nicht gegessen habe, und als sie ihr geantwortet hätten, dass die Unfreien, die den Tisch abräumen würden, sie unter sich aufteilen durften, habe sie darum gebeten, dass das Mädchen Kaija unter denen sein möge, denen diese Aufgabe übertragen werden würde. Sie hatten dieser Bitte entsprochen, entstand doch dadurch niemandem ein Schaden.

Kopfschüttelnd betrat Mordan sein Zelt. Offenbar hatte sie es jetzt auch noch geschafft, die Zeltwachen um ihre hübschen Finger zu wickeln. Ein entsetzlich schiefes Quietschen drang ihm entgegen.

Sie war so mit dem Ding auf ihrem Schoß beschäftigt, dass sie ihn gar nicht bemerkte. Das nasse Haar offen, wohl damit es rascher trocknete, saß sie mit dem Rücken zu einem der Feuerbecken. Offensichtlich darauf bedacht, nicht die hintere Lehne zu berühren, bemühte sie sich, die Saiten einer Asranéh nur nach dem Gehör zu stimmen. Wieder erklang ein misstönendes Schrillen. Sie zog auf die ihm inzwischen so vertraute Art die Unterlippe zwischen die Zähne und lockerte den Wirbel wieder ein wenig. Einen langen Moment blieb er direkt am Eingang stehen, ohne den Blick von ihr lösen zu können, dann sah er mit einem Ruck beiseite. Sie kamen aus verschiedenen Welten! »Könnt Ihr spielen?« Ihr Kopf fuhr hoch, als er so unvermittelt sprach.

»Ja. Aber sie ist entsetzlich verstimmt. Und ich habe eine Nalasra noch nie nur nach dem Gehör gestimmt. – Habt Ihr einen Stimmstab?«

»Nein. Und ich wäre Euch verbunden, wenn Ihr dieses Ding weglegen könntet.« Mit langsamen Schritten durchquerte er das Zelt, die lederne Mappe mit Feniars Berichten und den Proviantlisten seines Trossmeisters landete mit einem vernehmlichen Klatschen auf dem Tisch. Achtlos warf er den Mantel übers Bett, löste das Schwertgehenk und ließ sich auf den zweiten Stuhl fallen.

»Warum?«

Weil sich damit zu viele Erinnerungen verbinden. – Und zu viele zerstörte Träume. Einen tiefen Atemzug lang presste er Daumen und Zeigefinger gegen die Nasenwurzel, eher er einen der beiden Krüge vom Tisch ergriff, daran roch und sich schließlich Wein eingoss.

»Weil ich das Geklimper heute Abend nicht ertragen kann.« Ihm war schwindlig, er fühlte sich erschöpft und fror auf eine unangenehme, ihm bisher unbekannte Weise. Am Nachmittag hatte er sich in Brachans Zelt eine Weile ausruhen müssen, da ansonsten die Gefahr bestanden hätte, dass seine Beine unvermittelt unter ihm nachgaben. Jemand hatte einen Teller mit kleinen Gemüsepasteten, Bratenscheiben, Käse und Brot für ihn auf dem Tisch stehen lassen. In einer Holzschale glänzten dunkle Trauben. In der Ecke drängten sich noch einige Tiegel und Töpfchen eng zusammen. Er nahm einen tiefen Schluck, dann schaute er zu ihr hin, den Becher nachdenklich in den Händen. Sie hielt das Instrument noch immer in den Armen.

»Wo habt Ihr das Ding eigentlich her?«

»Sie war in einer der Truhen ...«

»Ihr wühlt in meinen Sachen?«

»Ich habe nach etwas zum Anziehen gesucht ...«

»Wie ich sehe, habt Ihr zumindest ansatzweise etwas gefunden.« Er wies auf sie und das Hemd an ihrem Leib.

»Ja. Ich wusste nicht, ob ich mir eines der Kleider aus der einen Truhe nehmen darf. – Wem gehören sie?«

Unwillkürlich schlossen seine Finger sich fester um den Becher. *Einer intriganten Schlange.* »Meiner Braut.« Er bemühte sich, gleichgültig zu klingen, und nahm einen Schluck Wein.

»Ihr habt eine Braut?« In ihrer Stimme war ein leises Zittern.

»Ich hatte eine!« *Warum existiert der Plunder eigentlich noch? Ich hatte doch befohlen, alles ins Feuer zu werfen.* »Nehmt Euch von den Sachen, was Euch gefällt. Ändert ab, was nötig ist. – Ihr könnt doch nähen?«

»Ja. – Was ist geschehen? Ist sie ... gestorben?«

»Wie kommt Ihr denn darauf? – Nun, in gewisser Weise kann man vermutlich sagen, sie sei gestorben, ja.«

Verwirrt sah sie ihn an. Dann zog sie die Asranéh erschrocken näher an sich heran. »Ihr habt sie doch nicht ...«

»... umgebracht?« Härter als beabsichtigt stellte er den Becher auf den Tisch zurück. »Nein. Soweit ich weiß, geht es ihr den Umständen entsprechend zufriedenstellend. – Es braucht Euch nicht zu interessieren, was mit ihr geschehen ist. Sie hat die Sachen nie gesehen, geschweige denn getragen. Sucht Euch aus, was Ihr gebrauchen könnt, und macht es für Euch passend. – Und nun wäre ich Euch dankbar, wenn Ihr Euch für eine Weile selbst beschäftigen könntet. Ich habe noch zu arbeiten.«

Sie hob das Kinn. »Ich habe mich den ganzen Nachmittag ›selbst beschäftigt‹. – Ich wäre *Euch* dankbar, wenn Ihr mich nicht wie ein kleines Kind behandeln würdet, das Ihr zum Spielen schickt. – Stört es Euch, wenn ich weiter versuche, die Nalasra zu stimmen?«

»Wenn Euer Herz so sehr dran hängt. – Meinetwegen. Aber tut es leise! – Und zu Eurer Information: Das ist keine astracharische

Nalasra, sondern eine Asranéh aus dem Norden. Und die haben drei Saitenbündel mehr.«

»Dann fehlen aber ein paar Saiten.«

Bitter schnaubte er. »Da fehlen mehr als nur *ein paar* Saiten.«

»Habt Ihr Ersatzsaiten?«

»Möglich.«

»Darf ich …«

»Nein!« Sie war schon halb von ihrem Stuhl aufgestanden. Nun sank sie sichtlich enttäuscht zurück. »Nein, Ihr dürft nicht in meinen Truhen herumwühlen, nur um ein paar Saiten zu suchen. – Auf diesem Ding hat seit mehreren Wintern keiner mehr gespielt.« *Um genau zu sein, seit acht.* »Und es wird so bald auch niemand mehr darauf spielen. Warum wollt Ihr Euch also die Mühe machen, die fehlenden Saitenbündel aufzuziehen? Legt es weg und sucht Euch eine andere Beschäftigung!«

Er erntete einen wütenden Blick, dann stellte sie die Asranéh behutsam beiseite und schaute ihn herausfordernd an. »Und welche Beschäftigung soll ich mir suchen?«

Mordan presste die Handfläche flach auf den Tisch. »Was tut Ihr denn gewöhnlich, wenn Ihr abends an einem Feuer sitzt?«

Wenn ich nicht gerade entführt werde?, schienen ihre Augen zu fragen, ehe sie antwortete: »Lesen, mich mit den Menschen unterhalten, die ich mag, oder ich habe eine Handarbeit …« Sie verstummte, als er aufstand, zu der Truhe hinüberging, aus der sie schon das Hemd geholt hatte, und nach einem Moment mit einem dunkelgrünen Gewand zurückkam, das er in ihren Schoß fallen ließ.

»Ändert das für Euch! Ich kann Euch wohl kaum nur im Hemd herumlaufen lassen.«

Bewundernd strich ihre Hand über den Stoff, dann sah sie zu ihm auf. »Was ist mit Nadel und Garn?«

Er hob eine Braue, wühlte aber in seinen Satteltaschen und drückte schließlich ein Stückchen Leder in ihre Hände, auf das zwei Hornnadeln gespießt waren. »Etwas anderes habe ich nicht.«

Sie betrachtete erst ihn nachdenklich, dann den Stoff, hob

schließlich die Schultern. »Vielleicht muss ich ja gar nichts ändern.« Sie lächelte so unvermittelt, dass sie ihn damit vollständig überraschte. »Das Kleid ist wunderschön. Danke!«

Plötzlich fühlte er sich erschreckend unsicher. Unwirsch fuhr er sich mit der Hand durchs Haar, nickte knapp, kehrte ihr den Rücken zu und nahm die kleine Lavarnholz-Kiste mit Tinte, Federn und Federmesser zusammen mit ein paar Bögen Pergament aus einer der Truhen, entzündete noch einige Kerzen, setzte sich wieder an den Tisch und begann, die Unterlagen durchzugehen.

Sehr schnell hatte er herausgefunden, was Jerdt da trieb. Unwillkürlich entfuhr ihm ein Fluch. Knapp zweitausend Mann zu ernähren, war nicht leicht. Aber es wurde unmöglich, wenn dieser Mistkerl sich ganz ungeniert von seinen Viehbeständen bediente – und während Jerdts Männer prassten, mussten seine sich mit Grütze und Brot begnügen, und für die Unfreien blieb überhaupt nichts übrig. Obendrein hatte diese dreimal verfluchte Ratte die Dreistigkeit, seinem Trossmeister die Überlassung von Proviantbeständen auch noch frech zu quittieren. Dass der – vor allem in dieser Gegend – nicht so schnell neues Vieh heranschaffen konnte, wie Jerdt es ihm wieder von den Weiden holte, war nicht verwunderlich. Und der Trossmeister konnte sich dem Befehl eines Heerführers nicht widersetzen und musste die Tiere herausgeben. Es war alles ganz legal! Aber das würde sich jetzt ändern! Dieses Spiel konnten zwei spielen! Jerdt würde insgeheim toben, aber er würde sich mit einem Lächeln verneigen und seine Anweisungen befolgen.

Als er irgendwann aufschaute, saß die junge Frau dicht am Tisch, den Kopf gebeugt, und nähte an einem Saum. Er hatte gar nicht bemerkt, dass sie herangerückt war, um mehr Licht zu haben. »Warum habt Ihr nichts gesagt, ich hätte Euch noch einige Kerzen angezündet«, tadelte er leise.

»Aber warum denn?« Sie hob den Blick. War da tatsächlich ein leises Lächeln in ihrem Mundwinkel? »So ging es doch auch. Oder habe ich Euch gestört?«

»Nein!« Die Schreibfeder noch immer in der Hand, wies er auf den Berg Stoff in ihrem Schoß. »Und? Müsst Ihr viel ändern?«

»Gar nicht. Es ist nur ein wenig zu lang. Ich schlage den Saum noch einmal um, dann wird es passen.«

»Verratet Ihr mir, wo Ihr den Faden hergenommen habt?«

Jetzt zeigte sich das Lächeln deutlich. »Vorsichtig aus dem Stoff herausgezupft.«

»Ich habe gar nicht gesehen, dass Ihr es anprobiert habt …«

»Ich weiß. Ihr wart so in die Papiere vertieft … Ist es sehr schlimm? Zwischendurch habt Ihr besorgt und dann wieder wütend ausgesehen. Ihr habt sogar geflucht.«

»Jerdt plündert mich aus. – Aber damit ist jetzt Schluss. Morgen werde ich ihn zur Rede stellen und anschließend dafür sorgen, dass Feniar meine Zenturien ins Winterlager führt.« Er lehnte sich zurück und beobachtete, wie die Nadel durch den Stoff glitt. Versonnen spielte er mit der Feder. Ein seltsam warmes Gefühl machte seine Glieder auf angenehme Weise schwer – ein Gefühl, das er bisher nicht gekannt hatte.

»Jerdt und Ihr mögt euch nicht besonders, nicht wahr?«

Träge blinzelte er. *Die Untertreibung des Äons*. »Wenn man es freundlich ausdrücken möchte – ja.«

»Darf ich fragen, warum?«

»Ihr dürft. Es ist ein offenes Geheimnis, dass Jerdt davon ausgegangen ist, mein Vorgänger als erster Heerführer würde *ihm* den Ring an den Finger stecken«, er hob die Hand, ließ das Gold im Licht der Kerzen aufglänzen, »und nicht mir.«

»Er hasst Euch nur wegen eines Rings?« Bestürzung malte sich auf ihren Zügen. »Autsch!« Die Nadel hatte sich in ihren Daumen gebohrt. Sie schob ihn sich in den Mund.

»Vergesst nicht die Macht, die mit diesem Ring verbunden ist. Und Jerdt ist ein sehr ehrgeiziger Mann. Er begnügt sich nur äußerst ungern mit dem zweiten Platz. – Wir haben uns noch nie besonders gemocht.« *Er hat mir vom ersten Tag an das Leben zur Qual gemacht. Ich weiß bis heute nicht, warum.*

Sie nahm den Finger aus dem Mund, besah den Stich, dann schaute sie ihn an. »Stimmt es, dass Ihr Euch schon zehn Winter kennt? Er sagte, Ihr wärt im gleichen Winter ins Heerlager gebracht worden, in dem … – wie war der Name … ah ja – in dem Jarat ihn zum Tribun gemacht habe.«

»Das mag sein.« In seiner Magengrube saß plötzlich ein Zittern. *Was hat er dir noch über mich erzählt? Dass ich vor ihm gekrochen bin? Dass er mich …* Die Feder zerbrach zwischen seinen Fingern. Ihre Brauen zogen sich in milder Verwunderung zusammen. Dann erschien eine steile Falte auf ihrer Stirn. »Ihr seid keine Freunde!«

Er stieß ein bellendes Lachen aus. »Bestimmt nicht!«

»Dann habt Ihr ihm auch nichts davon gesagt?«

»Was gesagt? – Ihr sprecht wie ein Orakel, Lijanas.«

»Er kannte Eure Befehle!«

»Was? – Welche Befehle?« Heftig beugte er sich vor.

»Er wusste, dass Ihr mich nach Turas bringen solltet. – Er sagte, Ihr hättet es ihm gesagt, als Ihr Euch dort getroffen hättet.«

»Er hat gelogen!« Erregt sprang er auf. *Woher bei allen Rachegeistern weiß Jerdt von meinen Befehlen? Was geht da vor? Wer hat es ihm gesagt? Warum? Was nutzt es Jerdt, wenn er weiß, dass ich eine Nivard-Heilerin nach Turas bringen soll?* Mit langen Schritten durchmaß er das Zelt, immer wieder.

»Wegen dieses Befehls habt Ihr mich in Anschara gefragt, ob ich noch unberührt sei, nicht wahr?«

Abrupt blieb er stehen und drehte sich um. »Woher …?«

»Er sagte, ich müsse unberührt nach Turas gebracht werden. – Das war der Grund, warum er mich nur auspeitschen ließ und mich nicht noch obendrein seinen Männern überließ. – Ich hatte es Euch erzählt. Erinnert Ihr Euch?« Sie verschränkte die Hände auf dem Stoff. »Warum sollt Ihr mich unberührt nach Turas bringen?«

»Ich weiß es nicht. Es wurde mir befohlen.«

»Und Ihr habt nicht nach dem ›Warum‹ gefragt?«

Nachdrücklich schüttelte er den Kopf. »Es ist bei einem ausdrücklichen Befehl nicht üblich, nach dem ›Warum‹ zu fragen, Lijanas. – Ich nehme an, dass es etwas mit dem Heilungsritual zu tun hat, das Ihr an meinem Herrscher vollziehen sollt.«

»Welches Heilungsritual?«

»Nun, das mit dem …«, setzte er verwundert an, doch sie fiel ihm ins Wort.

»Es gibt keine *Heilungsrituale*. So etwas ist abergläubischer Unsinn. Etwa so wie … wie beispielsweise eine Warze verschwinden soll, wenn man bei doppeltem Vollmond drei Mal um eine Buche herumgeht und ›Weiche, Warze!‹ sagt. So etwas funktioniert nicht. – Wer hat Euch das mit diesem Ritual erzählt?«

»Niemand!« Er fuhr sich mit beiden Händen durchs Haar. »Welchen Grund sollte es sonst geben, dass ich ausgerechnet Euch nach Turas bringen soll – unberührt?«

»Ihr fragt die Falsche! – Das hättet Ihr Euren Herrscher fragen müssen, als er Euch den Befehl erteilt hat.«

Nachdenklich blickte er auf sie hinab. *Wenn sie recht hat – was soll das Ganze dann? – Verdammt, was tue ich hier? Es steht mir nicht zu, Befehle zu hinterfragen, auch wenn sie sinnlos erscheinen!* »Kennt Ihr ein Elixier, das man ›Die Tränen der weißen Schlange‹ nennt?«

»Nein. Wozu soll es gut sein?«

»Das sollte meine nächste Frage an Euch sein, denn ich habe den Befehl, dieses Elixier zusammen mit Euch nach Turas zu bringen.«

»Zeigt es mir«, forderte sie nach kurzem Überlegen. »Vielleicht ist es mir ja bekannt und ich kenne es nur unter einem anderen Namen.«

»Ich habe es nicht. Noch nicht.«

»Jetzt seid Ihr das Orakel.«

»Dieses Elixier soll sich in den Bergen jenseits von Kassens Klamm befinden. Ich soll es mit Eurer Hilfe beschaffen. – Ladakh sagte, nur Ihr dürftet es berühren, ansonsten würde es seine Wirkung verlieren.«

Verächtlich schnaubte sie. »Dieser Ladakh redet Unsinn. Keine Medizin verliert ihre Wirkung, nur weil eine bestimmte Person oder eine andere sie berührt. – Wer ist der Kerl?«

»Er ist der Astrologicus und Heiler meines Königs.«

»Offensichtlich ein Stümper, wenn er solche Dinge erzählt. – Was werdet Ihr jetzt tun?«

»Wie meint Ihr das? – Ich befolge die Befehle, die ich erhalten habe, natürlich.«

Mit einem Seufzen legte sie die Nadel beseite. »Natürlich. – Ich vergaß: Ihr befolgt Befehle, die Euch gegeben werden, immer und ganz egal, wie sie lauten, bis zur allerletzten Konsequenz.« Sie hob das Kleid von ihrem Schoß und stand auf. »Wie weit ist es bis Kassens Klamm?«

»Drei, vielleicht vier Tagesritte.« Er verfolgte, wie sie sich das Gewand anhielt. Scheinbar hatte es jetzt die richtige Länge. »Könnt Ihr reiten, Lijanas?«

Verwundert sah sie auf. »Natürlich!«

»Mit einem Bein auf jeder Seite des Pferdes, wie ein Mann?«

»Ja. Warum fragt Ihr?«

Andeutungsweise hob er die Schultern. »Weil es für Euch vermutlich bequemer sein wird, auf einem eigenen Pferd zu sitzen und nicht hinter oder vor mir auf Ired.«

»Ihr wollt mir ein Pferd geben?«

»Vorausgesetzt, ich finde eines, von dem ich glaube, dass es uns nicht zu sehr aufhält.«

»Ich soll tatsächlich ein Ashentai bekommen?«

»Kein Ashentai! – Ein Pferd! Ein Kriegsross darf ich Euch nicht geben. Das Gesetz verbietet es! – Es ist spät! Vielleicht solltet Ihr zu Bett gehen.«

Sie rührte sich nicht. »Wann wollt Ihr zu dieser Klamm aufbrechen?«

»Morgen …«

»Ihr könnt morgen noch nicht aufbrechen!«

Verwirrt neigte er den Kopf. »Warum können wir morgen nicht aufbrechen?«

»Ihr habt mir nicht zugehört, Kjer! *Ihr* könnt morgen nicht aufbrechen! – Ihr hattet die letzten Tage hohes Fieber. Es ist fast ein Wunder, dass es Euch schon wieder so gut geht. Aber morgen aufbrechen und die nächsten zwei oder drei Tage nur auf einem Pferderücken … Nein! Ihr mögt die Konstitution eines Ochsen haben, aber das schafft auch Ihr nicht.«

Entschieden schüttelte sie den Kopf.

»Und wann kann *ich* Eurer Meinung nach aufbrechen?«

Sie maß ihn mit einem abschätzenden Blick. »Frühestens in drei Tagen!«, beschied sie ihm dann.

»Übermorgen.«

»Was glaubt Ihr eigentlich, wo Ihr seid? Auf einem Seidenmarkt?« Die Hände ärgerlich in die Seiten gestemmt, machte sie einen drohenden Schritt auf ihn zu. »Ihr könnt nicht mit mir handeln. – In drei Tagen! Frühestens!«

»Übermorgen! Und das ist mein letztes Wort.«

Ihr Kinn schob sich gefährlich vor. Zu seiner Überraschung war sie tatsächlich in der Lage zu knurren. »Ihr seid der anmaßendste und sturste Patient, den ich jemals hatte.«

»Wenn Ihr das sagt, muss es wohl stimmen. – Geht zu Bett, Lijanas.«

»Und Ihr?«

»Gleich.«

»Ich will mir Eure Wunde noch einmal ansehen und sie neu verbinden«, befahl sie ihm von oben herab.

Beinah hätte er gelacht. Doch er verbiss es sich im letzten Moment und fügte sich stattdessen scheinbar sanftmütig. »Ich werde Euch nicht daran hindern.« Es war schwer, die Befehle eines Persönchens ernst zu nehmen, dessen Nasenspitze gerade mal bis zu der Kuhle auf seiner Brust reichte.

Offenbar hatte er sich dennoch irgendwie verraten, denn sie ließ ein erbittertes Schnaufen hören, bei dem sich ihre zierlichen Schultern sichtlich hoben. »Dann zieht die Tunika aus und setzt Euch!«

»Hat das nicht Zeit, bis ich zu Euch ins Bett komme?«

Pfeifend zog sie die Luft durch die Zähne. »Erwartet Ihr von mir, dass ich wieder mit Euch in einem Bett schlafe?«

»Ja!«

»Und wenn ich das nicht will?«

»Dann werde ich Mittel und Wege finden, Euch wieder dazu … sagen wir, Euch dazu zu überreden.«

»Ihr meint erpressen. – Nennt das Kind beim Namen, Kjer!«

»Habe ich Euch schon gesagt, dass Ihr ein kluges Mädchen seid?«

»Habe ich Euch schon gesagt, dass Ihr ein arroganter Mistkerl seid?« Schnippisch warf sie die Haare zurück – und verzog schmerzvoll das Gesicht.

Besorgt trat er näher heran. *Jerdt wird sich dafür noch vor mir verantworten!* »Wo ist der Wundbalsam?«

»Der kleine Tontopf. Rechts.«

Mordan nahm ihr das Gewand aus den Händen und schob sie zum Bett. »Entkleidet Euch und legt Euch hin! Gesicht nach unten!«

Ihr Blick ging von ihm zu dem Gefäß. Sie zog die Lippe zwischen die Zähne. Mit einem Seufzen drehte er ihr demonstrativ den Rücken zu. »Zufrieden?«

»Ja.« Hinter ihm erklang das leise Rascheln von Stoff, dann knarrte die Lederbespannung des Bettes. Er wartete noch einen weiteren Moment, ehe er das Töpfchen ergriff, sich umdrehte und neben sie auf die Bettkante setzte. Behutsam schob er die Felldecken noch ein Stückchen tiefer auf ihr Gesäß, um sie nicht mit der hellgrünen Paste zu beschmieren – sofort spannte sich ihr ganzer Körper –, nahm ihr Haar zu einem Rossschweif zusammen, legte es neben ihren Kopf und tupfte den weichen Balsam sacht auf die Striemen. Ein herber Kräuterduft stieg ihm in die Nase. Nur langsam entspannte sie sich wieder unter seinen Händen.

»Wann werdet Ihr eigentlich Eure Wettschuld einlösen, Kjer?«, erkundigte sie sich irgendwann. Seine Hände stockten für einen Atemzug auf ihrem Rücken.

»Nicht jetzt und nicht hier!«, teilte er ihr dann mit. Sie richtete sich halb auf den Ellbogen auf, eines der Felle vor die Brust gepresst, und sah ihn an, einen seltsamen Ausdruck im Gesicht. »Keine Angst, ich stehe zu meiner Schuld. Und ich werde sie einlösen – wenn ich Euch nach Turas gebracht habe.«

»Warum erst dann?« Sie klang enttäuscht.

»Weil ich Euch bis zu einem bestimmten Tag dorthin gebracht

haben muss – und durch unseren langen Aufenthalt in Cavallin und meine Krankheit haben wir viel Zeit verloren. Deshalb kann ich es mir nicht leisten, noch einen zusätzlichen Tag zu vergeuden. – Legt Euch wieder hin.« Einen Moment zögerte sie, als wolle sie noch etwas sagen, dann streckte sie sich wieder auf den Fellen aus. Behutsam rieb er ihren Rücken weiter mit Wundbalsam ein. Er war noch nicht fertig, als tiefe, gleichmäßige Atemzüge verkündeten, dass sie eingeschlafen war. Schließlich setzte er sich vorsichtig zurück, darauf bedacht, sie durch seine Bewegung nicht zu wecken, und verrieb die Reste der Paste zwischen seinen Handflächen, während er sie betrachtete. *So zart und verletzlich – und doch die einzige Frau, die es wagt, die Fäuste in die Seiten zu stemmen und mich anzuknurren.* Behutsam breitete er eines der Leinenlaken über ihren Rücken, ehe er sie mit den Bettfellen zudeckte. Leise murmelnd runzelte sie die Stirn, ihre Hand strich über den Pelz, als würde sie nach etwas suchen. Er beugte sich vor, bot ihr seine Hand an. Ihre Finger schlossen sich darum, verschränkten sich im Schlaf mit seinen. Zufrieden lag sie wieder still.

Schweigend blickte er auf sie hinab. *Warum soll ich dich nach Turas bringen, kleiner Vogel? Ist es so, wie du sagst? Gibt es keine Heilungsrituale? Oder ist es einfach nur eine andere Art des Heilens, eine, die du nicht kennst? Was ist dann deine Aufgabe dabei? Oder soll ich dich gar nicht nach Turas bringen, damit du meinen Herrscher heilst? Warum aber sonst? Du bist Heilerin! Etwas anderes ergibt keinen Sinn!* Langsam stieß er den Atem aus. Sosehr er sich auch den Kopf zermarterte – er fand keine Antwort. Er beugte sich weiter vor, wollte eine vorwitzige Strähne zurückstreichen, die ihr über die Augen gefallen war, als ihn ein scharfer Schmerz jäh an seine Wunde erinnerte. Vorsichtig richtete er sich wieder auf, entzog ihr sacht seine Finger. Mit einem Seufzen gab sie ihn frei und drehte das Gesicht auf die andere Seite, weg vom Licht der Kerzen und Feuerbecken.

Mit dem Topf Wundbalsam trat er an den Tisch, stellte ihn ab, zog Wams und Tunika aus und entfernte nach und nach den Verband. Das letzte Stück war an die Wunde geklebt – er biss die Zähne zusammen und löste es mit einem Ruck. Er sah an sich hinab. Es war ein sauberer Durchschuss, in Höhe der letzten beiden Rippen. Die Ränder um die Wunde wirkten ausgefranst. Er tastete mit den Fingern über seinen Rücken – hier fühlten sie sich glatt an; ein deutliches Zeichen dafür, dass der Bolzen ihn von hinten getroffen hatte. Sein Mund verzog sich bitter, während er seine Fingerspitzen besah, um festzustellen, ob das Loch sich vielleicht wieder geöffnet hatte, als er den Verband abriss. – Nein, kein Blut. Einem Mann in den Rücken schießen zu lassen, deutete nicht unbedingt auf eine besonders ehrenvolle Gesinnung des Nivard-Prinzen. – Vor allem dann nicht, wenn man bedachte, dass die Geschosse ebenso gut einen Bürger Cavallins oder sogar Lijanas hätten treffen können. – Als der erste Bolzen neben ihm über eine Häuserwand geschrammt war, hatte er sie gepackt und vor sich geschoben, um sie mit seinem Körper zu schützen. Offenbar keinen Herzschlag zu früh, denn beinah im gleichen Moment war der Schmerz wie flüssiges Feuer durch seine Seite gefahren. Ein kleines Stück weiter oder den Hauch eines Atemzugs früher … Er schüttelte den Kopf. Nicht dran denken!

Er tauchte die Finger in den Wundbalsam, verteilte es auf die beiden Verletzungen und legte den Verband wieder an. Dann machte er sich daran, die Kerzen zu löschen. Sein Blick fiel auf die Asranéh am Boden. Ohne dass er es merkte, ballte seine Linke sich zur Faust. Nach einem kurzen Moment bückte er sich und hob das Instrument auf. Es war in einem erbärmlichen Zustand! Die kleinere der beiden Schallrosetten war aus der Decke herausgebrochen und fehlte. Die feinen Ornamente der größeren waren zum Teil beschädigt, sodass einige hässliche Löcher in ihr klafften. Früher hatten Perlmuttarbeiten den Rand geschmückt – sie waren beinah vollständig abgeplatzt. Die Decke selbst hatte mehrere Trockenrisse und war von Kratzern überzogen. Nur die beiden gebogenen Hälse, mit den eingesetzten Bünden aus Elfenbein, und die fein geschnitzten Wirbelbretter mit ihren jeweils sechs abwechselnd weißen und schwarzen Wirbeln an den Seiten waren bis auf ein paar wenige Schrammen unversehrt.

Sacht strich er über die Saitenbündel und stimmte die ersten beiden, ohne es selbst zu bemerken. Er hatte nie einen Stimmstab benötigt, auch nicht für die Asranéh. Schon bei den Kessanan war Musik seine Leidenschaft gewesen und später hatte er beinah jeden Abend für Jarat auf diesem Instrument gespielt – bis Jerdt ihm bei einem ›Unfall‹ die linke Hand gebrochen hatte. Zwei Schläge waren es gewesen … Und natürlich zweifelte niemand an den Worten eines Tribun.

Die vier Knochen in der Handfläche und die erste Reihe der Fingerglieder war glatt durch gewesen. Zum Glück waren die Gelenke selbst unversehrt geblieben. Jarat hatte getobt und dem Kriegsheiler befohlen, die verletzten Knochen wieder zu richten. Der Mann war schockiert gewesen, dass er sich um einen wie ihn kümmern musste, aber wenn der erste Heerführer sein Hätscheltierchen gepflegt haben wollte, dann tat man besser, was er verlangte.

Die Hand war fast zwei Mondläufe bandagiert und geschient gewesen. Doch anstatt ihn in den Pferch zurückzuschicken, wie Jerdt es gerne gesehen hätte, hatte Jarat ihn bei sich behalten. Da seine Rechte unverletzt war, konnte er ihm noch immer als Sekretär dienen und andere einfache Arbeiten verrichten.

Mit der Zeit war die alte Kraft und Geschicklichkeit in die Hand zurückgekehrt – doch seine Finger hatten einen Teil ihrer raschen Beweglichkeit verloren, die nötig war, um eine Asranéh perfekt spielen zu können – er hatte es nie wieder versucht. Mit einer Mischung aus Zorn und Bedauern stellte er das Instrument wieder auf den Boden. Ohne es zu wissen, hatte Jerdt ihm etwas genommen, was er geliebt hatte. Doch *er* hatte dafür Jarats Gunst verloren, denn der erste Heerführer schätzte es nicht, wenn einer seiner Offiziere etwas beschädigte, das ihm nützlich war! Das hatte er Jerdt nach diesem Vorfall mehr als einmal zu verstehen gegeben.

Jarat! – Von keinem Menschen hatte er in seinem Leben mehr Prügel bezogen als von Jarat rûn Daléhr; noch nicht einmal von Arkell. Doch Jarat hatte nie ohne Grund gestraft und es war immer möglich gewesen, seine Befehle zu befolgen – auch wenn es bei manchen sehr schwer gewesen war. Seine Hand legte sich gegen den Mittelpfosten. Unzählige Stunden hatte er hier auf den

Knien gelegen, die Augen auf den Boden gerichtet, und hatte auf Befehle gewartet, ein Fingerschnippen oder nur einen Wink … Es war verrückt, aber irgendwann hatte er angefangen, Jarat auf eine seltsam verdrehte Art zu lieben. Für ein freundliches Wort oder ein anerkennendes Nicken von ihm hätte er getötet …

Von draußen drang das Bellen eines Hundes herein und riss ihn aus seinen Gedanken. Diese Zeiten waren vorbei!

Er nahm die Hand vom Mittelpfosten, fuhr sich müde durchs Haar und löschte die letzten Kerzen. Dann entledigte er sich auch noch der Stiefel und Hosen, wusch sich rasch und kroch neben die junge Heilerin unter die Decken. Im Schlaf wandte sie sich ihm zu, ein Lächeln huschte über ihr Gesicht, als er sie behutsam in den Arm nahm. Wie in der Nacht zuvor legte sie den Kopf auf seine Schulter und schmiegte sich an ihn. Bis kurz vor Morgengrauen lag er wach, betrachtete ihre Züge und genoss es, sie zu spüren. Schließlich schlief auch er ein.

»Heilerin! Aufwachen!«

Eine Hand rüttelte hartnäckig an ihrer Schulter, weckte ein leises Ziehen in ihrem Rücken. Hatte sie den Klang der Asranéh in der Nacht nur geträumt? Müde blinzelnd öffnete sie die Augen und stellte fest, dass es nicht Mordan war, der vor dem Bett stand, sondern jene Kriegerin, die Jerdt bei ihrem Eintreffen im Lager zu sich befohlen hatte – und die ihren demütigenden Einzug auf dem Rücken des Schimmels miterlebt hatte. Sie spürte, wie Hitze über ihre Haut kroch. Doch entweder erinnerte sich die Frau nicht mehr daran oder sie maß dem keinerlei Bedeutung zu. »Wacht auf, Heilerin! Wir brauchen Eure Dienste!«

»Ist etwas mit Mordan?« Lijanas richtete sich rasch auf. Das Ziehen in ihrem Rücken verstärkte sich. Die Kriegerin runzelte kurz die Stirn, dann blieben ihre Augen auf den glänzenden Schuppen hängen, die sich über Lijanas' Schultern und Brust erstreckten. Hastig zog sie das Laken vor sich. »Wer seid Ihr? Ist etwas mit Mordan?«, fragte sie noch einmal. Die Frau schüttelte den Kopf.

»Ich bin Feniar, dritter Legat des Blutwolfes. – Mit dem Heerführer war alles in Ordnung, als ich ihn bei der Besprechung sah, zu der er uns noch vor dem Hahn zusammengerufen hat. – Es geht um Denn. Er hat eine üble Wunde am Bein und Fieber, aber er weigert sich, unseren Heiler an sich heranzulassen. – Und der Heerführer sagte heute Morgen, dass Ihr Heilerin seid – eine gute obendrein, auch wenn Ihr nichts für Corfar tun konntet.« Sie schüttelte abermals den Kopf. »Armer Kerl. Er hätte es sich gewünscht, wie ein Krieger mit der Waffe in der Hand zu sterben. Nun, zumindest haben sie ihm die Ehren eines Kriegers erwiesen. – Vielleicht könnt Ihr Denn helfen.«

»Ich will es gern versuchen, aber mein Arzneikasten ist bei Levan und Ecren …«

»Das soll das geringste Problem sein!« Die Frau warf ihr das Kleid zu, das Mordan am Abend achtlos auf dem Stuhl hatte liegen lassen. »Zieht Euch an, dann bringe ich Euch zu den Zelten der Leibwache.«

Eilig stieg Lijanas aus dem Bett und schlüpfte in das Kleid und ihre Halbstiefel. Mit einem gewissen Bedauern bemerkte sie, dass die Asranéh verschwunden war. Angesichts des Gewandes runzelte die Legatin erneut die Stirn, doch dann zuckte sie mit den Schultern und bedeutete Lijanas, ihr zu folgen, während sie schon das Leder vor dem Zelteingang beiseitehielt. Hastig schlüpfte die Heilerin an ihr vorbei und trat in die helle Morgensonne hinaus. Vor dem Zelt nickten ihr nun zwei andere Wachen grüßend zu und hoben gegen Feniar die Faust an die Brust. »Jocain und Norda der Ältere«, stellte sie die Männer vor, dann strebte sie auch schon mit langen Schritten über den Platz.

»Wo sind Mailen und Zenaén?« Sie beeilte sich, zu der Kriegerin aufzuschließen.

»Liegen wahrscheinlich auf der faulen Haut. – Ihr gutes Recht. Nach den acht Stunden Zeltwache haben die Männer von der Leibgarde zwölf Stunden dienstfrei. Danach müssen sie sich bis zu ihrer nächsten Zeltwache bereithalten, falls der Heerführer sie braucht. – Ihr werdet sie gleich alle kennenlernen.«

Ohne ihre Schritte zu verkürzen, führte die Legatin sie zwischen den Zelten hindurch. Nur mit halbem Ohr hörte Lijanas zu, als die Kriegerin ihr erzählte, dass Mordans Heer fast zweitausend Mann stark war. Dazu kamen die Offiziere – die Legaten, die ihm direkt unterstanden, und die Tribunen, von denen jeweils zwei einem Legaten unterstellt waren. Normalerweise war es nicht üblich, dass ein Heerführer diese jungen Offiziere, zumeist Söhne von Adligen, ebenfalls in die Stabsbesprechungen miteinbezog, aber unter dem Blutwolf war ihre Anwesenheit Pflicht. Neben den Kriegern gab es noch das etwa zweihundert Mann umfassende Trossvolk – zu dem die Handwerksmeister wie Sattler, Grob- und Waffenschmied oder Zimmermann ebenso gehörten wie deren Gehilfen und Familien –, das wiederum dem sogenannten Trossmeister unterstellt war, der, obwohl er nicht zu den Kriegern zählte, im Rang einem Tribunen gleichkam. Und dann gab es noch die Unfreien; Kriegsgefangene, die von jedermann nach Belieben benutzt werden konnten.

Aus einem Zelt wehte verlockender Bratenduft herüber. Daneben gackerten in einem Pferch Hühner und versuchten, einem Kleinkind zu entkommen, das unter begeistertem Glucksen auf allen vieren hinter ihnen herkrabbelte. Ein paar Schweine suhlten sich im Schlamm und eine Ziege äugte zu ihnen her, während ihr Junges mit heftig wackelndem Schwänzchen den kleinen Kopf zwischen ihre Hinterbeine gesteckt hatte und trank. Ein Schmied arbeitete im Freien und nickte der Legatin grüßend zu.

Das Lager war als langes Rechteck angelegt, in dessen Mitte sich das Zelt des Heerführers und die der Offiziere befanden. Darum herum verteilten sich dann die Unterkünfte der Krieger, geordnet nach den einzelnen Zenturien, die jeweils sechzig Mann umfassten.

Die meisten der Männer saßen vor ihren Zelten, vertrieben sich die Zeit durch Würfelspiele, besserten ihre Ausrüstung aus, pflegten ihre Waffen oder lagen dösend oder sich leise mit einem anderen Krieger unterhaltend in der Sonne. Manch einer schaute erstaunt zu ihnen her, wenn sie vorbeigingen. Zuweilen riefen sie Feniar feixend etwas zu, wobei sie auf Lijanas wiesen. Die Antwort der Kriegerin kam in der Regel nicht minder grinsend zurück.

Schließlich hatten sie die Quartiere der Leibwache erreicht. Vier Augenpaare richteten sich auf sie, als sie sich näherten. Die Kjer erhoben sich höflich, als die Legatin sie der jungen Frau vorstellte. Raulen, ein Krieger, der wohl nur wenig älter als Mordan sein mochte, dessen Gesicht vollständig mit Sommersprossen bedeckt war und dessen rotes Haar in der Sonne an eine Fackel erinnerte, hatte als Kommandant der Leibwache den Rang eines Tribun inne und begrüßte sie mit einem knappen Nicken. Elgen stammte – so wie der verletzte Denn – aus dem Norden von Telmáhr, hatte blondes Haar und hellblaue Augen. Kardan war ein dunkelhaariger, älterer Krieger, dem ein Stück des rechten Ohres fehlte und der Lijanas dadurch überraschte, dass er sie – im Gegensatz zu seinen Gefährten – in fließendem Nivard begrüßte. Ein Umstand, der darauf zurückzuführen war, dass er mehrere Winter als Gefangener der Nivard in einem Steinbruch zugebracht hatte, wie er kühl erklärte. Agmán und Norda der Jüngere, ihre beiden anderen Kameraden, begleiteten den Heerführer, der sich – wie Raulen mit einem grinsenden Zähnefletschen bemerkte – Heerführer Jerdt ›vornehmen‹ wollte. Doch dann wurde der rothaarige Krieger wieder ernst. »Ihr seid Heilerin, sagt der Heerführer. – Wärt Ihr so freundlich, Euch eine Wunde anzusehen?«

»Natürlich!« Lijanas nickte. Raulen winkte sie in eines der Zelte, wo ein blonder Krieger auf seinen Bettfellen lag und offensichtlich bemüht war, sich seine Schmerzen nicht anmerken zu lassen. Als er sie eintreten hörte, öffnete er die Augen. »Ich brauche keinen Heiler!«, begrüßte er seine Kameraden in verzweifeltem Trotz.

»Sei kein Dummkopf!« Der Kommandant der Leibwache kniete neben ihm nieder. »Der Heerführer sagt, sie ist gut. Lass sie dein Bein ansehen!« Die letzten Worte waren eindeutig ein Befehl. Und obwohl Denn murrte, ließ er es doch zu, dass Raulen die Decke zurückschlug. Zum Vorschein kam ein gelblich verklebter Verband. Raulen überließ Lijanas wortlos seinen Platz, als sie sich hinkniete und das Leinen abwickelte. Ein alarmierender Geruch stieg in ihre Nase.

»Wann ist das passiert?« Sie verwendete den Rest des Verbandes, um den Eiter wegzutupfen, der auf der Wunde stand, einem langen, tiefen Schnitt, der schräg über den Unterschenkel verlief.

»Vor zwei Tagen.« Denns Finger gruben sich fester in die Decken.

»Und warum seid Ihr damit nicht zu einem Heiler gegangen?«

»Es war doch nur ein Kratzer.«

Das hat Levan auch gesagt. Ist das eine allgemeine Krankheit unter den Kjer-Kriegern, Wunden als ›Kratzer‹ abzutun?

»Spätestens als der Schnitt sich entzündet hat, hättet Ihr einen Heiler aufsuchen müssen!« Behutsam drückte sie die Wundränder von beiden Seiten zusammen. Noch mehr Eiter quoll träge hervor. Denn biss die Zähne knirschend zusammen. Rasch trat Elgen hinter ihn, legte die Hände auf seine Schultern und hielt ihn fest. Als keiner der Krieger auf ihre Worte reagierte, schaute sie auf. »Warum habt Ihr so lange gewartet? Ihr hättet ihn …«

Raulen reichte ihr einige Stücke Leinen – eine zerrissene Tunika, wie sie feststellte – die er wohl eben aus seinem Zelt geholt hatte. »Narlon ist sehr schnell mit der Knochensäge bei der Hand.«

Lijanas verstand. »Die Wunde muss behandelt werden! Sonst verliert er sein Bein auf jeden Fall – und vielleicht auch sein Leben, wenn die Entzündung sich ausbreitet und sich der Brand einnistet.« *Wenn er das nicht schon getan hat.* Sie tupfte weiter Eiter weg, bis nur noch fahles Wundwasser kam.

»Könnt Ihr Euch um die Wunde kümmern?«

»Mein Arzneikasten ist bei Ecren und Levan, das sagte ich schon Legatin Feniar. – Und Euer Heiler wird nicht davon begeistert sein, wenn ich mich von seinen Arzneien und Instrumenten bediene.«

»Das lasst meine Sorge sein!« Er nickte den anderen Kriegern zu. »Bringt ihn in Narlons Zelt!«, befahl er, dann fasste er Lijanas beim Arm und half ihr vom Boden hoch. »Kommt, Heilerin!«

Narlon erwies sich als erstaunlich kleiner und beleibter Mann, der deutlich kundtat, was er davon hielt, dass die Männer der Leibwache eine andere Heilerin in sein Zelt brachten, damit sie einen von ihnen behandelte. Es war Kardan, der den Mann im Genick packte und ihn ungeachtet seines empörten Gezeters wenig sanft ins Freie beförderte. Lijanas blickte sich um. Auf einem grob gezimmerten Regal standen Töpfe und Tiegel aufgereiht – ein Großteil davon war nicht beschriftet und wenn, in der Sprache der Kjer. Sie fluchte leise.

»Was ist, Heilerin?« Raulen musterte sie scharf.

»Hat Narlon einen Gehilfen oder Lehrling, der sich hier auskennt?«

Der Krieger hob die Schultern, sah von einem seiner Kameraden zum anderen. »Einer der Unfreien soll ihm regelmäßig zur Hand gehen, habe ich gehört.« Elgen stand neben Denn, den die Männer auf den Behandlungstisch gesetzt hatten, und hatte die Finger in die Schulter des Verletzten gegraben, der stöhnend sein Bein umklammert hielt. Lijanas fasste es behutsam am Knöchel und hob es auf die Tischplatte. »Gut, bringt diesen Unfreien her und besorgt mir heißes Wasser!« Schweigend verließ Kardan das Zelt.

In einer kleinen Kiste fand sie die Instrumente des Heilers. Ordentlich aufgereiht zwar, aber an einem der Messer entdeckte sie getrocknetes Blut.

»Ich brauche Branntwein oder etwas Ähnliches.«

Raulens Nicken bedeutete Elgen, dass er das Gewünschte besorgen sollte. Der blonde Krieger schien die Seite seines verletzten Kameraden nur ungern zu verlassen, gehorchte dann aber. Wenig später kehrte Kardan mit dem Unfreien zurück.

»Das Wasser wird gebracht, sobald es heiß ist«, meldete er und versetzte dem Unfreien einen Stoß, der ihn vor Lijanas auf die Knie beförderte. Sofort kauerte er sich zusammen und presste die Stirn auf den Boden. »Nein! Bitte!« Unter dem unwilligen Murmeln der Kjer beugte sie sich vor, um dem Mann zu sagen, er solle aufstehen, – und bemerkte dabei die ineinander geschlungenen Zeichen, die mit schwarzer Farbe seinen Nacken hinab in die Haut gestochen waren – die gleichen Zeichen, wie sie auch Mordan trug. Herzschläge lang starrte sie darauf! Ein entsetzlicher Gedanke stieg in ihr auf … Ohne es zu merken, schüttelte sie den Kopf. *Nein! Das ist nicht möglich!*

»Heilerin?« Raulens Stimme schreckte sie auf. »Ist alles in Ordnung?«

»Ja, es ist alles in Ordnung!«, versicherte sie dem Krieger nach einem tiefen Atemzug, um das Zittern in ihrem Inneren zu beherrschen, und berührte den vor ihr kauernden Mann entschlossen an der Schulter. »Steht auf!« Unter ihren Fingern wurde er starr, dann, ganz langsam, wandte er den Kopf, um sie anzusehen. In seinen hellen, grauen Augen stand blanker Unglauben. »Steht auf!«, forderte Lijanas noch einmal. Er bewegte sich unsicher, drehte sich halb zu Raulen, als wolle er den Krieger ebenfalls um Erlaubnis bitten. Da der Kommandant der Leibwache schwieg, verharrte er in seiner kauernden Stellung und legte die Stirn wieder auf den Boden.

Lijanas richtete sich auf und blickte den Kjer kühl an. »Um Denns Bein zu retten, muss ich wissen, welcher Tiegel was enthält. Da Narlon sehr nachlässig war, was das Beschriften der Gefäße angeht, und ich zudem Eure Sprache weder sprechen noch lesen kann, brauche ich die Hilfe dieses Mannes – und das heißt nicht, dass er vor mir auf dem Boden kauern muss und den Mund nicht aufmachen darf! Erlaubt ihm aufzustehen und zu sprechen!«

Der verblüffte Ausdruck in Raulens Gesicht verirrt ihr, dass wohl selten jemand mit ihm in diesem Ton sprach – zumindest keine Frau und noch weniger eine Nivard. Er tauschte einen raschen Blick mit Kardan, dann nickte er. »Tu, was die Heilerin sagt, Kerl!« Ein letztes Zögern, dann stand der Mann auf. Er war groß, fast so groß wie Mordan. Sein geschorenes Haar musste schwarz oder zumindest dunkelbraun sein. Der Ausdruck in seinen Augen war nicht zu deuten.

»Wie ist Euer Name?«

»Hannár.« Seine Stimme hatte einen dunklen, weichen Ton.

»Ihr stammt aus Astrachar?«

Er nickte. »Sajidarrah.« In dem einen Wort schwang so viel Hass mit, dass sie schauderte.

»Mein Name ist Lijanas. Ich brauche …«

Sein grauer Blick weitete sich verblüfft. »*Die* Lijanas? Die Heilerin, die Fürst Rusan …« Ein scharfer Befehl ließ ihn verstummen.

»Ich habe ihm nicht erlaubt zu sprechen, damit er mit Euch tändelt, Heilerin.« Sichtlich verärgert trat Raulen näher. »Nur weil er Euch hier helfen soll und auch Ihr eine Nivard seid, gibt es für ihn keine Sonderbehandlung. Mit ihm wird verfahren wie mit jedem anderen Unfreien auch.« Der Krieger wies auf den Mann, der sich wieder auf den Boden gekauert hatte. »Er weiß das! Und um seinetwillen solltet auch Ihr das nicht vergessen.«

Die Fäuste geballt, funkelte Lijanas den Kommandanten der Leibwache einen langen Moment an, dann nickte sie knapp, bückte sich und berührte Hannár erneut an der Schulter. »Steht auf, bitte!«

Langsam erhob er sich, wartete schweigend auf ihre Anweisungen. Sie fragte ihn nach mehreren Arzneien ebenso wie nach Wundbalsam und einem Schlafmittel, das Denn helfen würde, die Schmerzen zu ertragen, während sie die Wunde reinigte. Hannár nickte und suchte für sie heraus, was sie verlangt hatte. Sie nannte ihm die Instrumente, die sie benötigen würde, und er legte sie, ohne zu zögern, auf einem zweiten Tisch an der Seite des Zeltes zurecht. Anschließend machte er sich unaufgefordert daran, alles mit dem Branntwein zu reinigen, den Elgen inzwischen gebracht hatte. Unterdessen träufelte Lijanas einen schmerzlindernden und betäubenden Sud in einen Becher mit verdünntem Wein und reichte ihn Denn, mit dem Befehl, ihn ganz auszutrinken.

Ein Scharren an der Zeltklappe kündigte das heiße Wasser an. Ein junger Unfreier schleppte zwei dampfende Eimer herein, stellte einen auf Lijanas' Geheiß auf den zweiten Tisch und den anderen auf den Boden darunter. Als der Mann sich dann auch vor ihr duckte, suchte sie unwillkürlich nach den Zeichen in seinem Nacken – und fand sie. Für einen Herzschlag schloss sie die Augen. *Nein! Das glaube ich nicht!*

Neben ihr stöhnte Denn verhalten. Lijanas verbannte den Gedanken für den Moment und beugte sich über ihn. Seine Lider waren sichtlich schwer. Während sie darauf wartete, dass sie ihm endgültig zufielen, wusch sie sich in dem heißen Wasser die Hände. Sie hörte mehrstimmiges Keuchen, als sie die Gewandärmel in die Höhe schob. Kardan, Raulen, Elgen, Hannár, ja sogar der schon halb betäubte Denn hatte den Kopf gehoben und starrte wie die anderen auf ihre weißsilbern schimmernde Haut. Herausfordernd blickte sie von einem zum andern, obwohl ein Zittern in ihrer Kehle saß. Der Bann wurde unvermittelt gebrochen, als Denns Kopf geräuschvoll auf die Tischplatte schlug. Keiner der Männer hielt sie auf, als sie sich die Hände abtrocknete, sich vergewisserte, dass der Krieger schlief, und sich an die Arbeit machte. Ihr Verdacht bestätigte sich: Die Entzündung hatte sich schon tief in Denns Bein gefressen und es gab bereits erste Zeichen von Wundbrand. Es war gut gewesen, ihren Patienten zu betäuben. Auf diese Weise konnte sie so tief schneiden, wie es nötig war, und musste sich nicht darum sorgen, ob er die Schmerzen ertragen konnte. Hannár hatte sich offenbar auch von seinem Schrecken erholt und arbeitete schweigend an ihrer Seite, reichte ihr die Instrumente an, manchmal, ohne dass sie etwas sagen musste. Schon als er alles so fachgerecht vorbereitet hatte, war ihr der Gedanke gekommen, dass er selbst Heiler sein könnte, doch nun war sie sicher, dass sie einen Kollegen neben sich hatte. Erst als die Wunde bereits wieder verbunden war, fiel ihr das leise Gemurmel auf, das vom Eingang des Zeltes her erklang. Irritiert sah sie auf. Krieger und Trossvolk standen dort und gafften. Sie blickte zu Raulen und Kardan, schaute schließlich Hannár an. Der senkte den Kopf. »Narlon hätte ihm das Bein ohne Betäubung aufgeschnitten. Vielleicht hätte er es auch gleich abgenommen. Er ist kein guter Heiler«, flüsterte er kaum hörbar.

»Aber Ihr seid einer.«

Kurz zuckte ein bitteres Lächeln um seinen Mund. »Ich war einer.« Er legte die Hand flach auf seine Brust und deutete eine Verbeugung an. »Es war mir eine Ehre, der berühmten Lijanas zu assistieren.«

»Die Ehre war auf meiner Seite.« Sie neigte leicht den Kopf, während sie sich die Hände an einem Tuch sauber wischte, das er ihr reichte. Dann drehte sie sich um und begegnete Raulens Augen.

»Nun?« Der Kommandant der Leibwache blickte besorgt auf den reglosen Krieger.

»Er wird bald wieder aufwachen. Davor solltet Ihr ihn aber in sein Bett gebracht haben. Er darf das Bein nicht belasten, bis die Wunde vollständig geschlossen ist! Der Verband muss jeden Tag gewechselt werden! Die Wunde ist sehr tief, sie muss von innen heraus zuheilen! Das ist sehr wichtig! – Hannár wird Euch eine Medizin für ihn richten, die seine Schmerzen lindern wird, und außerdem Wundbalsam. – Hannár …« Sie wandte sich halb um, sah ihn nicken und lächelte. Es war ein Genuss, mit einem Mann zu arbeiten, der wusste, was man wollte. »Wer wird den Verband wechseln?« Elgen trat schweigend vor. Ausführlich erklärte Lijanas ihm, wie er die Wunde versorgen musste. Er hörte aufmerksam zu, wobei sein Blick immer wieder zu ihren glänzenden Schuppen ging, erklärte schließlich, dass er alles verstanden habe, und half dann den beiden anderen, Denn hinauszutragen. Die Menge vor dem Zelteingang machte ihnen bereitwillig Platz, doch dann verstummte ihr leises Murmeln und es wurde unvermittelt totenstill. Lijanas sah von den Operationsutensilien, die sie gerade hatte zusammenräumen wollen, auf. Neben sich hörte sie Hannár einen hasserfüllten Fluch keuchen, es klirrte leise, während er sich gleichzeitig hastig auf die Knie warf und die Stirn auf den Boden presste. Im Eingang stand Mordan und betrachtete sie in undeutbarem Schweigen.

»Ich sehe, Ihr habt Euch wieder eine Beschäftigung gesucht, Lijanas«, meinte er dann nach einem weiteren Moment der Stille trocken, ließ das Leder vor den Eingang fallen und sperrte so die neugierigen Blicke aus.

In einer Geste, die deutlich sagte ›Ich kann nun einmal nicht aus meiner Haut‹, breitete sie die Hände aus. »Ich fürchte, das Kleid ist ruiniert.«

Sein Auge glitt kurz über sie. »Ja, ich fürchte auch. – Habt Ihr schon etwas gegessen?«

Lijanas schüttelte den Kopf. In einem wortlosen Tadel hob er eine Braue, zog das Leder vor dem Zelteingang ein wenig beiseite, bellte einen Befehl und ließ es wieder fallen. Draußen entstand kurz ein wilder Tumult, dann war es erneut still.

»Wie ich sehe, habt Ihr Raulen und seine Männer kennengelernt. – Wird Denns Bein wieder in Ordnung kommen?«

»Wenn er es in der nächsten Zeit nicht belastet, ja.«

Mordan nickte. »Ich werde ihn so lange von seinem Dienst befreien.« Langsam trat er an den Behandlungstisch. »Ihr habt Euch einen Feind gemacht, Lijanas. Das ist Euch hoffentlich klar!«

Narlon, der Kjer-Heiler. Natürlich. »Ich habe nur getan, worum Raulen und die anderen mich gebeten haben.«

»Ihr hättet sie ebenso gut fortschicken können.«

Sie schnaubte, verscheuchte ihn vom Tisch, kippte Wasser darüber und begann das Holz abzuschrubben. »Ich bin Heilerin! Ich helfe Menschen! Ich schicke niemanden fort, wenn er meine Hilfe braucht!«

Ohne große Mühe entwand er ihr die Bürste und warf sie vor Hannár auf den Boden. »Das kann er tun! Ihr hört mir jetzt zu! – Ich komme von einer wenig erfreulichen Besprechung mit Jerdt zurück und finde einen erbosten Kriegsheiler bei meinem Zelt vor, der sich darüber empört, dass eine Nivard einen seiner Patienten behandelt; eine Nivard, die obendrein noch eine Gefangene ist. Könnt Ihr Euch vorstellen, wie ich mich in diesem Augenblick gefühlt habe?«

»Habt Ihr ihm den Hals umgedreht?«

Seine Brauen zogen sich ärgerlich zusammen. »Ich bin nicht zum Scherzen aufgelegt.«

»Was ist daran so schlimm, dass ich einen verletzten Mann …«

»Ihr habt in seinem Territorium gewildert und ich wusste noch nicht einmal etwas davon.«

»Aber …«

»Kein ›Aber!‹ – Ihr werdet unverzüglich in mein Zelt *zurückkehren!*«

»Wie könnt Ihr ...«

Seine Oberlippe kräuselte sich gefährlich. »Ich will keine Widerworte von Euch hören, Lijanas! Ich bin in äußerst gereizter Stimmung und noch auf der Suche nach jemandem, der mir einen Grund gibt, ihm den Kopf von den Schultern zu reißen. – Allerdings glaube ich kaum, dass Ihr das sein wollt!«

Sie schüttelte den Kopf. Der Umstand, dass er so völlig ruhig sprach, erschreckte sie.

»Gut! – Wir sehen uns später!« Mit einem knappen Nicken wandte er ihr den Rücken zu. Eine Mischung aus Schluchzen und Knurren erklang hinter ihr, verwirrt schaute sie sich um – und entdeckte eines der Operationsmesser in Hannárs Hand. Er hatte sich halb erhoben, seine Augen waren starr auf Mordan gerichtet. Offenbar hatte der auch etwas gehört, denn er drehte sich um. Hastig schob Lijanas sich vor den Mann am Boden, verdeckte das Messer mit ihrem Gewand und neigte fragend den Kopf. Eine Falte zeigte sich auf Mordans Stirn, er kam einen Schritt auf sie zu, doch dann erklang von draußen ein Ruf. Lijanas erkannte Brachans Stimme. Mordan bedachte sie mit einem scharfen Blick, bevor er nach einem neuerlichen Nicken rasch das Zelt verließ.

Schnell kauerte Lijanas sich vor Hannár auf die Knie. Seine Finger umklammerten den Messergriff noch immer mit solcher Gewalt, dass sein Arm zitterte. »Seid Ihr wahnsinnig? Er hätte Euch getötet, noch ehe Ihr ...«

»Bestie! – Warum habt Ihr Euch zwischen uns gestellt? Wisst Ihr nicht, was er in Sajidarrah getan hat? – Nein! Nein, wie solltet Ihr auch! Ihr wart nicht dabei. Aber ich ... ich habe es gesehen ... ihn gesehen ...« Er sprach atemlos, wie im Fieber.

»Hannár, bitte! Gebt mir das Messer!«

»Ich hätte ihn töten können! Ich hätte sie rächen können! Meine Frau, meinen Sohn ... Ihre Schreie verfolgen mich noch immer! Und er ... Er auf seinem verdammten Kriegsross ...« Jäh richtete er sich auf, umklammerte ihre Arme so fest, dass es schmerzte. »Er hat sie ausgewählt! Er hat den Befehl gegeben, sie ... sie ... – Und die ganze Zeit ... die ganze Zeit war er dabei ... die ganze Zeit hat er auf seinem Kriegsross gesessen, zwischen den Scheiterhaufen.« So unvermittelt, wie er sie gepackt hatte, gab er sie wieder frei, presste die Fäuste gegen die Schläfen.

»Hannár, beruhigt Euch!«

Das Messer fiel zu Boden, hastig brachte Lijanas es aus seiner Reichweite. »Und ihre Schreie … ihre Schreie … als das Feuer …« Er brach ab, von einem haltlosen Schluchzen geschüttelt. Für einen Augenblick zögerte sie hilflos, dann legte sie die Arme um seine Schultern und versuchte, ihn zu trösten. Es gelang ihr nicht.

Irgendwann verstummte sein Schluchzen schließlich. Verlegen wischte er sich die Augen und richtete sich auf. »Verzeiht mir, Lijanas. Es war nicht recht … Ich weiß nicht, was über mich gekommen ist. Aber als er plötzlich so nah vor mir stand … Ich habe nur für diesen Augenblick gelebt, und dann«, bitter schnaubte er, »dann warte ich zu lange!«

»Ihr wärt nicht an ihn herangekommen. *Er* hätte *Euch* getötet.«

»Das wäre mir gleich gewesen! Ich lebe nur noch, um die zu rächen, die ich liebte.«

Sie berührte seinen Arm, zog die Hand gleich wieder zurück. »Das mit Eurer Frau und Eurem Sohn tut mir leid. – Er konnte nicht anders. Es war ein Befehl!«

»Hat er das gesagt? Ein Befehl? – Lügen! Nichts als Lügen! – Ein Eisfelsen hätte mehr Mitleid gekannt als er.« Hannárs Mund verzerrte sich vor Hass. »Niemand tut so etwas nur wegen eines Befehls! – Es sei denn, er hat Vergnügen daran!«

Betroffen wich Lijanas seinem Blick aus. Sie erinnerte sich an die Kälte in Mordans Stimme, als er ihr gesagt hatte, Sajidarrah und Tejidannar seien ›Vergeltungsschläge‹ gewesen. Aber da war noch etwas anderes gewesen …

»Versteht Ihr jetzt, warum man ihn die Bestie von Sajidarrah nennt? Seht Ihr jetzt ein, dass dieser Mann kein Recht hat zu leben?« Hannárs Stimme klang drängend. Plötzlich war da ein seltsames Gefühl in ihrer Magengrube.

»Was wollt Ihr damit sagen?«

»Offenbar vertraut er Euch! Er lässt Euch in seine Nähe! Ein Messer in die Eingeweide …«

Heftig sprang Lijanas auf. »Ihr seid von Sinnen! Ich soll einen Menschen ermorden?« *Ich soll* ihn *ermorden?!* »Ich bin Heilerin! Ich …«

»Er ist kein Mensch! Ein brutales Vieh bestenfalls!« Hannár stand ebenfalls auf, fasste sie erneut an den Armen. »Er hat Hunderte ermorden lassen! Er hat den Tod verdient! Ein Messer ist noch gnädig …«

»Nein!« Sie riss sich los, wich vor ihm zurück. »Die Trauer hat Euch den Verstand geraubt! Ich werde die Hand nicht gegen einen Mann heben, der …!«

… mich mit seinem Leben beschützt hat! Die plötzliche Erkenntnis ließ sie ebenso schaudern wie der Ausdruck, der mit einem Mal in Hannárs grauen Augen war.

»Also seid Ihr die Nivard-Gefangene, die er in sein Bett geholt hat und von der das ganze Lager spricht. Die ›Herrin‹, von der die junge Kaija erzählt hat. – Ihr seid freiwillig zwischen seine Felle gekrochen. Er hat Euch nicht dazu gezwungen.«

Bei seinen Worten wich sie noch weiter zurück. »Ich bin nicht …«, wollte sie sich verteidigen.

»Verräterin!«, zischte er sie an und hob die Fäuste.

Sie spürte die Zeltklappe in ihrem Rücken im gleichen Moment, als seine Hände sich nach ihr ausstreckten. Hastig riss sie das Leder beiseite und duckte sich ins Freie. Kardan, der in einigen Schritten Entfernung bei zwei Kriegern gestanden hatte, kam schnell auf sie zu.

Ein kurzer Blick über die Schulter sagte ihr, dass Hannár ihr nicht gefolgt war.

»Geht es Euch gut, Heilerin?«

Sie musste mehrmals tief Atem holen, ehe sie Kardan antworten konnte, doch schließlich nickte sie. »Ja, es geht mir gut.« Noch einmal sah sie zu Narlons Zelt zurück, dann fuhr sie sich mit dem Handrücken über die Stirn. »Ich bin nur müde. Würdet Ihr mich …« Sie zog die Lippe zwischen die Zähne, ballte kurz die Fäuste. So verrückt es war, im Augenblick gab es nur eines, was sie wollte: allein sein! Und es gab nur einen Ort, an dem das möglich war. »Würdet Ihr mich bitte zum Zelt des Heerführers zurückbringen?«

Mordan starrte auf den Kadaver zu seinen Füßen und verfluchte sich selbst für seine Unvorsichtigkeit. *Ich hätte es wissen müssen!* »Wann ist es passiert?«

»Zwei Stunden vor Sonnenaufgang. – Ich habe selbst eben erst davon erfahren.«

»Ist einer der Männer verletzt?«

»Ein Mann ist tot – die anderen beiden sind mit dem Schrecken davongekommen.« Brachan stieß die Kreatur mit dem Stiefel an. »Fast könnte man meinen, die Biester sind hinter uns her.«

Nicht hinter uns. Hinter Lijanas!

»Verbrennt den Kadaver! Verdreifacht die Lagerwachen! Die Männer sollen ab sofort zuerst töten und dann Fragen stellen!« Er drehte sich zu dem grauhaarigen Krieger um. »*Sie* muss nichts davon wissen!«

Brachan nickte. »Ich verstehe! – Was ist mit heute Nacht?«

Nach einem Zögern schüttelte Mordan den Kopf. »Es bleibt dabei! – Du sagst, die Männer hätten nur einen gesehen – bisher waren sie offenbar aber immer zu mehreren, wenn sie angegriffen haben. Ich vermute, das hier war der Einzige, der in Cavallin entkommen ist.«

»Und selbst wenn nicht – die Männer wissen jetzt, worauf sie achten müssen. Keines dieser Biester kommt ins Lager! Darauf hast du mein Wort!«

Noch einmal blickte Mordan auf die Überreste des Seelenfressers. *Ich werde sehr gut auf dich achtgeben, kleiner Vogel!*

Das Schnauben und Stampfen der Pferde erfüllte die Torhalle von Cavallin. Der vordere der Reiter beugte sich zu einer der

Wachen hinab und zog den Schal vom Gesicht. Die Züge einer Frau kamen zum Vorschein. Eine Silbermünze glänzte zwischen ihren Fingern. »Wen muss ich aufsuchen, wenn ich etwas über einen Trupp Nivard erfahren will, der hier vor einigen Tagen durchgekommen sein müsste – oder über fünf Kjer-Krieger und eine Frau?«

»Geht zu Hauptmann Uladh!« Der Mann ließ das Geldstück in seiner Tasche verschwinden und wies ihr den Weg. Eliazanar gab ihren Männern ein Zeichen und trieb ihr Pferd vorwärts.

»Lijanas?«

Sie konnte sich nicht dazu durchringen, den Kopf zu heben, sondern blieb bewegungslos sitzen, die Knie eng an den Leib gezogen, die Arme darum geschlungen, zusammengekauert. Einen Augenblick herrschte wieder Stille, dann wurde sie hochgehoben, zum Bett getragen und behutsam darauf abgesetzt.

»Lijanas? Was ist mit Euch? Warum hockt Ihr am Boden wie eine Unfreie? Ist Euch nicht wohl?« In seiner Stimme war so viel mühsam beherrschte Sorge, dass sie doch aufschaute. Mordan hatte sich neben das Bett gekniet, die Hände auf den Rahmen gelegt und blickte sie von unten herauf an, darum bemüht, ihr ins Gesicht zu sehen.

Langsam schüttelte sie den Kopf. »Es geht mir gut!«

»Seid Ihr sicher? Kardan sagte ...«

»Natürlich bin ich sicher! Ich bin nur müde.«

Für einen Herzschlag presste er die Lippen zu einem harten Strich zusammen, dann stand er auf, nahm ein Bündel Kleider vom Tisch und legte es zu ihr aufs Bett.

»Wenn morgen die Sonne aufgeht, brechen wir zu Kassens Klamm auf. – Ich hoffe, die Sachen passen Euch. Etwas Kleineres war in unseren Beständen nicht zu finden und die Gewänder aus der Truhe sind für eine Reise nicht geeignet. – Wollt Ihr so gut sein und sie anprobieren, Lijanas?« Ohne auf ihre Antwort zu warten, löste er die Riemen, die die beiden Ledervorhänge bisher beiseitegehalten hatten, und sie war allein. Einen Augenblick saß sie weiter reglos. Morgen also. Sie holte die Kleider zu sich heran: eine einfache Leinentunika, Hosen und Wams aus weichem Leder. Sie streifte das besudelte Gewand über den Kopf, zog die Sachen an und trat zwischen den Ledervorhängen hindurch. Schweigend musterte er sie – die Ärmel des Wams' waren zu lang, ebenso die Hosenbeine, ansonsten passten die Stücke erstaunlich gut – dann zog er seinen Dolch aus dem Gürtel, kniete sich vor sie und kürzte das Leder.

Sie starrte auf seinen gebeugten Nacken, glaubte, die Zeichen darauf durch sein Haar zu sehen. Lijanas schloss die Augen.

»Ist alles in Ordnung? Lijanas?«

Hastig öffnete sie die Lider. Jenseits der Zeltwand lachte jemand. Eine Frau kreischte, allerdings klang es nicht sonderlich empört. Er kniete noch immer auf dem Boden, sah zu ihr auf. »Nein, es ist nichts!«, versicherte sie hastig, während er aufstand.

Ein kurzes Nicken, dann schnitt er auch die Wamsärmel auf eine passende Länge zurück, bevor er einen Ledergürtel vom Tisch nahm und ihn einfach um ihre Mitte legte. In einer Scheide steckte ein kleines Messer. Verwundert zog sie es heraus. »Ein Speisemesser! Damit Ihr nicht mit den Fingern essen müsst«, beantwortete er ihre unausgesprochene Frage. »Könnt Ihr mit einem Dolch umgehen? Einem richtigen Dolch? – Und mit ›umgehen‹ meine ich nicht, mit ihm Geschwüre aufschneiden oder Wunden ausbrennen?«

Sie warf einen raschen Blick zu den Mordwerkzeugen, die nebeneinander aufgereiht in einem hölzernen Gestell blitzten. »Nein …«

»Dann lassen wir das! Ich gebe niemandem eine Waffe in die Hand, wenn er sie nicht auch zu gebrauchen versteht. – Wie fühlt Ihr Euch?« Er trat einen Schritt zurück und musterte sie.

Meinst du in diesen Kleidern? Ich habe zum letzten Mal Hosen getragen, da war ich ein kleines Mädchen und ritt auf den Schultern meines Vaters. »Ungewohnt.«

In einem Anflug von Verwunderung runzelte er die Stirn. Lijanas hob den Kopf, als jenseits der Zeltwand erneut Gelächter erklang. »Was geht da draußen vor?«

Ein Lächeln zuckte über seinen Mund. »Fühlt Ihr Euch wohl genug, um auf ein Fest zu gehen?«

»Ein Fest?«

»Ein Fest!«, nickte er. »Ich schicke meine Truppen ins Winterlager! Morgen früh, nachdem wir aufgebrochen sind, wird Feniar das Lager abbrechen und sie hinbringen. Es ist üblich, am Abend vorher noch einmal zu feiern. – Nichts Großartiges: Essen, Trinken, das ein oder andere Kampfspiel … – Möchtet Ihr dabei sein?«

Verblüfft starrte sie ihn an.

Er deutete ihr Zögern offenbar falsch, denn er hob mit einer enttäuschten Bewegung die Schultern und wollte an ihr vorbeigehen. »Nun gut. Wie Ihr wünscht …« Rasch hielt sie ihn an der Hand fest. Seine Brauen zogen sich in leiser Verwirrung zusammen, während er auf sie hinunterblickte. »Ich würde gern dabei sein!«, lächelte sie zu ihm empor.

Die Verwirrung auf seinen Zügen wich etwas, was sie bisher nur einmal gesehen hatte – in Cavallin inmitten der tanzenden Menge. Plötzlich war da wieder dieser unerklärliche warme Knoten.

»Schön! Ich hole Euch, wenn es so weit ist. Ruht Euch bis dahin noch etwas aus. – Die Nacht könnte ein wenig lang werden. Und wir werden morgen früh aufbrechen.«

»Soll ich zu dem Fest … in diesen Kleidern …«

Sein Auge glitzerte. »Warum nicht? – Bis später!« Er griff nach seinem Mantel und warf ihn sich nachlässig über. Beim Anblick seines Rückens fiel ihr etwas ein.

Er muss von Hannár erfahren. »Mordan! Wartet!«

Jäh erstarrte er, dann drehte er sich ganz langsam zu ihr um. »Was … Was habt Ihr gerade gesagt?« Er klang, als wisse er nicht mehr, wie man atmet.

»Ihr sollt warten!«

»Nein! Davor!«

Ich habe ihn zum ersten Mal bei seinem Namen genannt! Nicht

›Kjer‹ – »Mordan!«, wiederholte sie. Schier endlos stieß er die Luft aus.

Er kam zu ihr zurück.

»Da gibt es einen Unfreien, sein Name ist Hannár.«

»Es wäre schön, wenn wir es dabei belassen könnten.«

»Der Mann stammt aus Sajidarrah.«

»Er klingt gut aus Eurem Mund.«

»Er hasst Euch!«

»Viel besser als einfach ›Kjer‹, findet Ihr nicht?«

»Verdammt, hört Ihr mir überhaupt zu?« Sie packte ihn bei den Schultern und schüttelte ihn – versuchte es zumindest. Bei einem Mann, der bestimmt hundert Pfund mehr wog als sie selbst, war es nicht ganz so leicht, wie sie gedacht hatte.

»Natürlich!« Er blickte ihr weiter in die Augen. »Ein Unfreier mit Namen Hannár, der aus Sajidarrah stammt, hasst mich. – Und weiter?«

Mit einem Fauchen versetzte sie ihm einen Stoß und bedauerte es plötzlich, nicht über die Eckzähne eines Kjer zu verfügen, die sie gegen ihn hätte fletschen können. »Er will Euch töten!«

Ihre Worte wurden mit einem bellenden Lachen beantwortet. »Er ist nicht der Einzige. Viele wünschen mir den Tod. Euer Fürst Rusan ist einer von ihnen – und Prinz Ahmeer sicherlich auch.« Die Lippen leicht gekräuselt strich er ihr eine Haarsträhne zurück. »Aber es tut gut zu wissen, dass es zumindest einen Menschen gibt, der mich am Leben wissen will, Lijanas.« Seine Finger streiften ihre Wange wie ein Hauch, doch plötzlich veränderte sich etwas in seinem Gesicht und er trat zurück. »Ich komme Euch später abholen.« Rasch verließ er das Zelt. Lijanas sah ihm nach. Der Knoten in ihrem Bauch drohte zu bersten.

19

Der Geruch von Holzfeuern, Braten und Bier lag als berauschender Duft über dem Lager. Von allen Seiten drang Gelächter zu ihr, zuweilen Jubel. Einige der Krieger saßen entspannt an den Feuern und ließen es sich schmecken, andere standen beieinander, Holzkrüge in den Händen, unterhielten sich oder diskutierten heftig. Ein Rudel Kinder drängte sich plötzlich an ihr vorbei und verschwand zwischen einigen Männern, die ihnen hinterherfluchten.

»Ist das nicht gefährlich? Ich meine, wenn jemand …« Halb wandte sie sich zu Mordan um, der knapp hinter ihr war. Er hatte es ihr freigestellt, sich an das große Feuer zu setzen, an dem die Offiziere sich versammelt hatten, oder ihn auf seinem Gang durch das Lager zu begleiten. Sie hatte nicht lange nachdenken müssen, um sich zu entscheiden.

»… uns überfallen will? – Nein!« Mit einer kurzen Geste grüßte er einen Mann, der an ihnen vorbeiging. Erst als er schon fast zwischen den Feuern verschwunden war, erkannte sie Mailen. »Wir sind hier in Telmáhr. Niemand würde es wagen, uns anzugreifen. Und außerdem, Lijanas, glaubt Ihr wirklich, dass meine Männer sich hier sinnlos betrinken und später halb bewusstlos auf ihre Felle fallen? Ich versichere Euch, dem ist nicht so – und sollte doch einer darunter sein, der sich vergisst, würde Feniar dafür sorgen, dass er es morgen früh bitter bereut. Zudem gibt es immer noch die Lagerwachen, die uns rechtzeitig warnen würden. – Ihr könnt ganz unbesorgt sein!«

»Aber die Männer sind alle unbewaffnet …«

»Sind sie das? Seht dorthin!« Er wies an ihrer Schulter vorbei, auf einen Krieger, der an seine Lanze gelehnt am Feuer stand – zu seinen Füßen mehrere Schwerter. Ein kurzer Blick zu ihm zeigte ihr ein feines Lächeln. »Ihr werdet einen solchen Mann an jedem Feuer finden. – Auch wenn wir feiern, sind wir noch immer Krieger.« Seine Hand schob sie weiter. Unvermittelt stand sie vor Raulen, in dessen Arm sich eine knapp bekleidete Frau schmiegte.

»Heerführer!« Der Kommandant der Leibwache nickte ihr zu, ehe er grinste und sich Mordan zuwandte. »Werdet Ihr und die Heilerin nachher ans große Feuer kommen und Euch den Kampf ansehen?«, fragte er in Nivard.

»Natürlich! Ich will doch dabei sein, wenn du den Kerl in den Dreck wirfst!« Er wies auf die Frau an Raulens Seite. »Verausgabe dich nur nicht schon vorher.«

Das Grinsen in dem sommersprossigen Gesicht wurde breiter. Einmal mehr stellte Lijanas fest, dass sie sich noch immer nicht daran gewöhnt hatte, dass ein gefährlich aussehendes Zähnefletschen bei den Kjer auch ein Ausdruck guter Laune sein konnte.

»Bestimmt nicht, Heerführer!« Der Krieger schob die Frau an ihnen vorbei und verschwand mit ihr in Richtung Lagerrand.

»Welcher Kampf?« Sie wehrte dankend einen Humpen Bier ab, der ihr angeboten wurde, und bewegte sich langsam weiter zwischen den Feuern hindurch.

»Ein Ringkampf. Raulen gegen Jerdts besten Mann. Wenn ich nur die Hälfte von dem bekäme, was meine Männer gesetzt haben, müsste ich mir keine Gedanken über den nächsten Sold machen.«

»Wird Jerdt auch da sein?«

»Ja.« Eis klirrte in dem Wort. Sie schlang die Finger ineinander. Mordan strich ihr leicht über den Arm. »Es ist sein Recht, an meinem Feuer zu sitzen. Ich kann es ihm nicht verweigern.« Er klang nicht, als wäre er darüber besonders glücklich. »Aber lasst Euch von ihm nicht den Abend vergällen! Ihr seid mein Gast! Als solcher steht Ihr unter meinem Schutz! Und ich bin immer noch König Haffrens erster Heerführer und er nur der zweite!« Er bot ihr seinen Arm. »Kommt! Lasst uns zum großen Feuer gehen! – Raulen wird begeistert sein, wenn Ihr ihm später zujubelt!«

Sie zögerte.

»Was ist?«

»Werdet Ihr weiter alle glauben lassen, dass ich Eure … Eure …«

Das Wort Hure wollte nicht über ihre Lippen, »dass ich Eure Geliebte bin?«

»Ist das so schlimm für Euch?«

»Es ist eine Lüge! Ihr wisst sehr genau, was vorgefallen ist! – Warum darf niemand wissen, dass Ihr verletzt seid? Deshalb doch das alles! Deshalb habt Ihr doch auch die Hagdornblätter gekaut, oder?«

»Was glaubt Ihr, wäre geschehen, wenn Jerdt erfahren hätte, dass ich ihm nichts entgegenzusetzen habe? Das Erste, was er getan hätte, wäre, Euch wieder in seine Gewalt zu bringen. – Er hätte Euch mit dem allergrößten Vergnügen nach Turas gebracht und dort verkündet, dass ich versagt habe ...«

»Was wäre daran so schlimm gewesen, jeder kann einmal ...«

»Nein, Lijanas! Es ist mir nicht erlaubt, zu versagen. Auch nicht einmal!«

»Was – meint Ihr damit?« *Das kann nicht sein!*

»Auf Versagen steht bei uns der Tod!« Er sagte es ganz ruhig.

»Und wenn Ihr einmal einen Befehl nicht ausführen *könnt?* Wenn Ihr beispielsweise eine Stadt nicht einnehmen könnt.«

»Ob ich einen Befehl verweigere oder bei der Ausführung versage – das Ergebnis ist das gleiche.«

»Tod!« Lijanas hauchte das Wort nur hervor.

»Ja!« Er hob die Hand, der goldene Siegelring des Heerführers funkelte. Im Flammenschein schien der zweiköpfige Wolf darauf zu leben. »Jerdt steht hoch in König Haffrens Gunst und er will diesen Ring um jeden Preis. Mein Versagen hätte ihm diesen Ring eingebracht – und er hätte sich noch nicht einmal selbst die Hände schmutzig machen müssen. Versteht Ihr jetzt, warum das alles nötig war? Und die beste Ausrede, warum Ihr bei mir wart und ich mein Zelt nicht verlassen habe, war nun einmal ...«

»Ich verstehe. – War es Eure Idee?«

»Nein. Ich wusste nichts davon, bis Jerdt damit herausplatzte. Aber ich kann mir denken, dass es Brachans Werk war.«

»Muss ich weiter Eure Geliebte spielen?«

»Ich werde Euch zu nichts zwingen.« Plötzlich klang seine Stimme belegt. »Solltet Ihr es wünschen, werde ich Euch nicht mehr berühren.«

Einen langen Augenblick sah sie ihn an. »Würde mir jemand glauben, wenn ich es leugnen würde?«, wollte sie dann wissen.

»Vermutlich nicht.«

Lijanas nickte. Sie hatte nichts anderes erwartet. »Ich denke, wir sollten unsere Beziehung so lassen, wie sie derzeit ist.« War das eben ein Aufatmen von ihm gewesen? »Jerdt muss nicht alles wissen!« Sie legte die Hand auf seinen Arm. »Lasst uns gehen.«

Die Flammen des großen Feuers schienen bis in den Nachthimmel hinaufzuschlagen. In einem weiten Halbkreis hatten sich die Offiziere der beiden Heerführer auf Fellen niedergelassen und sich entspannt an umgelegte Baumstämme gelehnt, Becher mit Wein oder Bier in den Händen. Die Speisebretter vor ihnen waren beladen mit gebratenem Federvieh und Gemüse, von einem ganzen Schwein waren bereits die Rippen freigelegt, dazwischen standen Töpfe mit fremdartig duftendem Inhalt und goldene Käselaiber glänzten neben Äpfeln und dunklen Trauben.

Als Mordan mit ihr in den Flammenschein trat, verstummten die Unterhaltungen für einen Moment. Lijanas fühlte sich gemustert, während er sie durch das Rund vor dem Feuer führte und ihr dann mit einer Geste einen Platz auf den weichen Fellen zuwies, die zu Füßen seiner Standarte ausgebreitet worden waren. Daneben hing Jerdts Widderbanner. König Haffrens zweiter Heerführer hatte es sich bereits bequem gemacht. Jerdts Grinsen, als Mordan sich auf ihrer anderen Seite niederließ, jagte Lijanas einen Schauer über den Rücken. Eine Berührung am Fuß schreckte sie auf. Eine Unfreie kauerte vor ihr, ein Speisebrett in den Händen, beladen mit Köstlichkeiten, die offenbar für sie bestimmt waren. »Ich danke Euch!« Sie nahm der Frau die Speisen aus den Händen – das vereinzelte Murmeln der Männer im Rund entging ihr nicht – und stellte sie zwischen sich und Mordan. Ein kleiner Junge kniete sich an die Stelle der Frau und hielt ihr eine wassergefüllte Schale hin, damit sie sich die Hände waschen konnte. Wieder dankte sie nickend. Als sie aufsah, begegnete sie Jerdts grüngrauen Augen. Er betrachtete sie einen Moment mit einem höhnischen, halben Lächeln, bevor er sich abwandte.

»Stimmt etwas nicht?«, erschreckend wachsam beugte Mordan sich zu ihr, blickte dabei aber zu Jerdt.

Rasch schüttelte sie den Kopf. Neben ihr entspannte er sich ein wenig. »Was mögt Ihr? Braten? Hühnchen?« Seine Hand wies auf das Speisebrett.

»Hühnchen, bitte!«

Er nickte. »Möchtet Ihr Wein?«

»Ich … weiß nicht.«

Noch einmal musterte er sie prüfend, ehe er einem Unfreien ein Zeichen gab, ihr einige Scheiben Hühnchenfleisch abschnitt und sie auf ihrer Seite des Brettes an den Rand legte. Einen Moment später reichte er ihr dann einen Becher. »Wein, verdünnt mit etwas Wasser«, kam er ihrer Frage zuvor. Dankbar nahm sie einen Schluck, griff nach einem Hühnchenstück und wollte eben davon abbeißen, als Mordans Finger sich um ihre schlossen. »Nicht! – Wo habt Ihr das Messer, das ich Euch gegeben habe?« Er zwang sie, das Fleisch auf das Speisebrett zurückzulegen.

»Hier.« Sie stellte den Becher beiseite und zog es aus der Scheide.

»Benutzt das Messer zum Essen! Und nur das Messer! – Verstanden?« Rasch ließ er den Blick über die Männer gleiten. Verwirrt tat Lijanas es ihm nach – und begegnete Jerdts Augen. Hastig wandte sie sich Mordan wieder zu.

»Ich habe verstanden! Aber was ist daran so schlimm, mit den Fingern zu essen? – Ihr habt es an jenem Abend in Cavallin doch auch getan.«

»Das war etwas anderes. Da waren nur Männer anwesend, denen ich vertrauen konnte und die wussten …« Er verstummte, fuhr sich mit der Hand durchs Haar. »Ihr werdet bemerkt haben, dass es ihnen nicht gefallen hat, mich mit den Fingern essen zu sehen.«

»Ja, aber ich verstehe nicht, warum?«

»Bei uns essen nur Unfreie mit den Fingern! – Ihr hättet Euch um ein Haar eben selbst vor aller Augen erniedrigt.«

Erschrocken sah sie ihn an.

»Es ist ja noch kein Schaden entstanden«, beruhigte er sie. »Nur denkt von nun an daran. Einzig Obst und Brot oder Gebäck dürft Ihr mit den Fingern essen. – Und wenn Ihr das Messer eine Zeit nicht braucht, stoßt es mit der Spitze in das Speisebrett.«

Langsam nickte Lijanas. »Warum müssen Unfreie mit den Fingern essen?«

Zwei Männer in knielangen Leinenhosen betraten gerade den Platz vor dem Feuer, schritten von beiden Seiten das Halbrund der Offiziere ab, zeigten ihre im Flammenschein glänzende Muskeln.

Mordan betrachtete sie kurz, ehe er Lijanas über ein Stück Käse hinweg ansah, das auf der Spitze seines Messers saß. »Ein Messer ist eine Waffe. Und einem Unfreien ist es verboten, eine Waffe anzurühren – geschweige denn eine zu besitzen. Erwischt man ihn trotzdem mit einer in der Hand, ist das sein Tod.«

»Das ist unmenschlich.« Sie konnte das Schaudern kaum unterdrücken.

»Es ist Gesetz!«

Lijanas blickte zur Seite. »Wird bei den Kjer alles so grausam bestraft?«, wagte sie dann zu fragen.

Seine Brauen zogen sich zusammen. »Wie meint Ihr das?« Eben traten die Männer vor die beiden Heerführer und schlugen die Faust gegen die bloße Brust. Eine nachlässige Geste Mordans und sie stellten sich in der Mitte des Platzes einander gegenüber auf, duckten sich – und gingen aufeinander los. Ein wilder Schrei ging durch die Zuschauer, als der erste Ringkampf begann. Nur der Mann an ihrer Seite schenkte ihm keine Aufmerksamkeit. »Wie meint Ihr das?«, wiederholte er.

»Wenn schon der Besitz eines Messers mit dem Tod bestraft wird –«

»Nur bei Unfreien.«

»Aber selbst Ihr als Heerführer müsst damit rechnen, hingerich-

tet zu werden, nur weil Ihr einen Befehl nicht ausführen *konntet.*«
Hilflos schüttelte sie den Kopf. »Ich kann verstehen, dass man einem Dieb die Hand abschlägt – auch wenn ich es grausam finde –, einen Verräter zu brennen und zu verbannen ist ebenso recht, wie einen Mörder hinzurichten … Aber bei den Kjer scheinen selbst auf Dinge, die man bei den Nivard mit einem Sühnegeld büßt, die Peitsche oder der Tod zu stehen.«

Mordan stieß das Messer in das Speisebrett und schaute zu den keuchenden Ringkämpfern hin. Eine lange Zeit schwieg er und Lijanas dachte, die Unterhaltung sei für ihn beendet, als er einen Apfel in die Hand nahm, sich auf den Ellbogen zurücklehnte und sie ansah.

»Lijanas, wie könnt Ihr urteilen, wenn Ihr unsere Gesetze gar nicht kennt? – Wir leben seit Hunderten von Wintern nach ihnen und niemand hat bisher ihre Richtigkeit angezweifelt.«

»Weil Ihr nichts anderes kennt.«

»Wir leben nicht hinter riesigen Mauern und haben keinen Kontakt zu anderen Völkern, Lijanas, aber unsere Gesetze sind nun einmal so und sie haben sich bewährt. Bei uns gab es nie einen Bruderkrieg wie bei den Edari. Es wäre undenkbar, dass einer aufsteht und das Recht des Eiskatzenclans auf den Thron anzweifelt, wie es bei den Nivard schon geschehen ist.«

Sie starrte auf den rot glänzenden Apfel, den er in den Händen drehte. »Aber wie kann es richtig sein, einen Mann für etwas hinrichten zu lassen, wofür er gar nichts kann?«

»Ihr kommt davon nicht los, wie? – Lijanas, ich kenne die Regeln und ich lebe danach. Wenn ich versage, werde ich dafür bestraft und es ist das Recht meines Herrschers, über das Wie zu entscheiden. So ist es und nicht anders. Schon unzählige Heerführer haben vor mir so gelebt und unzählige werden nach mir so leben.«

»Ihr redet wie ein Sklave.«

»Was?« Der Apfel kullerte auf die Felle.

»›Es ist das Recht meines Herrschers, über das Wie zu entscheiden.‹ Bei der Gnade der Göttin. Hört Ihr Euch eigentlich selbst zu? Ihr klingt, als würde Euer Leben ihm gehören und nicht –«

»Das tut es!«

»Seid Ihr ein Ding, das man besitzen kann? Ein Pferd, das man tötet, wenn es den Karren nicht mehr ziehen kann? Ein Hund, den man erschlägt, weil er keinen Zahn im Maul mehr hat, mit dem er …«

»Eure Worte sind Ketzerei, Lijanas! Ihr könntet dafür hingerichtet werden – wir beide könnten dafür hingerichtet werden! Ihr für Eure Rede und ich, weil ich Euch zuhöre! – In Turas darf so etwas nicht über Eure Lippen kommen, wenn Euch Euer Leben lieb ist! Ich warne Euch!«

»Wie könnt …«

»Nein! Kein Wort mehr davon! – Ihr seid eine Fremde, deshalb werde ich Euch nicht dafür bestrafen, wie es eigentlich meine Pflicht wäre!« Er nahm den Apfel auf und hielt ihn ihr drohend vors Gesicht. »Aber Ihr werdet jetzt gehorchen und still sein!«

»Für Euch gibt es wohl nur Gehorsam, wie?«

»Ja! Gehorsam bis in den Tod! – So war es, so ist es und so wird es sein! – Und nun endgültig genug davon!« Brüsk setzte er sich auf und wandte seine Aufmerksamkeit dem Ringkampf zu. Wie betäubt starrte sie seinen Rücken an. *Das kann nicht sein Ernst sein? Wie kann er das so einfach hinnehmen?* Neben ihr erklang ein leises Lachen. Sie musste nicht aufblicken, um zu wissen, dass Jerdt sie ansah. Er hatte alles mit angehört. *›Eure Worte sind Ketzerei,… wir beide könnten dafür hingerichtet werden.‹ – Gnädige, hab Erbarmen! Habe ich ihm mit meinen Worten eine Handhabe gegen Mordan geliefert?*

Seid Ihr ein Ding, das man besitzen kann? – Seid Ihr ein Ding, das man besitzen kann?

Wie kann sie so reden? – Nein! Ich bin niemandes Besitz! Ich bin frei! Frei! Sie haben es mir in den Nacken gestochen! Seine Hand schloss sich so hart zur Faust, dass die Nägel sich in seine Handfläche gruben. *Frei, verdammt!* Er hörte Jerdt neben sich lachen und schaute hinüber. Mit gönnerhaftem Lächeln prostete der andere ihm zu. Natürlich hatte diese seelenverfluchte Ratte alles gehört. Er hob seinerseits den Becher, sein Blick streifte nur kurz die junge Frau an seiner Seite – in ihren Augen lag das ganze Unglück der Welt –, dann wandte er sich wieder den beiden Kämpfern zu. *Die Gesetze sind, wie sie sind! – Verflucht seist du, kleiner Vogel! Wie kannst du so reden? Wie kannst du alles anzweifeln, wonach ich lebe, seit ich denken kann?* Er sah erneut zu ihr hin. Es schien, als sei sie ein Stück näher herangerutscht. *Warum lässt es dich nicht los, dass ich getötet würde, sollte ich bei etwas versagen? – Kann ich vielleicht doch noch etwas anderes für dich sein als der Kjer, der dich entführt und geschlagen hat? Kannst du mich vielleicht ... lieben? – Nein! Das ist zu viel von dir verlangt! – Aber vielleicht könntest du ... könntest du ... – Ja, was? Was wünsche ich mir von dir stattdessen? Freundschaft? Vertrauen?* Ihre Hand auf seinem Arm ließ ihn aufschauen. Für einen kurzen Moment nahmen ihre Augen ihn gefangen. *Ich möchte am Abend an deiner Seite einschlafen und am Morgen neben dir aufwachen! Ich möchte dich beschützen und dir dienen! Ich möchte mit dir streiten und lachen! Ich möchte, dass du Teil meines Lebens bist und dass ich Teil deines Lebens bin! – Ich bin ein Narr!*

»Es tut mir leid, Ihr hattet recht. Ich kenne Eure Gesetze zu wenig ...«

Er legte seine Hand über ihre. »Es ist gut, Lijanas! Vergesst es!«

»Aber ...«

»Kein Aber! Vergesst es!« Ein kalter Windstoß peitschte die Flammen des großen Feuers in den Nachthimmel hinauf.

»Jerdt hat alles gehört!«

»Ich weiß! – Lasst Jerdt meine Sorge sein.« Behutsam zog er den Arm unter ihrer Hand heraus und wies auf das Rund vor dem Feuer, das gerade Raulen und einer von Jerdts Männern abschritten. »Seht!« Wie zuvor blieben die Krieger vor den Heerführern stehen und schlugen die Faust gegen die bloße Brust, ehe sie sich auf sein Zeichen zur Mitte des Platzes begaben.

»Raulen!« Der Krieger wandte sich zu ihm um. Mordan zog eine Goldmünze aus der Gürteltasche und hielt sie in die Höhe. Der Kommandant seiner Leibwache fletschte die Zähne in einem wölfischen Grinsen und hob noch einmal die Faust gegen die Brust. Dann stellte er sich seinem Gegner gegenüber.

Mordan hörte die Heilerin neben sich aufkeuchen, als die beiden Männer einen Herzschlag später aufeinander losgingen. Angespannt beugte er sich selbst vor, nur um einen Augenblick später einen Fluch zu zischen. Raulens Hände glitten immer wieder von der Haut seines Gegners ab.

»Was ist?« Ihre Hand legte sich erneut auf seinen Arm.

»Jerdts Mann hat sich mit Öl eingerieben. Raulen wird es schwer haben. Er kann kaum einen Griff anbringen.«

»Ist es denn nicht verboten, sich einzuölen?«

»Nein! Aber es ist auch nicht besonders ehrenhaft. – Verdammt!« Eben landete der Kommandant seiner Leibwache mit einem Krachen auf dem Boden – sprang aber sofort wieder auf und stürzte sich von Neuem auf seinen Gegner. Erregtes Geschrei hallte über den Platz. Nicht nur die Offiziere feuerten ihren Favoriten an, Krieger drängten sich hinter ihnen und verfolgten die Vorgänge ebenso gespannt. Für mehrere Augenblicke wogte der Kampf, immer wieder versuchte Raulen, den anderen zu fassen, immer wieder glitten seine Finger ab, dann warf er den Mann zu Boden, hielt ihn fest – und rutschte erneut ab und wurde abgeworfen. Noch während er wieder auf die Beine kam, warf sein Gegner sich auf ihn, riss ihn zu Boden und hielt ihn mit verdrehtem Arm, ein Knie zwischen seinen Schulterblättern, dort fest. Er kam nicht wieder frei! Der Kampf war verloren!

Als die beiden Männer dann vor die Heerführer traten, warf Mordan dem Gewinner die Goldmünze zu, blickte Raulen an und gab seinem Krieger mit einem schweigenden Nicken zu verstehen, dass er den Grund für die Niederlage kannte. Raulen erwiderte das Nicken, hob abermals die Faust an die Brust und verließ den Platz.

»Dein Mann hat verloren! Schade!« Jerdt beugte sich vor und bedachte Mordan mit einem undeutbaren Lächeln. »Ausgerechnet er hat die Ehre des Blutwolfes besudelt. – Wie ist es, willst du sie vielleicht wieder reinwaschen?«

Mordan nahm einen Schluck Wein. »Was schwebt dir vor?«

»Ein Kampf! Wir beide! Nach den alten Regeln. Nur der Todesschlag wird nicht bis zum Ende ausgeführt.«

Neben ihm richtete die Heilerin sich viel zu hastig auf. »Welche Waffen?«

»Lassen wir eine Münze entscheiden.« Jerdt nestelte scheinbar an seiner Gürteltasche.

Mordan war schneller. Die Goldmünze blitzte im Feuerschein. »Wähle!«, verlangte er.

Die Hand der Heilerin krallte sich in seinen Arm. »Das könnt Ihr nicht tun! Eure Wunde …«, flüsterte sie.

Er schüttelte ihren Griff ab und stand auf.

Jerdt erhob sich ebenfalls. »Wappen: Kriegsäxte – Wert: Schwerter!«, bestimmte er.

»Wappen: Kriegsäxte – Wert: Schwerter!«, bestätigte Mordan und warf die Münze in die Luft. Dunkle Sturmwolken jagten über den Nachthimmel. Um sie herum war es still geworden. Das Knacken der Scheite im Feuer klang unnatürlich laut. Als die Münze auf dem Boden landete, schienen die Anwesenden den Atem anzuhalten. Sofort stellte Mordan den Fuß auf das blinkende Gold. »Lijanas! Kommt her und sagt uns, welche Seite oben liegt!«

Zögernd gehorchte sie. Er nahm den Stiefel von der Münze und nickte ihr zu. Die Lippen zu einem schmalen Strich zusammengepresst beugte sie sich vor. Stille. Dann: »Für mich sieht es aus wie ein Wappen –«

Jerdt ließ ein triumphierendes Lachen hören. Durch die Menge lief ein Raunen.

»– aber ich kenne diese Münze nicht.«

Mit erhobener Hand gebot Mordan Ruhe. »Dann beschreibt uns, was Ihr seht!«

»Ein Wagenrad.«

Vereinzeltes Gelächter erklang, König Haffrens zweiter Heerführer zischte.

»Wert!«, meinte Mordan gelassen und verneigte sich leicht vor ihr. »Ich danke Euch, Lijanas!« Ohne die Münze eines weiteren Blickes zu würdigen, streifte er das Wams von den Schultern, zog sein Kereshtai, legte die Scheide auf die Felle und trat in die Mitte des Platzes. Im Gesicht der Heilerin stand Verwirrung, während sie sich wieder setzte. Offenbar hatte sie nicht gewusst, dass die Wappenseite einer Kjer-Goldmünze eine Eiskatze zeigte und die Wertseite ein Rad mit zehn Speichen. Schweigend sah er Jerdt an, wartete. Der legte ebenfalls das Wams ab, riss sein Schwert aus der Scheide und schleuderte das Leder von sich, dann folgte er ihm auf den Platz. In einer knappen Bewegung hob Mordan die Klinge zum Gruß, Jerdt erwiderte die Geste nur flüchtig, begann ihn langsam zu umkreisen. Er suchte seine Schwere und stand still, die Spitze des Kereshtai wies entspannt schräg zu Boden, er drehte sich nur mit, um seinen Gegner nicht aus den Augen zu lassen. Der Wind blies ihm eine schwarze Strähne ins Gesicht. Unvermittelt griff Jerdt an. Hell stießen die Klingen aneinander – »Eins!«, auf Jerdts Wange erschien ein blutiger Ritz. Rasch wich er zurück. Die Spitze des Kereshtai sank wieder Richtung Boden. Ein leises Murmeln ging von Mund zu Mund. Jerdt sprang vor, täuschte einen Angriff an und zog sich sofort wieder zurück, ohne dass Mordan mehr getan hätte, als seine Waffe mit der eigenen Klinge träge abzulenken. Noch zwei Mal wiederholte er dieses Spiel, ehe er ein hämisches Lachen hören ließ. »Was ist los, Bruder? Bist du angewachsen? Hast du vergessen, wie man sich mit einem Schwert in der Hand bewegt?« Er wich einen weiteren Schritt zurück. »Komm!«, lockte er.

»Wo steht geschrieben, dass ich dir nachlaufen muss?«

Schnauben und Gelächter erklangen unter den Zuschauern. Jerdts Augen wurden schmal, die Waffe waagerecht über den Kopf erhoben, die Spitze gegen seinen Gegner gerichtet, kam er wieder näher, ließ sein Schwert herabfahren. Das Kereshtai kam ihm entgegen, Mordan machte einen Schritt zur Seite – »Zwei!« Über der blonden Braue perlte Blut.

Mit einem Zischen fuhr Jerdt herum, griff mit gebleckten Zähnen sofort wieder an. Zwei Mal traf Stahl auf Stahl – »Drei!« Ein feiner Schnitt an der Schulter, ein Kreischen, als die Schwerter übereinanderglitten – »Vier!« Auf der Brust war die Tunika gespalten, unter der Brustwarze quoll träge Rot hervor. Blitzend beschrieb das Kereshtai einen Bogen an der Seite seines Herrn, Jerdt wich zurück, in Mordans Mundwinkel zuckte kurz Spott, dann war seine Miene wieder unbewegt. Die Spitze seiner Klinge senkte sich dem Boden zu. Abermals wartete er schweigend, während der andere um ihn herumschlich. Jerdt wischte sich Blut ab, das ihm ins Auge rann, zog das Schwert beinah gleichzeitig in einem Schlag herum – »Fünf!« Direkt über dem Gürtel färbte die Tunika sich dunkel. Ohne dass die Klingen sich berührt hätten, trat Mordan beiseite. Mit einem Fauchen folgte Jerdt ihm, versuchte ihn in die Mensur zu zwingen. Er tat ihm den Gefallen. Einen Moment tanzte Stahl mit Stahl, dann – »Sechs!« Blut floss über den Handrücken. Drei singende Schläge – »Sieben!« Eine Kerbe an der anderen Schulter. Hastig sprang Jerdt zurück, Mordan folgte ihm, zischend drehten sich die Klingen umeinander – »Acht!« Ein Schnitt über den Rippen. Er verließ die Bindung, ließ das Kereshtai wieder sinken. Jerdt presste die Hand auf die Wunde, starrte auf das Blut, das auf seinen Fingern stand und über seine Haut rann. Er wischte die Hand an seiner Tunika sauber und umkreiste Mordan von Neuem. Unvermittelt machte der einen Ausfallschritt nach vorne – »Neun!« Die Tunika färbte sich auf der anderen Seite über den Rippen. Wieder wich Jerdt zurück. Diesmal war es Mordan, der ihn zwang, in der Mensur zu bleiben. Einen langen Moment war die Luft erfüllt vom Gelächter des Stahls. Jäh kam das Kereshtai von unten, direkt zwischen Jerdts Beinen zuckte es in die Höhe. Der machte einen wenig eleganten Satz nach hinten. Ein kollektives Aufstöhnen ging durch die Reihen der Männer. Mit einem süffisanten Lächeln trat Mordan zurück. Sichtlich zögernd nahm Jerdt die Hand weg, starrte darauf – kein Blut. An seinem Kiefer zuckte ein Muskel, als er die Zähne zusammenbiss. Er versuchte einen Ausfall auf Mordans blinde Seite. Der drehte sich, fing die Waffe, es klirrte – »Zehn!« Jerdts Schwert landete mit einem dumpfen Laut in der Nähe des Feuers, heiß und rot rann es über seinen Oberschenkel. Mordan senkte seine Klinge wieder. Fluchend humpelte Jerdt zu seiner Waffe. Als er zurückkam, stand Wut in seinem Gesicht. »Was soll diese Zählerei?«, verlangte er zu wissen und bewegte sich in einem Bogen um Mordan herum.

»Kannst du dir das nicht denken?«

»Nein!«, knurrend fuhr er wieder auf seinen Gegner los. Der drehte ihre Schwerter umeinander – »Elf«, eine tiefe Wunde von unten in den Schwertarm, keuchend stolperte Jerdt vorbei, wandte sich ihm hastig wieder zu.

»Du bekommst von mir fünfzehn Schläge. – Kannst du dir denken, warum?« Jerdts Augen weiteten sich. Sein Blick ging zu der Heilerin, kehrte zu Mordan zurück. »Ich sehe, du verstehst. – Der letzte Schlag geht auf deine Kehle. Du solltest dann besser still stehen!«

»Du bist wahnsinnig!«

Mordans Mund verzog sich zu einem unheimlichen Lächeln. »Fällt dir das erst jetzt auf?« Wieder trafen die Klingen aufeinander. Er verhakte Jerdts Parierstange mit der Scheibe seines Kereshtai. Der andere kämpfte, um seine Waffe zu lösen. Mordan legte die Hand über seine und zog ihn noch näher heran. »Hast du vergessen, dass man sagt, die Kessanan führten ihre Zöglinge bis an den Rand des Wahnsinns und einen Schritt darüber hinaus, bevor sie mit ihrer Ausbildung beginnen? – Vielleicht war es bei mir ja ein Schritt zu viel.« Er ließ Jerdt so abrupt los, dass der andere zurücktaumelte und beinah zu Boden gegangen wäre. Jetzt war es Mordan, der um seinen Gegner herumschritt. Der schluckte schwer, hielt sein Schwert halb erhoben. »Angst, Jerdt?« Das Lächeln war wieder da.

»Vor dir?« Verächtlich spuckte Jerdt aus.

Mordan nahm das Kereshtai in die Höhe, winkte Jerdt spöttisch heran. Der rührte sich nicht. »Willst du den Kampf abbrechen?«, erkundigte er sich sanft. »Noch ehe der Todesstoß gesetzt wurde? Du enttäuschst mich, Jerdt.«

»Ich werde dich bei lebendigem Leibe ausweiden! Und deine kleine Nivard-Hure sieht dabei zu!« Fauchend fuhr Jerdt erneut auf ihn los. Die Klingen tanzten hell im Feuerschein – »Zwölf!«, ein Schnitt erschien quer über Jerdts Bauch, Mordan bewegte sich an ihm vorbei, versetzte ihm einen Tritt in die Kniekehlen, der andere stürzte – »Dreizehn!«, das Kereshtai biss in seinen Nacken. Er trat zurück, wartete, bis Jerdt wieder auf den Beinen stand.

Langsam umkreisten sie einander. Flammen rannen über den Stahl. Jerdt täuschte erneut einen Angriff auf Mordans blinde Seite an, riss sein Schwert herum, beinah spielerisch stellte sich ihm die Klinge des Kereshtai senkrecht entgegen. Das Grau ihres Schneidenmusters verwandelte sich in feuergefärbtes Silber. Mordan stieß ihn weg, setzte ihm nach, kreischend schabte Stahl über Stahl, Jerdt löste sich, drehte sich an ihm vorbei, rammte ihm den Ellbogen in die Seite, zischend stieß Mordan die Luft aus, er hörte den Schrei der Heilerin, der Griff des Kereshtai drehte sich – »Vierzehn!«, über Jerdts Rücken floss Blut. Er stand still, beobachtete, wie sein Gegner sich langsam von Händen und Knien erhob. Schmerz loderte in seiner Seite, Hitze breitete sich träge aus. Als hätte er gewusst, wo sie sich befand, hatte Jerdt die Wunde getroffen. Es fühlte sich an, als sei sie aufgebrochen und würde wieder leicht bluten. Das Leinen des Verbandes würde verhindern, dass man es allzu rasch sah. Er atmete ein paar Mal tief durch, blendete den Schmerz aus und trat gelassen wieder auf Jerdt zu. Dessen Lächeln bestätigte seinen Verdacht. Jerdt *hatte* gewusst, wo der Bolzen ihn getroffen hatte. Woher?

»Scheint, als würde deine Hure sich um dich sorgen? Warum wohl?«, höhnte er leise.

Wortlos sprang Mordan vor, trieb Jerdt mit wuchtigen Schlägen vor sich her, bis er mit dem Rücken zum Feuer stand. Auf den Zügen des anderen erschien jäh etwas, was Angst am nächsten kam. Die Klingen sangen in einem tödlichen Rhythmus, bis Mordan ihn abrupt brach – »Fünfzehn!«

Haffrens zweiter Heerführer stand wie erstarrt, während das Kereshtai fast liebkosend zur Seite gezogen wurde und eine rote Linie an seiner Kehle erschien.

Mordan wandte sich ihm zu, hob seine Klinge in einem knappen Gruß, drehte sich um und ging zu den Fellen zurück, wo er das Blut von der Schneide der Klinge wischte und sie in ihre Scheide zurückschob. Ohne auf das Lärmen der Offiziere zu achten, zog er gelassen das Wams wieder über, begegnete dem besorgten Blick der Heilerin. Die Frage nach seiner Wunde stand ihr ins Gesicht geschrieben. Mit einer beruhigenden Geste gab er ihr zu verstehen, dass sie sich keine Sorgen machen sollte. Sie entspannte sich nur langsam.

Hinter ihm kam Jerdt heran und warf sein Schwert achtlos auf die Felle. »Ich hätte es besser wissen müssen, als mich dir mit einem Schwert zu stellen, Bruder«, meinte er leutselig, als hätte er keine fünfzehn blutenden Wunden und sei nicht vor sämtlichen Offizieren von ihm besiegt worden. Mordan wandte sich zu ihm um. Eine scharfe Böe ließ die Banner hinter ihm knatternd aufwehen. Der Ausdruck in Jerdts Augen strafte seinen Ton Lügen. Diese Demütigung würde er weder hinnehmen noch ungesühnt lassen.

Gerade blickte Jerdt in den Nachthimmel hinauf, an dem die dunklen Wolken die Monde inzwischen gänzlich verschlungen hatten, dann hob er die Schultern. »Sosehr ich es bedaure, deine Gastfreundschaft nicht mehr länger in Anspruch nehmen zu können, Bruder, aber ich fürchte, wir bekommen ein Unwetter und es gibt da einen Gefangenen, dem ich heute Nacht noch ein wenig meine Aufmerksamkeit widmen möchte.« Er lächelte Lijanas zu. »Es wäre doch äußerst unhöflich von mir, wenn ich Eurem Bräutigam nicht auch ein wenig Beachtung schenken würde, nicht wahr, meine Liebe.«

»Bräutigam?« Mordan sah die junge Heilerin an. Ihr war bei Jerdts Worten ein leiser Schrei entschlüpft. Jetzt stand sie da und starrte Jerdt an, bleich, Unglauben und fassungsloses Entsetzen im Blick. Etwas in ihm wurde kalt.

»Natürlich! Wusstest du nicht, dass dein *Gast* die Braut von Prinz Ahmeer ist?« Jerdt neigte in geheuchelter Überraschung den Kopf. »Du wusstest es tatsächlich nicht?« Tadelnd schnalzte er mit der Zunge. »Ihr hättet es ihm sagen müssen, Lijanas.«

Sag was! Sag, dass es nicht stimmt! Noch immer wagte sie es nicht, ihn anzuschauen. Wie ein schleichendes Gift breitete die Kälte sich in seiner Brust weiter aus.

Hinter ihm erscholl Gejohle, da einige der Krieger eine junge Unfreie vor sich gezerrt und ihr befohlen hatten, vor ihnen zu tanzen. Sie waren klug genug, zu wissen, dass es sie nichts anging, was ihre beiden Heerführer miteinander auszumachen hatten.

Scheinbar angewidert zupfte Jerdt sich die rotfleckige Tunika von der Brust. »Ich hasse es, wenn meine Kleider blutbesudelt sind. – Aber ich denke, um mich noch ein Weilchen mit Eurem Bräutigam zu unterhalten, werden sie genügen. Ein bisschen Blut mehr oder weniger …« Mordan wusste, was er vorhatte. Wenn Jerdt in diesem Ton sprach, suchte er sich gewöhnlich ein Spielzeug und vergnügte sich damit – bis es zerbrochen war. Offenbar hatte das auch Lijanas begriffen. Ihre Hand stahl sich zu seinem Arm. »Bitte …« Er sah sie an; sah in ihren Augen das Flehen; das Flehen, das ihrem Bräutigam galt. »Bitte …« Aus der Kälte wurde Eis. Er trat zurück, entzog sich ihrer Berührung. »Ihr bittet den Falschen.« Etwas in ihrem Blick flackerte und erlosch.

Es war, als würde die Kälte in Mordans Ton etwas in ihr ersticken. Alles an ihm sagte ihr, dass er nichts tun würde, um Ahmeer vor Jerdts Grausamkeiten zu schützen. Ein drittes ›Bitte …‹ saß bereits in ihrer Kehle. Sie würgte es hinunter. Es würde ungehört verhallen. Sie wandte sich Jerdt zu. Ein Blick in seine Augen genügte, um zu wissen, wie sehr er all dies genoss. Eben hatte Mordan mit ihm gespielt, nun spielte er mit ihnen. Und Ahmeer würde derjenige sein, der den Preis bezahlen musste. »Bitte …«, setzte sie erneut an und verstummte.

»Ja? Worum möchtet Ihr mich bitten, Lijanas?« Jerdts Lächeln war so echt wie das einer Schlange.

Hilflos schaute sie zu Mordan hin, der sie mit kalter Miene beobachtete, sah wieder Jerdt an. *Ja, worum will ich ihn bitten? Dass er Ahmeer nicht foltert? Dass er ihn freilässt? Er wird weder das eine noch das andere tun.* Sie holte tief Atem. »Bitte, ich möchte Ahmeer sehen!«

Für einen kurzen Moment wirkte Jerdt verblüfft, dann lachte er leise. Es jagte Lijanas einen Schauer über den Rücken. »Kein Gewinsel um Gnade für den Prinzen? Nur ›Ich möchte Ahmeer sehen‹? Das ist alles?« Grinsend wandte er sich Mordan zu. »Nun, was meinst du, Bruder? Soll ich ihr diese kleine Bitte gewähren?«

»Der Nivard-Prinz geht mich nichts an. Es ist deine Entscheidung!« Er verschränkte die Arme vor der Brust. Lijanas glaubte, seinen Blick wie einen Eisdolch zu spüren. *Ich hätte es ihm sagen müssen! – Aber ich dachte, er wüsste es.*

Noch immer lächelnd gab Jerdt einigen Kriegern, die etwas abseits standen, ein Zeichen. »Ich denke, ich kann es Euch nicht gestatten, Euren Bräutigam noch einmal zu sehen, Lijanas. Aber vielleicht wird man Euch ja in Turas ein letztes Lebewohl gewähren.« Nachlässig warf er den mit Schneefell gefütterten Mantel über die Schulter. »Ich hoffe, Ihr werdet eine ebenso angenehme Nacht haben wie ich, meine Liebe.« Ein letztes verabschiedendes Nicken, dann drehte er sich um und verließ, begleitet von seiner Leibwache, den Platz.

Einmal mehr schaute sie zu Mordan hin. *Hilf mir,* flehte sie stumm. Wortlos sah er sie an, undeutbar und kalt, doch als sie sich anschickte, Jerdt zu folgen, schloss seine Hand sich um ihren Arm und hielt sie zurück.

»Bitte …« Im gleichen Moment, als sie das Wort aussprach, wusste sie, dass es sinnlos war. Eine scharfe Böe riss an ihrem Haar.

»Jerdt hat recht. Wir bekommen ein böses Unwetter. – Kommt!« Sie grub die Zähne in die Lippe und zog fröstelnd die Schultern hoch, während sie sich stumm von ihm zu seinem Zelt führen ließ.

Agmán und Kardan grüßten ihn mit einem Nicken und einem Schlag gegen die Brust, dann trat er zwischen den beiden Kriegern hindurch, die Hand immer noch um den Arm der Heilerin geschlossen, das Leder fiel hinter ihnen vor den Eingang, die Wärme des Zeltinneren umfing sie. Wortlos gab Mordan sie frei, trat an den Tisch, goss sich Wein ein, kehrte der jungen Frau den Rücken und stellte sich an eines der Feuerbecken, starrte in die Flammen. Schweigen senkte sich über sie, nur durchbrochen vom Krachen der Holzscheite, dehnte sich aus, wurde greifbar wie Eis.

»Mordan …« Ihre Stimme klang seltsam verloren in der Stille. Sie musste keine Armlänge hinter ihm stehen.

»Es ist wahr, was Jerdt gesagt hat! Ihr seid Prinz Ahmeers Braut!«

»Er hat mich gefragt, ob ich seine Frau werden will, ja!«

Er schloss das Auge. Das Eis kroch in sein Inneres, lähmte jeden Gedanken, sogar den Schmerz.

»Ihr liebt ihn?«

Sie blieb stumm.

Das Eis zersplitterte und ließ nur alles verschlingende Leere zurück. Für einen kurzen Moment hatte er den Atem angehalten, wider besseres Wissen auf ein ›Nein‹ gehofft, jetzt stieß er ihn langsam wieder aus. »Ich verstehe!«

Die Stille kehrte zurück, schwer wie ein Leichentuch. Seine Hand zitterte, als er einen Schluck Wein trank – er schmeckte schal.

»Mordan?«

Lass mich! Kannst du nicht sehen, dass du meine Seele zerreißt?

»Mordan, bitte, sprecht mit mir!«

»Was wollt Ihr, Heilerin?« Er konnte hören, wie sie bei seinem Ton zurückfuhr.

»Ich …« Sie verstummte, zögerte, begann von Neuem. »Ich weiß, dass ich nicht darum bitten sollte, aber … Mordan, Ihr wisst, was Jerdt mit Ahmeer machen wird. Bitte, könnt Ihr nichts für ihn tun? Ihn unter Euren Schutz stellen? Ihn von Jerdt als Euren Gefangenen fordern? Ihr seid doch …«

»Dieses Gespräch haben wir schon einmal geführt, Heilerin. Die Antwort ist noch immer die gleiche. Prinz Ahmeer gehört Jerdt! Ich kann für ihn nichts tun.« *Ist dir eigentlich klar, was du mir antust?* »Geht zu Bett. Lijanas! Wir brechen morgen früh auf.« *Hör auf, noch weiter in mich zu dringen!*

»Gibt es …«

Er drehte sich so heftig zu ihr um, dass sie erschrocken zurücktaumelte. Wein rann blutrot über seine Finger. »Verdammt, Frau, seid Ihr blöd, taub oder beides! Ich sagte Nein! – Und nun geht zu Bett oder, bei meinem Blut, ich reiße Euch die Kleider vom Leib und schnüre Euch bis zum Morgen in die Decken ein, dass Ihr Euch nicht mehr rühren könnt!«

Sie starrte ihn an, einen Herzschlag, zwei, drei – ihre Schultern sanken herab, ein kurzer Blick nach seiner verletzten Seite, einen Moment sah es so aus, als wolle sie etwas sagen, doch dann schwieg sie, schlurfte zum Bett hin und begann sich mit müden Bewegungen zu entkleiden. Ein Zittern durchrann ihn, hastig wandte er sich ab, für einen Augenblick starrte er in die glänzende Tiefe des Bechers – und schleuderte ihn quer durchs Zelt. Das Zittern wollte nicht nachlassen. Er presste die Faust gegen den Mund, bis er Blut schmeckte. Hinter sich hörte er das leise Knarren der Spannriemen, dann war es still. Langsam drehte er sich um. Sie lag in die Felle vergraben, das Gesicht nur ein fahles Oval in dem schwarzen Feh. Das Elend in ihren Augen zwang ihn, das Zelt zu verlassen.

20

Der Regen setzte ein, als er zurückkehrte. Mit einem knappen Befehl schickte er Agmán und Kardan in ihr Zelt, duckte sich durch den Eingang und sicherte rasch die Lederklappe, ehe der Sturm sie ihm aus der Hand reißen konnte. Lange Zeit stand er still, lauschte den Geräuschen des Regens, der von Windböen immer wieder gegen das Leder gepeitscht wurde und der alle Spuren verwischen würde. Dann löschte er die Feuerbecken, bis auf die beiden, die dem Bett am nächsten waren. Einen Moment betrachtete er die Heilerin in dem flackernden Halblicht. Sie lag in die Felle eingekauert, als wollte sie sich für immer unter ihnen verkriechen. Eine schmale Hand hatte sie unter die Wange geschoben, die Züge im Schlaf entspannt und friedlich.

Du tötest mich, kleiner Vogel! – Und du weißt es noch nicht einmal!

Er trat vom Bett zurück, streifte müde die Stiefel ab und zog

Wams und Tunika aus. An seiner Seite war der Verband von getrocknetem Blut steif, er löste ihn und wusch sich die verbliebenen Spuren von der Haut, dann nahm er aus einer der Truhen eine Wolldecke und rollte sich in einer Ecke auf dem Boden zum Schlafen zusammen.

Schon wenig später fuhr er jäh wieder auf, als das Leder vor dem Eingang des Zeltes abrupt beiseitegefegt wurde. Im ersten Augenblick war er davon überzeugt, eine besonders heftige Böe habe es losgerissen, doch dann stürmte Jerdt herein, gefolgt von mehreren Kriegern seiner Leibwache. Er sah sich nicht um, sondern marschierte direkt auf das Bett zu, riss die Felle beiseite und packte Lijanas bei den Haaren. Die junge Heilerin erwachte mit einem gellenden Schrei – der verstummte, als Mordan »Was geht hier vor?« durch den Raum donnerte. Sichtlich verwirrt über den Umstand, ihn nicht im Bett vorzufinden, drehte Jerdt sich um. Seine Männer legten die Hände an die Waffen. Auf Mordans Stirn zeigten sich unheildrohende Falten. »Ihr! Raus!« Die Krieger zögerten, blickten zu ihrem Heerführer. Sein Auge wurde schmal. »Wenn ich es noch einmal sagen muss, zuckt ihr noch vor Sonnenaufgang am Pfahl – ausnahmslos!« Der Hauch eines Zögerns, dann machten sich die Männer davon. »Lass sie los!«, langsam trat er in die Mitte des Zeltes. Jerdt schubste Lijanas von sich, die sich hastig auf die andere Seite des Bettes rettete und eine Decke vor sich hielt, als könne das abgezogene Fell eines Bären sie vor König Haffrens zweitem Heerführer schützen.

»Was willst du, Jerdt?«

»Mein Gefangener ist geflohen!«

Er hörte das scharfe Atemholen der Heilerin. »Was geht mich das an?«

Jerdt zerrte ein Bündel Lederriemen unter seinem Gürtel hervor und wedelte damit herum. »Seine Fesseln wurden durchschnitten! Jemand hat ihn befreit!«

»Und? Was habe ich damit zu tun? – Oder sie?« Die Arme vor der Brust verschränkt, lehnte er sich gegen die Tischkante.

»Sie ist die Einzige, die …«

Er stieß ein spöttisches Schnauben aus. »Mach dich nicht lächerlich! Sie soll deinen Gefangenen befreit haben? Sie? Mitten aus einem Heerlager heraus? Das ist das Blödsinnigste, das ich jemals gehört habe.«

»Wer sollte es sonst gewesen sein?«, schnappte Jerdt dagegen.

»Woher soll ich das wissen? – Sie zumindest war die ganze Zeit in diesem Zelt.«

Die grüngrauen Augen des zweiten Heerführers wurden schmal. »Und was ist mit dir?«, erkundigte er sich lauernd. Mordan stieß sich vom Tisch ab, packte ihn am Wams und zog ihn dicht zu sich heran. »Willst du damit andeuten, ich hätte den Nivard befreit, Jerdt?«

»Einem wie dir ist doch alles zuzutrauen. – Nimm die Hände weg!«

Im Atem des anderen roch Mordan Wein. Wenn Jerdt getrunken hatte, war er gefährlicher als sonst. Seine Fäuste schlossen sich fester. »Einem wie mir?«, zischte er.

Ein beißendes Lächeln zeigte sich auf Jerdts Zügen. »Einem wie dir! Einem stinkenden Unfreien, der aus dem Dreck hervorkriechen konnte, weil ein alter Mann blödsinnig geworden war. – Nimm die Hände weg, sonst ...«

»... was, Jerdt? Sonst was? – Die Zeiten sind vorbei, dass du mir drohen konntest!«, Hart stieß er ihn von sich. Jerdt strauchelte und stürzte zu Boden. »Pack dich aus meinem Zelt, ehe ich dich hinausschleifen lasse!«

Mühsam rappelte er sich wieder auf, starrte Mordan hasserfüllt an. »Glaubst du wirklich, ich lasse mir von dir befehlen? Nein! Nicht von dir! Weißt du noch, wie du gekrochen bist? Wie du gebettelt hast?«

»Ich warne dich, Jerdt! – Verschwinde!« Drohend machte er einen Schritt auf den anderen zu.

»Du warnst mich? Du?« Er lachte höhnisch. Sein Blick ging zu der jungen Heilerin hin, die immer noch auf der anderen Seite des Bettes stand und alles erschrocken verfolgte, kehrte zu Mordan zurück. »Hat sie herausgefunden, was du bist, und hat dich deshalb aus dem Bett geworfen? Zurück auf den Boden, in den Dreck, wo du …«

»Es reicht! – Raus hier!«

Jerdt wich vor ihm zurück, sah erneut zu Lijanas hin. »Hat man Euch die Augen geöffnet, über ihn, den großen Mordan, König Haffrens ersten Heerführer? Hat man Euch gesagt, dass er nicht mehr ist als unfrei geborene Brut? Hat man Euch erzählt, wie er im Dreck gekrochen ist? Wie er vor mir gekrochen ist?« Er lachte leise. »Willst du ihr nicht erzählen, wie es war, als ich dich unter mir hatte? Erinnerst du dich, als ich mit dir fertig war, hast du wie eine Jungfrau geblu…« Mordans Faust schickte ihn zu Boden. In seinem Innern brach eine Mauer, befreite jene Kreatur, die die Kessanan in den ersten Wintern aus ihm gemacht hatten, ehe sie ihm die Hülle der Menschlichkeit zurückgegeben hatten. Er stürzte sich auf Jerdt, der sich zur Seite warf, aber nicht schnell genug war, erwischte ihn mit Wucht in den Rippen. Jerdt krümmte sich keuchend, trat ihm die Beine weg. Er fiel, rollte sich ab und warf sich erneut mit gebleckten Reißzähnen auf den anderen, bekam ihn zu fassen, drosch blind auf ihn ein, suchte nach einer Möglichkeit, die Zähne in seine Kehle zu schlagen. Etwas traf hart auf seine Wunde. Sein Griff lockerte sich, Jerdt entwand sich ihm, hieb ihm von unten gegen den Kiefer, Mordan taumelte, fing sich am Mittelpfosten, stieß sich ab und riss Jerdt auf dem Weg zum Zelteingang erneut zu Boden. Ineinander verkeilt rollten sie über die Teppiche, ein Feuerbecken kippte, Glut ergoss sich über sie, Jerdt jaulte, als sie ihn traf, krallte im nächsten Lidschlag nach Mordans Auge, er riss den Kopf zurück, Jerdts Daumen drückte gegen seine Kehle, er bekam die Hand zu fassen, bog sie weg und schlug zu. Mit einem satten Knacken brach Jerdts Nase, Blut floss, sie rollten erneut herum, Mordan kam in einem Nest aus Glut zum Liegen, stieß Jerdt von sich, sprang mit einem wilden Schrei auf die Füße, als er sah, wie der andere zum Eingang des Zeltes stürzte, und schaffte es nicht mehr, ihn zu erreichen, ehe er hinaus war. Keuchend sank er auf die Knie. Regen und eisige Böen trafen sein Gesicht, konnten das Feuer ohnmächtiger Wut aber nicht löschen.

Seine Finger gruben sich in die von der hereingewehten Nässe durchweichten Teppiche. Ihre Hand legte sich ohne Vorwarnung auf seine nackte Schulter und er fuhr mit gefletschten Zähnen zu ihr herum, als hätte sie ihn gebrannt. In ihren Emeraldaugen sah er nichts anderes als Entsetzen. *Bestie!* Er warf sich herum und floh wie von Rachegeistern gehetzt hinaus in den Regen.

Irgendwann kauerte er im knöcheltiefen Schlamm, die Stirn gegen eine Wand aus aneinandergebundenen Holzpfählen gelehnt. Der Regen rann ihm über Brust und Rücken, sog das letzte bisschen Wärme aus seinen Knochen und sammelte sich als braune Wasserpfütze um seine Knie.

Er erinnerte sich daran, dass er ziellos durchs Lager gestreift war, die Feuer und die wenigen Männer meidend, die der Regen noch nicht in die Zelte getrieben hatte, in dem instinktiven Wissen, dass jeder, der ihm begegnete, in Gefahr war. Wie er aber hierhergekommen war …? Er legte den Kopf in den Nacken, blickte an den Holzpfählen entlang in den Himmel, Regen prasselte auf sein Gesicht, er öffnete den Mund, ließ ihn hineinrinnen – wie oft hatte er genau das Gleiche auf der anderen Seite dieser Holzpfähle getan, im Inneren des Unfreienpferchs. Langsam breitete er die Arme aus und lehnte sich gegen die Holzwand, als wolle er sie umarmen. Leises Gelächter stieg in ihm empor. Auf das Holz hatte er sich immer verlassen können. Es hatte ihn stets gehalten, ganz egal, ob er sich wie jetzt einfach nur dagegenlehnte oder ob er halb von Sinnen vor Schmerz an einem Strafkreuz gehangen hatte. Er spreizte die Finger und schmiegte die Wange dagegen, spürte, wie der Regen über seine Haut lief … Erinnerungen brandeten über ihn hinweg, schlugen über ihm zusammen, zerrten ihn zurück …

Als sich Wärme um seine Schultern legte, schreckte er aus dem Dämmern auf. Er kauerte noch immer an den Holzpfählen, war mit der Schulter dagegen gesunken, vornübergebeugt, die Arme um sich geschlungen, weil der Regen seinen Körper in Eis verwandelt hatte.

»Kommt!« Ein einzelnes Wort nur. Er hob mühsam den Kopf. Über ihm stand die Heilerin. Eine Decke zum Schutz über sich gespannt, versuchte sie gerade, eine zweite Decke auch über ihn zu breiten. *Lass mich!* Er wollte sie von sich stoßen, die warme Wolle abschütteln – seine Glieder versagten ihm den Dienst. Sie kniete sich vor ihn, zog die Decke über seinen Kopf. »Ihr seid klatschnass und eiskalt! Kommt, ehe Ihr Euch den Tod holt!« Die Sätze drangen nur dumpf in seinen seltsam erschöpften Verstand. Beinah war es, als hätte in seinem Inneren für eine kurze Zeit ein alles verzehrendes Feuer gewütet, das nach seinem Verlöschen nur noch eine hohle Hülle zurückgelassen hatte.

Sie zerrte an seinem Arm, wollte ihn aus dem Schlamm ziehen. In einem Teil von ihm wallte Trotz auf, er wollte sie anschreien, sie solle sich dahin scheren, wo sie hergekommen war – in einem anderen Teil von ihm war nur dunkle Gleichgültigkeit.

Er ertappte sich dabei, dass er es geschehen ließ, dass sie ihn hochzog, bei der Hand nahm und wegführte. Als hinter ihm das Leder einer Zeltklappe herabfiel und Nässe und Kälte um ihn herum nachließen, begriff er, dass sie ihn in sein Zelt gebracht hatte. Stumpf ließ er den Blick über die Verwüstung gleiten, schwach drang Brandgeruch in seine Nase. Klatschend landete die durchweichte Decke hinter ihm auf dem Boden. Sie tauchte wieder vor ihm auf, blickte ihm unerklärlich besorgt ins Gesicht, ergriff ihn wieder bei der Hand, führte ihn näher an die Feuerbecken heran, näher an die Wärme. Er stand mit gesenktem Kopf und hängenden Schultern, während sie um ihn herumhuschte, für seinen trägen Verstand so schwer zu fassen wie ein Traum nach einem unruhigen Schlaf. Sie nötigte ihn, die nassen Hosen abzustreifen. Weiche Tücher wurden über ihn gehängt, sie trocknete ihn sanft, aber entschieden ab – er stieß sie unwillig von sich. Sie machte weiter, schimpfte leise in ihrer Sprache. Die Leere kehrte zurück. Teilnahmslos ließ er sich von ihr auf die Knie drücken, während sie sich über seine Größe beklagte, und ergab sich ihren Händen, die sein Haar rubbelten, die Nässe von seiner Haut nahmen und irgendwann begannen, Wärme in das Eis, das seine Glieder waren, hineinzureiben. Und immer wieder beugte sie sich vor, um in sein Gesicht zu sehen. Als sie seine Hände um einen Becher legte und ihn aufforderte, zu trinken, tat er es. Angewärmter Wein rann durch seine Kehle. Sein Verstand kam so weit zurück, dass er begriff, dass sie nach Jerdts Worten … dass sie wusste … – Er hätte es ihr lieber selbst gesagt, alles … alles …

Müde sank er zu Boden und auf die Seite. Ihre Hand strich über seinen Rücken, glitt über die Kraterlandschaft aus Narben und Striemen vom Nacken bis zur Mitte. Er schauderte – und plötzlich brachen die Worte aus ihm heraus, unaufhaltsam wie eine tödliche Flut.

»Ich wurde in der Felsenburg von Turas geboren …«

Lijanas erschrak, als er auf einmal zu sprechen begann, doch dann setzte sie sich still neben ihn und hörte zu, während er von der unfreien Magd Thiéla erzählte, der Halb-Edari, die seine Mutter war, einer Frau, so schön, dass sogar König Haffren in ihr Bett stieg, doch die für ihren Sohn nicht mehr hatte als Schläge und Verachtung. Sie schauderte, als er mit seltsam veränderter Stimme erzählte, wie sie ihn in seinem dritten Winter aus dem Pferdestall holten und in die Schmiede der Felsenburg brachten, wo sie ihm den eisernen Ring um den Hals schlossen. Ihre Hand stahl sich zu seiner Stirn, während er weitersprach, von dem Tag, an dem seine Mutter ihn endgültig davonjagte, und von den Ashentai-Rössern, zwischen deren Hufen er von da an schlief, bis der Stallmeister ihn erwischte und nachts in die Scheune verbannte. Er kauerte sich zusammen, als er von den Kriegern berichtete, die ihn irgendwann aus seinem Schlafplatz im Heu zerrten und aus Turas wegbrachten, in die Garnison, in der die Söhne der Clansherren zu Kriegern erzogen wurden, wo sie das zweite Zeichen in seinen Nacken stachen, das ihn als Eigentum des Kriegerbanns zeichnete, bei dem auf einen wie ihn nur harte Arbeit und Elend warteten. Sie lauschte seiner Stimme ebenso wie seinen Atemzügen und dem stetigen Pochen seines Herzens, versank darin … Die Worte trieben an der Oberfläche eines schäumenden Flusses wie weiße Gischt, doch darunter – Bilder und Gefühle, vom Verstand längst vergessen, aber das Herz erinnerte sich noch und die Seele …

… zitternd steht sie vor dem hochgewachsenen Mann, dem Kessanan mit den beiden Ehrenschwertern unter dem Gürtel. Angst! Was wird jetzt wieder mit mir geschehen? Der Kittel zerreißt über der Schulter mit dem Mal. Ein Nicken des Kessanan. »Das ist er.« Er? *Die Hand unerbittlich in ihrem Nacken, schiebt sie aus dem Haus, zu einem Pferd. Aufsteigen. Noch nie hat sie auf einem Pferd gesessen. Nach einem langen Ritt – Turas, die Felsenburg. Zuhause! Unglauben, Freude! Der dritte Festungsring, ein Unfreier führt das Pferd fort. Wieder die Hand in ihrem Nacken. Eine Schmiede. Angst! – Verwunderung! Sie schlagen den Ring von ihrem Hals. Die Hand im Nacken führt sie in die Hallen der Kessanan. Ein heißes Bad – pure Wohltat. Saubere Kleider, Schuhe. Etwas zu essen: Suppe, Brot, Käse – keine klumpige, kalte Grützenpampe. Wieder der Kessanan. Seine Stimme ist sanft und gütig. »Ich bin der Hohe Meister Arkell. Ich werde dich ausbilden.« Arkell! Der Name ist schwer von Hass und Furcht. Was danach kommt, ist blankes Grauen und finsterer Wahnsinn. – Der Geschmack von Blut und rohem Fleisch. Hilfloses Würgen. Der Magen weigert sich, die ekle Kost bei sich zu behalten. – Ein alter, lahmer Hund. Sie hat ihn manchmal mit Brot gefüttert. Voll Vertrauen sehen die braunen Augen sie an. Ein Dolch in ihrer Hand! Arkells Stimme: »Töte ihn!« »Nein!« »Gehorche!« – Gehorche! – Gehorche! – Gehorche! Das Wort, ein entsetzliches Echo. – Dunkelheit, lähmende Kälte. Eine von unzähligen Nächten, die sie hier schon verbracht hat, die Arme über dem Kopf an einen Balken gebunden, der über der Abfallgrube liegt. Ratten, die keinen Unterschied machen zwischen lebendem und totem Fleisch, nur weil sie wieder einmal gewagt hat, nach dem ›Warum?‹ zu fragen. Hilflosigkeit und Entsetzen. Tränen gefrieren auf ihren Wangen zu Eis …*

Keuchend fuhr Lijanas auf, am ganzen Körper zitternd, wie der Mann unter ihren Händen, seine Stimme klang hohl, zerbrach über den Worten, die aus seinem Mund kamen. Sie spürte die Narben, die die Peitsche und Schlimmeres auf seinem Körper hinterlassen hatten unter den Fingern – und sie fühlte die Narben auf der Seele; von den Kessanan unauslöschlich hineingebrannt –

ungleich tiefer als jene im Fleisch. Der Ton in seiner Stimme änderte sich ein wenig, nahm sie wieder gefangen, zog sie wieder unter die Oberfläche des Flusses ... *Das Gefühl eines kostbaren Folianten unter den Händen. – Der unstillbare Hunger nach Wissen! – Stolz, weil sie fünf Sprachen lesen, schreiben und sprechen kann; weil die Sterne für sie wie eine Karte sind; weil sie die Arithmetik beherrscht. – Der Klang einer Asranéh, ihre Finger tanzen über die Saitenbündel, entlocken ihnen Schönheit. – Der Tag, an dem sie zum ersten Mal Arkell mit dem Schwert besiegt. – Der Ausdruck in seinem Gesicht, als er begreift, dass sie ihn überflügelt hat. – Ein Morgen im Herbst, der Tag, an dem sie die Schwerter der Kessanan erhalten soll. Noch bevor die Sonne aufgeht, zerrt man sie von ihrem Strohsack, schleppt sie nur im Hemd über den Hof. Verwirrung, die in Entsetzen und dann in Zorn umschlägt. Fünf Kessanan sind nötig, um sie neben dem Amboss auf die Knie zu zwingen, die sie halten, während der eiserne Ring sich von Neuem um ihren Hals legt. Zum ersten Mal seit drei Wintern kommt ein Wort als gellender Schrei wieder über ihre Lippen. »Warum?« Die Schwerter stehen ihr zu! Sie hat sie sich verdient! Sie ist ein Kessanan! Kein im Dreck kriechender Unfreier! Wut! Alles umfassende, hilflose Wut! Sie schütten Mohnwein in ihren Schlund, um sie gefügig zu machen. Sie kämpft, würgt, die Welt verzerrt sich, verblasst! – Sie liegt auf einem Karren, Eisen an Händen und Füßen, zwischen den Zähnen ein Stück Holz wie die Kandare eines Pferdes! Die Benommenheit weicht nur langsam und lässt das Begreifen zu. Es bringt die Wut mit und etwas anderes – Angst? – Die Krieger im Heerlager schleppen sie in den Unfreienpferch, lassen sie geknebelt und in Ketten liegen, bis sie keine Kraft mehr hat, sich ihnen zu widersetzen; lehren sie mit Hunger, Durst und Qual zu betteln und zu kriechen. – Tage vergehen, dann holen die Krieger sie aus dem Pferch, bringen sie zu König Haffrens erstem Heerführer. – Jarat! Erbarmungslos, reizbar, schnell mit der Peitsche; ein Mann, der absoluten Gehorsam erwartet und selbst kleinste Fehler hart bestraft. Haffren hat sie diesem Mann geschenkt! Von nun an schläft sie in seinem Zelt. Auf dem Boden vor dem Mittelpfosten ist ihr Platz. Seine Ansprüche sind hoch, doch er straft nie ohne Grund und dennoch trifft die Peitsche sie oft. – Tage in Ketten vor seinem Zelt, nackt, frierend, hungrig. – Dann findet er heraus, dass sie fünf Sprachen beherrscht, lesen, schreiben, ja sogar rechnen kann. – Sie ist plötzlich nützlicher, wird sein Sekretär, begleitet ihn jetzt auch zu den Besprechungen mit seinen Offizieren. Zuweilen gewährt er ihr ein bisschen Zeit nur für sich selbst. Auf eine verdrehte Art empfindet sie nach und nach Zuneigung zu dem Mann, der ihr Leben vollständig kontrolliert; sie hat Angst vor der Peitsche und ist ihm dankbar, wenn die Strafe vorbei ist und Jarat ihr wieder erlaubt, neben seinem Stuhl zu kauern, seine Hand ihr wieder über den Kopf streicht; sein »Es ist gut, Mordan!« lässt sie manchmal vor Erleichterung zittern. Ein junger Tribun – Jerdt – Hass, vom ersten Tag an, obwohl sie nicht weiß, warum! Sein Name ist wie Arkells untrennbar verwoben mit Schmerz, Demütigung, Angst und Wut – und Scham. – Krieger zerren sie über ein Fass. Jerdt, der hinter ihr steht, sein Gelächter – ihr Schrei zerbricht. – Die Schlacht bei Padijanan. Jarat unter seinem toten Ashentai eingeklemmt, abgeschnitten von den eigenen Leuten. Das Schwert in ihrer Hand fühlt sich unendlich gut an. Sie ist immer noch ein Kessanan, auch wenn der Ring um ihren Hals ihr das Recht auf Ehre verwehrt. Als die Krieger kommen, steht sie zwischen den Leichen der Feinde, das Schwert blutig. Jarat lebt. – Das Gesetz verbietet es einem Unfreien, eine Waffe zu führen. Sie erwartet der Tod. – Jerdt verhindert, dass sie sich in die eigene Klinge stürzt. Ihr Ende soll qualvoll sein. – Tage am Strafkreuz. Ein Peitschenhieb hat das Lid über dem linken Auge zerschnitten. Eisen haben ihr Fleisch versengt. Fieber und Schmerz. Jarat soll ihr Leben beenden. Sie ist sein Eigentum. Doch er ist noch immer bewusstlos. Dann, endlich! Er kommt! Der Tod, inzwischen eine ersehnte Gnade. Ein Messer in Jarats Hand, es verspricht rasche Erlösung. Die Klinge schneidet in ihre Handfläche, dann in seine, er fasst ihre Hand. Jarats Stimme: »Blut verbindet sich mit Blut! Von heute an ist dieser hier mein Sohn!« Dunkelheit! Als sie wieder aufwacht, ist der Ring von ihrem Hals verschwunden. Ein Strang aus schwarzen Perlen liegt an seiner Stelle. »Damit du dich nicht nackt fühlst.« Jarat hat einen seltsamen Humor. – Jarat macht sie zum Tribun, später zum Legaten. – Sie ahnt, dass er sie nur vor dem Tod bewahrt hat, weil sie für ihn nützlich ist. Und nun als Freier noch mehr, vor allem, nachdem er feststellt, dass sie bei den Kessanan ausgebildet wurde. Und doch ein Funken Hoffen, dass da vielleicht mehr ist. – Ein heißer Sommerabend. Jarat liegt sterbend auf seinem Bett, ein Schwert ist durch seine Brust gefahren, die Heiler können ihn nicht retten. Sie kniet an seiner Seite, Jerdt steht hinter ihr. Ganz langsam zieht Jarat den Ring des Heerführers von der Hand, Jerdt beugt sich vor. Jarat steckt ihr den Ring an den Finger. Der zweiköpfige Wolf glänzt an ihrer Hand. Verblüffung, die in Erregung umschlägt. – Einen Mondlauf später bittet Jerdt um seine Versetzung. Sie gewährt sie nur zu gern … – Der Befehl des Königs in ihren Händen, sinnlos grausam. Er weckt Wut und Hilflosigkeit. Es gibt keinen Ausweg! Er muss befolgt werden, ob sie will oder nicht. Entsetzen bei ihren Männern, als sie ihre Anweisungen gibt. Sie wählt aus, wer stirbt, ohne Unterschied ob Mann oder Frau, Jung oder Alt; wie es der Befehl sagt. Unzählige Feuer erhellen die Nacht. Entsetzliches Kreischen ist in der Luft. Der Qualm der Scheiterhaufen beißt in Nase und Auge. Menschen flehen um das Leben ihrer Liebsten. Mütter und Väter bieten sich im Tausch für ihre Kinder. Sie darf es nicht hören! Weinen und Klagen überall. Stunde um Stunde sitzt sie auf Ireds Rücken. Reglos, erträgt die Hitze der Feuer. Wartet, bis die Flammen auch den letzten Körper verzehrt haben. Und dann hört sie die Stimmen – die Lebenden und die Toten einer ganzen Stadt verfluchen sie, die Bestie von Sajidarrah … – Tage, Wochen, in denen die Schreie sie verfolgen. Angst vor den Albträumen lässt sie nicht schlafen. Nur weißer Cujan macht es erträglich. Sie wird gefährlich, unberechenbar. Brachan verlangt, dass es aufhören muss! Er bringt sie in die Berge, eine kleine Hütte weit im Norden; ein Felsenkeller, ein Lager aus Heu und Wolldecken. Schmerz! Schmerz, der sie zerreißt, ihr Innerstes nach außen kehrt, ihr die Kontrolle über ihren Körper nimmt. Sie tobt, flucht, droht und schmeichelt, bettelt zuletzt um ein einziges Gran Cujan. Brachan kennt kein Erbarmen. Und dann ist es vorbei …* Blinzelnd kam Lijanas wieder zu sich. Der Strom aus Bildern war versiegt. Mordan lag vollkommen reglos, sein Atem flog, als wäre er stundenlang gerannt. Kalter Schweiß überzog seinen Körper. Unter ihren Händen bebte seine Brust, ganz sacht zog sie die Finger zurück, damit er ihr Zittern nicht bemerkte. Sie konnte sich nicht an seine Worte erinnern, sie waren für sie nicht mehr gewesen als leises Gemurmel, das stetige Plätschern eines Bachlaufs hinter dem Gesang der Vögel. Und doch ... – *Was habe ich getan? Er hat nicht mehr gewollt, als von sich zu erzählen. Und ich – Gnädige, vergib mir ... – Seine Erinnerungen waren meine! Ich* war *er! Ich habe die Kälte gespürt ..., den Schmerz ..., das Gefühl des eisernen Rings um den Hals ... Sein Zorn war meiner! Seine Angst war meine! – Ist das die Macht einer Seelenhexe? In den Seelen anderer zu lesen? In ihren Erinnerungen zu leben? – Ich will sie nicht! Gnädige Göttin, ich will sie nicht! – Und er ahnt nicht, dass ich all das über ihn weiß! Wie soll ich ihm jemals wieder in die Augen sehen?*

Zögernd beugte sie sich noch einmal über ihn. Auch als sie die Hand auf seine Schulter legte, rührte er sich nicht. Beinah schien es, als hätte ihn alle Kraft verlassen. *Oder hat die verderbte Kraft einer Seelenhexe sie ihm gestohlen? Habe* ich *sie ihm gestohlen?* Sacht strich sie über sein Haar. Sie erinnerte sich daran, wie es gewesen war, als man es ihr – ihm – mit Gewalt vom Kopf geschoren hatte. Die plötzliche Kühle, das Gefühl der Erniedrigung ... Schaudernd schloss sie die Augen. Er war der Blutwolf, die Bestie von Sajidarrah – weil andere ihn dazu gemacht hatten. Aber hinter all der Erbarmungslosigkeit und Kälte gab es noch einen anderen Mann; den Mann, der ihr mehr als einmal das Leben gerettet hatte – den Mann, den sie in Cavallin lachen gehört hatte.

Langsam öffnete sie die Augen wieder, sah auf ihn hinab. Seine Atemzüge hatten sich beruhigt, verrieten ihr, dass er seltsam erschöpft eingeschlafen war. Aber er war immer noch kalt. Rasch holte sie die Decken vom Bett, breitete sie sorgfältig über ihn, legte sich neben ihn und drückte sich fest an seinen Rücken, um ihn zu wärmen. Brandgeruch hing nach wie vor im Zelt. Das umgekippte Feuerbecken hatte einen der Teppiche in Flammen gesteckt und sie hatte zuerst das Feuer ausgeschlagen, ehe sie ihm nachgelaufen war – fest davon überzeugt, ihn mit den Händen an Jerdts Kehle zu finden. Sacht lehnte sie die Stirn an seinen Rücken. Das Fell war unendlich weich. Jerdt! Seine höhnischen Worte klangen noch immer in ihrem Geist. Sie biss die Zähne zusammen. – *Die*

Pest an deinen arroganten Hals! Wie kann ein Mensch einen anderen nur so sehr hassen? Er hat dir nie etwas getan! Unter ihren Fingern dehnte seine Brust sich in einem tiefen Atemzug. Ganz langsam löste sich die Anspannung aus seinen Gliedern. Er murmelte etwas Unverständliches im Schlaf und seine Hand legte sich über ihre. Behutsam, um ihn nicht zu wecken, schmiegte sie sich fester an ihn, schloss die Augen und lauschte seinen Atemzügen. Schon wenig später war sie eingeschlafen.

Am Morgen erwachte sie in seinem Bett, ohne zu wissen, wie sie dorthin gekommen war. Das Zelt war verlassen. Auf dem Tisch warteten warmes Wasser zum Waschen und ein opulentes Frühstück auf sie – daneben lehnte die Asranéh. Die Rosetten waren ausgebessert und ersetzt worden, die Risse auf der Decke verschwunden. Sie war vollständig bespannt. Rasch kletterte Lijanas aus dem Bett und griff beinah ehrfürchtig nach dem Instrument. Er hatte früher oft auf diesem Instrument gespielt, bevor … – ihr Mund wurde schmal – bevor Jerdt ihm die Hand gebrochen hatte. Warum hatte er sie ausgerechnet jetzt richten lassen? Ein Scharren an der Zeltklappe, im nächsten Moment kam Legatin Feniar herein, ohne auf ein »Herein!« gewartet zu haben. Sofort runzelte die Kriegerin unwillig die Stirn.

»Ihr seid noch nicht angezogen? Nun aber los! Die Pferde sind gesattelt! Der Heerführer wartet auf Euch!« Sie warf einen Blick auf die Asranéh in ihrer Hand. »Wie ich sehe, habt Ihr Euer Geschenk gefunden!«

»Geschenk?«, echote sie ungläubig.

»Ja, Geschenk. Der Heerführer hat sie für Euch wieder richten lassen. Er sagt, er spielt nicht mehr auf dem Ding, deshalb sollt Ihr sie haben. Ein Bote wird sie für Euch nach Turas bringen, damit Ihr sie dann von dort mit nach Hause nehmen könnt.«

Lijanas starrte wie benommen auf die glänzenden Saitenbündel und die kunstvollen Ornamente der Schallrosetten. *Er kann sie mir nicht schenken! Er liebt dieses Instrument! Das geht nicht!* »Ich kann sie nicht annehmen!«

Die Legatin schüttelte den Kopf. »Natürlich könnt Ihr! Wenn er sagt, sie ist für Euch, dann ist sie das – und dann wird er sie nicht zurücknehmen. Eher zerschlägt er sie vor Euren Augen. – Schaut nicht so entgeistert drein! – Ich kenne ihn inzwischen gut genug. Ihr könnt mir also ruhig glauben.« Sie wedelte mit den Händen, als wolle sie ein Huhn herumscheuchen! »Nun vorwärts! Sputet Euch!«

Eilig gehorchte Lijanas. Als sie wenig später noch mit den Resten eines mit Braten belegten Brots in der Hand aus dem Zelt trat, stand Ired tatsächlich fertig bepackt auf dem Platz. Im ersten Augenblick war sie enttäuscht, hatte Mordan ihr doch ein eigenes Pferd geben wollen, doch dann gewahrte sie eine grauscheckige Kruppe, die hinter der Stute hervorlugte. Rasch schlang sie Brot und Braten hinunter und ging zu den Pferden hinüber. Verdeckt durch das Ashentai stand da tatsächlich ein Apfelschimmel, der neugierig den Kopf nach ihr drehte, als sie zu ihm trat. Sie hätte das Tier nicht gerade als hübsch bezeichnet, dazu wirkte sein Kopf zu lang und seine kurze Mähne stand stachelig in alle Richtungen ab. Doch es rieb gutmütig den Kopf an ihrer Schulter und ließ sich die Stirn kraulen. Ein Ruck an seinem Sattelzeug, es schlug erschrocken mit dem Schweif, im nächsten Moment kam Mordan um es herum – und erstarrte, als er Lijanas gegenüberstand. An seinem Kinn prangte ein Handteller großer Bluterguss, der ihm ein arrogantes Aussehen verlieh. Sie mochte sich nicht vorstellen, wie Jerdt zugerichtet war. Hilfloses Schweigen stand für eine schiere Ewigkeit wie greifbar zwischen ihnen, dann senkte er den Blick, murmelte einen Gruß und fuhr fort, das Sattelzeug des Pferdes zu kontrollieren. Still machte sie ihm Platz, als er sich dem Zaum des Tieres zuwandte, wagte es nicht, ihn anzusprechen. *Warum sieht er mich nicht an? Aus Scham? – Oh Gnädige, wenn er ahnen würde, was ich alles über ihn weiß …* Sein Schweigen war unerträglich. »Danke! Für die Asranéh. Ich hätte nicht erwartet … Sie ist wunderschön.« Ein kurzes Nicken antwortete ihr, während er den Kinnriemen der Trense enger stellte. »Wie heißt es?« Lijanas ließ nicht locker.

Er blickte auf, schaute auf das Pferd, dann wieder auf sie, hob die Schultern. »Es hat keinen Namen!«

»Darf ich ihm einen geben?« Sie trat dicht neben ihn, legte die Hand auf die Nüstern des Tieres.

»Wenn Ihr mögt.« Er ließ sie stehen, wandte sich Ired und ihrem Gepäck zu. Lijanas lehnte ihre Stirn gegen die des Apfelschimmels. Ihr war zum Heulen zumute.

Sie sah auf, als Brachan an ihrer Seite erschien und ihr erklärte, wo sie ihren Wasserschlauch und den Proviantbeutel am Sattel fand. In den Satteltaschen waren saubere Kleidung zum Wechseln und Waschzeug sowie ein kleiner Spiegel. Dann zog er einen Beutel hervor, in dem etwas leise aufeinanderklackte. Als er ihn öffnete, kamen ein paar kleine Tongefäße zum Vorschein, mit in Wachs getränktem Leinen und dünnen Lederriemen wohl verschlossen und in ihrer Sprache beschriftet: Wundbalsam, ein Mittel gegen Schmerzen und Fieber, eine Tinktur, die bei Verbrennungen half, und mehrere Streifen sauberen Tuchs, um eine Wunde verbinden zu können. Dankbar beobachtete sie, wie Brachan alles wieder verstaute. Es war nicht viel, aber besser als nichts. – Und sie würde in der Lage sein, Mordans Wunde neu zu verbinden, falls es nötig war. Einmal mehr sehnte sie sich nach ihrem Arzneikasten. Hinter ihrem Sattel waren Bettfelle festgezurrt, darüber hing ein Mantel.

Dann verschränkte der grauhaarige Krieger die Hände, um ihr beim Aufsitzen zu helfen. Sie zögerte. »Hat man … Wisst Ihr, was mit Prinz Ahmeer ist?«, wagte sie zu fragen.

Brachan sah zu ihr auf. »Ihr wollt wissen, ob man ihn schon wieder eingefangen hat? – Soweit ich weiß, nicht. Er soll ein Pferd gestohlen haben. Aber Jerdt ist seit heute Nacht auf der Jagd nach ihm und gewöhnlich bekommt er seine Beute. – Steigt auf.«

In Hosen und Stiefeln auf dem Rücken eines Pferdes zu sitzen, war entschieden angenehmer, als sich mit einem langen Gewand zu mühen.

Sie war noch dabei, sich im Sattel zurechtzurücken, als ein halblauter Wortwechsel sie aufblicken ließ. Brachan sprach scharf auf Mordan ein, der gerade Ireds Zügel über den Hals der Stute warf, deutete zuerst auf sich und dann auf Raulen, der bei seinen Worten vortrat und bekräftigend nickte. Die Antwort des schwarzhaarigen Kjer war ein unwilliges Kopfschütteln, wobei er auf den alten Krieger wies und dann auf das Lager – und zuletzt in die Richtung, in der Lijanas Jerdts Zelt wusste. Raulen setzte offenbar zu einem Widerspruch an, doch Mordan schnitt ihm mit einer knappen Geste das Wort ab, und als er dieses Mal sprach, tat er es in einem harten, entschiedenen Ton. Offenbar hatte er einen Befehl erteilt, denn die beiden Krieger schlugen die Faust gegen die Brust und traten zurück, während Mordan sich auf Ireds Rücken schwang. Obwohl ihre Mienen vollkommen ausdruckslos waren, schienen sie seine Anweisungen nicht gutzuheißen.

Ohne Brachan und Raulen eines weiteren Blickes zu würdigen, lenkte er sein Ashentai neben ihren Grauschimmel.

»Seid Ihr bereit, Lijanas?«

»Natürlich! Aber …« Verwirrt wandte sie sich halb nach dem alten Krieger um, der noch immer neben dem Hauptmann der Leibwache stand. »Ich dachte, Brachan würde uns begleiten.«

Mordan schüttelte den Kopf. »Brachan wird hier gebraucht!«, beschied er ihr abweisend, und plötzlich begriff Lijanas, worum die Auseinandersetzung eben gegangen war. Sie zog die Lippe zwischen die Zähne. Was auch immer der Grund für seine Entscheidung gewesen war, er würde sich von ihr nicht davon abbringen lassen, wenn selbst Brachan es nicht geschafft hatte. Sie folgte Mordan schweigend, als sie im Trab das Heerlager der Kjer verließen.

Seit sie die Leichen gefunden hatten, hielten sie ihre Waffen bereit. Ebenso wachsam wie ihre Männer ließ Eliazanar den Blick über die Felswände wandern, auf der Suche nach einem Anzeichen dafür, dass sie beobachtet wurden. Ärgerlich ballte sie die Faust auf dem Oberschenkel. Offenbar hatte Prinz Ahmeer gegen ihren Rat versucht, den Blutwolf zu stellen, und die Männer hatten den Preis dafür bezahlt. – Und Haffrens erster Heerführer hatte es sich nicht entgehen lassen, den jungen Narren in seine Gewalt zu bringen. Sie schüttelte den Kopf und trieb ihr Pferd zwischen zwei Felsen hindurch einen kleinen Abhang hinauf. In Cavallin hatte sie von einem Hauptmann Uladh erfahren, dass der Blutwolf sich mit seiner Gefangenen gut einen halben Mondlauf in der Stadt aufgehalten hatte. Er hatte sie als seine Gemahlin ausgegeben und erstaunlicherweise hatte die Kleine dem während der ganzen Zeit weder offen widersprochen noch sich heimlich jemandem anvertraut. Und das obwohl sie scheinbar mehr als einmal die Gelegenheit dazu gehabt hatte. Ein spitzes Lächeln zuckte um ihren Mund. Sie war zwar immer noch davon überzeugt, dass der Blutwolf gewöhnlich keine Frauen in sein Bett nahm, aber vielleicht hatte er bei der Kleinen eine Ausnahme gemacht. Immerhin hatten sie sich während der ganzen Zeit ein Zimmer und ein Bett geteilt, wie sie von der Besitzerin der Herberge, in der die Kjer abgestiegen waren, wusste. Doch selbst wenn er die Kleine nicht angerührt hatte, war sie nach dieser Geschichte als Prinz Ahmeers Braut nicht mehr akzeptabel. Nun, auch als seine Konkubine konnte sie noch ein äußerst angenehmes Leben führen. Und wenn sie es war, die ihm den ersten Sohn schenkte, war es gleich, ob sie seine Gemahlin war oder nicht. In der Thronfolge von Astrachar interessierte es nicht, ob einer legitim geboren war. Alles, was zählte, war, der erstgeborene Sohn des Fürsten zu sein. Und als Mutter des Erben stünden ihr alle Rechte und Ehren einer Ehefrau zu.

Eliazanar setzte sich im Sattel zurecht. Was mit der Kleinen geschah, wenn sie wieder in Anschara war, sollte nicht ihr Problem sein. Wie schon unzählige Male beugte sie sich auf dem Rücken ihres Pferdes vor und begutachtete die Spuren, die der Blutwolf und seine Männer hinterlassen hatten. Seltsam! Nach dem, was sie in Cavallin erfahren hatte, waren die Kjer nur zu fünft gewesen. Aber diese Spuren deuteten auf erheblich mehr Männer hin – von denen ein Großteil zu Fuß gewesen war. Hatte er sich hier in den Bergen mit einem weiteren Teil seiner Krieger getroffen? Vielleicht seiner Leibwache? Sie schnaubte. Wenn er seinen Kreis bei sich hatte, benötigte der Blutwolf die Dienste seiner Leibwache nicht. Ein Grinsen erschien auf ihren Lippen. Dieser Mann brauchte überhaupt keine Leibwache. Unter den Kjer gab es keinen größeren Krieger und auch bei ihren eigenen Leuten würde sich keiner finden, der ihm ebenbürtig war – auch sie selbst nicht. Schon mehr als einmal hatte sie ihn aus der Ferne kämpfen sehen ... Ein atemberaubender Anblick. Elegant! Schön! Tödlich! Der Blutwolf war ein Gegner, dem sie Respekt zollte – auch wenn er ein Feind war. Das Grinsen verschwand. Nach dem, was sie wusste, konnte man sich auf sein Wort verlassen – was sie bei einigen Kriegern aus ihren eigenen Reihen mehr als bezweifelte.

Über ihr erklang ein Ruf. Sie hatte einige der Männer in die Felsen geschickt, um von dort oben Ausschau zu halten. Jetzt kamen sie langsam auf sie zu, zwischen sich einen Mann, der aus eigener Kraft offenbar weder gehen noch stehen konnte. Neben einem großen Felsblock ließen sie ihn behutsam zu Boden gleiten.

»Gebt ihm Wasser! Rasch!« Sie stieg aus dem Sattel und eilte hinüber. Es war tatsächlich einer der Krieger, die sie Prinz Ahmeer mitgegeben hatte. Der Mann bot einen erbärmlichen Anblick. Gierig trank er das Wasser, das seine Kameraden ihm reichten, und berichtete dann atemlos: dass sie die Heilerin gefunden hatten, allein. Dass unvermittelt Kjer-Krieger über sie hergefallen waren, dass nur er und zwei weitere seiner Kameraden außer dem Prinzen und der Heilerin überlebt hatten und gefangen genommen worden waren. Doch als er den Krieger beschrieb, der die Kjer befehligt hatte, war Eliazanar verblüfft. Nicht der Blutwolf hatte den Angriff geführt, sondern der zweite Heerführer, Jerdt. Was taten die beiden mächtigsten Männer nach König Haffren in dieser Gegend – und das zur gleichen Zeit? Gewöhnlich arbeiteten die Heerführer der Kjer nicht so eng zusammen, dass man ihr gemeinsames Auftauchen damit hätte erklären können. Auf ihre Frage, ob er den Blutwolf gesehen hätte, schüttelte der Mann erschöpft den Kopf. Er berichtete weiter, dass sie in nördliche Richtung geführt worden waren und dass er nur deshalb hatte entkommen können, weil die Heilerin es gewagt hatte, ihre Fesseln zu lösen.

Doch außer ihm war keinem die Flucht geglückt. Und kurze Zeit nachdem er entkommen war, hatte er die junge Frau entsetzlich schreien hören.

Eliazanar bedeutete ihm, dass sie mit ihm zufrieden war, und stand auf. Durstig griff der Mann erneut zum Wasserschlauch. Also Jerdt und nicht der Blutwolf. Sie stemmte den Fuß gegen einen Felsen. Sie hatte einige üble Geschichten über Haffrens zweiten Heerführer gehört. Dass der Prinz sich ausgerechnet in seinen Händen befand, wollte ihr gar nicht gefallen.

Hufschlag ließ sie aufschauen. Einer ihrer Späher kam im Galopp zwischen den Felsen heran und verhielt sein schweißbedecktes Pferd so abrupt vor ihr, dass es mit den Hinterbeinen einknickte und wieherte. »Kommt schnell, Heermeisterin! Das müsst Ihr Euch ansehen!«, keuchte er hervor.

Eliazanar schwang sich auf ihr Pferd und folgte ihm.

21

Ärgerlich starrte Lijanas Mordans Rücken an. Er ging ihr aus dem Weg! Sie war mit ihm allein, aber – bei der Gnade der Göttin – er schaffte es tatsächlich, ihr aus dem Weg zu gehen. Um irgendeinen fadenscheinigen Vorwand war er nie verlegen, und wenn er noch einmal nach den Pferden sah oder mehr Holz fürs Feuer suchte. Gleichzeitig schlich er so wachsam um sie herum wie ein Wolf um sein Junges. Nach einem heftigen Streit hatte er ihr erlaubt, die ersten Stunden nach Sonnenuntergang Wache zu halten, damit er wenigstens ein bisschen ausruhen konnte. Seine Wunde zeigte selbst jetzt nach drei Tagen keine Anzeichen der Besserung. Und auch wenn er sich seither jeden Abend nach einem einfachen Mahl in seine Felle wickelte und kurze Zeit später tief zu schlafen schien, wurde Lijanas das Gefühl nicht los, dass er selbst dann auf jedes Geräusch lauschte.

Sie schüttelte die Zügel und schnalzte ihrem Pferd zu, dass es den Abstand zu dem vor ihm trabenden Ashentai verkürzte. Noch immer ritten sie durch einsames Hügelland, in dem es außer ihnen keine Menschenseele zu geben schien.

Obwohl er auf die Kräfte ihres Grauschecken Rücksicht nahm, hatte Mordan von Anfang an ein schnelles Tempo vorgegeben, sodass sie die meiste Zeit im Trab oder einem leichten Handgalopp ritten. Lijanas hatte sich eingestehen müssen, dass sie schon ziemlich lange nicht mehr allein auf dem Rücken eines Pferdes gesessen hatte – abgesehen von den kurzen Runden auf Ireds Rücken in Darachnars Tal – und dass es ein gewaltiger Unterschied war, ob man nur vor jemandem im Sattel saß oder sein Tier selbst lenkte. Auch wenn sie sich langsam wieder an den Sattel gewöhnte und ihr Pferd einen weichen Gang hatte, spürte sie jeden Muskel in ihren Beinen. Sie seufzte leise und sah wieder auf Mordan, der eben seinen Wasserschlauch vom Sattel löste und einige Schlucke trank.

An jenem Tag, als sie das Heerlager zu zweit verlassen hatten, hatte sie ihn erst nach dem Errichten des Nachtlagers dazu bewegen können, ihr seine Wunde zu zeigen. Schweigend hatte er es über sich ergehen lassen, dass sie den Verband abnahm, und erst nach einem Dutzend bohrender Fragen hatte er schließlich zugegeben, dass die Verletzung vermutlich schon bei seinem Schwertkampf mit Jerdt wieder aufgebrochen war. Die Prügelei in seinem Zelt hatte es natürlich nicht besser gemacht. Sie presste die Lippen zusammen. Er gehörte in ein Bett und nicht auf den Rücken eines Pferdes!

Gerade hatten sie eine Anhöhe erreicht, als Mordan Ired zum Stehen brachte. Sie hielt ihr Pferd neben ihm an und folgte seinem Blick.

»Die Sandgrassteppe!« Er verschränkte die Handgelenke auf dem Sattelhorn und lehnte sich nach vorne. »Und die Nebelwand dahinter verbirgt die Berge jenseits von Kassens Klamm. – Spätestens morgen Abend sollten wir den Brückenbogen erreicht haben. Dort erwarten Ecren und Levan uns.« Er sah sie von der

Seite an, wandte aber den Blick gleich wieder ab und richtete ihn erneut hinunter in die Ebene. Wohl schritthohe, silbern und golden glänzende Grasbüschel, aus denen purpurfarbene Rohrkolben emporwuchsen, ragten aus dem fahlen Sandboden und bewegten sich mit einem unheimlichen Rascheln im Wind, der stetig über sie strich. Ein leises Wispern und Raunen schien in der Luft zu liegen. Lijanas schauderte und zog die Schultern in die Höhe, trieb dann aber ihr Pferd hinter Mordan her, die Anhöhe hinab. Das Wispern und Raunen wurde lauter.

Schweigend saß sie auf den Fellen, die Beine gekreuzt, die Handgelenke locker auf den Knien, atmete tief den Rauch der Kräuter ein, die sie kurz zuvor ins Feuer geworfen hatte, und lauschte dem Flüstern des Windes. Schließlich griff sie nach ihrem Stock und stand auf. Der Diener des Hathenan war gekommen, um die Tränen der weißen Schlange zu stehlen. Bei ihm war jene, die vom Blut der Schlange war. Ihre Krieger mussten nicht länger warten. Bis die Sonne zum zweiten Morgen den Himmel küsste, würde der Sand sein Blut getrunken haben.

Das Raunen und Wispern schien mit dem Sonnenuntergang lauter geworden zu sein. Und jetzt, da die Dunkelheit sich über die Sandgrassteppe gesenkt hatte, glaubte sie das Flüstern manchmal direkt an ihrem Ohr zu hören. Sie blickte zu Mordan hin, der auf der anderen Seite des Feuers hockte und darauf achtete, dass die beiden dürren Kaninchen, die er am späten Nachmittag mit der Armbrust erlegt hatte, nicht verbrannten.

Sie hatten ihr Nachtlager diesmal im Windschatten mächtiger Findlingsfelsen aufgeschlagen. Ihre Decken lagen dicht an einem der Steinblöcke, geschützt vor den kalten Böen, die das Gras immer wieder zum Rasseln und Pfeifen brachten. Schon mehrfach hatte sie geglaubt, aus dem Augenwinkel eine Bewegung zu sehen. Doch jedes Mal, wenn sie sich hastig umgedreht hatte, war da nichts gewesen außer wogendem Gras und Rohrkolben. Die unheimlichen Schatten, die das Flackern der Flammen zum Leben erweckte, machten es auch nicht besser. Lijanas zog die Decke enger um die Schultern und wurde von dem leisen Schaben unter der Tunika an den Grind auf ihrem Rücken erinnert. Sie sehnte sich nach einem heißen Bad, das geholfen hätte, den Schorf abzuweichen und ihn zu lösen. Ein Knacken jenseits des Feuerscheins ließ sie zusammenzucken. Auch Mordan hob wachsam den Kopf und streckte die Hand nach seinem Schwert aus, doch es war nur ihr Grauschimmel, dem seine abendliche Kleie-Ration wohl nicht genügt hatte und der sich mit den scharfkantigen Grasstängeln beschäftigte, als hoffe er, ihnen entlocken zu können, wie man sie vielleicht doch fressen konnte. Ired stand einige Schritte weiter, den Kopf stolz gereckt, und ließ sich den Wind durch Mähne und Schweif wehen. Im dreifachen Mondlicht glänzte ihr Fell wie der Nachthimmel selbst. Mordan ließ das Ashentai mit schleifendem Führstrick umherwandern, nur ihrem Pferd waren Fußfesseln angelegt worden, damit es nicht davonlief. Still sah sie zu, wie Mordan noch einmal die Hasen an ihrem Spieß umdrehte, sich dann mit überkreuzten Beinen auf seine Felle setzte und brütend ins Feuer starrte. Wie immer lag das Kereshtai griffbereit neben ihm – und wie immer in den letzten Tagen schwieg er und mied ihren Blick.

Es war einfach unerträglich, wie er sich mehr und mehr in sich selbst zurückzog! Entschieden stand sie auf, umrundete das Feuer und stellte sich vor ihn. Er schaute kurz auf, machte aber keine Anstalten, auf den Fellen beiseitezurutschen und sie aufzufordern, sich neben ihn zu setzen. Sie tat es trotzdem – und natürlich rückte er ein Stück ab. Schweigend saßen sie nebeneinander und blickten ins Feuer.

»Es ist mir gleich«, sagte Lijanas irgendwann leise in die Stille hinein.

Wachsam sah er sie an. »Was?«

Eine scharfe Böe hatte sich ihren Weg um die Felsen herum gesucht, ließ die Flammen flackern, warf verzerrte Schatten auf die Steinblöcke, erweckte das Gras zu rasselndem Leben und trieb Lachen und Flüstern vor sich her.

»Dass Ihr unfrei geboren seid. – Ich wusste es schon, bevor Jerdt –«

Abrupt wandte er den Blick von ihr ab, starrte wieder ins Feuer. Lijanas verstummte. Die Stille kam zurück, erdrückend, kalt. *Bitte! Sprich mit mir! Das kann doch so nicht weitergehen!* Sie angelte einen dünnen Stock aus den Flammen, um wenigstens etwas zu haben, an dem ihre Hände sich festhalten konnten. Von seiner verkohlten Spitze stieg Rauch in einer blassen Spirale in den Himmel.

»Woher wusstet Ihr es?«

Wie konnte sie ihm sagen, dass sie es in seinen Erinnerungen *gesehen* hatte … Lijanas biss sich auf die Lippe. »In Cavallin sind mir die Zeichen in Eurem Nacken aufgefallen, als ich Eure Schulter eingerenkt habe. – Und im Heerlager sah ich die gleichen Zeichen bei den Unfreien.«

Er stieß ein hartes Lachen aus, starrte weiter geradeaus. Das Schweigen legte sich erneut mit seinem ganzen Gewicht auf sie.

»Ein Unfreier ist weniger wert als ein Hund.«

Lijanas benötigte mehrere Augenblicke, bis sie begriff, dass die leisen Worte tatsächlich aus seinem Mund gekommen waren und es nicht der Wind war, der sie narrte. Entschieden schüttelte sie den Kopf. »Ihr wurdet freigelassen! Ihr seid der erste Heerführer!«

»Und dennoch wird man es immer sehen!«

»Wie das denn? Ihr habt keinen eisernen Ring mehr um den Hals, Euer Haar ist ebenso lang wie das jedes anderen Kjer …« Sie verstummte, als er unvermittelt die drei Zöpfe aus seinem Rossschweif zerrte und ihr wie anklagend entgegenhielt.

»Seht Ihr das? Ich darf das Braun des Kriegers tragen, das gebrannte Rot des ersten Heerführers«, die ersten beiden Zöpfe fielen auf seine Schulter zurück. Seine Finger umklammerten den dritten, ohne Band. »Aber ich trage keine Clansfarbe! Weil ich unfrei geboren bin!« Er ließ auch den letzten Zopf los. »Der Makel bleibt! Für immer!«, stieß er bitter hervor, ehe er sich wieder dem Feuer zuwandte und in sein Schweigen zurückfiel.

Für einen Atemzug saß sie reglos neben ihm, starrte ihn an, dann wurden ihre Augen schmal. »Was ist mit Jerdt?«

Misstrauisch blickte er sie an. »Jerdt?«

»Ja, Jerdt. – Woher stammt er? Ich meine, wer sind seine Eltern?«

»Sein Vater ist einer der Clansherren des Marderclans. Außer ihm gibt es keine Nachkommen.« Die Grashalme wisperten.

»Fein, Jerdt ist also von hoher Geburt. – Dann hört mir jetzt einmal sehr gut zu, Mordan von den Kjer! Vielleicht begreift Ihr ja dann, was ich von Eurem ›Unfrei-geboren-‹, ›Wertlos-‹ und ›Der-Makel-bleibt-Gerede‹ halte, ohne dass ich es in Euren stolzen Schädel hineinprügeln muss.« Drohend schwebte der Stock vor seinem Gesicht. »Dem ach so edel geborenen Jerdt«, sie spuckte den Namen geradezu aus, »würde ich noch nicht einmal dieses Stück Holz anvertrauen. – Aber Euch«, der Stock bohrte sich in seine Brust, »vertraue ich schon seit ein paar Tagen mein Leben an! – Und? Fällt Euch da irgendetwas auf?«

Einen langen Moment sah er sie einfach nur an, dann legte seine Hand sich über ihre. Lijanas verfolgte in atemlosem Schweigen, wie er behutsam ihre Finger auseinanderbog, den Stock von ihrer Handfläche nahm und dann die Linien darin betrachtete, als wolle er daraus lesen – das Mondlicht ließ die Schuppen schimmern, die sich inzwischen schon bis an die Finger heran ausgebreitet hatten –, ehe er langsam den Kopf darüber beugte – und im nächsten Augenblick mit dem Kereshtai in der Hand aufsprang und wachsam in die Dunkelheit spähte.

»Was …«, setzte Lijanas an, doch er befahl ihr mit einer knappen Geste zu schweigen, den Kopf lauschend geneigt. Jenseits des Flammenscheins schnaubte ein Pferd. Rasch trat er das Feuer aus – die Hasen fielen in die Asche –, zog sie am Arm von seinen Fellen hoch und schob sie in den Spalt zwischen den Findlingsfelsen. »Rührt Euch nicht! Kein Laut! Egal was passiert!«, zischte er, dann war er verschwunden, das Schwert blank in der Hand.

Stille kroch heran und legte sich über das verlassene Lager. Der Felsen in ihrem Rücken fühlte sich kalt an. Beinah hätte sie vor Schreck aufgeschrien, als ein Steinchen leise klackernd in einer Spalte von oben herabkollerte und sie an der Schulter traf. Über ihr war jemand! Wer? Mordan? Die Fingerknöchel gegen den Mund gepresst, versuchte sie, langsam zu atmen. Sie glaubte, eine Berührung in ihrem Haar zu spüren. Schreckensbilder von Spinnen und ähnlichem Getier, das über sie hinwegkroch, erschienen in ihrem Geist. Ekel wallte in ihrer Kehle hoch. Hektisch fuhr sie sich durchs Haar, kauerte sich weiter zusammen. Ihr Atem strich keuchend über ihre Finger. Wer auch immer dort draußen war, musste es hören. Das leise Knirschen von Stiefeln auf Stein. Sie versuchte herauszufinden, was außerhalb ihres Versteckes vorging, spähte aus dem Spalt heraus. Bewegten sich da nicht Schatten? Wieder ein Scharren. Im nächsten Lidschlag sang Stahl auf Stahl, ein Schrei gellte, etwas stürzte schwer von den Felsen, schlug dumpf im Sand auf. Für den Bruchteil eines Atemzugs herrschte abermals vollkommene Stille, dann schien über ihr ein Sturm loszubrechen. Waffen klirrten, schmerzerfüllte Laute, das Geräusch von mehreren Stiefeln … Jäh landete jemand vor ihrem Versteck auf dem Boden, Lijanas schreckte vom Spalt zurück, erkannte Mordan, der von den Felsen fortrannte – und mitten im Schritt stockte, als vor ihm plötzlich Schatten aus der Dunkelheit auftauchten und zu Männern mit Schwertern und Spießen wurden. Rasch blickte er zurück, doch da sprang eine Handvoll weiterer Gestalten auch schon von den Findlingsfelsen herunter. Der Kreis aus fremden Kriegern schloss sich unerbittlich um ihn. Lijanas zählte etwa ein Dutzend Bewaffnete. Irgendwo zu ihrer Linken erklang ein schrilles Wiehern. Über ihr scharrten wieder Schritte. Sie hielt den Atem an. Auf den Felsen warteten noch mehr Krieger. Und dann setzten die Männer sich in Bewegung. Die Waffen erhoben, drangen sie langsam, aber unaufhaltsam auf Mordan ein. Sie sah, wie er drohend die Zähne bleckte und das Kereshtai hob – und dann verwandelte sich seine Klinge in einen im Mondlicht gleißenden Blitz, in der Hand eines lebendig gewordenen Schattens. Er war es, der die Krieger attackierte, der sie trieb, obwohl er in ihrem Kreis gefangen war. Für einen Moment schienen die Fremden verblüfft, doch dann fielen sie über ihn her. Die Geräusche des Kampfes dröhnten in der Luft, vermischt mit Keuchen und Schreien, ein Krieger brach zu Boden, ein anderer wich zurück. Sie sah, wie Mordan ein Schwert beiseiteschlug und gleichzeitig einen Spieß am Holm packte und den Besitzer an sich vorbeizerrte und in die Reihen der Männer hinter sich beförderte. Mit einigen weiten, wuchtigen Hieben trieb er die Krieger für einen kurzen Augenblick zurück, verschaffte er sich etwas Luft, ehe sie wieder vordrangen. Einem fuhr das Kereshtai in die Schulter, einem anderen trat Mordan vor die Brust, dass er nach hinten taumelte, riss seine Klinge frei, drehte sich unter dem Schlag eines dritten hindurch und blockte das Schwert eines vierten, das um ein Haar in seinen Oberschenkel gefahren wäre. Doch sosehr er auch unter den Männern wütete, es war keine Frage, wie der Kampf ausgehen würde. Lijanas sah, wie er einen Überkopfschlag abfing, den Mann zurückstieß – und zusammenzuckte. Sie wusste, was das bedeutete: die Wunde in seiner Seite … Den Fremden war es offenbar auch nicht entgangen, denn sie drangen heftiger auf ihn ein. Ihr Blick ging zu seinen Fellen. Die Lippen zusammengepresst, zögerte sie für einen winzigen Atemzug, schoss aus dem Spalt heraus – über ihr erklangen überraschte Rufe –, riss die Scheide mit den Zwillingsschwertern, die unbeachtet neben seinem Sattel gelegen hatte, an sich und stürzte laut schreiend auf die Kämpfenden zu. Sie sah, wie Mordan den Kopf hob, sah Zorn in seinem Gesicht, weil sie seinen Befehl missachtet hatte, doch gleichzeitig drehten auch einige seiner Angreifer sich verblüfft um. Sie warf sich in die entstandene Lücke, hätte sich beinah selbst auf einem Schwert aufgespießt. Eine Hand packte sie am Haar, sie schrie, rammte dem Mann die Scheide ins Gesicht, befreite sich mit einem Ruck und heulte vor Schmerz, weil lange Strähnen in seinen Händen zurückblieben. Einer der Krieger erwischte sie an der Tunika, zerrte sie nach hinten. Nur aus dem Augenwinkel sah sie Mordan mit einem wütenden Brüllen auf sich zustürmen, warf sich ihm entgegen, die Tunika riss, sie prallte gegen seine Brust, dass er nur durch zwei Schritte rückwärts sein Gleichgewicht halten konnte. Seine Hand schloss sich um ihren Nacken, stieß sie auf die Knie, sie spürte, wie seine Fingernägel über ihre Haut ritzten, dann packte er das größere der beiden Schwerter und zerrte es aus der Scheide, die sie immer noch umklammert hielt. Erst jetzt fiel Lijanas die Stille auf. Die Krieger standen reglos, starrten sie an, wirkten verwirrt. Die zerrissene Tunika entblößte ihre Schulter und die im Mondschein silbrig weiß glänzende Haut darunter. Ein leises Raunen lief durch ihre Reihen. Über sich hörte sie Mordans harte Atemzüge und wagte einen hastigen Blick zu ihm empor. Sie konnte seine Wut förmlich spüren, als er sie für kaum mehr als einen Lidschlag ansah. »Was. Sollte. Das?«, zischte er böse, während er sich langsam um sie herum drehte, in dem Versuch, keinen seiner Gegner aus den Augen zu lassen. Im Mondlicht glänzten seine Fänge.

»Ich wollte …«

»Was wollt Ihr? – Konntet Ihr nicht einmal tun, was ich sage?!«

»Sie hätten Euch getötet!«

»Närrisches Weib! – Jetzt werden wir *beide* sterben!«

Sie richtete sich ein Stück auf, wollte protestieren, er stieß sie auf alle viere. »Macht Euch klein! Gehorcht wenigstens jetzt!«

Erschrocken kauerte sie sich zusammen. Der Kreis der Krieger öffnete sich, um einem weiteren Mann Platz zu machen. Das musste einer der Fremden sein, die über ihrem Versteck in den Felsen gestanden hatten. Er sagte etwas zu Mordan, machte eine Geste, als würde er ein Schwert auf den Boden legen.

»Was will er?«, wagte sie zu fragen.

»Ich verstehe ihn nicht.« Mordan knurrte die Worte nur hervor.

Der Krieger wiederholte die Geste.

»Offenbar soll ich die Schwerter weglegen. – Aber daraus wird nichts.« Er schüttelte entschieden den Kopf, suchte sich einen festeren Stand.

Beruhigend hob der Fremde die Hände, wies auf Lijanas, dann auf Mordan, wiederholte seine beschwichtigende Geste und versuchte, den Kjer erneut dazu zu bewegen, seine Waffen auf den Boden zu legen. Wie zuvor schüttelte der den Kopf. »Damit ihr uns anschließend einfach abschlachten könnt? – Niemals!«, fauchte er, obwohl die Männer seine Worte nicht verstehen würden.

»Vielleicht wollen sie uns tatsächlich nichts tun.«

»Erst überfallen sie uns und dann sind sie plötzlich gut Freund? – Vergesst es! Das ist eine Finte!«

Die Fremden schienen zu beraten, der Krieger, der wohl ihr Anführer war, gab einen Befehl. Der Kreis weitete sich, als die Männer zurücktraten. Auf einmal war ein feines Sirren in der Luft, über ihr fuhr Mordan herum, seine Stiefel wirbelten Sand auf, der ihr in Augen und Mund drang. Sie hörte sein wütendes Aufheulen, dann strauchelte er plötzlich zur Seite, brach halb in die Knie, kam wieder hoch, nur um in die andere Richtung zu taumeln. Lijanas wurde jäh gepackt und von ihm weggezerrt. Zwei Männer hielten sie fest, sie trat nach ihnen, kreischte, versuchte, sich aus ihren Händen freizuwinden, während sie zugleich hilflos mit ansehen musste, wie der Kreis der Krieger sich wieder enger um Mordan schloss. Wie einem wilden Tier hatten sie ihm mehrere Seile übergeworfen, die seine Arme an seinen Körper pressten. Sie sah, wie sich die Klinge des Kereshtai in seiner Hand bewegte, einen der inzwischen straff gespannten Riemen kappte, zwei weitere Seile fielen über ihn, eine Schlinge glitt von seinen Schultern, schloss sich um seine Kehle, ein harter Ruck riss ihn endgültig von den Füßen, ließ ihn schwer auf die Seite stürzen, auf der er das Kereshtai führte. Die Zähne gebleckt, bemühte er sich, wieder auf die Beine zu kommen, hatte es gerade geschafft, sich trotz der Fesseln auf die Knie zu kämpfen, als einer der Krieger ihm von hinten einen Schlag versetzte. Leblos sackte er zu Boden.

Lijanas stieß einen gellenden Schrei aus und warf sich in den Fäusten, die sie hielten, nach vorne. Sie kam nicht frei. *Gnädige, lass ihn nicht tot sein!* Die Fremden beugten sich über Mordan, fesselten ihm die Hände auf den Rücken, schlangen ihm zusätzlich Riemen um Brust und Arme, während ihr Anführer beinah ehrfürchtig das Kereshtai vom Boden nahm. *Sie würden ihn nicht fesseln, wenn er tot wäre*. Ohnmächtig wand Lijanas ihre Handgelenke, um freizukommen. Wie um ihre Hoffnung zu bestätigen, regte Mordan sich gerade wieder im Sand. Einer der Krieger setzte ihm einen Spieß an die Kehle und er lag erneut bewegungslos.

Sie hörte auf sich zu wehren, als der Anführer der Männer auf sie zutrat und dabei das Kereshtai in seine Scheide schob, die er ebenfalls vom Boden aufgehoben hatte. Zum ersten Mal betrachtete sie die Fremden genauer. Sie waren in helle Felle gekleidet, in deren langes Haarkleid um die Schultern Perlen und Muscheln hineingeflochten waren, die mit ähnlichen Lauten aneinanderschlugen, wie sie der Wind den Grashalmen entlockte. Ihre Haut wirkte im Mondlicht seltsam grau. Die obere Hälfte ihrer Gesichter war vollständig mit purpurner Farbe bemalt, dass es schien, als trügen sie Masken. Wangen und Kinn waren mit Strichen in der gleichen Farbe verziert. Der Krieger ließ ihre Musterung über sich ergehen, ehe er wieder jene beschwichtigende Geste machte, sich vorbeugte und aufmerksam die weißsilbern schimmernden Schuppen auf ihrer Schulter betrachtete – und sich respektvoll vor ihr verneigte. Ungläubig starrte sie ihn an. *Was geht hier vor? Warum ist er plötzlich so freundlich? Wegen der Schuppen auf meiner Haut? Das ist lächerlich!* Er sagte etwas zu den Kriegern, die sie festhielten, worauf diese sie freigaben, einen Schritt zurücktraten und sich ebenfalls verneigten. Misstrauisch sah sie ihn an, blickte dann an ihm vorbei zu Mordan. Er folgte ihrem Blick, runzelte nachdenklich die Stirn, sagte etwas zu ihr. Lijanas schüttelte den Kopf, um ihm klarzumachen, dass sie ihn nicht verstand. Die Stirn noch immer in Falten gelegt, wies er nachdrücklich auf den noch immer am Boden liegenden Kjer und anschließend auf sie. Als er diesmal sprach, meinte sie das Wort ›Cogén‹ zu verstehen. Es klang wie eine Frage. Für einen Atemzug schien es seltsam vertraut – doch dann schüttelte sie wieder den Kopf. Nein, sie wusste nicht, was der Krieger von ihr wollte. Seine dunklen Augen musterten sie nochmals, dann sah er erneut zu Mordan – und legte ihr zu ihrer Verblüffung das Kereshtai in den Arm, ehe er einmal mehr jene beschwichtigende Geste vollführte. Zögernd nickte Lijanas. Ja, sie hatte verstanden! Wenn sie sich nicht wehrten, würde ihnen nichts geschehen. Sie schaute zu Mordan hin, bemerkte, dass er sie beobachtete. Langsam schob sie sich an dem Anführer der Fremden vorbei, ohne ihn aus den Augen zu lassen, näherte sich Schritt für Schritt dem schwarzhaarigen Kjer, kniete sich schließlich neben ihn. Mit einer Geste bedeutete der fremde Krieger ihr, dass es in Ordnung war, was sie tat, und gab dem Mann, der Mordan bewachte einen knappen Befehl, woraufhin der den Spieß von der Kehle seines Gefangenen nahm. Doch als sie das Kereshtai in den Sand legte und sich anschickte, die Riemen von seinen Gelenken und den Armen zu lösen, legte der Krieger seine Hand über ihre und schüttelte den Kopf. Der Kjer funkelte ihn böse an, während Lijanas ergeben die Finger von den Fesseln nahm.

»Ihr bringt mir Unglück, Heilerin!« Mordans Auge war ein dunkler See in seinen fahlen Zügen. »Erst dieser Salzsturm, dann die Seuche, anschließend Prinz Ahmeer mit seinem verfluchten Bolzen und jetzt diese Kerle …«, aus seinen Worten sprach mühsam unterdrückte Wut.

»Sie werden uns nichts tun«, versuchte sie, ihn zu beruhigen.

Er ließ ein bitteres Schnauben hören. »Ja, natürlich! Und ich bin der Sohn eines grünscheckigen Esels. – Lijanas, die Kerle sind auf Blut aus, oder was glaubt Ihr, sollte dieser Überfall? Ich weiß, wann ein Mann mit mir spielt und wann er mich töten will. Sie«, er nickte zu den Männern hin, »wollten eindeutig Letzteres. – Was tut Ihr da?«

Ohne aufzusehen, öffnete sie seinen Gürtel, schnürte sein Wams auf, soweit es ihr seine Fesseln erlaubten, und schob dann behutsam Kettenhemd und Tunika in die Höhe. »Und warum hat ihr Anführer mir dann Euer Kereshtai zurückgegeben? Warum sind wir dann noch am Leben? – Wonach sieht es denn aus?« Der Verband war schon vollgesogen, ein paar dünne, rote Rinnsale liefen über seinen Bauch und tropften träge in den Sand. Über sich hörte sie die Fremden murmeln.

»Nach Unsinn! – Lijanas, lasst das und hört mir zu! Ich will, dass Ihr versucht, an Ired heranzukommen. Steigt auf ihren Rücken und macht Euch davon! Wenn Ihr Euch südlich haltet …« Er sprach jetzt leise, beobachtete die Fremden, ob sie nicht vielleicht doch verstanden, was er sagte.

»Und wie soll ich auf ihren Rücken kommen? Sie trägt ja noch nicht einmal einen Sattel.« Sie löste das Leinen – die vordere der Wunden war aufgerissen und auch auf der in seinem Rücken glänzte der Schorf feucht.

»Befehlt ihr *ám Adnár* und sie wird sich niederlegen. Auf *se Adjáj* steht sie wieder auf.«

»Ich werde Euch nicht zurücklassen!«, teilte sie ihm entschieden mit und drückte den zusammengerollten Verband auf die Wunde, um die Blutung zu stillen.

Er zuckte kaum merklich zusammen. »Lijanas, jeder vernünftige Mann würde mich zurücklassen. Außerdem: Ich befehle es Euch!«

»Befehlt, wem Ihr wollt, aber nicht mir! – Außerdem: Jeder vernünftige Mann hätte mich angesichts eines aufziehenden Sturms in der Salzwüste zurückgelassen. Zudem habt Ihr mir Euer Wort gegeben, mich nach Hause zu bringen. Weiß ich, ob ein anderer es halten wird, wenn Ihr nicht mehr seid? – Findet Euch damit ab: Ihr habt mich am Hals, bis ich wieder in Anschara bin!«

»Ihr seid das unvernünftigste und sturste Weib, das mir jemals untergekommen ist!« Erbost maß er sie mit einem funkelnden Blick. Lijanas ignorierte ihn, schaute jedoch überrascht auf, als ihr der Anführer der Krieger ein paar Stoffstreifen hinhielt und auf Mordan wies.

»Erstaunlich! Er erlaubt mir, Euch zu verbinden – dabei wollen sie uns doch töten«, meinte sie in spöttischem Ton, während sie das Tuch um seinen Oberkörper schlang. Ein mühsames Unterfangen bei einem Mann, der gefesselt auf der Seite lag. Sein Knurren ließ sie völlig unbeeindruckt. »Wisst Ihr, zu welchem Volk oder Stamm diese Männer gehören?« Sie haschte hinter seinem Rücken nach dem anderen Ende des Stoffstreifens.

»Nein. Die Sandgrassteppe war nie besonders interessant für

mein Volk. Es gibt hier nichts als Sand und Weite. Man könnte hier noch nicht einmal Pferde züchten. Ein paar wilde Stämme sollen hier leben, denen man allerhand abergläubischen Unsinn nachsagt, aber …« Er hob den Kopf, als weitere Fremde aus der Dunkelheit auftauchten, struppige Ponys zwischen sich. Zwei der Krieger stellten Mordan auf die Beine, kaum, dass Lijanas den Verband über seinen Rippen verknotet hatte, und führten ihn zu den Tieren, ohne auf sein Sträuben zu achten. Er sah sie über die Schulter noch einmal scharf an. Lijanas blickte beiseite. Nein, sie würde nicht mit Ired fliehen.

Die Krieger zwangen ihn auf den Rücken eines der Ponys, und während sie ihm noch die Füße unter dessen Bauch zusammenbanden, winkte der Anführer der Männer sie zu einem der anderen Tiere. Ein wütendes Wiehern erklang irgendwo in der Dunkelheit zu ihrer Rechten. Ein letztes Zögern und ein Blick zu Mordan hin, der die Männer mit kalt loderndem Auge beobachtete, dann schwang Lijanas sich in den Sattel des ihr zugewiesenen Ponys. Die Parierscheibe des Kereshtai, das sie unter ihren Gürtel geschoben hatte, bohrte sich in ihre Rippen. Ein Teil der Krieger saß ebenfalls auf, während andere zu ihrem Erstaunen ihre Bettfelle und Habseligkeiten zusammenpackten und jede Spur beseitigten, die darauf hingewiesen hätte, dass es hier einmal ein kleines Lager gegeben hatte. Auch das Ashentai und ihr Pferd wurden nicht zurückgelassen, obwohl es den Fremden kaum gelang, das Kriegsross zu bändigen. Ein kurzes Signal des Anführers und die Ponys setzten sich in Bewegung. Wie bei Mordan führte einer der Männer auch Lijanas' Tier.

Beinah zärtlich fuhr sie mit dem Dolch über die mit Schweiß und Blut überzogene Haut. Der Mann wimmerte, als unter der Klinge ein weiterer Schnitt klaffte. Hinter ihr brannte ein kleines Feuer. Sie hatten sich wieder weit genug in die Salzzinnen zurückgezogen, dass die Kjer unten in der Ebene seine Schreie nicht hören würden. Bis zum Sonnenaufgang hatte sie Zeit, dann würde man sein Verschwinden bemerken und nach ihm suchen – umsonst. Seine Leiche würde in den Tiefen einer Felsspalte verschwinden. Aber bis dahin würde sie erfahren haben, was sie zu erfahren wünschte.

22

Eine Hütte gebaut aus Sand!

Sie konnte es nicht fassen. Zum sie wusste nicht wievielten Mal drehte Lijanas sich langsam um sich selbst und bestaunte die Halbkugel aus Sand, in der sie sich befand. Ein dicht gewebter Teppich hing vor dem Eingang, in der Mitte der Kuppeldecke war ein Rauchabzug, unter dem ein kleines Feuer vor sich hin prasselte. Auf der einen Seite wartete ein bequemes Lager aus weichen Fellen, auf der anderen befand sich etwas, was sie an einen Webrahmen erinnerte. Eine Holzspindel lag daneben auf einem Korb gekämmter Wolle. Nischen waren in die Sandwand gekratzt, in denen Töpfe mit wohlriechenden Kräutern ebenso wie Essensschalen und Becher oder eine Lampenschale aus Ton standen. Schatten wiegten sich auf den hellen Wänden, der Rauch über dem Feuer schien zu tanzen und zu flüstern. Erneut trat sie an den Eingang der Sandhütte, hob das Tuch davor an und lauschte hinaus. Sie wusste nicht, ob die Stille draußen in der Dunkelheit ein gutes oder ein schlechtes Zeichen war.

Auf dem Weg hierher waren die Krieger höflich, ja beinah ehrfürchtig mit ihr umgegangen, während sie Mordan unübersehbaren Respekt zollten. Auch wenn sie seine Fesseln weder gelockert noch gänzlich gelöst hatten. Mehr als einmal hatte sie das geflüsterte Wort ›Cogén‹ gehört.

Bei ihrer Ankunft in dem kleinen Dorf, das am Fuß eines mächtigen Sandsteinfelsens lag, war ihnen eine junge Frau – nein, eher noch ein Mädchen – entgegengetreten und hatte mit dem Anführer der Männer gesprochen. Daraufhin hatten zwei der Fremden sie zu dieser Hütte geleitet und davor Stellung bezogen. Das Letzte, was sie von Mordan gesehen hatte, war, dass er von einem halben Dutzend Krieger weggeführt worden war – hinter der jungen Frau her. Ihre fragenden Gesten, was mit ihm geschehen sollte, waren unbeantwortet geblieben und auch ihre Versuche, die kleine Behausung zu verlassen, hatte man höflich, aber bestimmt unterbunden. Sie war Gast und Gefangene – hoffentlich traf das auch auf Mordan zu. Unruhig trat sie ans Feuer, folgte den Schatten an den Wänden mit den Augen. *Wenn sie ihn hätten töten wollen, hätten sie es schon getan. Dann hätten sie mir auch nicht erlaubt …* Der Gedanke verblasste. Es war, als würden sich die Schatten um eine Wandnische sammeln, das Glitzern daraus war unübersehbar. Zögernd ging Lijanas näher heran. Der Rauch über dem Feuer wisperte, beinah glaubte sie, ihren Namen zu verstehen. In der Nische lag ein schmaler, silberner Dolch. Sein Griff bestand aus Perlmutt, geschmückt mit feinen, verschlungenen Goldfäden. Sie streckte die Hand nach ihm aus, zog ihn aus der Scheide. Die Klinge glänzte wie Eis in der Wintersonne, ein Spiegel aus Licht rann über sie und ließ das Muster auf ihr tanzen. Wind fuhr durch den Rauchabzug herein, fing sich in ihrem Haar und flüsterte …

Um sie her das wütende Heulen der Seelenfresser, das in ihrem Kopf und in ihrem Herzen schmerzt, und dennoch ist kein Laut zu hören. Sie steht hilflos gefangen zwischen zerklüfteten Felsen, presst den Rücken an rauen Stein, der ihre Handflächen blutig schürft. Verzweifelt umklammert sie den Dolch, in dem Wissen, dass er ihr nichts nützen wird. Stahl klirrt auf Stahl, Schreie hallen von den schroffen Felswänden wider und dennoch ist nur Stille um sie her. Rücken an Rücken stehen ihre beiden Krieger vor ihr, schützen sie mit ihrem Leben, vor denen, die dem verderbten Gott der Hathenan noch immer die Treue halten; vor denen, die nur noch Rache kennen. Es ist ihr Herz, das durchbohrt wird, als die Klinge sich in die Brust des einen Kriegers gräbt. Der Schmerz ist noch nicht vergangen, als der zweite ihrer Geliebten stirbt. Ihr Schrei gellt von den Steinen, tausendfach zurückgeworfen, als die Felsen mit ihr weinen. Ein Schrei, ewig wie ihre Tränen …

Ihre Krieger hielten ihn. Licht blitzte auf dem Dolch an seiner Kehle. Sein Blick sprach von einem Sturm aus Zorn, der in ihm tobte, weil sie es wagten, ihm Fesseln anzulegen. Er war der, von dem der Wind gesprochen hatte. Der Diener des Hathenan. Der Dieb. Der Krieger, der weder Gnade noch Liebe kannte – und der für jene vom Blut der Schlange gekämpft hatte, wie der Sandfalke für sein Junges kämpft.

Knisternd verzehrte das Feuer die Kräuter, träge wand der Rauch sich gegen den dunklen Himmel, rief den Wind, lockte sein Raunen. Er wisperte, flüsterte Worte, die sie nicht glauben konnte. Ein Befehl an ihre Krieger, sie lösten seine Fesseln, hielten ihn dennoch in den Riemen, zwangen seine Hand in den Rauch. Ihr Messer fuhr über die Fläche, ein Knurren wie aus der Kehle eines Wolfes, Blut tropfte ins Feuer. Jäh sprang der Wind in die Flammen, lachte, ließ sie lodern, peitschte sie in die Nacht empor. Zwei Ströme roten Blutes, vereint in einem. Es war bestimmt und beschlossen: Sein Leben gehörte der Schlange!

Der Schrei war so gellend, dass er Mordans Herz stocken ließ. Lijanas! Es klang, als würde ihr jemand die Seele aus dem Leib reißen. Er bäumte sich jäh unter den Händen der Krieger auf, die ihn festhielten, schüttelte sie ab wie lästige Insekten. Der scharfe Schmerz an seinem Hals vermischte sich mit dem Brennen in seiner Seite, als er aufsprang und dorthin hetzte, wo der grauenvolle Laut erklang. Wer auch immer es gewagt hatte … Vor einer Hütte traten ihm zwei Männer in den Weg. Er fegte sie beiseite, riss das Tuch vor dem Eingang fort und stürmte hinein.

Sie lag zusammengekauert bei der Wand, die Augen weit aufgerissen, einen Dolch in der halb geöffneten Hand, und schrie, dass er glaubte, ihre Lungen müssten bersten. Es war ein Laut voller

Grauen und Verzweiflung – und voller Schmerz. Der gleiche Laut, den er schon in der Salzwüste gehört hatte. Er packte sie an den Schultern, zerrte sie vom Boden hoch, schüttelte sie, brüllte ihren Namen. Der Schrei verstummte erst, als er sie schlug. Begreifen kehrte in ihren Blick zurück, der Dolch fiel zu Boden, während er sie fest an seine Brust zog und beruhigend in ihr Haar murmelte. Sie presste sich an ihn, als wolle sie in ihn hineinkriechen.

Nur langsam wurde ihm bewusst, dass sie nicht allein waren. Er sah auf. Da stand die junge Frau – verblüfft stellte er fest, dass ihre Augen vollständig weiß waren, blind – hinter ihr drängten sich mehrere Krieger. Er erkannte den Anführer der Männer, die sie gefangen genommen hatten.

Lijanas war jetzt still an seiner Brust, nur ihr Atem kam noch in heftigen Stößen. Er schlang die Arme fester um sie. *Was auch immer geschieht – noch einmal lasse ich sie nicht allein!*

Mit einem schmalen Stock vor sich tastend tappte die Blinde heran, kauerte sich neben ihnen nieder, ihre Hand legte sich auf Lijanas' Bein, strich daran empor; er stieß sie weg. In die Krieger kam Bewegung, doch eine Geste der Frau brachte sie wieder zur Ruhe. Beschwichtigend hob sie die Hände in seine Richtung. Einen Moment kehrte die Stille zurück, dann sprach die Blinde. Ihre Hand wies auf ihn. Es war nur ein Wort. Cogén! Für einen Atemzug schien selbst das Feuer dieses Wort zu wispern.

»Nein!« Entschieden schüttelte Mordan den Kopf. Er war so wenig ein Cogén, wie Lijanas eine Seelenhexe war. *Sie kann vielleicht den Tod sehen und spüren, wenn die Seelenfresser in ihrer Nähe töten, aber über all die anderen Fähigkeiten, die man einer Seelenhexe der Edari nachsagt, gebietet sie nicht. Sie kann nicht in den Seelen anderer lesen, ihre Erinnerungen teilen, die Seele eines Toten an sich binden oder eine Seele zwingen, in einem sterbenden Körper auszuharren. Nein! Auch wenn sie die Tochter einer Seelenhexe ist – sie selbst ist keines dieser abscheulichen Weiber!* »Nein!«, noch einmal schüttelte er den Kopf, unterstrich das Wort mit einer scharfen Geste. »Nein!« *Und ich bin kein Cogén!*

Der Anführer der Krieger sprach leise mit der blinden jungen

Frau, vermutlich berichtete er ihr, was sie nicht sehen konnte. Sie neigte den Kopf, erst nachdenklich, dann plötzlich mit einem Lächeln – und nickte.

Ohne Hast richtete sie sich mit ihrem Stock in der Hand wieder auf, verneigte sich leicht in seine Richtung und drängte all die anderen aus der Hütte. Stille kehrte zurück. Allmählich wurden auch Lijanas' Atemzüge ruhiger, schließlich lehnte sie schwer und reglos an ihm, fast, als sei sie eingeschlafen.

»Was bedeutet das – ›Cogén‹?« Ihre Stimme war kaum mehr als ein Flüstern.

Mordan beugte sich vor. »Wie geht es Euch? Ihr habt geschrien, dass ich dachte … Warum?«

»Ich weiß es nicht.« Sie barg den Kopf fester an seiner Brust. »Ich nahm den Dolch in die Hand, und dann wart … Ihr da und habt mich festgehalten. Dazwischen … Es ist wie … wie ein Traum, von dem man weiß, aber an den man sich nicht erinnern kann, dessen Bilder man nicht halten kann. – Was bedeutet dieses Wort, Cogén? Der Anführer der Fremden hat es auch schon benutzt.« Jetzt nahm sie den Kopf von seiner Brust, um ihn anzusehen. »Er wies dabei auf Euch.«

Bedächtig kämmte er sich mit der Hand durchs Haar. »Ein Cogén ist der Beschützersklave einer Seelenhexe. Er gehört ihr – mit Leib und Seele.«

»Wie ein Unfreier?« Sie schauderte sichtlich.

»Schlimmer! Er kennt keinen eigenen Willen mehr. – Wahrscheinlich denken diese Leute, ich sei Euer Cogén.«

Unüberhörbar schnappte sie nach Luft, doch plötzlich huschte ein Lächeln über ihr Gesicht. »Ihr seid viel zu stur, um irgendjemandes Cogén sein zu können.«

»Äußerst beruhigend!« Er stand auf und zog sie mit. »Ich würde mein Leben auch ungern zu Füßen einer Frau fristen.« Sein Blick viel auf den Dolch am Boden, der halb aus seiner Scheide geglitten war. Die Art, wie sie die Waffe ansah, gefiel ihm nicht. Beinah schien in ihren Augen Furcht zu stehen. Er bückte sich und hob sie auf. Licht glitzerte auf der Klinge, blendete ihn für einen Moment, ehe er sie in ihre Hülle zurückstieß. Dieser Dolch war eindeutig für die schmale Hand einer Frau geschaffen worden. Er war Zierstück und Waffe zugleich und wahrscheinlich ziemlich alt. Das Silber der Scheide war angelaufen und das Gold am Griff dunkel. Er legte ihn in die Nische zurück, in die er offensichtlich gehörte, und schaute sich um, bückte sich dann halb durch die Tür – wie er erwartet hatte: Wachen! Er trat zurück und musterte noch einmal das Innere der Behausung. Die Hütte war ursprünglich wohl nicht als Gefängnis gedacht, denn ganz offensichtlich wurde sie von jemandem bewohnt.

»Und nun?« Die Heilerin hatte sich auf die Felle gesetzt, die anscheinend als Schlafstelle dienten, und fingerte an der Parierscheibe seines Kereshtai, das neben ihr lag. Er setzte sich zu ihr. »Ich nehme an, Ihr wollt nicht, dass ich uns den Weg hier hinaus erkämpfe.« Sie bedachte ihn mit einem scheelen Blick, schüttelte den Kopf. Langsam hob er die Schultern. »Dann bleibt uns nichts anderes als abwarten.«

Mit einem Seufzen nickte sie, beugte sich vor, musterte ihn. »Was habt Ihr denn da angestellt?« Ihr Finger legten sich an seinen Hals, direkt unter seinen Kiefer. *Ja, natürlich. Der Dolch …* Er erinnerte sich.

»Da wollte mir jemand die Kehle aufschlitzen, falls ich eine falsche Bewegung gemacht hätte.« Der Blick, der ihn dieses Mal traf, war erbost.

»Ist es Euer erklärtes Ziel, Euch umbringen zu lassen?«

Mordan lachte. »Glaubt Ihr tatsächlich, einer wie ich würde alt und zahnlos im Bett sterben? Umgeben von einer Schar heulender Kindeskinder, die sein Ende betrauern. – Lijanas, ich bin Heerführer. Ich sterbe mit dem Schwert in der Hand auf dem Schlachtfeld oder durch die Klinge eines gedungenen Mörders, aber bestimmt nicht friedlich in einem Bett.«

»Oder Ihr werdet nach dem Willen Eures Königs hingerichtet, für etwas …«

Sein Gesicht verdüsterte sich. *Müssen wir schon wieder darüber streiten?* »Ich vergaß. – Oder nach dem Willen meines Königs, Ihr habt recht.« Sein eisiger Ton brachte sie für die nächste Zeit zum Schweigen.

Die Stunden verrannen träge wie Honig. Zuweilen drang das Gackern eines Huhns oder das Wiehern eines Pferdes zu ihnen herein. Die Heilerin hatte darauf bestanden, seine Wunde noch einmal zu verbinden, danach hatte Mordan sich mit dem Rücken gegen die Wand gelehnt, während sie sich neben ihm auf dem Lager zusammengerollt hatte und mit den Fingern die langen Haare des Fells unter ihnen mal glättete und mal zerwühlte. Unruhig drehte er das Kereshtai in seiner Scheide zwischen den Händen. Der Umstand, dass er im Augenblick nichts an ihrer Lage ändern konnte, machte ihn wütend.

Das Feuer unter dem Rauchabzug knisterte leise und war schon fast heruntergebrannt, als Stimmen vor dem Eingang der Hütte ihn die Hand um das Heft des Kereshtai legen und aufhorchen ließen. Rasch setzte Lijanas sich auf. Beinah gleichzeitig wurde das Tuch vor dem Hütteneingang beiseitegezogen und drei Mädchen duckten sich herein. Zwei trugen Schalen mit Brot und weißem Käse, eine brachte einen Krug und zwei Becher. Alles wurde vor ihnen auf den Boden gestellt, dann gingen die Mädchen wieder und der Anführer der Krieger kam herein. Wieder vollführte er jene beschwichtigende Geste, dann wies er auffordernd auf Brot und Käse. Arglos beugte die Heilerin sich vor, um seiner Einladung zu folgen, doch Mordan hinderte sie daran.

»Ich habe Hunger!« Sie schüttelte seinen Griff ab.

»Den haben Mäuse auch, wenn sie den vergifteten Speck in der Falle fressen.« Er bedachte den Mann, der sich ihnen gegenüber niedergehockt hatte, mit einem harten Lächeln, in dem seine Fänge blitzten. »Nicht wahr?« Erschrocken zog sie die Hand zurück.

Als habe er mit nichts anderem gerechnet, verneigte der Krieger sich leicht vor ihm, brach sich etwas Brot ab und schob es sich zusammen mit einem Stück Käse in den Mund. Während er kaute, goss er sich aus dem Krug in einen der Becher ein und leerte ihn auf einen Zug. Einen Moment lang saß er ihnen einfach gegenüber, dann wies er erneut einladend auf die Speisen, stand auf und ließ sie allein.

Diesmal hinderte Mordan die Heilerin nicht daran, sich Brot und Käse zu nehmen. Doch das Misstrauen wollte nicht weichen. Vorsichtig kostete er selbst von den Speisen. Sie waren zwar etwas salzig, aber recht schmackhaft. Gerade füllte die junge Frau den Becher mit einer dunklen Flüssigkeit aus dem Krug und schnupperte, ehe sie daran nippte. »Kräuterbier«, verkündete sie, nahm noch einige Schlucke, reichte es dann an ihn weiter. Mordan trank seinerseits. Tatsächlich, Kräuterbier. Nicht so herb, wie er es gewöhnlich mochte, aber für sie vermutlich genau richtig. Er gab ihr den Becher zurück, sie füllte ihn erneut, platzierte ihn zwischen ihnen und machte sich über das Mahl her. Einmal mehr blickte Mordan zu dem verhängten Eingang der Hütte. Das alles ergab für ihn keinen Sinn. Doch schließlich nahm er sich selbst Brot und Käse und aß.

Er bemerkte erst, dass etwas nicht stimmte, als es schon zu spät war. Das Mahl war fast verzehrt und der Krug gelehrt, als es begann. Neben ihm wankte die Heilerin unversehens, streckte Halt suchend die Hand nach ihm aus, stieß den Becher mit dem letzten Rest Kräuterbier um, sank zur Seite und lag reglos. Alarmiert wollte er sich über sie beugen, als die Hütte um ihn herum mit einem Mal verschwamm. Er packte sein Schwert, kämpfte, um auf die Beine zu kommen, bekam den Rand einer Nische in der Wand zu fassen, hielt sich daran fest, zog sich mühsam in die Höhe. Etwas wie klebrige Spinnweben legte sich über seine Sinne, seine Knie gaben nach, er spürte, wie er stürzte und einen Gegenstand mitriss, der klirrend auf dem Boden zerbrach. Dann waren da auf einmal Krieger, die sich über ihn beugten – seine Glieder gehorchten ihm nicht, als er versuchte, sich zu wehren –, ihn hochhoben und aus der Hütte trugen … Der Rest ertrank in zähem Nebel.

Der Geruch von Kräutern machte ihm das Atmen schier unmöglich. Er wusste nicht, ob er lag oder stand. Hände, überall, hielten ihn. Er wollte sie abstreifen, wankte wie trunken in ihrem Griff.

Seine Lider waren schwer, ließen sich nicht heben. Ein kalter Luftzug trieb eine Gänsehaut über seinen nackten Körper. Schmerz in seiner Seite, der zu einem kühlen Brennen wurde und verblasste. Er versuchte, den Kopf zu schütteln, um ihn wieder klar zu bekommen. Beinah wäre er gefallen. Die Hände schlossen sich fester. Etwas Hartes wurde gegen seine Lippen gepresst. Finger in seinem Nacken. Sie bogen seinen Kopf zurück. Die Flüssigkeit, die plötzlich in seinem Mund war, schmeckte wie bitterer Honig. Erstickte den aufkeimenden Funken des Widerstandes; verwandelte seine Gedanken wieder in flüchtige Nebel.

Der Duft kostbarer Öle füllte seine Sinne. Sie rieben sie in seine Haut, sein Fell. *Sie? Wer? Warum?* Die Worte waren wie Schreie in seinem hilflosen Verstand. Haltlos hing sein Kopf auf seiner Brust, fiel in den Nacken, als sie sein Haar kämmten. Unversehens knickten seine Knie ein. Wieder waren die Hände da, hielten ihn. Leises, beruhigendes Murmeln um ihn herum. Sie schlangen ein Tuch um seine Hüften, kreuzten seine Handgelenke. Das Gefühl der Riemen, die um sie gelegt wurden, entlockte ihm einen Protestschrei. Nur ein Stöhnen kam über seine Lippen.

Langsam schreitet sie hinab in die Dunkelheit, Stufe für Stufe. Sie und doch nicht sie. Geronnene Stille um sie her. Der Wind raunt, wispert mit dem Sand, singt in den Felsen über ihr. Am Ende der Stufen Licht, gefangen in den Schatten dieser Höhle, blitzt es über die spiegelnde Fläche des Quellbeckens. Träge steigt Hitze aus dem Wasser empor, zaubert fahle Perlen auf die Haut der beiden Krieger, die sie auf dunklem Pelz erwarten, die Hände mit Leder gebunden, Opfer für die Seelenhexe. Augen wie Eis und Sturm blicken ihr entgegen.

Sie führten ihn vorwärts, langsam, stützten seine taumelnden Schritte. Kalte Luft traf seine Haut, ließ ihn schaudern und vertrieb den Nebel in seinem Verstand zumindest so weit, dass er begriff, dass sie ihn durch eine Gasse aus ehrfurchtsvollen Gesichtern leiteten. Männer! Sie berührten ihn ehrerbietig an Armen und Schultern – als würden sie sich davon etwas Besonderes versprechen. Mühsam schüttelte er den Kopf, sträubte sich gegen die Hände, die ihn hielten. *Falsch! Vollkommen falsch!* Er brachte nicht mehr zustande als ein Wanken zur Seite. Wieder besänftigendes Murmeln. Ein mächtiger Felsen ragte vor ihm in den dunklen Himmel, Stufen führten in die Tiefe, das Licht von Fackeln, blendend hell und unerklärlich verschwommen. Hitze kroch ihm entgegen, trieb Schweiß auf seine Haut. Am Ende der Stufen erwartete ihn ein Meer aus Flammen, die auf seltsame Art ineinander zerflossen. Sie führten ihn hindurch, Licht glänzte auf einem schwarzen Spiegel, träge Dampfspiralen stiegen von ihm auf.

Sie kniet sich ihnen gegenüber, fasst ihre Hände über den Becher hinweg. Das Blut der Krieger mischt sich darin mit ihrem und mehr. Sie gibt ihnen daraus zu trinken, leert den Rest. Der Dolch zerschneidet die Fesseln. Feines Tuch gleitet von ihren Schultern, silbrig weiß glänzt ihre Haut, fahl zwischen dem dunklen Gold der Krieger …

Am Ende der Höhle erwartete ihn die Frau. Sie drückten ihn vor ihr auf die Knie. Er spürte weiche Felle, versuchte, den Kopf erhoben zu halten. Ihre Haut war ein silberweißer Schimmer, kaum verborgen unter feinem, weißem Stoff. Sie kniete ihm gegenüber, ergriff seine gefesselten Hände, zog sie über einen Becher. Dunkel glänzte eine Flüssigkeit darin. Dann war da mit einem Mal ein Dolch zwischen ihnen. Die Klinge fuhr über seine Handfläche. Das Zähnefletschen war nur ein hilfloser Ausdruck des Protests, begleitet von einem schwachen Laut aus seiner Kehle. Blut tropfte in den Becher. Auch von ihrer Hand fiel Blut hinein, vermischte sich mit seinem und dem, was noch darin war. Sie hob es ihm an die Lippen, ließ ihn trinken. Süße füllte seinen Mund, vermischt mit dem Geschmack von salzigem Kupfer. Er schluckte, ohne es zu wollen. *Falsch!* Sie nahm den Becher von seinen Lippen, trank selbst den Rest. Der Dolch kehrte zurück. Die Spitze zielte auf seine Brust. Sie zerschnitt seine Fesseln. Die blitzende Bewegung fesselte seinen Blick. Alles verschwamm …

Blendendes Licht! Hitze und Wispern. Vollkommene Stille. Zwei Ströme roten Blutes fließen durch das Weiß der Ebene auf ihn zu, jeder reißend und tödlich. An ihren Ufern zwei Krieger, die ihn unverwandt ansehen. Der eine Augen wie Eis, die Augen des anderen dunkel wie der Sturmhimmel. »Akzeptiere!«

Unter der Wucht des Wortes bricht er in die Knie. »Nein!«

»Akzeptiere!«

Er bäumt sich auf. »Nein!«

»Bestimmt und beschlossen! Akzeptiere!« – Die Ströme einen sich zu einem, wälzen sich todbringend auf ihn zu, schlagen über ihm zusammen, ersticken das Wort in seiner Kehle, verwandeln sich in eine Flut aus gleißendem Salz, die ihm die Haut vom Körper schält. Schmerz, der selbst seine Seele verschlingt. Er schreit! Schreit, bis alles um ihn her zerbirst. Sie ist da. Ihr Mund auf seinem. Kühle und Hitze, die ihn umschließt, den Schmerz auslöscht, ihn hält. Er ergibt sich.

Ihr Körper sang, war eins mit seiner Seele. Ein Band geknüpft, unlösbar bis in die Unendlichkeit.

Sein Verstand war träge wie eine Echse, die eben aus dem Winterschlaf erwacht war. Sosehr er sich auch bemühte, es wollte ihm nicht gelingen, diese Schemen, die seine Gedanken waren, festzuhalten. Alles an ihm war von einer wohligen Schwere befallen, die er nicht kannte. In dem sicheren Bewusstsein, dass sein Körper ihm im Augenblick nicht gehorchen würde, blieb er ruhig liegen.

Um ihn herum war es still, abgesehen von dem vereinzelten Zischen von Flammen und einem leisen Tropfen wie von Wasser. Wärme umgab ihn, etwas ruhte weich auf seiner Brust. *Wo auch immer ich gestern war – ich bin auf allen vieren raus! Warum aber kann ich mich nicht an ein Saufgelage erinnern?* Auf seiner Zunge fehlte der Geschmack nach schalem Bier, wie er ihn gewöhnlich nach einer durchzechten Nacht kannte – stattdessen war da herbe Süße, wie von Früchten …

Das Entsetzen war so unvermittelt da, dass er den Gedanken im ersten Moment nicht halten konnte. Doch es setzte sich kalt in seiner Brust fest. *Ruhig! Langsam!* Mühsam sammelte er seine Sinne. Unter sich fühlte er weichen Pelz. Seine Finger waren seltsam klebrig. In der Luft hing der Geruch nach kostbaren Ölen und Kräutern – und … *Das ist ein böser Traum.* Zwischen dem Zischen der Flammen und dem Geräusch des Wassers hörte er jetzt leise Atemzüge, ruhig und tief. Die jähe Erkenntnis, nicht mehr am Leib zu haben als seine Haut, schnürte seine Kehle zu und erstickte ein Stöhnen. *Es muss ein böser Traum sein, denn wenn es keiner ist …* Zögernd öffnete er die Lider. Der Schmerz, der sich sofort in seinem linken Auge einnistete, half ihm gänzlich, in die Wirklichkeit zurückzufinden. Über ihm wölbte sich eine zum Teil im Halbdunkel verborgene Decke aus Sandstein. An den Wänden rann Wasser herab, tropfte leise zu Boden. Aus dem Augenwinkel gewahrte er die Flammen kleiner Tonlampen – und ihre Spiegelbilder, die auf dem Wasser eines natürlichen Quellbeckens tanzten. Spiralen aus Dampf stiegen träge von seiner Oberfläche empor. Er hob den Kopf. *Nein!* Das Gewicht auf seiner Brust war die Heilerin, ebenso nackt wie er selbst. Ihr Haar war auf seiner Brust und seinem Bauch getrocknet und sah aus wie die Blüten einer fremdartigen Blume. Abgesehen von ihrem zarten Gesicht, dem schlanken Hals und dem oberen Teil der Schultern hatte ihre Haut den sanften Schimmer von Perlmutt angenommen. Er krallte die Finger in den dunklen Pelz. *Es ist kein böser Traum!* Langsam – um sie nicht zu wecken – ließ er sich zurücksinken. Das Letzte, woran er sich erinnern konnte, war, dass er in der kleinen Hütte zusammengebrochen war, heimtückisch durch irgendwelche Drogen betäubt. Er hob die Hand zur Stirn – verblüfft starrte er auf die Riemen aus gefärbtem Leder, die in einem seltsamen Muster um Handgelenk und über die Handfläche geschlungen waren. Für einen Herzschlag glaubte er, sich zu erinnern, doch dann war da nur wieder jener zähe Nebel, unter dem alles verborgen lag. Er presste die Fingerspitzen gegen die Schläfe. *Wo sind wir hier? Wie sind wir hierhergekommen? Was im Namen aller Götter und Dämonen ist geschehen?* Bitter verzog er den Mund. Gerne hätte er sich der trügerischen Hoffnung hingegeben, dass nichts geschehen war – aber das war unmöglich. Die Art, wie sie nackt beieinanderlagen, der Umstand, dass die Pelze um sie herum vollkommen zerwühlt waren … *Wenn ich mich doch nur erinnern könnte!* Fast war er versucht, noch einmal den Kopf zu heben und nach verräterischen Spuren von Blut an den Schenkeln der Heilerin Ausschau zu halten. An jedem anderen Ort hätte er so zumindest einen Teil der Ungewissheit beseitigen können – aber in nicht einmal einem Schritt Entfernung zu einer heißen Quelle … *Sinnlos!* Er ließ die Hand wieder auf die Felle zurückfallen, fühlte etwas Weiches unter den Fingern, hob es auf und betrachtete es. Eine Frucht von dunkler, beinah purpurner Farbe – und süß. – Er hatte sie damit gefüttert. – Das Verlangen, diese blinde junge Hexe zu erwürgen, war plötzlich übermächtig. Gelber Saft rann zwischen seinen Fingern hervor, den Arm hinab. Angewidert warf er die zerquetschte Frucht beiseite und wischte die Hand an den Fellen sauber. Das alles musste ihr Werk sein! *Aber warum? Warum, verdammt? Was hat dieses Miststück davon, wenn sie ihr Leben zerstört und meins obendrein?* An seiner Seite regte die Heilerin sich leicht. Er erstarrte. Ihre Hand strich im Schlaf über seine Brust … Das Bild war auf einmal da, nahm ihm den Atem: *Lijanas, über ihm; ihr Gewicht auf seiner Hüfte; ihre Hände, mit seinen verschränkt, rechts und links neben seinem Kopf in die Felle gedrückt; das Glitzern ihrer Augen; Schweiß auf ihrer Haut; sie beugt sich vor, ihr Haar fällt auf seine Brust …*

Sie bewegte sich, lag mit einem leisen Seufzen wieder still. Er konnte spüren, wie ihre Wimpern seine Haut streiften, als sie die Lider öffnete. Ihre Hand erstarrte auf seiner Brust. Dann hob sie langsam den Kopf. Ihr Blick begegnete seinem, weitete sich. Zögernd richtete sie sich auf, ihre Augen zuckten über seinen Körper. Er hörte ihr scharfes Atemholen, während sie gleichzeitig zurückwich. Sie sah ihn abermals an, an sich hinab – und presste den Handrücken gegen die halb geöffneten Lippen, als ihr offenbar bewusst wurde, was dies alles bedeutete. Als habe er sich plötzlich in ein Ungeheuer verwandelt, schob sie sich weiter von ihm fort.

»Lijanas …« Er richtete sich langsam auf, streckte die Hand nach ihr aus.

Mit einem entsetzten Kopfschütteln wich sie noch mehr zurück, stieß jäh einen gellenden Schrei aus und stürzte über die Felskante in den kleinen Teich. Wasser spritzte. Er warf sich viel zu spät vorwärts, wollte sie noch erreichen, verharrte dann am Rand des Steins, spähte in das klare Wasser, in dem sich ihre Gestalt schimmernd abzeichnete. Dann tauchte sie wieder auf, hastig darauf bedacht, ihre Blöße vor ihm zu verbergen. In ihren Augen stand noch immer ein Ausdruck puren Entsetzens, der ihm das Gefühl gab, ein abstoßendes Tier zu sein. Er sah beiseite, schob sich vom Rand des Beckens zurück, kehrte ihr den Rücken zu und grub die Finger in die Felle, während er versuchte, den Schrei ohnmächtiger Wut in seinem Inneren zu ersticken.

Eine ganze Zeit war nichts anderes zu hören als das stetige Geräusch der Tropfen, die von den Wänden rannen, ihre bebenden Atemzüge und ein gelegentliches Plätschern, wenn sie sich im Wasser bewegte.

Dann: »Was ist passiert?« Ihre Stimme klang dünn.

»Ich weiß es nicht.« Er hob den Kopf, starrte gegen den Felsen.

»Haben wir …?« Die Worte klangen so ängstlich, dass es sein Herz zerschnitt. *Tier! Bestie! – Kjer!*

»Ich weiß es nicht.« *Wäre es so entsetzlich für dich, kleiner Vogel?* »Ich kann mich nur noch erinnern, dass ich in dieser Hütte zusammengebrochen bin. – Dann bin ich hier wieder aufgewacht.«

»Mir geht es genauso. – Das Mahl! Sie müssen irgendwelche Drogen hineingemischt haben.«

»Ja.«

»Aber warum haben sie uns dann …« Sie verstummte hilflos.

Ja, warum? Mordan fuhr sich mit der Hand über den Nacken, rieb sich die Schulter. Sein Fell fühlte sich ekelhaft ölig an. *Warum haben sie uns in diese Höhle gebracht? Warum haben sie uns nicht getötet?* Angewidert wanderte sein Blick über die weichen Pelze, die Tonlampen, die den Bereich vor dem natürlichen kleinen Becken in mildes Licht tauchten und alles andere in mystischer Dunkelheit versinken ließen. Auf einem Absatz standen Teller mit Früchten und Brot, beides zu einem großen Teil verzehrt, daneben ein Tonkrug, Becher, von denen einer umgestoßen war. *Sie haben es uns hier gemütlich gemacht!* Sie wollten, *dass wir beieinanderliegen! Warum?* Seine Finger schlossen sich fester in den Pelz. *Bei allen Rachegeistern, warum? Es ist wohl kaum zu übersehen, dass wir nicht zum gleichen Volk gehören. Wie konnten sie annehmen, eine Nivard oder Edari würde sich gern zu einem Kjer legen? – Verdammt, ebenso gut hätte ich ihr Gewalt antun können! Sie liebt einen anderen!* Er fuhr sich mit beiden Händen durchs Haar. Selbst das war ölig. Er verzog das Gesicht. *Warum das alles? – Haben sie uns für irgendein verdrehtes Ritual benutzt? Haben sie uns deshalb nicht getötet? Weil sie uns* dafür *wollten? – Gibt es eine andere Erklärung? Die Krieger wollten mich töten! Dann kam Lijanas aus ihrem Versteck und sie hörten auf zu kämpfen … Dass diese blinde Hexe mir in die Hand schnitt und mein Blut ins Feuer tropfen ließ … Es muss eine Art Probe gewesen sein.* Er bleckte lautlos die Zähne. *Offenbar habe ich sie bestanden und deshalb …* Verdrossen rieb er sich über die Stirn. *Es muss so sein! – Und jetzt? Was werden sie jetzt mit uns tun? Werden sie uns gehen lassen? Werden sie irgendwann hierherkommen und uns töten?* Bitter schnaubte er, seine Fingernägel zerrissen die Felle. *Selbst wenn wir hier lebend herauskämen, würde ihr Volk sie …*

Hinter ihm plätscherte es leise im Wasser.

»Wollt Ihr nicht herauskommen, Lijanas? Ich werde Euch nicht anrühren! Ich gebe Euch mein Wort!«

Eine kurze Weile war es wieder still. »Ich bin nackt.«

Ich auch! Wen interessiert das jetzt noch, kleiner Vogel? Das Unglück ist bereits geschehen. Er wühlte zwischen den Fellen, fand schließlich ein paar Leinentücher, die vermutlich dazu gedacht waren, dass sie sich nach einem Bad in der heißen Quelle abtrocknen konnten. Eines davon schob er hinter sich an den Rand des Beckens, dann riss er von dem zweiten einen schmalen Streifen ab, ehe er es sich um die Hüften schlang und den Rest zu einem Schutz für sein Auge band. Selbst das schwache Licht peinigte ihn. Er war dankbar, als der Schmerz unter dem Leinen nachließ. Einen Moment später wurde das Plätschern hinter ihm lauter.

»Hier sind Stufen, die ins Wasser führen«, hörte er sie ein Stück rechts von sich verwundert sagen und sah in ihre Richtung. Eben stieg sie aus dem Becken, glänzend rannen Myriaden von Tropfen über ihre Haut und verwandelten sie in ein Funkeln aus Perlen und Diamanten. Hastig blickte er wieder fort, ohne dass sie es bemerkt hätte.

»Ja, ein idealer Ort, um einen Mann und eine Frau zusammenzubringen, nicht wahr?« Erst als sie vor ihn trat, sah er erneut auf.

Sie hatte das Tuch um sich geschlungen und kniete sich nun zu ihm. »Aber wie haben sie es geschafft, dass wir …?«

»… beieinandergelegen haben? – Ich weiß es nicht!«

»Haben wir das denn tatsächlich? Vielleicht … wenn wir uns beide nicht erinnern können …?«

»Seht Euch um, Lijanas! Seht Euch um und sagt mir, was sonst geschehen sein sollte … Verdammt!« Er presste den Handballen gegen die Stirn. »Ich werde diese blinde Hexe umbringen!«

Ein scharfes Atemholen brachte ihn dazu, sie wieder anzuschauen. »Was ist?«

Sie starrte auf ihre linke Hand. »Ein Schnitt. Wie ist das passiert?«

Unwillkürlich hatte er selbst einen Blick auf seine Linke geworfen. Neben dem Schnitt, den die Blinde ihm zugefügt hatte, war da eine zweite rote Linie. »Was auch immer hier vor sich gegangen ist: Es … *wir* waren Teil eines Rituals.« Er zeigte ihr seine Handfläche.

»Warum?«

»Glaubt mir, Lijanas, diese Frage habe ich mir auch schon gestellt. – Lijanas?«

Ihre Augen waren seltsam glasig. »Ein Becher …«, murmelte sie jetzt. »Irgendetwas war darin. – Und ein Dolch …«

»Ihr erinnert Euch?«

Sie schüttelte den Kopf. »Ja! – Nein! Nicht richtig. Nur dieses Bild von einem Becher …« Verwundert verfolgte sie, wie er aufstand und zu dem Absatz hinüberging, auf dem die Speisen und der Tonkrug mit den beiden Bechern standen.

»War es einer von diesen?«

Sie trat neben ihn, nahm ihm einen der Tonbecher aus der Hand und betrachtete ihn. »Nein! – Denke ich zumindest. – Er war irgendwie … anders. Höher. Und ich glaube, oben auch weiter.« Mit gerunzelter Stirn stellte sie den Becher beiseite und hob den Krug auf, schnupperte an dem Rest seines Inhalts, stippte den Finger hinein und leckte die dunkel glänzende Flüssigkeit dann vorsichtig ab. »Das gleiche Kräuterbier, das man uns auch in der Hütte gegeben hat. Aber es hat jetzt einen säuerlichen Nachgeschmack.« Nachdenklich schob sie den Daumennagel zwischen die Zähne und nagte daran.

Mordan kostete seinerseits. »Diesen Geschmack hatte ich auf der Zunge, als ich zu mir kam.«

»Ich auch!« Sie hockte sich auf den Absatzrand und schob die Hände zwischen die Knie. »Was auch immer sie dem Bier beigemischt haben, es war wahrscheinlich für das verantwortlich, was wir hier unten getan haben.«

»Nennt das Kind beim Namen: Sie haben uns irgendeinen«, etwas in ihm sträubte sich, das Wort auszusprechen, »einen Liebestrank gegeben und wir …« Er ließ den Satz unbeendet, kniete sich vor sie, streckte die Hand nach ihr aus, zog sie dann aber zurück und ballte sie auf seinem Oberschenkel zur Faust. »Lijanas, was auch immer geschehen ist …«

Sie wandte den Blick ab, schlang die Arme um sich. Ihre Fingernägel krallten sich in ihre Haut.

»Nicht!« Seine Hände lösten ihre. »Nicht, Elljén! Du tust dir weh!« Vorsichtig hielt er sie fest.

»Vielleicht ist ja gar nichts geschehen und wir bilden uns alles nur ein.«

Ich weiß, dass etwas geschehen ist! Wie sonst sollte ich mich daran erinnern, dass sie über mir war. Aber sie klammert sich so verzweifelt an den Gedanken … Er seufzte leise. »Vielleicht! – Vielleicht aber auch nicht! Wir werden es vermutlich nicht so leicht herausfinden.«

»War Blut auf den Fellen?«

Er schüttelte den Kopf. »Ich weiß es nicht. Und wenn welches da wäre, könnte es auch von unseren Händen stammen. – Lijanas, wir können noch Stunden darüber rätseln, was in der Zeit geschehen ist, an die wir uns nicht erinnern können. Aber es gibt da etwas, was wir nicht außer Acht lassen dürfen: Diese Leute haben das alles geplant. Und wir wissen nicht, was sie jetzt mit uns vorhaben. Wir müssen hier heraus!« Entschlossen stand er auf. »Wenn Ihr erlaubt, werde ich jetzt rasch ein Bad nehmen und versuchen, dieses ölige Zeug loszuwerden. Danach suchen wir einen Weg aus dieser Höhle hinaus!« *Sie werden uns hier ja wohl kaum lebendig begraben haben.* Als sie leise nickte, wandte er sich ab, ging zu dem Quellbecken hinüber und stieg ins Wasser.

Lijanas beobachtete, wie er unter dem Spiegel der Wasseroberfläche verschwand. Plötzlich allein, kam das Entsetzen zurück, das sie gepackt hatte, als sie neben ihm erwacht war – ebenso nackt wie er. Sie biss sich auf den Fingerknöchel, um nicht zu schreien. *Gnädige, hab Erbarmen, was haben wir getan? – Ich bin Ahmeers Braut!* Ihre Zähne gruben sich fester in die Haut. *Und sein Befehl …!*

Verzweifelt presste sie die Lider zusammen. *Was soll nur werden?* Leise Geräusche verrieten, dass er wieder aufgetaucht war. Energisch schrubbte er an sich herum, um das seltsame Öl abzuwaschen, das auf seiner Haut und in seinem Fell geglänzt hatte. Die unzähligen kleinen Flammen warfen seinen Schatten an die Felsen …

Mordan, der sich über sie erhebt. Das Spiel seiner schweißnassen Muskeln unter ihren Händen, gebändigte Kraft. Sein Mund, der nach Kräutern und Süße schmeckt. Sie zwang sich, ruhig zu atmen. *Er hat recht! Wir haben hier beieinandergelegen, auch wenn wir uns nicht mehr wirklich erinnern können.*

Sie blickte auf, als heftiges Plätschern erklang. Eben stieg Mordan wieder aus dem kleinen See heraus. Wasser rann in glitzernden Kaskaden über seine Haut und das Fell, verwandelte seinen Körper in altes Gold und Dunkelheit. Die Wunde war kaum mehr als ein Schatten auf seiner Flanke. Er bückte sich nach dem Tuch. Rasch sah sie beiseite, während er sich abtrocknete und dann das

Leinen erneut um seine Hüfte schlang, bevor er zu ihr herüberkam. Schweigend blieb er vor ihr stehen, schaute auf sie hinab. Sie hob den Blick wieder zu ihm empor, er blieb an dem Ring hängen, der auf seiner Brust glänzte. *Irgendwo in seinem Leben gibt es eine Frau, die so etwas Wunderschönes tragen darf. – Warum ist mir bei diesem Gedanken zum Heulen zumute? Ich liebe doch Ahmeer!* Die Verzweiflung kam zurück. »Was soll nur werden?« Die Worte waren heraus, ehe sie es verhindern konnte. Sie klangen ebenso hilflos, wie sie sich fühlte. Hastig kniete er sich vor sie, nahm behutsam ihre Hände in seine, hielt sie so leicht, dass sie sie ihm jederzeit entziehen konnte.

»Darüber entscheiden wir! Lijanas, hört auf, Euch zu grämen! Was auch immer geschehen ist – wir können es nicht wieder rückgängig machen, deshalb ist Bedauern vollkommen sinnlos!«

»Aber …«

»Kein ›Aber‹! Es ist eine Sache nur zwischen uns beiden. Niemand hat das Recht, Euch Fragen zu stellen. Auch nicht Euer Bräutigam! Was Ihr mit Eurem Leben tut, ist allein Eure Angelegenheit! Ich weiß, dass die Nivard ihre Frauen manchmal behandeln, als seien sie ihr Eigentum – lasst Euch das niemals von ihm einreden, Lijanas! Niemals! Denn es ist nicht so!«

»Und Ihr?«

»Ich?« Langsam schüttelte er den Kopf. »Macht Euch um mich keine Sorgen. Mich wird niemand fragen, ob ich …«

»Und Euer Befehl?«

Sein Atem stockte für einen Moment, dann wandte er den Blick ab.

»Was ist mit Eurem Befehl?«, drängte sie lauter.

»Wenn mein König mich fragt, werde ich nichts leugnen.«

Und wenn du es nicht leugnest, werden sie dich töten. »Es gibt nichts zu leugnen, weil nichts geschehen ist!«

Seine Antwort war ein Schnauben.

»Man sollte doch annehmen, dass ich weiß, wenn ein Mann …« Sie entzog ihm ihre Hände, gestikulierte. Die Art, wie er sie ansah, brachte sie zum Verstummen.

Bis auf das leise Geräusch des Wassers war es still. Schließlich stand er auf. »Wie Ihr meint, Lijanas. Es ist nichts geschehen.« Er bückte sich nach einem der Öllichter und zog sie vom Absatz hoch. »Lasst uns nicht noch mehr Zeit mit fruchtlosen Streitereien vergeuden. Wir müssen einen Weg hier heraus finden! Kommt! – Und bleibt dicht bei mir!«

Die Hand in seiner folgte sie ihm aus dem erleuchteten Rund vor dem Quellbecken hinaus. Das kleine Licht warf unruhige Schatten auf die Wände und ließ an ihnen Wasser und Flechten glänzen. Zwischen Absätzen und Felsblöcken führte etwas wie ein von unzähligen Füßen polierter Pfad durch die Höhle. In der Dunkelheit jenseits des schwachen Lichtscheins schienen Schatten und Schemen zu nisten, die sie raunend verfolgten – bis hin zu einem schmalen Spalt, der senkrecht in die Felsen schnitt. Das Öllicht flackerte unter einem kühlen Luftzug. Offenbar hatten sie den Weg hinaus gefunden.

Wachsam zwängte Mordan sich in den Spalt hinein, der gerade breit genug war, dass er nicht mit den Schultern über den glatten Felsen schrammte. Ganz langsam stieg der Pfad unter ihren Füßen in die Höhe. Lijanas schauderte bei dem Gedanken, wie tief sie wohl unter der Erde sein mochten. Beklommen schluckte sie und umschloss seine Hand fester. Er blickte sie über die Schulter rasch an und lächelte beruhigend – seine Reißzähne und die Schatten verwandelten es zu einem gefährlichen Zähneblecken.

»Keine Angst, Elljén! Diese Felsen müssen schon Hunderte von Wintern hier stehen – so wichtig sind wir nicht, als dass irgendeine böse Macht sie ausgerechnet jetzt zusammenbrechen lassen würde.« Seine Stimme hallte unheimlich von den Wänden wider.

Schon wieder dieses Wort. Er hatte sie schon einmal damit angesprochen. »Mordan?«

»Hmm?«

»Dieses Wort eben – Ell…«

»Elljén.«

»Ja. – Was bedeutet es?«

Er hob das Öllicht höher und blieb stehen. »Kostbarkeit. – Hier sind Stufen, die nach oben führen.«

Kostbarkeit. Lijanas prallte gegen ihn. Wie benommen stammelte sie eine Entschuldigung, während sie seine Hand losließ und einen Schritt zurückwich. Ihre Finger schlichen sich zu ihrer Kehle. *Gnädige Göttin, er nennt mich ›Kostbarkeit‹. – Wahrscheinlich wollte er nur nett sein und mich beruhigen. Ja, so muss es sein!* Sie nahm die Hand herunter, beobachtete, wie er die ersten Stufen bis zu einer Felsnische hinaufstieg. Dunkelheit wisperte um sie her. *Ich bin Ahmeers Braut!* Ein überraschter Laut rief sie die glatten Tritte hinauf.

»Was ist?«

»Hier liegen unsere Kleider.« Er stutzte, stellte das Öllicht auf einen Vorsprung und bückte sich. Als er sich wieder aufrichtete, glänzte in seiner Hand die schwarze Scheide seines Kereshtai. »Da bettelt jemand um seinen Tod«, hörte sie ihn düster murmeln, während er die Klinge kurz herauszog, wie um sich von ihrer Unversehrtheit zu überzeugen. Bereitwillig machte er ihr dann Platz, als sie sich an ihm vorbei in die Nische drängte. Sie erstarrte, als sie erkannte, was auf ihren eigenen Kleidern lag. Das Perlmutt und Gold des Dolchgriffes schimmerten matt. Mit zitternden Händen nahm sie ihn auf, hinter ihr keuchte Mordan vernehmlich. Das Silber glitzerte …

Die blitzende Dolchspitze, die auf eine von kostbaren Ölen glänzende, nackte Brust zielt, die sich unter heftigen Atemzügen hebt und senkt. Gefärbtes Leder, das gekreuzte Handgelenke umschlingt. Die Klinge durchtrennt es. Sie fasst die befreiten Hände mit ihren, zieht den dunklen Krieger in die Höhe und mit sich, die Stufen hinab, hinein ins heiße Wasser der Quelle …

… sie prallten beide zurück. Der Dolch klirrte zu Boden. Ihre hastigen Atemzüge klangen gespenstisch im Halbdunkel. Lijanas' Augen hingen an den Riemen aus gefärbtem Leder, die sich um sein Handgelenk und die Handfläche schlangen. Mordans Blick folgte ihrem, er stieß einen Fluch aus, zerrte mit den Zähnen und der anderen Hand an den Riemen, als würden sie sich plötzlich wie Säure in seine Haut fressen, warf sie fort. Dann packte er seine Sachen und verschwand in die Dunkelheit außerhalb der Nische. Die Stille kehrte erdrückend zurück. Das kleine Öllicht zischte und flüsterte. Benommen starrte Lijanas auf die Schlingen zu ihren Füßen. *Ein Rund aus zerklüfteten Felsen. Endloses Schweigen. Das Heulen der Seelenfresser vermischt sich mit den Stimmen der Verfolger. Es gibt keinen Ausweg mehr. Die Hände der beiden Krieger verschränken sich ein letztes Mal. Um Handgelenke und Hände sind Riemen aus gefärbtem Leder geschlungen …*

Ganz langsam bückte sie sich, hob sie auf.

Schon als der Krieger von dem heiligen Ort heraufgestiegen war, hatte sie den Zorn in ihm gespürt. Der Wind wisperte, der Anführer ihrer Männer richtete sich hinter ihr alarmiert auf. Sie konnte seine Erschöpfung spüren. Er und seine Männer hatten in den ersten Stunden nach dem Untergang der Sonne wohl zwei Hände Seelenbestien zur Strecke gebracht, die auf der Spur dieser beiden gewesen waren. Doch nun war das Herz der Hexe sicher vor ihrer Gier. Sie hörte das Scharren, als er sein Schwert aus der Scheide zog, während er ihr halblaut beschrieb, was er sah. Die Art, wie der Krieger vor sie trat, die zu Fäusten geschlossenen Hände, der Blick, mit dem er sie ansah und in dem sein Wunsch zu lesen war, sie zu töten. Sie seufzte leise. Er wusste nicht, was mit ihm geschehen war. Doch er war voller Zorn, dass sie ihn dazu gebracht hatten, bei der Edari zu liegen, obwohl er glaubte, sie sei für ihn verboten.

Ihre Krieger schoben sich näher heran, er hob den Kopf, blickte von einem zum anderen, bleckte seine Reißzähne und knurrte etwas in seiner Sprache. Mit einem Zischen fuhr seine Klinge halb aus der Scheide. Seine Hexe war hinter ihn getreten, in ihrer Hand hielt sie das gefärbte Leder, das jedem Eingeweihten offenbart hätte, was er war. Sie schloss die Finger um seinen Arm, versuchte, ihn zu beschwichtigen, ihn fortzuziehen. Nach einem endlosen Atemzug gab er ihr nach und wandte sich abrupt ab.

Sie hob das Gesicht zum Wind empor. Auch die Edari wusste nichts von dem Band, das zwischen ihnen geschlossen war – mächtig, weil es auf die alte Weise geschehen war – schwach, weil Pflicht und Stolz zwischen ihnen standen wie eine Wand aus scharfen Klingen. Nur eine Ahnung war in ihrem Herzen. – Bitter richtete sie den blinden Blick zum Himmel – weil sie nie gelernt hatte, auf ihre Seele zu hören – keiner von beiden. Sie schüttelte den Kopf. Der Krieger war stark, doch der Cogén war schwach. Und eine wahre Seelenhexe war nur so stark wie der Mann, mit dem sie das Band einte.

Sie gab dem Anführer ihrer Krieger ein Zeichen. Sie würden die Fremden zu dem steinernen Bogen führen, der sich über den Abgrund spannte, den die anderen Völker Kassens Klamm nannten. Das Schicksal dieser Hexe und ihres Cogén war geschrieben. Müde wandte sie sich ab. Seit vielen hundert Graswechseln waren die Aním Anáin die Hüter des Erbes der weißen Schlange gewesen. Doch dieses Erbe würde verloren sein, weil diese beiden schwach waren. Ihre Hoffnung war vergangen. Der, der nicht wieder sein durfte, würde erwachen. Es stand nicht in ihrer Macht, es zu ändern.

23

Es war bereits nach Mittag, als sie den steinernen Brückenbogen erreichten. Grau und bedrohlich spannte er sich über Kassens Klamm und endete scheinbar jäh vor einer Wand aus Nebel. Die fremden Krieger hatten sie bis auf Sichtweite heran begleitet, hatten ihre Ponys wortlos gewendet und waren davongaloppiert. Während des Ritts hatte Mordan geschwiegen, hatte versucht, sich daran zu erinnern, was unter der Erde geschehen war – doch wenn er glaubte, eines der Bilder in seinem Kopf festhalten zu können, entglitt es ihm wie ein Fisch im eisigen Wasser. Zuweilen hatte er Lijanas' Blick auf sich gespürt – wann immer sie zu ihm hersah, hatte sie die Lippe zwischen die Zähne gezogen.

An einer halbwegs geschützten Stelle in der Nähe des Brückenbogens stieg er vom Pferd, schaute sich aufmerksam um, auf der Suche nach einem Hinweis, dass Ecren und Levan hier waren. Nichts! Zwischen seinen Brauen entstand eine steile Falte. *Was ist passiert? Waren die Nivard …? Nein! Das glaube ich nicht! – Aber warum sind sie dann nicht hier?* Neben ihm glitt die Heilerin aus dem Sattel und blickte sich ebenfalls um.

»Levan und Ecren, sie sind …«

»… nicht hier, ja.« Er lockerte Ireds Sattelgurt, zerrte einen Lederbeutel aus einer Tasche, packte Proviant und das hölzerne Kästchen mit der Phiole, das Ladakh ihm gegeben hatte, hinein.

»Aber …«

»Macht Euch um die beiden keine Sorgen, Lijanas. Sie werden kommen!« *Sie müssten schon lange hier sein. Irgendetwas ist geschehen! Aber was?* »Wahrscheinlich haben sie sich nur einen etwas angenehmeren Platz ausgesucht, um auf uns zu warten. Wenn wir aus den Bergen zurückkommen, werden sie hier sein. – Nehmt Euren Umhang und lasst uns gehen.« Er schlang sich den Riemen des Beutels zusammen mit einem Seil um die Schulter, hängte sich einen Wasserschlauch über und ergriff seinen Mantel, ehe er sich zu der Heilerin umdrehte. In ihrer Miene konnte er deutlich die Sorge um die beiden Krieger lesen – er gab vor, es nicht zu bemerken. Ein letztes Zögern, dann tat sie, wie er sie geheißen hatte, und folgte ihm zum Rand der Klamm. Mit offensichtlichem Schaudern blickte sie in den Nebel, der aus der Tiefe wallte. Endlos schien es hinabzugehen.

»Wenn man den Legenden glaubt, ist dies hier der einzige Zugang, den es für Lebende in die endlosen Labyrinthe gibt.« Seltsamerweise verursachte der Gedanke ihm eine Gänsehaut.

Eine feine Falte erschien auf ihrer Stirn. »Warum sollte jemand versuchen, vor seiner Zeit in die Labyrinthe zu gelangen?« Beinah konnte man meinen, es wäre tatsächlich nichts geschehen.

Eine lange Zeit blickte er in den Abgrund, dann hob er die Schultern. »Dummheit. Liebe. Gier. – Ich weiß es nicht.« Schweigend sah er sie von der Seite an. *Vielleicht ist es tatsächlich besser so! Es war von Anfang an Wahnsinn, zu hoffen, dass …* Bitterkeit kroch in ihm empor, schmeckte wie Galle auf der Zunge. *Zumindest weiß ich jetzt, woran ich bin. – Auch wenn das nichts an meinen Gefühlen ändert.* Er verdrängte die quälenden Gedanken und betrachtete den Brückenbogen, ein gewaltiges Bauwerk aus viereckigen Steinblöcken. Vor unzähligen Wintern war die eine Seite weggebrochen. Niemand konnte erklären, warum er trotzdem noch stand. Der Zugang zur Brücke selbst wurde von zwei über mannshohen Kreaturen bewacht, die mit ihren mächtigen Schwingen, gebleckten Fängen und gefährlich aufgereckten Pranken nur einem Albtraum entsprungen sein konnten und scheinbar drohten, jeden zu verschlingen, der es wagte, einen Fuß auf die Brücke zu setzen. Er ließ den Blick noch einmal über die Nebelwand gleiten, ehe er sich ihr zuwandte. »Wenn alles gut geht, sind wir in ein paar Stunden wieder zurück.«

»Was ist auf der anderen Seite?« Ihre Stimme klang unsicher.

»Zerklüftete, unwegsame Berge, von denen man sagt, sie seien verflucht.« Scheinbar gleichgültig hob er die Schultern. »Es wird behauptet, dass sich der Felsen unter den Tränen der Salzhexe in Eis verwandelt habe und alles dort drüben gestorben sei. Es gibt Männer, die schwören, dass man an manchen Tagen, wenn der Wind von den Bergen herunterweht, auf der anderen Seite die Seelen derer heulen hören kann, die damals die Salzhexe und ihre Krieger gejagt haben und dort ihr Ende fanden.«

Schaudernd sog sie die Luft ein, was ihm ein weiteres Schulterzucken abnötigte. Unbewusst ging seine Hand zu seiner Seite. Der Schmerz, der ihn immer wieder an seine Wunde erinnerte, war nicht mehr als ein leichtes Brennen, wenn er sich zu heftig bewegte. »Eine Legende, Lijanas! Dummes Gerede, dazu geschaffen, um Kinder und Narren zu erschrecken.«

»Es eignet sich auch gut für Nivard-Heilerinnen.«

Die halblaut gemurmelten Worte entlockten ihm ein Lächeln, während er sie mit einer Geste aufforderte, ihm zu folgen.

Obwohl das, was von dem Brückenbogen noch stand, mehr als breit genug gewesen wäre, um nebeneinander zu gehen, befahl er der jungen Frau, hinter ihm zu bleiben. Ein leises Flüstern schien in der Luft zu liegen, das mit jedem Schritt, den sie sich der Mitte der Brücke – und damit der Wand aus Nebel – näherten, lauter wurde. Dann hatten sie den fahlen Dunst erreicht und traten in ihn hinein. Sofort sahen sie nicht einmal mehr die Hand vor Augen. Klamme Feuchtigkeit legte sich auf ihre Haut. Waren die Steine des Bogens bisher trocken und fest gewesen, fühlten sie sich nun schmierig und weich an. Er ließ seine Finger ganz leicht über die Seitenmauer gleiten, um nicht versehentlich zu nah an die Bruchseite heranzukommen, fühlte Flechten und Moos. Hinter sich hörte er die gepressten Atemzüge der jungen Heilerin. Er streckte die Hand nach ihr aus, sie griff mit einem leisen Seufzen zu und hielt sich an ihm fest. Schritt um Schritt tasteten sie sich weiter und dann, allmählich, lichtete sich der Nebel und sie konnten nach und nach die Umrisse der Berge erkennen, die sich hinter ihm in die Höhe reckten. Dann waren sie hindurch, hatten wieder massiven Fels unter den Füßen und standen in mildem Sonnenlicht. Verwundert schaute er sich um. »Fluchbeladene Berge habe ich mir anders vorgestellt«, meinte er nach einem weiteren Moment und blickte Lijanas an. Die nickte und ließ ebenfalls die Augen über die Felswände wandern. Der Stein war grau und zuweilen mit helleren Adern durchzogen. In Spalten und Rissen schimmerten die dunkelblauen Blüten der Sternblume und der helle Silbermohn. Vereinzelt reckten sich auch die dürren Stängel des Bergknöterichs zwischen den Felsen hervor oder ein Farn schob seine Blätter über einen kleinen Vorsprung. Abgesehen von dem leisen Gesang des Windes war es still. Zwischen dem Gestein führte ein Pfad gut erkennbar in die Berge hinauf. Mordan runzelte die Stirn. Ladakh hatte ihm nicht gesagt, wo genau er diese Quelle finden sollte. *›Hoch oben in den Bergen, in einem Rund aus Felsen …‹ Das kann überall sein.* – Es blieb ihnen nichts anderes, als den Weg hinaufzusteigen und zu sehen, wohin er führte. Er nickte der Heilerin zu und ging los.

Zu Anfang hatte der Pfad langsam, aber stetig bergauf geführt. Inzwischen war er so steil, dass er Lijanas zuweilen an eine fast senkrechte Treppe erinnerte. Mordan hatte vor einiger Zeit das eine Ende des Seils um ihre Taille geschlungen, damit sie gesichert war. Das andere Ende lag um seine Mitte. Schweigend kletterte er vor ihr her und zum wiederholten Mal staunte sie darüber, wie ein Mann seiner Größe sich so behände zwischen den Felsen bewegen konnte. Sie legte die Finger um eine wie glatt polierte Felsnase und erklomm den nächsten Tritt.

Je höher sie kamen, umso kälter fegte der Wind zwischen den Felsen hindurch. Nur noch graue Steindisteln ertrugen seine Launen, tief geduckt in Spalten oder in geschützten Kuhlen. Die Bergkuppen über ihnen waren mit dem glitzernden Weiß von Schnee überzogen. Wann immer der Weg es erlaubte und sie sich nicht mit den Händen irgendwo festhalten musste, schlang Lijanas ihren Mantel eng um sich. Offenbar hatten sie eines der steilsten Stücke hinter sich, denn nun verlief der Weg beinah waagerecht an einer Steilwand entlang. Dahinter ragte die Nebelwand auf – eine fahle Grenze, die sie von der Welt trennte, die sie kannte. Sie schauderte. Ein Ruck an dem Seil um ihre Mitte riss sie aus ihren Gedanken. Einige Schritt vor ihr war Mordan stehen geblieben und wandte sich nun um. Sie sah die Sorge in seinem Gesicht und schenkte ihm ein beruhigendes Lächeln. Als der Pfad so gefährlich steil geworden war, hatte er sie gebeten, es ihm ohne Scheu zu sagen, wenn sie müde wurde und eine Rast brauchte. – Nein, er hatte sie nicht gebeten: Er hatte es ihr auf die für ihn so typisch ruppige Art befohlen. Noch einmal warf sie einen Blick in die Tiefe, dann schlang sie ihren Mantel noch enger um sich und schloss zu ihm auf. Langsam stapften sie weiter, den immer steinigeren Weg entlang. Sie beobachtete, wie Mordan wieder und wieder die zerklüfteten Felsen mit den Augen absuchte, um vielleicht einen Bach oder kleinen Wasserfall zu entdecken, der auf eine mögliche Quelle hingewiesen hätte – doch bisher war da noch nicht einmal ein mageres Rinnsal gewesen. Inzwischen stand die Sonne schon tief und im Schatten der Felswände kroch die Nacht heran und brachte die Kälte mit.

Lijanas bemerkte die Gestalten zum ersten Mal, als sie an einer fast lotrecht aufragenden Spalte vorbeigingen, die in den Berg hineinzuführen schien und in der bereits die Dunkelheit nistete. Sie waren fahl, durchscheinend, eigentlich nicht mehr als ein heller Umriss in der Finsternis zwischen den Felswänden. Schwerter und lederne Harnische zeichneten sich vor dem Schwarz der Felsen ab – Harnische, wie sie sie schon einmal gesehen hatte … Irgendwo … Völlig reglos standen sie da – dann öffneten sich ihre Augen. Ihr Blick begegnete Lijanas'. Plötzlich legte sich Kälte um ihre Glieder, drang durch ihre Haut und streckte sich mit unsichtbaren Klauen nach ihrem Inneren aus. Mit einem Schrei wankte sie zurück, das Seil um ihre Mitte spannte sich jäh, dann war Mordans Hand an ihrem Arm. Die Kälte verschwand augenblicklich. Er zog sie vorwärts und hinter sich, das Kereshtai fuhr mit einem Zischen aus der Scheide. Wachsam spähte er in die Finsternis der Spalte – und wandte sich zu ihr um, die Stirn von scharfen Falten zerschnitten. »Warum habt Ihr geschrien? Was war da?«

Wie benommen ging ihr Blick weiter zwischen die Felswände. Erst als er sie wieder am Arm packte und sacht schüttelte, konnte sie die Augen von den Gestalten lösen, die sie weiter unverwandt anstarrten.

»Ihr könnt sie nicht sehen?«

»Wen?« Erneut blickte er in die Spalte.

»Die Schatten. Es sind Krieger!«

Mit einem Kopfschütteln drehte er sich wieder zu ihr um. »Da ist nichts!« Hinter ihm fletschte eine der Gestalten ihre Reißzähne in einem bösen Grinsen.

»Kjer!«

»Was?« Noch einmal sah er über die Schulter.

»Es sind Kjer-Krieger!«

»Lijanas, da ist niemand!«

»Aber ich kann sie sehen! Sie sind fast durchsichtig und … und … Es sind keine Trugbilder! Ich weiß es! Ich kann sie wirklich sehen!«

Schweigend blickte er sie an, schnippte nachdenklich mit dem Daumennagel gegen die Parierscheibe seines Kereshtai.

»Können sie uns gefährlich werden?«, fragte er dann.

»Ihr glaubt mir?« Sie starrte ihn an.

Sein Schnauben wurde von einem kurzen Heben der Brauen begleitet. »Lijanas, Ihr könnt den Schatten der weißen Kriegerin sehen, Ihr spürt, wenn Seelenfresser töten … Wenn es um Euch geht, bin ich inzwischen bereit, ziemlich viel zu glauben! – Also: Können sie uns gefährlich werden, ja oder nein?«

»Ich weiß es nicht.«

Er sog die Luft zwischen den Zähnen hindurch ein und stieß sie zischend wieder aus. »Das ist eigentlich nicht die Antwort, auf die ich gehofft hatte! – Ab sofort geht Ihr vor mir! Und Ihr werdet es mir sofort sagen, wenn Ihr diese Gestalten wieder seht oder wenn sie sich irgendwie anders benehmen, als sie es jetzt tun! Verstanden?«

»Ja!« Lijanas nickte. »Im Augenblick sehen sie nur zu uns her und bewegen sich nicht.«

»Blicke können gewöhnlich nicht töten. – Hoffen wir, dass es so bleibt!« Mit einem Ruck schob er seine Klinge in die Scheide zurück. »Geht weiter, Lijanas! Wir müssen einen Platz finden, an dem wir die Nacht verbringen können. Es wird ziemlich schnell dunkel – und kalt!«

»Und wenn sie … In der Nacht …«

»Mit diesem Problem setzen wir uns auseinander, wenn es tatsächlich so weit ist. – Vorwärts jetzt!«

Lijanas ließ es zu, dass er sie vor sich herschob. Seine Hand an ihrer Schulter vertrieb auch noch den letzten Rest Kälte, die der Blick der Gestalten in ihr Inneres gepflanzt hatte. Doch je unerbittlicher die Nacht heraufzog und umso weiter sich die Dunkelheit zwischen den Felsen ausdehnte, umso größer wurde die Anzahl der unheimlichen Schatten, die sich aus der Finsternis schälten – und sie verloren nach und nach ihre Durchsichtigkeit. Die Luft war jetzt erfüllt von ihren Stimmen, einem hohen Zischeln und Wispern, das direkt in ihrem Kopf zu sein schien. Und Mordan konnte sie immer noch weder sehen noch hören. Lijanas drängte sich eng an ihn, und obwohl sie es vermied, die Gestalten anzuschauen, erhaschte sie doch zuweilen einen Blick auf sie – und die Kälte breitete sich langsam wieder in ihrem Inneren aus. Dann bemerkte sie, dass sie vor ihnen zurückwichen, wenn sie sich ihnen bis auf einige Schritt genähert hatten. Nicht vor ihr, nein, nach ihr streckten sie sich beinah aus. Sie wichen vor Mordan zurück, wie das Meer sich bei Ebbe von den Felsen zurückzog. Vor ihnen bildete sich eine Gasse, die sich hinter ihnen wieder schloss. Die Stimmen klangen inzwischen erbost, das Zischeln war zu einem Fauchen geworden, das Wispern ein quälendes Heulen in ihrem Kopf. Der Weg machte einen scharfen Knick und führte wieder bergauf – zwischen mächtigen Felswänden hindurch, in denen bereits die Dunkelheit und Kälte der Nacht hausten.

Erst als sie die Arme fester um seinen Hals schlang und sich enger an seine Brust drängte, wurde ihr bewusst, dass Mordan sie schon eine geraume Zeit auf den Armen trug – sie hatte nicht bemerkt, dass er sie hochgehoben hatte. Von dem unerklärlichen Wissen beruhigt, dass ihr nichts geschehen konnte, solange er da war, lehnte sie den Kopf an seine Schulter und konzentrierte sich ganz auf den ruhigen Schlag seines Herzens, stetig und kraftvoll, lebendig und warm zwischen der Kälte um sie herum. Sie schmiegte sich tiefer in seine Wärme, machte sie zu ihrer – und sah nicht, wie ihm der Schweiß ausbrach und ihm schließlich über Stirn und Hals rann, dass die Kälte, die ihr Inneres lähmte, Reif auf seine Brauen und das Fell an seinen Schläfen zauberte und ihm seine Kraft stahl. Als seine Atemzüge seltsam schwer wurden und das Fauchen und wütende Knurren um sie her sich zu einem triumphierenden Kichern wandelte, begriff sie, dass etwas nicht stimmte. Im nächsten Augenblick strauchelte er und stürzte mit ihr auf ein Knie. Das Pochen in seiner Brust hatte seine Stetigkeit verloren, war zu einem Stolpern geworden. Die Gestalten wagten sich näher heran. Eine fahle Hand strich Lijanas übers Haar. Schmerz, als hätte Eis sie verbrannt, lähmte sie. Ein gellender Schrei brach aus ihrer Kehle. Grauen nahm ihren Geist gefangen, raubte ihren Willen und löschte ihr Denken aus. Zitternd und schluchzend sank sie gegen ihren Krieger, brachte ihn um sein mühsam aufrechterhaltenes Gleichgewicht, sodass er sich mit einer Hand an einem Felsen abstützen musste und halb über sie fiel. Seine Wärme floh sie. Der Kreis aus Gestalten schloss sich enger. Sie hörte das Tuscheln und Lachen ihrer Stimmen. Klauen aus Frost versenkten sich in ihren Sinnen, zerrten an ihr. Sie sah Schwerter und Äxte in ihren Händen – und wusste, dass ihre Berührung den Tod brachte. Mit einem Scheppern landete sein Kereshtai auf dem Boden, glitt halb aus seiner Scheide. Silbrig glitzernder Nebel kroch über den Boden, stieg aus den Felsen auf, überzog alles mit perlmuttschimmerndem Reif und verwandelte die Gestalten in bleichen Glanz. Plötzlich waren da andere Stimmen, dunkel, warm, kraftvoll. Sie hörte Mordan überrascht keuchen, spürte, wie er müde den Kopf hob, dann wurde sie an die Felswand gedrängt und das Kereshtai glitt mit einem Singen endgültig aus seiner Hülle. Raunen erfüllte die Kälte. Die Gestalten zögerten. Ihr Krieger machte einen Schritt vorwärts, fuhr mit der Klinge über seine Handfläche, rote Hitze lohte auf silbernem Eis, rann daran herab bis zum blitzenden Ende, als es sich zur Erde hin senkte. Langsam zog er mit der Spitze seiner Klinge einen Halbkreis von Felsen zu Felsen um sie herum, sagte etwas in seiner Sprache, hob das Schwert und wartete. Zwischen den Felsgipfeln glomm ein letztes Mal die untergehende Sonne. Ihr Licht verirrte sich in die Schlucht, lief als Kegel aus Gleißen über die Schneide des Kereshtai. Etwas um Lijanas herum veränderte sich, Wärme drängte sich durch die Kälte. Die Stimmen der Gestalten in ihrem Geist wurden zu einem Wimmern, verblassten zu einem Flüstern, im gleichen Maß, wie sie zurückwichen, wieder durchscheinend wurden. Es war still. Selbst der Wind schwieg. Doch die Felsen schienen zu wispern.

Dann wurde sie wieder von den Steinen hochgezogen und behutsam vorwärtsgeschoben. Ihre Schritte waren steif, unbeholfen und es war Mordans Hand, die sie auf den Beinen hielt. Die blankgezogene Klinge seines Schwertes glänzte wie geronnenes Licht.

Erst als sie aus der Schlucht heraus waren und die Bergflanken wieder nur noch auf einer Seite steil in den Himmel ragten, wagte sie es, sich umzudrehen. Hinter ihnen hatten sich die Gestalten erneut zu den hellen Umrissen von zuvor verwandelt. Schweigend und reglos standen sie in der Finsternis der Schlucht und starrten ihnen nach.

Die Sonne war nur noch eine blutrote Linie am Horizont, als Mordan endlich einen von einer Bergnase geschützten Spalt in den Felsen fand, der ihnen ausreichend Platz und Schutz für die Nacht bot. Lijanas hatte keine der Gestalten mehr gesehen, seit sie die Schlucht hinter sich gelassen hatten. Ihr Krieger hatte es mit einem Nicken zur Kenntnis genommen, doch das Kereshtai lag immer noch blank neben ihm. Ihr Atem bildete weiße Wolken, während sie eng aneinandergekauert ein karges Mahl aus Haferkeksen, getrocknetem Fleisch und Wasser verzehrten. Schließlich senkte Dunkelheit sich endgültig über sie, nur gemildert durch das milchhelle Licht der Monde, die nacheinander über den Berggipfeln erschienen. Die Lippe zwischen die Zähne gezogen, beobachtete Lijanas, wie Mordan die Reste ihrer Vorräte wieder in dem Lederbeutel verstaute, dann atmete sie tief durch und stellte die Frage, die ihr schon seit der Schlucht auf der Zunge brannte.

»Woher wusstet Ihr es?«

»Was?« Er verschnürte den Beutel sorgfältig, dann lehnte er sich mit dem Rücken an die Felsen und legte das Kereshtai so neben sich, dass seine Hand entspannt auf dem Griff ruhte.

»Dass Ihr diesen Kreis mit dem Schwert ziehen musstet, um sie von uns fernzuhalten.«

»Ich wusste es nicht wirklich«, gestand er nach einem langen Moment und fuhr sich mit der Hand über den Nacken. »Als dieser Nebel aufkam, da war plötzlich ein Wispern … Es waren Worte, die ich kannte. ›Gorásh baDûr gis Kadai é Kadas, na Eddar – é Kesthan gis baAshk!‹ – Der letzte Vers aus dem Ashk-Keshtani.«

»Dieser … Tanz, bei dem ich Euch in Cavallin beobachtet habe? Aber ich dachte, es sei nur eine … eine Übung mit dem Schwert.«

»Der Ashk-Keshtani ist mehr als nur ein Tanz oder eine Übung mit dem Schwert, Lijanas. Er ist mehr … ein Versenken im eigenen Selbst. Es gibt allein fünf Kodizes, die seine Bedeutung lehren und die Art, wie er richtig getanzt werden muss – die Coraji Ask-Kestani. Aber es gibt auch noch eine Urschrift, den eigentlichen Ashk-Keshtani. Er spricht von ganz anderen Dingen als jenen, die in den Coraji stehen. In ihm geht es um Reinheit und Harmonie, die Verschmelzung von Seele und Kraft. Er umfasst gerade eine Schriftrolle und liest sich so wunderschön wie ein Lied oder Gedicht. Und das ›Gorásh baDûr gis Kadai é Kadas, na Eddar – é Kesthan gis baAshk!‹ ist der letzte Vers daraus. Übersetzt würde es so viel heißen wie: ›Schließe den Kreis mit Stahl und Blut! Sei eins – und tanze mit den Seelen.‹« Sacht strich er mit den Fingern über die Klinge seines Kereshtai, während er leicht die Schultern hob. »Manche übersetzen das ›baAshk‹ auch mit ›Schatten‹. Deshalb bin ich darauf gekommen. – Ich habe nichts anderes getan, als den Kreis um uns zu schließen und ihnen zu sagen, dass ich bereit bin, mit ihnen zu tanzen, wie man es auch nach der Urschrift tut, wenn man den Keshtani alleine tanzt. ›Soár nará gondaji!‹ Das war alles. Warum sie nicht mit mir tanzen wollten …« Er sah sie mit einem schiefen Grinsen von der Seite an. »Vielleicht ist mein Ruf mir ja vorausgeeilt, was meint Ihr, Lijanas?«

»Welcher Ruf? – Ihr seid bodenlos arrogant, Kjer!« Lijanas schlug nach ihm, dankbar, dass er versuchte, sie aufzuheitern.

Mühelos fing er ihre Hand ein. Sein Lachen war eine weiße Dampfwolke. »Ein paar gute Eigenschaften müsst Ihr mir schon zugestehen, Heilerin.«

In gespielter Empörung schnappte sie nach Luft und riss ihre Hand frei.

»Woher wisst Ihr das alles?«, fragte sie dann, wieder ernst.

»Ich habe viel gelesen.« Als sie überrascht die Augen aufriss, wurden seine Lippen schmal. »Ihr wundert Euch, dass einer wie ich überhaupt lesen kann, was?«

Sie erinnerte sich an das Gefühl der Ehrfurcht und Freude angesichts eines uralten Folianten, an den Hunger nach Wissen … »Nein. Ihr seid ein Heerführer. Jemand in Eurer Position sollte lesen und auch schreiben können. – Das ›viel‹ hat mich nur verwirrt. Was ist bei Euch ›viel‹?«

»Ihr wisst sehr gut, dass ich nicht immer Heerführer war. – Und was ist viel …? Ich weiß es nicht! Die Schriftensammlung in den Hallen der Kessanan ist riesig. Ein Großteil ist verboten und nur den Hohen Meistern vorbehalten – aber ein paar Hundert Kodizes und etwa doppelt so viele Schriftrollen werden es wohl gewesen sein. – Ihr friert, Lijanas! Kommt her und lasst Euch warm halten. Ich war ein Narr, zu glauben, dass wir diese verdammte Quelle in ein paar Stunden finden könnten. Aber hier oben nach Holz zu suchen, ist verschwendete Zeit.«

Lijanas konnte nicht anders, als ihn verblüfft anzustarren, während er sie dichter an sich zog und seinen Umhang auch um sie legte. Sie hatte sich selbst für gebildet gehalten, aber er … *Ein paar Hundert Kodizes … Gnädige, hab Erbarmen, und das sagt er daher, als wäre es das Normalste auf der Welt, dass einer überhaupt lesen kann.* Es fühlte sich richtig an, den Kopf gegen seine Schulter zu betten. »Kommt es oft vor, dass Unfreie bei den Kessanan ausgebildet werden?«

»Woher wisst Ihr … Natürlich! Wer sonst als ein Kessanan oder einer ihrer Zöglinge sollte Zugang zu der Schriftensammlung haben. – Nein! Die Kessanan nehmen normalerweise keine Unfreien bei sich auf. Und noch weniger ein Halbblut wie mich. Nach ihren Lehren bin ich nur ein Condjai Kadas, ein Blutbastard, und nicht würdig zu leben – zumindest nicht als Freier.«

»Und warum …«

»Ich weiß es nicht, Lijanas. – Es gibt so viele ›Warums‹ in meinem Leben, auf die ich bisher keine Antwort gefunden habe, dass es mir manchmal Angst macht.« Er lehnte sich mit der Schulter bequemer an die Felsen, schob die Hand unter sein Wams, tastete nach seiner Seite.

Alarmiert richtete Lijanas sich auf. »Eure Wunde! Schmerzt sie wieder?«

Langsam schüttelte er den Kopf und zog sie zugleich wieder an sich. »Nein! Seit wir in dieser Höhle waren, spüre ich sie kaum noch. In ein paar Tagen wird der Schorf sich ablösen und dann ist sie nicht mehr als eine weitere Narbe. Macht Euch keine Sorgen! –

Scheinbar sind diese Schatten uns nicht hierher gefolgt. Versucht zu schlafen, Lijanas. Es reicht, wenn einer von uns wach bleibt.«

Einen Moment sah sie ihn zweifelnd an, doch dann kauerte sie sich fester an ihn und war wenig später tatsächlich eingeschlafen.

Schwärze! Absolut und undurchdringlich! Kälte, die die Knochen in Eis verwandelt und bei jedem Atemzug die Brust erstarren lässt. Wispern und Lachen um sie her. Lockend, säuselnd. Berührungen im Haar, sacht, nur ein Hauch. Gelähmt vor Angst steht sie in der Unendlichkeit aus Finsternis. Ohne zu wissen, wo sie ist! Ohne zu wissen, wie sie hierherkommt! Die kleinste Bewegung reißt sie in den unsichtbaren Abgrund unter ihren Füßen. Zittern sitzt in der Kehle, rinnt durch die gefühllosen Glieder. Sie wagt nicht zu schreien, aus Angst, die Finsternis auf sich aufmerksam zu machen. Frost kriecht über sie, zerrt an ihr, zieht das Leben aus ihr, reißt an der Seele. Stimmen flüstern. Versprechen ein Ende der Angst. Nur ein Schritt in den endlosen Sturz. Der Schrei bricht heraus. Sie schlingt die Arme um sich, wimmert. Eis stiehlt ihr Wärme und Kraft. Wispern und Gelächter. Flüstern. Ein Stoß – sie taumelt – ihr Fuß tritt ins Nichts. Kälte raubt den Atem. Tränen gefrieren auf den Wangen, fallen als Perlen in die Unendlichkeit. Zwischen dem Gelächter und Wispern ein Wort. »Elljén!« Stimmen narren, äffen von allen Seiten – elljén.

»Hilf mir!« Kälte lähmt.

»Komm zu mir!«

»Wo bist du?«

»Hier!« Gelächter von überall.

»Bitte! Hilf mir!«

»Hab keine Angst! Komm zu mir!«

»Ich kann dich nicht finden!« Der Schrei ist reine Not.

»Folge meiner Stimme! Komm zu mir!«

folge meiner stimme. komm zu mir.
folge meiner stimme. komm zu mir.
folge meiner stimme. komm zu mir.
Wispern. Sie streckt die Arme in die Finsternis. »Hilf mir doch!«

»Folge meiner Stimme!«

folge meiner stimme.

folge meiner stimme.

»Ich kann nicht! Sie ist überall!«

»Vertrau mir! Sei ruhig! – Hör nicht hin! Hör zu! – Hör mir zu!«

Wildes Kreischen um sie her. Der Boden unter ihren Füßen schüttelt sich. Ein warmer Hauch streift sie. »Sei ruhig.« Die Stimme schweigt für keinen Atemzug, warm und stark, hüllt sie ein. Heulen und Jammern machen sie taub. Langsam tut sie einen Schritt. Kälte zerrt an ihr, nimmt ihr die Luft. Sie wankt. Hohngelächter füllt die Ohren. »Hör mir zu!« Noch ein Schritt, ein zweiter. Wärme umgibt sie. Die Schwärze endet jäh. Sie lässt sich fallen, schmiegt sich in den vertrauten Geruch nach Stahl, Leder und Pferd.

Mit einem Schrei riss Lijanas die Augen auf. Mordans Arme legten sich noch enger um sie. Seine Stimme war direkt an ihrem Ohr. »Sei still, Elljén! Es ist alles gut! Ich bin da! – Bei allen Rachegeistern, du bist kalt wie der Tod! – Lass dich wärmen!« Heiß fuhr sein Atem über ihre Haut. Ihr Inneres fühlte sich noch immer wie erfroren an. Beinah schmerzhaft rieben seine Hände ihre Arme und Finger, brachte das Leben in sie zurück.

»Was ist geschehen?« Zwischen dem Klappern ihrer Zähne konnte sie ihre Stimme selbst kaum verstehen. Hätte sie es gekonnt, hätte sie sich in ihn verkrochen. Sie drängte sich enger an seine Brust. *So warm.*

Langsam schüttelte er den Kopf. »Ich weiß es nicht. Im einen Augenblick warst du warm und hast geatmet und im nächsten war deine Haut mit Reif überzogen und es war kein Leben mehr in dir – und trotzdem glaubte ich, dich schreien zu hören … so … verzweifelt, dass ich wusste, du würdest sterben, wenn es mir nicht gelänge, dich zu finden. Aber du warst hier! …« Das ›Du‹ kam mit so viel Selbstverständlichkeit über seine Lippen, dass sie sich wünschte, er würde für immer dabei bleiben. »Du lagst in meinem Arm, fahl wie ein Leichnam, schrecklich kalt, leblos und still – obwohl ich deine Schreie in meinem Inneren immer noch hören konnte. Ich habe dich geschüttelt, um dich zu wecken – es ging nicht. Und dann … Ich weiß, es klingt verrückt, aber ich schwöre, da war jemand. – Und plötzlich konnte ich nicht anders, als dich fest in den Arm zu nehmen und zu halten. Halten, mit allem was ich bin, und hoffen, dass du mich rufen hörst und von dort zurückkommst, wo auch immer du bist.« Sie spürte, wie er das Kinn auf ihren Scheitel legte und sie noch fester an sich zog. »Es hat funktioniert.« Der Knoten in ihrem Inneren barst so unvermittelt, dass es sie erschreckte. Sie schob den Fingerknöchel zwischen die Zähne und biss darauf, bis das Zittern nachgelassen hatte. *Ich gehöre zu Ahmeer!*, wiederholte sie immer wieder in Gedanken, bis die Worte nicht mehr hohl klangen.

Eine Weile saßen sie schweigend, während die Wärme langsam in Lijanas' Glieder zurückkehrte. Als ihr Kopf irgendwann tiefer sank, bekam sie einen sachten Stoß. »Nicht einschlafen!«, mahnte Mordans Stimme leise in der Dunkelheit. »Ich glaube, die Legenden sind wahr«. Er holte tief Atem. »Diese Berge sind tatsächlich verflucht. Nicht nur, dass diese Schatten hier sind. Hier ist noch etwas anderes. Es stiehlt denen, die in diesen Bergen einschlafen, das Leben. – Du musst bis zum Morgen wach bleiben! – Wenn die Sonne aufgeht, droht uns keine Gefahr mehr!« Sie hörte das »Hoffe ich!«, obwohl er es nicht aussprach.

Es war die längste Nacht in Lijanas' Leben. Irgendwann hatte er sie gezwungen, mit ihm zu reden; ihm von ihrem Leben bei den Gesegneten der Rabin zu erzählen, von ihrer Arbeit als Heilerin, von der Stadt, die sich in die Klippen schmiegte. Sie waren nicht wieder zu dem kalten ›Ihr‹ zurückgekehrt. Lijanas beschrieb ihm gerade die silberne Halle von Anschara, hoch oben auf den Felsen – ein Bauwerk, das er für eine absolute Fehlkonstruktion hielt, denn was hatte man für einen Nutzen von einem Gebäude, das nicht viel mehr war als ein Dach über einem uralten Thron, auf dem nie jemand saß, das nur von Säulen getragen wurde und dessen Boden überwiegend – und obendrein absichtlich – mit Wasser bedeckt war –, als die ersten Sonnenstrahlen zwischen den Felsen hervorlugten.

Nach einem raschen Frühstück stiegen sie weiter in die Berge hinauf. Inzwischen hatten es auch die letzten Pflanzen aufgegeben, sich in dieser unwirtlichen Höhe anzusiedeln. Es war schließlich Lijanas, die das leise Plätschern von Wasser zu hören glaubte und Mordan in eine schmale Felsspalte führte, die nicht mehr als ein zerklüfteter Riss zwischen zwei mächtigen Gipfeln war. Kaum hatte sie sich in die Enge hineingezwängt, als ihr Herz hart zu pochen begann. Ihre Hände wurden klamm und feucht, Schweiß sickerte kalt ihren Nacken hinab und rann wie Eis über ihren Rücken. *Hinter sich kann sie das Heulen der Seelenfresser hören, die Rufe ihrer Verfolger. Ihr Atem ist nur noch ein Keuchen, schmerzt in ihrer Brust. Eine Hand auf ihrer Schulter schiebt sie sanft, aber bestimmt weiter. »Geh weiter, Elljén! Es kann nicht mehr weit sein!« – »Ich kann nicht mehr! Habt Gnade! Lasst mich zurück! Sie wollen nur mich!« – »Still, Aslajin! Geh weiter! Verschwende deinen Atem nicht auf solchen Unsinn.« – »Ich kann nicht ...« – »Du kannst! Nur noch ein Stück! Sobald sich der Spalt verbreitert, werden wir dich tragen! Aber jetzt musst du weiter! Sie haben uns fast eingeholt. Geh weiter!« Sie stolpert, rutscht an einem Felsen ab.* Mordans Hand schloss sich um ihren Arm, stützte sie, bis sie wieder Halt gefunden hatte.

»Alles in Ordnung?« Er klang besorgt.

Lijanas nickte schwach und kletterte weiter. *Gnädige, hab Erbarmen! Was war das? Was geschieht mit mir?*

Endlich verbreiterte sich der Spalt zu einem Rund von vielleicht zehn Schritt Durchmesser – umgeben von senkrecht aufragenden Felsen. Eine Falle, aus der es kein Entkommen gab. *Die Krieger stehen schweigend da, die Klingen blank in den Händen. Hinter ihnen presst sich eine Frau gegen den Stein. Blut aus unzähligen Kratzern schimmert auf ihrer silberweiß glänzenden Haut. Augen wie altes Gold blicken sie angstgeweitet an. Ein triumphierendes Heulen erklingt, hallt zwischen den Felsen wider. »Tötet die Seelenhexe und ihre Buhlen!«* Lijanas prallte mit einem erschrockenen Schrei zurück, stieß gegen Mordan, dem es kaum gelang, sein Gleichgewicht zu halten. Hastig schaute sie zu ihm hin – als sie sich wieder umwandte, lag das kleine Rund verlassen da. Aus einer Felsspalte ihr gegenüber wallte glitzerndes Wasser und versickerte gleich wieder im

Gestein. Ganz langsam schob sie sich aus der Spalte heraus. Sie glaubte, das Heulen immer noch zu hören, die Stimme. *Was ist mit mir? Werde ich verrückt?*

»Du hast die Quelle gefunden.« Mordan stieg an ihr vorbei, blickte sich um. »Und sie befindet sich tatsächlich in einem Rund aus Felsen.« Er sah sie an. »Lijanas? Was ist?« Alarmiert streckte er die Hand nach ihr aus.

Sie konnte nur den Kopf schütteln. Eine Kälte saß in ihren Gliedern, die sie schier erstarren ließ. Sein Arm legte sich um sie, führte sie durch das Rund und nötigte sie, sich neben den Riss im Felsen zu setzen, aus dem das Wasser munter hervorgurgelte. Er reichte ihr die letzten Haferkekse und den Wasserschlauch. »Iss und trink! Ruh dich einen Moment aus! – Wenn es dir besser geht, füllen wir die Phiole und verschwinden aus diesen Bergen. – Heute Nacht werden wir an einem warmen Feuer schlafen! Das verspreche ich dir! – Lijanas? – Lijanas?« – *»Aslajin!«* Seine Stimme wurde zu der eines anderen. Sie schob sich an dem Felsen in ihrem Rücken in die Höhe, *presst die zitternden Handflächen gegen den Stein. Der Dolch in ihren Fingern ist nutzlos, er entgleitet ihr, schrammt auf die Felsen. Immer mehr Krieger drängen durch den Spalt. Über ihr heulen die Seelenfresser, ihre Augen glimmen grün. Stahl singt auf Stahl, Schreie gellen um sie herum. Ein Schwert dringt durch Norasárs Brust, der Schmerz zerreißt ihr Herz, sie taumelt, spürt, wie seine Seele flieht, löst das Band, gibt ihn frei. Die Qual ist noch nicht vergangen, als eine Kriegsaxt sich in Zejidans Leib gräbt. Sein Schrei ist ihrer, gellt von den Steinen wider, sie fällt auf die Knie, blind vor Tränen. Die Seelen rufen nach ihr, der Wind wispert, spricht von dem, was sein wird, weil es geschrieben steht. Ihre Finger gehorchen kaum, um das Geflecht aus Perlen von ihrer Kehle zu lösen. – Eine Frau am Rand der Ewigkeit. Ströme aus Blut, vereinigt in einem! – Ein Krieger kommt auf sie zu, packt ihr Haar. Das Kereshtai blitzt unter einem Sonnenstrahl. Ihre Hand öffnet sich über einer Spalte rauen Steins. Die Klinge fährt in ihre Kehle und die Seele flieht …*

»Lijanas!« Ihr Name! »Lijanas!« Immer wieder. Hände, die sie an den Schultern gepackt hatten, sie schüttelten, dass ihre Zähne aufeinanderschlugen. Sie riss die Augen auf, sah seine Hand schon zum Schlag erhoben und duckte sich. Seine Finger schlossen sich erneut um ihren Arm.

Er hockte vor ihr. Ohne ihn zu sehen, blickte sie ihn an. »Sie wurden verraten. Norasárs Bruder hatte ihnen gesagt, dass es hier einen Fluchtweg gäbe. Er hat sie getötet. Es war sein Bruder, der sie getötet hat.«

»Wovon redest du? Wer hat wen verraten? Wer ist Norasár? Wer wurde getötet?«

»Aslajin! Sie wurde hier ermordet. Mit einem Schwert wie deinem!« Sie wies auf das Kereshtai unter seinem Gürtel.

Der Griff an ihren Armen wurde schmerzhaft. »Aslajin? Wer soll ... – Du meinst die Salzhexe! Hier?« Rasch ließ er den Blick über die Felsen gleiten, schüttelte dann entschieden den Kopf. Nur langsam gaben seine Hände sie frei. Er zerrte das Tuchbündel aus dem Lederbeutel, öffnete es und ein kleines Holzkästchen kam zum Vorschein, das er aufklappte und ihr hinhielt. Im Sonnenlicht gleißte geschliffenes Glas. »Hier! Du nimmst jetzt diese Phiole, füllst sie mit dem Wasser und dann werden wir diesen Ort wieder verlassen. – Ich glaube nicht an Flüche! – Aber irgendetwas geht hier vor! Deshalb werden wir von hier verschwinden! Sofort!«

»Das ist Frevel! Wir sollten gar nicht hier sein!« Reglos lagen ihre Hände in ihrem Schoß.

»Lijanas! Mein Befehl lautet, dich und diese Phiole gefüllt mit dem Wasser aus dieser seelenverfluchten Quelle nach Turas zu bringen. Mein Befehl besagt weiter, dass nur du diese Phiole mit dem Wasser berühren darfst, also musst auch du sie füllen. – Jetzt nimm dieses Ding und halte es ins Wasser!« Auffordernd streckte er ihr das Kästchen erneut hin.

Sie zögerte, blickte ihn an – prallte zurück, als sie *die beiden Krieger mit vor der Brust verschränkten Armen hinter ihm stehen sieht. Der eine Augen wie Eis, der andere Augen wie der Sturmhimmel.* Ein Lidschlag und sie waren fort. Auf Mordans Stirn zeigten sich scharfe Falten. *Ich werde wahnsinnig! Er hat recht! Wir sollten von hier fort! Gleich!* Mit zitternden Fingern nahm sie die Phiole, hielt sie in das Wasser. Warm rann es über ihre Hand. Die Quelle gluckste vergnügt, schien zu lachen. Tief in der Spalte glänzte es. Sie verschloss die Phiole, legte sie in das Kästchen zurück. Mordan ließ es zuschnappen, schlug es wieder in den Stoff ein und verstaute es sorgfältig. Ihre Finger tauchten noch einmal in das warme Wasser, tasteten sich in die Spalte, legten sich um das, was da glänzte, und holten es an die Oberfläche. Als er sich wieder zu ihr umdrehte, hielt sie ein Geflecht aus Perlen in der Hand.

»Woher hast du das?« Er nahm es ihr aus den Fingern, betrachtete es aufmerksam.

»Aus der Quelle. Es lag in der Spalte. Es gehörte Aslajin.« Beim Klang des Namens kehrten die Falten auf seine Stirn zurück.

»Beinah könnte man meinen, es wären kleine Tropfen. Sie sind ganz kalt … Ich habe noch nie gesehen, dass man Perlen auf diese Weise fasst. Schau, sie sind nicht durchbohrt. Man hat sie in das Gold oder Silber, das sie zusammenhält, geradezu hineingeflochten. – Das Geschmeide ist wunderschön und vermutlich ziemlich kostbar.« Er gab es ihr zurück. »Du solltest es tragen.«

Entsetzt schüttelte sie den Kopf.

»Was willst du damit tun? Es zurückwerfen? Dann hättest du es gar nicht aus dem Wasser holen brauchen. – Und wenn du es mitnehmen willst, kannst du es ebenso gut auch umlegen.«

Wieder schüttelte sie den Kopf.

»Wie du meinst.« Er hängte sich den Beutel über die Schulter und streckte ihr die Hand hin. »Komm, verschwinden wir von hier. Der Weg den Berg hinunter ist lang und ich habe dir ein Bett am Feuer versprochen.«

Einen Moment hielt sie die Perlen unschlüssig zwischen den Fingern, dann schob sie sie in ihr Wams, ergriff Mordans Hand und folgte ihm durch die Spalte zurück. Sie sah nicht, wie die Quelle versiegte.

Dem Pfad bergab zu folgen, kostete weniger Kraft als bergauf. Mordan schlug einen schnellen Schritt an, achtete aber darauf, dass sie mithalten konnte und sich nicht zu sehr verausgabte. Als sich zwischen den Steindisteln auch die ersten Sternblumen zeigten, machten sie auf einigen von der Sonne gewärmten Felsen

Rast. Lijanas schwieg, hing ihren Gedanken nach und versuchte, sich selbst zu beruhigen. Sie wurde nicht wahnsinnig! Seit sie die Quelle und die Spalte hinter sich gelassen hatten, sah sie keine Dinge mehr, die nicht existierten. Vielleicht hatten ihre Sinne ihr all das vorgegaukelt. Sie war müde und erschöpft. Ja, das würde der Grund sein!

Sie war dankbar, dass Mordan sie sich selbst überließ und nur ruhig neben ihr auf einem Felsblock saß. Dass er sie aufmerksam beobachtete, entging ihr nicht.

Als sie wieder aufbrachen, war die Sonne schon am Sinken und zwischen den Felsen wurden die Schatten länger.

Hinter einem Vorsprung öffnete sich schließlich eine dämmrige Felsschlucht – und an ihrem Ende war endlich das von der Sonne golden gefärbte Grau der Nebelwand zu sehen. Sie hatten es fast geschafft!

Doch als sie nur noch ein paar Schritte von den senkrecht aufragenden Felsen entfernt waren, blieb Lijanas stehen. Überrascht wandte Mordan sich zu ihr um.

»Was ist?«

»Diese Gestalten ... Was ist, wenn sie ...« Ihre Stimme versagte, doch er verstand auch so.

»Keine Angst! Gestern hast du sie zum ersten Mal gesehen, als die Sonne hinter den Bergen versunken ist – noch ist heller Tag. Ich glaube nicht, dass uns von ihnen jetzt schon Gefahr droht.« Seine Reißzähne blitzten in einem kurzen Lächeln. »Und außerdem – hast du schon vergessen: ›Soár nará gondaji!‹ – Ich bin bereit, mit ihnen zu tanzen. – Komm!«

Er nahm ihre Hand und führte sie zwischen die steilen Felswände. Schon nach wenigen Schritten wurden sie von den Schatten verschluckt, die zwischen ihnen nisteten. Eine ganze Weile lauschte Lijanas ängstlich auf jedes Geräusch, ihre Finger fest um Mordans geschlossen, das heftige Pochen ihres Herzens beruhigte sich nur allmählich – umso mehr erschrak sie, als der Kjer-Krieger unvermittelt stehen blieb.

»Was ist?« Sie wagte nicht, laut zu sprechen.

»Still! – Da ist etwas.« Seine Hand schob sie hinter seinen Rücken. Nun hörte Lijanas es auch, ein seltsames Schlurfen, das beinah wie erschöpfte Schritte klang. Sie spürte die Bewegung, mit der Mordan das Kereshtai zog, mehr, als sie sie sah. Dann war in den Schatten plötzlich etwas zu erkennen. Ein Mann kam auf sie zu, die Schultern müde gebeugt.

»Halt!« Scharf schnitt das Wort durch das Dämmern. »Wer seid Ihr?«

Die Gestalt hob langsam, wie von Fäden gezogen, den Kopf. »Heerführer?«

»Levan?« Mordan ließ sein Schwert sinken. »Levan, was tust du hier? Ihr solltet auf der anderen Seite der Brücke warten! Ist Ecren bei dir?« Er erhielt keine Antwort. Wachsam trat er auf den jungen Krieger zu. Lijanas folgte ihm, drängte sich aber rasch an ihm vorbei, als Levan unvermittelt auf die Knie fiel. Sie beugte sich zu ihm, hob seinen Kopf. In seinen Augen glomm es grün. Ihr Schrei wurde zu einem Röcheln, als seine Finger sich um ihre Kehle schlossen. Er fletschte die Zähne. Sein Atem stank nach Verwesung. Verzweifelt zerrte sie an seinen Fingern, stemmte sich mit der Hand gegen seine Brust. Das ekle schwarze Gewürm, das sie schon in der Salzwüste gesehen hatte, war wieder über seinem Leben, doch diesmal *war* es sein Leben. Im nächsten Lidschlag wurde sie gepackt und von Levan weggerissen. Keuchend stürzte sie zu Boden. Über ihr stand Mordan, das Kereshtai drohend erhoben. Beim Anblick der grün glimmenden Augen des jungen Kjer holte er scharf Luft. Ein gurgelnder Atemzug, Levan stand schwankend da, dann stürzte er vorwärts, die Hände zu Klauen verkrümmt. Mordan zögerte, zog im letzten Moment die Klinge herab – die Schneide fuhr in Levans Leib, er brach zu Boden, krallte die Finger in den Stein und schleppte sich auf Lijanas zu. Blut quoll aus der Wunde. Mit einem Schrei kroch sie zurück. Funken stoben, als die Spitze von Mordans Kereshtai den Boden traf, doch Levan lag still, den Kopf vom Rumpf getrennt. Wankend kam Lijanas auf die Füße, taumelte an dem dunklen Krieger vorbei, stolperte gegen die Felswand, sank auf die Knie und übergab sich würgend. Als ihr

Magen nichts mehr von sich zu geben hatte, sah sie auf. Mordan stand neben ihr, starrte auf die Stelle, an der Levans Leiche lag. »Er hatte die Augen eines Seelenfressers.« In seiner Stimme war reine Fassungslosigkeit. Vorsichtig berührte sie sein Bein. Schwer ließ er sich neben sie auf einen Felsblock sinken, konnte den Blick nicht vom Körper des jungen Mannes wenden. »Was ist mit Ecren? – Er muss ihn getötet haben«, hörte sie ihn murmeln. Seine Hand schloss sich zur Faust. »Ich hätte in Cavallin diesen grünen Stein suchen sollen, von dem du in der Salzwüste gesprochen hast. Dann wäre er jetzt vielleicht …«

Beschwichtigend drückte sie seinen Arm. Die Übelkeit lauerte noch immer in ihrer Kehle. Sie würgte sie mühsam hinunter. »Die Wunden hatten sich geschlossen. Niemand konnte ahnen, dass das passieren würde. – Auch du nicht.«

»Ich war für ihn verantwortlich!« Bitter stieß er die Worte hervor, dann legte er die Hand unter ihr Kinn. »Hat er dich verletzt?«

Sie schüttelte den Kopf. »Nein! – Wenn hier jemand dafür verantwortlich ist, dann ich. – Ich bin Heilerin! Ich hätte mich vergewissern müssen, dass alles mit ihm in Ordnung ist. Auch nachdem es ihm gutging.«

»Woher hättest du wissen sollen, dass diese verdammten Krallenwunden solche Folgen …« Er verstummte, fuhr sich mit den Fingern durchs Haar, stand seltsam schwerfällig auf und trat neben den Leichnam des jungen Kriegers, wo er nach einem letzten Zögern niederkniete. Lijanas hörte ihn etwas in seiner Sprache murmeln, dann erhob er sich wieder und begann Felsbrocken zusammenzutragen und um Levans Körper aufzuschichten. Lijanas verstand und sammelte ihrerseits kleinere Steine und Geröll, um die Zwischenräume dieses einfachen Grabhügels auszufüllen.

Schließlich war es getan. Sie trat zurück, beobachtete, wie Mordan etwas aus seiner Gürteltasche zog und auf einen der Felsbrocken legte. Zwischen den steilen Felswänden hatten sich noch einmal die Strahlen der untergehenden Sonne in die Schlucht verirrt, tauchten Levans Grab in warmes Licht und ließen den einsamen Rubin zwischen den Steinen auflodern.

»Noásh Eraí, Kiadâr!«, hörte Lijanas den dunklen Krieger sagen, während er ein letztes Mal die aufgeschichteten Felsbrocken berührte. Dann wandte er sich ab, griff sie bei der Hand, und sie setzten schweigend ihren Weg fort.

Die Sonne versank gerade endgültig hinter den Bergen und malte auf dem Nebel feuriges Rot, als sie schließlich die Klamm und den Brückenbogen erreichten. Ohne ihre Hand loszulassen, bewegte Mordan sich in das Flammengrau hinein und hielt sich wie beim ersten Mal dicht an der Seitenmauer. Jenseits der Nebelwand erwartete sie trübe Abenddämmerung. Doch kaum hatten sie festen Boden unter den Füßen, blieb er abrupt stehen – ihre Pferde waren verschwunden und in einiger Entfernung bewegten sich Gestalten in den länger werdenden Schatten. Mordan hatte sein Schwert schon blank in der Hand, als sie angerufen wurden. Es waren Kjer! Eine kurze Geste bedeutete ihr »Warte hier!«, dann ging er den Männern entgegen und wechselte mit ihnen einige Worte. Selbst von hier konnte sie hören, dass sein Tonfall immer schärfer wurde. Schließlich kam er zu ihr zurück.

»Was ist?« Ihre Stimme klang dünn.

»Jerdt ist hier.«

Lijanas schnappte nach Luft. »Was will er?«

»Ich weiß es nicht. Die Männer konnten es mir nicht sagen. Ihr Befehl lautet, hier auf mich zu warten und mich dann zu ihm zu bringen. – Er hat es nicht gewagt, direkt an der Klamm das Lager zu errichten, der Feigling.«

»Darf er das denn, dich so einfach zu sich bringen lassen?«

»Eigentlich nicht. Aber ein Kessanan ist bei ihm, der einen Befehl des Königs für mich hat. Ich muss mit den Männern gehen.«

»Und Ecren?«

»Sie haben ihn nicht gesehen.« Er blickte auf, als die Krieger sich ihnen näherten und zwei Pferde herangeführt wurden. Lijanas erkannte ihren Apfelschimmel und Ired. Mordan half ihr auf den Rücken des Grauen, dann schwang er sich in den Sattel seines Ashentai. Ein kurzes Zeichen und sie ritten mit ihrer Eskorte in die immer schneller heraufziehende Nacht hinein.

24

Das Zelt wurde nur von einigen Feuerbecken erhellt. Zwei Männer wandten sich bei seinem Eintritt um, unter dem Gürtel des einen steckten die beiden Ehrenschwerter eines Kessanan. Die Hand auf den Griff seines Kereshtai gestützt, blieb Mordan stehen. In seinem Magen war plötzlich ein Zittern. *Gehorche!* Er verscheuchte die Erinnerungen und schluckte den schlechten Geschmack, den sie auf seiner Zunge hinterlassen hatten, runter. Jerdt grinste ihn spöttisch an und auch das Lächeln im Gesicht des anderen war ohne jede Freundlichkeit.

»Kessanan Arkell.« Mordans knappes Nicken war ein Zugeständnis an das Zeremoniell, nicht mehr. »Jerdt.«

»Heerführer Mordan.« Auch Arkell, einer der Hohen Meister der Kessanan, deutete nur ein kurzes Neigen des Kopfes an, während er ihn musterte. In seinem Blick lag Verachtung. Jerdts Verbeugung fiel nur wenig tiefer aus. Seine Respektlosigkeit entging Mordan nicht. Er verschränkte die Arme vor der Brust.

»Warum wurde ich von deinen Krieger hierher gebracht, Jerdt?« Sein Ton war schroff.

»Heerführer Jerdt schickte Euch seine Männer auf meine Bitte, Heerführer Mordan.« Es war der Kessanan, der antwortete. Mordan schnaubte, die Bitte eines Hohen Meisters der Kessanan war selbst für einen Heerführer ein Befehl. »Ich überbringe Euch ein Schreiben des Königs!« Arkell zog ein versiegeltes Schriftstück aus dem Ärmel seiner grünen Robe und reichte es ihm.

Einen Moment blickte er prüfend von einem zum anderen, dann trat er näher an eines der Feuerbecken heran, brach das Siegel und las. Mit unbewegter Miene schaute er wieder auf. »Ich verweigere diesen Befehl!« Gierig leckten die Flammen über das Pergament, als er das Schreiben in das Feuerbecken tauchte.

»Wie kannst du …« Die Hand des Kessanan hielt Jerdt zurück.

»Ihr wisst, was das bedeutet, Heerführer?«

»Ja!«

Herablassend schob Arkell die Hände in die Ärmel seiner Robe und neigte den Kopf. Jerdt machte Anstalten, zum Zelteingang zu gehen.

Bei Mordans scharfem »Warte!« blieb er überrascht stehen. »Ehe du mich von deinen Kriegern festnehmen lässt – vermutlich auch auf Bitte des Hohen Meisters –, denk daran, dass ich noch immer im Auftrag des Königs unterwegs bin.« Eisig sah er zuerst Jerdt, dann Arkell an. »Ihr werdet euch also gedulden müssen, bis ich die Heilerin nach Turas zu Haffren gebracht habe.«

Unsicher ging Jerdts Blick zu dem Kessanan.

Der neigte erneut den Kopf. »Er hat recht.« Beschwichtigend breitete er die Hände aus, als Jerdt auffahren wollte. »Aber, Heerführer Mordan, Ihr könnt nicht verbieten, dass Heerführer Jerdt Euch mit seinen Soldaten nach Turas begleitet.«

Die Antwort des schwarzhaarigen Kriegers war ein kurzes Nicken, dann wandte er sich zum Gehen.

»Mordan!« Die Stimme des Kessanan war sanft, ließ ihn innehalten. Er starrte auf die Zeltklappe. So hatte Arkell früher mit ihm gesprochen – kaum dass er das Schaudern unterdrücken konnte. »Aus dir wäre nie ein guter Kessanan geworden! Das wusste ich schon, als ich dich ausbildete!«

Jetzt wandte Mordan sich doch um. »Deshalb hast du mir ja auch an meinem letzten Tag den eisernen Ring eines Unfreien wieder um den Hals legen lassen, anstatt mir die Schwerter der Kessanan zu geben.« Ein kaltes Lächeln huschte über seine Lippen. »Bedenkt man es richtig, müsste ich dir dafür sogar dankbar sein, Arkell, denn ich wäre nicht der Mann, der ich heute bin, hätte man mich nicht Jarat geschenkt.« Er sah das ärgerliche Aufblitzen in den Augen seines Gegenübers. »Wir brechen vor Sonnenaufgang auf! Seid bereit, Kessanan, Heerführer, sonst reite ich ohne euch nach Turas zurück.«

Mit einer knappen Bewegung schlug er die Zeltklappe zurück und trat hinaus in die Nacht. Außerhalb des Feuerscheins der beiden Fackeln vor dem Eingang blieb er in der Dunkelheit stehen und sah zum Nachthimmel. Die drei Monde standen beinah voll über ihm; ihr Licht machte die Sterne unsichtbar. Langsam stieß er den Atem aus.

Den Krieg habe ich verloren – aber wenigstens diese Schlacht gewonnen!

Eine Hand, die an ihrer Schulter rüttelte, weckte Lijanas am nächsten Morgen. Sie erkannte Mordans Stimme, der ihr befahl, aufzustehen, weil sie losreiten wollten. Pferdegewieher und laute Rufe drangen durch das Leder der Zeltwände herein. Müde blinzelte sie und reckte sich, sah, wie Mordan sich aufrichtete. Gleich darauf verkündete das Flappen der Zeltklappe, dass er wieder fort war. Einen Moment blieb sie mit geschlossenen Augen liegen, wähnte sich noch halb im Schlaf zurück im Heerlager der Kjer, in Mordans Zelt – doch dann erinnerte sie sich und setzte sich auf. Das Bett, auf dem sie lag, war hart, die Felle abgewetzt und dünn. Die Feuerbecken spendeten nur wenig Licht. Im Halbdunkel konnte sie einen groben Holztisch und zwei Stühle erkennen. Ansonsten gab es nichts, was auch nur im Entferntesten an die Annehmlichkeiten erinnerte, die es in Mordans Zelt gegeben hatte. Auf dem Tisch stand eine Schüssel mit Wasser und daneben warteten Brot und Käse auf einem Speisebrett. Ihre Kleider lagen noch ebenso am Fußende des Bettes, wie sie sie gestern hingeworfen hatte. Sie wusch sich hastig, zog sich an, verzehrte hungrig das karge Frühstück und trat dann aus dem Zelt. Verblüfft stellte sie fest, dass die Sonne noch nicht aufgegangen war. Männer bewegten sich zwischen gesattelten Pferden. Jerdt stand neben seinem Schimmel und sprach mit einem hochgewachsenen Mann, unter dessen Gürtel zwei Schwerter steckten. Der Fremde drehte sich um und Lijanas erkannte ihn. Sie hatte ihn in Mordans Erinnerungen gesehen – Arkell! Der Kessanan, der ihn ausgebildet hatte. Welch ein böser Scherz, ausgerechnet den Mann zu schicken, der noch immer seine Albträume beherrschte. Schritte näherten sich ihr. Als sie sich halb umwandte, stand der schwarzhaarige Kjer hinter ihr.

»Guten Morgen!«, nickte sie mit einem Lächeln.

Er reagierte weder auf ihr Lächeln noch auf ihren Gruß, stattdessen ergriff er sie beim Arm und schob sie vorwärts. »Wir haben nur noch auf Euch gewartet! Kommt! Ich helfe Euch auf Euer Pferd!«

›Ihr‹ – ›Euch‹? Sie starrte ihn an, ließ sich wie betäubt zu ihrem Apfelschimmel führen.

»Wollt Ihr mich der Heilerin nicht vorstellen, Heerführer Mordan?«

Eben noch hatte der dunkle Krieger die Hände verschränkt, um ihr in den Sattel zu helfen. Nun erstarrte er für die Dauer eines Lidschlages, bevor er sich aufrichtete und umdrehte. Hinter ihm stand der Kessanan.

»Die Heilerin Lijanas – der Hohe Meister Arkell von den Kessanan.« In seiner Stimme klirrte Frost.

Lijanas fühlte sich gemustert wie ein hässliches Insekt. Die Augen des Kessanan weiteten sich, als er das perlmutterne Glänzen der Schuppen bemerkte, glitten noch einmal über sie. Schweigend gab sie den Blick zurück, bis sie genug davon hatte. Brüsk drehte sie sich um, stellte den Fuß in den Steigbügel und schwang sich auf den Rücken ihres Pferdes. Im Gesicht des Kessanan war der Ärger für einen Moment unübersehbar, dann wandte er sich ab und saß ebenfalls auf. Auch Mordan ging hinüber zu Ired, und wenig später verließen sie das kümmerliche Lager – sie, Mordan, Jerdt, der Kessanan und zehn Kjer-Krieger, die zu den Leuten von König Haffrens zweitem Heerführer gehörten.

Sie ritten schnell, Jerdt und der Kessanan drängten voran. Mordan ließ ihnen ihren Willen, achtete aber stets darauf, dass Lijanas sich immer wieder ausruhen konnte, während die Pferde im Schritt gingen. In den ersten beiden Nächten schliefen sie unter freiem Himmel. Mordan sorgte dafür, dass sie es bequem hatte, ehe er seine eigenen Bettfelle neben ihren ausbreitete und sich niederlegte. Wache zu halten überließ er Jerdts Kriegern – und dennoch sah sie jedes Mal, wenn sie zu ihm hinblickte, sein Auge dunkel im Mondlicht glänzen. Und obwohl keiner der Männer Mordan zu nahe kam oder sich ihm gegenüber ungebührlich verhalten hätte, wurde sie das Gefühl nicht los, dass König Haffrens erster Heerführer eigentlich ein Gefangener war. Der Umstand, dass man sie nie allein mit ihm ließ, bestätigte sie nur noch mehr in ihrem Verdacht.

Am Abend des dritten Tages erreichten sie ein kleines Dorf, und Jerdt machte das größte Haus des Ortes, ohne zu zögern, zu ihrem Quartier. Als sie eintrat, stellte Lijanas fest, dass die Familie des Besitzers in einer Ecke der Stube zusammengedrängt worden war und nun ängstlich herübersah; die Hausfrau zog ihre beiden Söhne an sich, um sie vor den Augen der Männer zu verbergen. Ihr entging das Entsetzen in den Gesichtern nicht, als zuerst Jerdt und schließlich Mordan den Raum betraten.

Haffrens zweiter Heerführer scheuchte die Frau in hartem Ton davon – in die Küche, wie Lijanas vermutete, damit sie für sie ein Nachtmahl bereitete. Dann stieg er die Treppe in den oberen Stock des Hauses hinauf, begutachtete die Zimmer und wies ihr schließlich einen kleinen Raum am Ende des Ganges zu. Rasch wurde eine der Töchter der Familie geschickt, um die strohgefüllte Matratze aufzuklopfen und mit sauberem Leinen zu beziehen. Lijanas' freundliches Lächeln wurde mit einem zaghaften Blick und einer tiefen Verbeugung beantwortet, dann huschte das Mädchen hinaus. Still kauerte sie sich dann auf dem Bett zusammen. Unten in der Stube hörte sie die Krieger lärmen, nebenan erklangen Schritte. Ein gleichmäßiges Hin und Her. Lijanas setzte sich auf, lauschte. War das Mordan? Leise trat sie an die weiß gekalkte Wand und legte die Handflächen dagegen. Dann näherten sich Stimmen im Gang und die Schritte stockten. Lijanas hastete auf das Bett zurück, gab sich harmlos, als sich die Tür öffnete. Nach einer tiefen Verbeugung betrat die Hausfrau mit einem Speisebrett, beladen mit dampfendem Fleisch und Gemüse, den Raum. Ohne Lijanas anzuschauen, stellte sie alles auf den Tisch in der Nähe des gemauerten Kamins und wandte sich zum Gehen. Sie erstarrte, als sie Mordan in der Tür gewahrte. Mit einer ungeduldigen Geste schickte der sie hinaus, ließ wachsam den Blick durch das Zimmer wandern, schaute schließlich Lijanas an. »Ist alles zu Eurer Zufriedenheit, Heilerin? Habt Ihr alles, was Ihr für die Nacht braucht?«, erkundigte er sich. Hinter ihm bemerkte sie Jerdt, der sie sichtlich verärgert ansah. Sie begriff erst, was er mit seiner Frage bezweckte, als sie den Schlüssel in seiner Hand entdeckte. Er würde sie während der Nacht hier einschließen – und Jerdt war darüber nicht erfreut.

»Ja, ich habe alles! Danke!«

Er nickte langsam. »Wenn etwas ist: schreit! Ich bin nebenan. – Ich wünsche Euch eine angenehme Nacht, Lijanas. Bis morgen früh.«

Die Tür schloss sich, sie hörte den Schlüssel knirschen. Erst nach einem Augenblick ließ sie sich auf die Matratze sinken. Hatte sie zu Anfang ihrer Entführung geglaubt, in einem Albtraum gefangen zu sein, so war es jetzt schier unerträglich. Der Gedanke, dass der Mann, der sie sogar vor Seelenfressern beschützt hatte, sie vielleicht nicht mehr vor Jerdt und dem Kessanan beschützen konnte, machte ihr Angst.

Die nächsten Tage folgten stets dem gleichen Muster. Sie ritten bis spät in die Nacht, machten schließlich in einem Dorf halt und Jerdt beschlagnahmte das schönste Haus des Ortes. Er bestimmte, in welchem Raum Lijanas die Nacht verbringen würde. Mordan beanspruchte das Zimmer daneben für sich. Ihr wurde ein Nachtmahl gebracht, und nachdem er sich vergewissert hatte, dass sie alles Nötige hatte, schloss ihr Kjer sie ein. Am Morgen war er es, der die Tür wieder öffnete und sie weckte. Man brachte ihr Frühstück und wenig später saß sie abermals auf dem Pferderücken und ritt in Richtung Turas.

Am Nachmittag des sechsten Tages erreichten sie endlich die Hauptstadt Telmáhrs. Geschützt von ihren sieben Befestigungsringen – gewaltige Mauern, höher als zehn Männer, die einander auf den Schultern standen, und selbst an der schmalsten Stelle nicht weniger als acht Schritt breit – erhob sich die Felsenburg von Turas uneinnehmbar vor ihnen gegen den Himmel. Mächtige Türme, auf denen Tag und Nacht Wachen standen, reckten sich hoch über ihnen und schauten weit in das Land hinaus.

Niemand stellte sich den beiden Heerführern und ihren Begleitern in den Weg, als sie über die Bohlen der schweren Zugbrücke ritten, die sich über einen tiefen Wallgraben spannte, und dann dem gepflasterten Weg folgten, der in stetigen Windungen den Festungsberg hinaufführte, vorbei an Fachwerkhäusern mit spitzen Giebeln und schmalen Gassen, in denen sich Kjer neugierig nach ihnen umdrehten, während andere ihrem Tagewerk nachgingen, ohne sich für sie zu interessieren. Jedes Tor der Befestigungsringe wurde durch ein schweres Fallgatter, dessen Eisenspitzen gefährlich über den Köpfen der Reiter schimmerten, und ein massives Holztor, versehen mit Nägeln und eisernen Beschlägen, gesichert. Dann, endlich, passierten sie den letzten Festungsring und ritten in den gepflasterten, weitläufigen Hof der Oberburg. Unfreie rannten herbei, um die Pferde zu halten, die Krieger saßen ab und Mordan half Lijanas aus dem Sattel. Eine wuchtige Treppe führte gegenüber dem Tor zum Palas selbst empor, vor dessen schwerem Portal Wachen postiert waren. Doch es war der mächtige runde Turm, der sich links daneben in den Himmel reckte, der Lijanas' Aufmerksamkeit auf sich zog. Gerade als sie vom Pferd glitt, stieg von seinen Zinnen ein Falke mit einem hellen Schrei in die Höhe. Einen Moment verfolgte sie den Flug des Vogels, dann bemerkte sie die Gestalt, die dort oben stand und auf sie hinabblickte.

Sie berührte Mordan am Arm. »Wer ist das?«

Er sah ebenfalls hinauf. »Königin Naísee. Sie ist verrückt. Sie hat ihr eigenes Kind umgebracht, kaum dass es geboren war. Das war vor dreiundzwanzig Wintern. Seither lebt sie in den beiden oberen Stockwerken des Turms.« Er klemmte sich das kleine Holzkästchen, in dem sie die Phiole wusste, unter den Arm und schob sie, eine Hand auf ihrem Rücken, sacht vorwärts. »Kommt! Wir werden wahrscheinlich schon erwartet!«

Er führte sie durch das Doppeltor des Palas, durch mehrere Gänge und schier endlose, steile Treppen hinauf. Jerdt und der Kessanan folgten ihnen dicht auf. Wohin Lijanas den Blick auch wandte, alles war grau und seltsam trostlos. Sie schauderte unwillkürlich. Schließlich gelangten sie in einen schmucklosen Raum, in dem Wachen vor einer Doppeltür standen und bewegungslos geradeaus starrten. Jerdt und der Kessanan übergaben Dienern ihre Waffen und schritten ohne Zögern auf die Tür zu, die von den Kriegern für sie geöffnet wurde. Doch als Mordan ihnen vorausgehen wollte, wie es offenbar sein Recht war, verwehrten die Wachen ihm den Eintritt. König Haffrens zweiter Heerführer und der Hohe Meister Arkell jedoch konnten ungehindert passieren. Einen Moment stand Mordan reglos, die Hände zu Fäusten geschlossen, dann wandte er sich schroff ab und trat an eines der hohen Fenster, die den Raum erhellten. Zögernd kam Lijanas neben ihn.

»Was geht da drinnen vor sich?« Sie wagte nicht, laut zu sprechen.

»Wahrscheinlich erstatten die beiden dem König Bericht.«

Bei seinem bitteren Ton sah sie ihn überrascht an.

Mit einem beruhigenden Lächeln schüttelte er den Kopf. »Nichts, was Euch betrifft, Lijanas.«

»Aber Euch.«

»Ja! – Seht, da ist der Falke wieder!« Er wies aus dem Fenster. »Ein herrliches Tier.«

Lijanas beugte sich vor – von hier aus hatte man einen ausgezeichneten Blick auf den Turm, in dem die Königin lebte – und stutzte. »Sind das echte Bäume auf dem Turm?«

»Ja. Ein Eiszedernhain. Sie sind sogar im Winter grün. Es heißt, dass es auf der Dachplattform auch einen kleinen Teich gibt. – Fragt mich nicht, wie das geht, Lijanas.«

»Verlässt die Königin den Turm manchmal?« Sie beobachtete die schlanke Gestalt, die still am Rand des Haines stand und zu ihnen herüberzuschauen schien.

»Nein! Nie! Sie wird von zwei unfreien Mägden bedient. Nur der König darf zu ihr.«

»Es muss schrecklich sein, immer eingesperrt … Und das seit dreiundzwanzig Wintern.«

Er hob die Schultern. »Sie ist verrückt, Lijanas. Es ist …« Die Türen wurden geöffnet und er wandte sich um. Die Wachen gaben ihm mit einem Nicken zu verstehen, dass er eintreten durfte. Unvermittelt schloss sich seine Hand um ihren Arm. »Lijanas, es … Ich hatte Euch mein Wort gegeben, dass ich Euch nach Anschara zurückbringe. Ich werde es vermutlich nicht halten können.«

Bestürzt holte sie Luft, doch er sprach schon eilig weiter. »Seid unbesorgt! Ich werde dafür sorgen, dass ein anderer es an meiner statt tut. Ihr habt mein Wort!«

»Warum könnt Ihr …« Sein Kopfschütteln ließ sie verstummen. Für einen kurzen Moment stand etwas wie Bedauern in seinem Gesicht. »Kommt!« Er nickte zur Tür hin. »Wir dürfen den König nicht warten lassen.«

Noch immer von seinem überraschenden Ausbruch verwirrt, ließ sie sich in die Halle führen – und blieb stehen. Was sie bisher von Turas gesehen hatte, war düster und trostlos gewesen, aber das hier … In den Boden waren Feuergruben eingelassen, deren Flammen stickige Hitze verbreiteten. Entlang der rußgeschwärzten Wände standen Krieger, Hellebarden mit langen Klingen an den Seiten. Am Ende des lang gestreckten Raumes führten ein paar Stufen empor zum Thron, wo ein Mann saß, der trotz der Hitze in einen pelzgefütterten Mantel gehüllt war. Auf der obersten Stufe erwarteten Jerdt und der Kessanan sie bereits. Lijanas ließ noch einmal den Blick durch den Raum huschen. Keine kostbaren Teppiche in leuchtenden Farben an den Wänden, keine Banner, kein Licht außer dem, was die Feuerbecken und ein paar schwere, dunkle Kandelaber spendeten. Das war nicht die Halle eines Königs – das war die Höhle eines Tieres! Ganz leicht fühlte sie Mordans Hand an ihrem Rücken und ging auf den Thron zu. Neben ihm stieg sie die Stufen hinauf, doch während er auf ein Knie sank, den Kopf demütig gesenkt, blieb sie stehen, die Hände ineinander verschränkt, und schaute die Männer einen nach dem anderen ruhig an. Die rot geränderten Augen des Königs und seine zusammengesunkene Haltung kündeten von der schweren Krankheit, die seinen Körper zerfraß, und sie hatte Mitleid mit ihm. Dann ging ihr Blick zu dem schlanken, dunkelhaarigen Mann, der in eine kostbare Robe mit weiten Ärmeln gekleidet war, sich gerade von einem reich mit Fellen belegten Stuhl nahe der Wand erhob und gemächlich herüberkam. Sie begegnete blauvioletten Augen, die sie unter dünnen Brauen aus einem seltsam alterslosen Gesicht heraus anfunkelten …

Verschwommene Gestalten wanken in gleißender Hitze an ihr vorbei, erschöpft, am Ende ihrer Kräfte. Und zwischen ihnen, auf dem Rücken mächtiger Pferde, Peitschen in den Händen, die sie erbarmungslos auf ihre Gefangenen niederzucken lassen, Männer und Frauen, in deren eigenartig alterslosen Gesichtern blauviolette Augen glitzern.

Das Bild verblasste und sie stand wieder in der rußgeschwärzten Halle des Kjer-Königs.

»Die Heilerin Lijanas aus Anschara, wie befohlen, mein Gebieter«, hörte sie Mordan neben sich sagen und riss den Blick von dem Mann los. Sie war ihm dankbar, dass er noch immer Nivard sprach. »Und hier ist die Phiole mit dem Elixier, das man ›Die Tränen der weißen Schlange‹ nennt.«

Verwirrt sah sie auf ihn hinunter. Er lag noch immer auf den Knien – und der König schien ihm in absehbarer Zeit auch nicht erlauben zu wollen, sich zu erheben. Sie presste die Lippen zusammen. Es war nicht verwunderlich, dass seine unfreie Geburt ihm immer noch zu schaffen machte, wenn er *so* behandelt wurde.

Der Mann mit den blauvioletten Augen nahm das Kästchen aus Mordans Händen und stellte es behutsam auf einen kleinen Tisch, ehe er sich wieder umwandte und zuerst sie, dann ihren Kjer musterte. Als er einen Moment später etwas sagte, klang seine Stimme erschreckend tückisch. Die Art, wie er sie ansah, ließ einen Schauder über ihren Rücken kriechen. Sie hatte seine Worte in Kjer zwar nicht verstanden, doch es musste eine Frage gewesen sein, da sie hörte, wie der dunkle Krieger neben ihr Atem holte, um zu antworten. – Sie kam ihm zuvor. »Da diese Unterhaltung sich offenbar um mich dreht, wäre es wohl ein Gebot des Anstands, sie so zu führen, dass ich das Gesagte auch verstehe, damit ich für mich selbst sprechen kann.« So gelassen sie konnte, schaute Lijanas von einem zum anderen. Um sie herum herrschte schockiertes Schweigen. Es war der Mann mit den blauvioletten Augen, der es schließlich brach.

»Ich habe Heerführer Mordan gefragt, ob Ihr tatsächlich noch unberührt seid, Heilerin Lijanas.« Sein Lächeln erinnerte sie an Jerdts.

»Das geht Euch überhaupt nichts an!«, beschied sie ihm kühl. »Aber das habe ich dem ersten Heerführer auch schon gesagt, als er mir dieselbe Frage stellte.« Hatte sie Mordan eben stöhnen hören?

»Es wurde mir zugetragen, dass er sehr wohl weiß, ob Ihr noch unberührt seid oder nicht.« Der Mann verschränkte die Hände ineinander und blickte sie milde an.

»Wie sollte er das wissen?« Sie musste sich zwingen, nicht zu dem schwarzhaarigen Kjer hinzusehen, der immer noch auf den Knien lag.

»Nun, immerhin wart Ihr in seinem Bett. – Oder wollt Ihr das leugnen?«

»Nein, warum sollte ich? Heerführer Jerdt hat Euch alles bestimmt genau berichtet.« Für einen kurzen Moment erwiderte sie seinen Blick, dann schaute sie zu Jerdt hin und lächelte ihn mitleidig an. »Unglücklicherweise ist er den gleichen Gerüchten aufgesessen wie die restlichen Krieger unter Heerführer Mordans Befehl.« Sie wandte sich wieder dem Mann mit den blauvioletten Augen zu. »Ich war in Heerführer Mordans Bett, weil er die Höflichkeit besaß, mich wie einen Gast zu behandeln und mir den bequemsten Schlafplatz in seinem Zelt anzubieten – der nun einmal sein Bett war.«

»Und warum lag er dann bei Euch?« Wieder war dieser verschlagene Ton in seiner Stimme.

»Weil ich seine Großmut nicht dadurch vergelten wollte, indem ich ihn auf dem Boden schlafen ließ.«

»Und dennoch behauptet Ihr weiter, dass Ihr noch unberührt seid?«

»Meine Antwort ist die gleiche wie zuvor: Das geht Euch nichts an!«

Der Mann kam auf sie zu. »Man kann so etwas nachprüfen.« Er streckte die Hand nach ihr aus.

»Wagt. Es. Nicht!« Lijanas hob das Kinn. Er blieb tatsächlich stehen und ließ den Arm wieder sinken. Offenbar zur Verblüffung aller Anwesenden.

Nach einem Moment beugte der König sich sichtlich ärgerlich vor und sagte etwas zu Mordan. Seine Stimme rasselte und sie konnte beinah hören, wie sich in seiner Brust ein Hustenkrampf zusammenballte. Sie wusste nicht, was sie mehr erschreckte – der Umstand, dass auch er nicht die Höflichkeit besaß, ihre Sprache zu sprechen, oder die Worte des schwarzhaarigen Kjer, als er antwortete.

»Sie ist keine Unfreie, der ich nach Belieben die Peitsche geben kann, mein Gebieter.«

Die Reaktion des Königs waren ein paar geknurrte Silben und Mordan senkte mit einem Murmeln den Kopf.

Lijanas ballte die Hände zu Fäusten. »Und ich wäre dankbar, wenn mir vielleicht nun jemand sagen könnte, weshalb ich aus Anschara entführt und gegen meinen Willen hierher gebracht wurde.« An ihrer Seite schüttelte der dunkle Krieger kaum merklich in einer stummen Warnung den Kopf. Sie gab vor, es nicht zu bemerken, und sah die Männer scheinbar ruhig an.

Als der König einen Augenblick später erneut sprach, klang in seiner Stimme nur mühsam beherrschter Zorn. Er gab einer Wache einen Wink, worauf der Krieger hinter sie trat und sie am Arm packte.

»Lasst mich los!« Empört versuchte sie, sich aus seinem Griff zu befreien, doch der Mann fasste nur fester zu.

»Hört auf, Lijanas!« Neben ihr erhob Mordan sich halb von den Knien. »Dieser Mann wird Euch in ein Gemach bringen, wo Ihr ausruhen und Euch erfrischen könnt. Habt keine Angst, niemand wird Euch etwas tun. Ihr seid ein Gast des Königs, bis Eure Dienste nicht mehr benötigt werden.« Er sagte etwas zu dem Krieger, der sie nach einem schier endlosen Zögern und einem Blick zu König Haffren losließ. »Geht mit ihm!«, nickte er ihr auffordernd zu.

»Was ist mit Euch?«

Langsam schüttelte er den Kopf. »Tut, was ich sage! Geht mit ihm!«

»Aber ...«

»Kein ›Aber‹! – Gehorcht!«

Noch einmal zögerte sie, dann wandte sie sich dem Krieger hinter ihr zu, bedeutete ihm vorauszugehen. Doch schon nach wenigen Schritten schaute sie noch einmal zurück, als sie die Stimme des Kjer-Königs hörte – kalt und erschreckend lauernd. Mordan drehte sich eben zu ihm um, antwortete in ehrerbietigem, aber zugleich bestimmtem Ton – und wurde harsch von seinem Herrn unterbrochen, noch ehe er zu Ende gesprochen hatte. Der schwarzhaarige Krieger schwieg und senkte abermals den Kopf. Die Hand des Kjer an ihrer Seite schloss sich um ihren Ellbogen, zog sie vorwärts. Lijanas stemmte sich stolpernd dagegen. Ein kurzer Befehl des Königs und vier Krieger nahmen Mordan in die Mitte. Auf einen Wink hin traten Jerdt und der Kessanan vor. Der Mann schleppte Lijanas ungerührt weiter Richtung Tür. Die Wachen zerrten Mordan auf die Füße. Er ließ es geschehen. Jerdt riss ihm den Siegelring grob vom Finger, während der Kessanan das Waffengehenk mit den Zwillingsschwertern löste und es achtlos zu Boden fallen ließ. Dann zog er das Kereshtai unter Mordans Gürtel hervor. Mit einem Zischen fuhr die Waffe aus ihrer Scheide, blitzte im Feuerschein. Der Kessanan stieß die Klinge in eine Mauerspalte, trat hart gegen den Griff und zerbrach das Schwert vor den Augen seines Besitzers. »Nein!« Lijanas' Schrei wurde nicht beachtet. Klirrend landeten die Bruchstücke vor Mordans Füßen. Er starrte nur weiter geradeaus. Sie sah gerade noch, wie Haffren sich schwerfällig von seinem Thron in die Höhe stemmte und seinem ersten Heerführer mit der flachen Hand ins Gesicht schlug, ehe sie endgültig aus der Halle des Königs gezerrt wurde.

Die Arme um die angezogenen Knie geschlungen, hockte sie auf dem Bett in ihrem Gemach und starrte die Wand an. Man hatte ihr elegante Kleider gegeben, ein verlockend duftendes Mahl stand auf dem Tisch und vor dem Kamin wartete ein heißes Bad auf sie. Sie wurde tatsächlich wie ein Gast behandelt – und dennoch war sie eine Gefangene. Die Tür des Zimmers war verschlossen, niemand hatte auf ihre Rufe oder ihre Schläge gegen das Holz geantwortet. Obwohl das Feuer im Kamin wohlige Wärme verbreitete, war ihr unerklärlich kalt. Sie kauerte sich enger zusammen, presste die Stirn auf die Knie und schloss die Augen. Einmal mehr fragte sie sich, was in der Halle des Königs geschehen war, als der Krieger sie hinausgeführt hatte. Ein Gefühl, das Angst am nächsten kam, saß in ihrer Kehle. *Was wenn …? Nein!*

Ein Scharren, als der Schlüssel im Schloss gedreht wurde, ließ sie den Kopf heben. Langsam wurde die Klinke gedrückt und der Mann mit den seltsam alterslosen Zügen – Ladakh – betrat den Raum. Es kostete sie alle Selbstbeherrschung, nicht vor jenem Mann zurückzuweichen, den sie für den Astrologicus und Heiler König Haffrens hielt, von dem Mordan gesprochen hatte.

Seine blauvioletten Augen glitten über sie. Der Anblick ihrer perlmuttern schimmernden Haut entlockte ihm ein Lächeln. »Ich hoffe, es ist alles zu Eurer Zufriedenheit, Heilerin.«

Lijanas richtete sich auf. »Nein, das ist es nicht! – Warum behandelt man mich wie eine Gefangene? – Ich verlange, Heerführer Mordan zu sehen! Er versprach mir …«

»Ich fürchte, das ist nicht möglich.« Die Ruhe in seiner Stimme ließ etwas in ihr schaudern.

»Was …« Sie schluckte mühsam. »Was soll das heißen?«

»Der Mann, von dem Ihr sprecht, ist nicht mehr länger der erste Heerführer der Kjer.« Bedächtig strich er über die Ärmel seiner Robe. »Er wurde im Kerker in Ketten gelegt und wartet auf seine Hinrichtung.«

»Hinrichtung?« Ihre Finger zitterten plötzlich. Sie grub die Nägel in ihre Handfläche. »Aber … Warum?«

»Er hat sich einem Befehl widersetzt. Das ist Hochverrat!«

»Welchem Befehl …?«

»Dem Befehl, Euch an Heerführer Jerdt zu übergeben, meine Liebe. Er hat sich geweigert! Dafür wird er sterben!«, erklärte er freundlich.

Lijanas konnte nicht anders, als ihn anzustarren. *›Ich hatte Euch mein Wort gegeben, dass ich Euch nach Anschara zurückbringe. Ich* *werde es vermutlich nicht halten können.‹* Sie sank auf das Bett zurück. *Er hat es gewusst! Er hat gewusst, dass sie ihn dafür töten werden.* Ihre Hand stahl sich zu ihrer Kehle. *Er hat es gewusst und trotzdem hat er mich Jerdt nicht ausgeliefert.*

Als Ladakh einen Schritt auf sie zu machte, hob sie den Blick. »Das könnt Ihr nicht tun!«, protestierte sie schwach.

»Ich fürchte, der König wird in diesem Fall keine Gnade kennen.« Er trat noch näher, beugte sich zu ihr. »Es sei denn …«

Der Ausdruck in seinen Augen trieb ihr den Angstschweiß auf die Haut. »Es sei denn?« Lijanas konnte gerade noch verhindern, dass sie vor ihm zurückwich.

»Es sei denn, ich würde mich für den Verurteilten bei ihm verwenden.«

Ekel wallte in ihr auf, als sie verstand. Sie zwang sich, seinen Blick zu erwidern. »Was wollt Ihr?«

Gnädige, hab Erbarmen, geschieht das hier wirklich?

»Ich wusste, dass Ihr eine kluge Frau seid, Heilerin. – Ich möchte Euch ein Geschäft vorschlagen.« Ladakh richtete sich auf, schob die Hände in die Ärmel seiner Robe. »Es gibt da eine kleine – sagen wir eine kleine Zeremonie, bei der ich Eure Unterstützung benötige. Und ich würde mir wünschen, dass Ihr mir diese Unterstützung freiwillig gewährt.« Einen sehr langen Moment sah er auf sie hinab. »Als Zeichen meiner Dankbarkeit würde ich dafür sorgen, dass König Haffrens ehemaliger erster Heerführer am Leben bleibt. Mehr noch, dass er Euch nach Anschara begleiten kann. Aus Telmáhr verbannt zwar, aber am Leben.« Fragend neigte er den Kopf. »Nun?«

»Ihr kennt die Antwort doch schon.« Die Worte kamen nur als Flüstern über ihre Lippen.

»Sehr schön! – Wir sehen uns bei der Zeremonie!« Er wandte sich um und wollte zur Tür.

»Wartet! – Wer sagt mir, dass Ihr auch wirklich dafür sorgt, dass Mordan freikommt.«

Bedächtig drehte er sich um. »Ich fürchte, Ihr werdet Euch auf mein Wort verlassen müssen.«

»Kann ich ihn vor der Zeremonie noch einmal sehen?«

»Das wird nicht möglich sein, meine Liebe. Auf Befehl des Königs darf niemand zu dem Verurteilten. – Ich wünsche Euch eine angenehme Nacht.« Die Tür schloss sich hinter ihm. Lijanas starrte noch eine ganze Weile stumm auf das dunkle Holz.

So viel wie in den letzten beiden Tagen hatte er schon Ewigkeiten nicht mehr geschlafen. Mordan lehnte den Kopf gegen die Mauer in seinem Rücken und starrte gegen die Decke seines Gefängnisses. Aber was konnte man hier drinnen sonst tun – außer wahnsinnig werden. Ein weiteres Mal glitt sein Blick über die rauen Wände. Der Boden unter ihm war kalter Stein, mit nichts als einer Strohschütte als Lager – wenigstens war es trocken. Direkt unter der Decke befand sich ein vergittertes kleines Fenster. Die Geräusche des inneren Hofes drangen zu ihm herein. Stimmengewirr, das Klappern von Hufen und die Schritte des Kriegers, der dort oben vor seiner Zelle auf- und abging.

Er hatte keinen Menschen mehr gesehen, seit die Wachen ihn hergeführt und angekettet hatten. Wahrscheinlich würde das auch bis zum Tag seiner Hinrichtung so bleiben. Nach dem Gesetz musste ein zum Tode Verurteilter bis zu seinem Ende hungern. Ein paar Mal hatte er sich müßig gefragt, wie dieses Ende wohl aussehen würde – er hatte keine Antwort gefunden. Die Kette an seinem Bein klirrte, als er sich an der Wand höher schob. In den ersten Stunden war er ruhelos auf- und abgewandert – drei Schritte hin, drei Schritte her. Das Scharren des Eisens auf dem Steinboden hatte ihn schier verrückt gemacht. – Das, und der Gedanke an Lijanas. Er bereute es nicht, den Befehl verweigert zu haben. Nein, denn schon als er das Schreiben ins Feuer gehalten hatte, war ihm klar gewesen, was ihn hier in Turas erwartete. Doch ihr fassungsloser Aufschrei, als Arkell sein Kereshtai zerbrochen hatte … Mit der Hand fuhr er sich durchs Haar. In diesem Moment wäre es beinah um seine Selbstbeherrschung geschehen gewesen.

Das Geräusch, mit dem der Stahl geborsten war ... Seine Finger zerquetschten Stroh. Mit dem Ring hatten sie ihm seinen Rang genommen, mit dem Kereshtai seine Ehre zerstört – und der Schlag ins Gesicht ... Ein wenig steif zog er die Beine an und verschränkte die Hände vor den Knien. Es gab nichts zu bedauern, außer vielleicht ... Nein! Es war nicht nötig, dass sie wusste, dass sein Herz und seine Seele ihr gehörten. Vor ihr von Liebe zu sprechen, wäre Dummheit gewesen – sie gehörte zu Prinz Ahmeer ...

Als Schritte auf dem Zellenkorridor erklangen, hob er überrascht den Kopf. Der Schein einer Fackel näherte sich, dann erschien Jerdt vor dem Gitter. Die Hoffnung, es könnte vielleicht Lijanas sein und er hätte die Möglichkeit, sich von ihr zu verabschieden, zerstob.

»Was willst du, Jerdt?«

»Mich davon überzeugen, dass es dir gut geht!«

»Das hast du getan! Verschwinde!«

»Du solltest ein bisschen netter zu mir sein. Immerhin werde ich bald über dein Leben bestimmen.«

»Du? Mach dich nicht lächerlich! Seit wann überlässt Haffren es einem Heerführer, die Strafe für Verrat festzusetzen.«

»Oh, deine Strafe wurde schon festgesetzt. Wenn es nach Haffren geht, sollst du über dem ersten Tor gekreuzigt werden. – Aber nach heute Nacht wird es nicht mehr nach Haffrens Willen gehen.« Er trat näher an die Gitterstäbe heran, legte die Hand darum. »Wenn morgen die Sonne aufgeht, werde ich der neue Herr von Telmáhr sein!«

Mordan beugte sich vor, musterte Jerdt mit schmalem Blick. »Was soll das heißen? Willst du dich gegen den König stellen? – Du bist ein Narr! Glaubst du wirklich, es gibt auch nur einen Mann, der dir folgen wird, wenn du die Hand nach dem Thron ausstreckst? – Niemals, Jerdt!«

Der schnaubte verächtlich. »Ich nehme mir nur, was mir zusteht. Und du hast mir den Schlüssel dazu gebracht.«

»Der Thron steht dir nicht zu! Und welchen Schlüssel soll ich dir gebracht haben?«

»Das wüsstest du gern, was? Oh, nein. Alles, was du wissen musst, ist, dass du vor mir kriechen wirst, wenn morgen die Sonne das nächste Mal untergeht – mit dem eisernen Ring um deinen Hals.«

»Hirngespinste, Jerdt! Ich glaube dir kein Wort. Du warst schon unter Jarat ein Aufschneider und du bist es heute noch. – Lass mich dir sagen, warum du hier bist: Du hast gehofft, dass Haffren dir meinen Ring gibt und dich zum ersten Heerführer macht. Scheint so, als hätte er das nicht getan! Und jetzt bist du hier, um mich mit irgendwelchen Ammenmärchen zu reizen, damit du wenigstens deinen Mut an mir kühlen kannst.« Er lehnte sich mit im Nacken verschränkten Händen im Stroh zurück. »Du stiehlst mir meine Zeit! Verschwinde!«

»Wenn ich deinen Ring wollte, hätte ich ihn schon am Finger.« Dass er die Hände so fest um das Gitter gekrallt hatte, dass seine Knöchel weiß hervortraten, strafte seinen gelassenen Ton Lügen.

»Ach?!«, meinte Mordan gegen die Decke.

»Natürlich. Oder glaubst du, ein Vater würde seinem einzigen Sohn etwas abschlagen?«

»Haffren? Dein Vater? – Soll ich mich tot*lachen?* – Lass dir ein besseres Märchen einfallen, oder mach endlich, dass du wegkommst!«

»Es ist tatsächlich wahr. Haffren ist mein Vater.«

»Dann wären wir ja Halbbrüder, wenn man den Gerüchten glaubt, dass ich sein Bastard bin.« Er schauderte sichtlich. »Du? – Mein Bruder? – Danke, verzichte!«

Ein eigenartiges Lächeln erschien auf Jerdts Lippen. »Ich kann dich beruhigen! Wir sind keine Halbbrüder!«

»Wie, jetzt bist du doch nicht mehr ein Bastard des Königs?«

»Oh, ich bin tatsächlich sein Sohn. – Aber du bist es nicht!«

»Und woher hast du diese Weisheit?« Scheinbar gelangweilt drehte Mordan sich auf die Seite und zupfte Strohhalme, um sie nach ihrer Länge zu sortieren.

»Er hat es mir gesagt.«

»Wer?«

»Haffren.«

»Aha. – Nun, wenn man es genau nimmt, könnte er tatsächlich wissen, wer mein Vater ist. Immerhin war er ja oft genug in Thiélas Bett.«

Jerdt schnippte mit dem Finger gegen die Gitterstäbe. »Oh, das vergaß ich zu erwähnen. Thiéla hat dich aufgezogen, aber sie ist nicht deine Mutter.«

Mitleidig schüttelte Mordan den Kopf. »Du solltest die Finger von diesem Mohnwein lassen. Er schlägt dir auf den Verstand.«

»Du glaubst mir nicht? – Ist dir denn nie aufgefallen, wie wenig du ihr ähnelst? Oder Haffren? – Schau dich an: schwarzes Haar, dunkle Augen. – Haffren ist silberblond, vielleicht einen Ton dunkler als ich, mit hellbraunen Augen. Und Thiéla? Haar in der Farbe von Mitternachtsfeuer, ihre Augen sind grüngrau mit gelben Sprengseln ...«

Mordan hatte sich halb aufgerichtet. Jerdt beugte sich näher an die Gitter. »Und jetzt schau mich an!«

»Das ist nicht wahr!« Seine Stimme wollte ihm kaum gehorchen. *Das kann nicht wahr sein!*

»Weißt du, Haffren sagt manchmal, dass ich ihre Augen habe. – Thiélas meine ich.«

Langsam kam Mordan gänzlich auf die Füße. »Das ist nicht wahr!« Seine Finger krallten sich um das Gitter. *Es darf nicht wahr sein!*

Vorsichtshalber machte Jerdt einen Schritt zurück. »Nein? Glaubst du tatsächlich, ein Mann wie Haffren sieht tatenlos zu, wie sein einziger Sohn im Dreck kriecht wie ein Tier? Auch wenn er auf der falschen Seite der Decke geboren wurde? Nein! Bestimmt nicht!«

»Du lügst!«

Jerdt grinste. »Ist das nicht ein köstlicher Spaß? Du, ein frei Geborener, wächst mit dem Ring um den Hals an meiner Stelle auf und ich ... Pferde, Falken, ein warmes Bett und essen, soviel ich will ...«

»Du lügst!« Durch die Gitter hindurch langte Mordan nach ihm.

Hastig wich Jerdt noch weiter zurück. »Wenn ich lüge, warum regst du dich dann so auf?«

»Warum? – Er hätte dich einfach nur freikaufen müssen!« Seine Finger bebten, als er sie um die Eisenstäbe schloss.

»Der unfrei geborene Bastard des Königs? – Nein danke! – So hat die ganze Sache doch viel mehr Spaß gemacht.«

»Spaß? – Spaß?« Mordans Stimme kippte. »Ihr habt mir mein Leben gestohlen! – Warum? Bei allen Rachegeistern, warum?«

»Warum?« Vorsichtig wagte Jerdt sich wieder näher heran. »Weil deine Mutter eine läufige Hündin war, die sich von einem räudigen Köter bespringen ließ.«

»Was? – Du weißt, wer meine wahren Eltern sind?«

»Aber ja!«

»Sag es mir! Sag mir ihre Namen!«

»Warum sollte ich?«

»Ich habe ein Recht zu wissen, wer sie sind!«

»Du?«

»Jerdt, du …« Heftig rüttelte Mordan an den Gitterstäben.

Wieder erschien dieses Lächeln auf Jerdts Gesicht. Er beugte sich vor.

»Bitte mich darum! Runter auf die Knie und bitte mich darum!«

Mordan blickte ihn hasserfüllt an – und sank auf die Knie. »Bitte, Jerdt, sag mir ihre Namen.«

»Demütiger! Bettle, wie du als Jarats Hund gebettelt hast!«, verlangte er zischend.

Einen langen Atemzug starrten sie einander an. Dann, quälend langsam, kauerte Mordan sich zusammen und presste die Stirn auf den Boden, am ganzen Körper zitternd vor unterdrückter Wut. »Bitte, Jerdt! Sag mir ihre Namen! – Bitte!«

Stille.

Irgendwann hockte Jerdt sich vor ihn, packte Mordans Schopf durch die Gitterstäbe hindurch und zog seinen Kopf in den Nacken. Er lächelte. »Du kannst nicht erbärmlich genug vor mir kriechen, als dass ich dir das verrate.«

Jäh schlossen sich Mordans Finger um seine Kehle. »Sag es

mir!«, befahl er heiser, während er langsam vom Boden aufstand. Jerdt röchelte in seinem Griff. »Sag es mir, oder bei meinem Blut, ich zerquetsche dir den Schlund.«

»Dann wirst du es nie erfahren!«, würgte Jerdt hervor und versuchte, seine Hand zu lösen. Erfolglos.

»Mein Problem! Nicht deines! Also?!«

Die Antwort war ein Würgen. Heftig krallte Jerdt nach seinem Gesicht, Mordan riss den Kopf zurück, ohne den Griff zu lockern. »Sag mir ihre Namen!«

Jerdt keuchte etwas Unverständliches, zerrte an seinen Fingern. Er ließ ihm etwas Luft, damit er sprechen konnte. »Wache!« Der Schrei gurgelte durch den Zellenkorridor. Mordan stieß einen Fluch aus, drückte wieder fester zu. Keinen Augenblick später kamen zwei Krieger den Gang entlanggerannt, in den Händen Spieße. Noch ehe sie die Zelle erreicht hatten, ließ Mordan Jerdt los und wich an die gegenüberliegende Mauer zurück. »Dafür wirst du büßen!«, versprach er düster.

Jerdt massierte seine Kehle, bedeutete den Wachen, wieder zu gehen. Nach einem sichernden Blick zu Mordan gehorchten sie. Erst nach einem Moment hatte er wieder genug Atem, um zu sprechen. »Du irrst dich!« Er musste sich mit der Hand an der Mauer abstützen. »Deine kleine Nivard wird dafür büßen.«

»Nein!« Mit einem Schrei warf Mordan sich an die Gitter, dass es krachte.

Taumelnd wich Jerdt zurück. »Heute Nacht habe ich mit ihr noch eine Verabredung bei den Ruinen von Galan, aber danach, wenn sie ihren Zweck erfüllt hat, lasse ich sie dafür bluten.«

»Wenn du sie anrührst …«

»Und ich schwöre dir, bis ich mit ihr fertig bin, wird sie deinen Namen verfluchen!«

»Jerdt, du Ratte …«

Ein hämisches Lächeln erschien wieder auf dessen Gesicht. Er räusperte sich. »Ich bringe dir, was ich von ihr übrig lasse. – Und dann nehme ich mir dich vor!«

»Wage es nicht …«

»Ich wünsche eine angenehme Nacht!« Grinsend verschwand er den Zellenkorridor hinunter. In hilfloser Wut riss Mordan an den Gitterstäben. Schließlich hörte er, wie eine Tür krachend zufiel. Er lehnte die Stirn gegen das kalte Eisen und starrte vor sich hin, bis er sich irgendwann auf sein Strohlager zurückschleppte und – plötzlich kraftlos – darauf sank. Ein Zittern überfiel ihn. *Sie haben mir mein Leben gestohlen! Ich habe den eisernen Ring all die Zeit zu Unrecht getragen! – Warum? – Warum das alles? – Wer sind meine Eltern? – Wohin gehöre ich wirklich? – – Lijanas! Jerdt wird sie für das, was ich getan habe, büßen lassen! – Was will er mit ihr in den Ruinen von Galan? Sie sind verflucht!* Er hob den Kopf. *Ich muss hier raus!*

Wie ein Besessener suchte er seine Zelle ab. Die mächtigen Steinblöcke würden keinen Weg hinaus bieten, also blieb nur das kleine Fenster und die Gitterstäbe der Tür.

Nach über zwei Stunden ließ er sich auf die Strohschütte fallen. Nichts! Die Eisenstäbe vor dem Fenster waren tief in den Stein eingelassen und saßen unverrückbar fest. Und auch die Tür seines Gefängnisses erwies sich als stabil und sicher. Selbst die Angeln hatten keine Schwachstelle. In einem Anfall ohnmächtigen Zorns riss er an seiner Fußfessel. Noch nicht einmal die Schelle würde er öffnen können. Die Wachen hatten ihm Wams und Kettenhemd abgenommen. Sogar den Gürtel hatten sie von ihm verlangt. Wahrscheinlich auf Arkells Rat. Es war nichts leichter, als mit dem Dorn der Schnalle und genügend dickem Faden ein Schloss zu öffnen. Er hatte nichts! Nichts, was ihm irgendwie von Nutzen sein könnte. Sosehr er sich auch den Schädel zermarterte: Es wollte ihm kein Weg hier heraus einfallen.

In den nächsten Stunden tat er nichts anderes, als unruhig auf und ab zu marschieren oder den schmalen Streifen Sonnenlicht bei seiner Wanderung über den Zellenboden zu beobachten. Nach und nach färbte er sich orange, dann kupfer und schließlich rot. Er hatte versucht, seine Gedanken mithilfe des Ma-Raltai zu ordnen, sie zur Ruhe zu bringen. – Ohne Erfolg. Inzwischen waren seine Fingerknöchel blutig geschürft, weil er auf die Wände seines Gefängnisses eingeschlagen hatte.

Als die heraufziehende Nacht seine Zelle schon in Dunkelheit tauchte, erklang draußen im Hof Hufschlag, Stimmen riefen durcheinander, eine davon kannte er: Jerdt! Hastig stand er auf, nahm zwei Schritte Anlauf, packte die Gitterstäbe in dem Fenster seiner Zelle und zog sich an ihnen hinauf. Etwa ein halbes Dutzend Krieger – Jerdts Leibwache, wie er erkannte – befand sich im Hof. König Haffren saß auf seinem Ashentai und eben kam Jerdt aus dem Nordturm, seine Hand am Arm einer in einen weiten Mantel gehüllten Gestalt, die seltsam wankend neben ihm ging. Verblüfft zog Mordan sich näher an das Gitter heran. War das die Königin? Was bei allen Rachegeistern wollte Jerdt von einer armen Verrückten? Gerade setzte er sie auf einen Zelter, als zwei weitere Gestalten in sein Sichtfeld traten. Ladakh kam die Stufen des Palas herunter, dicht gefolgt von »Lijanas!«. Ihr Name gellte als Schrei über den Hof. Sie blieb zögernd stehen, sah sich um. »Lijanas!« Er versuchte sich noch dichter an das Gitter heranzuziehen. Seine Armmuskeln begannen zu zittern. »Lijanas!« Ihr Blick glitt über den Hof, auf der Suche nach ihm, im nächsten Moment klatschte ein Eimer kaltes Wasser durch das Fenster. Er ließ hustend die Eisenstäbe los und sprang auf den Boden seiner Zelle zurück. Dann verkündete Hufschlag, dass die Pferde sich in Bewegung gesetzt hatten.

Der Reiter glitt hinter dem verlassenen Gehöft aus dem Sattel und duckte sich unter dem halb eingebrochenen Türsturz hindurch in die Überreste des Wohnhauses.

»Nun?«

»Ein Trupp Reiter. Sie haben die Stadt verlassen und sind dann nach Westen geritten, in die Berge hinauf. Etwa ein halbes Dutzend Krieger und Haffrens zweiter Heerführer.«

»Und Prinz Ahmeer?«

»Soweit ich erkennen konnte, war er nicht dabei, Heermeisterin. – Es wird schwer werden, ihre Spuren bei Nacht zu verfolgen. Vielleicht sollten wir bis zum Morgen warten.«

25

Schweigend stand Lijanas zwischen den Resten einer uralten Mauer und starrte in die Dunkelheit. Sie konnte das Zischen und Knistern der Fackeln, die die Kjer-Krieger zwischen den Bruchstücken von Steinen und Säulen in den rissigen Boden gerammt hatten, im Wind hören. Scharfe Böen zerrten an ihrem Kleid, wehten es im einen Moment auf, nur um es im nächsten eng an ihre Glieder zu schmiegen.

Hinter ihr erhoben sich die Ruinen von Galan in einem Ausläufer der Nebelklippen auf einem halbrunden, auf drei Seiten von schroff aufragenden Felsen umgebenen Plateau, hoch über der Ebene von Turas und der Felsenburg, die sich in der Tiefe als Kegel aus unzähligen Lichtern abzeichnete. Früher musste dieser Ort eine uneinnehmbare Wehranlage gewesen sein, zu der scheinbar nur der steinige Pfad emporführte, den sie heraufgekommen waren. Nun waren nur noch Bruchstücke der Mauern und Säulen von einst übrig. Am Rand des Plateaus wartete sie darauf, dass Ladakh sie für die Zeremonie holen kam.

Zusammen mit Jerdt, König Haffren und der seltsam benommenen Frau – von der sie glaubte, dass es sich um Königin Naísee handelte – war er vor einiger Zeit eine breite, mit flachen Stufen aufwärts führende Treppe hinaufgestiegen, die direkt in den Fels gehauen war. Offenbar gelangte man über sie zu einem anderen Teil der Ruinen, der in den Berg selbst gehauen worden war. Hier wollte er die letzten Vorbereitungen treffen und sie war froh darüber, dass er ihr erlaubt hatte, hier draußen zu warten, bis sie abgeschlossen waren.

Wieder presste sie die Fingerspitzen gegen die Schläfen, versuchte die Stimmen hinter ihrer Stirn zum Schweigen zu bringen, die ihr zuraunten, sie solle diesen Ort verlassen. Sie hatte kaum einen Fuß auf dieses Plateau gesetzt, als das Wispern und Wimmern in ihrem Kopf begonnen hatte. Aus den Schatten schienen sie Gesichter anzublicken – Männer, Frauen, Kinder –, verängstigt, flehend. Einmal mehr fuhr ihre Hand zu ihrer Kehle, wo sie unter dem hohen Kragen des Kleides verborgen die Perlen trug, die sie in der Quelle jenseits von Kassens Klamm gefunden hatte. – Und einmal mehr schwiegen die Stimmen und die Gesichter verschwanden wieder für kurze Zeit in den Schatten.

Der Gestank nach Verwesung lag so plötzlich in der Luft, dass sie im ersten Moment zu ersticken glaubte. Ohne Vorwarnung erklang neben ihr ein gurgelndes Hecheln, voller Grauen fuhr sie herum. Ein grünes Augenpaar glomm in der Dunkelheit, gleich dahinter ein zweites und drittes – es schienen immer mehr zu werden. Ihr Fuß stieß gegen einen Stein, als sie zurückwich, beförderte ihn über die Felskante. Sie hörte, wie er in der Tiefe unter ihr aufschlug – wieder – wieder – wieder. Ein angsterfülltes Keuchen drang über ihre Lippen. Die Kreaturen schlichen um sie herum, eine kam direkt auf sie zu – und blieb stehen, wich mit einem Laut, der wie ein Winseln klang, wieder zurück.

»Wie ich sehe, haben die Kinder meines Herrn Euch gefunden.«

Jetzt schrie sie doch und der Laut brach sich an den Felswänden.

Neben ihr lachte Ladakh leise. »Warum so schreckhaft? Sie tun Euch nichts. Sie wollen Euch nur ihrer Ehrerbietung versichern.«

»Das sind Seelenfresser.«

»Aber ja. Was entsetzt Euch daran so sehr?«

»Sie verfolgen uns – mich!«

Ladakh ließ ein ärgerliches Schnalzen hören. »Ungehorsame Kleinen! Ich schicke sie aus, damit alles bereit ist, wenn Ihr hier ankommt …«

»Bereit? Wofür?«

»Nun, für unsere kleine Zeremonie. – Kommt vom Rand weg, meine Liebe, ehe Ihr noch einen Fehltritt tut.« Er streckte ihr die Hand entgegen.

Lijanas ignorierte sie, blieb, wo sie war. »Mordan sollte mich nicht nach Turas bringen, weil König Haffren krank ist, nicht wahr?«

»Klug erkannt, meine Liebe. – Euer Mordan sollte Euch nach Turas bringen, weil Ihr die Tochter einer Seelenhexe seid. Die erste, die seit Hunderten von Wintern geboren wurde und die die Dummheit ihres eigenen Volkes überlebt hat. Eure Gaben sind es, die mir heute Nacht helfen werden, meinen Herrn aus seinem Grab zu befreien.«

»Meine Gaben? – Ich bin keine Seelenhexe! Ihr irrt Euch!«

»Wenn ich mich tatsächlich irren würde, dann müssten sich auch die Sterne irren, in denen ich das Erwachen Eurer Gaben gelesen habe. – Vertraut mir, meine Liebe. Ich weiß, wozu Ihr in der Lage seid! Ihr seid die Richtige, um die Pforten wieder zu öffnen, die Aslajin und ihre Cogén vor so langer Zeit verschlossen haben. Mein Herr harrt hinter ihnen heute Nacht auf seine Befreiung. Er ist stark! Seine Kinder haben ihn gut genährt. – Kommt!«

Lijanas starrte die Seelenfresser an, die sich wie Hunde um Ladakh drängten. Plötzlich verstand sie.

»Ich werde Euch nicht helfen, einen Dämonengott wiederzuerwecken.«

Seine Augen wurden schmal. »Habt Ihr unseren Handel vergessen? Das Leben von Haffrens ehemaligem ersten Heerführer gegen Eure Unterstützung.«

»Ich habe ihn nicht vergessen, aber … Nein! Als wir diesen Handel schlossen, wusste ich nicht, *was* Ihr vorhabt.«

»Was glaubt Ihr, wie lange es dauert, bis man einen Gefangenen aus den Kerkern der Felsenburg auf Heerführer Jerdts Befehl hierher geschafft hat? – Soll ich Euch so lange Bedenkzeit geben?«

»Was meint Ihr damit?«

»Meine Liebe, selbst ein Blinder könnte sehen, dass Euch etwas am Wohlergehen dieses Bastards liegt. Es kostet mich nur ein paar Worte und er wird hierher gebracht. – Ich würde es Heerführer Jerdt überlassen, Euch davon zu überzeugen, dass Ihr besser tut, worum ich Euch bitte. Ihr versteht doch …?«

Hilflos zog Lijanas die Lippe zwischen die Zähne. Oh ja, sie verstand.

»Und da wäre noch etwas, meine Liebe. – Kommt! Ich möchte

Euch etwas zeigen!« Er ging auf die Treppen zu, die zu den Ruinen im Berg führten, winkte ihr, ihm zu folgen. Sie zögerte. »Kommt nur! – Wisst Ihr, wir haben hier bereits einen weiteren Gast … Aber kommt und seht selbst!«

Ohne den Blick von den Seelenfressern zu wenden, stieg sie schließlich hinter ihm die Stufen hinauf. Die Kreaturen folgten ihr, schienen sich aber nicht näher als kaum zwei Schritt an sie heranzuwagen. Vor ihr öffneten sich die Felsen zu einem Rund, über das sich eine steinerne, von klaffenden Rissen durchzogene, Kuppel spannte. Der Boden war ein kompliziertes Mosaik aus blassem Gelb und dunklem, beinah blutfarbenem Ocker. Dazwischen züngelten aus Spalten und Rissen fahle Flämmchen und tauchten alles in ein unruhig flackerndes Licht. Trümmerstücke bedeckten nahezu den ganzen Boden. Etwas wie ein glitzernder Spiegel befand sich in der Mitte, direkt unter einer runden Öffnung in der Felsenkuppel, durch die Mondschein hereinfiel. Ein breiter Rand aus schwarzem Stein, auf dem im silbrigen Licht hell ineinander verschlungene Zeichen gleißten, umgab ihn. Fünf steinerne, spitz zulaufende Säulen reckten sich um ihn zur Kuppel empor. Ebenso schwarz wie die Säulen und die Einfassung des Spiegels, war der schwere Steintisch hinter ihnen, *auf dem ein schlanker Mann in einer hellen, golddurchwirkten Robe die geflammte Klinge eines Dolches in den Leib eines Jünglings stößt. Blut strömt über den Rand des Steins, fließt durch eine Rinne im Boden zwischen den Säulen hindurch und färbt das Wasser des Teiches. Angsterfülltes Wimmern erfüllt die Kuppel aus unzähligen Kehlen, während doch kein Laut zu hören ist. Er dreht sich um, fahl glänzen Reißzähne, Augen wie der Sturm gleiten über die Menschen, die voller Grauen am Boden kauern – Schlachtvieh für den Gott. Schatten mit grün glimmenden Augen schleichen durch das Rund. Ein Zeichen und ein anderes Opfer wird aus der Herde gezerrt, nimmt den Platz des Jünglings ein …*

… ineinander verschlungene Zeichen gleißen auf einem Rand aus schwarzem Stein. Wispern und Raunen ist in der Luft. Sie kommen, gerufen von der weißen Schlange, um das Tor zu versiegeln, hinter dem jener gefangen ist, in dessen Namen sie gemordet wurden. Seelen, hilflos

an einen verfluchten Gott gekettet, der sich von ihrem Leben nährt. Gefangen an einem Ort des Grauens, kennen sie nur Hass auf jene, die leben – doch die Macht der Hexe zwingt sie, dem Ruf zu folgen. Zischelnd und lachend zerren sie an der, die sie erinnert, dass sie einmal Menschen waren. Ihre Seele als Preis für den Dienst. Kälte durchfährt alles Leben. Inmitten von Frost und Geheul gibt es nur sie und ihre Krieger, deren Leben sie halten. Sie ist die Seele – ihre Liebsten sind die Kraft! Eins!

Krankfahler Dunst steigt aus dem Teich, wirbelt, wird Gestalt. Das Kreischen eines Gottes erzittert in der Felsenkuppel, Eis zersplittert, die Erde bebt, ein glänzender Spiegel schließt sich, Gleißen sammelt sich zu schimmernden Perlen – geronnene Stille …

… zerrissen vom hellen Greinen eines Säuglings. Der Dolch in der Hand des Mannes ist rot vom Leben eines anderen Kindes. Das Weinen steigert sich zum Schrei, als Blut über die Stirn des Neugeborenen rinnt. Mit einem unschuldigen Leben dem Gott geweiht, zum Dieb bestimmt …

… Wispernde Stimmen in einer Sprache, die nicht die ihre ist, und doch versteht sie das Wort. ›Flieh!‹ …

Mit einem Keuchen taumelte Lijanas, zuckte zurück, als Ladakhs Hand sich um ihren Arm legte. Seine Berührung war kalt und schien die Wärme aus ihr zu ziehen wie das Flüstern der Gestalten jenseits von Kassens Klamm. Ein spöttisches Lächeln glitt über seine schmalen Züge, brachte seine blauvioletten Augen zum Glitzern, während er sie vorwärtszog.

»Wenn Ihr keine Seelenhexe seid, meine Liebe, bin ich kein Hathenan. – Ihr seid eine wahre Erbin der weißen Schlange. Bedauerlich für Euch, dass Eure Mutter wohl nicht lange genug lebte, um Euch zu lehren, Eure Gabe zu beherrschen. – Was allerdings nicht bedauerlich für mich ist.« Er leckte sich die Lippen. »So seid Ihr mir nützlicher. – Kommt, ich will Euch zu unserem anderen Gast führen, ehe ich Euch erkläre, was Ihr zu tun habt.«

»Was … wisst Ihr von meiner Mutter?« Wie Krallen bohrten sich Ladakhs Finger in ihren Arm.

»Oh, nichts. Außer, dass sie eine Närrin gewesen sein muss. – Eine Närrin, der ich außerordentlich dankbar bin. Denn immerhin hat sie Euch geboren. Zu einer Zeit, zu der sich alles wunderbar zusammenfügte, wie die Teile eines großen Mosaiks. Seit unzähligen Wintern verdunkeln sich die Monde endlich wieder gegenseitig. Es gab einen, den die Seelen jenseits der Klamm fürchten würden und den ich mit Euch hinüberschicken konnte, damit er dafür sorgt, dass sie Euch nicht auslöschen wie all die anderen vor Euch.«

»Mordan.«

»Ja, meine Liebe: Mordan.« Er gluckste leise. »Schon als er geboren wurde, war mir klar, dass er mir nützlich sein würde. Und so habe ich Haffren, diesen Narren, davon überzeugt, ihn am Leben zu lassen – und dafür gesorgt, dass aus ihm ein Mann gemacht wird, der jeden Befehl befolgt.« Sein Blick entlockte ihr ein Schaudern. »Nun, und dann bringt er mir Euch, mit einer Haut schimmernd wie Silber und Perlmutt, als wärt Ihr die weiße Schlange selbst. – In diesem Augenblick wusste ich, dass alles sich so entwickeln würde, wie ich es seit so langer Zeit geplant habe.« Er schob sie um eine der Steinsäulen herum und zwang sie dazu, stehen zu bleiben.

»Ahmeer!« Mit über den Kopf gebundenen Händen war er bewusstlos an eine der Säulen dem Altar gegenüber gefesselt. An der neben ihm hing ebenso festgebunden und ebenso bewusstlos die Kjer mit dem kastanienfarbenen Haar. Keinen Schritt von Lijanas entfernt war das, was sie bisher für einen Spiegel gehalten hatte. Nun erkannte sie, dass es ein Teich war, verborgen unter einer Schicht glitzernden Eises – unter dem ein Schatten ruhelos umherstrich.

Ladakhs Hand hinderte sie daran, näher an Ahmeer heranzugehen. »Wie ich sehe, erkennt Ihr unseren Gast. – Wie Ihr ist er ein kleines Steinchen in einem Mosaik, das ich heute Nacht zusammenfügen werde. Es ist nicht nötig, dass er im Zuge unserer kleinen Zeremonie sein Leben lässt. – Sofern Ihr mir Eure Unterstützung gewährt.« Er lächelte sie an. »Was sagt Ihr – nun, da wir den Einsatz erhöht haben? Wollt Ihr zwei Männern das Leben retten oder wollt Ihr …«

»Was muss ich tun?« Ohne den Blick von Ahmeer zu wenden, schlang sie die Arme um sich.

»Folgt mir!«

Lijanas schaute verzweifelt durch die wie eine hässliche Wunde in der Kuppel klaffende Bruchstelle in die Nacht hinauf. Über ihr spannte sich die schwarze Seide des Himmels, auf der nicht ein Stern zu sehen war. Dafür zogen die drei vollen Monde ihre Bahn und … tatsächlich. Es schien, als wollten sie sich nicht wie gewöhnlich wie Perlen an einer Kette Rund an Rund reihen, sondern als würden sie sich tatsächlich *über*-einander schieben. Das Weinen und Bitten in ihrem Kopf wurde immer lauter. *Tu's nicht! – Flieh! – Du befreist das Verderben!*, flehten die Stimmen von Männern, Frauen und Kindern. Ihre Hände schlossen sich fester um die Phiole mit dem Wasser aus der Quelle. Die Bewegungen unter dem Eisspiegel wurden unruhiger, je weiter sich die Monde übereinanderlegten. Die Zeichen schienen von Herzschlag zu Herzschlag heller zu gleißen. Unbehaglich drückte sie sich mit dem Rücken fester an die Säule gegenüber Ahmeer und Königin Naísee. *Die Tochter einer Seelenhexe für Aslajin – und für ihre Cogén einen aus dem Königsclan der Kjer und einen aus der Fürstendynastie der Nivard. – Kleine Steinchen in einem großen Mosaik, das es meinem Herrn ermöglichen wird, wieder in diese Welt zurückzukehren.* Wenn sie nur an den Klang seiner Stimme bei diesen Worten dachte, hatte sie das Gefühl zu erfrieren. Sie klammerte sich an den Gedanken, dass er Mordan, Ahmeer und auch sie gehen lassen würde, wenn sie tat, was er verlangte: Wenn die Monde sich endgültig gegenseitig verdunkelt hatten und kein Licht mehr am Himmel war, sollte sie ihre Finger mit dem Wasser aus der Phiole benetzen und die ineinander verschlungenen Zeichen auf dem Rand des Sees nachfahren. Die Angst, dass er sein Wort vielleicht nicht halten würde, lauerte dennoch tief in ihrem Inneren. Hinter ihr erklang rasselnder Husten aus König Haffrens Kehle. Müde hatte er sich vor einiger Zeit auf den steinernen Tisch gesetzt, von Ladakh fürsorglich gestützt. *Wie kann er es zulassen, dass Ladakh und Jerdt so mit der Königin umgehen? Auch wenn sie verrückt und eine Kindsmörderin ist – sie ist seine Frau! Und wie kommt es, dass keiner der Kjer bemerkt hat, dass der Heiler des Königs ein Hathenan ist? Sehen sie denn nicht, dass er anders ist als einer aus dem Volk der Nivard oder Edari – anders als sie selbst?*

Sie spähte um die Steinsäule in ihrem Rücken, als sie hörte, wie hinter ihr die Stimmen von Jerdt und Haffren in einem Streit lauter wurden. Die Hand des Königs wies in den Nachthimmel, unvermittelt wurde er von einem neuerlichen Hustenanfall geschüttelt und presste hastig ein Tuch vor den Mund. Ladakh sagte etwas zu Jerdt. Der nickte, zog seinen Dolch, während Haffren noch nach Luft rang und stieß die Klinge in die Brust des Königs. Lijanas hatte noch nicht einmal Zeit zu schreien. Fassungslos starrte sie Jerdt und seinen König an, der langsam neben dem Steintisch zu Boden sank, die Hände noch in das Wams des hellen Kriegers geklammert. Mit einem Zischen riss der zweite Heerführer der Kjer den Dolch aus dem Körper, stieß ihn von sich. Haffren stürzte endgültig zu Boden, sein Blut floss durch die Rinne in den Bodensteinen auf Lijanas zu, an ihr vorbei und breitete sich auf dem Spiegel des Sees aus. Auch als seine Augen schon im Tod gebrochen waren, stand noch immer Unglauben in den Zügen des Königs.

Die Monde hatten sich endgültig verdunkelt. Nur noch das zischelnde Licht der kleinen Flämmchen erhellte das Rund der Kuppel. Die Felsen selbst schüttelten sich. Eisiger Dunst stieg von der Oberfläche des Sees auf. In ihrer Mitte hatte sich das Blut zu einer roten Lache gesammelt. Der silbrige Spiegel war voller Schatten – Bilder waren darin, glitzernd, verschwommen, zerschnitten von Rinnsalen aus Blut, die aus tiefen Schnitten flossen, die Jerdt Ahmeer und seiner Königin zugefügt hatte, als das Licht der Monde erloschen war. Um sie her war ein leises Raunen, ein Flüstern von Stimmen, die flehten, es nicht zu tun. Ein Kind weinte in der Leere, die Stimme einer Frau bettelte. Sie umklammerte die Phiole fester, während sie zum nächsten Zeichen kroch. Hinter ihr stand Jerdt zwischen den Säulen, an die Ahmeer und die Kjer-Königin gebunden waren, beobachtete wachsam jede ihrer Bewegungen. Sie spürte die Verzweiflung der Menschen, die hier gestorben waren. Mit einem dumpfen Laut schlug etwas von unten gegen die Oberfläche des Sees. Erschrocken wich Lijanas zurück, erhielt von Jerdt einen harten Stoß, der sie beinah auf den eisigen

Spiegel beförderte. Was auch immer sich da in der Tiefe bewegte – es wurde ungeduldig.

Die Seelenfresser waren fort. Auf Ladakhs Befehl, um ihren erwachenden Herrn weiter zu stärken. Silbrig glänzte das Wasser aus der Quelle jenseits von Kassens Klamm an ihren Fingern, als sie die Spitzen erneut benetzte und das letzte Zeichen nachfuhr. Es erlosch! – Und auch alle anderen wurden eins um das andere stumpf und schwarz, als würde Dunkelheit an ihnen entlang flammen. Mit einem Knirschen fraß sich ein Riss in die Oberfläche des Eisspiegels. Ein schauerliches Stöhnen erklang darunter. Die Bilder verzerrten sich. Das Wimmern in ihrem Kopf wurde lauter, unerträglich. So viel Elend, so viel Angst war um sie her. Und sie würde es wieder über die Menschen bringen. *Was soll ich denn tun? Ich kann doch nicht zulassen, dass sie Ahmeer und Mordan töten. Bitte, Gnädige, hilf mir. Lass mich nicht allein.*

Vertrau mir!

Verblüfft hob sie den Kopf. Jerdt stand noch immer hinter ihr und ließ sie nicht aus den Augen. Auf der anderen Seite des Seespiegels stand Ladakh, vertieft in einen leisen Singsang. Keiner von ihnen hatte zu ihr gesprochen. Schritte näherten sich. Sie hörte, wie Jerdt sich mit einem unwilligen Laut umdrehte. Ein Krieger kam heran, in einen langen Mantel gehüllt, die Kapuze übergestreift. Im Halblicht war sein Gesicht nicht zu erkennen. Und vor ihm – Lijanas zitterte plötzlich – Mordan! Seine Hände waren mit Lederriemen gefesselt, er hielt den Kopf ergeben gesenkt.

»Der Gefangene, wie befohlen, Heerführer.« Der Mann versetzte dem schwarzhaarigen Kjer einen Stoß, sodass er auf Jerdt zutaumelte.

Gnädige, hab Erbarmen! Nein!

Der zweite Heerführer stieß ein gefährliches Grollen aus, bei dem seine Reißzähne blitzten. »Ich habe nicht befohlen, ihn herzuschaffen.«

Mordan hob den Kopf. »Aber ich!« Die Riemen fielen von seinen Handgelenken, im gleichen Herzschlag riss er Jerdt das

Schwert aus der Scheide und trat zurück, die Klingenspitze auf dessen Brust gerichtet. Die grüngrauen Augen starrten ihn hasserfüllt an. Mit einer knappen Geste gab er dem anderen Krieger ein Zeichen. »Schneide die Königin und den Nivard los! – Und du«, Lijanas zuckte zusammen, als er so unvermutet mit ihr sprach, »was auch immer du da getan hast – mach es rückgängig!«

»Das kann sie nicht!« In den Augen des Hathenan loderte Triumph. »Die Siegel sind gelöst! Mein Herr kommt!«

»Nicht, solange ich hier bin! – Hier wird es keine Blutopfer mehr geben!« Mordan trat weiter zurück, um Jerdt und Ladakh im Auge behalten zu können. Der nächste Riss ließ die Oberfläche des Sees knacken. Hastig wich Lijanas zurück, vorsichtig darauf bedacht, nicht zwischen die beiden Heerführer zu geraten. Ihre Finger umklammerten noch immer die Phiole mit dem letzten Rest des Wassers aus der Quelle.

»Du bist ein Narr, dass du dich dem hier in den Weg stellst! Der alte Gott wird unser Volk wieder groß machen …« Jerdt machte einen Schritt auf Mordan zu. Eine knappe Bewegung mit dem Schwert gebot ihm Einhalt. Neben dem blonden Kjer durchtrennte der Krieger gerade die Fesseln der Königin und ließ ihren leblosen Körper behutsam zu Boden gleiten. Lijanas hastete an seine Seite, schob die Phiole unter ihren Gürtel, zerriss das Gewand der Herrscherin der Kjer und benutzte den Stoff, um zu verhindern, dass ihre Wunden weiter bluteten. Ihre Haut war erschreckend bleich gegen das Kastanienbraun des weichen Fells an der Seite ihres Gesichts.

»Die Kjer *sind* groß, Jerdt! Du bist der Narr von uns beiden! Wir brauchen keinen Dämonengott der Hathenan, der uns wieder zu Sklaven macht. – Ist dir eigentlich klar, was du hier tust? Du lässt ein Ungeheuer auf Telmáhr los. Und nicht nur auf Telmáhr! Auf ganz Ahvarane!«

»Siehst du denn nicht, was wir …«

»Alles, was ich sehe, ist, dass du deine Hand gegen die Herrscherin erhoben hast – und gegen deinen eigenen Vater.« Er wies mit dem Kinn auf Haffrens Leichnam. Verwirrt sah Lijanas von einem zum anderen. *Haffren? Jerdts Vater?* Der Krieger ließ Ahmeer sehr viel weniger behutsam auf die Steine fallen. Sie erhaschte einen kurzen Blick unter die Kapuze. »Brachan? – Aber ich dachte .... Wie kommt Ihr hierher? Woher ...«, stotterte sie verwirrt.

»Ein Bote brachte einen von Haffren gesiegelten Befehl ins Winterlager, der uns Jerdt unterstellte. Zusammen mit einer Abschrift seines –« Brachan nickte in Mordans Richtung. »– Todesurteils. Ich ritt zusammen mit Raulen nach Turas, um für unseren Heerführer zu sprechen. Aber als wir ankamen, waren Haffren und Jerdt schon auf dem Weg hierher.«

»Wie habt Ihr es geschafft, Mordan aus dem Kerker ...?«

Noch immer verwirrt beobachtete Lijanas, wie Brachan die Mantelspange löste und seine bewusstlose Königin in den dunklen Stoff hüllte. Der alte Krieger bedachte sie mit einem wölfischen Grinsen. »Wir hatten den Befehl mit Haffrens Siegel dabei – und die Kerkerwachen konnten nicht lesen. Sie haben uns geglaubt, als wir behaupteten, der König habe uns gesandt, um den Gefangenen zu ihm zu bringen. – Und als sie ihren Fehler bemerkten, war es zu spät.«

»Und Raulen?«

»Ist wieder auf dem Weg nach Westen, um die Zenturien des Heerführers herzuholen.«

Behutsam nahm Brachan die Königin auf die Arme und wandte sich dem Ausgang des Felsenrunds zu. Lijanas beugte sich über Ahmeer, um auch ihn zu verbinden.

»Los! Sonst mach ich dir Beine!«, erklang Mordans Stimme gerade scharf. Kurz hob sie den Blick.

Auf Jerdts Gesicht stand ein überhebliches Lächeln. »Du kommst hier nicht raus! Draußen warten meine Männer ...«

»Tatsächlich? Was meinst du, lassen sie mich vorbei, wenn sie sehen, dass meine Schwertspitze in deinem Nacken sitzt? – Vorwärts! Beweg dich, damit wir es herausfinden können – Vatermörder!«

»Das wirst du bereuen!«

»Ich zittere, Jerdt! – Wird's oder muss ich nachhelfen? – Und du, Hathenan: hier herüber!« Ein Wink mit dem Schwert.

»Mein Herr wird heute Nacht kommen, egal was Ihr tut!«, prophezeite Ladakh düster, ohne sich zu rühren. Mordan kam nicht zu einer Antwort. Als wolle die Erde selbst dem Hathenan zustimmen, erklang ein unheilschweres Grollen, der Boden erzitterte, ein weiterer Riss zerschnitt den Eisspiegel, etwas schlug mit Wucht von unten dagegen.

Hastig legte Lijanas sich Ahmeers Arm um die Schulter und stemmte sich unter seine Achsel, bemühte sich, ihn vom Boden hochzuziehen. Wieder ein Bocken unter ihren Füßen, sie stürzte. Nur aus dem Augenwinkel sah sie, dass auch Mordan wankte. Jerdt nutzte den winzigen Augenblick der Unaufmerksamkeit. Mit zwei Schritten war er außerhalb von Mordans Reichweite – mitten auf dem Teich. Sein Ziel war selbst Lijanas klar: Haffrens Leiche und das Schwert an der Seite des Toten. Mordan setzte ihm nach. Lijanas' Schrei ging in dem berstenden Krachen unter, mit dem der Seespiegel brach. Sie sah noch, wie die beiden Kjer im Wasser verschwanden. Etwas wie ein fahler Schatten durchbrach für einen Augenblick die Oberfläche, um sofort wieder zu verschwinden. Dann legte sich ohne Vorwarnung ein Arm um ihre Kehle, zerrte sie näher zum Teich hin. Sie hörte Ladakhs heiseres Keuchen an ihrem Ohr. »Nur noch Euer Blut!« Panisch tastete sie nach seinem Gesicht, riss an seinen Haaren, wand sich, um freizukommen. Neben dem plötzlich brodelnden Wasser stieß Ladakh sie auf die Knie, packte ihre Hand, zog ihren Arm darüber, sie sah das Blitzen eines Dolches, die Klinge schnitt ihr tief ins Handgelenk. Sie schrie unter dem jähen Schmerz, der ihr die Tränen in die Augen trieb, Blut quoll aus der Wunde, tropfte in den Teich. Ein Flüstern und Zischeln war plötzlich überall. Ihr gegenüber stemmte Jerdt sich aus dem Wasser, Mordans Hand an seinem Bein riss ihn zurück. Wieder verschwanden sie unter der Oberfläche, wieder durchschnitt der bleiche Schatten das Wasser. Aus der Tiefe stieg roter Nebel empor.

»Gleich ist es so weit! Dann ist mein Herr frei!«, zischte Ladakh triumphierend, sein Atem fuhr heiß über ihren Hals. Lijanas' Hand schloss sich um die Phiole unter ihrem Gürtel. Der Stein unter ihr zitterte. Jäh durchbrach auf der anderen Seite Mordan mit einem Keuchen die Oberfläche des Sees, zog sich mühsam über den Rand, wie ein Speer fuhr ein fahler Schleier von hinten durch seine Brust … »Nein!« Mit einem Schrei warf Lijanas sich vorwärts.

Ladakhs Finger schlossen sich in ihrem Haar, rissen sie zurück, ihre Hand schlug gegen den Fels, die Phiole entglitt ihr, prallte auf den Boden, der Verschluss sprang auf, sie rollte träge über den Rand, versank als Glitzern in der Tiefe. Plötzlich war der Schleier fort – und Mordan brach in einer Lache aus Blut und Wasser zusammen. Sie schlug ihre Fingernägel in den Handrücken des Hathenan, hörte Ladakh aufheulen, machte sich mit einem Ruck frei. Die Tränen brachen sich endgültig vor Schmerz Bahn, sie stieß ihm beide Hände vor die Brust, als er abermals nach ihr greifen wollte, die Erde bäumte sich auf, sie sah, wie er wankte und dann mit einem Schrei in das schäumende Wasser stürzte. Lijanas raffte ihr Kleid, hastete zu der Stelle, wo Mordan reglos lag, beugte sich über ihn. Sein Körper war wie Eis und ohne Leben. Kälte zerrte an ihrem Inneren.

»Nein!« Das Wort war nur ein Hauch. Ihre Finger krallten sich in seine Brust, zerrten an seiner Tunika auf der Suche nach einer Wunde – nichts. Sie packte seine Schultern, schüttelte ihn, schrie seinen Namen, stammelte Worte, die sie selbst nicht verstand – jäh dehnte seine Brust sich in einem keuchenden Atemzug, er riss das Auge auf – für den Bruchteil eines Herzschlags war es ein schwarzer Abgrund voller wirbelnder Schatten. – Dann zog sich die Finsternis zurück und es hatte wieder die blaugraue Farbe eines Sturmhimmels. Lijanas schlang die Arme um ihn und presste sich an ihn, während er weiter in harten Stößen nach Atem rang. Die Wärme kehrte in ihr Inneres zurück. Hinter ihr wallte das Wasser gischtend auf, floss über den Rand des Sees. Sie spürte, wie Mordan sie von sich schob, taumelnd auf die Füße kam und sie hastig ebenfalls vom Boden hochzog, fort vom See, aus dem sich träge krankfahler Dunst erhob.

Noch immer atemlos packte Mordan sie an den Armen, beugte sich zu ihr vor, dass sein Gesicht auf gleicher Höhe mit ihrem war. »Was auch immer du hier für Ladakh und Jerdt getan hast! – Mach es rückgängig!«, verlangte er erneut. Aus dem See drang ein Heulen. Er musste brüllen, um es zu übertönen.

»Ich weiß nicht wie!«, schrie sie verzweifelt dagegen.

Mattweißer Schatten waberte keinen Schritt von ihnen über den Fels, bewegte sich wie tastend. Sie suchten hinter dem Steintisch Schutz. »Denk nach! Bei allen Rachegeistern, denk nach! Du hast einen Dämonengott der Hathenan befreit! Wenn dir nicht einfällt, wie du das wieder rückgängig machen kannst, werden unsere Völker bald in Blut ertrinken!«

Hilflos schluchzte Lijanas in seinem Griff. »Ich weiß es nicht! Ich würde meine Seele da…« *Das Wispern von Seelen, gerufen von der weißen Schlange. – ›Wenn Ihr keine Seelenhexe seid …‹ – ›Ihr seid eine wahre Erbin der weißen Schlange‹. – Gleißen sammelt sich zu schimmernden Perlen …* – Ihre Hand umklammerte verzweifelt ihre Kehle, krallte sich in das Geflecht aus Perlen. – *Das Gleißen – gefangene Seelen – gefangen in schimmernden Perlen.*

Wie in einem Traum löste sie sich aus Mordans Griff und trat an den Rand des Sees, schüttelte seine Hände ab, als er sie daran hindern wollte. Sie sah, dass seine Lippen sich bewegten, als er ihr etwas zuschrie. Doch sie konnte ihn nicht hören.

Langsam hob sie die Hände. Woher sie wusste, wie sie die Seelen jener rufen musste, die schon einmal geholfen hatten, den Gott der Hathenan zu bannen, konnte sie nicht sagen – und doch war es in ihr. Sie rief – und ihr Ruf wurde beantwortet. Eine nach der anderen lösten die Perlen sich zu flüssigem Gleißen auf. Rannen als lebendig gewordener Frost über ihre Haut. Wispern und Raunen war mit einem Mal in der Luft. Plötzlich war sie gefangen in einem Sturm aus Eis und Hass. Kälte zerrte an ihr, riss an ihrer Seele. *Zahle den Preis! Zahle den Preis!*, verlangte ein schauerliches Zischeln. Etwas in ihr schien zu erfrieren. Es war wie in jener Nacht in den Bergen. Sie war gefangen in Schwärze und Finsternis. Flüstern und Heulen um sie herum. *Zahle den Preis! – Ich zahle den Preis, aber ihr werdet mir dienen!* Gelächter erklang. Die Kälte durchdrang sie. Lijanas sah, wie die Zeichen, die sie zuvor ausgelöscht hatte, eines nach dem anderen wieder aufflammten – und mit jedem Zeichen stahl das Eis ein Stück mehr ihres Lebens. Ein schauerliches Kreischen erfüllte die Felsenkuppel, Steinbrocken regneten von der Decke, die Erde bebte. Zischelnd und lachend zerrten sie an ihr, rissen ihre Seele aus ihrem Körper. Über dem See schloss sich der Spiegel aus Eis. Das letzte Zeichen flammte auf. In das Kreischen eines Gottes mischte sich ein triumphierendes Heulen. Sie taumelte, sah, wie ihr Körper wankte – und plötzlich verwoben sich kräftige Finger mit ihren. Sie sank gegen eine feste Brust, tauchte in Wärme, wurde eingehüllt von einem ruhigen Pochen, stetig und stark. Gehalten von seinem Leben! Eins!

Wütendes Heulen erklang. Die Seelen, die sie gerufen hatte, fühlten sich um ihren Preis betrogen – doch sie hatten keine Macht mehr über sie. Die Gewissheit, dass ihr nichts geschehen konnte, solange Mordan bei ihr war, brachte etwas tief in ihrem Inneren zum Singen. Die Seelen kreischten.

Einen Moment später stürzte ein Felsbrocken von der Decke, zermalmte eine Säule, Splitter spritzten in alle Richtungen, Mordan stieß sie nieder, warf sich über sie, zog sie wieder auf die Füße und rannte mit ihr durch ein Chaos aus berstendem Stein, aus dem Boden züngelnden Flammen und Staub.

»Ahmeer!« Lijanas stolperte, stemmte sich gegen seine Hand. Er drehte sich um, sah sie an, der Ausdruck in seinem Auge veränderte sich.

»Wo?«

»Da hinten! Beim See!« Sie deutete in die Richtung, aus der sie gekommen waren.

Für die Dauer eines Atemzugs zögerte er, dann: »Lauf weiter! Ich hole ihn!« Wie ein Schatten war er im Chaos verschwunden. Krachend fraß sich ein Riss durch die ganze Länge der Kuppeldecke. Lijanas warf sich herum und rannte. Das Kreischen war verstummt.

Die Sonne ging gerade als trübe Scheibe auf, als endlich auch das Wanken der Felsen nachließ. Schwerfällig stemmte Mordan sich vom Boden hoch und blickte zu dem von Felsbrocken verschütteten Eingang des alten Tempels. Er hatte einmal kurz zurückgesehen, als er Prinz Ahmeer durch diesen Wahnsinn aus zerreißendem Fels und splitterndem Gestein getragen hatte: Die Steinsäulen waren umgestürzt und auch der Steintisch war zerschlagen; zuletzt war die gesamte Deckenkuppel eingebrochen. Er presste die Lippen zu einem schmalen Strich zusammen und ballte die Faust. – Die einzigen Männer, die ihm hätten sagen können, wer seine Eltern waren, lagen unter Unmengen von Gestein begraben. Haffren, ermordet von seinem eigenen Sohn, und Jerdt ... Jerdt war von etwas wie einem fahlen Schatten in die Tiefe gezogen worden – und dann war eine Wolke aus Blut unter ihm aufgestiegen ... Welche Ironie, dass Jerdt offenbar jener Kreatur zum Opfer gefallen war, die er hatte befreien wollen. Müde rieb er sich übers Gesicht. *All das nur, um einen blutrünstigen Gott zurückzuholen. Und Haffren hat nicht bemerkt, dass Jerdt und Ladakh ihn benutzt haben. ›Das Volk der Kjer wieder groß machen ...‹ Pah! Jerdt hat es mit Haffrens Tod in den Untergang gestürzt. – Die Königin ist verrückt! Sie kann nicht herrschen, und es gibt keinen Erben, da sie ihr einziges Kind getötet hat. Die Clans werden sich erheben und einander im Kampf um die Macht zerfleischen.* Er verzog den Mund. *Und ein Bruderkrieg wird mein Volk so sehr schwächen, dass es eine leichte Beute für die Nivard und Edari ist. – Wenn Raulen es schafft, meine Zenturien rechtzeitig nach Turas zu bringen, ehe die Clansherren hiervon erfahren, kann ich vielleicht noch für ein paar Mondläufe – allerhöchstens für einen Winter – so etwas wie Ordnung aufrechterhalten, aber dann ... – Jerdt, du verdammte Ratte, wenn du nicht schon tot wärst, würde ich dich jetzt umbringen. – Es gibt für uns nur eine Möglichkeit: Wir müssen Frieden mit den Nivard schließen!* Er schloss das Auge und presste den Handballen gegen die Stirn. – *Und ich kann mir denken, was eine von Rusans Forderungen sein wird.* Mit einem bitteren Schnauben fuhr er sich über den Nacken. *Dann kann ich Lijanas auch selbst nach Anschara zurückbringen und den Kopf freiwillig auf den Block legen – sozusagen als Zeichen des guten Willens meines Volkes.* Noch immer die Hand im Nacken bog er den Kopf zurück. *Ich muss Corden mit seinen Zenturien aus dem Osten nach Turas beordern! Er muss den Befehl über sämtliche Krieger übernehmen. – Corden ist ein besonnener Mann. Mit den entsprechenden Legaten an seiner Seite kann er es schaffen. – Und sobald alles geregelt ist, bringe ich Lijanas und ihren Bräutigam nach Anschara. Rusan wird sich freuen …* Noch einmal presste er die Lider aufeinander, dann ging er hinüber zu der jungen Heilerin, die nur wenige Schritte von ihm entfernt von mächtigen Felsblöcken halb verborgen auf dem Boden hockte und den Kopf des noch immer bewusstlosen Nivard-Prinzen im Schoß hielt. In seinem Magen war ein schmerzhaftes Zittern, als er langsam neben sie trat. *Es gibt keine andere Möglichkeit! Wir brauchen den Frieden mit Astrachar.* Lijanas sah auf. In ihren Augen stand Sorge.

»Wie geht es dir?«, erkundigte er sich leise.

Ein schwaches Lächeln antwortete auf seine Frage.

»Was ist mit ihm?« Er nickte auf den Mann in ihrem Schoß hinunter.

»Ich hoffe, dass er bald wieder zu sich kommt. – Was wird nun geschehen?«

Für einen qualvollen Atemzug beobachtete er, wie ihre Hände so zärtlich über die Stirn ihres Bräutigams strichen. *Sie muss es nicht wissen.* »Es sind noch einige Dinge zu klären, aber danach werde ich dich nach Hause bringen wie versprochen. – Zusammen mit ihm.« Noch einmal blickte er auf den reglosen Prinzen hinunter. *Sei gut zu ihr!* Ohne eine Antwort abzuwarten, wandte er sich ab und ging zu der Stelle hinüber, wo Brachan im Schutz einer zerbrochenen Steinsäule über Königin Naísee wachte. Er hatte noch nicht die Hälfte der Strecke zurückgelegt, als das Geräusch von gedämpftem Hufschlag den Pfad herauf Reiter ankündigte. Kamen Jerdts Männer zurück, jetzt, wo es vorbei war, nachdem sie doch ganz offensichtlich die Flucht ergriffen hatten, als der Berg zu beben begann? Wachsam trat er an eine der Mauern, spähte in die Tiefe – und zerbiss einen Fluch zwischen den Zähnen, als er den Reiter an der Spitze erkannte. *Sie darf ihnen nicht in die Hände fal-*

len. Ich will Frieden für mein Volk! – Keine neue Sklaverei! Er hastete zu Brachan hinüber.

»Schnell! Nivard! Sie kommen den Weg herauf! Bring die Königin hier fort!« Eilig half er dem Krieger, den schlaffen Körper hochzuhieven und über seine Schultern zu legen.

Der blickte ihn fragend an. »Was ist mit dir?«

Mordan schüttelte den Kopf. »Ich halte sie euch vom Leib, solange ich kann. Und dann …« Er musste den Satz nicht beenden, Brachan verstand auch so. Er zog sein Schwert aus der Scheide und reichte es ihm. Wortlos verschränkten sie die Hände, ein letztes kurzes Nicken. Der alte Krieger trug die bewusstlose Frau zu dem schmalen Fußpfad, den sie in der Nacht unbemerkt heraufgekommen waren.

Schweigend trat Mordan in die Mitte des Platzes, erwartete die ankommenden Nivard. *Ein anderer muss an meiner Stelle für Frieden sorgen. – Wenigstens sterbe ich mit dem Schwert in der Hand, wie ein Krieger, und nicht mit dem Kopf auf dem Block, wie Schlachtvieh.* Nur kurz zuckte sein Blick zu Lijanas.

So endet es also, Elljén!

Eliazanar ritt an der Spitze ihrer Männer. Als sie ihn dort stehen sah, stutzte sie, schaute sich hastig und suchend um, ohne Lijanas und den Prinzen zu entdecken. Sie gab ihren Männern ein Zeichen. »Holt ihn euch!«

Genau damit hatte er gerechnet!

Bei dem scharfen »Holt ihn euch!« schaute Lijanas erstaunt auf. Reiter standen am Eingang des Felsplateaus, sie erkannte Eliazanar. Eben stiegen einige der Nivard-Krieger von den Pferden, zogen ihre Waffen, näherten sich Mordan, der seinerseits ein Schwert blank in der Hand hatte. Alarmiert richtete sie sich auf. *Was soll das? Er hat Ahmeer das Leben gerettet!* Die Krieger kreisten ihn ein, er wich zurück, Schritt um Schritt. Dann stürmten die Männer vor. Stahl kreischte, der Laut hallte von den Felsen wider. Unerbittlich drängten die Nivard ihn zu den Felsen hin. Ein Schwert fuhr auf seine Schulter zu – und wurde zurückgeschlagen.

Auch diesmal war es Mordan, der den Kampf bestimmte. Und dennoch wollte es Lijanas so scheinen, als verteidigte er sich nur, als hielte er sich die Männer vom Leib und sparte seine Kräfte. Eben stieß er einen Mann von sich, der taumelte gegen einen Kameraden, riss ihn mit sich zu Boden. Mordan sprang über einen Mauerrest und wich den anderen Männern aus. Lijanas reckte den Hals, sah sich um. *Wo ist Brachan?* Sie konnte ihn nirgends entdecken. Das helle Singen der Schwerter aufeinander wollte kein Ende nehmen. Mordan duckte sich unter einem Hieb, die Waffe des Nivard fuhr in den Körper eines seiner Kameraden, dann bohrte die Klinge ihres Kjer sich in den Leib des Mannes. Im nächsten Moment fing er schon die Schwerter von zwei anderen Kriegern mit seinem ab, tauchte zwischen ihnen hindurch, sodass er hinter ihnen stand, und schlug zwei Mal blitzschnell zu, stieß einen anderen Mann beiseite und setzte gleich darauf mühelos über einen Felsen, während er die Nivard mit gefletschten Zähnen in ihrer eigenen Sprache verhöhnte.

»Ich will ihn lebend! Schießt auf seine Beine!« Eliazanars kalter Befehl ließ Lijanas' Atem stocken. Rasch bettete sie Ahmeers Kopf auf den Boden – und schrie erschrocken, als ein Armbrustbolzen in Mordans Oberschenkel fuhr, der dunkle Krieger mitten im Schritt strauchelte und um ein Haar gestürzt wäre. Ein Schwert streifte seinen Arm, er wechselte seine Klinge in die andere Hand, stellte sich den Nivard, das Gewicht auf das unverletzte Bein verlagernd. Neben ihm prallte ein weiterer Bolzen von einem Felsblock ab, Steinsplitter spritzten. »Nein!« Lijanas kletterte hastig über eine umgestürzte Säule. Einer der Krieger, die ihren Kjer eingekreist hatten, drehte sich um, legte den Arm um ihre Mitte und hob sie vom Boden hoch. Was auch immer er ihr zuschrie, sie verstand es nicht. Wild strampelte sie in seinem Griff, um freizukommen, musste mit ansehen, wie Mordan wankte, als er dem nächsten Bolzen auswich, dann mit einigen wuchtigen Schlägen die Nivard zurücktrieb, rückwärts taumelte, als ein weiterer Bolzen ihn knapp oberhalb des Knies in das gleiche Bein traf – und die Spitze des Schwertes gegen sich selbst kehrte.

»Nein!« Sie schlug die Fingernägel in die Hand des Kriegers, spürte, wie er mit einem Fluch den Griff lockerte, warf sich nach vorne und zwischen den Nivard hindurch, fiel Mordan im gleichen Herzschlag in den Arm, in dem er zustoßen wollte, riss ihn durch den jähen Aufprall mit ihrem Gewicht von den Beinen, nahm noch den wilden Ausdruck in seinen Augen wahr, die drohend gebleckten Reißzähne, dann fuhr Feuer in ihre Schulter, während sie gemeinsam zu Boden stürzten, und ihre Sinne verrannen für lange Zeit im Nichts.

26

Nur allmählich kehrte sein Bewusstsein zurück. Er lag auf Decken und Fellen. Da war das Knistern von Flammen. Hinter seiner Stirn pochte es dumpf. Mit einem Stöhnen tastete er nach seinem Kopf, während er gleichzeitig versuchte, die Augen zu öffnen. Über ihm wiegten sich Baumkronen sanft hin und her. Zuweilen blitzte ein einzelner Stern durch sie hindurch. Das Letzte, woran er sich erinnern konnte, waren Kjer, die ihm brutal einen faul schmeckenden Trank in den Schlund geschüttet hatten, nachdem er tagelang in diesen Ruinen gefangen gehalten worden war. Mühsam stemmte er sich auf einen Ellbogen, klammerte sich Halt suchend an den Decken fest.

»Langsam, Ahmeer! Lasst mich Euch helfen!« Im nächsten Moment trat Eliazanar neben ihn und reichte ihm die Hand. Mit ihrer Hilfe gelang es ihm, sich aufzusetzen. Jetzt konnte er auch das leise Murmeln von Stimmen hören. Er blickte an der Heermeisterin seines Onkels vorbei und entdeckte mehrere Nivard-Krieger, die um ein kleines Feuer herumsaßen.

»Wo sind wir? Was ist geschehen?« Hinter seiner Stirn wirbelte es.

»Auf einer Lichtung ungefähr einen Tagesritt von Turas entfernt, auf dem Weg nach Anschara. – Wie fühlt Ihr Euch? Stark genug für eine Überraschung?«

»Eine Überraschung?« Erstaunt schaute er sie an. »Was ist es?«

Eliazanar ließ ein tadelndes Schnalzen hören. »Wenn ich Euch das sagen würde, wäre es doch keine Überraschung mehr, Ahmeer. – Kleidet Euch an und dann kommt! Ich werde Euch zeigen, was ich für Euch habe.« Mit einem Zwinkern reichte sie ihm Hemd und Hose, nickte ihm noch einmal zu, ehe sie ihm den Rücken zukehrte und zu den Männern an das Feuer trat.

Wenig später stand er im Schein eines zweiten Feuers und einer Fackel unter den Kronen zweier mächtiger Bäume. Ein zufriedenes Grinsen erschien auf Eliazanars Lippen, als sie den Ausdruck in seinem Gesicht sah.

»Wie ich sehe, ist meine Überraschung gelungen, Ahmeer.«

»Das ist sie tatsächlich, Eliazanar! – Wie habt Ihr das geschafft?« Ein dunkles Auge glänzte im Licht der Flammen. Seile führten straff von Handgelenken und Knöcheln zu zwei Bäumen. Er trat näher heran. Unter der zerrissenen Tunika spannten sich für einen Lidschlag deutlich sichtbar von schwarz glänzendem Fell bedeckte Muskeln.

»Zum Teil haben wir es Eurer kleinen Braut zu verdanken, dass wir ihn lebend in die Hände bekamen. Sie ist ihm in den Arm gefallen, als er das Schwert gegen sich selbst richten wollte. Bedauerlicherweise geriet sie dabei in die Schusslinie meiner Männer und wurde von einem Bolzen in die Schulter getroffen.«

»Wie geht es ihr?«

»So weit gut. Wir haben ihr Mohn gegeben, damit sie schläft und während des Rittes nicht zu starke Schmerzen hat. – Vorsicht, Ahmeer. Er ist zwar sicher gefesselt, aber immer noch gefährlich. Als wir ihn gefangen nahmen, hat er sich gewehrt wie ein wildes Tier.« Sie packte den schwarzen Schopf des Kjer, zerrte seinen Kopf in den Nacken und zeigte dem Prinzen die blutunterlaufenen Würgemale an der Kehle des Gefangenen. »Seht Ihr das? – Wir hatten ihm zuerst nur die Hände gefesselt und einen Strick um den Hals gelegt, den wir über einen der dicken Äste geworfen und straffgezogen hatten, um ihn zu bändigen. Kaum hatten wir ihm den Rücken gekehrt, hat er sich mit seinem ganzen Gewicht in das Seil geworfen und versucht, sich selbst zu erwürgen oder das Genick zu brechen. Die Wache hat es rechtzeitig gemerkt, sonst könnten wir Eurem Onkel jetzt nur noch einen Kadaver bringen. – Was auch immer Ihr mit ihm zu tun gedenkt, Ahmeer: Ihr könnt sicher sein, dass er wieder versuchen wird, seinem Leben ein Ende zu setzen, wenn sich ihm die Gelegenheit dazu bietet.«

Ahmeer nickte. »Ich werde ihn schon zähmen, Eliazanar. Bis wir in Anschara ankommen, kriecht er vor mir und frisst mir aus der Hand. – Er bekommt weder Wasser noch Essen! Wenn unter den Männern solche sind, die Verwandte in Tejidannar oder Sajidarrah hatten, stellt sie zu seiner Bewachung ab und hindert sie nicht daran, mit ihm abzurechnen. – Nur töten dürfen sie ihn nicht.« Er hielt die Fackel dicht vor das Gesicht des Gefangenen, in der Annahme, er würde vor der Hitze zurückweichen, doch der Kjer rührte sich nicht und blickte ihn nur weiter voll kalter Herablassung an. Unwillig zog Ahmeer die Brauen zusammen – und rammte dem Blutwolf die Faust in den Leib. Nur einen winzigen Moment spannte sein Gefangener sich erneut, dann erschien ein verächtliches Lächeln um seinen Mund. Mit einem wütenden Knurren holte Ahmeer zum zweiten Mal aus – und tat einen mühsamen Atemzug, um seinen Zorn zu beherrschen, während er gleichzeitig zurücktrat. »Nein! Nicht hier. – Wenn wir erst die Grenze von Astrachar überschritten haben, ist immer noch genügend Zeit. Dann werde ich mich mit dir in aller Ruhe beschäftigen. Und wenn ich mit dir fertig bin, wirst du dir wünschen, niemals den Fuß auf Astrachars Boden gesetzt, geschweige denn den Namen meiner Braut gehört zu haben, Bestie!«

In ihrer Schulter nistete Schmerz. Durst brannte in ihrer Kehle und auf ihrer Zunge war ein fauler Geschmack. Es gelang ihr kaum, die Lider mehr als einen Spalt zu öffnen. Dunkelheit war um sie herum, Schatten bewegten sich darin, einer beugte sich über sie. Sacht berührte eine Hand ihre Stirn.

»Wasser!«, das Wort kam als Krächzen aus ihrer Kehle. Wie aus weiter Ferne glaubte sie, eine dunkle Stimme zu hören. Sie wusste, dass sie den Mann kannte, dem sie gehörte. Mühsam klammerte sie sich daran, versuchte die klebrige Schwere, die über ihren Gedanken lag, abzuschütteln und sich an den Namen zu erinnern. Die Hand kam zurück, schob sich unter ihre Schultern. Sie wimmerte leise. »Schsch! Es ist gut!«, murmelte die Stimme. Der Rand eines Bechers wurde an ihre Lippen gesetzt. Sie trank gierig, wurde auf ihr Lager zurückgebettet. Die klebrige Schwere lastete wieder stärker auf ihrem Verstand, drückte sie tiefer in die Dunkelheit. Plötzlich schien der Boden sich unter ihr zu bewegen, sie schrie angsterfüllt, tastete Halt suchend um sich, fand die Hand, krallte sich daran fest. Finger streichelten ihre. »Nicht weggehen!«, flehte sie leise, während sie wieder tiefer in den Drogenschlaf glitt. »Bleib, Mordan!«

Neben ihr erstarrte Prinz Ahmeer.

Der Schmerz in ihrer Schulter war einem leichten Brennen gewichen. Nur ihr Kopf pochte leise und fühlte sich noch immer schwer vom Mohn an, den sie ihr vier Tage lang verabreicht hatten. Still saß Lijanas am Fenster des Gasthauses und blickte in den Hof hinunter. Eliazanars Krieger lagerten dort unten um ein Feuer und würfelten. Eine der Schankmägde brachte gerade zwei weitere Krüge Bier und goss den Männern die Becher voll. Einer schlug ihr auf das Hinterteil, dass sie quietschte. Brüllendes Gelächter drang bis zu Lijanas herauf.

Vorgestern hatten sie die Grenze Astrachars überschritten und Eliazanar und Ahmeer hatten sie nicht mehr länger mit Mohn betäubt. In der vergangenen Nacht hatte sie nach einem langen, heißen Bad endlich wieder in einem Bett geschlafen. Seit sie aus dem Drogenschlaf richtig aufgewacht war, schien in ihrem ganzen Körper Schmerz zu sein. Arme und Beine taten ihr weh, ihr Rücken fühlte sich wund an, selbst ihr Kiefer schmerzte. In den Nächten schreckte sie auf, von unerträglichem Durst geplagt und mit dem Gefühl, als hätte sie jemand verprügelt. Und von Tag zu Tag schien es schlimmer zu werden, ohne dass sie sich erklären konnte warum.

Vorsichtig rückte sie ihren Arm in der Schlinge zurecht, die ihre Schulter entlasten sollte. Im Licht der Kerzen blitzte der Ring an ihrem Finger grün und golden – und wie jedes Mal, wenn sie an ihn dachte, schien er sich in ihr Fleisch zu brennen. Ahmeer hatte ihn ihr übergestreift, kaum, dass sie aus der Bewusstlosigkeit erwacht war. *Ein Geschenk für meine tapfere Braut …* Sie schloss die Augen und atmete ein paar Mal tief durch. Es war der Ring, den Mordan an einem Lederband um den Hals getragen hatte – und Ahmeer hatte ihn ihm gestohlen. Ebenso wie den Strang schwarzer Perlen, der jetzt seinen Hals schmückte. Im ersten Augenblick war sie versucht gewesen, ihm den Ring einfach vor die Füße zu werfen, doch dann hatte sie beschlossen, ihn vorerst zu verwahren und ihn Mordan zurückzugeben, sobald sie die Möglichkeit hatte. Ihre Finger klammerten sich in die feine Seide des Kleides, das Ahmeer ihr vor einigen Stunden gegeben hatte. Wenn sie seinen Worten glauben schenkte, war das Mindeste, was Mordan in Anschara erwartete, dass man ihn in Eisen schmiedete und in die Steinbrüche schickte. Doch Ahmeer war davon überzeugt, dass sein Onkel ein Exempel statuieren und die Bestie von Sajidarrah hinrichten lassen würde. *Das werde ich nicht zulassen! Rusan steht in meiner Schuld! Ich werde ihn um Gnade für Mordan bitten! – Aber die Steinbrüche wären keine Gnade, und wenn sie ihn für den Rest seines Lebens in den Kerker werfen …* Der Gedanke, Mordan müsste in Ketten sein Dasein fristen, in ein finsteres Verlies tief unter der Erde gesperrt, ohne Tageslicht, ließ sie schaudern. Und das alles war ihre Schuld. *Wenn ich ihm nicht in den Arm gefallen wäre …* Auf der anderen Seite des Hofes öffnete sich die Tür des Stalles und Ahmeer kam heraus. Dort drüben hielten sie Mordan gefangen.

Obwohl sie, seit sie aufgewacht war, immer wieder darum gebeten hatte – nein, es gefordert hatte –, hatte Ahmeer ihr nicht erlaubt, ihn zu sehen. Vor ihrer Tür stand sogar eine Wache, die verhindern sollte, dass sie sich heimlich zu ihm schlich. Aber sie hatte Mordan gesehen! Zwei Mal! Ahmeer hatte es nicht verhindern können. An den letzten beiden Morgen hatte sie beobachtet, wie ihn die Krieger aus seinem nächtlichen Gefängnis schleppten und ihn auf ein Pferd setzten. Seine Hände waren hinter seinem Rücken gefesselt, sie hatten ihm einen Sack über den Kopf gezogen und mit einem Strick eng um seine Brust geschnürt. Zwei von Ahmeers Männern führten ihn stets zwischen sich – beim ersten Mal waren seine Schritte schon mühsam und taumelnd gewesen, doch beim zweiten Mal hatte sie den Eindruck gehabt, dass er sich allein nicht mehr auf den Beinen hätte halten können. Die Füße unter dem Pferdebauch zusammengebunden, hatte er den ganzen Tag vornübergesunken im Sattel gesessen, ohne dass die Krieger ihm Wasser oder etwas zu essen gegeben hätten.

Schritte erklangen vor der Tür. Sie erkannte Ahmeers Stimme, als er mit der Wache kurz ein paar Worte wechselte, ehe er ihr Zimmer betrat. Das Lächeln, mit dem sie ihn hatte begrüßen wollen, verblasste, als sie das Blut an seinem Wams sah – und was er in der Hand hielt. *Nein! Gnädige, hab Erbarmen! Nicht das! Das kann er ihm nicht angetan haben.* Mit einem freundlichen »Wie geht es dir, Liebes?« beugte Ahmeer sich zu ihr, küsste sie sacht auf die Stirn und sprach weiter, als hätte er ihr Entsetzen nicht bemerkt. »Wie ich sehe, hast du dein Geschenk schon entdeckt. Gefällt es dir? – Du kannst dir einen Gürtel daraus machen lassen, Liebes. Lang genug ist es.«

In ihrer Kehle nistete plötzlich ein Würgen, wie gelähmt saß sie da und starrte auf den dicken Schweif schwarzen Haares, der mit einem groben Riemen zusammengebunden war und den Ahmeer ihr eben auf den Schoß gelegt hatte. Ahmeer beugte sich noch einmal zu ihr hinab. »Ist dir nicht wohl, Liebes? Du bist auf einmal so blass …«

Ohne ihr Zutun bewegten ihre Finger sich, strichen über seine grauenvolle Gabe, ballten sich darum.

»Ich will ihn sehen!« Entschieden stand sie auf.

»Die Kjer-Bestie? – Liebes, warum willst du dich mit seinem Anblick quälen, nach allem, was er dir angetan hat.«

»Er hat mir nichts angetan, Ahmeer! Wann wirst du das begreifen? Im Gegenteil! Er hat mir das Leben gerettet – und dir auch! Und was auch immer du sagst – ich werde jetzt zu ihm gehen.«

Ahmeer verstellte ihr den Weg. »Du bleibst hier! Ich habe dir verboten, ihn zu sehen. – Und du wirst mir gehorchen!«

»Ich lasse mich nicht mehr länger wie eine Gefangene behandeln! – Lass mich vorbei, Ahmeer, oder ich schwöre dir: Ich schreie das ganze Gasthaus und das halbe Dorf zusammen.«

»Du wagst es, mir zu drohen?« Verärgert maß er sie mit schmalen Augen.

»Ja!« Lijanas gab seinen Blick kalt zurück.

Nach einem schier endlosen Moment presste er die Lippen zu einem dünnen Strich zusammen und nickte knapp. »Wie du willst! Komm!« Hart riss er die Tür auf, bot ihr seinen Arm. Lijanas ging an ihm vorbei, als hätte sie es nicht bemerkt, schritt die Treppe hinunter in den Schankraum und unter dem erstaunten Murmeln von Eliazanar und den Kriegern hinaus in den Hof und zum Stall hinüber. Als er die Tür aufstieß, sahen mehrere Wachen überrascht von ihren Würfeln auf. Das Bild, das sich Lijanas im Licht mehrerer Lampen bot, schnürte ihr die Kehle zu.

Einzig das Seil, das seine Hände fesselte und über einen Stützbalken der Scheune geworfen war, schien Mordan noch auf den Beinen zu halten. Seine Tunika hing in Fetzen. Darunter war seine Haut dunkel von Misshandlungen und Blut.

Ahmeer zog sie direkt vor ihn, trat dann neben seinen Gefangenen und zerrte seinen Kopf an den Resten seines schwarzen Schopfes in die Höhe.

»Du hast Besuch, Bestie! Schau, wen ich dir gebracht habe.«

Mit einem Laut des Entsetzens presste sie die Hand vor den Mund. Mordans Gesicht war von Schlägen geschwollen, die eine Braue war von einer Platzwunde gespalten, in seinem Mundwinkel und unter der Nase klebte Blut. Er atmete flach, als würde es ihn schmerzen, und blinzelte mühsam, als könne er sie kaum erkennen. Sein Kopf sackte erneut haltlos nach vorne, als Ahmeer ihn wieder losließ.

»Warum, Ahmeer?« Ihre Stimme zitterte.

»Warum?« Er versetzte seinem Gefangenen einen Stoß, der den am Seil wanken ließ. »Weil er es gewagt hat, sich an etwas zu vergreifen, was mir gehört: meiner Braut!«

»Ich *gehöre* dir nicht, Ahmeer! – Mach ihn los! Es ist nicht recht …«

»Es ist nicht recht? Was glaubst du, haben diese Tiere mir in ihrem Lager angetan …«

»Nicht *diese* Tiere! Jerdt! Und nur Jerdt! Du rächst dich an einem Unschuldigen!«

»Unschuldig? Hast du Sajidarrah und Tejidannar vergessen?«

»Nur dein Onkel hat das Recht, wegen Sajidarrah und Tejidannar über ihn zu richten! – Mach ihn los! Und wenn es nur für ein paar Stunden ist! Bitte! – Oder bist du ebenso grausam wie Jerdt?«

Er starrte sie an, einen Herzschlag, zwei – dann griff er hinter sich und löste mit einem Ruck den Knoten, der das Seil hielt. Mordan brach in die Knie und wäre vornübergefallen, hätte Lijanas ihn nicht aufgefangen. Schwer sackte er gegen sie. Seine Atemzüge rasselten neben ihrem Ohr. Sie hörte die mühsam gehauchten Worte, gerade als Ahmeer sie am Arm packte und mit einem wütenden »Bis zum Morgen wird ihn keiner anrühren, du hast mein Wort. – Komm jetzt!« von ihm fort – und auf die Füße zog. Ohne ihren Halt stürzte Mordan hart auf die Seite, blieb keuchend liegen. Sie konnte den Blick nicht von ihm nehmen, auch als Ahmeer sie zur Stalltür zerrte und hinausstieß.

»Es war mir eine Ehre, dich zu lieben!«

Wie betäubt ließ sie sich von Ahmeer zurück auf ihr Zimmer führen. Sie spürte den Schmerz in ihrer Schulter kaum.

Mit vor der Brust verschränkten Armen lehnte Ahmeer sich gegen die Tür und starrte seine Braut mit nur mühsam beherrschtem Zorn an. Wie konnte sie es wagen, sich gegen ihn zu stellen – für diese Bestie. Angewidert schüttelte er den Kopf. Ihr Kleid war ruiniert, besudelt mit Kjer-Blut. Dabei hatte es ihn einiges an Geld und Mühe gekostet, es für sie aufzutreiben. Still saß sie wieder auf dem Stuhl, die Augen unverwandt auf ihn gerichtet, ohne ihn zu sehen, während ihre Hände den Haarschweif hielten, als wäre er etwas unaussprechlich Kostbares. Zwei Schritte und er war bei ihr, riss ihn ihr fort und warf ihn ins Feuer. Mit einem Schrei sprang sie auf, einen Moment schien es, als wollte sie das unselige Ding wieder aus den Flammen holen, doch es war natürlich schon zu spät. Die Haare des Kjer hatten sofort gebrannt, und nun erfüllte ein beißender Gestank den Raum. Ohne das Entsetzen in ihrem Gesicht zu beachten, durchquerte er den Raum und riss das Fenster auf. Unten im Hof würfelten Eliazanars Männer.

»Ich habe mich entschieden, Ahmeer: Ich kann nicht mehr deine Frau werden.« Obwohl Lijanas leise sprach, war keine Spur von Schwäche in ihrer Stimme. Die Stirn gerunzelt drehte er sich zu ihr um. Ihr Blick war unverwandt auf den schmalen Emeraldring geheftet, den er der Bestie abgenommen und ihr geschenkt hatte.

»Was war das?«

»Du hast mich sehr gut verstanden!« Sie hob die Augen.

»Weißt du eigentlich …« Beschwichtigend die Hände nach ihr ausgestreckt, ging er auf sie zu. »Liebes, du bist verwirrt! Nur die Göttin allein weiß, was diese Bestie dir alles …«

Sie wich vor ihm zurück, bis sie gefährlich nahe am Kaminfeuer stand. »Ich bin nicht verwirrt, Ahmeer. Ich weiß sehr wohl, was ich tue.«

»Du bist meine Braut!«

»Nein, das bin ich nicht! Du hast mich gefragt, ob ich deine Frau werden will, bevor dein Onkel dich zu Beginn des Sommers wegen der Edari-Überfälle an die südliche Küste geschickt hat. Ich hatte mir Bedenkzeit bis nach deiner Rückkehr ausgebeten – erinnerst du dich? – Jetzt gebe ich dir meine Antwort: nein! Ich werde nicht deine Frau!«

»Aber ich dachte … du liebst mich!« Er fühlte Ärger in sich aufsteigen.

»Das dachte ich auch, Ahmeer. Und vor einem Mondlauf hätte ich dir auf deine Frage auch noch freudig mit ›Ja!‹ geantwortet, aber inzwischen … Es ist so viel geschehen.« Ihre Finger streichelten den Ring.

»Ist es, weil er dich in sein Bett gezwungen hat? – Liebes, ich habe dir gesagt, dass ich dir verzeihe. Du musst nicht vorgeben, mich nicht zu lieben, nur weil du mich schonen willst.«

Energisch schüttelte sie den Kopf. »Ahmeer! Ich liebe dich nicht mehr! – Versteh das doch!«

Seine Augen wurden schmal. »Und woher dieser Sinneswandel? Wegen des Kjer?« Mit einem bitteren Schnauben machte er einen weiteren Schritt auf sie zu. Sie war zwischen ihm und dem Kaminfeuer gefangen. »Dieses Tiers wegen willst du dich von mir abwenden?« Er packte sie bei den Schultern, ignorierte ihr Aufkeuchen. »Glaubst du tatsächlich, ich lasse mich von dir zum Gespött der Leute machen? – Der zukünftige Fürst Astrachars von seiner Braut wegen eines Kjer, einem Tier, verlassen? – Oh nein, meine Liebe! Du gehörst mir! Ich gebe dich nicht frei!«

»Nein, Ahmeer! Ich gehöre dir nicht! Du kannst mich nicht zwingen, dich zu heiraten!« Erfolglos versuchte sie, sich gegen seinen Griff zu wehren. »Lass mich los, du tust mir weh!«

Für einen Augenblick fasste er fester zu, dann nahm er abrupt die Hände von ihr und trat zurück. »Oh doch, das kann ich!« Kurz sah er mit einem kalten Lächeln zum Fenster, dann wieder zu ihr. »Und du weißt es.« Übergangslos wurde seine Stimme sanft. »Du bist verwirrt, Liebes. Das wäre jede Frau, die über Wochen die Gefangene dieser Bestie war. – Du musstest um dein Leben fürchten. Schließlich hast du dir sogar eingeredet, dass er gar nicht die Bestie ist, für die ihn alle halten; dass du ihn gernhast – nur um nicht verrückt zu werden vor Angst und Scham. Und nun stehst du geradezu unter seinem Bann und bildest dir ein, in ihn verliebt zu sein.« Der Ausdruck in seinen Augen strafte seinen Ton Lügen. »Liebes, ich verstehe dich und ich bin nicht böse auf dich. Ich werde dich nicht mehr bedrängen oder von unserer Hochzeit sprechen, bis er hingerichtet worden ist. Du wirst all das erst vergessen können, wenn er tot ist und du seinen Kadaver gesehen hast.« Langsam ging er rücklings zur Tür. »Dein armer, verwirrter Geist braucht Ruhe. – Ich denke, es ist am besten, wenn du außer mir niemanden mehr siehst, bis es dir wieder besser geht.« Hastig verließ er den Raum und verschloss die Tür hinter sich. Ihre Hände trommelten nutzlos von innen dagegen. Der Krieger, den er schon gleich nach ihrer Ankunft hier als Wache postiert hatte, starrte ihn überrascht an. Wie betrübt schüttelte Ahmeer den Kopf. »Ich hätte ihr nicht erlauben sollen, den Kjer zu sehen. Es hat sie zu sehr aufgeregt, dieser Bestie noch einmal gegenüberzustehen ... Was muss er ihr Grauenvolles angetan haben, dass ihr Geist noch immer so sehr darunter leidet. – Sie ist verwirrt. Deshalb ist es besser, wenn sie außer mir niemanden sieht, bis es ihr wieder besser geht. Lass also niemanden zu ihr!« Der Krieger nickte und warf selbst einen mitleidigen Blick auf die Tür, hinter der die Schläge nur noch vereinzelt kamen. »Armes Ding!«, hörte Ahmeer ihn noch murmeln, als er sich zur Treppe wandte. Armes Ding? Pah. Eine Kjer-Hure war sie und nichts von dem Wert, was er ihr geben konnte. Glaubte sie tatsächlich, er würde ihr erlauben, ihn zu verlassen? Ihn vor aller Welt bloßzustellen? Vor den Adligen, seinen Freunden zu demütigen? Niemals! Er würde ihr schon zeigen, wo ihr Platz war. Was glaubte sie, wer sie war? Er würde sie behalten. Ihren Anblick mit diesen Narben im Gesicht würde er schon irgendwie ertragen. Er biss die Zähne zusammen. Eine kleine, dreckige Hure war sie. – Und nun würde er sich die Kjer-Bestie vornehmen.

Eliazanar stand einen Moment wie vor den Kopf gestoßen in der Stalltür und starrte auf das Bild, das sich ihr bot.

»Aufhören!« Mit langen Schritten durchmaß sie den Stall und packte Prinz Ahmeers Handgelenk, ehe er dem Kjer einen weiteren Fausthieb versetzen konnte.

Wütend wandte er sich zu ihr um.

»Was fällt Euch ein?«, fuhr er sie scharf an und riss sich los.

»Was fällt *Euch* ein, Ahmeer? Wollt Ihr Eurem Onkel einen Kadaver bringen? – Lasst ihn los!« Der Befehl hatte den beiden Kriegern gegolten, die den Blutwolf zwischen sich festgehalten hatten, während Ahmeer ihn mit Schlägen traktierte. Die Männer gehorchten hastig und ließen den Kjer zu Boden gleiten. Eliazanar ging neben ihm in die Hocke, drehte ihn auf den Rücken. Zischend zerbiss sie einen Fluch zwischen den Zähnen, bedachte den Prinzen mit einem erbosten Blick. »Was soll das?«

Der verschränkte die Arme vor der Brust, während er ihn hochmütig zurückgab. »Das geht Euch nichts an, Eliazanar.«

»Ihr irrt Euch, Ahmeer!« Gefährlich langsam stand sie auf und trat auf ihn zu. »Es geht mich sehr wohl etwas an, wenn Ihr einen Gefangenen, den ich auf Befehl meines Fürsten lebend nach Anschara bringen soll, offensichtlich zu Tode prügeln wollt.« Sie maß ihn mit eisiger Miene. »Ab sofort ist der Blutwolf mein Gefangener! Ihr werdet Euch von ihm fernhalten!«

»Wie könnt Ihr es wagen, mir Befehle zu erteilen?«, zischte Ahmeer dagegen.

Eliazanar packte ihn an der Weste und zog ihn zu sich heran. »Ich wage es, Euch Befehle zu erteilen, weil ich Astrachars Heermeisterin bin und nur Eurem Onkel Rechenschaft schulde. – Und weil Ihr – Prinz oder nicht – nur einer meiner Offiziere seid und meinen Befehlen zu gehorchen habt, ob es Euch gefällt oder nicht!« Sie stieß ihn in Richtung Stalltür von sich. »Und nun verschwindet! Sehe ich Euch noch einmal in der Nähe des Blutwolfs, werdet Ihr herausfinden, was es heißt, mich zu ärgern!« Einen Moment lang starrte Prinz Ahmeer sie wütend an, dann wanderte sein Blick noch einmal hasserfüllt zu dem Gefangenen, ehe er sich brüsk abwandte und den Stall verließ. Erst als die Tür sich hinter ihm geschlossen hatte, drehte Eliazanar sich wieder zu den beiden Männern und dem Gefangenen um – und fluchte erneut. In diesem Zustand würde sie den Blutwolf noch nicht einmal mehr auf den Rücken eines Pferdes setzen können. »Beim Busen der Göttin, steht nicht da und gafft«, fuhr sie die Krieger an. »Du! Schaff Wasser her! – Und du! Hilf mir, ihn da hinten in die Ecke zu tragen und auf das Stroh zu legen.« Die Männer beeilten sich, ihren Befehlen nachzukommen.

Mit hart pochendem Herzen kauerte Lijanas in den nächtlichen Schatten, verborgen am Fuße der Hauswand unter ihrem Fenster im ersten Stock, und spürte die kühle Berührung des Efeus im Nacken, an dem sie sich eben bis zum Boden hinunter gehangelt hatte. Ihre Schulter stand in Flammen und sie dankte im Stillen der Gnädigen Göttin, dass ihre Wunde bei ihrem Abstieg nicht aufgebrochen war. Sie hatte die Schlinge, in der sie ihren Arm den ganzen Tag über geborgen hatte, in ihrem Zimmer zurückgelassen. Angespannt beobachtete sie die Nivard-Krieger, die es sich um das Feuer herum bequem gemacht hatten. Einige von ihnen lagen schon in ihre Decken gewickelt schnarchend am Boden, die meisten jedoch ließen immer noch die Bierkrüge kreisen. Lijanas sah zum Stall hin. Abgesehen von den Stimmen der Krieger oder dem gelegentlichen Ruf eines Nachtvogels war es still.

Rasch vergewisserte sie sich noch einmal, dass der Rock fest unter ihren Gürtel gestopft war, dann schlich sie sich, immer außerhalb des Feuerscheins, zum Stall, wo sie sich eng an die raue Bretterwand presste. Hinter der Bruchsteinmauer, die den Hof umgab, konnte sie die leisen Tritte eines Pferdes hören, dann ein Schnauben. Jenseits der Mauer war eine kleine Koppel, in der die Krieger ihre Tiere untergebracht hatten. Sie zog die Lippe zwischen die Zähne. So wie die Männer Mordan zugerichtet hatten, würden sie zu Fuß nicht weit kommen. Sie würde eines der Pferde stehlen müssen. Ihr Blick huschte an den Bruchsteinen entlang. In etwa fünf Schritt Entfernung war die Mauer zur Hälfte eingebrochen und nur noch knapp hüfthoch – doch ausgerechnet bis zu dieser Stelle reichte der Schein des Feuers. Für einen kurzen Moment schlossen sich ihre Hände zu Fäusten. Wenn sie Mordan zur Flucht verhelfen wollte, war das der einzige Weg. Es blieb ihr nichts anderes, als auf ihr Glück und die Gnade der Göttin zu vertrauen.

Stimmen aus dem Inneren des Stalles ließen sie innehalten. *Wachen! Verdammt! – Dachte ich wirklich, sie würden ihn unbewacht lassen?* Noch einmal schaute sie zu den Männern beim Feuer hin, dann schob sie sich geduckt so lange an der Stallwand entlang, bis sie einen Spalt zwischen den Brettern gefunden hatte, durch den sie hineinspähen konnte. Sie sah die beiden Krieger sofort, die auf umgedrehten Eimern saßen und die Würfel zwischen sich rollen ließen, doch es dauerte mehrere Herzschläge, bis sie Mordan auf einer Strohschütte in der hinteren Ecke des Stalles entdeckte. *Nein!* Lijanas presste die Faust vor den Mund. *Oh Gnädige! Nein!* Sie schloss die Augen, lehnte die Stirn gegen das Holz. Sie war zu spät! Behutsam legte sie die Hand neben den Spalt, als sei es etwas ganz anderes als totes Holz. Sie hatte geglaubt, dass es kaum möglich war, ihn noch grausamer zu schlagen, doch nun ... Ein Schluchzen saß in ihrer Kehle. Selbst wenn es ihr gelingen würde, die Wachen abzulenken, selbst wenn es ihr gelingen würde, ihn zu sich zu bringen ... Zitternd holte sie Atem. Die Männer und vielleicht sogar Ahmeer selbst hatten endgültig dafür gesorgt, dass er nirgendwo mehr hinging. Auch nicht mit ihrer Hilfe. Hinter ihr klackte Stein auf Stein. Wieder schnaubte ein Pferd. *Oh Gnädige, hab Erbarmen. Was soll jetzt werden? Sie werden ihn töten! Und mit jedem Tag, den wir uns weiter von der Grenze entfernen ...*

Eine Hand schloss sich so unvermittelt um ihren Arm, zerrte sie herum und in die Höhe, dass sie vor Schreck und Schmerz aufschrie.

»Als du nicht in deinem Zimmer warst, wusste ich, was du vorhast! – Ich verspreche dir, Liebes: Das wirst du bereuen!« Der Ton, in dem Ahmeer die Worte zwischen den Zähnen hervorzischte, jagte ihr Schauer über den Rücken. Sein Griff verstärkte sich. Erfolglos versuchte Lijanas sich loszumachen, wurde stattdessen so hart gegen die Stallwand gestoßen, dass ihr Kopf mit einem dumpfen Schlag gegen das Holz prallte. Alles um sie her wurde dunkel. Nur vage nahm sie wahr, dass sie zwischen den alarmiert herbeigeeilten Nivard-Kriegern hindurch zum Gasthaus, die Treppe hinauf und in ihr Zimmer getragen wurde. Dann waren plötzlich Kissen und Decken unter ihr. Ein leises Gluckern erklang, Scharren. Sie blinzelte, um die Schlieren vor ihren Augen zu vertreiben. In der Hand einen Becher, kam Ahmeer vom Tisch her auf sie zu und blieb neben dem Bett stehen. Noch immer seltsam benommen versuchte Lijanas, sich von ihm fortzuschieben, als er sich über sie beugte. Schmerz tobte in ihrer Schulter.

»Trink das, dann wird es dir besser gehen.« Seine Worte waren Befehl und Schmeicheln zugleich. Sie erkannte den Geruch, der von dem Becher ausging, schüttelte entsetzt den Kopf. Unvermittelt wurden seine Züge hart, schlossen sich seine Finger um ihr Kinn. Grob drückte er sie aufs Bett. »Trink!« Das Schmeicheln war aus seiner Stimme verschwunden. Mit aller Kraft wollte Lijanas ihn zurückstoßen, doch Ahmeer zwang im nächsten Moment ihre Lippen auseinander und schüttete Wein in ihren Mund. Der bittere Geschmack von Mohn war plötzlich auf ihrer Zunge. *Nein!* Sie kämpfte, wollte die Droge ausspucken. Wieder füllte Wein ihre Kehle. Lijanas würgte, hustete, schlug voller Verzweiflung nach Ahmeer. Krachend zerbarst der Becher auf dem Boden. Abrupt gab er sie frei. Sie mühte sich vom Bett herunter, taumelte zur Tür … – Graue Leere durchdrang ihren Verstand, erstickte ihren Willen und ließ sie hilflos zurück.

27

Das Geschrei begann, als das Tor sich öffnete. Geblendet schloss er einen Herzschlag lang das Auge. Nach der absoluten Finsternis des Kerkers während der letzten Wochen erschien ihm das Licht quälend grell. Jemand versetzte ihm einen Stoß in den Rücken, er strauchelte, wäre um ein Haar gestürzt. Die Eisen an seinen Gelenken klirrten. Höhnisches Gelächter erklang. Er presste die Lippen zu einem schmalen Strich zusammen. Rusans Soldaten waren mutig geworden, seitdem sie Haffrens Blutwolf Klauen und Zähnen gezogen hatten. Ein Ruck an seinen Ketten; ein geknurrtes »Vorwärts, Bestie!«. Diesmal traf ihn ein Lanzenschaft in den Rücken. Langsam trat Mordan durch das Tor des Seegefängnisses und blinzelte gegen das grelle Sonnenlicht an. Hinter ihm erhob sich der Palast von Anschara an der Spitze der Klippe, gegen die donnernd das Meer brandete. Das Geschrei des Pöbels war ohrenbetäubend. Die ersten Steine flogen, einer traf ihn über der Braue, Blut rann in sein Auge und blendete ihn für einen kurzen Moment. Er wischte es mit den gefesselten Händen weg. Die Soldaten, die einen Kreis um ihn gebildet hatten, hatten Mühe, die wütende Menge zurückzuhalten. Er wurde grob vorwärtsgezerrt, stolperte, weil die Fußeisen nur schleppende Schritte erlaubten, Rusans Männer es aber plötzlich eilig hatten, ihren Gefangenen dem Henker zu übergeben.

Wie lange er auf diesen Tag gewartet hatte, wusste er nicht. Zu Beginn hatten Rusans Folterknechte noch versucht, ihm sein Wissen über die Truppen der Kjer, ihre Standorte und Stärke abzupressen. Doch als weder Eisen und Peitsche noch eine ihrer anderen Methoden Wirkung gezeigt hatten, ließen sie irgendwann von ihm ab. In der Dunkelheit seines kalten und nassen Gefängnisses hatte er jegliches Zeitgefühl verloren. Die Stille war nur von dem stetigen Tropfen von Wasser und dem Donnern der Wellen, die schäumend irgendwo über ihm an die Felsen gischteten, unterbrochen worden. Irgendwann hätte er selbst Ratten als Gesellschaft willkommen geheißen.

Sechs Mann hatten ihn schließlich aus seinem Verlies und unzählige Stufen hinaufgezerrt, bis in eine Art Wachraum, um den sich in einem Rund mehrere winzige Zellen befanden. Ein kühler Luftzug wehte eine schmale Treppe hinab. Hier ertränkten sie ihn fast in einem Bottich heißen Wassers, als sie den gröbsten Dreck von ihm abwuschen. Offenbar war Rusan entschlossen, den Nivard bei seiner Hinrichtung einen gefährlichen Krieger zu präsentieren und keine verwahrloste Kreatur. Den Rest der Nacht verbrachte er in einer der winzigen Zellen auf dem harten Boden, wo er am Morgen mit Tritten geweckt wurde. Die Verblüffung einiger Soldaten ob seiner scheinbaren Kaltblütigkeit, die ihn sogar noch angesichts seiner bevorstehenden Hinrichtung ruhig schlafen ließ, entlockte ihm ein spöttisches Lächeln. Es war nicht nötig, sie merken zu lassen, dass er den Tod fürchtete wie jeder andere. Pure Erschöpfung hatte ihn übermannt, nachdem der wasserbedeckte Boden seines vorherigen Gefängnisses Schlaf beinah unmöglich gemacht hatte.

Schon als Eliazanars Männer ihn bei den Ruinen von Galan überwältigt hatten, war ihm klar gewesen, dass ihn in Anschara der Tod erwartete und dass es für ihn keinen Grund zu hoffen gab. Er schnaubte bitter. Hoffnung war eine Täuschung für Narren und ebenso sinnlos wie Bedauern. – Und warum wollte dann der dumpfe Schmerz in seiner Brust nicht vergehen, weil das Schicksal ihm nicht mehr Zeit mit Lijanas gegönnt hatte?

Erneut bekam er einen Stoß in den Rücken, stolperte, fiel diesmal auf Hände und Knie, wurde von den Soldaten wieder auf die Beine gerissen und weitergezerrt. Um ihn her wogte die Menge. Fäuste wurden geschüttelt, manch einer versuchte sich durch die Reihe der Krieger zu drängen, wurde aber zurückgestoßen.

Als er das Blutgerüst sah, stockte Mordans Schritt. Auf dem Steinquader, auf dem gewöhnlich die Hinrichtungen in Anschara stattfanden, ragte ein mindestens doppelt mannshoher Balken senkrecht in den Himmel. Unwillkürlich schreckte er zurück. *Nein! Nicht so!*

Das Johlen der Menge klang in seinen Ohren wie das Geheul unzähliger Seelenfresser.

»Angst, Kjer?« Soldaten packten ihn an den Armen, um ihn vorwärtszuzerren. Er sah das Grinsen des einen dicht vor sich. »Der Scharfrichter stammt aus Sajidarrah. – Und er versteht sein Handwerk.«

Mordans Blick irrte vom Gesicht des Mannes zurück zu dem Balken. *Ihr Geister, habt Erbarmen!* Er schloss für einen Moment sein Auge, würgte das Grauen mühsam hinunter – und schüttelte die Hände der Soldaten ab. *Nein! Ihr werdet mich nicht zittern sehen! Ihr Rachegeister, gebt mir Kraft! Lasst mich gut sterben!* Zur Verblüffung der Männer ging er weiter, ohne von ihnen vorwärtsgezwungen zu werden. Das Gebrüll des Pöbels wurde zu einem fernen Rauschen, er merkte erst, dass sie das Blutgerüst erreicht hatten, als er die Stufen hinaufgeschoben wurde.

Sie drehten ihn um, damit die Menge ihn sehen konnte. Er starrte über sie hinweg, schenkte ihrem Grölen keine Beachtung, sondern blickte hinüber zu der reich geschmückten Tribüne, auf der sich Rusan und sein Gefolge niedergelassen hatten. Während die Ketten grob von seinen Gelenken gelöst wurden, suchte er nach Lijanas, sehnte sich danach, sie ein letztes Mal sehen zu können. Und hoffte gleichzeitig, dass sie nicht hier war, dass sie nicht mit ansah, wie sie ihn ans Kreuz hängten. Er entdeckte sie in dem Augenblick neben Prinz Ahmeer, als die Soldaten ihm unter dem Gejohle der Menge die Kleider vom Leib rissen und ihn rücklings zu Boden und mit den Schultern auf den Querbalken zwangen. Die Sonne brannte gnadenlos auf ihn herab, machte ihn blind. *Vergiss mich, Elljén! Werde glücklich!*

Der Scharfrichter und seine Gehilfen beugten sich über ihn, zerrten seine Arme brutal auseinander – Mordan konnte nicht verhindern, dass er die Hände zu Fäusten ballte und seine Muskeln spannte, bis sie zitterten –, schlangen raue Stricke um seine Handgelenke und zogen sie hart an, ehe sie die Seile an dem Balken festzurrten. Dann wurde er gepackt und auf die Füße gestellt. Heiße Qual jagte durch seine Arme und Schultern, als sie ihn zur Spitze des Kreuzes hinaufhoben.

Die Hand an ihrem Arm schien das einzig Wirkliche in einer Welt aus zähem Nebel zu sein. Alles war wie unter dichten Schleiern verborgen, alles um sie herum gedämpft und seltsam verzerrt. Sie hörte Stimmen wie aus weiter Ferne, Geschrei und Johlen. Nur ganz allmählich klärte sich ihr Blick, an den Rändern noch immer verschwommen. Sie erinnerte sich an die Dienerinnen, die sie angekleidet hatten, an Ahmeer, das weiche Leder seiner Handschuhe, als er sie am Arm genommen und aus ihrem Zimmer geführt hatte, an Rusans Stimme, die besorgt fragte, wie es ihr gehe – und Ahmeers Antwort, dass sie noch immer unter dem leide, was die Kjer-Bestie ihr angetan hatte. Verwirrt und willenlos war sie der Hand gefolgt, die sie hierher geführt hatte, die sie auf einen weichen Sitz genötigt hatte. Sie schüttelte den Kopf, presste die Lider immer wieder aufeinander – der Nebel wollte ihre Sinne nicht freigeben; nur allmählich erkannte sie, wo sie sich befand. Auf der anderen Seite des Platzes konnte sie das Blutgerüst sehen, einen senkrecht in den grellblauen Himmel ragenden, hohen Balken. Sie zwang sich, ruhig und tief zu atmen. Die rot gekleidete Gestalt des Scharfrichters bewegte sich mit verzerrter Langsamkeit.

Sie blinzelte wieder und wieder … *Nein!* Ihre Hände krallten sich um die Lehnen ihres Sitzes. Entsetzen trieb den Nebel weiter zurück, ließ das Erinnern zu. Sie wandte sich Ahmeer zu, ballte die Fäuste und schob sich von ihm fort, kam mühsam auf die Beine, entging seiner Hand, als er nach ihr griff, taumelte und klammerte sich an eine der Stangen, die den golddurchwirkten Baldachin über der Tribüne trugen, um nicht zu fallen. *Nein! Oh Gnädige, bitte! Nein!* Voller Grauen beobachtete sie, was der Scharfrichter und seine Gehilfen taten, wie sie Mordan auf die Füße stellten, um dann Mann und Balken mit Stangen in die Höhe zu heben und an dem Längsbalken festzumachen. Feuriger Schmerz schoss ihre Arme hinauf bis in die Schultern und barst in ihrem Schädel, als sein ganzes Gewicht nur noch an den Seilen hing, die seine Handgelenke gegen den Querbalken schnürten. Wimmernd sank sie zu Boden und barg die Hände an ihrer Brust. *Nein! Bitte! Nein!* Die Welt drehte sich um sie herum. Dolchklingen schienen ihre Handgelenke zu durchdringen. Auf dem Platz johlte die Menge. Ihr Blick verzerrte sich, der Schrei nach Gnade erstarb in ihrer Kehle, als der Schmerz unvermittelt ihre Sinne verschlang und sie in Schwärze ertränkte.

Er hätte nicht gedacht, dass Kjer so unverschämt sein könnten! Doch zwei Dutzend Krieger waren am Morgen unter der weißen Flagge des Unterhändlers in Anschara eingeritten und hatten darum gebeten, von ihm empfangen zu werden. Er hatte sie warten lassen, bis weit nach Mittag – und blickte ihnen nun herablassend entgegen.

Der Kjer, der an der Spitze des kleinen Trupps auf ihn zuschritt, war für einen Krieger schon erstaunlich alt. Sein Haar war grau, doch in den gelben Augen, die Rusan an die eines Raubvogels erinnerten, stand keine Spur von Alter oder Schwäche. Er näherte sich ihm ehrerbietig und sank dann auf ein Knie. Hinter ihm setzten die anderen Kjer fünf mächtige Truhen auf dem Boden des Audienzsaales ab.

Rusan runzelte die Stirn und lehnte sich auf seinem Sitz zurück.

»Was wollt Ihr?« Er bemühte sich nicht darum, freundlich oder gar höflich zu sein.

Der alte Kjer sah ihn an. »Wir sind hier, um für einen der Unseren zu bitten, der sich in Eurer Hand befindet, Fürst Rusan.«

»Wenn Ihr den meint, den man den Blutwolf nennt … Nun, da seid Ihr zu spät. Er hängt seit zwei Tagen am Kreuz.«

Durch die Reihen der Krieger ging ein Raunen. Einer von ihnen, ein schmales Bürschchen, das sein Gesicht unter der Mantelkapuze verbarg, machte einen Schritt vorwärts, blieb dann aber wieder stehen.

»Ist er noch am Leben, hoher Fürst?« Der Krieger mit den Raubvogelaugen beugte sich vor.

»Vor dem Mittag war es noch so. – Euer Bitten ist vergebens! Für diesen Mann gibt es keine Gnade in Astrachar.«

»Auch dann nicht, wenn wir mit Gold und Edelsteinen für sie bezahlen, hoher Fürst?« Er gab einen kurzen Befehl und die Truhen wurden geöffnet. Ein vielstimmiges Keuchen war unter den anwesenden Nivard-Adligen zu hören.

Rusan richtete sich ein wenig auf. Gold glänzte zwischen funkelnden Rubinen, Smaragden und Saphiren. Perlen schimmerten sanft neben gleißenden Diamanten, manche von einer Größe, wie er sie noch nie gesehen hatte. Eine Truhe allein war bis zum Rand mit Eissternen gefüllt, jenen Edelsteinen, die man nur in den Nebelklippen im Norden des Kjer-Reiches fand und mit deren kaltem Feuer und eisiger Schönheit sich noch nicht einmal Diamanten messen konnten.

»Ein Lösegeld, das eines Königs würdig wäre. Aber meine Gnade ist nicht zu kaufen. – Er bleibt, wo er ist! Und wenn kein Leben mehr in ihm ist, gehört sein Kadaver dem Volk von Astrachar!« Bei seinen Worten zeigten nicht wenige der Kjer ihre Reißzähne und ballten die Fäuste.

»Eure Gnade mag nicht käuflich sein, Fürst Rusan.« Es war das Bürschchen, das sprach. Die Kjer verneigten sich, als es vortrat und dabei die Kapuze zurückschlug. Der Krieger mit den Raubvogelaugen erhob sich. »Aber wollt Ihr tatsächlich zulassen, dass Euer Brudersohn elend am Kreuz stirbt und der Pöbel seinen Leichnam schändet?«

Einen Moment war es totenstill. »Hexe!« Brüllend vor Zorn sprang Rusan auf, wollte sich auf sie stürzen. Blitzschnell waren die Kjer zwischen ihm und dem ›Bürschchen‹: Seine Leibwache hatte die Schwerter gezogen, ihr Kommandant drängte Rusan zurück, während seine übrigen Männer die Kjer in Schach hielten.

»Nicht, Herr! Sie kam unter der Flagge des Unterhändlers. Wenn Ihr das Gesetz des freien Geleits brecht, sind wir nicht besser als sie«, beschwor ihn der Krieger.

Rusan machte sich heftig von ihm los. »Kjer-Hexe! Wie kannst du es wagen, hierherzukommen …« Hasserfüllt sah er die Frau an, die vor ihm stand: Königin Naísee. Dann erst drang in sein Bewusstsein, was sie gesagt hatte. *Mein Brudersohn*. Er schnaubte abfällig. »Ihr seid wirklich so verrückt, wie man sagt, Weib.« Mit geballten Fäusten zwang er sich, seine Gefühle zu beherrschen, winkte seine Männer zurück. Sie gehorchten nur zögernd. Der Kommandant seiner Leibwache hatte recht. Sie war unter der weißen Flagge gekommen. Er würde Kédars Andenken nicht damit besudeln, indem er die Ehre seines Hauses beschmutzte. Er würde Rache nehmen. Aber nicht jetzt. »Verschwindet, Weib. Ihr habt meine Antwort. – Geht, bevor ich es mir anders überlege und Euch neben Euren Blutwolf hängen lasse«, presste er hervor.

Die Frau ihm gegenüber sah ihn unverwandt an. »Habt Ihr gehört, was ich sagte? Der Mann am Kreuz ist Euer Brudersohn!« Auch die Kjer hatten sich wieder ein Stück zurückgezogen.

Mit einer verächtlichen Bewegung wischte er ihre Antwort beiseite. »Ja, natürlich. Und ich sagte, Ihr seid ebenso verrückt, wie man sagt.«

Noch immer rührte sie sich nicht. »Ich bin so wenig verrückt wie Ihr, Rusan, und ich frage Euch noch einmal: Wollt Ihr es zulassen, dass der Mann, der der Sohn Eures Bruders Kédar ist, am Kreuz stirbt und der Pöbel seine Leiche schändet?«

»Mein Bruder hatte keinen Sohn! – Und schon gar nicht mit einer Kjer«, spuckte er.

»Ihr irrt Euch!« Bebte ihre Stimme?

Hart lachte er. »Beweist es!«

Ganz leicht neigte sie den Kopf, während sie etwas unter dem Kragen ihres Gewandes hervorzog und einen Schritt auf ihn zutrat. »Ich denke, Ihr werdet Euch hieran erinnern, Rusan.«

Sein Lachen erstarb, als er erkannte, was sie ihm entgegenhielt. In einem halben Ring aus Gold blitzte ein flacher Saphir. Einen schier endlosen Augenblick konnte er die Augen nicht von dem Amulett in ihrer Hand losreißen – das Amulett, dessen andere Hälfte er selbst trug –, dann sah er wütend auf. »Woher habt Ihr das?«

»Euer Bruder gab es mir für seinen Sohn, an dem Tag, als er Turas verließ, um nach Anschara zurückzukehren. Er wollte …«

»Ihr lügt!« Eine barsche Geste schnitt ihr das Wort ab. »Dass Ihr Kédars Hälfte des Amuletts besitzt, beweist gar nichts! Mein Bruder wurde auf Euren Befehl hin ermordet. Einer seiner Mörder wird es Euch gebracht haben – als Beweis für seine Tat. Wenn Ihr keine anderen *Beweise* habt, Weib …«

»Euer Bruder hatte ein Mal, dort, wo der Arm in die Schulter übergeht. Es hatte die Farbe von rotem Wein. Ihr habt das gleiche Mal, so wie Euer Vater, dessen Vater und dessen Vater vor ihm, bis hin zum Ahnherrn Eures Geschlechts. Kédars Sohn hat es auch.«

»Woher …?« Er unterbrach sich selbst, schüttelte den Kopf. »Ihr lügt!«

»Schickt einen Eurer Männer, damit er sich davon überzeugt, dass ich die Wahrheit spreche – oder geht selbst! Aber tut es rasch!«

Die Art, wie sie seinen Blick diesmal zurückgab, sandte ein Frösteln zwischen Rusans Schultern hinab. »Woher wisst Ihr von dem Mal?« Er sank auf seine Kissen zurück.

»Euer Bruder erzählte mir davon und ich sah es mehr als einmal mit eigenen Augen. Und was Eures Bruders Sohn angeht … Ich hielt ihn im Arm, als er seinen ersten Schrei tat. Wie sollte ich das Mal nicht kennen, das ihn als seines Vaters Sohn zeichnete und das ihm und mir zum Verhängnis wurde. – Ich bitte Euch, Rusan, was auch immer Ihr tun wollt, tut es rasch! Denn während wir hier reden, stirbt mein Sohn vielleicht an Eurem Kreuz.«

»Euer …« Einen Moment blickte er sie fassungslos an, dann begann er erneut zu lachen. »Einen Augenblick hätte ich Euch fast geglaubt, Weib. – Ihr seid tatsächlich verrückt. – Ihr habt keinen Sohn! Ihr habt Euer eigenes Kind gleich nach seiner Geburt ermordet. Ihr wollt Euren Heerführer zurück, das ist alles! Deshalb erzählt Ihr mir diese Mär.«

»Ich lüge nicht! Dass ich mein Kind umgebracht haben soll, war eine Lüge – erfunden von meinem Gemahl Haffren.« Sie schüttelte den Kopf. »Glaubt mir, Rusan! Mein Sohn lebt – und sein Leben liegt in Euren Händen. Wenn Ihr mir nicht glaubt, so bitte ich Euch um Eures Bruders willen: Schickt einen Eurer Krieger und lasst prüfen, ob der Mann, den Ihr habt ans Kreuz hängen lassen, das Mal trägt, mit dem in Eurem Geschlecht jedes männliche Kind geboren wird, das in der väterlichen Linie direkt von Eurem Ahn Iskadár abstammt.«

Wieder sah er sie prüfend an, dann nickte er einem der Offiziere aus seiner Leibgarde zu. »Tu, was sie sagt! – Und beeil dich!« Er konnte es sich nicht erklären, aber plötzlich war da ein seltsames Gefühl in seiner Brust.

Der Mann verneigte sich und verließ rasch den Saal.

Schweigen breitete sich aus, erdrückend und unbarmherzig, nur durchbrochen von dem leisen Tuscheln der Adligen und dem Rascheln ihrer Roben. Die Kjer-Krieger warteten völlig regungslos. Rusan musterte die Herrscherin der Kjer eingehend. Nur ihre Hände, die mit dem lang herabhängenden Ende ihres Gürtels spielten, kündeten davon, wie es in ihrem Inneren aussah. Augenblicke schienen zu Ewigkeiten zu werden – bis er die Stille nicht mehr ertrug.

»Wenn er tatsächlich der Sohn meines Bruders und der Eure ist, warum hat er dann nichts davon gesagt, als er vor mir stand?«, fragte er in das Schweigen hinein.

»Weil er nichts von seiner wahren Herkunft weiß.« Ihre sturmgrauen Augen ähnelten dem einen des Blutwolfs auf verblüffende Weise, wie er jetzt erkannte.

»Wie das?«

»Erwartet Ihr tatsächlich von mir, dass ich Euch Dinge, die sogar in Turas ein Geheimnis sind, vor Eurem ganzen Hofstaat erzähle, Fürst Rusan?«

Einen Moment schwieg er, nur um dann – ohne selbst zu wissen warum – zu nicken. »Ihr habt recht! – Hinaus!«

Entrüstetes Raunen erklang. »Aber Herr …!«, protestierte der Kommandant seiner Leibwache. Kurz sah Rusan zu den Kjer, dann nickte er erneut. »Du kannst mit deinen Männern am Ende des Saales warten – ebenso wie es die Kjer tun werden. Alle anderen: hinaus!«

Eine Bewegung der Kjer-Königin und ihre Krieger zogen sich respektvoll zurück. Seine Männer befolgten seinen Befehl erst nach einigem Zögern, doch schließlich waren er und Naísee allein. Mit einer Geste bot er ihr an, sich auf einigen Polstern niederzulassen. Kopfschüttelnd lehnte sie ab.

»Nun erklärt mir, warum der nächste Herrscher der Kjer nichts von seiner wahren Herkunft weiß.«

»Weil er der Sohn Eures Bruders ist. – Mein Gemahl Haffren war außer sich vor Eifersucht, als er von meiner Liebe zu Kédar erfuhr. – Er war es, der den Befehl gab, ihn auf dem Weg zurück nach Anschara zu töten. – Als mein Kind geboren war und das Mal offenbarte, wessen Sohn er war, nahm Haffren ihn mir fort und gab ihn einer Magd. Warum er ihn nicht sofort töten ließ, weiß ich nicht. Mein Sohn lebte all die Zeit in dem Glauben, er sei der Bastard meines Gatten, den der mit einer unfreien Halb-Edari gezeugt hatte.«

»Und warum habt Ihr ihm nicht die Wahrheit gesagt?«

»Haffren ließ mich als Verrückte und Kindsmörderin in einen Turm sperren. Niemand außer ihm durfte zu mir. Das Leben meines Sohnes war sein Unterpfand für mein Wohlverhalten. Ich hatte keine andere Wahl, als mich seinem Willen zu beugen und mein Kind in dem Glauben zu lassen.« Ihre Finger schlossen sich um Kédars Hälfte des Amuletts.

Ohne es zu wollen, hob Rusan die Hand zu seinem Teil des Schmuckstücks, das er verborgen unter seinen Gewändern trug. Mit einem Mal bebte sie. Die Rabin mochte Erbarmen mit ihm haben – wenn dies alles stimmte, hatte er seinen eigenen Neffen zu einem grausamen Tod verurteilt.

Als Schritte endlich die Rückkehr des Mannes ankündigten, den er ausgesandt hatte, um ihre Behauptung zu prüfen, lehnte er sich vor. Der Krieger keuchte, als er vor ihm auf ein Knie fiel.

»Und?«

»Es ist, wie sie sagt, mein Fürst. Das Mal ist da. Ich habe es mit eigenen Augen gesehen. – Aber es ist zu spät, mein Fürst. Die Wachen sagten mir, dass er sich seit dem Mittag nicht mehr bewegt hat. Der Kjer ist tot!«

»Seit dem Mittag, sagst du?« Wenn er die Kjer nicht hätte warten lassen … *Kédars Sohn* … Er sah auf und begegnete Königin Naísees Blick. Ihre Krieger bewegten sich am Ende des Saales, als warteten sie nur auf ihren Befehl, sich auf die Nivard zu stürzen.

Ganz langsam straffte sie sich. »Gestattet meinen Männern, ihn abzunehmen. Erlaubt mir wenigstens, den Leichnam meines Sohnes mit nach Hause zu nehmen.« Ihre Hand wies auf die Schätze, die sie gebracht hatte, um einen lebenden Kjer-Prinzen auszulösen. »Das sollte genügen, um den Pöbel darüber hinwegzutrösten, dass es ihnen nicht vergönnt ist, seinen toten Körper zu schänden.«

Rusan schluckte hart, schüttelte den Kopf. »Nehmt es wieder mit! Der Pöbel wird sich anderweitig trösten müssen. – Geht, Königin Naísee! Der Leichnam Eures Sohnes gehört Euch!«

Mit einem stummen Neigen ihres Kopfes nahm sie seine Worte zur Kenntnis, drehte sich um und gab ihren Kriegern ein kurzes Zeichen. Schweigend schlossen sie die Truhen und trugen sie hinaus.

»Sorge dafür, dass sie alles bekommen, was sie brauchen, um den Leichnam abzunehmen, und wenn es nötig ist, eskortiere sie mit einigen Männern aus der Stadt«, befahl er dem Krieger, der noch immer vor ihm kniete. Der Mann nickte und eilte hinaus.

Tot! Blind starrte sie zu den Balken empor, von denen noch die Überreste der rauen Stricke baumelten, dunkel von Blut.

Tot! Das Wort war in ihrem Verstand, löschte jeden anderen Gedanken aus und ließ nur kalte Leere zurück. Und dennoch war da eine Stimme, die mit schier verzweifelter Hartnäckigkeit darauf beharrte: Es kann nicht sein!

Langsam trat sie näher an das Kreuz heran, streckte die Hand aus, berührte es schließlich zögernd.

Tot! Etwas in ihr weigerte sich, es zu glauben. Aber gab es eine andere Erklärung für das jähe Ende seiner Qualen? *Müsste es nicht mehr schmerzen, wenn ich tatsächlich einen Teil meiner Seele verloren hätte? – Was soll nun werden?*

Sie widerstand dem Drang, die Stirn gegen das raue Holz zu legen, war sich der Blicke der Menschen um sie her nur zu bewusst. – Menschen, die sie kannte, deren Krankheiten sie behandelt hatte. – Menschen, die ihn noch mit Steinen und Unrat beworfen hatten, als er schon am Kreuz hing.

Lijanas presste die Lippen zusammen. – Bis zuletzt hatten sie ihm keinen Laut entlocken können.

Jetzt ließ sie die Stirn doch gegen den Balken sinken. Wie Aslajin den Schmerz von Norasár und Zejidan gespürt hatte, als ihre Geliebten in den Bergen jenseits von Kassens Klamm getötet worden waren, hatte sie seine Qual gespürt, den reißenden Schmerz in Armen und Schultern, die das ganze Gewicht seines Körpers zu tragen hatten, das mühevolle Ringen um jeden Atemzug, während seine Kraft unaufhaltsam schwand und eiserne Bänder seine Brust enger und enger zusammenzupressen schienen.

Sein verzweifelter Kampf hatte endlose Stunden gedauert, in denen sie in ihrer Kammer in den Hallen der Gesegneten der Rabin kauerte, gefangen in Hilflosigkeit und Verzweiflung, weil sie wusste, dass am Ende dieses Kampfes nur eines wartete, dass es in Astrachar keine Gnade für den Mann gab, den man die Bestie von Sajidarrah nannte.

Und dann der Augenblick, in dem die Qual übermächtig wurde und sein Körper ihn verriet. Das letzte kraftlose Aufbäumen, das letzte mühsame Um-Atem-Ringen, der Moment, in dem er aufgab, das Ende willkommen hieß. – Der Moment, in dem Lijanas ihn zu halten versuchte; der Moment, in dem ....

»Ich habe stets nur Schlechtes über den Blutwolf gehört, aber der Mann, dem meine Tochter ihr Herz schenkt, kann nicht so durch und durch böse gewesen sein, wie immer behauptet wurde.« Die Stimme ihrer Ziehmutter Niégra riss sie aus ihren Gedanken, zögernd drehte sie sich um. »Und wenn er dich auch geliebt hat, würde er bestimmt nicht wollen, dass du ausgerechnet hier um ihn trauerst. – Lass uns nach Hause gehen, Kind!« Die blinde alte Frau streckte ihr die Hand entgegen, die runzligen Finger fanden ihre und drückten sie. Plötzlich saßen Tränen in Lijanas' Kehle. Sie schluckte sie trotzig runter und schloss ihre Hand fester um die ihrer Ziehmutter. Nachdem sie während der Kreuzigung direkt zu Rusans Füßen mit einem schrecklichen Schrei zusammengebrochen war, hatte Niégra darauf bestanden, sie in die Halle der Gesegneten der Rabin zu bringen und nicht zurück in den Palast.

Und hatte sie so – ohne es in diesem Augenblick zu ahnen – aus Ahmeers Gewalt befreit. Seit die alte Frau wusste, welch böses Spiel der Prinz mit Lijanas getrieben hatte, nutzte sie ihre Macht als Erste Gesegnete der Gnädigen Göttin, um ihre Ziehtochter vor ihm zu schützen. Doch nicht nur, dass sie Ahmeer nicht mehr in ihre Nähe ließ – sie hatte sich sogar von ihrem Flehen erweichen lassen, war zu Rusan gegangen und hatte um Gnade für den Gekreuzigten gebeten. Erfolglos! Und nun waren da seit gestern Stimmen, die sagten, dass es vielleicht bald Frieden zwischen Kjer und Nivard geben würde – auch wenn viele nicht damit einverstanden waren. Sie krallte die Hände in ihr Gewand. Selbst wenn es Frieden gab: Es war ihr gleich. Für Mordan kam er zu spät.

Noch einmal blickte Lijanas zu den rauen Balken hinauf.

Warum das alles? Nur damit du deine Wettschuld nicht bezahlen musst? Sie drückte die Hand vor den Mund, um das verzweifelte Gelächter zu ersticken. Was waren das für Gedanken? Als ob sie nicht mit Freuden auf diese Schuld verzichtet hätte, wenn das der Preis für sein Leben gewesen wäre.

Niégras Hand fand ihre Wange, glitt voll Mitgefühl darüber. »Quäl dich nicht, Kind. Behalte ihn in deinem Herzen, aber quäl dich nicht. Wenn er dich geliebt hat, wäre das nicht sein Wunsch. – Lass uns gehen.«

Lijanas nickte stumm, strich ein letztes Mal über das rissige Holz. Es waren Kjer gewesen, die seinen Leichnam abgenommen hatten – mit einem Vermögen aus Gold und Edelsteinen hatten sie ihn dem Fürsten abgekauft, wenn man dem Gerede glaubte. Kurz schloss sie die Augen. Das Wissen, dass er von seinem Volk mit Respekt bestattet werden würde, war ihr einziger Trost. Sie presste die Lippen zusammen, atmete tief durch und bemühte sich einmal mehr, jenen Teil von sich zum Schweigen zu bringen, der weiter störrisch darauf beharrte: *Er ist nicht tot!* Dann schob sie Niégras Hand in ihre Armbeuge und machte sich mit der alten Frau zusammen auf den Weg zurück zur Halle der Gesegneten. Dass die Bürger Anscharas sich respektvoll vor ihrer Ziehmutter verneigten, auch wenn diese es nicht mehr sehen konnte, bemerkte sie ebenso wie die Blicke und das mitleidige Flüstern, das ihr galt. *›Das arme Mädchen.‹* – *›Verrückt!‹* – *›... so grausam behandelt, dass ihr Geist gelitten hat‹*, hörte sie die Worte. Vermutlich hatte Ahmeer dieses Gerücht verbreiten lassen, um sie zu zwingen, zu ihm zurückzukommen – er würde keinen Erfolg haben.

Als sie schließlich um die letzte Hausecke bogen, stockte ihr Schritt beim Anblick des guten Dutzends Krieger, die vor dem großen Tor der Halle standen. Wütend streitende Stimmen erklangen. Lijanas erkannte Ahmeer – und Brachan. Plötzlich pochte ihr Herz hoffnungsvoll. Sie ließ Niégras Hand los und ging zögernd auf die Männer zu. Ein Kjer mit einem feuerroten Haarschopf drehte sich um, als er sie hörte – Raulen. Er sagte etwas zu dem grauhaarigen Krieger, woraufhin auch der sich umwandte und ihr entgegensah.

Hastig schob Ahmeer sich an ihnen vorbei und kam auf sie zu.

»Wo warst du? Seit Tagen versuche ich, zu dir vorgelassen zu werden. Sie sagten, du wolltest mich nicht sehen – »

»Sie haben die Wahrheit gesagt. – Was willst du von mir?« Sie wollte an ihm vorbei, doch er hielt sie am Arm fest. Etwas in der Haltung der Kjer änderte sich. Plötzlich schienen sie wachsam.

»Sehen, wie es dir geht, Liebes! ...«

»Nenn mich nicht so!« *Mörder!*

»... Sie sagten, du seist krank!«

Du warst es, der mir Mohn gegeben hat! »Es geht mir gut!«

»Das freut mich! – Und heute komme ich von der Jagd, möchte dich besuchen ... Stehen doch diese Tiere vor dem Tor und wollen dich sprechen. – Als ob es nicht schon eine bodenlose Dreistigkeit gewesen wäre, meinen Onkel zu bitten, ihnen den Kadaver dieser Bestie zu überla...«

Klatsch!

Ahmeer verstummte fassungslos und hob langsam die Hand zu seiner Wange, die sich gerade flammend rot färbte.

»Wage es nie wieder, so von ihm zu sprechen!« Lijanas ließ ihn stehen, ohne dem Umstand Beachtung zu schenken, dass Ahmeer den Mund öffnete, und ging auf die Kjer zu.

Brachan musterte sie ruhig, Raulen begrüßte sie mit einem Nicken und einem Schlag gegen die Brust, während sich die Kjer-Krieger hinter ihnen ehrerbietig verneigten. Sie erkannte Elgen, Kardan und Denn. Die anderen Krieger waren ihr unbekannt, doch sie sahen sie an, als stünden sie einem leibhaftigen Wunder gegenüber. Die jungen Nivard-Adligen hingegen, die offenbar Ahmeer auf der Jagd begleitet hatten, wirkten schockiert.

Lijanas klammerte die Finger in die Falten ihres Gewandes. Sie wagte nicht zu fragen, weshalb die Kjer gekommen waren. Schließlich war es Brachan, der nach einem kurzen Blick zu den Nivard und Ahmeer die Stille durchbrach. »Wollt Ihr mit uns kommen und einen Toten ein letztes Mal ehren?«, fragte er schlicht.

Sie wankte, glaubte zu spüren, wie der letzte Rest Hoffnung in ihr zerstob. *Er ist nicht tot!* »Ja, ich will!«, hörte sie sich selbst sagen.

»Nein! Du gehst nicht mit diesen Tieren! Ich verbiete es!« Erbost kam Ahmeer heran.

Die Wut war so plötzlich da, dass es Lijanas selbst überraschte – und mit ihr etwas anderes. Ein leises Raunen erfüllte die Luft, von nirgendwoher kam Wind und zupfte an ihrem Haar. Sie drehte sich zu dem Nivard-Prinzen um. »Du hast mir nichts zu verbieten, Ahmeer!« In ihrer Stimme war ein seltsames Echo.

»Oh doch, meine Liebe! Ich bin dein Bräutigam ...«

»Du bist nichts!« Der sanfte Wind verwandelte sich in ein Fauchen und zerrte an Mänteln und Haaren. Pferde wieherten. Sie sah, wie er blass wurde. »Keiner wie du könnte mein Bräutigam sein! Ich bin die Tochter einer Seelenhexe und eines Edari-Kapitäns. Ich bin die Erbin von Aslajin, der weißen Schlange! – Und der Mann, den du und dein Onkel am Kreuz ermorden ließen, war mein Cogén!«

Mit einem Mal war es still. Selbst der Wind schwieg. Ahmeer starrte sie sprachlos an, seine Freunde wichen zurück. *Was habe ich getan?* Über sich selbst erschrocken, blickte sie von einem zum anderen. Plötzlich hatte sie das Gefühl, als würden ihre Beine jeden Moment unter ihr nachgeben. Sie spürte Brachans Hand an ihrem Arm und war ihm unendlich dankbar, dass er sie unauffällig stützte. Ein kurzer Befehl und einer der Kjer führte ein Pferd für sie heran – nein, kein Pferd. Ein schwarz flammendes Ashentai, das ihr entgegenschnaubte – Ired. Der grauhaarige Krieger half ihr in den Sattel, hinter sich hörte sie Raulen etwas sagen, das wie »Ihr habt da etwas, das nicht Euch gehört, Nivard!« klang, doch als sie sich umdrehte, kam er schon wieder aus Ahmeers Richtung auf sie zu. Gerade zog er die Hand aus der Gürteltasche. Hilflos schaute sie zu Niégra. Ein paar Gesegnete der Göttin waren von der Anwesenheit der Krieger vor das Tor der Halle gelockt worden. Nun drängten sie sich um die alte Frau und sahen Lijanas ebenso entsetzt an, wie die anderen Nivard es bereits taten. Um sie herum schwangen sich die Kjer auf ihre Pferde, nahmen sie in die Mitte und verließen mit ihr Anschara, begleitet von einem Trupp Reiter, auf deren Schilden der Seedrache Astrachars prangte. Als sie die Stadttore passiert hatten, drehte Lijanas sich im Sattel um. Ihr Herz war schwer. Nachdem Ahmeer nun wusste, dass sie eine Edari und eine Seelenhexe war, konnte sie nie mehr nach Hause zurück!

Schweigend nahmen die Kjer-Krieger die Anwesenheit ihrer Eskorte hin und ritten die Straße hinunter nach Norden, nur um nach einiger Zeit in einen schmalen Fahrweg abzubiegen, der durch ein kleines Waldstück führte. Schließlich öffneten sich die Bäume zu einer Senke, in der sie ihr Lager errichtet hatten. Die Nivard blieben an ihrem Rand zurück, wo bereits ein zweiter Trupp ihrer Kameraden wartete und unruhig verfolgte, was zwischen den Zelten der Kjer vor sich ging.

Lijanas ritt mit den anderen weiter, bis auf den Platz in der Mitte des Lagers, wo ein schweigender Kreis aus Kriegern um einen Scheiterhaufen herum die Totenwache hielt. Ohne darauf zu warten, dass ihr jemand half, glitt sie aus dem Sattel und ging hinüber. Niemand hielt sie auf, als sie den Ring aus Kjer passierte und an den Holzstoß trat, auf dem die Mumie des Toten lag. Die Hand, die sie auf das ölgetränkte Leinen legte, zitterte. Unerklärlicherweise war Mordan ihr größer erschienen, als er noch lebte. Sie ließ den Blick über die Krieger gleiten, die sie umstanden. Keinen von ihnen kannte sie. Einen Herzschlag lang fragte sie sich, warum nicht Brachan, Raulen und die anderen aus der Leibgarde ihrem Heerführer die letzten Ehren erwiesen, dann berührte ein Kjer sie am Arm und leitete sie ehrerbietig aus dem Kreis heraus. Wie bei Corfars Bestattung stellten sich vier Krieger auf jeder Seite des Scheiterhaufens auf, jeder sagte einige Worte und legte eine Münze auf die Mumie – dann wurden die Fackeln in das Holz gestoßen, das sofort hell brannte. Schweigen senkte sich über den Platz, nur durchbrochen vom Knistern der Flammen und Krachen der Scheite.

Nach einem Augenblick spürte sie wieder eine Hand am Arm. Brachan stand neben ihr. »Kommt!« Mehr sagte er nicht. Dann führte er sie zu einem mächtigen Zelt, das am Rand des Platzes stand – und um das die Männer aus Mordans Leibwache herumschlichen wie hungrige Seelenfresser. Verwirrt blickte sie Brachan an, doch der schob sie einfach durch den Eingang. Das Innere wurde von Feuerbecken erhellt, Teppiche und Felle bedeckten weich den Boden und der leise Duft von Blumen erfüllte das prächtig ausgestattete Rund. Der grauhaarige Krieger führte sie hindurch, bis zu einem Vorhang aus fein gewebter Wolle, vor dem er stehen blieb und sich vernehmlich räusperte. Einen Moment später erklang das leise Rascheln eines Gewandes, dann trat eine Frau hindurch und Lijanas stand der Herrscherin der Kjer gegenüber. Ein Zögern, ein kurzer Blick in den Teil des Zeltes, der hinter dem Vorhang verborgen war, und Königin Naísee schritt auf sie zu. In nichts ähnelte sie mehr der besinnungslosen Frau, die an der Steinsäule gehangen hatte. Ihre sturmdunklen Augen gingen zu Brachan, der schweigend nickte. Ein warmes Lächeln glitt über ihre Lippen, während sie Lijanas Hände ergriff und sacht drückte. »Willkommen, Kind! Ich freue mich, Euch kennenzulernen – und nicht nur, weil Ihr verhindert habt, dass mein Volk wieder zu Sklaven eines Dämonengottes wurde. – Danke, Brachan, es ist gut! – Kommt! Aber seid leise, er schläft!«

Unsicher sah Lijanas sie an, blickte kurz in die Richtung, aus der sie das Prasseln der Flammen zu hören glaubte, die den Scheiterhaufen verzehrten – dann trat sie langsam an der Kjer vorbei, die den Vorhang für sie beiseitehielt. Auch der hintere Teil des Zeltes wurde von Feuerbecken erhellt. Für die Dauer eines Atemzugs stockte ihr Schritt, dann eilte sie zu dem Bett zu ihrer Linken und ging davor in die Knie. Ihr Herz pochte hart in ihrer Kehle und sie musste die Hand vor den Mund pressen, um nicht laut zu schreien.

»Ich hoffe, Ihr vergebt uns die Scharade dort draußen. Sie soll die Nivard täuschen«, hörte sie Königin Naísee hinter sich sagen, während sie den Blick nicht von dem Mann lösen konnte, der von Kissen und weichen Fellen gestützt halb auf der Seite ruhte – und schlief. Seine Arme waren von den Fingern bis hinauf zu den Ellbogen fachkundig mit feinem Leinen verbunden und der Geruch von Kräutern hing an ihnen. Dunkle Schatten lagen unter seinem Auge, die Wangenknochen traten erschreckend scharf hervor. *Er lebt!* Wie benommen streckte sie die Hand nach ihm aus – und zog sie zurück, aus Angst, ihm auch nur durch die kleinste Berührung Schmerz zuzufügen. »Ich dachte, er sei tot!« Sie brachte nicht mehr als ein bebendes Flüstern hervor.

»Wir auch – zuerst. Es war Kardan, dem auffiel, dass er noch atmete, als wir ihn abnahmen. Weil er sich eine ganze Zeit nicht mehr bewegt hatte, hielten die Nivard ihn für tot. Wir ließen sie in ihrem Glauben und brachten ihn hierher. Mein Heiler hat sich sofort um ihn gekümmert, aber in den ersten Stunden fürchteten wir …« Sie schüttelte den Kopf, betrachtete den Schlafenden auf dem Bett mit einem erstaunlich zärtlichen Blick, ehe sie Lijanas wieder ansah. »Er hat nach Euch gefragt, kaum dass er wusste, wo er war. Deshalb ließ ich Euch von Brachan und Raulen holen. Die beiden hätten Euch schon früher gesagt, dass er am Leben ist, doch der Nivard wegen konnten sie es nicht wagen. – Ich lasse Euch mit ihm allein! – Wenn Ihr etwas braucht oder irgendetwas ist, ruft. Es ist immer jemand nebenan.« Der Vorhang schloss sich hinter ihr. Lijanas schaute der Frau verwundert nach, während sie sich vom Boden erhob. *Hat nicht alle Welt behauptet, sie sei verrückt? – Ihr Verstand ist so gesund wie meiner.*

Sie ließ sich auf den Stuhl neben Mordans Lager sinken und verdrängte das Erstaunen darüber, dass offenbar Königin Naísee selbst die ganze Zeit an seiner Seite gesessen und über ihn gewacht hatte. Zu ihrer Linken stand ein silberverziertes Tischchen mit einem wassergefüllten Tonkrug, Becher, einigen flachen Tiegeln und Leinen – und einer schlanken Phiole, in der eine dunkle Flüssigkeit glänzte. Vorsichtig schnupperte sie an dem Inhalt und erkannte den Geruch: bitterer Anad zusammen mit der Süße von Honig – schmerzlindernd und betäubend.

»Durst!« Das Wort war nur ein rauer Hauch, begleitet von einem schwachen Stöhnen. Rasch stellte Lijanas die Phiole zurück, ergriff stattdessen den Becher und beugte sich über Mordan. Behutsam hob sie seinen Kopf von den Kissen und träufelte ihm in winzigen Schlucken Wasser zwischen die mit Grind überzogenen Lippen, bis sie merkte, dass er genug hatte, und ihn sanft zurückbettete. Ihre Hände schlossen sich um den kühlen Ton, einmal mehr glitt ihr Blick über seinen Körper, die dünne Seidendecke, die bis zu seinen Rippen gezogen war; die Haut von der Sonne verbrannt; die Spuren von Hunger, Schlägen und Schlimmerem – *Oh Gnädige, was haben sie ihm angetan?!*

Wieder drang ein leiser Laut der Qual aus Mordans Kehle und Lijanas beeilte sich, etwas von dem Inhalt der Phiole in den Becher zu träufeln, doch noch ehe sie ihm etwas von der Medizin einflößen konnte, hob er mit einem schweren Atemzug das Lid.

»Lijanas?« Er flüsterte ihren Namen nur. Kurz huschte etwas wie Erleichterung über seine Züge. »Du bist … gekommen?« Seine Stimme war brüchig.

»Natürlich! – Aber du musst schlafen! Wir können später …«

»Du hast mich … nicht gehen lassen!«

Lijanas wusste sofort, was er meinte – und für einen kurzen Moment glaubte sie, in seinen Worten läge Bedauern und Anklage, bis sie ihn leise »Danke!« murmeln hörte.

Vorsichtig strich sie ihm durch sein so grausam kurz geschnittenes Haar, mit einem Mal war ihre Kehle eng.

Nach einem Augenblick, der ihr wie eine Ewigkeit vorkam,

sprach Mordan erneut. »Ich konnte … dich spüren.« Auf dem Seidenlaken zuckten seine Finger unruhig. Sie legte ihre Hand behutsam darüber. »Manchmal … Da oben am … Kreuz. Wenn ich … dachte, ich würde … könnte nicht noch … einmal …« Er schluckte schwer. »Es war, als … wärst du direkt … direkt neben mir.«

»Ich weiß.« Lijanas fuhr sacht durch die kurzen Strähnen. »Ich konnte dich auch spüren. Die ganze Zeit!« Unter ihrer Hand verharrten die Finger. Sie sprach leise weiter. »Ich habe eine schlechte Nachricht für dich. – Du bist der Cogén einer Seelenhexe. Meiner!«

Eine ganze Zeit lag er vollkommen reglos, doch dann begannen seine Schultern zu zucken. Fassungslos blickte sie ihn an. Er lachte. Dem Stöhnen nach zu urteilen, das dabei immer wieder aus seiner Kehle kam, musste es ihm Schmerz bereiten, aber er konnte scheinbar nicht damit aufhören. Schließlich war es vorbei und er lag mit qualvoll verzerrten Zügen da und rang in harten, keuchenden Stößen nach Atem. Lijanas setzte den Becher mit dem schmerzlindernden Trank an seine Lippen, ohne ihn zu fragen, ob er etwas davon wollte. Erneut stützte sie behutsam seinen Kopf, während er einige Schlucke nahm und anschließend auf die Kissen zurücksank. Ein letztes Zögern, dann stellte sie die Medizin wieder beiseite und beugte sich abermals über ihn.

Schwach wandte er ihr das Gesicht zu. »Was hat Ahmeer … dazu gesagt, dass … dass er mich in … deiner Nähe … dulden muss?« Sein Blick war trüb vor Erschöpfung.

»Er hat dazu nichts mehr zu sagen!«

Wieder lag er mehrere mühsame Atemzüge reglos. »Was ist … passiert?«, fragte er dann und Lijanas konnte Sorge in seiner Stimme hören.

»Ahmeer ist nicht mehr mein Bräutigam. Ich habe mich von ihm losgesagt.« Zaghaft legte sie die Hand wieder über seine. »Ich habe erkannt, dass ich einen anderen liebe.«

Die Stille kehrte zurück. Sein Blick lag auf ihrer Hand. – Und dann wurde ihr bewusst, woran genau er hing: An dem schmalen

Ring aus grünem Stein und Gold an ihrem Finger, den Ahmeer ihm gestohlen hatte. Etwas in ihrem Inneren verkrampfte sich.

»Ahmeer hat … Ich …« Sie verstummte hilflos.

Mordan schien sie gar nicht gehört zu haben. » Er … passt. Ich … wusste es. – Könnte dieser andere … vielleicht. … vielleicht ein … ein Kjer … sein?« Sie konnte sehen, wie er vergeblich gegen die Müdigkeit ankämpfte.

Ihr Herz schlug schneller, drohte zu zerspringen. Der Knoten in ihrem Bauch war wieder da. Größer als jemals zuvor. »Könnte! – Wenn … wenn er der Richtige ist, ja!«

»Sie werden mich … nach Hause bringen … nach Turas.« Er zögerte, leckte sich mühsam die Lippen, sah ihr wieder in die Augen. »Vielleicht möchtest du … mitkommen – als meine … Gemahlin!« Ehe sie antworten konnte, redete er schon weiter. »Du musst … dich nicht sofort … sofort entscheiden.« Er blinzelte mehrmals. »Du weißt, was du … du in mir … bekommst. – Ich bin … arrogant … jähzornig … ungehobelt … anmaßend … stur … stur … und …«

»Ja!«

Verwirrt runzelte er die Stirn.

»Ja, du bist arrogant, jähzornig, ungehobelt, anmaßend, stur – und herrisch – und trotzdem: Ja, ich komme mit nach Turas!«

Lange stieß er die Luft aus. »Sicher?«

»Ja! – Unter einer Bedingung.«

Unter ihrer Hand erstarrte seine. Abermals leckte er sich über die Lippen. »Was …?«

Lijanas beugte sich weiter vor, näher zu ihm, schob behutsam erneut die Finger in das, was von seinem Haar übrig war. »Du lässt zu, dass ich mich auch um dein Auge kümmere!«

Die Falten auf seiner Stirn wurden tiefer. Einen Moment lang schien er nicht zu begreifen, dann huschte Bedauern über seine Züge. »Findest du … du mich mit … nur einem Auge so … abstoßend?«

»Gnädige, Nein!« Hastig schüttelte Lijanas den Kopf. Dann sog sie die Lippe zwischen die Zähne. Mit einem Mal saß ein Zittern in ihrem Inneren. Sie wagte die Frage kaum zu stellen. »Findest du *mich* denn abstoßend? Ich meine … mit diesen …« Es gelang ihr nicht, den Satz zu beenden. Stattdessen hob sie den Arm, damit er ihre Schuppen sah.

Mordan wandte sich ihr ein kleines Stückchen weiter zu, bemühte sich offenbar, wach zu bleiben. Sein Daumen strich über die Seite ihrer Hand, federleicht. Der Nagel fehlte. Was hatten sie ihm angetan? »… wunderschön … Feuer lässt sie … schimmern … Meine kleine Schlange.« Seine Stimme war zu einem Murmeln herabgesunken. »… küss mich.«

»Was?« Entsetzt riss Lijanas den Blick von seiner Hand los. Unwillkürlich huschten ihre Augen zu seinen Lippen, – selbst die leichteste Berührung … »Nein. Ich will dir nicht wehtun.«

Ein Lächeln glitt über sein Gesicht. » … du nicht. Niemals.« Schwach mühte er sich, den Kopf zu heben. Sein Körper verkrampfte sich vor Schmerzen.

»Nicht!« Lijanas schob rasch die Hand in seinen Nacken, um ihn zu stützen. Mit einem Ächzen fiel er zurück.

»Bitte!« Er konnte das Auge kaum noch offen halten – und spannte schon wieder die Muskeln, um sich noch einmal hochzustemmen. Schnell lehnte sie sich weiter über ihn.

»Du bist ein sturer Mistkerl!«, schalt sie. *Und ich liebe dich.*

»Mhm … Und?« Seine Atemzüge kamen hart und angestrengt. Jeder schien mühsamer als der vorherige. Seine Hände bewegten sich auf der Decke, als suchten sie nach einem Halt.

Er würde nicht aufgeben, bis er hatte, was er wollte.

Zärtlich schüttelte sie den Kopf. »Elender Erpresser.« Sacht strich sie durch sein Haar und beugte sich zu ihm.

Seine Lippen waren rau. Sein Mund schmeckte nach Anad und Honig. Er kam ihr mit seinem Kuss entgegen. Die Berührung war sanft, zart, fragend – ganz anders als jener Kuss in Cavallin. Ein Geben, ohne etwas zu fordern.

Mit einem Seufzen sank er tiefer in die Kissen, als Lijanas sich schließlich zurückzog. Auf seinen Lippen zeigte sich erneut ein Lächeln, seltsam träumerisch diesmal. Seine Brust hob und senkte sich viel zu hastig, sodass Lijanas einen Moment fürchtete, selbst ein einfacher Kuss sei zu viel für ihn gewesen. Nur langsam entspannte sein Körper sich. Lijanas schaute auf ihn hinab, beobachtete die Schatten, die das Licht der Feuerbecken auf sein Gesicht warf, strich weiter behutsam durch sein Haar. Auch Mordans Blick lag unverwandt auf ihr, doch sie sah, wie er allmählich immer mehr den Fokus verlor, sosehr er auch dagegen anzukämpfen schien.

» … müde …«, flüsterte er nach ein paar weiteren Momenten schließlich mit einem neuerlichen Seufzen.

Lijanas nickte weich. »Dann schlaf. Ich werde da sein, wenn du wieder aufwachst.« Sie war sich nicht sicher, ob er sie gehört hatte, obwohl er noch etwas Unverständliches murmelte, während sein Lid schon herabsank. Ein paar Herzschläge später verkündeten seine ruhigen Atemzüge, dass er den Kampf gegen den Schlaf endgültig verloren hatte.

Lijanas saß neben ihm und schaute weiter unverwandt auf ihn hinab. Das Lächeln lag noch immer um seinen Mund.

Ja, ich weiß, was ich bekomme! Genau das, was ich will! – Den Mann, den ich liebe!

Lynn Raven

Windfire

464 Seiten, ISBN 978-3-570-16102-9

Las Vegas – inmitten der glitzernden Stadt der Glücksspieler schlägt Jessie sich gerade so durch. Immer knapp bei Kasse, versetzt sie ein kostbares Erbstück. Doch kaum hat der Schmuck den Besitzer gewechselt, poltert ein unberechenbarer Fremder in Jessies Leben: Shane. Und er verlangt genau dieses Amulett von ihr.
Die Begegnung der beiden entfacht ungeahnte Leidenschaft: Feuer trifft auf Wind, Halb-Djinn auf Hexe. Wie echte Gegensätze ziehen sich Jessie und Shane an, stoßen sich ab, und Magie bricht sich Bahn. Schnell wird klar, dass sie gemeinsame Feinde haben. Halb auf der Flucht, halb auf der Suche reisen sie zusammen in die Wüstenstadt Petra, um dort Antworten zu finden – Antworten, die weiter führen als je gedacht.

70034

www.cbt-buecher.de